Karen Chance
Blutrot

PIPER

Zu diesem Buch

Cassie Palmer kann die Zukunft voraussehen und mit Geistern sprechen. Diese Gabe macht sie für die Toten und Untoten interessant. Während die Toten einfach nur nerven – sie reden zu viel –, stellen die Untoten eine Gefahr dar. Als sie von einem Blutsauger aufgespürt wird, muss sie den mächtigen Vampirsenat um Schutz bitten. Doch den gibt es nicht umsonst. Um sich ihrem Gegner zu stellen, muss sich Cassie mit einem äußerst attraktiven Vampir verbünden … Seit Cassie den Titel der Pythia, der mächtigsten Seherin der Welt, erworben hat, sind alle potenziellen Verehrer auffällig auf Distanz zu ihr gegangen – bis auf diesen einen Vampir mit der unwiderstehlich erotischen Ausstrahlung. Cassandra beschließt, ihre neue Macht zu nutzen, um unerklärlichen Ereignissen auf den Grund zu gehen. Doch manchmal kommt man mit viel Gefühl weiter als mit dunklen Kräften …

Karen Chance lebte in Frankreich, Großbritannien und Hongkong, kehrte aber stets wieder in ihre amerikanische Heimat zurück. Derzeit hat sie sich in Orlando, Florida, niedergelassen. Bisher erschienen bei Piper fünf Bände ihrer Urban-Fantasy-Serie »Cassandra Palmer«, zuletzt »Verlockend untot«, sowie zwei Bände der Reihe um die sexy Halbdämonin Dorina Basarab. Weiteres zur Autorin unter: www.karenchance.com.

Karen Chance

BLUTROT

Zwei Vampir-Romane in einem Band

Aus dem Amerikanischen
von Andreas Brandhorst

Piper München Zürich

Entdecke die Welt der Piper Fantasy:

Piper-Fantasy.de

Dieser Band vereint die Romane »Untot mit Biss« und »Hinreißend untot«

Von Karen Chance liegen bei Piper vor:
Untot mit Biss
Hinreißend untot
Für immer untot
Unwiderstehlich untot
Verlockend untot
Blutrot
Dämonisch verführt
Dämonisch ergeben

Ungekürzte Sonderausgabe
Juli 2014

Titel der amerikanischen Originalausgaben:
»Touch the Dark« und »Claimed by Shadow«, ROC, Penguin Group Inc., New York 2006 und 2007

Umschlaggestaltung: Mona Kashani-Far
Umschlagabbildung: Mikrostockarchiv
Satz: Filmsatz Schröter, München
Druck und Bindung: CPI books GmbH, Leck
Printed in Germany ISBN 978-3-492-26975-9

Untot mit Biss

Roman

PIPER

Ich möchte Mary danken, die den ersten Entwurf mit all seinen von Tippfehlern durchsetzten Schrecken gelesen hat, und Martin für einen Platz zum Ausruhen, während ich alles in Ordnung brachte. Mein Dank gebührt auch Anne Sowards, einer großartigen Lektorin (alle noch im Roman enthaltenen Fehler stammen von mir), und Louisa Edwards für den perfekten Titel.

Eins

Ich wusste, dass ich in Schwierigkeiten war, als ich die Todesnachricht sah. Der Umstand, dass mein Name darüberstand, bot einen klaren Hinweis. Allerdings konnte ich mir keinen Reim darauf machen, wie sie mich gefunden hatten und wer der Typ mit dem Sinn für Humor war. Antonio war nie ein großer Komiker gewesen. Ich wusste nicht, ob es daran lag, dass er nicht mehr lebte, oder daran, dass er schon immer ein griesgrämiger Mistkerl gewesen ist.

Der Artikel nahm auf dem Monitor meines Büro-PCs den Platz des üblichen Reisebüro-Logos ein. Es sah nach einem Zeitungsausschnitt aus, den jemand eingescannt und dann zum Bildschirmhintergrund gemacht hatte. Als ich mich vor einer halben Stunde auf den Weg gemacht hatte, um mir einen Salat zu holen, war das Ding noch nicht da gewesen. Wenn ich nicht so ausgeflippt gewesen wäre, hätte ich mich vielleicht davon beeindrucken lassen. Es überraschte mich, dass Tonys Schergen überhaupt wussten, was ein Computer war.

Ich suchte im Aktenschrank nach meiner Waffe, während ich die Beschreibung des grausigen Todes las, den ich an diesem Abend sterben sollte. In meiner Wohnung hatte ich eine bessere Waffe und außerdem einige weitere Überraschungen, aber es war vermutlich keine gute Idee, dorthin zurückzukehren. Eine Knarre bei mir zu tragen, wäre ein ziemliches Risiko gewesen, und deshalb begnügte ich mich mit einer Dose Pfefferspray in der Handtasche, für unangenehme Zeitgenossen auf der Straße bestimmt. Nach mehr als drei Jahren relativer

Sicherheit stellte ich sogar die Notwendigkeit dafür infrage. Ich war nachlässig geworden und konnte nur hoffen, dass es mich nicht das Leben kostete.

Meinem Namen folgte die Schilderung eines beklagenswerten Zwischenfalls, der mich, einen unbekannten Gewehrschützen und zwei Kugeln im Kopf betraf. Der Zeitungsartikel trug das Datum des nächsten Tages, aber das Ereignis sollte heute Abend stattfinden, um 20:43 Uhr in der Peachtree Street. Ich sah auf die Uhr. Zwanzig vor acht – man gab mir einen Vorsprung von einer Stunde. Das erschien mir zu großzügig für Tony. Vermutlich lebte ich nur deshalb noch, weil es für jemanden, der dauernd irgendwelche Leute umbrachte, zu einfach war, mich sofort um die Ecke zu bringen. In meinem Fall wollte er etwas Besonderes.

Schließlich fand ich meine Smith & Wesson 3913 unter einem Prospekt, der für eine Seereise nach Rio warb. Ich fragte mich, ob das ein Zeichen war. Und wenn schon, ich hatte nicht genug Knete, um das Land zu verlassen, und eine pausbäckige, blauäugige Blondine wäre unter all den dunkelhäutigen Senhoritas bestimmt aufgefallen. Außerdem wusste ich nicht, ob Tony Verbindungen in Brasilien hatte. Auszuschließen war das nicht. Wenn man lange genug auf der Welt war, um sich daran zu erinnern, Michelangelo unter den Tisch getrunken zu haben, hatte man Zeit genug, Beziehungen zu knüpfen.

Ich zog ein Päckchen Kaugummi aus dem Waffenfach in meiner Handtasche und schob die Smith & Wesson hinein. Sie passte so gut, als wäre sie dafür bestimmt, und dieser Eindruck täuschte nicht. Ich hatte die Waffe – meine erste – und drei solche Handtaschen vor fast vier Jahren gekauft, auf die Empfehlung eines FBI-Typen namens Jerry Sydell. Wie viele Leute hatte er mich für bekloppt gehalten, aber da ich dabei behilflich gewesen war, eine der größten Verbrecherorganisationen in Philly auffliegen zu lassen, bot er mir kostenlosen Rat an. Er half mir dabei, die halbautomatische Pistole Kaliber 9 mm auszuwählen, deren Griff klein genug für meine Hände war und die doch alles auf zwei Beinen abschreckte. »Außer Geister und Ghule«, hatte Jerry mit einem Grinsen hinzugefügt. »Mit denen musst du allein fertig werden.« Zwei Wochen lange hatte er mich jeden Tag zum Schießstand mitgenommen und mich zu dem Punkt gebracht, dass ich die Wand einer Scheune zwar nicht traf, aber auch nicht sehr weit danebenschoss. Ich hatte weiter geübt, wann immer ich Zeit und Geld dafür fand, und inzwischen brachte ich es fertig, eine Scheune zu treffen – wenn sie groß war und ich etwa drei Meter vor ihr stand. Insgeheim hoffte ich, dass ich nie auf etwas anderes schießen musste. Es war nicht meine Schuld, dass ich nicht dafür taugte.

Jerry mochte mich – ich erinnerte ihn an seine älteste Tochter –, und er wollte vermeiden, dass ich auf die schiefe Bahn geriet. Er dachte, ich wäre an die falschen Leute geraten, in einem Alter, in dem ich es nicht besser wusste – was auf eine Weise stimmte, die ihn erstaunt hätte. Er vermutete, dass ich später Vernunft angenommen und beschlossen hatte, als Kronzeuge aufzutreten. Wie er die Tatsache erklärte, dass eine zwanzigjährige Waise all die inneren Vorgänge eines wichtigen Syndikats kannte, würde mir immer ein Rätsel bleiben. Glauben an den »Hexerei-Unfug«, wie er es nannte, spielte dabei gewiss keine Rolle. Jerry glaubte nicht ans Übernatürliche, gleich welcher Art. Da ich nicht wollte, dass er mich irgendwo in eine Gummizelle sperrte, ließ ich meine Visionen unerwähnt und wies auch nicht darauf hin, wie nahe er mit seiner Bemerkung über Geister und Ghule der Wahrheit gekommen war.

Ich war immer eine Art Magnet für Geister gewesen. Vielleicht lag es an der Sache mit der Hellseherei; ich wusste es nicht. Tony wählte die Dinge, mit denen ich mich befassen konnte, immer sorgfältig aus – er fürchtete, dass ich einige meiner Fähigkeiten gegen ihn verwenden könnte, wenn ich zu viel wusste –, und deshalb kannte ich mich mit meinen Talenten nicht sehr gut aus. Es war durchaus möglich, dass sich meine Attraktivität für die Geisterwelt darauf zurückführen ließ, dass ich ihre Bewohner sehen konnte: Für einen Geist musste es enttäuschend sein, bei Leuten zu spuken, die gar nichts von ihm wussten. Womit ich nicht sagen will, dass sie bei mir spukten. Aber sie gaben gern ein wenig an, wenn ich in der Nähe war.

Manchmal war das gar nicht so übel, wie zum Beispiel bei der alten Frau, der ich als jugendliche Ausreißerin in einer Gasse begegnete. Ich neigte dazu, Geister so zu sehen, als hätten sie feste Gestalt, insbesondere wenn sie neu und stark waren, und deshalb hatte es eine Weile gedauert, bis ich sie als das erkannte, was sie war. Sie fungierte als eine Art Schutzengel für ihren Enkel, den sie mit großgezogen hatte. Sie starb, als er zehn war, und der Freund ihrer Tochter begann sofort damit, ihn zu schlagen, als sie zusammenzogen. Kaum einen Monat später lief der Junge weg. Die Alte sagte mir, dass sie nicht ein Jahrzehnt damit verbracht hatte, über ihn zu wachen, um ihn jetzt im Stich zu lassen, und Gott hätte sicher nichts dagegen, ein wenig auf sie zu warten. Auf ihre Bitte hin gab ich dem Jungen genug Geld für eine Busfahrt nach San Diego, wo seine Schwester lebte. Natürlich sprach ich mit Jerry nicht über so etwas. Er glaubte nicht an Dinge, die er nicht sehen, berühren oder erschießen konnte, was die Gesprächsthemen ein wenig einschränkte. Natürlich glaubte er auch nicht an Vampire, bis er es eines Nachts mit einigen von Tonys Typen zu tun bekam – sie zerfetzten ihm die Kehle.

Ich wusste, was geschehen würde, denn ich *sah* seine letzten Sekunden, als ich ins Bad ging. Wie üblich bekam ich ein deutliches Bild in allen Farben, ein persönliches Aus-nächster-Nähe-Ticket für das blutige Schauspiel, wodurch ich riskierte, auf dem glatten Boden des Badezimmers auszurutschen und mir den Hals zu brechen. Als mein Zittern so weit nachgelassen hatte, dass ich telefonieren konnte, wählte ich die für Notfälle bestimmte Nummer des Zeugenschutzprogramms. Doch die Beamtin wurde misstrauisch, als ich nicht sagen wollte, woher ich wusste, was geschehen würde. Sie versprach, Jerry zu benachrichtigen, war aber nicht sehr begeistert davon, ihn am Wochenende zu stören. Also rief ich Tonys Oberhalunken an, einen Vampir namens Alphonse, und erinnerte ihn daran, dass er herausfinden sollte, wo Vater Staat mich versteckt hatte – anstatt zu riskieren, den Vampir-Senat zu verärgern, indem er Menschen tötete, die gar nichts wussten. Jerry nützte ihnen nichts, denn seine Informationen würden in Kürze überholt sein.

Ich war nie sehr erfolgreich gewesen, wenn es darum ging, das Ergebnis meiner Visionen zu ändern, aber ich hoffte, dass die Erwähnung des Senats genügte, um Alphonse nachdenklich zu machen. Der Senat war eine Gruppe von sehr alten Vampiren, die Gesetze beschlossen, an die sich die weniger mächtigen Vampire halten mussten. Von Menschen hielten sie nicht mehr als Tony, aber sie legten Wert auf die Freiheit, nur ein Mythos zu sein, und sie vermieden es, die Aufmerksamkeit der Sterblichen zu wecken. Dazu gehörte die Ermordung von FBI-Beamten, die für erhebliche Unruhe gesorgt hätte. Aber Alphonse kam mir nur mit den üblichen Ausflüchten und versuchte, mich hinzuhalten, während seine Leute den Anruf verfolgten. Letztendlich konnte ich nur dafür sorgen, dass ich in einem Bus auf dem Weg aus der Stadt saß, als die Burschen vor meiner Tür standen. Da die Behörden die Existenz von Vampiren nicht einmal zugaben, hielt ich es für eher unwahrscheinlich, dass sie mich vor ihnen schützen konnten. Ich glaubte, auf mich allein gestellt besser dran zu sein, und drei Jahre lang hatte ich recht damit behalten. Bis jetzt.

Ich steckte nur die Waffe ein und hielt mich nicht damit auf, andere Dinge aus dem Büro mitzunehmen. So war das, wenn man um sein Leben rannte – es schränkte die Prioritäten ein. Mit einer 9 mm ließ sich gegen Vampire nicht viel ausrichten, aber für kleinere Aufgaben griff Tony oft auf die Hilfe menschlicher Strolche zurück. Ich hoffte sehr, dass er mich nicht für wichtig genug hielt, ein echtes Talent zu beauftragen. Die Vorstellung, einige Kugeln in den Kopf zu bekommen, reizte mich nicht sehr, aber noch weniger gefiel mir die Aussicht, zu einem dauerhaften Erwerb für Tony zu werden. Er hatte mich nicht verwandelt, weil er Erfahrungen mit einem Hellseher gesammelt hatte, der alle seine Fähigkeiten verlor, als er zum Vampir wurde. Meine Talente waren ihm zu wichtig gewesen, ein solches Risiko einzugehen. Jetzt befürchtete ich, dass er es vielleicht darauf ankommen lassen wollte. Wenn ich meine Fähigkeiten nach der Verwandlung verlor, konnte er mir einen Pflock durchs Herz rammen und sich dadurch für all die Probleme rächen, die ich ihm bereitet hatte. Wenn nicht, bekam er eine unsterbliche Adeptin mit garantierter Loyalität, denn es war fast unmöglich, gegen die Wünsche des Vampirs zu handeln, der einen geschaffen hatte. Aus seinem Blickwinkel gesehen, konnte er dabei gar nicht verlieren, vorausgesetzt natürlich, er überwand seinen Zorn lange genug, um sich darüber klar zu werden. Ich überprüfte die Waffe und vergewisserte mich, dass das Magazin voll war. Wenn sie mich erwischten, wollte ich mich auf jeden Fall zur Wehr setzen. Und ich war bereit, mir die letzte Kugel zu verpassen – auf keinen Fall wollte ich zulassen, dass der Mistkerl zu meinem Herrn und Meister wurde.

Im Gegensatz zum letzten Mal musste ich noch etwas erledigen, bevor ich mich auf und davon machte, um erneut ein neues Leben zu beginnen. Ich verließ das Reisebüro, und zwar fix, für den Fall, dass Tonys Jungs entschieden, die Deadline etwas vorzuverlegen. Sicherheitshalber verzichtete ich darauf, durch die Eingangstür zu gehen, zwängte mich stattdessen durchs Toilettenfenster. Im Fernsehen sah das immer ganz leicht aus. Ich endete mit einer Schramme am Oberschenkel, einem aufgerissenen Strumpf und einer aufgebissenen Lippe – ich hatte versucht, nicht laut zu fluchen. Schließlich schaffte ich es hinaus, lief durch eine schmutzige Seitenstraße zu einem Parkhaus und von dort zu einem Waffle House. Der Weg war kurz, aber nervenaufreibend. Vertraute Gassen erschienen mir plötzlich wie das ideale Versteck für Tonys Halunken, und jedes Geräusch klang wie eine Waffe, deren Hahn gespannt wurde.

Auf dem Parkplatz des Waffle-House-Restaurants gab es helles Halogenlicht, und ich kam mir schrecklich ungeschützt vor, als ich ihn überquerte. Zum Glück befanden sich die Telefonzellen im Schatten an der Seite des Gebäudes. Ich blieb vor der noch funktionierenden stehen, holte einige Münzen aus der Handtasche und wählte, doch im Club nahm niemand ab. Ich ließ es zwanzig Mal klingeln, biss mir dabei erneut auf die Lippe und versuchte mir einzureden, dass es nichts bedeutete. Es war Freitagabend. Vermutlich ging es in dem Laden heiß her, und niemand hörte das Telefon. Oder sie waren zu beschäftigt, um ranzugehen.

Es dauerte eine Weile, zu Fuß dorthin zu gelangen, und dafür gab es zwei Gründe. Erstens versuchte ich, außer Sicht zu bleiben, und zweitens musste ich vorsichtig sein, um zu vermeiden, in den neuen hochhackigen und bis über die Knie reichenden Stiefeln mit dem Fuß umzuknicken. Ich hatte sie gekauft, weil sie gut zu dem hübschen ledernen Minirock passten, zu dem mich eine Verkäuferin überredet hatte. Nach der Arbeit hatte ich die Leute im Club damit beeindrucken wollen, doch für schnelles Laufen eigneten sie sich nicht sonderlich. Man hielt mich für eine tolle Hellseherin, aber kein Bild von der Zukunft hatte mich darauf hingewiesen, dass es an diesem Abend besser gewesen wäre, Turnschuhe zu tragen. Genauso verhielt es sich mit den Lotterien, bei denen ich nie gewann. Ich *sah* nur den Kram, der mit Albträumen oder ernsten Alkoholproblemen zu tun hatte.

Es war einer jener heißen Georgia-Abende, an denen sich die Luft wie eine schwere Decke auf der Haut anfühlte und die Luftfeuchtigkeit gegen hundert Prozent tendierte. Vager Dunst zeigte sich im Glühen der Straßenlaternen, doch der größte Teil des Lichts stammte vom Mond, dessen Schein sich auf den regennassen Straßen widerspiegelte und Pfützen in Silber verwandelte. Die Dunkelheit hatte den Gebäuden in der Innenstadt die Farben genommen und ihnen ein weiches Grau gegeben, das mit den Schatten verschmolz und die Spitzen der Wolkenkratzer verbarg. An diesem Abend wirkte die Altstadt wie ein Stück lebendige Vergangenheit, insbesondere als ich am Margaret Mitchell House in der West Peachtree vorbeikam. Es erschien mir völlig normal, als eine jener von Pferden gezogenen Kutschen um die Ecke kam, die Touristen durch die Stadt fuhren. Doch diesmal liefen die Pferde im vollen Galopp, und fast wäre ich unter die Räder der Kutsche geraten.

Mir blieb eine Sekunde, um die Gesichter der verängstigten Touristen zu sehen, die sich auf dem Rücksitz festklammerten. Dann donnerte die Kutschte am Bürgersteig vorbei, schlingerte über die Straße und geriet außer Sicht. Ich stemmte mich aus dem Rinnstein hoch und sah mich misstrauisch um. Fröhliches Gelächter hinter mir erklärte, warum das dicke alte Pferd versuchte hatte, einen neuen Geschwindigkeitsrekord aufzustellen. Eine Dunstschwade strich vorbei, kaum vom Nieselregen zu unterscheiden. Ich griff danach, metaphysisch gesprochen.

»Portia! Das war nicht lustig!«

Das Lachen erklang erneut, und vor mir erschien eine Südstaatenschönheit mit schwingendem Reifrock. »Oh, das war es doch. Hast du ihre Gesichter gesehen?« Heiterkeit funkelte in Augen, die einst blauer als meine gewesen waren. An diesem Abend hatten sie die Farbe der über den Himmel wogenden Wolken.

Ich kramte in meiner Handtasche und nahm ein Papiertaschentuch, um damit die Stiefel abzuwischen. »Ich dachte, du wolltest das nicht mehr tun. Mit wem willst du spielen, wenn du die Touristen verschreckst?« Es gab nicht viele Firmen, die glaubten, dass die Altstadt von Atlanta wie in Savannah oder Charleston groß genug war, um den Aufwand von Pferdekutschen zu rechtfertigen. Wenn Portia ihre Spielchen fortsetzte, war der Rest des südlichen Charmes, der die Zersiedelung überstanden hatte, dem Untergang geweiht. Dann beschränkten sich die historischen Traditionen Atlantas auf so altehrwürdige Einrichtungen wie die Welt von Coca-Cola, die CNN-Zentrale und das unterirdische Einkaufszentrum.

Portia zog einen so hübschen Schmollmund, dass ich vermutete, sie hatte ihn zu ihren Lebzeiten vor dem Spiegel geübt. »Du hast keinen Sinn für Spaß, Cassie.«

Ich warf ihr einen unglücklichen Blick zu, während ich versuchte, den Schlamm vom Leder der Stiefel zu wischen. Das Ergebnis meiner Bemühungen bestand darin, dass ich ihn gleichmäßiger verteilte. »Man kann viel Spaß mit mir haben, aber nicht heute Abend.« Aus dem Nieseln wurde richtiger Regen, und die Tropfen fielen durch Portia auf die Straße. Ich hasste das. Es sah aus wie ein zu körniges Fernsehbild. »Du hast nicht zufällig Billy Joe gesehen, oder?«

Ich nannte Billy Joe meinen Schutzengel, aber das stimmte nicht ganz. Er war mehr ein Nerver, der sich gelegentlich als nützlich erwies, doch zu diesem besonderen Zeitpunkt war ich nicht wählerisch. Billy war das, was von einem irisch-amerikanischen Spieler übrig geblieben war, der im Jahr 1858 eine Pokerrunde zu viel gewann. Mehrere aufgebrachte Cowboys hielten ihn zu Recht für einen Falschspieler, steckten ihn in einen Sack und warfen ihn in den Mississippi. Glücklicherweise hatte er kurz zuvor eine Gräfin um eine große, hässliche Halskette erleichtert, die eine Art übernatürliche Batterie darstellte: Sie nahm magische Energie aus der gewöhnlichen Welt auf und speicherte sie, bis sie gebraucht wurde. Als Billy Joes Geist den Körper verließ, fand er in der Kette ein neues Zuhause – er spukte so in ihr wie andere Geister an konventionelleren Orten wie zum Beispiel Krypten und Grüften. Sie verlieh ihm genug Kraft, um weiterzuexistieren, doch es waren meine gelegentlichen Spenden lebendiger Energie, die ihm Mobilität gaben. Ich hatte die Halskette mit siebzehn Jahren in einem Trödelladen gefunden, und seitdem bildeten Billy und ich ein Team. Natürlich konnte er für mich keine Nachricht zum Club bringen, wodurch es mir erspart geblieben wäre, ihn persönlich aufzusuchen. Aber er konnte Ausschau halten und mich warnen, wenn die bösen Buben zu nahe kamen. Vorausgesetzt natürlich, dass ich ihn fand, was manchmal ein wenig Geisterhilfe erforderte.

Es gab viele Geister in Atlanta, und die meisten von ihnen waren ganz gewöhnliche Spuken-wir-ein-bisschen-herumbis-man-uns-bemerkt-oder-wir-ganz-dahinschwinden-Typen wie Billy Joe. Hinzu kamen einige Schutzgeister und Gepräge, die allerdings nicht den Geistern zuzurechnen waren. Bei Geprägen handelte es sich um so etwas wie übernatürliche Kinos, die immer wieder den gleichen Film zeigten, bis man schreien mochte. Es war nicht unbedingt lustig, auf ein Gepräge zu stoßen, denn normalerweise präsentierten sie traumatische Szenen. Während der ersten Monate in Atlanta hatte ich meine freie Zeit damit verbracht, mir die Straßen meiner Gegend anzusehen und dabei insbesondere auf Geprägezonen zu achten. Ich fand etwa fünfzig, in denen es um den Brand der Stadt zur Zeit des Bürgerkriegs ging, aber die meisten von ihnen waren so schwach, dass sie mir nur leichtes Unbehagen bereiteten, mehr nicht. Doch es gab ein großes Gepräge zwischen meiner Wohnung und dem Reisebüro, und es zeigte einen Sklaven, der von mehreren Hunden zerfleischt wurde. Nachdem ich eines Tages mitten hineingeraten war, machte ich einen weiten Bogen darum. Ich hatte viele Erinnerungen, die ich lieber vergessen würde; die Albträume anderer Leute hatten mir gerade noch gefehlt.

Portia war kein Gepräge. Manchmal hielt ich sie für schlimmer. Sie gehörte zu den Geistern, die die tragischen Phasen ihres Lebens immer wieder erlebten, aber nicht wie in einem stumpfsinnigen Film. Sie waren regelrecht davon besessen und mit Menschen vergleichbar, die dem unwiderstehlichen Drang nachgeben müssen, sich fünfzigmal am Tag die Hände zu waschen. Und sie waren mobil, was bedeutete, dass sie einem folgten und rund um die Uhr sieben Tage in der Woche von den Dingen erzählten, die sie nicht in Ruhe ließen. Billy Joe hatte ich das schnell abgewöhnt. Er trauerte darüber, jung gestorben zu sein, und ständig sein Was-hätte-ich-für-ein-Leben-haben-können-Geschwafel in den Ohren zu haben … Früher oder später hätte es mich um den Verstand gebracht.

Unglücklicherweise befand sich Portia gerade in ihrem geschwätzigen Modus, und mehr als zehn Minuten vergingen, bis ich herausfand, dass sie Billy Joe nicht gesehen hatte – während dieser Zeit beschrieb sie mir detailliert, wie sie Elfenbeinknöpfe an ihr nie benutztes Hochzeitskleid genäht hatte. Typisch. Ich verbrachte den größten Teil meiner Zeit mit dem Wunsch, dass er endlich verschwinden sollte, und er war nur dann nicht da, wenn ich ihn brauchte. Offenbar sah man mir meinen Ärger an, denn Portia unterbrach sich mitten in einer Geschichte, in der es um zwei Offiziere ging, die sich um den letzten Platz auf ihrer Tanzkarte gestritten hatten. Es war eine ihrer Lieblingsgeschichten, und es missfiel ihr ganz offensichtlich, dass ich nicht mit voller Aufmerksamkeit bei der Sache war. »Du hörst nicht zu, Cassie. Stimmt was nicht?« Ein ärgerliches Schnippen mit dem spitzenbesetzten Fächer wies darauf hin, dass ich besser einen guten Grund haben sollte.

»Tony hat mich gefunden, und ich brauche Hilfe dabei, die Stadt zu verlassen. Aber zuerst muss ich zum Club und benötige jemanden, der Ausschau hält.«

Ich hatte die Worte kaum ausgesprochen, als ich sie auch schon bereute. Portias Augen wurden noch größer, und entzückt klatschte sie in die Hände. »Oh, das macht Spaß! Ich helfe dir!«

»Äh, das ist sehr großzügig von dir, Portia, aber ich glaube nicht … Ich meine, es gibt viele Wege zum Club, und du könntest sie nicht alle überwachen.« Doch in Portias Augen zeigte sich bereits ein vertrauter stählerner Glanz, und ich gab sofort nach. Die meiste Zeit über war sie zuckersüß, aber wenn man sich ihren Zorn zuzog, konnten die Dinge schnell ungemütlich werden.

»Ich hole Hilfe«, versprach sie. »Es wird wie eine Party!« Sie verschwand mit wirbelndem Reifrock, und ich seufzte. Einige von Portias Freunden nervten noch mehr als sie selbst, aber wenigstens hatte ich jemanden, der Ausschau hielt. Und ich brauchte mir keine Sorgen darüber zu machen, dass Tonys Leute sie bemerkten. Selbst wenn er Vampire geschickt hatte – sie würden überhaupt nichts von ihr sehen.

So seltsam es auch klang: Viele Angehörige der übernatürlichen Gemeinschaft glaubten nicht an Geister. Oh, manche räumten ein, dass es gelegentlich eine geplagte Seele gab, die eine Zeit lang am Grab verharrte, bevor sie sich mit dem Unvermeidlichen abfand. Doch kaum jemand würde meinen Hinweisen glauben, dass viele Geister nach dem Tod zurückblieben, dass es viele verschiedene Arten von ihnen gab und wie aktiv sie sein konnten. Geister wie Portia und Billy Joe waren für die übernatürliche Gemeinschaft das, was Vampire für die Menschen waren: alte Geschichten und Legenden, mehr nicht. Es war eine seltsame Welt.

Einige Minuten später erreichte ich den Club, außer Atem und mit schmerzenden Füßen, aber unversehrt. Mich dort zu zeigen war natürlich eine sehr schlechte Idee. Selbst wenn mir niemand gefolgt war: Ein Dutzend Personen beim Reisebüro und in meinem Apartmenthaus wussten, dass ich dort einen Teilzeitjob hatte. Außerdem war der Club nur einen Häuserblock von der Peachtree entfernt, was mir zu denken gab. Für den Fall, dass es mich tatsächlich erwischte, nahm ich mir vor, zurückzukehren und bei Tony herumzuspuken. Nun, ich konnte die Stadt nicht verlassen, ohne meinen Mitbewohner zu warnen und eine Übereinkunft mit ihm zu treffen. Ich fühlte mich bereits schuldig genug, auch ohne mein Gewissen mit einem weiteren vermurksten Leben zu belasten.

Der Club mit seiner hohen Decke, den frei liegenden Stahlträgern, den graffitibeschmierten Betonwänden und der riesigen Tanzfläche war größer als die meisten anderen, aber an diesem Abend drängten sich so viele Personen unter den herabhängenden Disco-Lampen zusammen, dass man einen klaustrophobischen Anfall bekommen konnte. Ich war dankbar für das Gewühl, denn dadurch sank die Wahrscheinlichkeit, dass mich jemand bemerkte. Ich schlüpfte durch den Hintereingang und stieß auf keine Probleme – jedenfalls nicht von der waffenschwingenden, mörderischen Art.

Einer der Barkeeper hatte sich krankgemeldet, und deshalb waren sie unterbesetzt. Als Mike mich sah, bat er mich sofort, für den fehlenden Burschen einzuspringen. Normalerweise hätte ich nichts dagegen gehabt, da mir mein gewöhnlicher Job kaum Trinkgeld einbrachte. An drei Abenden in der Woche las ich zudem Tarot-Karten, obwohl ich sie nicht mochte. Ich benutzte sie, weil man das von mir erwartete, aber ich brauchte nicht auf irgendwelche alten Bilder und Symbole zu starren, um zu wissen, was geschehen würde. Meine Visionen kamen in Technicolor und in Dolby Surround, und sie waren weitaus vollständiger. Doch die meisten Leute mochten, dass ich die Karten deutete, um ihnen zu sagen, was die Zukunft brachte. Wie ich schon sagte: Es fiel mir leichter, die üblen Dinge zu *sehen*. An diesem Abend lehnte ich die Möglichkeit ab, mir ein paar zusätzliche Dollars zu verdienen. Mir lag nichts daran, die letzte Stunde meines Lebens als Barkeeperin zu verbringen.

»Was gibt's Neues?«, rief mir Mike fröhlich zu und jonglierte in der Art von Tom Cruise mit Flaschen und Shaker, sehr zur Freude der vielen Gäste.

Ich seufzte und griff in die Handtasche. Meine Finger schlossen sich um das schmierige Kartenspiel, das ich von meiner alten Gouvernante Eugenie zum zehnten Geburtstag bekommen hatte. In ihrem Auftrag hatte eine Hexe mit Humor einen Zauber auf die Karten gelegt, und ich führte sie bei mir, weil sie sich gut dafür eigneten, Kunden zu unterhalten. Doch die Prophezeiungen des karmischen Stimmungsrings neigten dazu, den Nagel auf den Kopf zu treffen. Ich hob die Karten, und eine von ihnen zeigte sich. Es war nicht die, die ich sehen wollte. »Der Turm«, erklang eine laute Stimme. Rasch steckte ich die Karten in die Handtasche zurück, ganz tief nach unten.

»Ist das gut?«, fragte Mike und ließ sich dann vom tiefen Ausschnitt einer Blondine ablenken. Ich nickte nur, eilte fort und verschwand in der Menge, bevor er mehr hören konnte. Die Stimme war nur noch ein dumpfes Krächzen aus meiner überfüllten Tasche, aber ich brauchte sie gar nicht zu hören, um zu wissen, was sie sagte. Der Turm bedeutete eine große, katastrophale Veränderung, nach der das Leben völlig anders war als vorher. Es hätte schlimmer kommen können, dachte ich – etwa mit dem Erscheinen des Tods –, aber das war kein großer Trost. Der Turm war vermutlich die am meisten gefürchtete Tarot-Karte. Der Tod konnte viele Bedeutungen haben, und die meisten von ihnen waren nicht wörtlich zu verstehen. Doch der Turm kündigte immer Scherereien für jemanden an, der sich ein ruhiges Leben wünschte. Ich seufzte – die übliche Geschichte.

Schließlich entdeckte ich Tomas im »Verlies«, Mikes Spitzname für den Keller. Mit einem Tablett leerer Gläser watete er durch ein Meer aus schwarz gekleideten Körpern. Er sah wie immer zum Anbeißen aus, vorausgesetzt, man stand auf geschmeidige Muskeln, eine Haut wie Honig auf Sahne und rabenschwarzes Haar, das die Taille berührte, wenn er es nicht zusammensteckte. Sein Gesicht war eigentlich zu zerklüftet, um attraktiv zu wirken – es schien nur aus Kanten zu bestehen –, aber die Zartheit einiger Züge machte das wieder wett. Das Haar hing ihm nicht ins Gesicht, sondern bildete einen Zopf, ein sicheres Zeichen dafür, dass er arbeitete, denn am liebsten trug er es offen. Aber einige Strähnen hatten sich gelöst und wogten hin und her. Die Kleidung hatte Mike ausgewählt: ein schwarzes Seidenhemd im Spinnwebenmuster, das mehr zeigte als bedeckte, eine schwarze, hautenge Jeans und hohe schwarze Lederstiefel. Er sah aus, als sollte er in einem Striplokal auftreten, anstatt zu kellnern. Aber der exotische, Es-haut-dich-fast-vom-Hocker-Sexappeal törnte viele Gruftis an, und mir war er auch nicht unbedingt ein Dorn im Auge.

Mike war vor etwa einem Jahr zu dem Schluss gelangt, dass es in Atlanta genug Country-and-Western-Bars gab, und deshalb hatte er seine Kneipe oben in eine progressive Oase und unten in einen Gruftitraum verwandelt. Einige ältere Herrschaften vor Ort hatten gebrummt und gemurrt, aber die Jugend war begeistert. Tomas schien zusammen mit dem Dekor für das neue Etablissement geplant worden zu sein, und es war auch und vor allem ihm zu verdanken, dass der Laden lief. Aber es störte mich ein wenig, dass er die halbe Nacht damit verbrachte, Anmache abzuwehren. Ich ging zumindest davon aus, dass er sich dagegen sträubte, denn er brachte nie jemanden mit nach Hause. Doch manchmal fragte ich mich, ob es angesichts seines Backgrounds wirklich klug von mir gewesen war, ihm ausgerechnet einen solchen Job zu verschaffen.

Tomas sah viel besser aus als bei unserer ersten Begegnung, die in einem hiesigen Obdachlosenasyl stattgefunden hatte – sein leerer Blick war mir aus meiner eigenen Zeit auf der Straße vertraut gewesen. Lisa Porter, Verwalterin des Obdachlosenheims und seine selbst ernannte Glucke, stellte uns vor, als ich mal wieder als ehrenamtliche Helferin vorbeischaute. Wir kamen ins Gespräch, als wir gespendete Altkleidung zu drei Haufen sortierten: brauchbar, reparaturbedürftig und nur-noch-als-Putzlappen-zu-verwenden. Es war bezeichnend für Tomas' Persönlichkeit, dass ich noch am gleichen Abend mit Mike über ihn sprach und er am nächsten Tag nach einem kurzen Vorstellungsgespräch eingestellt wurde. Mike meinte, er hätte nie einen besseren Angestellten gehabt: nie krank, keine Klagen und traumhaftes Aussehen. Beim letzten Punkt war ich nicht so sicher. Meiner Ansicht nach benötigte er einen Pickel oder eine Narbe, irgendeinen Makel auf der glatten goldenen Haut, damit er realer wirkte. Er ähnelte den Untoten mehr als die meisten Vampire, die ich kannte, und obendrein hatte er das gleiche sichere Auftreten. Aber er lebte, und solange ich mein total verhextes Selbst von ihm fernhielt, würde er vermutlich am Leben bleiben.

»Hast du einen Moment Zeit, Tomas?«

Ich bezweifelte, dass er mich hörte, denn der DJ sorgte für fast schmerzhaft laute Musik, aber er nickte. Normalerweise wäre ich noch nicht da gewesen, und daraus schloss er, dass irgendetwas anlag. Wir bahnten uns einen Weg durch die Menge, was mir einen bitterbösen Blick von einer Frau mit violetten Rastalocken und schwarzem Lippenstift einbrachte – sie war sauer, weil ich ihr die Hauptattraktion nahm. Oder vielleicht hielt sie nichts von meinem Happy-Face-T-Shirt und den Ohrringen. Bei der Arbeit versuchte ich, dem Grufti-Outfit so nahe wie möglich zu kommen, ohne zu grässlich auszusehen – schwarze Sachen standen Rotblonden nicht besonders gut –, denn ich hatte schon nach kurzer Zeit festgestellt, dass man eine Wahrsagerin in Pastellfarben nicht besonders ernst nahm. Doch an meinen freien Tagen beanspruchte ich das Recht, nicht so auszusehen, als wollte ich zu einer Beerdigung gehen. Mein Leben war auch so schon deprimierend genug.

Wir traten hinter die Theke und gingen ins Hinterzimmer. Dort war es ruhiger, was bedeutete, dass wir uns verstehen konnten, wenn wir dicht beieinanderstanden und riefen. Doch der Lärm war weniger ein Problem, als Tomas ins Gesicht zu sehen und zu überlegen, was ich sagen sollte. Wie ich war er schon früh auf der Straße gewesen. Und im Gegensatz zu mir hatte er nur sich selbst anbieten können. Wenn ich ihn nach seiner Vergangenheit fragte, bekamen seine Augen einen sonderbaren Glanz, der mir Unbehagen bereitete, und deshalb vermied ich es, dieses Thema anzuschneiden. Aber wahrscheinlich handelte es sich um eine Variante der üblichen Angelegenheit. Die meisten Straßenkinder hatten die gleiche Geschichte zu erzählen: Sie waren gebraucht, missbraucht und dann mit dem Müll hinausgeworfen worden. Ich hatte gedacht, ihm einen Gefallen zu tun, als ich ihm mein Gästezimmer gab und außerdem dafür sorgte, dass er einen ordentlichen Job bekam. Aber ein Teil von Tonys Zorn war ein hoher Preis für sechs Monate Stabilität.

Um Tomas' Sicherheit zu gewährleisten, wäre es besser gewesen, ihn woanders unterzubringen, aber das ließ sich kaum bewerkstelligen – er hätte vermutlich den Eindruck gewonnen, dass ich ihn hinauswerfen wollte. Ein Teil des Problems bestand darin, dass sich keiner von uns dem anderen öffnete, und es half nicht, dass wir einen schwierigen Anfang gehabt hatten. Als ich an jenem Abend, an dem er bei mir eingezogen war, aus dem Bad kam, lag er nackt auf meinem Bett, das Haar wie ein großer Tintenfleck auf dem weißen Laken. Ich stand mit meinem Winnie-the-Pooh-Handtuch da und starrte ihn groß an, während er sich wie eine große Katze auf dem Federbett streckte, ganz Geschmeidigkeit und Anmut. Er war völlig unbefangen, und ich erkannte den Grund dafür – wie ein halb verhungertes Straßenkind sah er gewiss nicht aus.

Ich hatte ihn nie nach seinem Alter gefragt, nahm aber an, dass er jünger war als ich. Was bedeutete, dass er für jenen besonderen Blick viel zu jung war.

Gegen meinen Willen beobachtete ich, wie seine langfingrige Hand langsam von der Brustwarze bis zu den Lenden strich. Es war eine unmissverständliche Einladung, und es dauerte einige Sekunden, bis ich wieder einen klaren Kopf bekam und begriff, was vor sich ging. Offenbar glaubte er, für das Zimmer auf die Weise bezahlen zu müssen, an die er gewöhnt war. Auf der Straße gab es nichts gratis. Als ich Geld abgelehnt hatte, musste er angenommen haben, dass ich anderweitig bezahlt werden wollte. Ich hätte versuchen sollen, ihm zu erklären, dass ich mein ganzes Leben lang missbraucht worden war und gewiss nicht damit anfangen wollte, das jemand anderem anzutun. Wenn ich zu solchen Worten bereit gewesen wäre, hätten wir vielleicht das eine oder andere klären können. Stattdessen rastete ich aus und warf ihn aus dem Schlafzimmer, zusammen mit der Decke, die ich rasch über ihn geworfen hatte. Ich wusste nicht, was er davon gehalten hat, denn er kam nie auf jenen ersten Abend zu sprechen. Schließlich fanden wir zu einer mehr oder weniger entspannten Routine und teilten uns wie in einer ganz gewöhnlichen Wohngemeinschaft die Hausarbeit sowie das Kochen und Einkaufen. Aber wir hüteten beide unsere Geheimnisse. Manchmal ertappte ich ihn dabei, wie er mich mit einem seltsamen Gesichtsausdruck beobachtete – vielleicht wartete er darauf, dass ich ihn wie alle anderen zuvor verließ. Ich bedauerte sehr, dass ich genau das jetzt tun musste.

»Hast du heute früher Schluss gemacht?« Tomas berührte mich an der Wange, und ich wich zurück, weil ich etwas weiter von den vertrauensvoll blickenden Augen entfernt sein wollte. Ich musste ihn enttäuschen, die Umstände zwangen mich dazu, aber ich freute mich ganz sicher nicht darauf, Kummer in seinem Gesicht zu sehen und zu beobachten, wie sich sein Vertrauen in Menschen auflöste, das er durch mich zurückgewonnen hatte.

»Nein.« Ich trat aufs andere Bein und suchte nach Worten, die nicht nach einer persönlichen Zurückweisung klangen. Es war nicht seine Schuld, wenn mein Leben schon wieder den Abfluss hinunterging. »Ich muss dir etwas Wichtiges mitteilen. Bitte hör mir zu und mach, was ich dir sage, ja?«

»Du gehst weg.« Es war mir ein Rätsel, woher er das wusste. Vielleicht sah er es mir an. Sicher erlebte er so etwas nicht zum ersten Mal.

»Mir bleibt keine Wahl.« Wir gingen durch die Hintertür nach draußen und die Treppe zur Straße hoch. Viel zu sehen gab es nicht, aber wenigstens war es ruhiger. Die Luft roch nach Regen, es hatte genieselt, doch der Wolkenbruch, der sich am Nachmittag angekündigt hatte, ließ noch immer auf sich warten. Wenn ich mich beeilte, schaffte ich es vielleicht noch bis zum Busbahnhof, bevor es richtig zu gießen begann. »Ich habe dir doch erzählt, dass vor einer Weile ziemlich schlimme Dinge passiert sind, erinnerst du dich?«

»Ja, aber jetzt gibt es nichts mehr zu befürchten. Ich bin da.« Tomas lächelte und sah mich auf eine Weise an, die mich beunruhigte. Ich wollte nicht, dass er mich lieb hatte oder vermisste. Verdammt, das lief alles andere als gut. Ich beschloss, die Zurückhaltung aufzugeben und es mit einer direkteren Vorgehensweise zu versuchen.

»Schwierigkeiten sind im Anmarsch, und ich muss weg sein, bevor es richtig rundgeht.« Als Erklärung taugte das nicht viel, aber wie sollte man jemandem sagen, dass einem der Vampir-Gangster, bei dem man aufgewachsen war und den man ruinieren wollte, nach dem Leben trachtete? Tomas konnte die Welt, aus der ich stammte, gar nicht verstehen, und ich hatte nicht genug Zeit, für ihn alles auseinanderzuklamüsern. »Du kannst den Kram in der Wohnung haben, aber bring meine Sachen zum Obdachlosenheim. Lisa kann sie dort gut gebrauchen.« Ich bedauerte, meine sorgfältig zusammengestellte Garderobe aufgeben zu müssen, aber das ließ sich leider nicht ändern.

»Cass ...«

»Ich rede mit Mike, bevor ich gehe. Er hat bestimmt nichts dagegen, wenn du dich hier für ein oder zwei Wochen einquartierst. Für den Fall, dass jemand in der Wohnung nach mir sucht. Du solltest dich besser eine Zeit lang von ihr fernhalten.« Es gab eine Atelierwohnung ganz oben im Gebäude, ein Überbleibsel aus der Zeit, als Inhaber noch über ihren Geschäften wohnten. Mike hatte sie recht oft benutzt; sie sollte also in einem guten Zustand sein. Und mit dem Wissen, dass Tomas dort unterkam, hätte ich mich viel besser gefühlt. Die Vorstellung, dass einige zornige Vampire auf der Suche nach mir in die Wohnung platzten und dort Tomas vorfanden, gefiel mir ganz und gar nicht.

»Cassie.« Vorsichtig ergriff er meine Hand, als fürchtete er, ich könnte sie fortziehen. Seit dem Missverständnis am ersten Abend nahm er an, dass ich in Bezug auf körperliche Kontakte verklemmt war. Ich ließ ihn in seinem Glauben, weil ich vermeiden wollte, einen falschen Eindruck zu machen, und ehrlich gesagt: Es fiel mir leichter, anständig zu bleiben, wenn ich eine gewisse Distanz zwischen uns wahrte. Es reichte ihm bestimmt, dass man ihm bei der Arbeit auf den Pelz rückte. »Ich begleite dich.« Er sagte es ganz ruhig, als wäre es die logischste Sache auf der Welt.

Ich wollte ihn nicht verletzen, aber ich konnte nicht einfach dastehen und mit ihm diskutieren, während ein Mörder hinter mir her war. »Das geht nicht. Tut mir leid, aber zwei Personen sind leichter zu finden als eine, und außerdem: Wenn ich gefasst werde …« Ich brach ab. Mit welchen Worten sollte ich ihm sagen, wie schlimm es war, ohne dabei völlig durchgeknallt zu klingen? Bestimmt hatte Tomas genug seltsame Dinge auf den Straßen gesehen, um aufgeschlossener zu sein als die Bullen, die jeden, der über Vampire faselte, wie einen Junkie oder Irren behandelten. Aber selbst wenn es eine Möglichkeit gegeben hätte, ihm alles zu erklären – die Zeit reichte nicht.

»Es tut mir wirklich leid, aber ich muss weg.« Auf diese Weise wollte ich nicht von ihm Abschied nehmen. Es gab viele Dinge, die ich Tomas nicht gesagt hatte, weil sie vielleicht so klangen, als wollte ich ihn anbaggern. Jetzt hätte ich alles sagen können, was ich wollte, aber ich musste gehen.

Ich wandte mich ab, doch Tomas hielt meine Hand fest, und sein Griff war erstaunlich fest. Bevor ich ihn auffordern konnte, mich loszulassen, fühlte ich mich von einem sehr vertrauten und ganz und gar unwillkommenen Gefühl erfasst. Etwas Kälteres, Dunkleres und weitaus weniger Freundliches ersetzte die feuchtwarme Abendluft. Ich wusste nicht, was Nichtsensitive in der Gegenwart von Vampiren empfanden, aber ich hatte es mein ganzes Leben gespürt, wenn einer in der Nähe war. Es war wie in dem Spruch, dass man merkte, wie jemand über das eigene Grab ging. Es lief einem irgendwie kalt über den Rücken, und gleichzeitig gewann man den Eindruck, dass etwas nicht stimmte. Bei Geistern hatte ich nie ein solches Gefühl, im Gegensatz zu vielen Normalos, wohl aber bei Vampiren. Ich hob den Kopf und sah eine dunkle Gestalt, deren Silhouette sich für einen Moment vor dem Licht der Straßenlaternen abzeichnete, bevor sie in der Dunkelheit der Nacht verschwand.

»Verdammt!« Ich holte meine Waffe hervor und schob Tomas in den Lagerraum zurück. Was allerdings kaum half. Wenn Tony Vampire hinter mir hergeschickt hatte, so brauchten wir mehr Schutz, als eine gewöhnliche Tür bieten konnte. Ich hatte gesehen, wie Tony eine Tür aus massiver Eiche mit einer kurzen Bewegung seiner feisten, mit Ringen geschmückten Hände aus den Angeln gerissen hatte, nur weil er den Schlüssel nicht fand und in schlechter Laune war.

»Was ist los?«

»Ich habe jemanden gesehen, den ich nicht sehen möchte.« Ich richtete den Blick auf Tomas, und eine plötzliche Vision zeigte mir sein Gesicht blutüberströmt und die Augen mit dem leeren Blick des Todes. Es war kein *Sehen*, nur meine Phantasie, die sich wie üblich den schlimmsten Fall ausmalte, doch es half mir dabei, die Prioritäten zu setzen. Die Vampire würden nicht in den Club stürmen und auf der Suche nach mir ein Massaker anrichten. Tony fürchtete den Senat zu sehr, als dass er sich auf einen Massenmord einlassen würde, aber bestimmt zögerte er nicht, das eine oder andere Gassenkind zu erledigen, das ihm in den Weg geriet. Mit der gleichen Haltung hatte er mich im Alter von vier Jahren zur Waise gemacht, um die alleinige Kontrolle über meine Fähigkeiten zu bekommen. Meine Eltern waren ein Hindernis für seinen Ehrgeiz gewesen, und deshalb mussten sie verschwinden. Ganz einfach. Und der Senat würde keinen Wirbel um etwas machen, das man auf gewöhnliche Bandenaktivität zurückführen konnte. Die erste Priorität, so entschied ich, bestand darin, Tomas aus der Schusslinie zu bringen. »Ich muss von hier verschwinden, um nicht alle anderen in Gefahr zu bringen. Aber jetzt … Man hat uns zusammen gesehen, und das könnte bedeuten, dass sie es auch auf dich abgesehen haben. Vielleicht glauben sie, dass du weißt, wohin ich unterwegs bin.«

Ich zog Tomas mit mir durch den Lagerraum und überlegte fieberhaft. Es war dumm von mir gewesen, hierherzukommen und ihnen Gelegenheit zu geben, mich mit Tomas zu sehen. Obwohl die Leute im Club dauernd das Gegenteil hörten: Die Hälfte von ihnen hielt ihn und mich für ein Paar. Wenn Tonys Burschen Fragen stellten und das hörten, würden sie ihn zu Tode foltern bei dem Versuch, mich zu finden. Ich hätte es besser wissen und mich auf keine Beziehung mit jemandem einlassen sollen, nicht einmal auf eine platonische. Ich war wie eine Art Gift: Wer in meine Nähe kam, konnte von Glück reden, wenn er einfach nur starb. Irgendwie musste ich Tomas fortbringen, und wie ich konnte er nicht hoffen, jemals zurückzukehren. Ein tolles neues Leben, zu dem ich ihm da verholfen hatte.

Es gab da auch das Problem, dass der Vampir nichts gegen uns unternommen hatte und einfach verschwunden war. Ich hatte beobachtet, wie sie den Anschein erweckten, sich einfach in Luft aufzulösen – so schnell konnten sie sich bewegen. Jene Sekunden wären für den Vampir Zeit genug gewesen, blitzschnell wie eine Schlange zuzuschlagen oder mich aus sicherer Entfernung zu erschießen. Eigentlich brauchten Vampire keine Waffen gegen Sterbliche, aber der Senat wollte, dass solche Dinge so normal wie möglich aussahen, und deshalb trugen die meisten Halunken in Tonys Diensten Knarren bei sich. Vermutlich ging er davon aus, dass ich ebenfalls bewaffnet war, aber ich bezweifelte, dass er mein Schießeisen fürchtete, selbst wenn er gewusst hätte, wie schlecht ich damit umgehen konnte. Ich durfte bestenfalls hoffen, ihn ein wenig aufzuhalten. Nein, ich lebte nur deshalb noch, weil der Vampir dort draußen die Anweisung hatte, sich an die Regeln zu halten. In der Todesnachricht war von zwanzig Uhr dreiundvierzig die Rede gewesen, und dabei blieb es. Ich glaubte zu hören, wie Tony der Familie sagte, dass er ein letztes kleines *Sehen* für seine Prophetin arrangiert hatte, und diesmal brauchte sie die Arbeit nicht einmal selbst zu leisten. Ich fragte mich, ob sie beabsichtigten, mich hier zu töten und dann zur Peachtree zu tragen. Oder wollten sie mich geistig überwältigen und selbst dorthin gehen lassen wie das sprichwörtliche Lamm zur Schlachtbank? Ich wollte das eine ebenso vermeiden wie das andere.

Ich befeuchtete meine trockenen Lippen. »Hier. Setz das auf und hol deine Jacke. Steck dein Haar zusammen.« Mike hatte eine seiner vielen Baseballmützen in einem Regal liegen lassen, und ich nahm sie, obwohl all das Haar sicher nicht darunterpasste. »Wir müssen jemanden finden, der eine Kapuzenjacke hat, die er dir leihen kann. Du bist zu leicht zu erkennen.« Vielleicht war einer der Gruftis bereit, uns einen Umhang zu überlassen. Wenn ich in der Lage war, Tomas ein anderes Erscheinungsbild zu geben … Dann konnte er vielleicht entkommen, während sich die Vampire auf mich konzentrierten.

»Hör zu, Cassie. Es gibt da …«

Ich fand nie heraus, was Tomas mir sagen wollte, denn genau in diesem Moment sprang die Tür so auf, als hätte sie gar kein Schloss, und fünf große Vampire stürmten herein. Sie sahen aus wie Linebacker, die eine Grunge-Band gegründet hatten: dicke Muskeln und schulterlanges, schmieriges Haar.

Für einen Moment starrten wir uns nur an, ohne dass sich jemand bewegte. Die Größe spielte bei den Untoten kaum eine Rolle, aber Tony mochte das Eindrucksvolle, wegen des Einschüchterungsfaktors, nahm ich an. Es funktionierte – ich fühlte mich eingeschüchtert. Der Umstand, dass die Burschen gar nicht versuchten, ihre wahren Gesichter unter freundlichen Masken zu verbergen, war wenig hilfreich. Ich wusste, wie ein Vampir bei der Jagd aussah – ich hatte es oft genug gesehen –, und trotzdem blieb es albtraumhaft. Mir blieb noch Zeit genug, mich zu fragen, ob ich mir wegen Albträumen Sorgen machen musste, und dann sprangen die Vampire auf uns zu. Ich verpasste einem von ihnen eine Kugel in die Herzgegend, doch das hielt ihn nicht auf, was mich kaum überraschte. Es spielte auch gar keine Rolle. Ich hatte gewiss nicht damit gerechnet, gegen fünf Vampire anzutreten. Einer solchen Übermacht stand ich hilflos gegenüber – Tony schien noch zorniger auf mich zu sein, als ich gedacht hatte.

Zwei

Die Waffe wurde mir aus der Hand gerissen, und jemand stieß mich mit dem Gesicht gegen die Wand. Gleichzeitig drehte man mir den Arm so weit auf den Rücken, dass ich befürchtete, er könnte brechen. Ich sah nicht, was geschah – immerhin hatte ich eine Betonwand im Gesicht –, aber die Geräusche deuteten darauf hin, dass die metallenen Regalgestelle umgestoßen wurden. Jemand brüllte zornig, und dann wogte Energie wie ein heißer Wind durch den Keller und strich mir funkenstiebend über die Haut. Mit genug Atem hätte ich geschrien, wegen der Hitze und des verdammten Mistkerls, der mir nicht die geringste Chance zur Flucht ließ. Tony hatte nicht nur eine ganze Gruppe Vampire hinter mir hergeschickt – einer von ihnen musste auch noch ein Meister sein. Niemand sonst konnte so viel Kraft herbeirufen, nicht einmal fünf zusammenarbeitende gewöhnliche Vampire.

Die meisten Vamps verbrachten ihre unsterbliche Existenz damit, kaum mehr als Sklaven zu sein. Sie dienten jenem, der sie geschaffen hatte, ohne die Möglichkeit, sich davonzumachen oder einen Auftrag abzulehnen. Aber manche von ihnen, für gewöhnlich jene, die im Leben besonders willensstark gewesen waren, gewannen im Lauf der Zeit an Macht. Wenn sie das Meisterniveau erreichten, konnten sie andere Vampire dazu bringen, ihnen zu dienen, und normalerweise erhielten sie dann eine gewisse Autonomie von ihren Herren. Die Stufe sieben war das niedrigste Meisterniveau, und die meisten kamen nie darüber hinaus. Aber für die anderen brachte jede weitere Stufe, die sie erreichten, neue Fähigkeiten und mehr Freiheit. Ich hatte mein ganzes Leben in der Nähe von Meistervampiren bis hin zur dritten Stufe wie Tony verbracht und gelegentlich beobachtet, wie sie außer sich gerieten. Aber nie zuvor hatte es sich angefühlt, als könnte mir ihre Kraft Löcher in die Haut brennen. Es erschien mir kaum vorstellbar, dass Tony einen ranghohen Vampir der zweiten oder ersten Stufe dazu überredet hatte, einen schäbigen kleinen Mord auszuführen – es war nicht unbedingt eine Herausforderung, mich um die Ecke zu bringen –, aber es gab keine andere Erklärung.

Ich rief Tomas zu, dass er weglaufen sollte, obwohl ich wusste, dass es kaum etwas nützte. Der Vampir, der mich festhielt, zog daraus offenbar den Schluss, dass ich noch zu viel Luft bekam. Die Hand an meinem Hinterkopf rutschte zum Nacken und drückte zu. Wenn ich Glück hatte, dachte ich, würde er mich erdrosseln, bevor er auf die Idee kam, mich zu verwandeln. So oder so würde es kein angenehmer Abend für mich, aber ich hatte keinen Bock darauf, bis in alle Ewigkeit Tonys hässliche Visage zu sehen.

Eine Sekunde später, als weiße Punkte vor meinen Augen tanzten und es mir in den Ohren rauschte, stieß der Vampir einen schrillen Schrei aus, und der Druck ließ plötzlich nach. Ich keuchte, sank auf die Knie und versuchte, genug Luft durch die brennende Kehle zu bekommen. Unterdessen zuckte und zappelte der Vampir und schrie so, als risse ihn etwas auseinander. Ich brauchte einige Sekunden, um zu begreifen, was mit ihm los war, denn so etwas geschah nicht jeden Tag. Einen wichtigen Hinweis lieferte mir ein warmes Gefühl, fast wie von einer Flüssigkeit, das von dem schiefen Pentagramm auf meinem Rücken ausging – jemand schien mir heißes Öl auf die Haut zu schütten. Hinzu kam, dass sich am Arm und auf der Brust des Vampirs Linien zeigten, die goldgelb glühten und sich zischend ins Fleisch bis auf die Knochen brannten. Ich beobachtete, wie ein Striemen das von meiner Kugel stammende Loch in der Brust vereinnahmte und sich tiefer hineinfraß. Verblüfft starrte ich den Vampir an. Der Form der Linien ließ sich entnehmen, dass mein Schutzzauber aktiv geworden war.

Das kam einer Ironie des Schicksals gleich, denn es musste Tony gewesen sein, der mich damit ausgestattet hatte. Ich hatte immer geglaubt, dass er einem Schwindel aufgesessen war: Das ursprüngliche Pentagramm hatte sich im Lauf meines Wachstums gedehnt und war inzwischen zu einem hässlichen Tattoo geworden, das die Hälfte meines Rückens und einen Teil der linken Schulter bedeckte. Aber auch wenn es nicht mehr besonders gut aussah, es schien noch immer seinen Zweck zu erfüllen. Andererseits: Der Vampir, der mich angegriffen hatte, war kein Meister – die heiße Energie war von hinter uns gekommen –, und es blieb eine offene Frage, wie mein Pentagramm bei einem der Big Boys wirken würde. Ich war beeindruckt von dem, was es bei diesem Typen geschafft hatte. Nur einmal zuvor hatte es Aktivität entfaltet und den Arm eines Straßenräubers so sehr versengt, dass ich entkommen konnte. Bei jener Gelegenheit hatte es ein Mensch auf mich abgesehen gehabt. Reagierte der Schutzzauber vielleicht umso intensiver, je stärker mein Gegner war? Ich hatte das unangenehme Gefühl, dass ich es bald herausfinden würde.

Ich wusste ein wenig über Schutzzauber Bescheid, denn Tony hatte immer zwei Zauberschmiede in seinen Diensten, um sein Zuhause und die Geschäfte mit magischen Bollwerken zu schützen. Von ihnen hatte ich erfahren, dass es drei Hauptkategorien gab: Grenzzauber, Energiezauber und

Schutzzauber. Tony verwendete Grenzzauber als Tarnung, wenn er etwas Illegales versuchte. Also ständig. Energiezauber waren komplexer. Die guten von ihnen wirkten besser gegen Stress als Prozac und halfen Personen dabei, mit emotionalen Belastungen fertigzuwerden. Aber Tony machte vor allem von den schlechten Gebrauch, die es ihm erlaubten, wichtige geschäftliche Verhandlungen zu beeinflussen. Wer sich im Einflussbereich eines solchen Zaubers befand, fühlte sich in eine heitere Stimmung versetzt und glaubte plötzlich, dass halsabschneiderische Taktiken viel zu anstrengend waren, wenn es doch genügte, einfach mit dem einverstanden zu sein, was Tony vorschlug. Es gab zwei Arten von Schutzzaubern: persönliche Schilde und Wächter. Eugenie machte mich in meiner Kindheit mit der ersten Art vertraut. Ohne Schilde könnte ich sogar den Geist eines Geistes wahrnehmen, die vagen energetischen Spuren, die sich wie die glühenden Linien auf einer Karte in die Vergangenheit erstreckten und mir mitteilten, dass einst, vielleicht vor Hunderten von Jahren, ein Geist diesen Ort passiert hatte. Je älter ich wurde, desto mehr lenkten mich jene Eindrücke ab, vielleicht deshalb, weil Tonys alte Villa zwischen einer indianischen Begräbnisstätte und einem Kolonialfriedhof stand. Eugenie hatte es schließlich sattgehabt, dass ich beim Unterricht immer wieder abgelenkt war, und deshalb hatte sie mir die Möglichkeit gegeben, mich abzuschirmen. Sie lehrte mich, mein Energiefeld wahrzunehmen – manche Leute sprachen in diesem Zusammenhang von »Aura« – und mit meiner Kraft eine schützende Barriere darum herum zu schaffen. Schließlich gingen mir die Schilde in Fleisch und Blut über. Sie filterten alles, abgesehen von aktiven Geistern im Hier und Heute.

Aber solche Schilde waren nur so mächtig wie die Person, von der sie stammten, da sie auf der persönlichen Kraft basierten, und die meisten von ihnen genügten nicht, um einen mit aller Entschlossenheit vorgetragenen geistigen oder körperlichen Angriff abzuwehren. An dieser Stelle kamen Wächter ins Spiel. Geschaffen wurden sie von Leuten, die Magie anwandten, und sie waren dazu bestimmt, eine Person, ein Objekt oder einen Ort vor Schaden zu bewahren. Man konnte sie einsetzen, um Gefahren abzuwehren, meistens dadurch, indem das Böse zum Absender zurückgeschickt wurde. In meinem Fall sorgte ein Wächterzauber dafür, dass jemand, der mich mit böser Absicht berührte, sehr schmerzhafte Verbrennungen erlitt.

Diese Art von Schutzzauber war in der übernatürlichen Welt ein großes Geschäft. Einmal hatte Tony einem Zauberschmied ein kleines Vermögen für die Herstellung einer speziellen Grenzzauber-Kombination bezahlt, die einen Schiffskonvoi mit illegalen Substanzen an Bord schützen sollte. Der Zweck bestand darin, die Schiffe für Beobachter wie alte Mülltransporter aussehen zu lassen – solche Kähne durchsuchten die Behörden nicht gern. Aber der Zauberschmied war jung und achtlos, und sein Zauber versagte genau in dem Augenblick, als die Schiffe den Hafen erreichten, direkt vor einem Patrouillenboot der Küstenwache. Tony verlor die Fracht und der Zauberschmied sein Leben. Als mein Zauber angefertigt wurde, war ich so klein, dass ich mich nicht daran erinnerte, aber von wem er auch stammen mochte: Der betreffende Schmied verstand sein Handwerk. Tony musste eine schöne Stange Geld dafür bezahlt haben, was er inzwischen sicher bereute.

Der Gestank von bratendem Vampirfleisch ließ meine Augen tränen – so was roch man nicht jeden Tag. Ich würgte ein oder zwei Sekunden, und dann wurde mir plötzlich klar, dass ich mich wieder bewegen konnte. Rasch sah ich mich nach meiner Waffe um und kroch hinter ein umgestürztes Regalgestell. Von meiner 9 mm war weit und breit nichts zu sehen, und ohne sie konnte ich es auf keinen Fall bis zur Tür schaffen. Das metallene Gestell vor mir gab als Versteck nicht viel her; es dauerte bestimmt nicht lange, bis man mich entdeckte. Keine Waffe, keine Möglichkeit, mich zu verbergen, und nur von einem krummen Pentagramm geschützt. Ich wählte den besseren Teil der Tapferkeit, auch bekannt als Weglaufen-und-Verstecken, und wich durch den Gang zurück.

Wenn ich es schaffte, der Aufmerksamkeit des Meistervampirs für eine Minute zu entgehen, konnte ich es bis zur kleinen Tür schaffen, die in den unfertigen Teil des Kellers führte. Er wies keinen Zugang zum Club auf, grenzte aber an die Wand am Ende der Theke. Wenn er mich nicht mehr sah, dachte der Meistervampir vielleicht, dass ich in die Disco zurückgekehrt war. Möglichweise gewann ich dadurch einige Sekunden, um das Gebäude durch den Hinterausgang zu verlassen – vorausgesetzt natürlich, der Bursche war nicht so klug, dort einen seiner Jungs zurückzulassen. Und selbst wenn das der Fall war: Vielleicht wurde mein Schutzzauber mit einem weiteren einfachen Vampir fertig. Oder auch nicht.

Schließlich erreichte ich die kleine Tür am Ende der letzten Regalreihe, aber ich hatte sie noch nicht einmal geöffnet, als es hinter mir krachte und ein unmenschlicher Schrei erklang. Ich sah über die Schulter und rechnete damit, dass sich ein oder mehrere blutrünstige Vampire auf mich stürzen wollten. Es dauerte einige Sekunden, bis ich in meiner Panik die durch den Gang schwebende Person erkannte: Portia. Die Geräusche des Kampfs kamen von weiter hinten.

»Ich habe dir doch gesagt, dass ich Hilfe holen würde, Cassie!« Aufregung leuchtete in ihrem Gesicht, und die Locken zu beiden Seiten ihres Kopfs schaukelten, als sie auf dramatische Weise nach hinten deutete. Ein ganzes Konföderiertenbataillon schien in den Lagerraum gekommen zu sein, obwohl er nicht annähernd genug Platz bot. Ich hatte so etwas schon einmal gesehen – manchmal sagte die Metaphysik der gewöhnlichen Physik, dass sie verschwinden soll –, aber es war trotzdem sehr eindrucksvoll.

Ein schneidiger Offizier mit langem Schnurrbart verbeugte sich vor mir. »Hauptmann Beauregard Lewis, zu Ihren Diensten, Ma'am.« Er sah ein wenig wie Custer aus, aber ich verzichtete auf eine entsprechende Bemerkung, die vermutlich nicht gut angekommen wäre. Bevor ich überhaupt etwas sagen konnte, griff ein Vampir durch die Regalgestelle und die substanzlose Mitte des Hauptmanns und packte mich an der Kehle.

Beauregard zog seinen Säbel, und mir blieb eine halbe Sekunde, in der ich mich fragte, was er damit ausrichten wollte, bevor er zuschlug und den Arm des Vampirs am Ellenbogen abtrennte. Der Untote schrie, und ich ebenfalls, weil mir warmes Blut entgegenspritzte und die Hand des abgeschlagenen Arms noch immer meine Kehle umfasst hielt – die Finger bewegten sich, suchten nach der Luftröhre. Vampirkörper starben nur, wenn Kopf und Herz zerstört wurden. Der Arm versuchte, mich zu erdrosseln und damit den letzten Befehl auszuführen, den er bekommen hatte. Beauregard trachtete danach, ihn von meinem Hals zu lösen, aber seine Hand ging durch mich hindurch.

»Ich bedauere sehr, Ma'am«, sagte er, während mir zum zweiten Mal an diesem Abend schwarz vor Augen wurde. »Ich habe den größten Teil meiner Kraft für diesen Schlag verwendet.« Kummervoll schüttelte er den Kopf. »Die Zeit hat uns übel mitgespielt.« Er schien eine Erwiderung von mir zu erwarten, aber Anteilnahme war schwer, wenn man keine Luft bekam und hinter den Lidern ein Feuerwerk stattfand.

Der Vampir unternahm einen weiteren Vorstoß in meine Richtung, und Portia gelang es, ihn mit ihrem Sonnenschirm zu Fall zu bringen. »Schnappt ihn euch!«, rief sie, und das ganze Bataillon – bisher hatte es das Geschehen nur beobachtet – bewegte sich als eine große graue Masse. Es war einer jener Momente, in denen das Gehirn den Augen mitteilte, dass sie unmöglich sehen konnten, was sie sahen. Hunderte oder vielleicht sogar Tausende von Soldaten drängten sich am gleichen Ort zusammen und wurden zu einer dichten, brodelnden Masse. Ich fühlte mich an Wasser erinnert, das durch einen Abfluss strömte, aber in diesem Fall war der Abfluss für so etwas nicht vorgesehen, und die ganze Sache schien ihm ganz und gar nicht zu gefallen. Der Vampir prallte von Regalgestellen ab, und der unverletzte Arm schlug immer wieder zu, wie um die Angreifer abzuwehren. Seine Haut wurde fleckig und nahm einen violetten Ton an.

Als es mir schließlich gelang, die Finger von meinem Hals zu lösen und den Arm zu Boden zu werfen, bewegte sich der Vampir nicht mehr und stand starr wie eine Statue am Ende des Gangs. Ich versuchte, ihn im Auge zu behalten, wurde aber von dem Arm abgelenkt, der über den Boden auf mich zukroch. Was genau mit dem Vampir passierte, blieb unklar für mich, doch ich vermutete, dass jeder Geist einen kleinen Teil von ihm gefrieren ließ, wodurch er zu einem großen, hässlichen Eiszapfen wurde. Ich fragte mich gerade, was geschehen würde, wenn all die Geister plötzlich von ihm fortwichen, als es zu der Explosion kam. Ich hatte eine Weinflasche genommen und begonnen, damit auf den Arm einzuschlagen, und deshalb verpasste ich das große Ereignis. Ein plötzlicher Hagelschauer schleuderte mir eisige Vampirteile entgegen.

Portia schwebte über das grässliche Zeug auf dem Boden hinweg, drehte ihren spitzenbesetzten Sonnenschirm und strahlte. »Wir müssen jetzt gehen, Cassie. Das hat die Jungs viel Kraft gekostet; sie brauchen Ruhe. Aber du sollst wissen, dass wir uns prächtig vergnügt haben!« Sie nahm Beauregards Arm und machte einen Knicks, während er sich erneut verbeugte. Dann verschwand er zusammen mit der Menge, die aus den Resten des Vampirs strömte.

Benommen saß ich mitten in dem schmelzenden, klebrigen Zeug und rieb mir den Hals. Mein Gesicht brannte dort, wo mich der Hagel aus Vampirteilen getroffen hatte, aber mit der Kehle stand es noch schlimmer. Ich konnte kaum schlucken, und das besorgte mich. Vielleicht hätte ich noch eine ganze Weile dort gesessen und beobachtet, wie Vampirreste auftauten und von Regalgestellen fielen, wenn Tomas nicht am Ende des Gangs erschienen wäre.

»Schnell!« Er nahm mein Handgelenk und zog mich in den Hauptteil des Raums. Ich stieß einen schmerzerfüllten Schrei aus – er zog am Handgelenk des Arms, den mir der Vampir fast abgerissen hatte. Gleichzeitig erstaunte es mich, ihn lebend zu sehen. Ich hatte uns beide praktisch abgeschrieben und fragte mich jetzt, wer gegen die Vampire gekämpft hatte, wenn Portias Gruppe bei mir gewesen war. Blut tropfte von Tomas' Hand, und für einen Moment dachte ich, dass es seins war, aber ich konnte keine Wunde sehen. Mein Schrei musste ihn erschreckt haben, denn er ließ mich plötzlich los, und ich fiel zu Boden und schnappte mühsam nach Luft – die Kehle machte mir noch immer zu schaffen. Als ich das schmerzende Handgelenk hielt, bemerkte ich die Körper.

Abgesehen von meinem ersten Angreifer, der gurgelnde Geräusche von sich gab, während sich der Schutzzauber durch seine Brust brannte, bewegte sich nur noch ein Vampir: Er lag eingezwängt unter einem Stahlregal, das den Eindruck erweckte, von der Wand gerissen und auf ihn geworfen worden zu sein. Es hatte Bleche enthalten, Überbleibsel des Motivs »Städtisches Lagerhaus«, nach dem Mike den Club umgebaut hatte. Sie entsprachen nicht einer Architektenidee von eleganter Metallverkleidung, sondern waren so beschaffen, wie sie aus der Fabrik kamen: dick, mit rasiermesserscharfen Kanten. Mike hatte bei ihrer Verwendung sehr vorsichtig sein müssen. Als das Regal von der Wand gerissen worden war, hatten sie offenbar ein eigenes Bewegungsmoment gewonnen, sich in tödliche Geschosse verwandelt und den Vampir wie einen Laib Brot zerschnitten. Der Bursche schien vor kurzer Zeit Nahrung aufgenommen zu haben, denn aus den zahlreichen Wunden war genug Blut geströmt, um den ganzen Boden zu bedecken.

Doch keins der Bleche hatte den Kopf abgetrennt oder das Herz durchbohrt, und deshalb »lebte« der Mistkerl noch immer, trotz seiner grässlichen Verletzungen. Er sah in meine Richtung und versuchte, die Waffe zu heben, die er in einer Hand hielt. Tomas bemerkte es ebenfalls, ging sofort zu ihm und griff nach dem Blech, das im Bauch des Vampirs steckte. Er zog es heraus, hob es und stieß mehrmals damit zu, während ich ihn verblüfft anstarrte. Innerhalb weniger Sekunden sah das Ding auf dem Boden nicht mehr wie eine Person aus, sondern eher wie ein roher Hamburger.

Der Blick des Vampirs blieb hasserfüllt auf mich gerichtet, während Tomas ihn zerstückelte – er wusste genau, was mit ihm geschah. Ich konnte weder schreien noch irgendetwas tun. Ich hatte schon öfter in der Klemme gesessen, aber wenn man nicht mehr so leben musste, vergaßen die Nerven, wie es war, ständig angespannt zu sein. Ich beobachtete, wie Tomas noch einmal mit dem Blech zustieß und den Kopf abtrennte, und daraufhin ließ ich den Atem entweichen, von dem mir gar nicht klar gewesen war, dass ich ihn angehalten hatte. Wir lebten noch. Ich konnte es kaum glauben und noch weniger verstehen.

Ich war bei Tony aufgewachsen und hatte dabei Gelegenheit gefunden, mich an Gewalt zu gewöhnen. Deshalb blieb ich einigermaßen gefasst, bis ich die Körper des vierten und fünften Vampirs sah: Sie wiesen dort große Löcher auf, wo sich das Herz befinden sollte. Der Pflock ins Herz war die traditionelle und noch immer beliebteste Methode, einen Vampir zu erledigen, aber ich schätzte, wenn man ihm das Herz aus der Brust riss, erzielte man das gleiche Ergebnis, obwohl ich so etwas nie zuvor gesehen hatte. Ich dachte daran, dass ich auf einen solchen Anblick gern verzichten konnte, als ich zu Tomas sah ... und der Raum plötzlich vor mir zurückwich.

Normalerweise kündigte sich eine Vision an. Ich konnte sie nicht etwa aufhalten, aber ihr gingen etwa dreißig Sekunden Desorientierung voraus, was mir Zeit gab, mich irgendwohin zurückzuziehen und geistig vorzubereiten. Diesmal bekam ich keine Vorwarnung. Der Boden schien sich unter mir aufzulösen, und ich fiel durch einen langen, dunklen Tunnel. Als ich landete, stand Tomas etwa zwei Meter von mir entfernt auf einer grasigen Ebene, die sich endlos weit unter einem hellblauen Himmel erstreckte. Seine Haut war nicht mehr wie Gold, sondern glänzte wie polierte Bronze, und er trug ein ärmelloses Wollgewand anstatt Grufti-Klamotten, aber er war es eindeutig. In seinen dunklen Augen flackerte ein wildes Feuer, und sein Gesicht brachte Triumph zum Ausdruck. Eine Gruppe ähnlich gekleideter Männer umgab ihn, und alle sahen aus, als hätte ihre Lieblingsmannschaft gerade den Super Bowl gewonnen.

Nicht weit entfernt donnerten Wellen an ein felsiges Ufer.

Sie waren so grün, dass sie fast schwarz wirkten, und schickten einen kalten, böigen Wind über die Ebene. Die Landschaft war öde, hätte aber doch reizvoll gewirkt, wenn nicht die gut zwanzig herumliegenden Leichen gewesen wären. Die meisten von ihnen schienen Europäer zu sein, und ihre Kleidung erweckte den Eindruck, aus einem zu knapp finanzierten Piratenfilm zu stammen: weiße Hemden mit langen, bauschigen Ärmeln, braune Kniehosen und schmutzige weiße Strümpfe. Ich bemerkte einen Mann, der noch lebte: Er hatte seine Schuhe verloren und lag mit struppigem Haar da, das Gesicht eine Grimasse.

Mit fasziniertem Entsetzen beobachtete ich, wie Tomas ein bronzenes Messer in die Brust des Mannes stieß und sie vom Hals bis zum Bauch aufschnitt. Aus der klaffenden Wunde stieg die Körperwärme in die kalte Luft auf, und eine Dunstwolke bildete sich. Aber sie war nicht dicht genug, um mich daran zu hindern, zu sehen, wie Tomas die Rippen so brach, als wären sie nichts weiter als dünne Zweige. Blut färbte seine Hände rot, als er das zitternde Herz aus der Brust nahm und es hochhielt. Dann ließ er es ganz langsam sinken, als wollte er jeden Moment genießen, und führte es zum Mund. Er bohrte die Zähne ins immer noch schlagende Herz, und Blut spritzte ihm ins Gesicht, rann übers Kinn und am Hals herab, tropfte auf das Wollgewand. Es ließ abstrakte Muster zurück, und dadurch sah es aus, als trüge er Kriegsbemalung. Der Adamsapfel geriet in Bewegung, als er schluckte, und die Gruppe der Krieger jubelte.

Ich musste irgendein Geräusch verursacht haben, denn Tomas sah zu mir. In der schrecklichen Parodie eines Lächelns zeigte er blutige Zähne und streckte die Hand mit dem Herz aus, als wollte er mir davon anbieten. Er trat einen Schritt vor, und ich stellte fest, dass ich mich nicht von der Stelle rühren konnte, als seine blutbesudelten Hände mit der grässlichen Gabe näher kamen. Schließlich fiel die Starre von mir ab, und ich schrie.

Der Schrei schmerzte in der Kehle, aber ich konnte ihn nicht zurückhalten. Die Vision löste sich auf, und ich befand mich wieder in dem Lagerraum und starrte den neuen Tomas an, der für den Bruchteil einer Sekunde zusammen mit dem alten zu sehen war, wie zwei übereinandergelegte Bilder. Seine Zunge kam zwischen den Lippen hervor und leckte einen kleinen roten Tropfen aus dem Mundwinkel, so klein, dass ich ihn gar nicht bemerkt hatte. Ich dachte noch, dass sich alte Angewohnheiten schwer überwinden ließen, und dann schrie ich erneut, diesmal aus vollem Hals.

Er trat einen Schritt auf mich zu, die Hände ausgestreckt, wie um zu zeigen, dass er mir nichts tun wollte, und ich sah, dass sie fast wieder sauber waren. Als er näher kam, löste sich ein letzter Fleck an der einen Hand auf und verschwand in der Haut wie ein Tropfen Wasser im Wüstensand. Ich begriff, dass ich wie eine Krabbe rückwärtskrabbelte, dabei schluchzte und fluchte, aber es war mir gleich. Ich rutschte im Blut aus, fiel und schrie einmal mehr, als ich sah, dass meine Beine rot waren, wie aus Strümpfen und Stiefeln gewachsene Rosen. Tomas näherte sich langsam und sprach ruhig wie zu einem scheuen Fohlen, das er zu zähmen versuchte. »Cassie, bitte hör mir zu. Wir haben etwas Zeit gewonnen, aber wir müssen fort von hier. Es werden andere kommen.«

Ich rutschte erneut aus, landete auf dem Hintern und spürte einen harten Gegenstand darunter. Ein Teil meines Gehirns, der noch einigermaßen normal funktionierte, erkannte die Form des Objekts: meine Pistole. Rasch griff ich danach. »Wenn du noch näher kommst, schieße ich.« Ich richtete das Ding auf Tomas. Zwar zitterte meine Hand, aber er sah, dass ich es ernst meinte. Seine Augen, die normalerweise sanft und warm blickten, erschienen mir jetzt kalt und dunkel wie schwarze Spiegel. Ich sah nichts in ihnen, und bei Gott, ich wollte auch gar nichts in ihnen sehen.

»Du musst mir zuhören, Cassie.« Ich blickte in das attraktive Gesicht, und ein Teil von mir beobachtete, wie eine weitere Illusion starb. Ich hatte gedacht, endlich einmal etwas Gutes getan und jemandem geholfen, ihn sogar gerettet zu haben, anstatt immer nur zu sehen, wie alles ein schlimmes Ende nahm, entweder für mich selbst oder für jemand anders. Aber so etwas war zu schön, um wahr zu sein – ich hätte es wissen sollen. *Da bist du echt überfordert, Mädchen,* dachte ich, als mein Rücken an die Tür stieß. *Das nächste Mal solltest du mit etwas Kleinerem beginnen und vielleicht ein Kätzchen adoptieren …* Allerdings war die Chance dafür, dass es ein nächstes Mal für mich gab, eher gering.

Durch die Tür hörte ich die Musik im Club, eine Art Singsang, von Techno-Klängen begleitet – für mich hörte es sich nach dem Paradies an. Ich wollte in der Menge untertauchen, zur Straße und dann wegrennen, so schnell wie möglich. Ich war ein richtiger Champion, wenn es ums Verstecken ging, und im Touristenviertel war es leicht, ein anonymes Mitglied der fröhlichen Freitagabend-Menge zu werden. Ich hatte ein anderes Bankkonto unter einem weiteren falschen Namen und Notfall-Bargeld sowie schlichte Kleidung in einem Schließfach beim Busbahnhof. Außerdem kannte ich jede Gasse in einem Umkreis von fünfzehn Häuserblocks. Ich würde entkommen, wenn es mir gelang, Tomas abzuschütteln.

Langsam schob ich mich an der Tür empor, stützte mich daran ab und verfluchte die hohen Absätze. Der Rock rutschte nach oben, aber ich machte mir nicht die Mühe, ihn glatt zu streichen. Tomas zu viel zu zeigen war die geringste meiner

Sorgen. Ich tastete mit der blutigen Hand nach hinten, fand den Knauf und drehte ihn. Auf wackligen Beinen wankte ich durch die Tür, schlug sie hinter mir zu und tastete mich dann an der Theke entlang. Ich konnte noch immer nicht tief durchatmen, und Krämpfe schüttelten mich, als müsste ich mich übergeben. Doch dafür hatte ich keine Zeit.

Die Lightshow hatte begonnen, und Stroboskoplicht blitzte auf die wogende Masse aus Tänzern hinab. Die hämmernde Musik machte mich fast sofort taub, doch ich musste Tomas nicht hören, um zu wissen, dass er hinter mir war. Das Stroboskoplicht bleichte die Farbe des Blutes an mir, ließ es abwechselnd schwarz und silbrig werden. Die schwache Beleuchtung erlaubte mir, mit der Menge zu verschmelzen, ohne eine Massenpanik auszulösen, obwohl ich sicher alles andere als normal aussah. Ich schlüpfte durch jede Lücke, die ich entdeckte, und versuchte nachzudenken, während ich floh. Aber mein Verstand hatte sich noch immer eine Auszeit genommen, und der Instinkt rief: »Schneller!« Ich versuchte es, denn die Alternative bestand darin, einfach zu warten, bis Tomas mich erwischte. Gleichzeitig wusste ich, dass ich nicht schnell genug sein konnte.

Ich war halb über die Tanzfläche, als Tomas mich packte. Er drehte mich zu sich herum, und ich spürte seine Hand am verbrannten Rücken meines T-Shirts, als er mich näher zu sich zog. Für die anderen sah es wahrscheinlich so aus, als tanzten wir; nur ich wusste, dass ich mich nicht von Tomas lösen konnte. Ein eiserner Griff zwang meine Waffe nach unten und weg von ihm. Ich hätte ohnehin nicht versucht, auf ihn zu schießen. Meine Hand war so feucht, dass es mir schwer genug fiel, die Pistole auch nur festzuhalten, und es waren zu viele Menschen in der Nähe – ein Fehlschuss hätte jemanden verletzen oder gar töten können. Außerdem: Wenn ich mich nicht sehr irrte, konnte ich mit einer Kugel kaum etwas gegen Tomas ausrichten.

Seine Finger glitten an meinem nackten Rücken empor und tasteten nach den Umrissen des Schutzzaubers. Fast ehrfürchtig folgte er den Linien. »Ich habe Geschichten darüber gehört, sie aber nie geglaubt.« In seiner Stimme lag fast so etwas wie Respekt. Irgendwie hörte ich ihn trotz der dröhnenden Musik, doch ich hatte kein Interesse an Konversation. Ich wand mich hin und her und verfluchte das wirkungslose Pentagramm, als ich vergeblich versuchte, mich von ihm zu befreien. Vielleicht hatte der Zauber seine Kraft beim vorherigen Kampf verausgabt, oder er wirkte nicht gegen Vampire von Tomas' Stufe. Wie dem auch sei: Das Ding zeigte nicht die geringste Reaktion.

»Sieh mich an, Cassie.«

Ich sträubte mich, denn von Kindesbeinen an wusste ich: Wenn man einem Vampir direkt in die Augen sah, fiel es ihm leichter, die Kontrolle zu erringen. Nach der Szene im Lagerraum gab es für mich nicht den geringsten Zweifel daran, was er war, und ich wollte ihn auf keinen Fall in meinem Kopf haben. Über Monate hinweg war er meinem Vampirradar entgangen und hatte sich mit Erfolg als Mensch ausgegeben, was für mich bedeutete: Er musste ein Meister der dritten Stufe sein; vielleicht bekleidete er sogar einen noch höheren Rang. Nein, nicht nur vielleicht, sondern mit ziemlicher Sicherheit, denn bei einigen Gelegenheiten hatte ich ihn bei hellem Tageslicht draußen gesehen, und das konnte selbst Tony nicht wagen, ohne ein ganzes Stück mehr zu riskieren als nur einen Sonnenbrand. Nicht dass seine Stufe eine Rolle spielte. Jeder Meister hätte mich praktisch nur mit einem Blick zu einer willenlosen Marionette machen können.

Einst hatte ich so etwas nicht fürchten müssen, aber da

mein alter Beschützer mich tot sehen wollte, war ich Freiwild. Niemand würde mich rächen, wenn mir irgendetwas zustieß. Vielleicht bekam Tomas sogar eine Prämie, wenn er mich ablieferte. Es machte Tony nichts aus, sich Vergeltung zu kaufen, und wenn man berücksichtigte, wie viel ich ihn gekostet hatte, würde er wahrscheinlich mit einem zufriedenen Lächeln bezahlen. Hatte Tomas deshalb die anderen Vamps getötet, um die Belohnung mit niemandem teilen zu müssen? Wie viel bot Tony überhaupt für mich? Und warum hatte Tomas so lange damit gewartet, die Prämie einzustreichen?

Ich zappelte und leistete Widerstand, aber niemand schenkte uns Beachtung – wahrscheinlich hielten mich die anderen nur für eine lausige Tänzerin. Tomas drückte einfach nur fester zu. Ich hatte ihn nur selten berührt, und die plötzliche Nähe fühlte sich seltsam an. Es fiel mir schwer, mich daran zu erinnern, dass dies Tomas war. Mein Gehirn hatte ihn fest der Kategorie Freund zugeordnet und weigerte sich, seine Karteikarte zu nehmen und sie ins Fach mit der Aufschrift »irre Mörder und Vampire« zu stecken. Die Art und Weise, wie er mich hielt, half mir nicht dabei, die Verwirrung zu überwinden. Seine Hand glitt über meinen fast nackten Rücken, und er führte mich in einem Tanz, der langsamer und sinnlicher war, als die Musik eigentlich gestattete.

Im Gegensatz zur Legende fühlte sich sein Körper warm an und so glatt wie Satin, aber was meine Hoffnungen betraf, mich aus seinem Griff zu befreien, hätte er genauso gut aus Stahl bestehen können. Mein Herz schlug schneller, und mir schwindelte, als er den Kopf senkte und ich seine Lippen am Hals spürte. Ich schnappte unwillkürlich nach Luft, als er den Hals küsste, als wäre er auf der Suche nach dem Puls. Es fühlte sich an, als wüsste mein Blut von seiner Präsenz, als würde es in der Halsschlagader langsamer und dicker, als wartete es darauf, von ihm freigesetzt zu werden. Mir brach der Schweiß aus, und das hatte nichts mit der Wärme von so vielen zusammengedrängten Körpern zu tun. Wollte er mich hier töten, vor Hunderten von Zeugen? Ich schauderte, als ich daran dachte, dass er wahrscheinlich ungeschoren davonkommen würde. Er konnte mich einfach forttragen, ohne dass sich jemand etwas dabei dachte. Die Leute würden nur Tomas sehen, der sich um seine Mitbewohnerin kümmerte, die in der Hitze in Ohnmacht gefallen war. Was für ein Gentleman.

Mir hätte klar sein müssen, dass so etwas geschehen würde. Wenn ich jemandem Vertrauen schenkte, dann betrog mich der Betreffende. Und wenn ich jemanden liebte, kam der Tod und brachte mir neue Einsamkeit. Tomas war bereits tot; das Muster schien sich also fortzusetzen.

»Bitte widersetz dich mir nicht«, sagte er, und sein Atem auf meiner feuchten Haut bescherte mir einen wohligen Schauer. Die Worte wirkten wie eine Droge auf mich, tauchten mich in ein angenehmes, rosarotes Glühen, das mir Furcht und den größten Teil der Schmerzen nahm. Gleichzeitig fiel es mir schwerer, einen klaren Gedanken zu fassen. Der fremde Einfluss war nicht so stark, als hätte ich einen Blickkontakt hergestellt, aber ich bekam trotzdem das Gefühl, von schwerem Wasser und nicht von Luft umgeben zu sein: Jede noch so kleine Bewegung kostete mehr Kraft, als eigentlich nötig sein sollte. Und wenn schon. Mit meinen Bewegungen richtete ich überhaupt nichts aus, abgesehen davon, dass der Schmerz in meinem wunden Handgelenk zunahm. Und offenbar erregte ich Tomas damit. Im Gesicht ließ er sich nichts anmerken, aber er hatte seinen Körper nicht völlig unter Kontrolle – deutlich fühlte ich, wie er unter der hautengen Hose angeschwollen war.

Seine warmen Lippen strichen über meine. »Ich will dir

nichts antun«, flüsterte er. Wenn es sinnvoll gewesen wäre, hätte ich ihn darauf hingewiesen, dass es keine Rolle spielte, ob er den Mord selbst erledigte oder mich einfach Tony übergab – am Resultat änderte sich dadurch nichts. Aber ich bekam keine Gelegenheit, etwas zu sagen, denn seine Lippen berührten mich erneut mit einem Kuss, der diesmal wesentlich leidenschaftlicher war.

Er schlang die Arme fester um mich und küsste mich mit der Gier eines Verhungernden bei einem Festschmaus. Die starke Hand glitt weiter meinen Rücken hinab, bis sie den Rand des kurzen Lederrocks fand und darunterkroch. Plötzlich hob mich Tomas hoch und drückte mich an seine Taille, sodass mir gar keine andere Wahl blieb, als die Beine um ihn zu schlingen. Dadurch kam es zu einer derartigen Reizüberflutung, dass ich erst nach einer Minute merkte: Sein Tanz brachte uns zum Lagerraum zurück. Offenbar tötete er lieber im Privaten.

Er küsste mich noch immer, als die ersten Energieschübe von ihm ausgingen und mich bis hin zu den Fingerspitzen erschaudern ließen. Entweder hatte etwas seine Konzentration gestört oder er achtete nicht mehr darauf, sich abzuschirmen. Warum sollte er auch? Vermutlich war ich die einzige Sensitive weit und breit, und ich wusste bereits, was er war. Für alle anderen sah er aus wie immer, aber für mich schien er in flüssiges Gold getaucht worden zu sein, was dazu führte, dass er in dem dunklen Raum wie eine kleine Sonne leuchtete. Die Menge der von ihm ausgehenden Energie richtete mir die Härchen auf den Armen und am Nacken auf, als sie um uns herumwaberte und knisterte. Die Luft selbst schien Gewicht zu bekommen und fühlte sich wie vor einem Gewitter an – alles war plötzlich klarer, heller und kontrastreicher. Es dauerte nicht lange, bis all die Kraft einen Fokus fand. Sie traf mich wie eine plötzliche Flut: Eine Welle nach der anderen rollte über mich hinweg, und es fiel mir schwer, mich daran zu erinnern, warum ich Widerstand leistete und was überhaupt geschah.

Tomas unterbrach den Kuss, und ich gab einen unwillkürlichen Protestlaut von mir, bevor ich seinen Mund wieder am Hals spürte. Diesmal hatte ich nichts dagegen, denn ich gewann den Eindruck von Zärtlichkeit, obwohl ein Teil von mir zur Kenntnis nahm: Sein langes Haar fiel über mein ruiniertes T-Shirt und verbarg es vor dem helleren Licht bei der Theke. Lucille, die einige Meter entfernt Gläser füllte, zeigte überrascht mit dem Daumen nach oben, als Tomas mit mir hinter die Theke trat. Ich versuchte nicht, um Hilfe zu rufen. Nicht einmal gegen einen schwachen Vampir hätte Lucille etwas ausrichten können, von einem Meister ganz zu schweigen. Aber ehrlich gesagt: Mir stand auch gar nicht der Sinn danach, um Hilfe zu rufen. Tomas schien es jedoch für möglich zu halten, dass ich auf dumme Gedanken kam, oder vielleicht wollte er kein Risiko eingehen. Was auch immer sein Motiv sein mochte, er küsste mich erneut, und es konnte kein Zweifel daran bestehen, dass er wusste, was er tat. Das seidene Gefühl seiner Lippen auf den meinen brachte meine Gedanken noch mehr durcheinander, und als er sich schließlich von mir löste, war ich so benommen, dass ich den Fehler machte, seinem Blick zu begegnen. Sofort erstarrte ich innerlich, und alle Gedanken verschwanden, bis auf die an Tomas – in meinem Gehirn schien ein Schalter betätigt worden zu sein. Das Licht trübte sich, die Musik wurde leiser, bis ich schließlich nur noch sein Gesicht sah und nichts weiter hörte als den eigenen Pulsschlag in den Ohren.

Warum hatte ich nie bemerkt, dass seine Augen so entzückend schräg standen? Die Wimpern waren Fransen aus schwarzer Seide über den kleinen Flammen, die das Thekenlicht in seinen Pupillen tanzen ließ. Etwas in mir reagierte auf die Hitze in seinem Blick. Meine Hände bewegten sich von ganz allein, strichen über seinen flachen Bauch und überwanden die kaum vorhandene Barriere des Hemds. Nur noch das Gefühl der harten Muskeln unter seiner weichen Haut schien wichtig zu sein. Ich hatte allein den Wunsch, mich nach oben zu arbeiten, den Hals zu erreichen, die Hände ins glänzende, mitternachtsschwarze Haar zu graben und festzustellen, ob es wirklich so weich, dicht und schwer war, wie es aussah. Doch der Anblick einer Brustwarze, die sich in einer der vielen Öffnungen des Hemds zeigte, lenkte mich ab, was nicht zum ersten Mal geschah. Ich fand heraus, dass sie ebenso gut schmeckte, wie sie aussah – was ich immer gewusst hatte –, und sie verhärtete sich, als sie meine Lippen und Zähne zu spüren bekam, als hätte sie sich danach gesehnt. Ich bemerkte kaum etwas davon, als Tomas mich wieder in den Lagerraum trug und die Tür mit dem Fuß zustieß.

Er holte tief Luft und wich langsam von mir zurück. Nach einem Moment sprach er mit heiserer Stimme, die ganz anders klang als sonst. »Gib mir die Waffe, Cassie. Jemand könnte verletzt werden, wenn sich ein Schuss aus ihr löst.« Die ungewöhnlich scharfen Worte schufen ein wenig Klarheit in meinem Kopf. Der Anblick des ersten Angreifers trug ebenfalls dazu bei. In drei Teilen lag er da – mein Schutzzauber hatte sich ganz durch ihn gebrannt. Ich sah, dass schwarze Stellen auf dem hölzernen Boden zurückgeblieben waren und ein schiefes Pentagramm bildeten. Noch immer etwas benommen starrte ich darauf hinab und fühlte mich plötzlich sehr seltsam. Ich hörte ein Echo der Worte, die Tomas eben an mich gerichtet hatte – *jemand könnte verletzt werden* –, und sie erschienen mir ausgesprochen komisch.

Ich hielt mich an ihm fest, um nicht zu fallen, und mein Arm mit der Pistole baumelte schlaff an seinem Rücken. Er nahm mir die Waffe aus der Hand und ließ sie verschwinden. Wohin, weiß ich nicht – von einem Augenblick zum anderen war sie einfach nicht mehr da. Tomas richtete einen besorgten Blick auf mich, und plötzlich war auch das komisch. Ich begann zu kichern und hoffte, dass Tony ihn gut bezahlte – er war echt super.

»Cassie, ich kann dich tragen, wenn du möchtest, aber wir müssen weg.« Er warf einen Blick auf die Uhr an der Wand. Sie zeigte 20:37 an.

»Uns bleibt noch etwas Zeit, bis es so weit ist.« Ich kicherte noch immer, und die Stimme schien nicht mir zu gehören. Ich erinnere mich vage daran, dass ich hysterisch zu werden begann, und dann setzte sich Tomas in Bewegung. Im nächsten Moment war ich wieder in seinen Armen, und wir befanden uns draußen – er lief mit mir durch eine dunkle Straße, so schnell, dass das Licht der Straßenlaternen zu einem langen silbernen Streifen wurde. Eine Sekunde später erschienen zwei dunkle Gestalten und begleiteten uns, einer auf der rechten und einer auf der linken Seite.

»Schlaf«, sagte Tomas, als die Welt an uns vorbeiraste. Ich merkte plötzlich, dass ich schrecklich müde war, und schlafen schien mir eine gute Idee zu sein. Ich hatte es warm und gemütlich, wenn auch das Bild vor meinen Augen so sehr wackelte, als käme der Himmel zu uns herab oder als flögen wir zu den Sternen empor. Ich erinnere mich, dass ich vor dem Einschlafen verträumt dachte: Wenn das der Tod sein soll, ist er eigentlich gar nicht so übel.

Drei

Ich erwachte wie gerädert und regelrecht ausgeflippt. Meine Stimmung verbesserte sich nicht, als ich merkte, dass Tomas über mich gebeugt stand – sein Gesicht war das Erste, was ich sah. »Geh weg von mir!«, krächzte ich und versuchte, mich aufzusetzen. Ich musste einige Sekunden warten, bis der Raum aufhörte, sich vor mir zu drehen, und als das der Fall war, bot sich mir ein Anblick dar, der mich nicht gerade begeisterte. Großartig. Man hatte mich ins Vorzimmer der Hölle getragen. Der kleine Raum schien aus rotem Sandstein gehauen zu sein, und das Licht darin stammte von zwei schaurig aussehenden Wandleuchtern. Sie bestanden offenbar aus miteinander verbundenen Messern, und die Fackeln in ihnen verströmten einen alles andere als angenehmen Geruch. Ich schloss daraus, dass sich viele mächtige Zauber in der Nähe befanden, die sich auf Elektrizität auswirkten. Prächtig.

Der Ort wäre für eine Folterkammer perfekt gewesen, aber er enthielt nicht etwa Eiserne Jungfrauen und Daumenschrauben, sondern nur das sehr unbequeme schwarze Ledersofa, auf dem ich lag, und einen kleinen Beistelltisch mit einigen Zeitschriften. Ich bemerkte eine Ausgabe von *Orakel*, dem Äquivalent von *Newsweek* in der magischen Welt, aber wie das meiste Lesematerial in Wartezimmern war sie mehrere Monate alt. Ich hatte einmal pro Woche ein bestimmtes Café in Atlanta besucht, um das *Orakel* zu lesen, für den Fall, dass in meiner anderen Welt etwas geschah, das mein neues Leben betraf. Die Titelgeschichte dieser Ausgabe – es ging um die Auswirkungen billiger asiatischer Importe auf den Markt für magische Arzneien – fiel vermutlich nicht in jene Kategorie. Neben dem *Orakel* lag das Skandalblatt *Blick in die Kristallkugel*. PYTHIAS ERBIN VERMISST!, lautete die acht Zentimeter hohe Schlagzeile auf der Titelseite. AUS DEN FUGEN GERATENE ZEIT! Ich rollte mit den Augen, hörte aber sofort wieder damit auf, weil es wehtat. Früher war es um MARSIANER ENTFÜHREN HEXEN gegangen, aber das Thema gab offenbar nichts mehr her.

»*Mia stella*, der Senat hat Tomas zu deinem Leibwächter ernannt; er kann dich nicht verlassen«, ertönte eine vertraute Stimme neben der Tür. »Mach die Dinge nicht schwieriger, als sie sind.«

»Das tue ich nicht.« Nach dem, was ich hinter mir hatte, hielt ich mich für die personifizierte Vernunft. Ich rang mit Übelkeit und war so müde, dass ich nach dem Aufstehen schwankte. Meine Augen brannten, als hätte ich bereits ordentlich geheult. Die Tränen waren da und warteten darauf, vergossen zu werden, aber ich hielt sie zurück. »Ich will ihn nicht in meiner Nähe.«

Ich ignorierte Tomas und einen unbekannten Burschen, der höfische Kleidung aus dem siebzehnten Jahrhundert trug, konzentrierte mich stattdessen auf den einzigen Freund im Zimmer. Ich hatte keine Ahnung, was Rafe an diesem Ort machte. Was keineswegs bedeutete, dass ich nicht froh war, ihn in der Nähe zu wissen – ich konnte alle Freunde gebrauchen, die ich hatte –, aber ich fragte mich, wie er ins Bild passte. Rafe war die Kurzform von Raffael. So hieß der berühmte Künstler, der in Rom und beim Papst hohes Ansehen genossen hatte, bis er den Fehler machte, im Jahre 1520 den Auftrag eines reichen florentinischen Kaufmanns abzulehnen.

Tony hatte versucht, künstlerisch mit den Medici zu konkurrieren – sie hatten Michelangelo, also brauchte er Raffael. Rafe teilte ihm mit, dass er bereits mehr Aufträge hatte, als er erledigen konnte, und dass er außerdem Fresken für den Papst malte. Er wollte nicht den ganzen Weg bis nach Florenz reisen, nur um dort ein Esszimmer auszumalen. Das war nicht besonders klug von ihm gewesen. Seit damals malte Rafe überall dort, wo Tony es wollte, auch in meinem Schlafzimmer, als ich ein Kind gewesen war. Er hatte der Decke meines Zimmers Engel gegeben, die so echt aussahen, dass ich mich von ihnen im Schlaf beschützt gefühlt hatte. Rafe gehörte zu den wenigen Leuten bei Tony, die ich ungern zurückgelassen hatte, aber ich war trotzdem ohne ein Wort des Abschieds fortgeschlichen. Mir war gar keine andere Wahl geblieben: Er gehörte Tony, und wenn sein Herr ihm eine direkte Frage stellte, musste er wahrheitsgemäß antworten. Wenn er sich jetzt also an diesem Ort befand, so deshalb, weil Tony es so wollte. Diese Erkenntnis trübte meine Freude über das Wiedersehen ein wenig.

Tomas schwieg, machte aber keine Anstalten, den Raum zu verlassen. Ich richtete einen finsteren Blick auf ihn, ohne damit irgendeine sichtbare Wirkung zu erzielen. Das war ein Problem, denn ich wollte fliehen, und je mehr Babysitter es gab, desto größer die Herausforderung. Hinzu kam: Wenn ich ihn auch nur ansah, brodelten so viele Emotionen in mir, dass ich Kopfschmerzen bekam. Es war nicht die Gewalt, die mir so sehr zusetzte. Davon hatte ich in meiner Jugend so viel gesehen, dass ich mit einem Achselzucken über die Ereignisse im Club hinweggehen konnte, nachdem ich wusste, was Tomas war. Es half, dass ich nicht mehr in Blut kniete und die Vampire, die es auf mich abgesehen hatten, getötet worden waren. Meine Haltung ließ sich ganz einfach beschreiben: Ich lebte, sie nicht, gut so. Das Leben bei Tony lehrte einen, in diesen Dinge praktisch zu denken.

Ich hielt es Tomas zugute, dass er mir das Leben gerettet hatte. Allerdings wäre ich längst weit weg und außer Gefahr gewesen, wenn ich nicht versucht hätte, ihn zu warnen. Ich war sogar bereit, darüber hinwegzusehen, dass er mich ohne ein Wort der Erklärung fortgetragen hatte – ich glaube, zu jenem Zeitpunkt war ich nicht unbedingt in der richtigen geistigen Verfassung, ein ruhiges, vernünftiges Gespräch zu führen. Alles in allem waren wir quitt, abgesehen von dem Verrat. Der stand auf einem anderen Blatt und stellte etwas dar, das ich ihm so schnell nicht verzeihen würde.

Ich hatte Tomas dies und das von meiner Zeit auf der Straße erzählt – Dinge, von denen sonst niemand wusste –, um ihn zu ermutigen, sich mir ein wenig zu öffnen. Ich war besorgt gewesen, dass er keine Freundschaften schloss, trotz all der Aufmerksamkeit, die er im Club bekam. Vielleicht, so hatte ich mir überlegt, litt er an der gleichen Beziehungsangst wie ich. Verdammt, ich hatte ihn lieb gewonnen, und die ganze Zeit über war alles, was er mir erzählt hatte, gelogen gewesen. Ganz zu schweigen von der Tatsache, dass er mir bewusst den Willen gestohlen hatte. Bei der Erinnerung daran, wie sehr ich mich dabei zur Närrin gemacht hatte, begannen meine Wangen zu glühen. In Vampirkreisen galt so etwas als ernste Sache. Wenn ich auf Tonys Seite gewesen wäre, hätte er sich über ungebührliche Beeinflussung einer seiner Bediensteten geärgert.

»Lass mich mit ihr reden«, sagte Tomas zu Rafe. Bevor ich Einwände erheben konnte, verließen die anderen den Raum und gaben uns die Illusion von Privatsphäre. Natürlich war das nur Show; Vampire hörten so gut, dass es überhaupt keinen Unterschied machte.

Ich versuchte gar nicht, leise zu sprechen. »Ich fasse mich kurz«, sagte ich wütend. »Du hast mich belogen und betrogen. Ich will dich nicht sehen, nicht mit dir reden und nicht einmal die gleiche Luft atmen wie du. Nie wieder. Kapiert?«

»Cassie, versuch bitte, mich zu verstehen. Ich habe nur getan, was ich tun musste ...«

Ich merkte, dass er etwas in der Hand hielt. »Und was machst du mit meiner Handtasche?« Natürlich hatte er sie durchsucht – Tony wusste, welche Überraschungen ich darin aufbewahrte –, aber bei Tomas fühlte es sich wie ein weiterer Verrat an. »Hast du irgendetwas herausgenommen?«

»Nein. Es fehlt nichts. Cassie ...«

»Gib sie mir zurück!« Ich griff danach und wäre fast gefallen. »Du hattest kein Recht ...«

»Turm! Turm! Turm!« Das Tarot-Kartenspiel fiel zu Boden und schien einen hysterischen Anfall zu haben. Ich fühlte Tränen in den Augen. Es mochte nur ein dummes Kartenspiel sein, aber es war die einzige Sache, die ich von Eugenie erhalten hatte.

»Du hast es kaputtgemacht!«

Ich sammelte die verstreuten Karten auf, und Tomas ging neben mir in die Hocke. »Es liegt an den hiesigen Zaubern«, sagte er ruhig. »Es sind zu viele, und das macht sich bemerkbar. Wenn wir diesen Ort verlassen, sollte wieder alles in Ordnung sein. Und wenn nicht, lasse ich die Karten erneut für dich behandeln. Es ist ein einfacher Zauber.«

Ich stieß seine Hand fort von meinen armen, verwirrten Karten. Mir war klar, wie sie sich fühlten. »Rühr sie nicht an!« Mit zitternden Händen sammelte ich sie ein, während Tomas ein wenig zurückwich und mich beobachtete.

»Es tut mir leid, Cassie«, sagte er schließlich. »Ich wusste, dass du verärgert sein würdest ...«

»Verärgert?« Ich drehte mich zu ihm um, so zornig, dass ich ihn kaum sehen konnte. »Du hast mich glauben lassen, du wärst ein armer, missbrauchter Junge, der einen Freund braucht, und ich bin dumm genug gewesen, darauf hereinzufallen! Ich habe dir vertraut, und du überlässt mich …« Ich unterbrach mich und holte tief Luft, um nicht völlig die Kontrolle über mich zu verlieren. Tomas sollte nicht die Genugtuung bekommen, mich weinen zu sehen. Ich nahm die Karten, steckte sie in die Handtasche und überprüfte den Rest ihres Inhalts, wodurch ich ein wenig Zeit gewann, um mich zu fassen. Nach einer halben Minute sah ich auf. »Nicht alles, was zerbricht, kann wieder in Ordnung gebracht werden, Tomas.«

»Ich habe dich nicht belogen, Cassie. Das schwöre ich.«

Ich sah in seine so aufrichtig blickenden Augen und hätte ihm fast geglaubt. »Du bist also was? Ein armer, missbrauchter Meistervampir? Ich bitte dich.«

»Ich habe nicht gelogen«, betonte Tomas noch einmal. »Ich bekam den Auftrag, für deine Sicherheit zu sorgen. Und das habe ich. Ich musste dafür dein Vertrauen gewinnen, aber ich habe dich nicht belogen. Ich habe nie behauptet, missbraucht worden zu sein, aber selbst wenn ich so etwas gesagt hätte, es wäre der Wahrheit nahe genug gekommen. Jeder von Alejandros Dienern könnte diesen Anspruch erheben.«

Tomas verblüffte mich mit seinem Verhalten. Eine von Herzen kommende Entschuldigung hatte ich nicht erwartet, aber dass er überhaupt nichts zugab, war zu viel für mich. »Du kotzt mich an.« Ich richtete mich auf, ging zur Tür und steckte den Kopf hinaus. Rafe stand im Flur und versuchte, so auszusehen, als hätte er nicht ein Wort gehört. »Er verschwindet, oder ich verweigere jede Kooperation.«

In der nächsten Sekunde packten mich Tomas' Hände an den Oberarmen und zogen mich zurück. »Was weißt du von

Missbrauch?«, fragte er mit einem scharfen Unterton. »Hast du eine Ahnung, wie ich zum Vampir geworden bin, Cassie? Würdest du dich besser fühlen, wenn ich dir sage, dass man alle Bewohner meines Dorfs zusammengetrieben hat, ich unter ihnen, damit Alejandro und sein Hof Jagd auf uns machen konnten? Dass ich nur deshalb nicht tot bin, weil einer seiner Höflinge mich attraktiv fand und für sich haben wollte? Dass ich zusehen musste, wie Menschen, die Seuchen und Eroberungen überstanden und an meiner Seite gegen eine große Übermacht gekämpft hatten, von einem Wahnsinnigen aus kranker Freude am Blutvergießen niedergemetzelt wurden? Möchtest du das von mir hören? Und wenn es nicht grauenvoll genug ist, deine Vergebung zu bekommen ... Glaub mir, ich habe noch viele andere Geschichten. Wir könnten sie austauschen. Allerdings bin ich sicher, dass dir deine Geschichten ausgehen, bevor ich mit meinen fertig bin. Du hast nur einige Jahre auf der Straße verbracht. Ich bin seit dreieinhalb Jahrhunderten bei Alejandro!«

»Tomas, bitte lass Mademoiselle Palmer los.«

Zu meiner Überraschung griff der seltsam gekleidete Mann ein. Für mich hatte er zunächst wie jemand aus dem England der Restaurationszeit ausgesehen, aber jetzt begriff ich, dass er von der anderen Seite des Kanals stammte, denn er sprach mit einem leichten, aber deutlich hörbaren französischen Akzent. Ich hatte seine Präsenz fast vergessen. Es erschien mir sehr seltsam, dass Tomas der Aufforderung sofort nachkam und so abrupt forttrat, als könnte ihn der Kontakt mit mir verbrennen. Doch der Blick seiner dunklen Augen blieb auf mich gerichtet, und er schien auf eine Antwort zu warten. Was sollte ich sagen? Du hattest eine schwere Zeit, also ist es ganz in Ordnung, dass du mich Leuten auslieferst, die noch Schlimmeres mit mir anstellen werden? Dein Leben war vermurkst, also kannst du ruhig meins ruinieren? Wenn er sich solche Worte von mir erhoffte, konnte er lange warten.

»Kannst du es vielleicht mir überlassen, sie eine Zeit lang zu schützen?« Es klang wie eine Frage, aber der große Franzose führte mich in den Flur, ohne eine Antwort abzuwarten. Von dort ging es in einen großen Raum.

Sofort darauf erblickte ich meine alte Nemesis, aber nicht unter den Umständen, die ich mir ausgemalt hatte. Tonys schwammiges Gesicht sah aus wie immer, was mich kaum überraschte, denn abgesehen von der Kleidung hatte er sich seit 1513 nicht verändert. Er trug, was ich für einen Mafioso-Anzug hielt: ein Nadelstreifen-Ding, das aussah, als hätte es einmal dem Rausschmeißer eines Speakeasy gehört. Vielleicht täuschte dieser Eindruck nicht. Tony mochte den Anzug, denn jemand hatte ihm einmal gesagt, dass vertikale Streifen ihn schlanker machten. Von wem auch immer diese Behauptung stammte: Er hatte gelogen. Tony war mit mehr als hundertfünfzig Kilo gestorben, was angesichts seiner Größe von etwa eins fünfundsechzig bedeutete, dass er aussah wie ein Fußball mit Beinen. Selbst mit der strengsten Diät und noch so viel Bewegung ließ sich das jetzt nicht mehr ändern.

Trotz seines Gewichts und eines Modegeschmacks, der direkt aus der Hölle zu kommen schien, sah Tony besser aus als sein Chefgorilla Alphonse, der wie immer links hinter ihm stand. Zwar waren sie derzeit nur Reflexionen in einem großen Spiegel, aber ich sah, dass sie sich wieder in ihrer alten Hochburg in Philly befanden. Es überraschte mich, dass Tony den Nerv hatte, dorthin zurückzukehren, doch eigentlich hätte ich es wissen sollen: An Mumm mangelte es ihm gewiss nicht. Er saß auf seinem üblichen Stuhl, einem Thron, der aus einem Bischofspalast stammte, damals, als man noch viele Schnitzereien und Vergoldungen verwendet hatte. Die Rückenlehne lief in einer Höhe von etwa ein Meter achtzig spitz zu, aber Alphonse brauchte sich nicht auf die Zehenspitzen zu stellen, um darüber hinwegzusehen. Seine Größe blieb ohne positive Wirkung auf das allgemeine Erscheinungsbild. Er war wie jemand gebaut, der wusste, wie ein richtiger Schläger auszusehen hatte, und er hatte eines der grässlichsten Gesichter, die ich kannte. Nicht im Sinne eines interessanten Hollywood-Schurken – der Typ war schlicht und einfach hässlich. Vor seiner Verwandlung soll er einer von Baby Face Nelsons Killern gewesen sein, aber er schien selbst einiges abbekommen zu haben, und zwar von einem Baseballschläger mitten ins Gesicht. Als Kind war ich von seinem Profil fasziniert gewesen, denn die Nase stand nicht weiter vor als der Neandertaler-Brauenwulst.

Ich konnte nur lachen, wenn Filme Vampire als hinreißend, sexy und mit einem unbegrenzten Vorrat an teurer Kleidung darstellten. Die schlichte Tatsache lautete: Wenn man tot war, sah man genauso aus wie zu Lebzeiten. Ich schätzte, in Hunderten von Jahren lernte man den einen oder anderen Schönheitstrick, doch die meisten Vampire scherten sich nicht darum. Einige der jüngeren unternahmen in dieser Hinsicht gewisse Anstrengungen, weil es die Jagd erleichterte, doch den meisten älteren war es völlig gleich. Make-up schien Geldverschwendung zu sein, wenn man für die Sterblichen so aussehen konnte, wie man wollte, von Marilyn Monroe bis zu Brad Pitt.

Obgleich mir der Zauberspiegel Tony und seinen Oberschläger zeigte, blieb ich guter Dinge. Mit dem rosaroten BH, der zwischen den Fetzen meines zerrissenen T-Shirts zu sehen war, dem zerkratzten, blutigen Gesicht und tropfendem Vampirschleim am Körper sah ich viel anrüchiger aus als sie. Ich war noch immer ein Mensch und lebte, und Tony schien nicht recht glücklich zu sein. Womit die positiven Aspekte meiner Situation genannt waren. Tony war nicht das einzige Problem in Sicht, aber ich glaubte, eine gewisse Chance zu haben, weil ich es bis hierher geschafft hatte. Wenn mich der Senat tot sehen wollte, so hätte mich sein Spion während der vergangenen sechs Monate jederzeit töten können.

Ich sah durch den großen Raum dorthin, wo Tomas eingetreten war. Er stand unweit der Tür und kam damit streng genommen meiner Forderung nach, Abstand zu wahren, aber nach meinem Geschmack war er mir noch immer viel zu nahe. Er sprach mit einem von insgesamt vier blonden, eins achtzig großen Wächtern, die aussahen, als wären sie aus einem mittelalterlichen Wandteppich getreten, mit Streitäxten auf dem Rücken und Helmen, die über einen Nasenschutz verfügten. Ich bemerkte, dass er eine schwarze Denimjacke über seine Club-Klamotten gestreift hatte. Sie passte zu der Jeans und ließ ihn wie einen harten Motorradtypen aussehen. Sein Gesicht blieb ihm Schatten, sodass ich den Ausdruck darin nicht sehen konnte, doch wahrscheinlich hätte es mir ohnehin nichts gezeigt. Zumindest nichts, was ich wissen wollte.

Ich musste gegen die Versuchung ankämpfen, zu ihm zu gehen. Fast verzweifelt wünschte ich mir zu sehen, wie es in seinen Augen für mich aufleuchtete wie sonst für niemanden, und ihn sagen zu hören, dass alles in Ordnung kommen würde. Ich wusste, was er war und dass er mich belogen hatte, aber ein Teil von mir wollte ihm noch immer vertrauen. Hoffentlich war es nur eine Nachwirkung der geistigen Invasion, die bald verschwand. Meine Augen mussten sich an die Tatsache gewöhnen, dass er wie mein Tomas aussah, es aber nicht war. Der Mann, der mir so vertraut gewesen war, hatte nur in meiner Einbildung existiert.

Ich konzentrierte meine Aufmerksamkeit wieder auf das Hauptereignis, was eigentlich gar nicht so schwer sein sollte. Eine dicke Mahagoniplatte bildete einen massiven rechteckigen Tisch, der zusammen mit den Stühlen auf der anderen Seite die einzige Einrichtung darstellte. Das Ding schien mindestens eine Tonne zu wiegen und ruhte auf einem ebenso massiv wirkenden Marmorpodest, zu dem einige glänzende Stufen emporführten. Dadurch befand sich der Senat etwa einen Meter über der Stelle, wo demütige Bittsteller – oder Gefangene, wie in meinem Fall – stehen durften. Die Wände des Raums – beziehungsweise der Höhle, denn er befand sich ein ganzes Stück tief im Boden, wie ich später herausfand – bestanden aus rotem Sandstein, und das Licht der großen schwarzen Kronleuchter gab ihnen ein Flammenmuster. Der Spiegel ragte links vom Tisch auf und schien nicht zum Rest zu passen, was aber vermutlich daran lag, dass er Tonys Gesicht zeigte. Abgesehen davon bestand die einzige andere Ausschmückung des Raums aus den bunten Fahnen und Wappenschilden der Senatsmitglieder hinter ihren Sitzen. Vier Schilde waren von schwarzen Tüchern verdeckt, und die schweren Brokatstühle waren zur Wand gedreht. Das sah nicht gut aus.

»Ich verlange Schadenersatz!« Meine Aufmerksamkeit kehrte zu Tony zurück, der seine Forderung zum mindestens fünften Mal wiederholte. Er gehörte zu den »Man wiederhole den eigenen Standpunkt, bis die anderen nachgeben«-Debattierern, hauptsächlich deshalb, weil es ihm an Erfahrung mangelte. In seiner Familie katzbuckelten nur alle, und daran gewöhnte man sich im Lauf der Jahrhunderte. »Ich habe sie aufgenommen, großgezogen und wie eine von uns behandelt, und sie hat mich hintergangen! Ich habe jedes Recht, ihr Herz zu verlangen!«

Ich hätte darauf hinweisen können, dass ich nicht zu den Vampiren zählte und ein Pflock daher des Guten zu viel war, aber ich konzentrierte mich lieber auf wichtigere Dinge. Ich glaubte nicht etwa, dass sich der Senat groß für Tonys Geschäfte interessierte, aber dies bot mir Gelegenheit, es dem verdammten Mistkerl heimzuzahlen, und eine solche Chance wollte ich nicht ungenutzt verstreichen lassen. »Du hast meine Eltern ermorden lassen, um mein Talent ganz für dich allein zu haben. Du hast mir gesagt, du würdest andere warnen und so helfen, die Katastrophen zu verhindern, die ich in meinen Visionen sah, aber in Wirklichkeit hast du die ganze Zeit über von ihnen profitiert. Du bist zornig, weil ich dich Geld gekostet habe? Wenn ich dir jemals nahe genug kommen sollte, hacke ich dir den Kopf ab.« Ich sagte es ganz ruhig, denn Tony zu töten war ein alter Traum, und es erschien mir sehr unwahrscheinlich, ihn jemals verwirklichen zu können.

Meine Worte blieben ohne Wirkung auf Tony, und das entsprach meinen Erwartungen. Man hatte ihm jahrhundertelang gedroht, aber er war noch immer da. Er hatte mir einmal gesagt, sein Überleben wäre die deutlichste aller Antworten an Kritiker und Gegner, und damit hatte er vermutlich recht. »Sie hat keinen Beweis dafür, dass ich irgendetwas mit diesem unglückseligen Zwischenfall zu tun habe. Muss ich mich hier von ihr beleidigen lassen?«

»Ich habe es *gesehen*!«

Ich wandte mich an das Oberhaupt des Senats, offiziell Konsul genannt, um meinen Fall darzulegen, aber sie spielte mit einer Kobra, die lang genug war, sich zweimal um ihren Körper zu wickeln, was mich ablenkte. Die Schlange sah zahm aus, aber ich behielt sie trotzdem im Auge. Die Vamps vergaßen manchmal: Was für sie nur ärgerlich war, wie der Biss einer giftigen Schlange, konnte für die Sterblichen, die mit ihnen arbeiteten, weitaus ernster sein. Jene von uns, die lange genug überlebten, lernten, sehr aufmerksam zu sein.

»Die Frau hat Wahnvorstellungen«, protestierte Tony und hob unschuldig die fleischigen weißen Hände. »Sie ist immer gefährlich labil gewesen.«

»Dann überrascht es mich, dass du dich auf ihre Vorhersagen verlassen hast.«

Die Stimme der Konsulin hallte durch den Raum, und ich spürte sie fast auf der Haut. Ihre Kraft ließ mich schaudern, und ich war froh, dass sie nicht auf mich gerichtet war. Zumindest noch nicht. Sie kleidete sich nicht mehr in wallende weiße Gewänder und verzichtete auch auf goldenen Kopfschmuck, aber ich schätzte, wenn man so stark war, brauchte man nicht anzugeben. Trotzdem wirkte sie recht eindrucksvoll, denn ihr Outfit bestand zum größten Teil aus bunten Schlangen, die dicht an dicht über ihren Leib krochen und nur gelegentlich einen Blick auf ihre Haut gewährten. Ihre Schuppen fingen das Licht der Fackeln ein und glänzten so, als wäre die Konsulin in Edelsteine gehüllt: Onyx, Jade und Smaragd, hier und dort das Aufblitzen rubinroter Augen. Doch es war nicht unbedingt ihr Erscheinungsbild, das Aufmerksamkeit verlangte – die Autorität in ihrer Stimme und die Intelligenz in den dunklen Augen zeigten, dass sie in gewisser Weise noch immer eine Königin war. Ich hatte sie nicht erkannt, und niemand hatte sich die Mühe gemacht, uns vorzustellen, aber Rafe – er begleitete mich, um moralische Unterstützung zu leisten, nahm ich an – hatte mir einen Namen ins Ohr geflüstert, als wir uns dem Tisch näherten. Als er meinen verwunderten Blick bemerkte, erschienen Zähne in seinem dunklen Bart, und er gab mir das für ihn typische verwegene Lächeln. »Sie wurde nicht etwa von einer Natter gebissen, *mia stella*.«

»Ich habe mich nicht auf sie verlassen«, log Tony. »Sie war nur eine Annehmlichkeit.«

Rafes Hand an meinem Arm drückte fester zu, und ich biss mir auf die Lippe. Mehrmaliges unaufgefordertes Sprechen konnte die Konsulin verärgern, aber es fiel mir sehr schwer, still zu bleiben. Ich hatte keine Ahnung, wie viel Geld die kleine Kröte im Lauf der Jahre verdient hatte, doch sicher nicht wenig. Ich wusste, dass er mindestens zehn Millionen mit dem Kauf von Zitrus-Terminwaren eingesackt hatte, kurz bevor mehrere Naturkatastrophen Kaliforniens Orangenernte ruinierten und die Preise sprunghaft anstiegen. So was geschah nicht jeden Tag, aber es war auch kein Einzelfall.

Doch Tonys Geldgier war nie mein Hauptproblem mit ihm gewesen. Was mich ihm gegenüber ausrasten ließ, war – abgesehen von der Ermordung meiner Eltern – seine Entscheidung, einen ganzen Häuserblock niederbrennen zu lassen, weil er in jener Gegend billigen Baugrund erwerben wollte. Ich hatte ihm eine Woche vorher Bescheid gegeben, genug Zeit für ihn, eine Warnung herauszugeben, aber das machte der Mistkerl natürlich nicht. Ich erinnerte mich daran, voller Entsetzen in der Zeitung die Bilder von verbrannten Kindern gesehen zu haben, und dabei hatte ich einen hellen Moment. Ich stellte Nachforschungen an und fand meine Vermutungen bestätigt: Tony hatte mein Talent benutzt, um Morde zu planen, politische Coups zu organisieren und Drogen und Waffen zu schmuggeln. Und das waren nur die Dinge, von denen ich wusste. An dem Tag, als mir schließlich die Augen aufgegangen waren, hatte ich mir geschworen, dass er dafür bezahlen würde. Nun, inzwischen hatte er dafür bezahlt, aber meiner Ansicht nach nicht annähernd genug.

»Dann sollte sie kein großer Verlust sein. Du wirst für deine Ansprüche entlohnt.«

»Konsulin, bei allem Respekt, ich möchte nur, dass sie zu mir zurückkehrt. Ich bin ihr rechtmäßiger Herr, wie du sicher bestätigen wirst.«

»Nein.« Der Blick der dunklen Augen glitt kurz zu mir, und ich wusste plötzlich, wie sich ein Hase fühlte, wenn er den Kopf hob und einen Falken sah. »Wir haben Pläne mit ihr.«

Tony schwadronierte weiter, und ich bemerkte, dass Alphonse nicht versuchte, seinem in Schwierigkeiten geratenen Boss zu helfen. Ich sah mich gezwungen, seine Intelligenz neu einzuschätzen. Wenn sich Tony in ein spätes Grab faselte – ein permanentes diesmal –, so bekam Alphonse Gelegenheit, die Kontrolle über seine Geschäfte zu übernehmen, und das war mir recht. Alphonse und ich waren nicht unbedingt die besten Kumpel, aber soweit ich wusste, hatte er keinen Grund, mich tot sehen zu wollen, abgesehen von Tonys entsprechenden Anweisungen. Ich lächelte. Red nur weiter, Tony. Leider trat nach nur einer Minute einer der beiden hünenhaften, in Leopardenfell-Lendenschürze gekleideten Vampire neben dem Stuhl der Konsulin vor und entfernte den Spiegel. Schade – die Sache hatte begonnen, mir zu gefallen.

Rafes Hand drückte kurz zu und wies mich darauf hin, dass es besser war, einen neutralen Gesichtsausdruck zu zeigen. So wie es keine gute Idee war, vor Gericht Furcht oder Schwäche zu zeigen – und ich stand hier praktisch vor dem Gericht der Gerichte –, sollte man auch nicht zu viel lächeln. Jemand könnte es als Herausforderung verstehen, und das wäre ziemlich übel gewesen. Rasch setzte ich wieder die Pokermiene auf, die ich schon als Kind zu tragen gelernt hatte. Es fiel mir nicht sonderlich schwer. Das bisschen Freude, das ich empfunden hatte, war ohnehin verschwunden, als ich mich wieder dem Senat zuwandte. Tony hatte die übrigen Anwesenden abgelenkt, und ohne ihn richteten sie ihre volle Aufmerksamkeit auf mich, was selbst für jemanden verunsichernd gewesen wäre, der nicht regelmäßig an Versammlungen der Familie teilgenommen hatte. Nach der Verwandlung seiner Telepathin, die sie alle besonderen Fähigkeiten gekostet hatte, hatte Tony darauf bestanden, dass ich bei solchen Treffen zugegen war, insbesondere wenn rivalisierende Familien Repräsentanten schickten. Ich wusste nicht, warum. Ich konnte keine Gedanken lesen, und die Wahrscheinlichkeit dafür, etwas bei den anwesenden Personen zu *sehen*, war sehr gering. Mindestens hundertmal hatte ich Tony gesagt, dass ich meine Gabe nicht einfach wie einen Fernseher einschalten konnte, und wenn sie aktiv wurde, war es mir nicht möglich, den Kanal zu wählen. Er hatte nicht darauf geachtet, vielleicht deshalb, weil er das Prestige mochte, seine persönliche Hellseherin wie ein abgerichtetes Hündchen an der Seite zu haben. Wie dem auch sei, nach den vielen sehr schrecklichen Leuten, die ich gesehen hatte, war ich davon überzeugt gewesen, dass mich nichts mehr beeindrucken konnte. Was sich jetzt als Irrtum erwies.

Es gab noch zwölf weitere Plätze am Tisch, abgesehen von dem der Konsulin. Mehr als die Hälfte waren unbesetzt, doch dafür erwiesen sich die anderen als umso interessanter. Mir am nächsten saß eine dunkelhaarige Frau, die ein langes Samtgewand trug. Ein Häubchen ruhte auf ihrem Kopf, und daran hingen Perlen so groß wie mein Daumen. Goldene Stickarbeiten schmückten das burgunderrote Gewand. Ihre Haut zeigte eine Blässe, die auf Jahrhunderte ohne Kontakt mit Sonnenschein hinwies, und sie war makellos, bis auf eine Narbe am Hals, halb verborgen unter einem Seidenband. Jemand war dieser Schönheit nahe genug gekommen, um ihr den Kopf abzuschlagen, und offenbar hatte er nicht gewusst, dass sich allein damit ein Vampir nicht töten ließ. Wenn das Herz intakt war, heilte der Körper. In diesem Fall allerdings musste die Heilung einer solchen Wunde enorm viel Kraft gekostet haben.

Neben der Frau saß die einzige Person am Tisch, die ich erkannte. Kein Wunder, denn Tony prahlte bei jeder Gelegenheit über seine Verbindung mit der berühmten Dracula-Linie und hatte Porträts aller drei Brüder an der Wand seines Thronsaals. Er war nicht durch Vlad III. Tepes, den legendären Dracula, zum Vampir geworden, sondern durch den älteren Bruder jenes großen Mannes, Mircea. Wir hatten ihn in Philly zu Gast gehabt, als ich elf gewesen war. Wie viele Kinder fand ich Gefallen an Geschichten, zum Glück für mich, denn Mircea liebte nichts mehr, als sich über die schlechte alte Zeit auszulassen. Er erzählte mir, dass er einer rachsüchtigen Zigeunerin begegnete, als sich seine jüngeren Brüder Vlad und Radu als Geiseln in Adrianopel befanden. Sie hasste seinen Vater, der ihre Schwester – Draculas Mutter – verführt und dann nicht mehr beachtet hatte, und so verfluchte sie Mircea mit Vampirismus. Vermutlich wollte sie damit die Familienlinie beenden, da Vampire keine Kinder zeugen konnten und alle davon ausgingen, dass die Geiseln nicht zurückkehrten. Aber Mircea wies darauf hin, dass ihm die Zigeunerin eigentlich einen Gefallen getan hatte. Kurze Zeit später wurde er von ungarischen Meuchelmördern, die mit ortsansässigen Adligen gemeinsame Sache machten, gefangen genommen, gefoltert und lebendig begraben, was ihm sicher einen echten Dämpfer versetzt hätte, wenn er nicht bereits tot gewesen wäre. Unter solchen Umständen war so etwas nur eine Unannehmlichkeit.

Ich war bei der Begegnung mit Mircea zu jung gewesen, um zu begreifen, dass der attraktive junge Mann, der mir rumänische Sagen und Legenden erzählte, in Wirklichkeit ein Jahrhundert älter war als Tony. In seinem Gesicht, das seit fünfhundert Jahren wie dreißig aussah, erschien ein ermutigendes

Lächeln für mich. Ich erwiderte es unwillkürlich. Jene samtenen braunen Augen waren damals mein erster großer Schwarm gewesen, und ich hatte vergessen, wie attraktiv er war. Die gleichen Züge hatten seinem Bruder Radu im sechzehnten Jahrhundert den Beinamen »der Hübsche« eingebracht. Mircea strich einen Fussel von seinem flotten schwarzen Anzug. Abgesehen von Rafe, der einen lässigeren Stil bevorzugte, war Mircea der einzige mir bekannte Vampir mit modernem Modebewusstsein. Vielleicht war das der Grund, warum ich ihn nie im höfischen Ornat der Walachei gesehen hatte, oder vielleicht hatte er die Sachen nie gemocht. Alles an seinem Erscheinungsbild war auf dem neuesten Stand, abgesehen von dem langen, schwarzen Pferdeschwanz. Es freute mich, ihn zu sehen, aber selbst wenn er angenehme Erinnerungen mit mir verband: Ich bezweifelte, ob mir eine einzige Stimme etwas nützte.

Da wir gerade bei moderner Garderobe waren: Der Vampir neben Mircea – ich hatte ihn bereits im Wartezimmer gesehen – sah wie eine *GQ*-Anzeige aus, wenn die Zeitschrift im siebzehnten Jahrhundert gedruckt worden wäre. Ich hatte viel Zeit in einem Grufti-Club verbracht und daher gegen die bestickte Frackjacke ebenso wenig einzuwenden wie gegen das Rüschenhemd und die Kniehose. Ich hatte ausgefallenere Klamotten gesehen, und diese waren wenigstens schmeichelhaft – Seidenstrümpfe brachten Beine gut zur Geltung, und seine waren es wert, gezeigt zu werden. Doch der große Haken bestand aus dem Butterblumengelb der ganzen Kleidung. Ein Vampir in Gelb war einfach falsch, erst recht, wenn man hellblaue Augen und glänzende kastanienbraune Locken hinzufügte, die halb über den Rücken reichten. Der Mann war sehr attraktiv und hatte eins jener offenen, ehrlichen Gesichter, denen man sofort vertraute. Es ärgerte mich, dass es einem

Vampir gehörte. Ich schenkte ihm ein unverbindliches Lächeln, in der Annahme, dass es nicht schaden konnte. Vielleicht bekam ich bei ihm einen Pluspunkt, weil ich die einzige andere anwesende Person war, die ebenfalls etwas Gelbes trug. Natürlich befand sich mein Happy-Face-T-Shirt derzeit nicht in seinem besten Zustand, was möglicherweise erklärte, warum er das Lächeln nicht erwiderte. Er beobachtete mich fast gierig, und sein Blick war so intensiv, dass ich hoffte, er hatte bereits gegessen. Ich musste unbedingt das Blut an mir loswerden, bevor mich jemand für eine wandelnde Vorspeise hielt.

Die beiden übrigen Vampire saßen auf der anderen Seite der Konsulin und ähnelten sich so sehr, dass ich sie für Verwandte hielt. Später fand ich heraus, dass Zufall dahintersteckte. Der Mann war fast so alt wie die Konsulin und zu seinen Lebzeiten einer von Neros Leibwächtern gewesen, obgleich er von einer Sklavin abstammte, die weit nördlich von Italien in Gefangenschaft geraten war. Er hatte die besondere Gunst des Kaisers genossen, weil er noch sadistischer war als sein Herr. Die Frau – sie sah Portia so ähnlich, dass ich zweimal hingucken musste – war im Süden vor dem Krieg geboren. Dreißig Kilometer im Umkreis ihres Familienhauses soll sie mehr Unionssoldaten getötet haben als das Militär der Konföderierten. Angeblich hatte sie das Ende des Krieges und damit der leichten Jagd beklagt. Verschiedene Epochen, Länder und persönliche Hintergründe, und doch sahen sie wie Zwillinge aus mit ihrer milchigen Haut und dem welligen dunklen Haar. Selbst die Augenfarbe war gleich: ein helles, bräunliches Gold, wie der Sonnenschein durch Herbstblätter. Ihre weiße und silberne Kleidung ergänzte sich gut. Zugegeben, der Mann trug eine Toga, während die Frau den Eindruck erweckte, zu einem Savannah-Ball unterwegs zu sein, aber sie sahen gut aus zusammen.

Die Konsulin gab mir Zeit, die Anwesenden nacheinander zu mustern, bevor sie sprach, und als sie das Wort ergriff, fesselte sie meine Aufmerksamkeit. Wohin auch immer der Blick ihrer schwarz umrandeten Augen fiel: Es fühlte sich nach kleinen Nadelstichen auf meiner Haut an. Es war nicht unbedingt schmerzhaft, aber ich hatte das Gefühl, dass sich die Nadeln schnell in Schwerter verwandeln konnten.

»Du siehst, wie viele unserer Stühle leer sind, wie viele Stimmen schweigen«, sagte die Konsulin.

Ich blinzelte überrascht. Ich hatte vermutet, dass es ein Problem gab, aber nicht so eins – vier alte Vampire waren nicht unbedingt leicht zu töten. Doch die Konsulin bestätigte es. »Wir sind sehr geschwächt. Der Verlust einiger der größten von uns lastet schwer auf allen Anwesenden in diesem Raum, doch wenn es so weitergeht, wird die ganze Welt betroffen sein.«

Sie unterbrach sich, und zuerst dachte ich, dass sie auf diese Weise ihren Worten Nachdruck verleihen wollte. Aber dann merkte ich, dass sie weggetreten war. Bei einigen der ganz alten Vampire geschah das manchmal: Für eine Minute oder eine Stunde am Tag zogen sie sich in sich selbst zurück und vergaßen die Existenz aller anderen. Ich war von Tony an diese Pausen gewöhnt und blieb deshalb unbesorgt. Jemand, den ich nicht kannte, hatte sich dem neben der Tür stehenden Tomas hinzugesellt und wirkte wie eine lebensgroße Statue, aber eine recht primitive ohne Farbe auf ihrem tönernen Äußeren und schlecht definierten Gesichtszügen. Tomas und der Neuankömmling schienen sich über etwas zu streiten, doch ihre Stimmen waren so leise, dass ich nichts hörte. Ich verspürte einen kurzen Anflug von Sehnsucht nach Tonys Audienzsaal, in dem die meisten Anwesenden mörderische Drecksäcke waren, aber wenigstens kannte ich ihre Namen. Es machte mich bereits nervös genug, in blutbesudelter Kleidung vor einigen Vampiren zu stehen, die mächtig genug waren, mich mit kaum mehr als einem Gedanken zu töten, aber hinzu kam, dass ich auch noch im Dunkeln tappte. Rafe war eine tröstende Präsenz hinter mir, doch ich hätte jemanden vorgezogen, der mit Pistolen und Messern umgehen konnte.

»Wir vermissen sechs unserer Mitglieder«, fuhr die Konsulin plötzlich fort. »Vier sind unwiederbringlich verloren, und die anderen beiden schweben am Rand des Abgrunds. Wenn es irgendeine Möglichkeit gibt, sie zu retten, werden wir sie nutzen. Doch vielleicht sind unsere Mühen vergeblich, denn unser Feind hat vor kurzer Zeit eine neue Waffe bekommen, die uns im Moment unserer Schöpfung Vernichtung bringen kann.«

Ich widerstand der Versuchung, den Kopf zu drehen und nach Rafe zu sehen, der hoffentlich mehr verstand als ich. Vielleicht konnte er mir später alles erklären, wenn die Worte der Konsulin auch weiterhin keinen Sinn für mich ergaben.

»Bitte komm zu uns, Tomas.« Sie hatte den Satz kaum beendet, als Tomas auch schon neben ihr stand. »Kann sie uns von Nutzen sein?«

Er achtete darauf, nicht in meine Richtung zu sehen. Ich hätte am liebsten geschrien, doch Rafes Hand schloss sich fast schmerzhaft fest um meinen Arm, und ich behielt mich unter Kontrolle.

»Ich denke schon. Manchmal spricht sie, wenn niemand da ist, und heute Abend … Ich kann nicht erklären, was mit einem der Killer geschehen ist. Es waren fünf. Ich habe drei getötet, und ihr Schutzzauber erledigte einen weiteren, aber was den fünften betrifft …«

»Tomas, nein.« Ich wollte nicht, dass er den Satz beendete. Es war bestimmt nicht gut, wenn mich der Senat für eine

Gefahr hielt, und vielleicht schuf der Hinweis auf den explodierten Vampir ein wenig Unruhe. Wie sollte selbst ein alter Meister gegen etwas kämpfen, das er nicht sah und nicht fühlte? Portias Eingreifen war natürlich nur ein Glücksfall – ich war nicht mit einem Heer aus Geistern unterwegs und konnte jenen, denen ich begegnete, nicht befehlen, für mich zu kämpfen –, doch das wusste der Senat nicht. Ich bezweifelte, ob sich die Konsulin und die anderen mit meinem Wort begnügt hätten. Die meisten Geister waren zu schwach für das, was Portias Freunde getan hatten. Vermutlich hatte sie jeden aktiven Geist des Friedhofs gerufen, und selbst gemeinsam waren sie kaum stark genug gewesen. Ich konnte so etwas nicht noch einmal bewerkstelligen, aber wenn der Senat mir das nicht glaubte, drohte mir der Tod.

Tomas presste kurz die Lippen zusammen und mied noch immer meinen Blick. »Ich weiß nicht, wie der letzte Vampir starb. Cassandra muss ihn getötet haben, aber das Wie ist mir entgangen.« Das stimmte, aber er hatte zweifellos gefrorene Vampirteile überall im Gang gesehen, und es gab nicht viele Erklärungen dafür, wie sie dorthin gekommen waren. Es überraschte mich, dass er der Frage für mich auswich, aber es spielte keine Rolle. Ein Blick zur Konsulin genügte mir, um zu wissen, dass sie sich nichts vormachen ließ.

Bevor sie Tomas darauf ansprechen konnte, lief der blonde Mann, der von der Tür aus zugehört hatte, um die Wächter herum und auf uns zu. Ich machte mir keine Sorgen. Seine Bewegungen und die sonnengebräunten Wangen wiesen darauf hin, dass er kein Vampir war. Zwei Wächter folgten ihm so schnell, dass sie nur Schemen waren vor dem Hintergrund der roten Sandsteinwände. Sie überholten den Mann, erreichten uns zuerst und blieben zwischen Rafe, mir und dem Neuankömmling stehen, ohne zu versuchen, ihn zurückzuhalten.

Sie schienen mehr daran interessiert zu sein, mich zu beobachten.

»Ich werde sprechen, Konsulin, und Sie sollten Ihre Diener besser anweisen, mich nicht anzurühren, denn sonst könnte dieser Krieg eskalieren!« Ich hörte den Akzent eines gebildeten Briten in der hallenden Stimme des Blonden, aber sein Erscheinungsbild stand im Gegensatz dazu. Das Haar war die einzige normale Sache an ihm: kurz geschnitten und ohne erkennbaren Stil. Mehrere Patronengurte reichten über sein T-Shirt, genug Munition, um einen ganzen Zug außer Gefecht zu setzen. Tief an den Hüften trug er einen Ausrüstungsgürtel, und hinzu kam ein Riemen auf dem Rücken. Daran steckten und hingen mindestens ein Exemplar aller auf dem Markt erhältlichen Handwaffen: eine Machete, zwei Messer, eine abgesägte Schrotflinte, eine Armbrust, zwei Handfeuerwaffen, eine von ihnen am Oberschenkel befestigt, und mehrere recht eindrucksvoll wirkende Handgranaten. Es gab noch andere Dinge, die ich nicht identifizieren konnte, darunter mehrere mit Korken verschlossene Flaschen vorn am Gürtel. Der Typ sah nach einer Mischung aus verrücktem Wissenschaftler und Rambo aus, und ich hätte gelächelt, wenn ich nicht davon überzeugt gewesen wäre, dass das Tragen von so viel Hardware Respekt verdiente.

»Sie sind hier nur geduldet, Pritkin. Vergessen Sie das nicht.« Die Konsulin klang gelangweilt, aber mehrere ihrer Schlangen zischten in Richtung des Burschen.

Der Mann lächelte höhnisch und schnaufte verächtlich. Wünschte er sich den Tod? Ich wich zu Rafe zurück, der mir die Arme um die Taille schlang, und daraufhin fühlte ich mich etwas besser. »Sie ist kein Vampir. Sie haben also kein Recht, für Sie zu sprechen!«

»Das lässt sich leicht ändern.«

Ich zuckte zusammen, als mir eine leise, zischende Stimme an die Ohren drang. Als ich mich in Rafes Umarmung drehte, sah ich einen großen, leichenhaften Vampir mit fettigem schwarzen Haar und glänzenden Knopfaugen, der sich zu mir beugte. Ich war ihm nur einmal zuvor begegnet, und bei jener Gelegenheit hatten wir uns nicht sonderlich gut verstanden. Ich bezweifelte, ob wir diesmal besser miteinander zurechtkommen würden.

Jack, der manchmal noch mit seinem berühmten Spitznamen angesprochen wurde, hatte die Straßen von London unsicher gemacht, und seine damalige Karriere war von einem Senatsmitglied namens Augusta beendet worden, die zu jener Zeit Urlaub in Europa machte und jetzt zu den Fehlenden zählte. Vor der Verwandlung hatte sie ihm gezeigt, dass man mit Frauen auch ganz anderen Spaß haben konnte. Er war erst vor kurzer Zeit zum Mitglied des Senats befördert worden, hatte aber fast von Anfang an als sein inoffizieller Foltermeister gearbeitet. Er war einmal nach Philly gekommen, um einen freiberuflichen Job zu erledigen, und er hatte es gar nicht gemocht, als Tony es ablehnte, ihm mich als Bonus für gut geleistete Arbeit zu überlassen. Ich war erleichtert gewesen, ihn bei meiner Ankunft nicht zu sehen, und auf jener Seite des Senatsraums gab es keinen Eingang. Doch herauszufinden, woher er gekommen war, erschien mir weniger wichtig als die Frage, warum er fauchte und die langen, spitzen Reißzähne zeigte.

Rafe zog mich beiseite, und Tomas veränderte seine Position so, dass er beide Neuankömmlinge im Auge behalten konnte. Bevor die Dinge noch interessanter wurden, erklang erneut die Stimme der Konsulin. »Setz dich, Jack. Sie gehört zu Lord Mircea, wie du weißt.« Mircea lächelte mich an und schien kaum beeindruckt zu sein. Entweder traute er Jack weitaus mehr als ich oder der Umstand, dass er Tonys Herr war, und nach dem Vampirgesetz damit auch meiner, bedeutete ihm nicht viel. Wie ich mein Glück kannte, war Letzteres der Fall.

Jack trat widerwillig zurück. Als er seinen Platz einnahm, jammerte er wie ein Kind, dem eine Leckerei vorenthalten blieb. »Sie sieht wie eine Schlampe aus.«

»Immer noch besser, als wie ein Bestatter auszusehen.« Das stimmte: Mit seiner viktorianischen Kleidung hätte Jack gut in ein Beerdigungsinstitut gepasst. Aber das war nicht der Grund, warum ich diese Antwort gab. Ich hatte schon früh gelernt, dass Furcht Macht gab, und ich fürchtete Jack nicht nur – ich hatte schreckliche Angst vor ihm. Schon zu Lebzeiten war er ein Ungeheuer gewesen, und jetzt stellte er etwas dar, um das selbst Vampire einen weiten Bogen machten. Doch er sollte nicht wissen, welche Wirkung er auf mich hatte. Ganz zu schweigen davon, dass Entsetzen wie ein Aphrodisiakum auf ihn wirkte. Tony hatte einmal gesagt, dass ihm die Angst seiner Opfer noch lieber war als ihr Schmerz, und eine solche Befriedigung wollte ich ihm auf keinen Fall gönnen. Als Reaktion auf meine Worte fletschte er erneut die Zähne. Es hätte ein Lächeln sein können, aber das bezweifelte ich.

»Die Magier haben kein Monopol auf Ehre, Pritkin«, sagte die Konsulin. Sie ignorierte Jack und mich, als wären wir zwei ungezogene Kinder, die sich vor einem Gast danebenbenahmen. »Wir halten uns an die Vereinbarung mit ihnen, wenn sie sie ebenfalls respektieren.«

Das überraschte mich, und ich musterte den Mann – nein, den Magier – noch einmal. Ich war schon einmal Magiern begegnet, aber nur Renegaten, die gelegentlich für Tony arbeiteten. Sie hatten mich nie sehr beeindruckt. Die meisten von ihnen waren nach der einen oder anderen verbotenen Substanz süchtig – was vermutlich daran lag, dass sie ständig in

Todesgefahr schwebten –, und ihre Sucht hatte Tonys Segen, weil sie deshalb Arbeit brauchten. Zum ersten Mal erblickte ich nun einen Magier, der hohes Ansehen genoss und vielleicht sogar zum Kreis gehörte. Tony fürchtete sowohl den Silbernen als auch den Schwarzen Kreis, und deshalb war ich in dieser Beziehung immer neugierig gewesen. Schaurige Gerüchte kursierten über den Silbernen Kreis, dessen Mitglieder nur weiße Magie praktizierten, doch über den Schwarzen wurde überhaupt nicht gesprochen. Wenn selbst Vampire eine Gruppe zu beängstigend fanden, um über sie zu reden, sollte man sie besser meiden. Ich fragte mich, zu welchem Kreis der Mann gehörte; irgendwelche Hinweise oder Insignien schien es nicht zu geben.

Er deutete auf mich. »Sie ist ein Mensch und verwendet Magie. Was bedeutet, dass wir über ihr Schicksal zu befinden haben.« Er bewegte die Hände so, als wollte er nach etwas greifen, vielleicht nach einer Waffe oder nach mir. »Überlassen Sie die Frau mir. Ich versichere Ihnen, dass Sie es nie bereuen werden.«

Mircea beobachtete ihn so, wie eine gute Hausfrau einen Käfer beobachtet, der über den frisch gewischten Küchenboden krabbelt. »Aber Cassie könnte es bereuen, oder?«, fragte er in seinem üblichen sanften Tonfall. Ich hatte nie erlebt, dass er laut wurde, obwohl er fast ein Jahr bei Tony verbracht hatte.

Die Konsulin wirkte so unerschütterlich wie eine Bronzestatue, aber ich spürte Macht, die an mir vorbeistrich wie eine laue Sommerbrise mit kleinen Säuretropfen darin. Ich verzog das Gesicht und widerstand der Versuchung, mir die Haut zu reiben. Wenn der Magier etwas fühlte, so ließ er sich nichts anmerken. »Es muss sich erst noch herausstellen, wer den höheren Anspruch hat, Pritkin.«

»Da gibt es nichts zu diskutieren. Die Pythia verlangt, dass die Abtrünnige zu ihr zurückkehrt. Ich bin ausgeschickt worden, um sie zu holen, und nach dem Abkommen haben Sie kein Recht, sich einzumischen. Sie gehört zu den ihren.«

Ich hatte keine Ahnung, wovon er sprach, aber es erschien mir seltsam, dass ihm so viel an meiner Zukunft lag. Ich war ihm nie zuvor begegnet, und die Magier bei Tony hatten mich nie eines zweiten Blicks gewürdigt. Als Hellseherin in den Diensten eines Vampirs war ich nicht einmal Verachtung wert. Es hatte mich geärgert, von Ausgestoßenen, die in der magischen Welt nicht mehr Status besaßen als ich, wie ein Kirmes-Scharlatan behandelt zu werden. Doch derzeit nahm ich ein wenig herablassende Gleichgültigkeit gern entgegen. Die ganze Sache fühlte sich an wie das Gezänk einiger Hunde um einen Knochen, wobei ich der Knochen war. Es gefiel mir nicht, aber ich konnte nichts dagegen tun.

»Sie gehört zu denen, die sie und ihre Gabe am besten verteidigen können.« Die Konsulin blieb gelassen. Ich fragte mich, ob es sich um ein Naturtalent handelte oder ob ihre zweitausendjährige Existenz zu einer solchen Abgeklärtheit geführt hatte. Vielleicht sowohl als auch. »Ich finde es interessant, Pritkin, dass Ihr Kreis jetzt davon spricht, sie zu beschützen. Vor nicht allzu langer Zeit haben Sie uns um Hilfe dabei gebeten, sie zu finden, tot oder lebendig, wobei Sie zu verstehen gaben, dass Sie Ersteres vorzogen.«

In den Augen des blonden Mannes blitzte es gefährlich. »Maßen Sie sich nicht an, dem Kreis Worte in den Mund zu legen! Sie verstehen nicht die Gefahr. Nur der Kreis kann sie schützen, und andere vor ihr.« Zum ersten Mal sah er mich direkt an und fletschte fast so die Zähne wie zuvor Jack. Ich nahm es als Hinweis darauf, dass ich mir um einen weiteren Feind Sorgen machen musste. Sein Blick traf mich wie eine Peitsche, und ihm schien nicht zu gefallen, was er sah. »Man hat ihr erlaubt, ungeschult zu reifen, fernab all jener, die in der Lage gewesen wären, sie Kontrolle zu lehren. Das fordert eine Katastrophe heraus.«

Ich begegnete dem Blick der zusammengekniffenen grünen Augen, und für eine Sekunde erschien in ihnen fast so etwas wie Furcht. Seine Hand tastete nach dem Messer in der Unterarmscheide, und für einen Moment hielt ich es tatsächlich für möglich, dass er es nach mir werfen wollte. Rafe erging es offenbar ebenso, denn ich spürte, wie er die Muskeln spannte. Doch dann sprach die Konsulin, bevor sich jemand bewegen konnte. »Der Silberne Kreis war einst groß, Pritkin. Wollen Sie uns sagen, dass Sie einen der Ihren nicht schützen können, nur weil sich die betreffende Person außerhalb der Gemeinschaft befindet? Sind Sie so schwach geworden?«

Zorn verfärbte das Gesicht des Mannes, und seine Finger strichen weiter übers Messer, ließen es aber in der kleinen Lederscheide. Ich sah ihm in die kristallgrünen Augen, und plötzlich verstand ich und wusste, wer oder wenigstens was er war. Vom Silbernen Kreis hieß es, dass er eine Gruppe von Magiern hatte, die im Kampf ausgebildet waren, im körperlichen ebenso wie im magischen, und diese magischen Kämpfer setzten den Willen des Kreises durch. Die Magier bei Tony hatten große Angst vor ihnen gehabt, denn sie waren befugt, abtrünnige Anwender von Magie sofort zu töten. Magier, die den Unwillen des Kreises erregt hatten, durften nie wieder Magie verwenden; wenn sie das doch machten, kam ihre Entdeckung einem Todesurteil gleich. Aber warum hatte der Silberne Kreis einen verdammten Kriegsmagier nach mir geschickt? Die meisten Leute selbst in der magischen Welt behandelten Hellseher wie Aufschneider, die nicht mehr konnten als eine Halloween-Hexe – wir erschienen nicht einmal auf ihrem Radar. Aber die Tatsache, dass es viele Hochstapler gab, änderte nichts daran, dass einige von uns wirklich was auf dem Kasten hatten. Ich fragte mich, ob auch der Kreis schließlich zu dieser Einsicht gelangt war und entschieden hatte, Machtrivalen auszuschalten, angefangen bei mir. Es schien ganz zu meinem üblichen Glück zu passen.

Wenn mich der Magier angriff, solange ich unter dem Schutz des Senats stand, so würden die Konsulin und die anderen ihn töten und sicher auch damit durchkommen. Auch der Silberne Kreis konnte nicht gegen den Tod eines seiner Mitglieder protestieren, wenn es selbst daran schuld war. Die Aussichten standen also gut, dass er nichts gegen mich unternehmen würde, aber trotzdem warf ich Tomas einen Blick zu. Er hätte mir meine Waffe zurückgegeben können, als wir hier eingetroffen waren. Gegen die Senatsmitglieder konnte ich damit gar nichts ausrichten, selbst wenn ich so verrückt gewesen wäre, es zu versuchen, aber mit der Pistole hätte ich mich ein wenig sicherer gefühlt. Von einem Waffenverbot konnte wohl kaum die Rede sein angesichts eines Magiers, der mit einem ganzen Arsenal gekommen war.

»Sie trägt bereits unseren größten Schutzzauber. An diesem Abend nahm sie Kraft von uns allen auf. Es war nicht nur Ihr Vampir, der sie gerettet hat.«

»Nein, es war eine gemeinsame Anstrengung, und das sollte bei dieser ganzen Sache der Fall sein«, warf GQ ein. Ich war überrascht, dass es jemand wagte, für die Konsulin zu sprechen. Niemand rief ihn zur Ordnung – die anderen schienen es nicht einmal seltsam zu finden. War der Senat eine demokratische Institution? Ich bezweifelte es, denn bisher hatte ich nicht einen einzigen demokratischen Vampir kennengelernt. Bei Tony basierte die Hierarchie auf Stärke; es galt das »Macht geht vor Recht«-Prinzip. Bei den anderen Familien sah es ebenso aus, soweit ich wusste. Der Senat herrschte, weil er mächtig genug war, selbst Vampire wie Tony einzuschüchtern, was bedeutete: Der Rotschopf konnte nicht so harmlos sein, wie er aussah, denn sonst hätten ihn die anderen schon vor Jahren lebendig gefressen.

Zu meiner Überraschung nahm GQ meine Gegenwart zur Kenntnis, anstatt so zu sprechen, als gehörte ich zur Einrichtung. »Erlauben Sie mir, mich vorzustellen. Ich bin Louis-César«, sagte er und machte eine verdammt gute Verbeugung. »*A votre service, Mademoiselle.*« Er maß mich mit einem recht intensiven Blick, übte aber doch ein gewisses Maß an Zurückhaltung. Ich hatte nicht länger das Gefühl, auf der Speisekarte zu stehen.

Im Gegensatz zu den meisten anderen Frauen des einundzwanzigsten Jahrhunderts kannte ich die richtige Antwort auf eine formelle Verbeugung. Sowohl meine Gouvernante als auch der Privatlehrer, von dem Tony mich hatte unterrichten lassen, waren in der viktorianischen Ära geboren, und deshalb konnte ich einen richtigen Knicks machen. Ich hatte gedacht, viele der Dinge aus meiner Kindheit vergessen zu haben, aber Louis-César ließ alles zurückkehren. Er sah wieder zur Konsulin und verpasste dadurch einen sicher recht amüsanten Anblick, als ich mit blutbefleckten, hochhackigen Go-go-Stiefeln und einem Mikromini versuchte, den Standards meiner Nanny gerecht zu werden.

Ich war so sehr auf die Szene am Tisch konzentriert, dass ich den zweiten Anschlag auf mein Leben an diesem Abend fast gar nicht bemerkt hätte. Den ersten Hinweis bot eine Energiewelle, die mich wie ein Sandsturm aus dem Nichts traf. Etwas scheuerte heiß über meine Wangen, bevor Tomas Rafe beiseitestieß und sich auf mich stürzte. Der Aufprall auf den Boden war so heftig, dass er mir die Luft aus den Lungen presste. Ich lag mit dem Gesicht nach oben, und so sah ich zwei Wächter, die unbeweglich in der Mitte des Raums standen: Das Fleisch auf ihren Knochen löste sich langsam auf, wie von unsichtbaren Insekten gefressen. Wenige Sekunden später stürzten die nackten Skelette zu Boden – Herzen und Gehirne waren zusammen mit dem anderen weichen Gewebe verschwunden.

Ich bekam kaum mit, was als Nächstes geschah, denn nichts davon spielte sich mit normaler Geschwindigkeit ab, und Pritkin war mir im Weg. Er stand geduckt neben mir, mit einem gefährlich aussehenden Messer in der einen Hand und einer Pistole in der anderen. Ein weiteres Messer und zwei Ampullen schwebten neben seinem Kopf wie an unsichtbaren Fäden in der Luft. Für eine Sekunde dachte ich, dass er mich zusammen mit den anwesenden Senatsmitgliedern ins Jenseits schicken wollte, aber sein Blick galt nicht mir. Die Statue, die ich zuvor neben der Tür gesehen hatte, war plötzlich neben uns. Zwar waren ihre Augen nur vage Vertiefungen, aber sie schien Pritkin so anzusehen, als erwartete sie Befehle von ihm. Plötzlich begriff ich, was es mit der Gestalt auf sich hatte, obwohl ich solchen Geschöpfen noch nie zuvor begegnet war. Die Zauberer in Tonys Diensten hatten Golems nur etwas weniger gefürchtet als die Kriegsmagier. Es waren Tonfiguren, durch uralte hebräische Kabbala-Magie von Leben erfüllt. Ursprünglich hatten sie Aufträge für Rabbis erledigt, die stark genug waren, sie zu erschaffen. Bei einigen von ihnen mochte das noch immer der Fall sein, aber heutzutage dienten die meisten den Rittern, wie die richtige Bezeichnung für die Kriegsmagier lautete.

Pritkin deutete auf mich, und daraufhin ging der leere Blick des Golems in meine Richtung. »Beschütze sie!« Der Golem nahm seinen Platz ein, die leeren Augen auf mich gerichtet, während sich sein Herr dem Kampf zuwandte. Ich mied den

Blick des Golems, der mir noch grässlicher erschien als die Killer, und beobachtete, wie sich Jack einen der noch übrig gebliebenen Wächter vornahm. Der Wächter knurrte kehlig wie ein Tier, aber Jack sah aus wie ein Kind bei der Bescherung an Heiligabend: Die Wangen glühten, die Augen leuchteten. Er winkte Pritkin mit einer ungeduldigen Geste fort, die ganz klar sagte: *Dieser gehört mir.*

Der andere Wächter spielte keine Rolle mehr. Blut quoll ihm dort aus der Brust, wo jemand ein Rapier hineingestoßen hatte, als existierte das schwere Kettenhemd überhaupt nicht. Die Klinge ragte fast dreißig Zentimeter weit aus dem Rücken und zeigte im flackernden Licht der Kronleuchter ein mattes Rot. Ich hatte Rapiere immer für geckenhafte, fast weibische Dinge gehalten, so wie ich sie aus Filmen kannte, aber da schien ich mich geirrt zu haben. Die Klinge dieses Rapiers sah verdammt böse aus, als hätte jemand einen doppelschneidigen Dolch genommen und ihn zweieinhalb Zentimeter breit und neunzig Zentimeter lang werden lassen. Als ich noch versuchte, wieder zu Atem zu kommen, zog Louis-César das Ding aus der Brust des Vampirs und enthauptete ihn mit der gleichen fließenden Bewegung. Es ging so schnell, dass ich zunächst glaubte, er hätte das Ziel verfehlt, doch dann löste sich der Kopf vom Hals, fiel und rollte über den Boden.

Die Lider des Vampirs zuckten, und seine Reißzähne waren zu sehen, als der Kopf kaum dreißig Zentimeter von mir entfernt liegen blieb – erstaunlicherweise trug er noch immer den Helm. Ich schwöre, dass sich der Mund bewegte und so in der leeren Luft schnappte, als wollte er meinen Hals erreichen, und das, während unten Blut aus dem Kopf floss und eine große Lache bildete. Ich musste einen erstickten Laut von mir gegeben haben, oder vielleicht sah der Golem eine Gefahr in dem Vampirkopf, denn er trat ihn fort. Es hätte vielleicht ganz gut ausgesehen, aber der tönerne Bursche überschätzte das Gewicht – der Kopf flog über den Tisch des Senats hinweg und prallte hinter der sorgfältig frisierten Schönen mit einem feuchten Pochen an die Wand.

Eine Blutspur zeigte sich auf dem glänzenden Tisch vor ihr, und kleine rote Tropfen fielen auf ihr Haar, funkelten dort wie winzige Rubine. Sie holte den Kopf unterm Tisch hervor und bot ihn höflich ihrem Nachbarn an, der ebenso höflich ablehnte. Er reinigte den Tisch, indem er seine Hand über das vergossene Blut hielt. Tröpfchen stiegen auf, als wären sie Eisen und die Hand ein Magnet. Wie früher am Abend bei Tomas verschwanden sie in der Haut. »Dies wird allmählich lästig«, sagte er im Plauderton, und die Schöne nickte, leckte dann wieder an den Resten der Wirbelsäule, die aus dem ruinierten Hals ihrer Trophäe ragte.

Ich musste für einen Moment die Augen schließen und bemühte mich, meinen Magen unter Kontrolle zu halten, aber wenigstens schrie ich nicht. Erstens: Es hätte vor dem Senat nicht stark ausgesehen, und das wäre bedauerlich gewesen. Zweitens: Meine Kehle war noch immer wund von dem Erdrosselungsversuch. Drittens: Tomas' Gewicht hinderte mich daran, genug Luft zu bekommen. Ich versuchte, ihn zur Seite zu schieben, aber ebenso gut hätte ich mich bemühen können, eine Marmorstatue zu bewegen. Er drückte mich nur noch fester an den Boden, bis ich schmerzerfüllt stöhnte. Daraufhin wurde sein Körper weicher und fühlte sich fast wie eine warme Decke an. Unter anderen Umständen wäre es vielleicht recht angenehm gewesen, aber ich konnte noch immer nicht tief durchatmen, und Jack und der andere Wächter waren bedenklich nahe gekommen.

Ich verstand nicht, warum niemand den Wächter getötet hatte, zumal er jetzt seine große Streitaxt in der Hand hielt und mich mit jener Konzentration anstarrte, die die meisten Burschen für den Playboy-Kanal reservierten. Wenn mich der Senat tot haben wollte, wäre es dann nicht einfacher für ihn gewesen, mich Tony zu überlassen? Und wenn dem Senat daran lag, dass ich am Leben blieb … Warum stand Louis-César dann nur da, anstatt seine frühere Darbietung zu wiederholen? Vielleicht dachte er, dass der Wächter nie an Pritkin, Rafe und Tomas vorbeikommen würde, aber ich war mir da nicht so sicher. Die Schneide der Axt sah schrecklich scharf aus, und ich wusste, wie schnell Vampire sein konnten. Der Wächter brauchte nur einen Sekundenbruchteil, und dann war ich der Hauptgang für Miss Georgia 1860, nachdem sie mit ihrer Vorspeise fertig war. Doch niemand unternahm etwas, abgesehen von Tomas, der höher auf mich kletterte, bis er auf Anfrage in der Lage gewesen wäre, das Spitzenmuster meines BHs zu beschreiben. Er wirkte ruhig, aber ich fühlte, wie schnell sein Herz schlug. Ich fand es nicht sonderlich beruhigend zu wissen, dass er sich ebenfalls Sorgen machte.

Ich sah an seinem dunklen Kopf vorbei dorthin, wo sich der Kerzenschein an der großen Klinge der Streitaxt widerspiegelte, von der mich nur etwas mehr als ein Meter trennte. Ich riss die Augen auf, als der Wächter vorsprang und dabei mit den Zähnen knirschte, und dann war alles so schnell zu Ende, wie es begonnen hatte. Jack wurde zu einem hässlichen Streifen aus grünem Stoff und weißen Händen. Ich blinzelte, und der Wächter lag auf dem Boden, festgehalten von vier Messern, die seine Gliedmaßen durchdrangen und sich in den Stein darunter gebohrt hatten. Zwei von ihnen waren groß, mit Griffen aus Holz, wie sie zur Ausstattung einer Küche gehörten. Die beiden anderen waren klein und silbrig und stammten vom Magier, der sie mit einer knappen Geste zurückholte, als Jack den Gefangenen unter Kontrolle hatte. Sie lösten sich mit einem Geräusch, als zerrisse etwas, und flogen zu dem Ritter. Ein Dolch schob sich von ganz allein in die Scheide am Unterarm, und der andere verschwand in einem Stiefel. Der Magier hatte sich nicht einmal die Mühe gemacht, die Messer an seiner Taille zu verwenden. Zusammen mit dem Golem wich er beiseite, damit Tomas mich auf die Beine ziehen konnte. Zwar hatte er gerade dabei geholfen, mir das Leben zu retten, aber seine Augen waren kalt wie zwei Stücke grünes Eis, als er mich ansah.

Die Konsulin wirkte weitgehend unbeeindruckt von den Geschehnissen. Nur einige dünne Falten hatten sich auf ihrer ansonsten völlig glatten Stirn gebildet. »Sei vorsichtig, Jack. Ich möchte Antworten, keine Leiche.«

Jack lächelte glückselig. »Du wirst beides bekommen«, versprach er und beugte sich zu dem Wächter vor. Ich wandte rasch den Blick ab, hörte aber die Geräusche von zerreißendem Fleisch und brechenden Knochen. Vermutlich nahm er die Messer wieder an sich und brach seinem Opfer dabei die Gliedmaßen. Ich schluckte mehrmals – ich hatte ganz vergessen, wie interessant das Leben am Hof sein konnte.

»*La Mademoiselle* scheint sich alles andere als wohlzufühlen, Madame. Vielleicht sollten wir ihr die Situation erklären, nachdem sie Gelegenheit hatte, sich ein wenig auszuruhen.« Louis-César sprach so ruhig, als hätten die Geschehnisse der letzten Minuten überhaupt nicht stattgefunden. Unterdessen hatte Jack ein Etui hervorgeholt und ihm mehrere chirurgische Werkzeuge entnommen. Langsam legte er sie neben sein zuckendes Opfer und lachte dabei zischend. Prächtig; wenigstens einer der Anwesenden vergnügte sich.

»Wir dürfen keine Zeit verlieren, wie du sehr wohl weißt, Louis-César.«

»Wir haben alle Zeit der Welt … jetzt.« Sie wechselten

einen Blick, den ich nicht zu deuten vermochte. »Wenn du gestattest ... Ich könnte Mademoiselle Palmer unser Dilemma erklären und noch vor Morgengrauen Bericht erstatten. Das würde dir Zeit genug geben, das ... Verhör zu beenden.« Er sah mich an, und in mir stieg Panik empor angesichts der Vorstellung, mit jemandem allein zu sein, der gerade einen mächtigen Vampir aufgespießt und enthauptet hatte. »Raffael kann uns natürlich begleiten«, fügte er schnell hinzu.

Es gefiel mir nicht, dass er meine Regungen so leicht erkennen konnte, aber das Wissen, dass ein Freund bei mir sein würde, erleichterte mich etwas. Bis ich sah, wie Jack lange, glänzende Gedärme aus dem offenen Bauch des Vampirs zog und sich wie einen Würstchenstrang um den Arm wickelte. Wie ein Kind mit Eiscreme leckte er sich die Finger ab, sah dann auf und zwinkerte mir zu. Ich bekam eine Gänsehaut und war plötzlich davon überzeugt, dass mir das Gespräch nicht gefallen würde, ganz gleich, wer daran teilnahm.

Vier

Es wurde beschlossen, dass Louis-César, Rafe und Mircea mich zu meinem Zimmer begleiteten und mir alles verklickerten. Pritkin zeigte sich nicht sonderlich angetan davon, aber er war nicht bereit, die Entscheidung der Konsulin infrage zu stellen. Das erleichterte mich, denn es hätte bedeutet, sie zu einem Duell herauszufordern. Für einen Abend hatte ich genug Aggression und Kampf erlebt. Außerdem wusste ich nicht, was geschehen würde, wenn ein Kriegsmagier des Silbernen Kreises gegen einen zweitausend Jahre alten Vampir antrat – es war keine Show, die ich sehen wollte.

Es erfüllte mich mit Dankbarkeit, dass zwei meiner drei Begleiter Freunde waren, beziehungsweise freundlich gesinnte Neutrale. Aber gleichzeitig erwachte neue Sorge in mir. Der Senat zeigte sich erstaunlich freundlich, schützte mich vor Möchtegern-Killern, lehnte es ab, mich Tony oder dem Kreis zu überlassen, zeigte sich an meiner Gesundheit interessiert und stellte mir Personen zur Seite, die ich mochte. Ich nahm das alles zum Anlass, mich zu fragen, was der Senat von mir wollte, und ich befürchtete, dass mir die Antwort nicht gefallen würde.

Kaum eine Minute später zweifelte ich plötzlich daran, ob es eine gute Idee gewesen war, meine Leibwache aufgegeben zu haben. Etwa auf halbem Wege eine zweite Treppe hinauf kam uns ein Werwolf entgegen. Es war ein großer Bursche, grau und schwarz, mit der typischen langen Schnauze und einem Maul voller spitzer Zähne. Ich begegnete dem Blick hellgrüner Augen und erstarrte mit dem einen Fuß über der nächsten Stufe. Ich hatte nur einmal zuvor einen Werwolf gesehen, und nicht aus dieser Nähe, doch ich erkannte ihn sofort. Es lag nicht nur an der Größe – in den Augen zeigte sich eine Intelligenz, über die kein Tier verfügen konnte. Was er ausgerechnet an diesem Ort machte, blieb mir ein Rätsel.

Es wäre eine geradezu absurde Untertreibung gewesen zu sagen, dass Vampire und Werwölfe nicht gut miteinander klarkamen. Vielleicht lag es daran, dass sie beide räuberische Wesen waren, und möglicherweise hatte Tony recht mit seiner Behauptung, dass Werwölfe die Vampire um ihre Unsterblichkeit beneideten. Was auch immer der Grund sein mochte, es herrschte Feindschaft zwischen ihnen. Wenn sie sich begegneten, flogen meistens die Fetzen. Ich rechnete mit einer starken Reaktion von einem meiner Begleiter, aber ich merkte nur, dass sich Rafes Hand fester um mein Handgelenk schloss. Louis-César nickte dem Werwolf einen Gruß zu, als begegnete er jeden Tag riesigen Wölfen auf der Treppe. »Freut mich, dich zu sehen, Sebastian.« Der Werwolf antwortete natürlich nicht, da er in Tiergestalt war, aber er ging ohne irgendein Anzeichen von Feindseligkeit an uns vorbei. Es war ein sehr seltsames Erlebnis, und es wies mich darauf hin, dass ich nicht mehr in Kansas war, beziehungsweise in Atlanta.

Als wir die Treppe hinter uns brachten und in den oberirdischen Bereich gelangten, bekam ich Gelegenheit, aus dem Fenster zu schauen. Der Anblick bestätigte mir: Wo auch immer ich mich befand, es war gewiss nicht der Norden von Georgia. Er erklärte auch, warum sich die Konsulin wegen der Zeit Sorgen machte. Während ich unter Tomas' Bann gestanden hatte, mussten mehr Stunden als bisher angenommen vergangen sein, genug für ihn, mich ein ganzes Stück weit zu tragen, und nicht nur durch den Staat. Die Farben jenseits des

Fensters stammten von einer ganz anderen Palette als jene, die man in Georgia sah. Die gesprenkelten grünen und grauen Töne des tiefen Südens waren einem mitternachtsblauen Himmel mit schwarzen Wolken gewichen. Sterne leuchteten am finsteren Firmament, doch am Horizont zeigte eine violette Linie, dass die Wüste begann, sich an den Tag zu erinnern.

»Es dauert nicht mehr lange bis zur Morgendämmerung.«

Louis-César folgte meinem Blick, als er eine Tür öffnete. »Wir haben noch Zeit«, erwiderte er leichthin. Ich kniff die Augen zusammen, als ich den unbekümmerten Ton hörte. Selbst der alte Rafe wurde nervös, wenn das Morgengrauen näherrückte; dann neigte er dazu, schneller zu sprechen und Dinge fallen zu lassen. Je jünger der Vampir, desto eher begann die Unruhe. Es war eine Art eingebaute Sicherheitsvorkehrung, die verhindern sollte, dass jemand im Sonnenschein briet, und ich kannte keinen Vampir, der völlig unbetroffen blieb. Doch der Franzose schien völlig sorglos zu sein. Entweder war er weitaus mächtiger als die mir bekannten Vampire oder ein guter Schauspieler. Wie auch immer, ich fühlte mich dadurch nicht besser.

Ich ging an ihm vorbei und fand mich im Wohnbereich einer Suite wieder, deren Einrichtung und Dekor vermutlich zu dem Panorama passten, das die Fenster tagsüber boten. An den türkisfarbenen Wänden hingen Indianerdecken in gebranntem Umbra, Türkis und Navajarot. Ein dazu passender Teppich lag auf dem Holzboden, und Terrakottafliesen umgaben den Kamin. Ledersofa, Sessel und Ottomane präsentierten ein dunkles Rot und waren abgenutzt genug, um bequem auszusehen. Das Zimmer wirkte seltsam fröhlich; der Senat schien Tonys Vorliebe fürs Düstere nicht zu teilen.

»Bitte, *Mademoiselle, asseyez-vous.*« Louis-César trat neben den Sessel am Kamin. Ich sah zu Rafe, doch der blickte nach draußen, die Hände auf den Rücken gelegt und die Schultern steif – er fürchtete die nahe Morgendämmerung. Ich hätte ihn gern vom Fenster weggezerrt und Antworten von ihm verlangt, aber selbst wenn er bereit gewesen wäre, mir Auskunft zu geben – ich bekam keine Gelegenheit dazu.

Mircea legte mir die Hand auf den Arm, ganz sanft, und führte mich zum Sessel. »Louis-César setzt sich nicht, solange eine Dame steht, *Dulceață.*« Meine Liebe. So hatte er mich genannt, als ich klein gewesen war, auf seinem Knie gesessen und mir all die Geschichten angehört hatte. Ich hoffte, er meinte es auch so. Wenn Rafe mein einziger Freund in diesem Zimmer war, drohten mir Probleme.

Ich nahm Platz, und der Franzose ging vor mir in die Hocke. Er lächelte beruhigend. Ich blinzelte. Der Mann – nein, der Meistervampir – hatte Grübchen. Große. »Ich möchte mich um Ihre Wunde kümmern. Darf ich?«

Ich nickte vorsichtig und bezweifelte, ob sich ein Vampir dafür eignete, das Blut zu entfernen, insbesondere einer, der zuvor recht hungrig gewirkt hatte. Doch der Lebenssaft schien ihn nicht sehr zu reizen, und außerdem blieb mir gar keine Wahl. Louis-César war höflich und bat mich vorher um Erlaubnis, als ob meine Antwort eine Rolle spielte, aber ich wusste es besser. Zwei Mitglieder des Senats waren zugegen; sie konnten den Gentleman spielen, solange es ihnen beliebte, aber letztendlich musste ich tun, was sie wollten. Das wussten sie ebenso gut wie ich.

Louis-César lächelte anerkennend, und ich begriff plötzlich, warum er mich nervös machte. Aus dieser Nähe gesehen ähnelte er einem Menschen wie kaum ein anderer Vampir. Abgesehen von Tomas, der einen guten Grund gehabt hatte, einem Menschen so ähnlich wie möglich zu sein, vergaßen die meisten Vampire Dinge wie zum Beispiel das Atmen. Sie versäumten es, ihre Herzen schlagen zu lassen und der Haut eine glaubwürdigere Farbe zu geben als das Weiß von frisch gefallenem Schnee. Selbst der recht überzeugend wirkende Rafe erinnerte sich nur einige Male in der Stunde daran, zu blinzeln. Doch diesem Mann hätte ich auf der Straße begegnen und ihn für einen Menschen halten können, einen Wechsel der Kleidung vorausgesetzt. Ich zählte die Sekunden zwischen den einzelnen Atemzügen, um festzustellen, ob er einen ausließ. Das war nicht der Fall.

Während meiner Kindheit und Jugend hatte ich Tausende von Vampiren aus aller Welt gesehen, manche von ihnen so extravagant und jenseitig wie die Konsulin, andere so normal aussehend wie Rafe. Bisher hätte ich geschworen, dass ich imstande gewesen wäre, einen Vampir überall zu erkennen, aber Tomas hatte mich über Monate hinweg getäuscht, trotz der Nähe, und Louis-César hätte mir ebenfalls etwas vormachen können. Das gefiel mir nicht – dadurch fühlte ich mich unsensibel, wie die vielen Millionen Menschen ohne Schutz vor der übernatürlichen Welt, weil sie sie gar nicht wahrnehmen konnten. Ich war bei Vampiren aufgewachsen, doch nie zuvor hatte ich die Art von Macht gespürt, die von den Senatsmitgliedern ausging. Ich fragte mich, was meiner Aufmerksamkeit sonst noch entgangen war, und dieser Gedanke beunruhigte mich.

Louis-César untersuchte mein Gesicht langsam, wahrscheinlich deshalb, damit ich mich an ihn gewöhnen konnte. Als sich eine glänzende braune Locke aus der Masse seines Haars löste und mir über die Schulter strich, zuckte ich so heftig zusammen, als hätte er mich geschlagen. Seine Hand, die nach meinem Haar getastet hatte, verharrte sofort. »*Mille pardons, Mademoiselle.* Streichen Sie das Haar für mich zurück? Es würde mir dabei helfen, einen Eindruck vom Ausmaß Ihrer Verletzung zu gewinnen.«

Er zog einen goldenen Clip aus seinem eigenen Haar und reichte ihn mir. Ich nahm ihn entgegen und achtete darauf, nicht seine Finger zu berühren. Mein Haar war kaum schulterlang, aber ich formte einen Pferdeschwanz daraus, und Louis-César sah mir dabei zu. Ich versuchte, nicht in Panik zu geraten, was mir schwer genug fiel. Ein Instinkt älter als Vernunft – älter als in hellen Zimmern ausgesprochene Worte – drängte mich, die Flucht zu ergreifen. Vielleicht war es eine Reaktion auf die Ereignisse dieser Nacht, aber eins stand fest: Ich wollte diesen Mann nicht so nahe haben. Ich zwang mich, still zu sitzen, während Louis-César die Untersuchung fortsetzte, fühlte dabei, wie ich eine Gänsehaut bekam und mein Puls so sehr raste, als wäre ich bereits auf der Flucht. Ich verstand meine Reaktion nicht, doch harte Erfahrung hatte mich gelehrt, meinen Instinkten zu vertrauen, und jeder von ihnen forderte mich auf, diesen Ort so schnell wie möglich zu verlassen. *»Ah, bon. Ce n'est pas très grave«,* murmelte Louis-César. Als er meinen Gesichtsausdruck sah, lächelte er, und das Lächeln erfasste sogar seine Augen. »Es ist nichts Ernstes«, übersetzte er. Ich hätte fast geschrien.

Der Mann stand auf und ging zu einem nahen Tisch, und plötzlich konnte ich wieder atmen. Ich versuchte herauszufinden, was an ihm mir solche Unruhe beschert hatte, doch es war nichts Greifbares. Sein freundlich wirkendes Gesicht schien einem Mann zu gehören, der fünf oder sechs Jahre älter war als ich, aber wenn man dem Hinweis seiner Kleidung vertrauen durfte, existierte er schon seit Jahrhunderten. Seine Augen blickten sanft – ein ruhiges Blau mit grauen Flecken – und schienen nicht zu versuchen, mich in irgendeiner Weise zu beeinflussen. Die Bewegungen waren anmutig und elegant, doch kein Mensch wäre in der Lage gewesen, sie nachzuahmen. Zugegeben, meine Nerven hatten einiges hinter sich –

selbst ich war nicht daran gewöhnt, dass man mir zweimal in der gleichen Nacht nach dem Leben trachtete –, aber das erklärte nicht, warum von allen möglichen Kandidaten ausgerechnet Louis-César mich so sehr ausrasten ließ.

Er kehrte zu mir zurück, und meine Panik wuchs mit jedem Schritt. Ich beobachtete ihn so wie ein kleines Geschöpf ein nahes Raubtier, blieb reglos und wagte kaum zu atmen, in der Hoffnung, dass das große, böse Ding nicht sprang. Louis-César ging erneut in die Hocke, gehüllt in Satin und Spitzenbesatz, und das Licht der Lampen glitzerte auf seinem kastanienbraunen Haar. Er war mit einem Erste-Hilfe-Paket gekommen und legte Desinfektionsmittel, Gazestreifen und Tupfer auf die Fliesen vor dem Kamin. »Ich reinige die Wunde und verbinde sie dann, *Mademoiselle*. Morgen sieht eine Krankenschwester nach Ihnen und verbessert meine tollpatschigen Versuche.« Er war entspannt, sogar fröhlich, doch ich brauchte meine ganze Selbstbeherrschung, um nicht aufzuspringen und zur Tür zu laufen.

Eine blasse, schmale Hand, von weißen Spitzen umgeben, ergriff meine schmutzige und blutige. Seine Finger waren kühl, der Griff leicht – er schien zu glauben, dass mich die Berührung beruhigte. Er irrte sich. Ganz gleich, wie vorsichtig und behutsam er war: Ich wusste, dass er jederzeit eisenhart zugreifen konnte. Die Finger seiner anderen Hand strichen geschickt über meine zerkratzte Haut, und er begann damit, sie zu reinigen. Das Desinfektionsmittel brannte ein wenig, aber etwas anderes ließ mich schaudern. Ich schloss die Augen und ahnte, was jetzt begann.

»Sind Sie krank, *Mademoiselle*?« Louis-Césars Stimme kam aus der Ferne und schien hohl in meinen Ohren widerzuhallen. Ich fühlte mich von vertrauter Desorientierung erfasst und kämpfte mit ganzer Kraft dagegen an. Nie zuvor hatte ich mich so sehr bemüht, es zurückzuhalten und in den Teil von mir zu schicken, der es normalerweise enthielt – ich flehte es regelrecht an, sich schlafen zu legen. Was auch immer es mir zu zeigen gedachte: Ich war absolut sicher, dass ich es nicht *sehen* wollte. Aber wie immer war die Gabe stärker als ich. Schließlich gab ich dem Unvermeidlichen nach und spürte Kühle im Gesicht. Es war nicht kalt im Wohnzimmer, doch ein Teil von mir befand sich an einem anderen Ort. Ich atmete tief durch und öffnete die Augen.

Die Kühle stammte von einem halb der Nacht geöffneten Fenster. Ein Luftzug strich mir über die bloße Haut, und ich fröstelte. Das Fenster schien aus Buntglas zu bestehen, doch es hatte keine Farbe und kein Muster, abgesehen von kleinen Rauten dort, wo die Scheiben aufeinandertrafen. Das Glas war dick und wellig, wie bei einigen alten Häusern in Philly, und es reflektierte schlecht. Aber was ich sah, genügte mir, um mich schneller atmen zu lassen.

Erschrocken ließ ich meinen Blick umherschweifen und bemerkte einen Spiegel auf der anderen Seite des Raums. Er zeigte mir ein Bild, das ebenfalls nicht sehr deutlich war, doch das lag am matten Licht einiger weniger Kerzen und des heruntergebrannten Kaminfeuers. Der Spiegel war ein regelrechtes Meisterwerk, groß, mit einem dicken, vergoldeten Rahmen, opulent wie der Rest der aus massivem, geschnitztem Holz bestehenden Einrichtung. Der Raum vermittelte ein Gefühl von Luxus: Das dunkelrote Kirschbaumholz des Himmelbetts schien im Schein der Flammen im Kamin zu glühen und spiegelte die Farbe des samtenen Baldachins wider. Tapisserien hingen an den steinernen Wänden, ihre Farben so lebhaft, als wären sie erst einen Tag alt. Eine bemalte Porzellanvase auf einem nahen Tisch enthielt einen Strauß dunkelroter Rosen. Leider war ich nicht in der richtigen Stimmung, die Szene zu genießen, denn das Bild im Spiegel lenkte mich ab.

Ein Mann kniete auf einem Bett, ungefähr dort, wo ich sein musste. Ich konnte nicht erkennen, um wen es sich handelte, denn eine schwarze Samtmaske bedeckte den größten Teil seines Gesichts und wies nur Löcher für die Augen auf. Sie sah komisch aus, wie der Teil eines schlechten Halloween-Kostüms, aber mir war nicht nach Lachen zumute. Vielleicht deshalb, weil er – ich – sonst nichts trug. Lange, kastanienbraune Locken ragten unter dem Samt hervor und klebten am Oberkörper, und im Kerzenschein glänzten sie bronze- und goldfarben. Das warme, goldgelbe Licht im Zimmer umgab ihn und strich über seine Haut, von der muskulösen Brust zum flachen Bauch und der Mulde des Nabels. Es glitzerte in den kleinen Schweißperlen an seinem Oberkörper, den der kalte Luftzug vom Fenster noch nicht getrocknet hatte – er schien ein transparentes, mit winzigen Diamanten besetztes Hemd zu tragen. Der Mann war wie eine zum Leben erwachte vergoldete Statue, mit dem einen Unterschied, dass Statuen normalerweise keine Erektion hatten. Ich schluckte, und er ebenfalls, und eine Erkenntnis ließ die blauen Augen im Spiegel größer werden.

Aber das war verrückt, mehr noch: unmöglich. In meinen Visionen trat ich nicht selbst auf. Ich war eine abseits stehende Beobachterin, so unsichtbar und unbeteiligt wie ein Geist. Zumindest war das bisher so gewesen. Bevor ich mich noch fragen konnte, was ich tun sollte, spürte ich eine warme Hand an einer sehr intimen Stelle. Verblüfft senkte ich den Blick und sah eine junge Brünette, die direkt vor mir lag, fast begraben unter einem Haufen Decken auf dem Bett. Ein schwerer Geruch von Sex hing in der Luft, und jetzt wusste ich auch, warum.

Eine neckische kleine Hand strich mir – ihm – über den Leib. Die Brünette streichelte mich erneut, sehr zielbewusst, und ich beobachtete mit etwas, das an Entsetzen grenzte, wie ein anatomischer Teil, den ich nie besessen hatte, unter ihrer Hand noch länger wurde. Ein Strom vertrauter Empfindungen kam von dem vollkommen unvertrauten Körperteil, zusammen mit Gedanken, die bestimmt nicht meine waren. Die junge Frau strich mit dem Fingernagel über die rosarote Spitze dessen, was sich ihr zuneigte, und ich schrie fast. Erregung hatte sich nie so angefühlt. Natürlich hatte ich nicht gerade reichlich Erfahrung, und außerdem stammte sie von der anderen Seite, aber dies war nahezu unerträglich. Ich war an eine matte Hitze gewöhnt, die sich langsam aufbaute und von meinem Kern durch die Adern nach außen wuchs, nicht an das verzweifelte Verlangen, mich so tief wie möglich in diesen weißen Körper zu schieben.

Die Frau drehte und wand sich unter den Decken, die dick und weich auf unseren nackten Körpern ruhten. »Stimmt was nicht, Hübscher? Sag nur nicht, du hast schon das Interesse verloren!« Ihre Hand bewegte sich schneller, und mir fiel plötzlich das Atmen schwer. »Du schaffst es ein drittes Mal. Ich weiß es.«

Meine Fast-Trance fand ein Ende, als sie näher kam und sich die Lippen befeuchtete, und ich warf mich zurück. Ein schmerzerfüllter Schrei entrang sich meiner Kehle, weil die Brünette eine Sekunde zögerte, bevor sie losließ, und weil mein geliehener Körper nach Erleichterung verlangte. Ich war so sehr erregt, dass es wehtat, hatte aber kein Interesse an dem, was mir angeboten wurde. Ich glaubte tatsächlich, mich übergeben zu müssen, als ich von der verwirrten Frau zu der unbestreitbar männlichen Gestalt sah, die ich hatte. Es gab keine Worte für das, was ich empfand – es reichte bei Weitem nicht, von völliger Verwirrung und verdutzter Ungläubigkeit zu sprechen. Ich griff nach der Maske und riss sie fort, woraufhin im Spiegel das Gesicht von Louis-César erschien, schreckensbleich. Ich wollte ihn anschreien, damit er aus mir verschwand und dies aufhörte, aber ich wusste, dass es genau umgekehrt war: Er steckte nicht in mir, sondern ich in ihm.

»Geh kein Risiko ein, *Monsieur*! Du weißt, wie wortgetreu die Wächter sein können.« Die Brünette lächelte schelmisch zu mir empor. »Außerdem mag ich es, wenn du die Maske trägst, während wir uns lieben.« Sie schlang mir die Arme um den Hals und versuchte, mich herabzuziehen. »Mir ist kalt – ich brauche deine Wärme. Küss mich.«

Ich zuckte von ihr zurück, kroch zum Ende des Bettes und fragte mich, was geschehen würde, wenn ich dem schwarzen Nebel am Rand meines Blickfelds nachgab und das Bewusstsein verlor. Würde ich dann dort erwachen, wo ich hingehörte, oder saß ich hier fest? Ich beschloss, an die zweite Möglichkeit nicht einmal zu denken. Nach einem Moment seufzte die Frau, sank aufs Bett zurück und strich sich über die kleinen Brüste. Die Brustwarzen zeichneten sich braun auf der weißen Haut ab, und sie beobachtete mich mit einem wissenden Lächeln. »Bist du müde, mein Schatz?« Ihre Hand wanderte nach unten, zum dunklen Haar zwischen ihren Beinen. »Ich kann deine Lebensgeister bestimmt wieder wecken.«

Bevor ich meinem verwirrten Gehirn eine Antwort abringen konnte, öffnete sich die schwere Eichentür, und eine Frau in mittleren Jahren kam herein, von vier Wächtern begleitet. Ich sah ihr an, dass sie nicht mitmachen wollte, dem Himmel sei Dank. »Bringt ihn auf die Beine.« Zwei Wächter zogen mich vom Bett. Die Frau, die ich vor kurzer Zeit zu gut kennengelernt hatte, kreischte und zog sich die Decke bis zum Kinn hoch.

»Marie! Was machst du hier? Hinaus mir dir! Hinaus! Auf der Stelle!«

Die ältere Frau sah mich an, und die Verachtung in dem unattraktiven Gesicht verbesserte ihr Aussehen nicht. Ihr prüfender Blick glitt über meinen Leib, der gar nicht meiner war. »Immer bereit, wie ich sehe. Das hast du von deinem Vater.« Sie sah zu den Wächtern. »Nehmt ihn mit.«

Die Frau warf mir einen Morgenmantel aus schwerem Brokat zu, unter dem ich meinen peinlichen Zustand verbergen konnte, und dann zerrten mich die Wächter aus dem Zimmer. Die junge Dame im Bett rief uns Obszönitäten nach, die vor allem der älteren Frau galten. Mir wurde klar, dass sie kein Englisch sprach, obwohl ich alles verstand. Oder vielleicht war es dieser Körper, der die Worte verstand und für mich übersetzte. Mir blieb keine Zeit, darüber nachzudenken, als man mich durch einen langen steinernen Flur zu einer Treppe führte. Die Stufen wiesen Mulden in der Mitte auf, von Tausenden von Füßen über Jahrhunderte hinweg geschaffen. Dunkelheit herrschte dort unten, und die heraufkommende Luft war so kalt, dass ich überrascht sah, wie mein Atem kondensierte.

Die Frau blieb oben an der Treppe stehen und sah mich an. Ihr Gesicht zeigte jetzt keine Verachtung mehr, sondern fast so etwas wie Furcht. »Weiter gehe ich nicht. Ich habe bereits gesehen, was dich erwartet, und ich möchte nicht noch einmal den Blick darauf richten.« In ihren Zügen erschien ein Hauch Mitleid. »Dein ganzes Leben hast du den Lohn des Schweigens empfangen. In dieser Nacht wirst du die Strafe dafür bekommen, es gebrochen zu haben.«

Ohne ein weiteres Wort wandte sie sich ab, und die Wächter zerrten mich zu jenem schwarzen Loch. Ich war stärker in diesem Körper, aber nicht annähernd stark genug, um mich diesen Burschen zu widersetzen. Ich sah zu der Frau zurück, aber sie ging bereits fort, der Rücken unter ihrem maulbeerfarbenen Kleid steif und gerade. »Bitte! *Madame!* Warum geschieht dies? Ich habe nichts gesagt, das schwöre ich!« Die Worte kamen nicht von mir – sie sprangen ungebeten auf meine Lippen –, und die Frau ging weiter.

»Wenn du wissen möchtest, wem du diese Nacht verdankst, so frag deinen Bruder«, erwiderte sie über die Schulter hinweg, bevor sie in einem Raum verschwand. Hinter ihr schloss sich die Tür mit einem Geräusch, das sehr endgültig klang.

Die Treppe war so schmal, dass die Wächter mich nicht mehr an den Armen festhalten konnten. Aber da sie direkt hinter mir waren und der einzige Weg nach unten führte, spielte es eigentlich keine Rolle. Es gab fast kein Licht. Nur ein wenig Mondschein kam durch lächerlich schmale Fenster, als wir hinabgingen. Die Stufen waren feucht und glatt, und die Mulden in ihrer Mitte machten das Gehen schwer, insbesondere barfuß. Außerdem war mir trotz des Morgenmantels kalt. Allerdings hatte die Kälte einen Vorteil: Sie befreite mich von der Erektion. Doch ein sehr unvertrautes Gewicht hing schlaff zwischen meinen Beinen, ein fremdes, unwillkommenes Gefühl, das zu dem Wunsch beitrug, zu schreien und nicht mehr damit aufzuhören. Auf halbem Weg nach unten stieß ich mit dem Zeh an und war fast dankbar für den Schmerz. Ich stand kurz davor, richtig überzuschnappen, und das Pochen in meinem Fuß gab mir etwas anderes, über das ich nachdenken konnte.

Fackelschein flackerte über die Stufen, als wir schließlich das Ende der Treppe erreichten. Ihr Licht ließ die Schatten noch dichter werden und zeigte an den Wänden herabrinnende glitzernde Flüssigkeit. Plötzlich war es nicht mehr nur kühl, sondern so kalt, dass ich zu spüren glaubte, wie mir das Blut in den Adern gefror. Es überraschte mich, weder Eis noch Raureif an den Wänden zu sehen – die dahinrinnende Flüssigkeit gefror nicht.

Viel schlimmer als die eisige Kälte oder die Umgebung war das herzzerreißende Jammern, das hinter der mit eisernen Bändern ausgestatteten Tür einige Meter vor uns erklang. Das dicke Holz dämpfte die Klagelaute, aber sie taten trotzdem in der Seele weh. Es schmerzte, Stimmen zu hören, die so voller Verzweiflung und absolut davon überzeugt waren, dass die Hilfe, um die sie riefen, nie kommen würde. Instinktiv versuchte ich, zurückzuweichen und ins Licht eines nahen Wandleuchters zu treten, doch eine grobe Hand stieß mich nach vorn. Ich stolperte, verlor das Gleichgewicht und stieß mit den Knien auf den harten, unebenen Boden.

»Dort hinein.«

Ich kam der Aufforderung nur langsam nach und erhielt dafür einen Tritt in die Rippen, der mir die Luft nahm. Eine Hand zog mich auf die Beine. Ich blickte nach unten und sah einen kahl werdenden, übergewichtigen Mann, der eine blutbesudelte Schürze trug, mit einer schmutzigen Wollhose darunter. Mit meinen eins sechzig als Frau war ich nicht daran gewöhnt, auf viele Männer hinabzusehen, und ich blinzelte schmerzerfüllt und verwirrt. Fleischige Lippen formten ein Grinsen und zeigten einen Mund voller grauer Zähne. Ich wich unwillkürlich zurück. »Gut. Fürchte dich, *M'sieur le Tour*. Denke daran: Heute Nacht bist du kein Prinz.« Er musterte mich von Kopf bis Fuß. »Bald werden wir sehen, ob du deinem Namen gerecht wirst. In dieser Nacht gehörst du mir!«

Er schob einen großen eisernen Schlüssel ins Schloss, und die Tür schwang auf. Man stieß mich in einen quadratischen Raum mit dicken Steinwänden und einer hohen Decke. Erneut fiel ich, diesmal in schmutziges Stroh, das nach Urin und Schlimmerem stank und den Aufprall kaum milderte. Ein Teil von mir reagierte mit Zorn auf die Art und Weise, wie mich dieser grausame Mann behandelte, doch einen Moment später verschwanden alle Gefühle bis auf Entsetzen. Ich sah eine ausgezehrte, nackte Frau, die auf einer Streckbank lag, und ich konnte den Blick nicht von ihr abwenden. Blut war aus zahlreichen Wunden in ihrem Leib geströmt und auf der Haut getrocknet. Braune Flecken zeigten sich auf dem Boden unter ihr. So viel Blut... Ich konnte kaum glauben, dass es nur aus einem Körper geflossen war.

An die Wände gekettete Männer heulten und flehten mich an, sie zu retten, aber ich bemerkte sie kaum. Meine ganze Aufmerksamkeit galt der Frau, obwohl sie völlig still blieb. Der Fackelschein spiegelte sich in ihren offenen Augen wider, und ich wusste nicht, ob es an dem Licht lag oder tatsächlich noch etwas Leben darin brannte. Ich hoffte um ihretwillen, dass sie tot war. Der Mann bemerkte meinen Blick und ging zur Streckbank. »Ja, mit deiner Freundin lässt sich nicht mehr viel anfangen.« Er überprüfte einen der Stricke an den Händen der Frau, und ich sah, dass ihre Fingernägel fehlten. Die Fingerkuppen schienen zermalmt oder von einem Tier abgefressen zu sein, und die Knöchel waren so sehr angeschwollen, dass die Hände gar nicht mehr geschlossen werden konnten.

Im Lauf der Jahre hatte ich bei Tony viel gesehen, aber normalerweise war die Gewalt schnell und unerwartet gewesen, so wie das, was ich an diesem Abend erlebt hatte. Wenn man Gelegenheit bekam zu reagieren, war schon alles vorbei. Tony hatte manchmal auf das Mittel der Folter zurückgegriffen, aber ohne mein Beisein. In dieser Hinsicht hatte Eugenie einen sehr strikten Standpunkt vertreten, und den Grund dafür verstand ich jetzt. Das hier war schlimmer als die mir bekannte Grausamkeit: zu beiläufig, zu sachlich, zu organisiert und durchdacht. Es steckte kein Zorn dahinter, nichts Persönliches, das der Gewalt etwas Verständliches gab. Die Qual der Frau gehörte einfach nur zum Job.

»Sie dürfte als abschreckendes Beispiel genügen«, fuhr der Mann fort. Er winkte einem der beiden Männer an der Streckbank zu, und der Betreffende holte eine schmutzige Weinflasche hervor. »Das geschieht mit allen, die den König verärgern. Beobachte und merk es dir, du Mistkerl.«

Stumm und wie erstarrt stand ich da, als der Frau Wein auf Kopf, Gesicht und Hals geschüttet wurde. Das Haar saugte ihn auf, bis er schließlich auf den steinernen Boden tropfte und dort eine rote Pfütze bildete. Ich erwachte aus meiner Starre, als ich plötzlich begriff, was sich anbahnte.

Der Foltermeister streckte die Hand nach einem Kerzenstumpf aus, und ich trat vor. »Nein! Bitte, *M'sieur*, ich flehe Sie an …« Die Freude in seinem Gesicht wies mich darauf hin, dass ich genau die Reaktion zeigte, die er sich von mir erhofft hatte, und dass er nicht beabsichtigte, sich von mir aufhalten zu lassen. Mit Häme beobachtete er mein Gesicht, als er die Kerze an eine nahe Fackel hielt und sich eine kleine Flamme am Docht bildete. Ich vergeudete keine Zeit mehr mit Worten, sondern sprang vor und griff nach der brennenden Kerze. Es gelang mir, sie dem Mann abzunehmen, aber die beiden anderen Folterer packten meine Arme und zogen mich zur Seite. Der Foltermeister sah mich mit Augen an, die nichts Menschliches mehr hatten. Er lächelte, bückte sich, streckte langsam die Hand nach der Kerze aus und zündete sie wieder an.

Ich sah zur Frau, als er sich ihr näherte – ich konnte nicht anders. Tränen glänzten in ihren hellbraunen Augen, und sie blinzelte, wodurch sich Weintropfen von ihren Wimpern lösten. Dann geriet die Frau hinter dem Foltermeister außer Sicht.

Ein Teil von mir sagte, dass er stehen bleiben würde, ohne ihr dies anzutun. Eine Stimme in meinem Kopf behauptete, dass er mich erschrecken wollte, dass er dies alles inszeniert hatte, damit ich später nachgiebiger war. Vielleicht stimmte das sogar, aber es rettete die Frau nicht.

Das Bild vor meinen Augen zitterte, und fremde Gedanken zogen durch mein Bewusstsein. Ich sah andere Orte und andere Leute, wie in einem Film, der auf einen transparenten Schleier vor mir projiziert wurde. Hinter den Bildern blieben der Foltermeister und die Frau sichtbar, in einem Moment ohne Zeit erstarrt, bevor das Unmögliche geschah.

Die Stimme in meinem Kopf wurde lauter und erzählte davon, in Gefangenschaft aufgewachsen zu sein, aber nie wahre Grausamkeit kennengelernt zu haben. Ich habe mich in gutes Leinen und handgemachte Spitze gekleidet, sagte sie. Ich hatte Bücher, eine Gitarre und Farben, mit denen ich mir die Zeit vertreiben konnte. Die Gefängniswärter verbeugten sich tief, wenn sie in mein Zimmer kamen, und sie nahmen in meiner Gesellschaft nur Platz, wenn ich es ihnen erlaubte. Königliches Blut floss in meinen Adern, und das vergaß nie jemand. Nie hatte ich eine solche Brutalität erlebt, nie eine derartige Furcht verspürt. Und dicht hinter der Angst folgte das rote Glühen heißen Zorns. Dies war keine Gerechtigkeit. Dies war nicht nötig, um Frieden zu wahren und die Stabilität des Landes zu schützen, oder welche hochklingenden Phrasen auch immer man verwendete. Es waren vielmehr die Taten eines sadistischen Feiglings, der seine Hände am Hof lilienweiß behielt, während so schreckliche Dinge hinter verschlossenen Türen stattfanden, in seinem Namen. Und sie nannten mich ein Greuel.

Ich schüttelte den Kopf und versuchte, die Stimme zum Schweigen zu bringen und die Bilder vor meinen Augen zu vertreiben. Nach ein oder zwei Sekunden gelang mir das, aber daraufhin kehrte ich in den Albtraum zurück, mit klarem Blick auf die Kerze, die sich ihrem Ziel näherte. Fassungslos beobachtete ich, wie der Foltermeister die kleine Flamme an eine Strähne des weinnassen Haars der Frau hielt. Mit einem hörbaren *Wusch* fing sie Feuer, und sofort breiteten sich die Flammen über Kopf und Schultern aus, erfassten innerhalb weniger Sekunden den ganzen Oberkörper. Ich schrie entsetzt, und die anderen Gefangenen nahmen den Schrei auf. Unser Geheul und das Rasseln der Ketten hallten von gleichgültigen Steinwänden wider. Wir konnten nichts für die Frau tun, und so schrien wir nur, während die Brennende völlig still blieb.

»Mademoiselle Palmer, was ist los?« Louis-Césars Gesicht erschien vor mir, und ich fühlte vage, wie mich jemand schüttelte. Ein schriller, hoffnungsloser Schrei hallte durchs Zimmer, und ich brauchte einige Sekunden, um zu begreifen, dass er von mir stammte.

»Beruhige dich, *mia stella*, beruhige dich!« Rafe schob den Franzosen beiseite und zog mich an seine Brust. Ich schob die Hände unter seinen Kaschmirpulli und drückte mich fest an ihn, nahm dabei den vertrauten Geruch seines Duftwassers wahr. Doch er vertrieb nicht den Gestank von Urin und dem brennendem Fleisch einer Frau, die nur wenig älter gewesen war als ich.

Nach einer Weile sah ich auf und begegnete Louis-Césars Blick. »Sag mir, dass sie bereits tot war und nichts mehr spürte!« Ich hörte die Verzweiflung in meiner Stimme, und der Spiegel über dem Kamin zeigte mir weit aufgerissene Augen. Sie sahen aus wie die der Frau, doch ihre Augen hatten viel Schlimmeres gesehen als meine.

»*Mademoiselle*, ich versichere Ihnen: Ich werde alles in meiner Macht Stehende tun, um Ihnen zu helfen, aber ich verstehe Ihre Worte nicht.«

Rafe strich mir übers Haar und rieb mir beruhigende Kreise über den Rücken. »Es war eine Vision, *mia stella*, nur eine Vision«, flüsterte er. »Du hast sie nicht zum ersten Mal und weißt, dass die Bilder im Lauf der Zeit verblassen.«

Ich schüttelte den Kopf und zitterte in seinen Armen, und er zog mich noch näher. So fest schlang ich die Arme um ihn, dass es ihm wehgetan hätte, wäre er ein Mensch gewesen. »Diesmal war es anders. Ich habe eine Frau gesehen. Sie wurde gefoltert und lebendig verbrannt, und ich konnte nicht … Ich stand einfach nur da …« Ich biss mir auf die Lippe, um zu verhindern, dass meine Zähne klapperten. Es hätte mich an die eisige Kälte erinnert, und die einzige Wärmequelle. Ich wollte nicht daran denken. Und wenn ich nicht daran dachte, verschwanden die Bilder vielleicht. Doch noch während ich mich an der Hoffnung festklammerte, die Rafes Worte vermittelten, wurde mir klar, dass es nicht so einfach sein würde.

In meinem Leben hatte ich Tausende von Visionen gehabt, manche von der Vergangenheit, andere von der Zukunft, und keine von ihnen war sehr angenehm gewesen. Ich hatte alle Arten von schrecklichen Dingen *gesehen*, doch nie beeinflussten sie mich auf diese Weise. Im Lauf der Zeit und mit mehr Übung hatte ich gelernt loszulassen, was ich *sah*, und es so zu behandeln wie andere Leute beunruhigende Nachrichten im Fernsehen, wie etwas, das in der Ferne geschah und nicht ganz real war. Andererseits war ich bisher auch nie Teil der Geschehnisse gewesen und hatte nie im Körper einer unmittelbar an den Ereignissen beteiligten Person gesteckt. Der Unterschied glich dem, ob man an einem schrecklichen Verkehrsunfall lediglich vorbeifuhr oder darin verwickelt war. Den Blick dieser Frau würde ich so schnell nicht vergessen.

»*Mon Dieu*, du hast Françoise gesehen?« Louis-César trat bestürzt auf uns zu, und ich wich zurück.

»Rühren Sie mich nicht an!« Vorher hatte er vage nach einem teuren Duftwasser gerochen, und jetzt haftete ihm der Gestank vom brennenden Fleisch der Frau an. Ich wollte nicht nur, dass er mich nicht anrührte – ich wollte ihn nicht einmal im gleichen Zimmer.

Er trat zurück, und die Falten fraßen sich tiefer in seine Stirn. »Mein aufrichtiges Bedauern, *Mademoiselle*. Ich hätte mir auf keinen Fall gewünscht, dass Sie Zeuge davon werden, um nichts in der Welt.«

Rafe sah ihn über meinen Kopf hinweg an. »Sind Sie jetzt zufrieden, *Signor*? Ich habe Ihnen gesagt, dass wir noch nicht die Tränen benutzen sollten – wenn sie aufgeregt oder krank ist, werden die Visionen sehr unangenehm. Aber niemand hört auf mich. Jetzt verstehen Sie vielleicht.« Er zögerte, als Mircea neben mir erschien und ihm ein kurzes Kristallglas reichte.

»Lass sie dies trinken«, sagte er im Befehlston, und Rafe gehorchte sofort.

»Ich habe die Tränen gar nicht benutzt«, wandte Louis-César ein. »Ich habe sie nicht einmal dabei.«

Rafe schenkte ihm keine Beachtung. »Trink das, *mia stella*. Es wird dir guttun.« Er nahm mit mir in dem großen Sessel Platz, und ich nippte an dem Whisky, bis ich wieder ruhig atmete. Das Zeug war so stark, dass es sich auf dem Weg zum Magen durch die Speiseröhre brannte, aber ich hieß das Gefühl willkommen. Mir war alles willkommen, was die Erinnerung vertrieb. Ich merkte plötzlich, dass ich die Finger tief in Rafes Kaschmirpulli gegraben hatte. Er lächelte, als ich losließ. »Ich habe noch andere Pullis, Cassie. Es geht dir besser, und ich bin hier. Denk daran und nicht an die Dinge, die du *gesehen* hast.«

Es war ein guter Rat, aber es fiel mir schwer, ihn zu beherzigen. Wenn ich Louis-César ansah, kehrten die Bilder sofort zurück und drohten, mich zu überwältigen. Warum hatte der Senat gewollt, dass ich in dieser Nacht etwas *sah*, noch dazu so etwas? Was hatte er mit mir gemacht, damit die Vision so anders wurde?

»Ich brauche ein Bad«, verkündete ich abrupt. Es ging mir hauptsächlich darum, von Louis-César fortzukommen, aber ich konnte tatsächlich eins gebrauchen.

Mircea nahm meine Hand und führte mich zu einer dem Eingang gegenüberliegenden Tür. »Das Bad ist dort, und es sollte auch einen Bademantel enthalten. Ich lasse dir etwas zu essen bringen, während du badest, und anschließend reden wir miteinander. Wenn du etwas brauchst, zögere nicht, danach zu fragen.«

Ich nickte, reichte ihm das fast leere Glas und floh in die kühle, mit blauen Fliesen ausgestattete Oase des Badezimmers.

Die Wanne war so groß wie eine Sauna, und ich kletterte dankbar hinein, nachdem ich meine ruinierten Sachen abgelegt hatte. Ich ließ heißes Wasser hineinlaufen und lehnte mich zurück, so müde, dass ich eine ganze Minute auf die Seife starrte und mir vage wünschte, dass mir jemand den Rücken wusch. Meine Gefühle hatten sich irgendwohin auf und davon gemacht und mich leer zurückgelassen. Ich war körperlich erschöpft gewesen, und jetzt kam geistige Müdigkeit hinzu.

Schließlich begann ich damit, mir das getrocknete Blut vom Körper und aus dem Haar zu waschen. Ich versuchte mir einzureden, dass meine Vision in keiner Verbindung zur realen Welt stand, dass die arme Frau Jahrhunderte vor meiner Geburt zu Tode gefoltert worden war. So schrecklich die Bilder auch gewesen sein mochten: Sie warnten nicht vor einer drohenden Katastrophe oder einer anderen Sache, gegen die ich etwas ausrichten konnte. Ich versuchte zu glauben, dass es sich nur um die intensivere Version eines psychischen Schluckaufs handelte, den ich manchmal bekam, wenn ich sehr alte Dinge berührte, die traumatischen Umständen ausgesetzt gewesen waren. Aber so hatte es sich nicht angefühlt.

Ich hatte früh gelernt, mich vor negativen psychischen Vibrationen in Acht zu nehmen. Alphonse sammelte alte Waffen aller Art, und als Kind hatte ich einmal unabsichtlich eine Maschinenpistole berührt, die erst seit kurzer Zeit zu seiner Sammlung gehörte – er war damals gerade dabei gewesen, sie zu reinigen. Sofort *sah* ich die Menschen, die damit erschossen worden waren, und die Bilder bescherten mir über Wochen hinweg schlimme Albträume. Für gewöhnlich wusste ich ohne einen vorherigen Kontakt, wann mir ein Gegenstand Probleme bereiten konnte – die betreffenden Objekte schienen mir eine Art Warnung zu senden, die ich empfing, wenn ich darauf achtete. Doch nur wenige Personen lösten eine solche Reaktion bei mir aus. Das galt selbst für jahrhundertealte Vampire wie Louis-César, die sicher genug Tragödien erlebt hatten. Trotzdem vermied ich es, Fremden die Hand zu schütteln, um nicht durch Zufall zu erfahren, wer seine Frau betrog oder ein Verbrechen plante. Und nie, *nie* berührte ich Tony, nicht einmal im Vorbeigehen. Jetzt fügte ich meiner Um-jeden-Preis-zu-vermeiden-Liste einen weiteren Namen hinzu.

Ich spülte mich ab, ließ das blutige Badewasser ablaufen und begann noch einmal von vorn. Ganz sauber wollte ich mich fühlen, und etwas sagte mir, dass es eine Weile dauern würde. Ich nahm so viel Schaumbad, dass der Schaum über die Seiten der Wanne quoll und auf den Boden fiel. Es war mir gleich. Ich dachte nur daran, ob ich bis zum Tagesanbruch in der Badewanne liegen bleiben sollte – dann musste ich mir nicht anhören, was der Senat für mich plante. Ich war dankbar dafür, dass er mich schützte, aber bestimmt gab es einen hohen Preis dafür. Nicht dass es eine Rolle spielte. Ich wusste nicht, wo ich mich befand, und selbst wenn ich entkommen wäre: Ich hätte es nur wieder mit Tony zu tun bekommen. Was auch immer der Senat von mir wollte, mir blieb wahrscheinlich nichts anderes übrig, als darauf einzugehen.

Das Problem war: Ich hatte mir selbst versprochen, meine besonderen Fähigkeiten – von Tony und seinen Halunken abgesehen – nie zu gebrauchen, um jemandem Schaden zuzufügen. Zum Glück wusste ich nicht, wie viele Menschen ich während der Arbeit für den verdammten Mistkerl indirekt verletzt oder getötet hatte, aber bestimmt waren es nicht wenige. Zu jener Zeit hatte ich keine Ahnung davon gehabt, dass meine Visionen einem Zweck dienten, doch dadurch fühlte ich mich nicht viel besser. Die Leute, die Atombomben bauten, bestimmten nicht die Politik, die über ihren Einsatz entschied, doch ob ihnen das half, nachts besser zu schlafen? Ich schlief schon seit langer Zeit nicht mehr gut. Wenn das, was der Senat von mir wollte, anderen Leuten schadete – und davon ging ich aus –, würde ich bald herausfinden, wie wichtig mir meine Prinzipien waren.

Fünf

Ich gelangte zu dem Schluss, dass mein linkes Handgelenk verstaucht war, nicht gebrochen, und dass die Schramme an der Wange schlimmer hätte sein können. Meinem Hintern war es schlechter ergangen. Der Sturz auf die Pistole im Lagerraum hatte einen Bluterguss so groß wie meine Hand hinterlassen, noch dazu in einem hässlichen Violett. Großartig. Die Farbe passte gut zu den Druckmalen an meinem Hals.

Ich beendete die Untersuchung gerade, als Billy Joe durchs Fenster schwebte. Ich sah zur Tür und hätte ihm am liebsten meine Meinung gesagt, aber dabei wollte ich keine Zuhörer haben. Billy war mein Ass im Ärmel, meine beste Chance, hier herauszukommen. Ich wollte nicht, dass jemand von ihm erfuhr.

Er sah meinen Gesichtsausdruck und lächelte. »Keine Sorge. Jemand hat hier in diesen Zimmern ein Prachtexemplar von Stillezauber installiert. Was auch immer sie planen: Sie wollen nicht gehört werden.«

»Nun, wenn das so ist: Wo zum Teufel hast du gesteckt?« Meine Gefühle kehrten zurück und brodelten, als er versuchte, ganz lässig auszusehen, als hätte er mich nicht im Stich gelassen.

Billy Joe, zu seinen Lebzeiten ein trinkfester, Zigarre rauchender Berufsspieler, war inzwischen seit vielen Jahren tot und einer meiner besten Freunde. Diese Sache hatte er verbockt, und das wusste er. Der große, toughe Spieler fummelte verlegen an seinem schmalen Schlips herum. Ich wusste, dass seine Reaktion echt und kein Theater war, denn er verzichtete auf eine anzügliche Bemerkung, obwohl ich keinen Fetzen am Leib trug.

»Ich bin Portia begegnet, und sie hat mir gesagt, was geschehen ist. Ich habe beim Club nach dir gesucht, aber du warst schon weg.« Mit einem fast transparenten Finger schob er seinen Stetson nach oben und schien etwas mehr Substanz zu gewinnen. »Geht das alles auf dich zurück? Im Hinterzimmer herrschte ein heilloses Durcheinander, und die Polizei war überall.«

»Ja, eine meiner Angewohnheiten besteht darin, fünf Vampire zu erledigen und ihre Körper zurückzulassen, damit sich die Polizei den Kopf darüber zerbrechen kann.« In der übernatürlichen Gemeinschaft gab es die Regel, dass man ein selbst angerichtetes Durcheinander in Ordnung brachte. Wenn man Leichen zurückließ, die einem Pathologen Herzklopfen bescherten, konnte man größere Schwierigkeiten bekommen als durch das eigentliche Töten. Früher kümmerte man sich nicht um solche Dinge, was vermutlich den Ursprung vieler alter Legenden erklärt. Je mehr sich die menschliche Bevölkerung ausbreitete, desto wichtiger wurde die Beachtung dieser Regel. Der Senat wollte vermeiden, dass irgendwelche menschlichen Wissenschaftler in ihren Laboratorien Vampire zerhackten, um dem ewigen Leben auf die Spur zu kommen, oder dass erschrockene Regierungen eine moderne Version der Inquisition einleiteten.

»Welche Körper?« Billy Joe wurde so »fest«, dass ich einen Hauch von Rot an seinem modischen Rüschenhemd erkennen konnte. Zumindest war es im Jahr 1858 modisch gewesen, als ihm die Cowboys zu einer Besichtigungstour am Grund des Mississippi verholfen hatten. »Überall war Blut, und es sah aus, als hätte sich ein Orkan in dem Zimmer ausgetobt, aber irgendwelche Leichen gab es nicht.«

Ich zuckte mit den Schultern. Eigentlich interessierte es mich nicht, dass ein Partner von Tomas eine Aufräumtruppe gerufen hatte. Wenn jemand von den anderen Personen, denen ich vertraute, mich belogen hatte, so wollte ich nichts davon erfahren. »Na schön. Jetzt kannst du wiedergutmachen, dass ich durch deine Schuld fast ums Leben gekommen wäre. Was weißt du über mein hiesiges Problem?«

Billy Joe spuckte geisterhaften Kautabak an die Badezimmerwand. Das Zeug hinterließ eine schleimige Spur Ektoplasma, als es nach unten glitt. Ich sah ihn an und runzelte die Stirn. »Lass das sein.«

»He, bist du nackig da drin?« Er setzte sich auf die Kante der Wanne und versuchte mit wenig Erfolg, den Schaum beiseitezuschieben. Wenn er sich konzentrierte, konnte er Dinge bewegen, aber er spielte nur, und so berührte seine Hand den Schaum gar nicht. Ich sorgte dafür, dass er sich umdrehte, stieg dann aus der Wanne und trocknete mich ab. Es ist dumm, ich weiß, aber Billy Joe hat seit hundertfünfzig Jahren keine Frau gehabt, und manchmal lässt er sich ablenken. Ich achtete darauf, dass er nicht auf dumme Gedanken kam.

»Heraus damit. Was weißt du?«

»Nicht viel. Es fiel mir schwer, dich zu finden. Weißt du, dass du in Nevada bist?«

»Wie sollte ich? Moment mal ... Warum fiel es dir schwer, mich zu finden?« Die meisten Geister sind an einen bestimmten Ort gebunden, meistens ein Haus oder eine Gruft, aber Billy Joe wohnt in einer Halskette, die ich mit siebzehn in einem Trödelladen gekauft habe, und das macht ihn beweglicher. Für den Kauf entschied ich mich, weil ich die Kette für ein Stück viktorianischen Pastiche hielt, geeignet für Eugenies

Geburtstag. Wenn mir klar gewesen wäre, was in ihr steckte, hätte ich sie vielleicht in ihrer Schachtel gelassen. Aber so klug war ich nicht gewesen, und ich trug sie wie üblich, was bedeutete: Es hätte Billy Joe überhaupt nicht schwerfallen dürfen, mich zu finden. Was Reisezeit betrifft ... Nun, sagen wir, dass er einen direkteren Weg nahm als die meisten anderen Reisenden.

»Womit bist du beschäftigt gewesen, anstatt mehr über die Dinge hier herauszufinden?«, fragte ich. Billy Joe wirkte schuldig, was ihn aber nicht daran hinderte, an meinem Handtuch herabzusehen. »Hör auf damit.« Plötzlich fiel mir etwas ein. »Moment mal. Wir sind in der Nähe von Las Vegas, oder?«

»Ja. Es sind etwa fünfzig Kilometer. Dieser Ort sieht wie eine Ranch aus. Allerdings gibt es weder Pferde noch Touristen, und die Rancharbeiter kleiden sich seltsam. Natürlich spielt es keine Rolle, denn die Menschen sehen nur eine große, leere Schlucht mit vielen Betreten-verboten-Schildern.«

»Fünfzig Kilometer?« Billy konnte bis auf eine Entfernung von etwa achtzig Kilometern auf die in der Halskette gespeicherte Energie zurückgreifen. »Soll das heißen ... Während man mich gefangen nahm, mit einem Zauber belegte, durchs halbe Land brachte und bedrohte, hast du die Spielkasinos in Vegas besucht?«

»Weißt du, Cassie, mein Schatz ...«

»Ich glaube das nicht!« Ich werde nicht oft wütend auf ihn, denn es läuft auf Zeitvergeudung hinaus – er ist praktisch die Definition von unverbesserlich –, aber jetzt platzte mir der Kragen. »Ich wäre fast ums Leben gekommen! Zweimal! Wenn dich das kaltlässt: Denk daran, was mit deiner kostbaren Halskette geschieht, wenn mich jemand niederschießt oder mir die Kehle aufreißt. Ich sag's ganz langsam und deutlich, zum Mitschreiben: Dann endet sie im Schmuckkasten irgendeiner alten Dame in Podunk, USA, mitten im Nichts!«

Billy Joe sah betroffen aus, aber ich bezweifelte, dass er sich wegen der Dinge schuldig fühlte, die mir zugestoßen waren. Er konnte seinem Halsketten-Stützpunkt nur für eine gewisse Zeit fernbleiben, denn sonst verlor er zu viel Kraft – deshalb hatte ich gewusst, dass er früher oder später erscheinen würde. Je weiter er sich entfernte, desto schneller verlor er Energie. Sein Albtraum bestand darin, in einem ländlichen Kaff festzusitzen, ohne irgendwelche Spelunken, Stripclubs oder Spielhöllen in der Nähe. Für ihn wäre das die Hölle gewesen. Bei mir war ihm ein urbanes Ambiente garantiert, denn es war schwer, sich in einem kleinen Ort zu verstecken.

Es gab noch einen anderen, wichtigeren Aspekt.

Im Lauf der Zeit hatten wir eine Art symbiotische Beziehung entwickelt. Billy Joe zählte zu den Geistern, die wie Vampire Kraft von einem lebenden Spender aufnehmen konnten. Vamps nehmen die Lebensenergie in Form von Blut auf, das in magischer Hinsicht das Behältnis für die Lebenskraft einer Person darstellt. Wenn sie Blut tranken, empfingen sie einen Teil des Lebens der betreffenden Person, als Ersatz für das Leben, das sie verloren hatten, als sie zu Vampiren wurden. Einige Geister sind ebenfalls dazu imstande, vitale Energie aufzunehmen, und wie Vampire bitten sie vorher nicht immer um Erlaubnis. Doch ein freiwilliger Spender war Billy Joe viel lieber, und außerdem meinte er, dass der »Treffer« bei mir aus irgendeinem Grund viel länger dauert. Als Gegenleistung für meine Bereitschaft, ihm gelegentlich zusätzliche Energie zu geben, hatte er sich bereit erklärt, nach Anzeichen für Tonys Rückkehr Ausschau zu halten. Deshalb fühlte ich mich von ihm hintergangen.

»Wenn du mir nichts mehr nützt, verkaufe ich dieses hässliche Ding.« Ich rieb Kondensfeuchtigkeit vom Spiegel und warf einen Blick auf die Monstrosität an meinem Hals. Sie bestand aus handbearbeitetem Gold, war schwer und komplex, mit Ranken und Blumen, die einen zentralen Cabochon-Rubin umgaben. Der Trödler war davon ausgegangen, dass es sich um Glas handelte, denn er war nicht an unfacettierte Edelsteine gewöhnt, und hinzu kam eine dicke Schmutzkruste, die sich im Lauf der Jahre gebildet hatte. Selbst gereinigt und geputzt war es eine der hässlichsten Ketten, die ich je gesehen hatte. Meistens trug ich sie nicht am Hals, sondern in einer Tasche meiner Kleidung.

»Ich habe sie von einer Gräfin gewonnen!«

»Und nach all den Pfandzeichen zu urteilen, lag sie dir wirklich am Herzen, wie?«

»Ich habe sie immer wieder zurückgekauft, oder?« Billy Joe begann zu schmollen, und deshalb ließ ich es gut sein. Ich brauchte seine Hilfe, wenn ich etwas herausfinden wollte.

»Ich will mich nicht mit dir streiten. Daran liegt mir nichts. Ich möchte nur das eine oder andere wissen, zum Beispiel warum mich der Senat geholt hat und …«

Billy Joe hob die Hand. »Bitte. Ich kenne meinen Job.« Er setzte sich wieder auf die Kante der Badewanne und sprach, während ich meine Knie untersuchte. Trotz der Höhe meiner Stiefel fand ich reichlich Kratzer und blaue Flecken, die für den kommenden Tag Steifheit versprachen. Ich wusste, dass ich mich glücklich schätzen sollte, noch am Leben zu sein, aber aus irgendeinem Grund munterte mich dieser Gedanke nicht auf. Vielleicht lag es daran, dass etwas in mir befürchtete, nicht mehr lange am Leben zu bleiben. »Der Vampir draußen, Louis-César … Er kommt aus Europa und ist ausgeliehen. Er scheint eine Art Duell-Champion zu sein. Angeblich hat er nie einen Kampf verloren, und wie ich hörte, hat er Hunderte hinter sich.«

»Nach dieser Nacht kann er seiner langen Liste einen weiteren hinzufügen.« Der Wächter schien zwar keine große Herausforderung gewesen zu sein, aber ich vermutete, dass er trotzdem zählte – immerhin hatte Louis-César ihn enthauptet. »Wusstest du, dass Tony einige Irre damit beauftragt hat, mich direkt vor dem Senat zu töten?«

»Unsinn. Mircea würde ihn umbringen.«

Das verbesserte meine Stimmung ein wenig. So hatte ich das noch gar nicht betrachtet. Wenn Tony hinter dem zweiten Anschlag auf mein Leben steckte, so stand Mircea ziemlich mies da, denn nichts schadete dem Ansehen in Vampirkreisen mehr als der Verlust an Kontrolle über einen Untergebenen. Eigentlich mochte ich Mircea, aber ich hatte immer den Eindruck von ihm, dass er sehr unangenehm werden konnte, wenn man ihm querkam.

»Das können wir nur hoffen.«

»Ja. Nun, für mich klingt es nicht nach Tonys Stil.« Ich zuckte mit den Achseln. Meiner Meinung nach hatte Tony überhaupt keinen Stil. »Wie dem auch sei ... Als ich erfuhr, dass Louis-César im europäischen Senat an zweiter Stelle steht, habe ich einige Nachforschungen für dich angestellt.«

»Gut. Hoffentlich ist was Nützliches dabei herausgekommen.«

Billy Joe seufzte schwer. »Na schön. Du befindest dich im Hauptquartier von MAGIE, der Metaphysischen Allianz für Größere Interspezies-Erneuerung, besser bekannt als Partei all der Dinge, die sich des Nachts herumtreiben.«

»Ich weiß.« So viel war mir bereits klar geworden, zumindest auf einer unterbewussten Ebene. Ich hatte mich nie zuvor im Hauptquartier aufgehalten, aber wo sonst konnte ein Magier an der Sitzung des Senats teilnehmen und ein Vampir einen Werwolf wie einen alten Kumpel begrüßen? Ich hatte nur noch nicht genug Zeit gehabt, darüber nachzudenken, und außerdem wusste ich nicht sonderlich viel über das übernatürliche Äquivalent der UN. Tony hatte kaum Interesse daran, Probleme mit Diskussionen zu lösen. Er war mehr der Man-pfähle-und-vergesse-sie-Typ, was bei den meisten Vampiren gut funktionierte. Dabei handelte es sich um eine der Ähnlichkeiten zwischen den Spezies, die von MAGIE nicht hervorgehoben wurde: Mit einem Holzpflock im Herz lebte es sich nicht besonders gut.

»Vielleicht gibt es etwas, das du noch nicht weißt«, sagte Billy Joe. »Der Senat kümmert sich darum, weil ein Vampir die Probleme verursacht, aber alle sind erregt. Erinnerst du dich an den russischen Meister, mit dem Tony zusammengearbeitet hat? Ich meine den Burschen, der die Hälfte der Unterweltgeschäfte in Moskau abwickelt.«

»Rasputin?« Der alte Berater des letzten Zaren aller Russen, Nikolaus II., war vergiftet, erschossen, erstochen und ertränkt worden, von einem Prinzen, der glaubte, er hätte zu großen Einfluss auf die königliche Familie. Damit lag er nicht falsch. Die Zarin liebte den ungepflegten selbst ernannten Mönch, denn ihr Sohn war ein Bluter, und nur Rasputins hypnotischer Blick konnte ihn heilen. Als Gegenleistung bekam Rasputin Macht, und viele seiner Freunde erhielten wichtige Regierungsposten. Der Prinz und eine Gruppe von Adligen, die er dazu überredet hatte, ihm bei der Neutralisierung der neuen Macht im Staate zu helfen, waren sehr überrascht gewesen, als Rasputin von Gift, Messerstichen und Schüssen unbeeindruckt blieb. Sie waren erst zufrieden, als er von einer Brücke fiel und sie seinen leblosen Leib aus dem eiskalten Wasser zogen. Historiker hatten seit damals darüber spekuliert, wieso er so langsam starb. Die russische Mafia hätte es ihnen sagen können: Es fällt schwer, jemanden umzubringen, der bereits tot ist.

»Ja, den meine ich«, sagte Billy Joe. »Rasputin ärgerte sich, denn der angestrebte Senatssitz ging nicht an ihn, sondern an Mei Ling. Er hatte keine Chance, in den europäischen Senat zu gelangen – neben den meisten jener Hurensöhne sähe er wie ein Weichei aus –, aber er glaubte, hier bei uns den Fuß in der Tür zu haben. Wie es heißt, kam die Zurückweisung bei ihm nicht besonders gut an. Er verschwand für eine Weile, tauchte vor etwa sechs Monaten wieder auf und begann damit, Senatsmitglieder anzugreifen. Er hat vier getötet und zwei so schwer verletzt, dass niemand weiß, ob sie über den Berg kommen. Jetzt hat er die Konsulin zu einem Duell herausgefordert und versucht, die ganze Bude zu übernehmen. Sie hat den Konsul in Europa um einen Gefallen gebeten, mit dem Ergebnis, dass Louis-César hierherkam. Worüber sich Mei Ling natürlich nicht sehr freute.«

»Kann ich mir denken.« Als Siebenjährige war ich der Stellvertreterin der Konsulin begegnet, einer kleinen chinesisch-amerikanischen Schönheit, kaum eins fünfzig groß und etwa zweiundvierzig Kilo leicht. Sie hatte ziemlichen Eindruck auf mich gemacht. Die Position des Stellvertreters ließ sich nicht mit der des amerikanischen Vizepräsidenten vergleichen. Er oder sie war nicht dazu da, den Platz des Konsuls einzunehmen, wenn er getötet werden sollte – die übrigen Senatsmitglieder wählten einen Nachfolger, es sei denn, ein Duell entschied; in dem Fall geht alles an den Gewinner. Der Titel bedeutete auch nicht, dass sein Inhaber das zweitmächtigste Mitglied des Senats war. Das war durchaus möglich, gehörte aber nicht zur Jobbeschreibung. Jedes Senatsmitglied nahm eine bestimmte Funktion wahr, wie in einem Regierungskabinett. Konsulstellvertreter wurden nur zu einem Zweck ernannt: Sie sollten einschüchtern. Wer auch immer diesen Posten bekleidete, war als »Vollstrecker« bekannt, denn er oder sie setzte die Entscheidungen des Senats mit den Mitteln um, die er oder sie für notwendig hielt. Das Spektrum reichte von Diplomatie bis Gewalt, und Mei Ling stand in dem Ruf, Letzteres vorzuziehen.

Das hatte sie an jenem Tag deutlich gemacht, als sie in Tonys Audienzsaal gekommen war, um einen seiner Vampire für ein Verhör mitzunehmen. Was auch immer der Bursche verbrochen hatte, er wollte auf keinen Fall vor dem Senat darüber reden. Es widerstrebte ihm so sehr, dass er eine Herausforderung aussprach. Mei Ling war neu auf ihrem Posten und hatte sich noch keinen besonderen Ruf erworben. Hinzu kam, dass sie erst hundertzwanzig Jahre alt war und wie ein zerbrechliches Püppchen aussah. Deshalb glaubte der Typ vermutlich, mit ihr fertig werden zu können.

Erstaunlicherweise vergaßen selbst alte Vampire manchmal, dass es nicht auf Größe ankam, sondern auf Macht. Oft stand sie mit dem Alter in Verbindung, aber nicht immer. Manche Vampire, die Jahrhunderte älter waren als Mei Ling, würden nie ihre Kraft erlangen, und ich hatte große Rowdys gesehen, die vom Blick eines Kindes in die Knie gezwungen wurden. Die Verwandlung in einen Vampir machte aus einem Mauerblümchen keine Schönheit, aus einem Dummen keine Intelligenzbestie und aus einem Schwachen keinen Starken. Ein Verlierer im Leben war auch als Vampir ein Loser und verbrachte seine oder ihre Unsterblichkeit damit, jemand anders zu dienen. Es war einer der Nachteile das Vampirseins, worauf die Filme nie eingingen. Aber manchmal erhielt jemand, der zu Lebzeiten keine Aufmerksamkeit bekam, die Chance, sich zu beweisen. An jenem Tag sah ich, wie eine kleine, zarte Frau einen Vampir regelrecht in blutige Fetzen riss. Ich sah auch, wie sehr es ihr gefiel. Ganz deutlich erinnerte ich mich an das wilde Entzücken in ihren dunklen Augen, die Freude darüber, erneut von einem Mann unterschätzt worden zu sein und ihn dafür büßen zu lassen.

Getötet hat sie ihn damals nicht, jedenfalls nicht in meinem Beisein. Sein Kopf war intakt und schrie, als Mei Ling befahl, seine Einzelteile in Körbe zu legen und zum Senat zu bringen. Nachher sah ich ihn nie wieder, und von den übrigen Anwesenden an jenem Tag wagte es kein anderer, Mei Ling herauszufordern.

»Warum hat die Konsulin jemanden geholt?«, fragte ich. »Man sollte meinen, sie oder Mei Ling könnten mit einer schlichten Herausforderung fertig werden.«

»Die Konsulin ist mächtig, aber keine Duellantin. Und Mei Ling hat nicht Rasputins Erfahrung. Er war bereits alt, als er Russland zu übernehmen versuchte. Gerüchten zufolge hat er im Kampf nie eine Niederlage erlitten, und es ist ihm gleich, auf welche Weise er gewinnt. Niemand hat die Auseinandersetzungen mit den toten Senatoren beobachtet, doch die Ersten beiden, die er angriff, leben noch – sozusagen. Und als Marlowe gefunden wurde, blieb er lange genug bei Bewusstsein, um zu berichten, dass Rasputin drei seiner eigenen Vampire gegen ihn schickte, und einer von ihnen war seit mehr als zweihundert Jahren bei ihm.«

Einige Stücke des Puzzles fanden zueinander. Ich erzählte Billy Joe vom jüngsten Anschlag auf mein Leben, und er wirkte nachdenklich. »Ja, das ergibt einen gewissen Sinn. Ich weiß nicht, wie die Senatswächter ausgewählt werden, aber sie gehören mit ziemlicher Sicherheit zu den Bediensteten eines Mitglieds, denn wer würde im Senat einen Verräter vermuten?«

»Aber warum sollte Rasputin an meinem Tod gelegen sein?« Ich schauderte, und es lag nicht an der Kälte. Ich war an die Vorstellung gewöhnt, dass mir Tony nach dem Leben trachtete, aber plötzlich gab es noch zahlreiche andere Leute, die auf den fahrenden Zug springen wollten. Und jeder Einzelne von ihnen hätte genügt, eine geistig normale Person in einen Paranoiker zu verwandeln.

»Keine Ahnung.« Billy Joe gab sich zu fröhlich, und ich bedachte ihn mit einem finsteren Blick. Er mochte die Schilderung eines guten Kampfs fast so sehr wie die Teilnahme daran, aber ich war nicht für seine Unterhaltung zuständig. »Das Beste hast du noch nicht gehört«, fuhr er rasch fort. »Marlowe hat zwei der Angreifer erledigt, bevor bei ihm das Licht ausging, und die Körper blieben zurück, als seine Reserve aufkreuzte. Doch niemand kann die toten Vampire identifizieren. Sie scheinen aus dem Nichts gekommen zu sein.«

»Das ist unmöglich.«

Ich zweifelte nicht daran, dass die Angreifer Mühe gehabt hatten, Chris Marlowe zu töten. Vor seiner Verwandlung war er der böse Bube des elisabethanischen Englands und in Hunderte von Kneipenschlägereien verwickelt gewesen, doch er hatte auch einige der besten Stücke seiner Zeit geschrieben. Die Einzigen anderen, die es mit seinen aufnehmen konnten, stammten von einem gewissen Shakespeare, der zufälligerweise einige Jahre nach Marlowes Verwandlung erschien und einen ähnlichen Schreibstil hatte. Als der drittklassige Schauspieler, den er als Strohmann benutzte, schließlich starb, widmete sich Marlowe ganz seinem anderen Hobby. Zu Lebzeiten hatte er ein wenig für die Regierung der Königin spioniert, und im Tode legte er so richtig damit los. Er war jetzt der Geheimdienstchef des Senats und benutzte seine Vampirfamilie für die Spionage in der übernatürlichen Welt im Allgemeinen und bei den anderen Senaten im Besonderen. Er half dabei, den Frieden zu sichern, indem er all jene eliminierte, die ihn bedrohten, was erklärte, warum Tony Marlowe mehr gefürchtet hatte als Mei Ling. Ich war ihm nur einmal begegnet, als er eines Abends Mircea besucht hatte. Bei jener Gelegenheit hatte ich ihn für einen recht netten Mann gehalten: die dunklen Augen von Lachfalten umgeben, lockiges Haar und ein Spitzbart, der ihm immer wieder in den Wein geriet. Aber natürlich war es nicht meine Absicht gewesen, die Konsulin zu töten. Sonst hätte ich mich vielleicht mit der Notwendigkeit konfrontiert gesehen, zuerst ihn zu erledigen.

Es fiel mir schwer, den Teil von Billy Joes Geschichte zu glauben, der die beiden nicht identifizierten Vampire betraf. So etwas war praktisch ausgeschlossen. Alle Vampire befanden sich unter der Kontrolle eines Meisters, und dabei handelte es sich entweder um den, der sie geschaffen hatte, oder um jemanden, der sie bei einem Duell gewann. Vampire, die keinen Meister hatten, waren selbst Meister der ersten Stufe. Auch das Töten des Meisters befreite nicht von der Abhängigkeit, denn es trat einfach jemand anders an seine Stelle und band den betreffenden Vampir. Da es auf der Welt weniger als hundert Meister der ersten Stufe gab und die meisten von ihnen Sitze in den sechs Senaten hatten, ergab sich daraus eine hübsche hierarchische Struktur, die dafür sorgte, dass alle organisiert blieben. Die Mehrheit der Meister gab ihren Gefolgsleuten eine gewisse Freiheit. Allerdings erwarteten sie von ihren Untergebenen, dass sie ihnen einen bestimmten Teil ihrer Einkünfte jährlich als »Geschenke« überließen, und außerdem erstreckte sich ihre Herrschaft auch auf die Diener ihrer Diener. Dann und wann sahen die Meister bei ihren Untergebenen nach dem Rechten, wie Mircea bei Tony, denn sie waren auch für sie verantwortlich. Wenn Tony einen Angriff auf mich befohlen hatte, obwohl er wusste, dass ich unter dem Schutz des Senats stand, so erwartete man von Mircea, sich um ihn zu kümmern.

Es war ein recht unkompliziertes System, zumindest für eine Regierung, denn es gab nicht viele Vampire, die mächtig genug waren, zahlreiche Diener zu haben. Im Gegensatz zu dem, was Hollywood zu glauben schien, konnte nicht jeder Vampir neue Vampire schaffen. Ich erinnerte mich daran, einmal mit Alphonse einen alten Dracula-Film gesehen zu haben: Er lachte sich kaputt beim Anblick eines Vampirs, der erst vor wenigen Tagen aus dem Grab gekommen war und bereits einen anderen schuf. Nachher hatte er sich über Wochen hinweg unmöglich aufgeführt und hatte alle schwächeren Vampire am Hof gnadenlos mit dem Hinweis auf ein drei Tage altes Baby verspottet, das stärker war als sie. Doch jene, die das Meisterniveau erreichten und neue Vampire schufen, waren verpflichtet, sie beim zuständigen Senat zu registrieren. Woraus folgte, dass einfach keine unbekannten Vampire herumliefen.

»Waren es Babys?« Nur diese Möglichkeit fiel mir ein, obwohl sie kaum einen Sinn ergab. Was nützten zwei neu geschaffene und somit schwache Vamps gegen ein Senatsmitglied, von Marlowe ganz zu schweigen? Genauso gut hätte man Kinder in den Kampf gegen einen Panzer schicken können. Und welcher Meister würde Kopf und Herz riskieren, indem er es unterließ, von ihm neu geschaffene Vampire zu melden? Alle Senate achteten streng auf die Einhaltung der Regeln, um das Schreckgespenst eines Meisters zu vermeiden, der insgeheim eine Armee zusammenstellte. Solche Vorstellungen brachten Erinnerungen an die schlechten alten Zeiten zurück, als praktisch ständig Krieg geherrscht hatte. Die Anzahl der Vampire, die jemand zu einem gegebenen Zeitpunkt unter seiner oder ihrer Kontrolle haben konnte, unterlag einem strengen Reglement, um ein Gleichgewicht der Macht zu gewährleisten.

»Nein. Es ist schwer zu sagen, da sich die Untersuchung auf die Körper beschränken musste, aber es heißt, dass es Meister waren.« Billy Joe bemerkte meinen Gesichtsausdruck und hob beschwichtigend die Hände. »Du hast mich gefragt, was ich gehört habe, und davon erzähle ich dir.«

»Woher stammen diese Informationen?«

»Von einigen Vampiren aus Mirceas Gefolge.« Damit meinte Billy Joe nicht, dass er sie gefragt hatte. Er verfügte über die Fähigkeit, durch Personen zu schweben, sie geistig zu belauschen und zu hören, was sie gerade dachten. Es war nicht so gut wie echte Telepathie, da er nicht nach Informationen suchen konnte, aber in überraschend vielen Fällen erwies es sich als sehr nützlich.

Ich schüttelte verwirrt den Kopf. »Ich verstehe das nicht. Wenn Rasputin die Regeln missachtet und Leuten auflauert … Warum bereitet sich die Konsulin dann darauf vor, gegen ihn zu kämpfen? Das Duellrecht hat er doch verloren, als er gegen die Regeln verstieß, oder?« Ich hatte den Eindruck, dass Rasputin ziemlich tief in der Scheiße saß, und dieser Gedanke verbesserte meine Stimmung. Wenn er ums Leben kam, gab es einen Bösen weniger, um den ich mir Sorgen machen musste.

Das Problem bestand nicht aus Angriffen auf Senatoren – so was war völlig legal –, sondern in der Art des Vorgehens. Während der Reformation hatten die sechs Senate gemeinsam offenen Krieg als Lösung von Problemen verboten. Nach der Kirchentrennung waren sowohl der katholische als auch der protestantische Klerus überempfindlich gewesen und hatten ihre Schäflein vor Bösewichtern gewarnt, die ihnen Gottes Wohlwollen stehlen konnten. Die Religion war auch ein wichtiges politisches Thema gewesen. Katholische Mächte hatten versucht, Oberhäupter der Protestanten zu ermorden, und umgekehrt. Eine katholische Armada griff das protestantische England an, und in Deutschland kam es zu einem großen Religionskrieg. Jeder spionierte jeden aus, und das Ergebnis bestand darin, dass mehr Leute übernatürliche Aktivität bemerkten. Zwar waren die meisten Angeklagten ebenso menschlich wie ihre Ankläger – und meistens unschuldiger –, aber manchmal hatte die Amtsgewalt Glück und pfählte einen echten Vampir oder verbrannte eine echte Hexe. Offener Krieg zwischen den Senaten oder auch nur Fehden zwischen prominenten Häusern hätten nur mehr Aufmerksamkeit auf die übernatürliche Gemeinschaft gezogen. So wurden Duelle zur neuen allseits anerkannten Methode, Dispute zu regeln.

Natürlich würde Tony seinen dicken kleinen Hals nicht in einem offenem Kampf riskieren, und es gab viele andere, die mit ebenso wenig Kampftalent gesegnet waren wie er und daher vom neuen System nicht viel hielten. Daraus ergab sich die Praxis, einen Stellvertreter zum Duell zu schicken. Aber wenn die beiden Duellanten feststanden, gab es sehr strenge Regeln in Hinsicht darauf, was erlaubt war und was nicht. Hinterhalte kamen ganz gewiss nicht infrage, und was Rasputin getan hatte, würde ihm überall auf der Welt automatisch den Pflock einbringen. Der nordamerikanische Senat würde nicht aufhören, nach ihm zu suchen, und die anderen Senate würden geeignete Maßnahmen ergreifen, um solchen Dingen in ihren eigenen Zuständigkeitsbereichen vorzubeugen. Entweder war Rasputin vollkommen ausgerastet, dachte ich, oder aber sehr, sehr dumm.

»Vermutlich glaubt die Konsulin, dass ein Duell besser ist, als ihm Gelegenheit zu geben, einen Senator nach dem anderen auszuschalten«, sagte Billy Joe. »Außerdem: Wenn sich Marlowe oder Ismitta nicht so weit erholen, dass sie vor dem Senat aussagen können, gibt es keinen echten Beweis dafür, dass es zu einem Verstoß gegen die Regeln kam. Derzeit kann er behaupten, dass er sie herausgefordert und in einem fairen Kampf besiegt hat.«

»Aber wenn er sich der Konsulin vor dem ganzen MAGIE-Rat stellen muss, kann er nicht mogeln.«

»Bingo. Hinzu kommt, dass der Konsulin kaum eine Wahl bleibt. Durch den Amoklauf des alten Rasputin hat es der Senat mit einem diplomatischen Albtraum zu tun. Die Spitzohren sind echt sauer und sagen: Wenn die Vamps nicht mit dieser Sache fertig werden, kümmern sie sich selbst darum. Sie haben einen ihrer Adligen im Kreuzfeuer verloren, und du weißt ja, was sie von solchen Dingen halten.« Eigentlich wusste ich es nicht. Ich war noch nie einem Elfen begegnet und kannte auch niemanden, der mit einem gesprochen hatte. Einige der Vamps bei Tony zweifelten sogar an ihrer Existenz. Es hieß, dass sie ein ausgeklügelter Scherz der Magier waren, die damit seit Jahrhunderten vorgaben, über mächtige Verbündete zu verfügen. »Der magische Kreis ist ebenfalls verärgert, obwohl mir der Grund dafür nicht ganz klar ist – er verlangt Rasputins Kopf auf einem Tablett. Die Konsulin muss sich bald darum kümmern, will sie nicht für schwach gehalten werden. Mei Ling ist gut, aber sie kann nicht gegen alle Herausforderer kämpfen, die aus der Versenkung kommen, wenn dieser Sache kein Riegel vorgeschoben wird.«

»Aber die Konsulin kämpft nicht gegen Rasputin.«

»Nein, und wie ich schon sagte: Es gefällt ihr nicht. Es heißt, dass sie deshalb nicht hier ist – angeblich macht sie Jagd auf Rasputin. Viel Zeit bleibt ihr nicht mehr. Das Duell soll morgen um Mitternacht stattfinden. Ich glaube, sie will bis dahin seinen aufgespießten Kopf zurückbringen.«

»Na schön, dabei wünsche ich ihr Glück. Aber du hast mir noch immer nicht gesagt, was das alles mit mir zu tun hat.«

»Weil ich es nicht weiß, Schätzchen.« Ich hasste es, wenn Billy Joe begann, so mit mir zu reden und den Südstaatler rauszukehren. Es bedeutete, dass er entweder scherzte oder sarkastisch wurde, und ich mochte das eine ebenso wenig wie das andere. Normalerweise sprach er mit einer Mischung aus Mississippi- und irischem Akzent, der daran erinnert, dass er als Kind auf der Grünen Insel gehungert hat. Er war ausgewandert, hatte seinen Namen geändert und ein neues Leben in der Neuen Welt begonnen, ohne seinen Akzent ganz zu verlieren. Ich richtete einen strengen Blick auf ihn – derzeit hatte ich keinen Bock auf irgendwelche Manieriertheiten. Seine Informationen waren durchaus nützlich, aber ich ärgerte mich noch immer darüber, dass er Tonys Rückkehr total verpasst hatte. Und das war immerhin sein Hauptjob.

»Was weißt du sonst noch? Oder ist das alles?« Ich hatte schon vor einer ganzen Weile festgestellt, dass Billy Joe ein verdammt guter Spion war, aber man konnte ihm nicht trauen. Oh, er hat mich nie belogen – jedenfalls wusste ich nichts davon. Aber manchmal ließ er Dinge aus, die kein gutes Licht auf ihn werfen würden.

»Ich wusste nicht, ob ich dir davon erzählten sollte, nach der Sache mit Tomas. Wahrscheinlich liegt dir nichts daran, von einem weiteren Widerling zu hören.«

»Worum geht's?« Ich überhörte den Seitenhieb auf Tomas, den Billy Joe nie gemocht hatte – ich schenkte ihm deshalb keine Beachtung, weil er dem entsprach, was ich empfand. Ich begann damit, den traurigen Haufen meiner Club-Kleidung zu untersuchen, für die ich viel Geld bezahlt hatte. Stiefel und Rock, beides aus Leder, waren noch zu gebrauchen. Mit dem Shirt ließ sich nichts mehr anfangen, und der BH war teilweise verbrannt, was mich an meinen Rücken erinnerte, der sich inzwischen wieder gut anfühlte. Es war eine der wenigen Stellen meines Körpers, die nicht wehtaten. Das T-Shirt stellte keinen großen Verlust dar, abgesehen davon, dass ich nichts hatte, um es zu ersetzen, und im Morgenmantel wollte ich nicht ins Wohnzimmer zurück. Eigentlich wollte ich überhaupt nicht dorthin zurück, ganz gleich in welcher Kleidung.

»Jimmy die Ratte ist in der Stadt.«

Ich hörte auf damit, getrocknetes Blut vom Rock zu kratzen, und sah auf. Verstehen Sie jetzt, warum ich Billy Joe seit fast sieben Jahre ertrug? Dann und wann verdiente er sich die Mühe, die ich mir mit ihm gab. »Wo?«

»Komm jetzt bloß nicht auf dumme Gedanken, Cassie, mein Schatz.«

»Keine Sorge.« Jimmy war Tonys Oberschläger. Er war es gewesen, der die Bombe im Wagen meiner Eltern versteckt und mir damit jede Chance auf ein normales Leben genommen hatte. Ich war schon auf der Suche nach ihm gewesen, noch bevor ich Tony verlassen hatte, aber der Mistkerl war schwer zu fassen. Jetzt wollte ich ihn mir nicht noch einmal durch die Lappen gehen lassen. »Wo hast du ihn gesehen?«

Billy Joe strich mit einer Hand über das, was zu seinen Lebzeiten dunkelbraune Locken gewesen waren, und seufzte tief. Bei einem Geist geschah so etwas nicht unbewusst; es steckte Absicht dahinter. »Er ist im Dante's am Strip, in einem von Tonys neuen Läden. Managt die Bar. Aber wenn du ihn dort überraschen willst … Das halte ich nicht für eine gute Idee. Wahrscheinlich wimmelt's in der Bude von Tonys Leuten. Las Vegas kommt bei seinen Geschäften sofort nach Philly.«

»Belehr mich nicht über die Geschäfte, mit denen ich aufgewachsen bin.« Ich unterdrückte eine Tirade darüber, dass sich Billy die Sehenswürdigkeiten der Stadt der Sünde angesehen hatte, anstatt alles genau zu kontrollieren, damit ich wusste, womit ich es zu tun hatte. Ich wäre bereit gewesen, ihm seine Spielsucht zu vergeben, wenn es mir die Möglichkeit gegeben hätte, Jimmy zu erwischen. »Ich brauche ein neues T-Shirt und eine Möglichkeit, in die Stadt zu gelangen. Außerdem hat sich Tomas meine Pistole geschnappt. Ich will sie zurück.«

»Äh, das solltest du dir noch einmal überlegen.« Billy sah verschlagen aus, und ich stöhnte.

»Gibt es noch mehr? Heraus damit!«

Er sah sich um, aber es war keine Hilfe in Sicht. »Wegen Jimmy brauchst du dir keine Sorgen mehr zu machen. Er hat Tony mit irgendetwas verärgert, und als ich loszog, brachte man ihn in den Keller.«

»Was bedeutet?«

»Es bedeutet, dass er bereits aus dem Verkehr gezogen ist oder es bald sein wird. Es gibt also keinen Grund für dich loszulaufen. Zumindest nicht dorthin. Aber wenn du Lust zu einem kleinen Ausflug nach Reno hast …«

»Du weißt nicht, ob er tot ist. Er könnte dort unten sein, um Glücksspielautomaten zu manipulieren.« Der »Keller« war eine beschönigende Umschreibung für Tonys unterirdische Folterkammern in Philly, aber in diesem Fall ging es vielleicht wirklich nur um einen Keller. »Außerdem darf ihn niemand töten außer mir.«

Zweifellos verdiente er den Tod, aber ich hatte ernste Zweifel daran, ob ich wirklich in der Lage gewesen wäre, jemanden zu töten, selbst Jimmy. Was jedoch nicht bedeutete, dass es für mich keinen Grund gab, ihm einen Besuch abzustatten. Tony hatte sich alle Mühe gegeben, dafür zu sorgen, dass ich nie etwas über meine Eltern herausfinden konnte: Es gab keine Fotos, keine Briefe, keine Highschool-Jahrbücher. Zum Teufel auch, ich hatte Jahre gebraucht, um auch nur ihre Namen in Erfahrung zu bringen, aus alten Zeitungsberichten über ihren Tod – die Zeitungen hatte ich an meinen Wächtern vorbeischmuggeln müssen, um sie zu lesen. Was Eugenie und meine Lehrer betraf… Tony hatte sie kurz nach meiner Ankunft am Hof von anderen Meistern geholt, und deshalb wussten sie nichts von der Sache. Jene Vampire, die seit vielen Jahren bei Tony waren und vielleicht etwas wussten, schwiegen mit solcher Beharrlichkeit, dass man sie bestimmt angewiesen hatte, mir gegenüber den Mund zu halten. Ich war nicht so dumm zu glauben, dass sich Tony all diese Mühe gemacht hatte, um meine Zuneigung ganz für sich allein zu bekommen, denn er versuchte gar nicht, sie zu gewinnen. Nein, in Bezug auf meine Eltern gab es etwas, von dem Tony nicht wollte, dass ich davon erfuhr, und wenn er und Jimmy auf Eis gelegt waren … Dann fand ich vielleicht jemanden, der bereit war, mir Auskunft zu geben.

Billy Joe meckerte natürlich, aber ich scherte mich nicht darum, denn ich war zu sehr damit beschäftigt, die rettenswerten Teile meiner Kleidung präsentabel zu machen. »Na schön, aber ich brauche Energie, wenn ich dir was holen soll. Ich habe eine anstrengende Nacht hinter mir und bin ziemlich geschwächt.«

Das nervte. Ich fühlte mich beschissen und musste nach Vegas, und eigentlich hätte ich meine ganze Kraft für mich selbst gebraucht. Aber ich konnte mich kaum selbst im MAGIE-Hauptquartier umsehen, und deshalb winkte ich Billy Joe ohne viel Aufhebens zu mir. Er hob die Hand zur Brust. »Es bricht mir das Herz.«

»Hör auf mit dem Unsinn. Bringen wir's hinter uns.«

Ich schwöre, dass er mich betatschte, als wir miteinander verschmolzen, vorausgesetzt natürlich, dass eine Dunstwolke einen Tastsinn hatte. Ich kannte ihn und war daher ziemlich sicher, dass er tatsächlich dazu imstande war. Er strich über mich hinweg, und wie immer stellte ich fest, dass seine Präsenz meinen Nerven guttat. Wie ich hörte, fanden Normalos die Gegenwart von Geistern erschreckend oder zumindest beunruhigend. Für mich waren sie immer wie eine kühle Brise an einem heißen Tag. Unter den gegebenen Umständen öffnete ich mich nicht nur, um ihn willkommen zu heißen. Der Teil von mir, der sich mit Geistern versammeln konnte, zog ihn wie ein ängstliches Kind zu sich, das seinen Teddybären umklammert.

Für einen Moment sah ich Szenen von Billy Joes Leben: Ein Schiff entfernte sich von der Küste, und durch einen Tränenschleier beobachteten wir, wie das graue, windumtoste Ufer verschwand; ein hübsches Mädchen, etwa fünfzehn, mit zu viel Make-up und in ein Tanzsaalkostüm gekleidet, schenkte uns ein wissendes Lächeln; ein junger Möchtegern-Gauner versuchte, uns zu betrügen, und wir lachten, als er das Ass aus dem Stiefel zog, mussten dann dem Messer ausweichen, das sein Komplize nach uns warf. So etwas geschah oft. Im Lauf der Jahre hatte ich genug geistige Kurzfilme *gesehen*, um mich zu fragen, wie es Billy Joe gelungen war, so lange zu überleben.

Schließlich machte er es sich bei mir gemütlich und begann damit, Energie aufzunehmen. Für gewöhnlich verbanden sich damit keine angenehmen Empfindungen – es war einfach nur ermüdend. Aber diesmal zog Schmerz durch meinen Körper, als er anfing. Es war nicht überwältigend, eher wie eine Entladung statischer Elektrizität an einem Türknauf, aber der

Schmerz knisterte an meinen Adern entlang, bis silberne Funken vor den Augen tanzten. Ich wollte darauf hinweisen, dass etwas nicht stimmte, und Billy Joe auffordern, mich zu verlassen, aber ich brachte nur ein verblüfftes Schnaufen hervor. Eine Sekunde später blitzte es vor meinen Augen so hell, dass ich geblendet war, und dann hörte es ganz plötzlich auf. Warmer Wind streichelte mich und fühlte sich fast so dicht wie Wasser an. Billy Joe verließ mich abrupt, raste zur Decke hoch und sauste einige Male um sie herum.

»Dunnerschlach! *Das* nenne ich eine Mahlzeit!« Seine Augen funkelten, und er zeigte mehr Farben, als es eigentlich der Fall sein sollte.

Ich straffte meinen Körper und hatte zum ersten Mal seit geraumer Zeit nicht das Gefühl, dem Zusammenbruch nahe zu sein. Anstatt müde und ein wenig gereizt zu sein – die übliche Reaktion auf Billy Joes Brotzeiten –, fühlte ich mich wundervoll und wie verjüngt. Ich schien den Schlaf einer ganzen Nacht in einigen wenigen Minuten komprimiert bekommen zu haben. Normal war das ganz sicher nicht. »Ich möchte mich nicht beklagen, aber was ist hier gerade geschehen?«

Billy Joe grinste. »Irgendein Vampir hat deine Kraft abgesaugt, mein Schatz, wahrscheinlich um dich an der Flucht zu hindern. Er hat einen beträchtlichen Teil deiner Energie in ein metaphysisches Gefäß geleitet und sie mit einem Teil seiner eigenen Kraft abgeschirmt, damit du erst dann Zugang dazu hast, wenn er dich freigibt. Ich habe die Abschirmung zufälligerweise durchdrungen, als ich versuchte, mich an dir zu laben, und dadurch habe ich ganz plötzlich eine Riesenportion abbekommen.« Er sah mich an und wackelte mit den Brauen, die fast so braun und fest waren wie damals in seinem richtigen Leben. »Verdammt, lass uns auf den Putz hauen!«

»Später. Erst brauche ich meine Sachen.«

Billy Joe salutierte zackig und flog wie ein glitzernder Komet durchs Fenster. Ich setzte mich auf den Rand der Badewanne und fragte mich, wer hinter diesem Hokuspokus steckte. Nicht dass es eine Rolle spielte; es gab mir nur einen weiteren Grund dafür, niemandem zu trauen. Was ich auch gar nicht vorhatte.

Ich war mit dem Säubern fertig, als Billy Joe zurückkehrte. Mit finsterer Miene und leeren Händen schwebte er durchs Fenster. »Ich habe alles draußen gelassen. Dieses Ding dürfte ein Problem sein.«

»Welches Ding?« Ich schnappte mir ein Handtuch, um nicht im Schlüpfer dastehen zu müssen, und ging zum Fenster. Als ich die Hand nach dem Riegel ausstreckte und er zu schreien versuchte, begriff ich, was Billy meinte. Ich stopfte das Ende des Handtuchs in den Mund, den der Riegel plötzlich bekommen hatte, und sah verärgert darauf hinab. Genügte es nicht, dass man einen Teil meiner Kraft blockierte, eine Gruppe von Vampiren mit Meisterniveau vor meiner Tür geparkt und mich mitten in eine Wüste gebracht hatte? Mussten sie auch noch das Fenster mit einem Zauber belegen? Jemand hatte das ganz offensichtlich für angebracht gehalten.

»Es ist ein Marley«, sagte Billy.

»Glaubst du?«, fragte ich sarkastisch, bückte mich und sah mir das Ding aus der Nähe an. Der altmodische Riegel hatte plötzlich zwei Knopfaugen und einen großen, breiten Mund bekommen. Er versuchte, das Handtuch auszuspucken, um eine Warnung zu rufen, die zweifellos den Stillezauber durchdrungen und alle Leute im anderen Zimmer gewarnt hätte. Als ich den Riegel festhalten wollte, um das Handtuch tiefer ins Maul zu stopfen, glitt er hin und her. Wahrscheinlich hätte er mich sogar gebissen, wenn er dazu in der Lage gewesen wäre.

Ich starrte darauf hinab und kniff die Augen zusammen. »Hol mir Toilettenpapier«, forderte ich Billy auf. »Jede Menge.«

Nach einigen Minuten und vielen wortlosen Flüchen saß der kleine Marley bewegungsunfähig da: Eine Rolle Toilettenpapier steckte in seinem Mund, und die Gardinenschnur war mindestens neunmal um ihn gewickelt. »Das hält ihn nicht lange fest«, sagte Billy skeptisch, als die kleine Alarmvorrichtung empört vibrierte. Mehrere Papierfetzen lösten sich aus ihrem Mund und schwebten zu Boden.

»Das ist auch gar nicht nötig.« Ich zog das Schiebefenster nach oben und blockierte es mit dem Tauchkolben, den Billy unter dem Spülbecken entdeckte. »Die anderen merken ohnehin bald, dass wir entwischt sind – hier wimmelt es von Zaubern.«

Rasch ging ich die Sachen durch, die Billy Joe durchs Fenster zog, und dabei kam ich zu dem Schluss, dass er im Großen und Ganzen gute Arbeit geleistet hatte. Ich bekam meine Pistole zurück und sogar ein zusätzliches Magazin, das er irgendwo aufgetrieben hatte. Hinzu kamen Autoschlüssel, die auf einem der Shirts lagen. Andererseits: Die Tops entsprachen nicht unbedingt dem, was bei mir erste Wahl gewesen wäre. Ich hätte Billy darauf hinweisen sollen, dass er von Nutten-Sachen die Finger lassen sollte, aber man kann schließlich nicht an alles denken. Stiefel und Minirock sahen frech und schick aus, wenn ich obenrum angemessen bedeckt war. Mit dem konservativsten Teil von Billys Sachen erweckte ich den Eindruck, für einen Stundenlohn zu arbeiten. Louis-Césars Klammer half mir dabei, das Haar zu einem Pferdeschwanz zu binden, wodurch es zwar ordentlich aussah, ich aber keineswegs unschuldiger wirkte. Ich warf einen letzten Blick in den Spiegel, seufzte und steckte die Schlüssel ein. Sobald ich die Garage fand, würde ich den Stress des Tages an einem gewissen alten Bekannten auslassen und mich wahrscheinlich viel besser fühlen.

Sechs

Tony war ein Drecksack, aber er hatte durchaus einen Sinn fürs Geschäft. Es war vier Uhr morgens, und im Dante's, an guter Stelle in der Nähe des Luxor gelegen, herrschte selbst um diese Zeit reger Betrieb. Was mich kaum überraschte: typisch Las Vegas. Der *Göttlichen Komödie* nachempfunden, war das Lokal in neun Bereiche aufgeteilt, jeder davon mit einem Thema, das Dante Alighieris neun Kreisen der Hölle entsprach. Die Besucher traten durch ein großes, schmiedeeisernes Tor ein, von zwei Basaltstatuen flankiert, die offenbar Höllenqualen litten, und darüber standen die berühmten Worte: LASST JEDE HOFFNUNG, IHR, DIE IHR EINTRETET. Anschließend ruderte einer von mehreren Charons die Gäste über einen seichten Fluss und setzte sie in einem höhlenartigen Vorraum ab, dessen Wände eine rote und goldene Übersicht des Lokals zeigten.

Ein wie König Minos gekleideter Typ – ausgestattet mit einem Schild, das darauf hinwies, dass er Sünder ihrer Bestrafung zuführte –, verteilte gedruckte Exemplare der Karte, als ich eintraf, aber ich brauchte keine. Das Layout basierte auf einer gewissen Logik: Zum Beispiel befand sich das Büfett im dritten Kreis, wo die Sünde der Völlerei bestraft wurde. Es fiel mir nicht schwer herauszufinden, wo ich nach Jimmy suchen sollte. Wo sonst, wenn nicht im zweiten Kreis, wo die Sünden der Lust gerechte Strafe empfingen, sollte sich ein echter, lebender Satyr aufhalten?

Die Kneipe des zweiten Kreises hieß Pans Flöte. Für jene,

die das Verdammnisthema am Eingang übersehen hatten, bot diese Bar einen deutlicheren Hinweis. Ich zuckte beim Eintreten nicht einmal mit der Wimper, da ich ähnliche Räumlichkeiten kannte. Aber für eine empfindsamere Seele musste es ein Schock sein, plötzlich einen Raum zu betreten, der fast ganz mit zerstückelten Skeletten dekoriert war. Im Italien der Renaissance, in dem Tony geboren war, hatte es immer wieder Epidemien gegeben. Es blieb nicht ohne Wirkung auf die Überlebenden, zu beobachten, wie Freunde und Verwandte starben und ganze Orte ausgelöscht wurden. Damals entstanden Ossarien und Beinhäuser, ganz aus den Knochen Verstorbener errichtete Kapellen, und das galt auch für Tonys Hommage an jene Zeit. An der Decke hingen komplexe Kronleuchter, die aus menschlichen Knochen zu bestehen schienen – und wahrscheinlich auch bestanden, wie ich Tony kannte. Zwischen ihnen gab es Girlanden aus Totenköpfen. Weitere Totenköpfe dienten als Kerzenhalter, und die Getränke servierte man in totenkopfförmigen Gläsern. Es waren Nachbildungen, mit einfachen Glasrubinen als Augen, aber bei einigen anderen war ich mir nicht so sicher. Die Servietten zeigten den »Totentanz« in Schwarz auf rotem Hintergrund: Eine Parade grinsender Skelette führte die Sünder zur Verdammnis. Nachdem sich die Gäste an all das gewöhnt hatten, stellten die Kellner vermutlich keine große Überraschung mehr dar.

Ich hatte Menschen in Togen und Fellhosen erwartet, aber das Geschöpf, das uns am Eingang begrüßte, war echt der Hammer. Wie sie die Besucher davon überzeugten, dass die Kellner nur gute Kostüme trugen, würde mir ein Rätsel bleiben. Die rudimentären Hörner, die aus der Mähne des mahagonibraunen Haars ragten, konnten ebenso als Nachbildungen durchgehen wie die Laubkrone des Wesens. Doch der wirklich sehr knappe Minislip gab sich überhaupt keine Mühe, die offenbar echten fellbedeckten Lenden und glänzenden schwarzen Hufe zu verbergen. Das Geschöpf gab auch zu erkennen, dass ihm der tiefe Ausschnitt meines entwendeten schwarzen Elasthan-Tops gefiel. Da Satyrn von allen Frauen angetan waren, die noch atmeten, nahm ich es nicht als Kompliment.

»Ich möchte mit Jimmy reden.«

Entzücken hatte in den großen braunen Augen des Satyrs gefunkelt, und jetzt trübten sie sich ein wenig. Er nahm meinen Arm, um mich zu sich zu ziehen, doch ich wich einen Schritt zurück. Natürlich folgte er mir. Er war jung und attraktiv, wenn man beim Anblick des halben Ziegendings nicht auf den Gedanken kam, zu schreien und wegzulaufen. Nach menschlichen Maßstäben sind Satyrn großzügig ausgestattet, und dieser war selbst für ein Exemplar seiner Art begnadet. Da sexuelle Leistungsfähigkeit das wichtigste Element in der Satyr-Gesellschaft ist, genoss dieser vermutlich einen hohen Status. Mich ließ er kalt, aber ich wollte nicht unhöflich sein. Satyrn, selbst die alten und kahlköpfigen, hielten sich für Gottes Geschenk an die Frauen, und es konnte zu unangenehmen Resultaten führen, wenn man ihre fröhlichen Träume störte. Nicht dass sie gewalttätig wurden – sie neigten eher zum Weglaufen als zum Kampf –, aber ein deprimierter Satyr bot einen jämmerlichen Anblick. Sie betranken sich, spielten traurige Lieder und klagten laut über die Falschheit von Frauen. Wenn sie damit begannen, hörten sie erst auf, wenn sie umfielen, und ich wollte Informationen.

Einige Minuten lang lobte ich seine Attraktivität in höchsten Tönen. Das schien ihn sehr zu erfreuen, und nachdem ich geschworen hatte, dass sein Chef und ich alte Freude waren, erklärte er sich schließlich bereit nachzusehen, ob Jimmy zur Verfügung stand. Ich hoffte sehr, dass sich Billy geirrt hatte, soweit es Jimmys Situation betraf. Die Vorstellung, die tieferen Bereiche von Tonys Hölle aufzusuchen, reizte mich nicht besonders.

Auf dem Weg hierher hatte ich darüber nachgedacht, wie ich an die benötigten Informationen gelangen konnte, vorausgesetzt natürlich, dass Jimmy noch lebte und sie mir geben konnte. Ich hatte ihn mehr als einmal tagsüber draußen gesehen und konnte daher einigermaßen sicher sein, dass er kein Vampir war. Die meisten magischen Geschöpfe konnten nicht verwandelt werden – ganz zu schweigen davon, dass ich von Vamps gehört hatte, wie schlecht sie schmeckten –, aber bei Jimmy war ich mir da nicht so sicher. Ich wusste, dass er kein voller Satyr war, denn er hatte menschliche Beine, und seine Hörner sah man nur, wenn er sich das Haar sehr kurz schneiden ließ. Für die andere Hälfte kamen viele Dinge infrage, doch ich hatte nie beobachtet, wie er beeindruckende, besondere Fähigkeiten zeigte oder violett anlief oder so was in der Art, und deshalb glaubte ich, dass er zur Hälfte Mensch war. Das passte zu Tonys Angewohnheit, einige Nichtvampire in der Nähe zu haben, die sich um seine Geschäfte kümmerten, wenn seine regulären Leute schliefen. Ich war nicht hundertprozentig sicher, dass ein Mensch-Satyr-Hybrid nicht verwandelt werden konnte, und einige der mächtigsten Vampire konnten das Tageslicht in kleinen Dosen ertragen, wenn sie bereit waren, viel Kraft für dieses Privileg aufzuwenden. Aber ich konnte mir kaum vorstellen, dass ein Meister der ersten oder zweiten Stufe Aufträge für Tony erledigte. Außerdem hatte ich bei Jimmy nie ein Vampirgefühl bekommen. Wenn Jimmy also nicht besonders gut geschützt war, sollte Billy Joe in der Lage sein, für kurze Zeit von ihm Besitz zu ergreifen.

Als ich ihm die Sache im Wagen erklärt hatte, war er nicht sonderlich begeistert gewesen. So kraftvoll hatte er sich seit langer Zeit nicht mehr gefühlt, und wenn er die Energie an eine Besessenheit vergeuden musste, so klagte er, wäre Jimmy gewiss nicht seine erste Wahl gewesen. Aber ich brauchte seine Hilfe nur lange genug, um den Loser zu veranlassen, mir zu sagen, was ich wissen wollte, und anschließend seine Sünden der Polizei von Las Vegas zu beichten. Selbst wenn er später alles abstritt: Wenn er bei einigen ungelösten Fällen genug Einzelheiten genannt hatte, würde es ihm schwerfallen, sich aus den Fängen der Justiz zu befreien. Und wenn Plan A nicht funktionierte, konnte ich ihn immer noch erschießen. Ich war bereits auf der Flucht vor Tony, den mit ihm verbündeten Familien, dem Silbernen Kreis und dem Vampir-Senat. Danach jagten mir die Bullen kaum mehr Angst ein.

Billy Joe und ich nahmen am Ende der Theke Platz. Ich hatte ihn schon seit einer ganzen Weile nicht mehr so aufgedreht gesehen – meine Kraft schien ihm sehr gutzutun. Er wirkte nahezu fest, und ich konnte sogar erkennen, dass er sich ein oder zwei Tage vor seinem Tod nicht rasiert hatte. Niemand sonst schien ihn zu bemerken, aber es setzte sich auch niemand auf seinen Platz. Wenn ein Normalo es versucht hätte, wäre er so sehr erschrocken, als hätte jemand einen Eimer mit Eiswasser über ihm ausgeschüttet. Deshalb wählten wir Stühle, die weit genug von allen anderen entfernt waren.

»Willst du mir jetzt sagen, warum wir hier sind?«

Ich sah mich um, doch es befand sich niemand in der Nähe, der sich über mein scheinbares Selbstgespräch gewundert hätte. Die Gäste der Bar waren überwiegend weiblichen Geschlechts und vor allem damit beschäftigt, die Kellner zu begaffen, die fröhlich zurückgafften. Nicht weit entfernt lud ein hübscher schwarzhaariger Satyr eine Frau ein, herauszufinden, wo sein »Kostüm« begann. Ihr glasiger Blick deutete darauf hin, dass sie schon seit einer ganzen Weile trank, doch die Hände, die über seine glatten, schwarzen Flanken strichen, waren ruhig und zielstrebig. Ich runzelte die Stirn. Wenn ich noch bei Tony gewesen wäre, hätte ich ihm den Burschen gemeldet. Er riskierte ganz offen, dass jemand die Wahrheit erkannte und schreiend zur Polizei lief.

»Du kennst den Grund. Jimmy hat meine Eltern umgebracht. Er muss etwas über sie wissen.«

»Du läufst Gefahr, vom Senat geschnappt zu werden, und er wird dich nicht noch einmal unterschätzen. Und außerdem … Willst du einfach nur nach zwei Personen fragen, die du gar nicht kennst? Oder hast du vor, dem Burschen ein Ding zu verpassen? Aus Rache für dein vermurkstes Leben oder so? Mich betrifft es kaum, aber du könntest damit Aufmerksamkeit auf dich ziehen.«

Ich schenkte der Frage keine Beachtung und aß einige Erdnüsse aus einer blutroten Schale. Jimmy um die Ecke zu bringen, wäre nicht so befriedigend gewesen, wie Tony zu killen, aber es war immer noch besser als gar nichts. Ein Zeichen für das Universum, dass ich die Nase voll hatte von Leuten, die mein Leben ruinierten – dafür brauchte ich keine Hilfe. Das einzige Problem bei der ganzen Sache war der Teil, der das Töten betraf; allein beim Gedanken daran wurde mir übel. »Wenn das mit der Besessenheit klappt, siehst du sofort, was er getan hat.«

»Das ist ein ziemlich großes Wenn. Für so etwas sind eigentlich Dämonen zuständig. Ich bin nur ein einfacher Geist.«

»Bei mir hast du keine Schwierigkeiten.« Wein, Frauen und Musik hatten in Billy Joes Leben eine große Rolle gespielt, mit Schwerpunkt auf den beiden Ersteren. Was sein Bedürfnis nach Punkt zwei betraf, konnte ich ihm kaum helfen, und ich verabscheute seinen Musikgeschmack – er mochte Elvis und Hank Williams. Aber gelegentlich belohnte ich ihn mit einem Drink, wenn er etwas besonders gut gemacht hatte, und das bedeutete natürlich mehr als den Kauf eines Sechserpacks. Allerdings konnte man bei jenen Gelegenheiten nicht von echter Besessenheit sprechen. Zwar ließ ich ihn meine Geschmacksknospen benutzen, aber ich hatte weiterhin volle Kontrolle. Es geschah nicht oft, und er achtete immer darauf, sich zu benehmen, weil er wusste: Wenn er sich danebenbenahm, vergrub ich die Halskette mitten im Nichts, sobald er schwach wurde, und überließ ihn seinem Schicksal. Doch solange er die Regeln beachtete, nahm ich ihn gelegentlich auf und gab ihm die Möglichkeit, zusammen mit mir zu essen, zu trinken und zu feiern. Da ich nicht die Angewohnheit hatte, mich volllaufen zu lassen und in irgendwelchen Kneipen Randale zu machen, ging es für seinen Geschmack nie wild genug zu, aber er gab sich damit zufrieden.

»Du bist ein ungewöhnlicher Fall«, erwiderte Billy Joe. »Bei anderen Leuten ist es viel schwerer. Wie dem auch sei, bitte beantworte meine Frage.«

Ich spielte mit einem kleinen Sektquirl, der einen winzigen Totenkopf trug, und fragte mich, warum ich zögerte. Es fiel mir nicht so schwer, über den Tod meiner Eltern zu reden. Mit meiner Zeit auf der Straße verbanden sich Erinnerungen, die ich lieber ruhen ließ, aber wie Billy Joe ganz richtig angedeutet hatte: Ich war erst vier Jahre alt gewesen, als Tony die Ermordung meiner Eltern angeordnet hatte. Die Erinnerungen an die Zeit davor waren vage: Meine Mutter war vor allem ein Geruch – offenbar hatte sie nach Rosen duftendes Talkumpuder benutzt – und mein Vater ein Gefühl. Ich entsann mich an starke Hände, die mich in die Luft geworfen und dann gedreht hatten, als sie mich wieder auffingen. Ich hörte auch noch sein Lachen, eine tiefe, volle Stimme, die mich bis in die

Zehenspitzen wärmte und mir das Gefühl gab, geborgen zu sein. Ich hatte mich nicht oft sicher gefühlt, und das mochte der Grund dafür sein, warum jene Erinnerung so deutlich war. Alles andere, das ich über meine Eltern wusste, ging auf die Vision zurück, die ich als Vierzehnjährige von ihnen hatte.

Einhergehend mit der Pubertät bestand mein damaliges großartiges Geburtstagsgeschenk darin, zu sehen, wie sich das Auto meiner Eltern in einen großen orangefarbenen Feuerball verwandelte, der nur zerfetztes Metall und brennende Ledersitze zurückließ. Ich beobachtete die Explosion von Jimmys Auto aus und hörte, wie er mit seinem Boss telefonierte. Er zündete sich eine Zigarette an und berichtete ruhig, dass alles nach Plan gelaufen war, und er bekam den Auftrag, das Kind – mich – vom Babysitter abzuholen, bevor die Bullen nach mir suchten. Dann lösten sich die Bilder auf, und ich fand mich am ganzen Leib zitternd in meinem Zimmer auf Tonys Landsitz wieder. In jener Nacht ging die Kindheit für mich zu Ende. Eine Stunde später, als der Morgen dämmerte und die Vampire in ihren sicheren Unterkünften ruhten, lief ich fort. Drei Jahre blieb ich weg.

Da ich meine Flucht nicht im Voraus geplant hatte, fehlten mir all die Dinge, die mir das FBI beim zweiten Mal zur Verfügung stellte, um mir die ganze Sache zu erleichtern. Es gab keine gefälschte Sozialversicherungskarte oder Geburtsurkunde, keinen garantierten Job und niemanden, an den ich mich wenden konnte, wenn etwas schiefging. Ich wusste nicht einmal, wie die Welt außerhalb von Tonys Hof funktionierte, wo manchmal Leute zu Tode gefoltert wurden, aber niemand schlecht gekleidet war oder hungern musste. Ich wäre aufgeschmissen gewesen, wenn ich nicht Hilfe von unerwarteter Seite bekommen hätte.

Meine beste Freundin als Kind war Laura gewesen, der

Geist des jüngsten Mädchens einer Familie, die um die letzte Jahrhundertwende von Tony ermordet worden war. Sie hatte außerhalb von Philadelphia in einem alten, von Deutschen errichteten Bauernhaus gewohnt, umgeben von sechzig Morgen schönem Land. Dort gab es einige riesige Bäume, die vermutlich schon alt gewesen waren, als Benjamin Franklin in jener Gegend gewohnt hatte, und eine steinerne Brücke über einen kleinen Bach. Tony hatte den Ort nicht für hübsch gehalten, sondern vor allem für praktisch. Ihm gefielen die Abgeschiedenheit und der Umstand, dass man die Stadt in nur einer Stunde erreichen konnte, und die Weigerung der Familie, das Anwesen zu verkaufen, kam bei ihm nicht gut an. Natürlich hätte er einfach ein anderes Haus in der Gegend kaufen können, aber diese Möglichkeit kam ihm vermutlich nicht einmal in den Sinn. Dass wir beide wegen Tony unsere Familien verloren, schuf eine Verbindung zwischen Laura und mir. Was auch immer der Grund sein mochte: Laura war nicht in ihrem Grab unter der alten Scheune dort draußen geblieben, sondern hatte sich auf dem Anwesen herumgetrieben.

Zum Glück für mich, denn das einzige andere Mädchen bei Tony war Christina, eine hundertachtzig Jahre alte Vampirin, die ganz andere Vorstellungen von Vergnügen hatte als ich oder irgendeine andere geistig normale Person. Laura ging vermutlich auf ein Jahrhundert zu, aber sie sah immer aus wie sechs und verhielt sich auch so. Das machte sie zu einer klügeren älteren Schwester, als ich zu Tony kam. Sie lehrte mich die Freuden von Kuchen aus Sand, und wir trieben so manchen Schabernack. Jahre später zeigte sie mir den versteckten Safe ihres Vaters – darin mehr als zehntausend Dollar, die Tony nicht bekommen hatte – und hielt für mich Ausschau, als ich das erste Mal weglief. Sie machte etwas möglich, das mir bis dahin fast aussichtslos erschienen war, aber ich hatte nie Gelegenheit, ihr dafür zu danken. Bei meiner Rückkehr stellte ich fest, dass sie fort war. Ich nahm an, sie war weitergezogen, nachdem sie ihre Aufgabe als erfüllt gesehen hatte.

Die zehntausend Dollar halfen mir zusammen mit der Paranoia, die ich bei Tony gelernt hatte, auf der Straße zu überleben, aber es war trotzdem eine Zeit, an die ich nicht gern zurückdachte. Nicht etwa Mangel an physischem Komfort und gelegentliche Gefahr veranlassten mich zur Rückkehr. Jene Entscheidung traf ich auf der Grundlage der Erkenntnis, dass ich mich von außerhalb der Organisation nicht rächen konnte. Wenn ich Tony für das büßen lassen wollte, was er mir angetan hatte, musste ich zurückkehren.

Nichts war mir jemals so schwergefallen, was nicht nur an meinem Hass auf Tony lag – ich wusste nicht, ob seine Habgier größer sein würde als sein Zorn. Ja, er verdiente viel Geld mit mir, und außerdem war ich eine nützliche Waffe, mit der er seinen Rivalen drohen konnte. Sie wussten nie, was ich ihm über sie erzählen würde, was sie zwar nicht ehrlich machte, aber den unverschämteren Betrugsversuchen vorbeugte. Doch das beruhigte mich damals nicht sonderlich. Tony war nicht immer berechenbar. Er war schlau, und für gewöhnlich traf er seine Entscheidungen aus guten Gründen, in finanzieller Hinsicht. Aber manchmal ging das Temperament mit ihm durch.

Einmal stritt er sich mit einem anderen Meister über eine eher banale territoriale Angelegenheit, ein Problem, das innerhalb weniger Stunden auf dem Verhandlungsweg hätte gelöst werden können. Stattdessen zogen wir in den Krieg – immer eine gefährliche Angelegenheit, denn wenn der Senat dahinterkommt, ist man tot, ob man gewinnt oder nicht – und verloren mehr als dreißig Vampire. Einige von ihnen gehörten zu den ersten, die Tony geschaffen hatte. Ich habe ihn bei ihren Leichen weinen sehen, als das Aufräumteam sie zu uns brachte, aber ich wusste auch, dass es beim nächsten Mal keinen Unterschied machen würde. Das war nie der Fall. Nun, ich hatte also nicht gewusst, was mich erwartete, offene Arme oder ein Ausflug in den Keller. Es waren die Arme gewesen, aber ich hatte immer das Gefühl, dass es nicht nur an meiner Nützlichkeit für ihn lag, sondern auch und vor allem daran, dass er einen guten Tag gehabt hatte.

Es dauerte drei lange Jahre, genug Beweise zu sammeln, um Tonys Geschäfte mithilfe des menschlichen Justizsystems zu zerstören. An den Senat konnte ich mich nicht wenden, denn Tony hatte nicht gegen die Gesetze der Vampire verstoßen. Es war durchaus in Ordnung gewesen, meine Eltern zu töten, denn sie hatten nicht die Unterstützung eines anderen Meisters genossen, und außerdem hatte es nach der Tat menschlicher Verbrecher ausgesehen. Was den Missbrauch meiner Fähigkeiten betraf … Vermutlich begrüßten die Senatoren Tonys Geschäftssinn. Selbst wenn ich in der Lage gewesen wäre, den Senat zu erreichen – er hätte mich nur für eine angemessene Strafe zu meinem Meister zurückgeschickt. Und kein menschlicher Staatsanwalt wäre bereit gewesen, mir zuzuhören, wenn ich von Vampiren erzählt hätte, ganz zu schweigen von den Dingen, die bei Tony täglich geschahen.

Letztendlich musste ich ihn so drankriegen, wie es das FBI bei Capone gemacht hatte. Wir nagelten ihn auf Steuerhinterziehung in einem Ausmaß fest, das ihm hundert Jahre Knast eingebracht hätte. Für einen Unsterblichen ist das nicht viel Zeit, aber ich hoffte, dass ihn der Senat für das Erregen von zu viel Aufmerksamkeit mit dem Pflock bestrafte, bevor er sich Sorgen darüber machen musste, ob seine Zelle ein Fenster hatte oder nicht.

Aber als die Polizei zuschlug, war Tony von der Bildfläche verschwunden. Es gelang ihr nur, einige seiner menschlichen

Helfer festzusetzen und anzuklagen, doch vom dicken Boss fehlte jede Spur. Seine beiden Lagerhäuser in Philly und der Landsitz waren leer, und meine alte Betreuerin lag zerstückelt im Keller. Tony hatte mir einen Brief hinterlassen und darin geschrieben, sein Instinkt hätte ihn davor gewarnt, dass etwas nicht mit rechten Dingen zuging. Aus diesem Grund hatte er Eugenie von Jimmy foltern lassen, um herauszufinden, was ich im Schilde führte. Vampire konnten viel ertragen, und Eugenie mochte mich. Es dauerte eine Weile, ihren Willen zu brechen, doch wie Tony so gern betonte: Er war der geduldige Typ. In dem Brief hieß es, dass er Eugenies Reste zurückgelassen hatte, damit ich sie auf angemessene Weise beseitigen konnte – immerhin war ihm klar gewesen, wie viel mir Eugenie bedeutete. Und so bekam ich etwas, auf das ich mich eines Tages freuen konnte.

»Ich weiß nicht, was ich tun werde«, gab ich Billy gegenüber zu. »Aber meine Eltern waren nicht die einzigen von Tony ermordeten Personen, an denen mir etwas lag.«

»Tut mir leid.« Das musste man Billy Joe lassen: Er wusste, wann man besser aufhörte, Druck auszuüben. Schweigend saßen wir da, bis der Kellner mit wortreichen Entschuldigungen zurückkehrte und mitteilte, dass der Chef an diesem Abend leider nicht abkömmlich war. Jimmy schien mit Kopfschmerzen nach Hause gegangen zu sein.

Ich flirtete einige Sekunden mit dem Satyr, bevor ich ihn mit einer weiteren Bestellung fortschickte. Als er ging, kam Billy aus seinem Kopf und wirkte mürrisch. »Und ich glaubte, ich hätte schmutzige Gedanken! Du möchtest gar nicht wissen, was er über dich dachte!«

»Da hast du recht. Wo ist Jimmy?«

»Im Keller, wie ich dir sagte. Offenbar soll Jimmy in den Ring geschickt werden.«

Typisch Tony. Der Senat erlaubte ihm nicht, mich zu töten, und deshalb ließ er seinen Frust an jemand anders aus. Ich stand auf und ging zum Ausgang. Es gab da einige Dinge, die ich Jimmy fragen wollte, bevor er seinen Beitrag für die Unterhaltung an diesem Abend leistete. Und ich sollte mich besser beeilen. Der Ring war der von Tony bevorzugte Zuschauersport, doch er hatte eine nachteilige Wirkung auf die Teilnehmer. Vor einem Jahrhundert hatte er entschieden, dass es schade war, jemanden, der ihn verärgert hatte, einfach nur zu töten. Aus diesem Grund hatte er einen Boxring eingerichtet, in dem die Dinge entschieden wurden. Aber darin fanden keine Boxkämpfe statt, und bei jedem Alles-ist-erlaubt-Kampf blieb nur einer am Leben. Die Vegas-Kämpfe nahmen sich armselig daneben aus, und wie bei ihnen standen Gewinner und Verlierer vorher fest. »Wie komme ich nach unten?«

Billy entdeckte eine kleine Treppe bei der Damentoilette und verschwand im Boden, um die Lage zu sondieren. Als ich das untere Ende der Treppe erreichte, kehrte er mit schlechten Nachrichten zurück. »Jimmy ist als Nächster dran, und er soll gegen einen Werwolf antreten. Ich glaube, er gehört zu dem Rudel, mit dem Tony vor einigen Jahren in Konflikt geriet.«

Ich verzog das Gesicht. Großartig. Tony hatte befohlen, das Oberhaupt des Rudels zu töten, um die anderen zu bewegen, sein Territorium zu verlassen. Der Auftrag war von Jimmy erledigt worden, was bedeutete: Die Mitglieder des Rudels waren verpflichtet, ihn sofort anzugreifen und zu töten, wenn sie ihn sahen. Wenn er den Ring einmal betreten hatte, würde er ihn nicht wieder verlassen.

Ich wollte die Tür öffnen, doch Billy Joe versperrte mir den Weg. »Zur Seite mit dir. Du weißt, dass ich es nicht mag, durch dich zu gehen.« Ich hatte ihm in dieser Nacht schon einmal Kraft gegeben, und das genügte.

»Du gehst dort nicht hinein. Ich meine es ernst. Denk nicht einmal daran.«

»Die einzige Person, die mir von meinen Eltern erzählen könnte, läuft Gefahr, gefressen zu werden. Aus dem Weg!«

»Damit es dir ebenso ergeht wie ihm?« Billy richtete einen ziemlich echt aussehenden Zeigefinger auf mich. »Hinter der Tür erstreckt sich ein Flur, und an seinem Ende stehen zwei bewaffnete Wächter. Es sind Menschen, aber wenn du durch ein Wunder an ihnen vorbeikommen solltest … Der Raum hinter ihnen steckt voller Vampire. Wenn du ihn betrittst, bist du so gut wie tot, und ohne dich schwinde ich so sehr, dass ich nichts mehr ausrichten kann. Ergebnis: Tony gewinnt. Willst du das?«

Ich starrte ihn an. Ich hasste es, wenn er recht hatte. »Was schlägst du vor? Ich will unbedingt mit ihm reden.«

Billy schnitt eine Grimasse. »Dann komm mit.«

Wir eilten in der anderen Richtung durch den Flur, und schon nach kurzer Zeit war ich dankbar, dass mir Billy Joe den Weg zeigte. Ohne ihn hätte ich mich in diesem Gewirr aus Gängen, die alle grau waren, bestimmt nach kurzer Zeit verirrt – ich hätte schon nach wenigen Minuten die Orientierung verloren. Mehrmals betraten wir Räume, die mit Putzmitteln, defekten Glücksspielautomaten und in einem Fall mit Computern gefüllt waren. Personen begegneten wir nicht – vermutlich sahen sich alle die Kämpfe an.

Als Billy durch eine weitere Wand schwebte, glaubte ich die Luft rein, vergeudete keine Zeit und riss die nächste Tür auf. Der Raum dahinter enthielt etwas, das nach Requisiten und Dekorationen aussah. Ich bemerkte eine Ansammlung von afrikanischen Masken und Speeren neben einer Rüstung, der die untere Hälfte eines Beins fehlte. Ein recht mitgenommen aussehender ausgestopfter Löwe lehnte am Sarkophag einer Mumie, der ein Poster enthielt, das für eine magische Show warb. Daneben stand eine große Statue, die den schakalköpfigen ägyptischen Gott Anubis zeigte – sein strenger Blick schien auf etwas gerichtet zu sein, das sich in der gegenüberliegenden Ecke befand. Ich sah in die entsprechende Richtung und entdeckte Jimmys hässliches Gesicht in einem Käfig mit besonders dicken Gitterstäben. Das scharf geschnittene Gesicht, das ölige, nach hinten gekämmte schwarze Haar und die listig blickenden Augen entsprachen meinem Erinnerungsbild von ihm. Aber in letzter Zeit schien es ihm recht gut ergangen zu sein, denn er trug keine ausgebeulten Sachen mehr, sondern einen maßgeschneiderten hellbraunen Anzug.

Er brauchte einige Sekunden, um mich zu erkennen. Bei unserer letzten Begegnung hatte mir das Haar bis zum Hintern gereicht, und meine Aufmachung hatte Eugenies Vorstellung von der richtigen Kleidung für junge Damen entsprochen, was lange Röcke und hochgeschlossene Blusen bedeutete. Das Haar war praktischen Erwägungen geopfert worden und bildete einen weitaus weniger eindrucksvollen Bubikopf, als ich an dem Zeugenschutzprogramm teilnahm. Inzwischen war es nachgewachsen, aber nicht genug, um einen echten Unterschied zu machen. Außerdem hatte mich Jimmy nie in der Leder-Nummer gesehen. Nach einigen verwirrten Sekunden fiel bei ihm der Groschen. Das zu meiner tollen Verkleidung.

»Cassandra! Zum Teufel auch, freut mich, dich zu sehen! Ich habe immer gewusst, dass du eines Tages zurückkehren würdest. Bitte lass mich hier raus. Es gibt da ein großes Missverständnis.«

»Missverständnis?« Es fiel mir schwer zu glauben, dass er wirklich annahm, ich wäre einfach so in die Organisation zurückgekehrt. Tony verzieh vielleicht einer Vierzehnjährigen, die fortgelaufen war, weil sie, wie er glaubte, einen Anfall jugendlicher Existenzangst erlitten hatte. Aber ein Erwachsener, der bestrebt gewesen war, ihn zu ruinieren, stand auf einem ganz anderen Blatt. Ich überlegte, ob ich Jimmy lassen sollte, wo er war. Es gefiel mir, ihn hinter Gittern zu sehen, aber ich hätte lieber an einem Ort mit ihm gesprochen, wo wir einigermaßen sicher sein konnten, nicht von Tonys Halunken gestört zu werden.

»Ja. Einer meiner Assistenten versucht mit Lügen dem Boss gegenüber, auf die leichte Art voranzukommen. Ich kann alles klären, aber dazu muss ich mit Tony reden …«

»Damit hast du dir eindeutig zu viel Zeit gelassen.« Ich sah mich um, als ich eine leise Stimme hörte, sah aber nichts. »Ich habe die Hexen gefunden, aber einer der Vampire hat mich erwischt. Hol mich raus!«

Ich sah zu Billy. »Wer hat das gesagt?«

»Ich bin hier! Bist du blind?« Ich folgte dem Quieken zu einem kleinen Vogelkäfig, halb verborgen hinter einem Fächer aus Pfauenfedern. Er enthielt eine etwa zwanzig Zentimeter große Frau, die den Eindruck erweckte, völlig außer sich zu sein. Flammend rotes Haar umgab ein perfektes Barbie-Gesicht mit zwei zornig blickenden lavendelblauen Augen. Ich blinzelte. Lieber Himmel, was gab man an der Theke in die Getränke?

»Es ist eine Fee, Cass«, sagte Billy unglücklich. Er schwebte vor ihren Käfig, und sie bedachte ihn mit einem finsteren Blick.

Kleine Hände schlossen sich um die dünnen Gitterstäbe des Käfigs und zogen wütend daran. »Bist du taub, Frau! Du sollst mich rauslassen! Und halt das Ding von mir fern!«

»Du kennst sie?«, fragte ich Billy überrascht. Offenbar hatte er ein interessanteres Sozialleben als ich dachte.

Er schüttelte den Kopf. »Nicht diese, aber ich bin anderen

begegnet. Hör nicht auf sie, Cass. Solche Geschöpfe machen einem nur Scherereien.«

»Wahrscheinlich ist sie für den Ring bestimmt«, wandte ich ein und dachte verblüfft daran, dass Tony einen Weg ins Feenland gefunden hatte – es war also kein Mythos.

»Diese Gitterstäbe sind aus *Eisen*, Mensch! Ich fühle mich schon ganz krank. Lass mich *sofort* frei!«

Ich blinzelte erneut, erstaunt darüber, dass eine so leise, quiekende Stimme ein solches Echo haben konnte.

»Hör nicht auf sie, Cass«, warnte Billy. »Den Feen einen Gefallen zu erweisen, ist nie eine gute Idee. Es fällt auf dich zurück, und nicht auf eine gute Weise.« Das Gesicht der kleinen Frau lief rot an, und sie stieß Verwünschungen in einer Sprache aus, die ich nicht kannte, mit der Billy aber vertraut zu sein schien. »Scheußliches, ekliges Geschöpf!«, entfuhr es ihm. »Ab in den Ring mit ihr, dann sind wir sie los!«

Ich seufzte. Wer oder was auch immer sie war, ich wollte niemanden Tonys Unterhaltungszwecken überlassen. »Wenn ich dich freilasse, musst du mir versprechen, dass du mich nicht bei den Dingen störst, die ich tue«, wandte ich mich streng an die kleine Frau. »Du darfst uns nicht verpfeifen, klar?«

»Bist du übergeschnappt?«, erwiderte sie. »Und wann hast du dich umgezogen? Was geht hier vor?«

Das hätte ich auch gern gewusst. »Kenne ich dich?«

Auf dem Rücken der Fee bewegten sich kleine grüne und blaue Flügel. »Ich glaube das nicht«, sagte sie voller Abscheu. »Ich bin mit einer Idiotin im Einsatz.« Sie kniff die Augen zusammen und musterte mich. »O nein. Du bist nicht meine Cassandra, oder?« Sie warf winzige Hände hoch. »Ich wusste es! Ich hätte auf Granddam hören sollen: Man arbeite nie, *nie* mit Menschen zusammen!«

»He, ich könnte ein wenig Hilfe gebrauchen«, erklang Jimmys Stimme hinter mir.

»Geh nur«, sagte die Fee zu mir. »Und nimm den Geist und die Ratte mit. Ich werde selbst mit dieser Sache fertig.«

Ich hätte wirklich gern gewusst, was das alles bedeutete, aber es war wahrscheinlich keine gute Idee, für ein längeres Gespräch an diesem Ort zu bleiben. Ich schenkte Billys Worten keine Beachtung, öffnete den Käfig der Fee und lief dann zu Jimmy zurück. Leider wies sein Käfig ein Schloss auf, das sich nur mit dem richtigen Schlüssel öffnen ließ. »Wie kriege ich dich da raus?«

»Hier.« Jimmy schob sich an die Gitterstäbe heran. »Sie haben vergessen, mich zu filzen. Der Schlüssel steckt in meiner Jacke. Schnell! Sie könnten jederzeit zurückkehren.«

Ich streckte die Hand aus, aber sie verharrte etwa dreißig Zentimeter vor dem Käfig und wollte beim besten Willen nicht näher heran. Das Hindernis fühlte sich nach einer unsichtbaren Wand aus dicker, klebriger Melasse an, die meine Hand nicht wieder loslassen wollte. Die Fee flog zu mir, als ich mich bemühte, die Hand zurückzuziehen. »Ich befreie die Hexen«, sagte sie. »Aber du musst eine Tür für mich öffnen.«

»Ich kriege nicht mal diese auf«, erwiderte ich und zog mit der linken Hand an der rechten, um sie frei zu bekommen. Das ging gründlich schief: Plötzlich hatte ich zwei Hände, die sich nicht mehr bewegen ließen. Ich saß fest.

»Es ist ein Tar-Baby-Zauber«, sagte Billy und schwebte besorgt in der Nähe. »Wir brauchen die Freigabe.«

»Es ist ein was?«

»So lautet der umgangssprachliche Ausdruck für eine starke *Prehendo*-Version. Wer dem Käfig zu nahe kommt, bleibt kleben wie eine Fliege an Fliegenpapier. Je mehr du dich zu befreien versuchst, desto mehr sitzt du fest. Beweg dich so wenig wie möglich.«

»Das sagst du mir jetzt.« Billys Warnung kam eine Sekunde zu spät. Ich hatte mit dem Fuß zugetreten, der nun ebenfalls gefangen war. Manchmal *hasste* ich Magie. »Billy! Was soll ich machen?«

»Bleib ganz ruhig. Ich sehe mich um. Das Ding muss hier irgendwo sein.«

»Komm zurück!«, rief ich ihm nach, als er zur Rüstung schwebte. »Befrei mich!«

Jimmy fluchte. »Es muss das Ding da sein«, sagte er und deutete nach oben. Ich bemerkte etwas, das nach einem eine Woche alten gebackenen Apfel aussah, der an einer Kette über der Käfigtür hing. Eine Sekunde später stellte ich fest, dass es sich um einen dieser Schrumpfkopf-Schlüsselringe handelte, die oben im Andenkenladen angeboten wurden, zusammen mit Skelett-Krawattennadeln und »Bei Dante's geht's heiß her«-T-Shirts. Tony schreckte vor nichts zurück, wenn es darum ging, Geld zu verdienen. »Es ist das einzige Etwas, das nicht hierher gehört.«

Die Fee flog empor, um sich das Objekt aus der Nähe anzusehen, und fast wäre sie mit dem zurückkehrenden Billy Joe zusammengestoßen, der ebenfalls einen Blick auf das Ding zu werfen gedachte. Billy wollte etwas sagen – vermutlich lag ihm ein Fluch auf der Zunge –, aber jemand kam ihm zuvor. Ein verschrumpeltes, rosinenartiges Auge öffnete sich in dem Schrumpfkopf und richtete einen verärgerten Blick auf die Fee. »Wenn du mich noch einmal so nennst, Tinkerbell, bekommst du die Tür nie auf.«

Ich stand einfach nur da – auf einem Bein – und konnte kaum glauben, dass ein Schrumpfkopf mit einer Fee sprach. Ich glaube, etwa zu jenem Zeitpunkt gab ich die Logik auf und beschloss, mit dem Strom zu schwimmen. Wenn ich Glück hatte, war mein Drink frisiert gewesen, was mir Halluzinationen bescherte. Niemand sagte etwas, und deshalb glaubte ich, selbst an der Reihe zu sein. »Würdest du bitte die Käfigtür öffnen?«, fragte ich ruhig.

Das Auge – es schien nur ein funktionierendes zu geben – sah auf mich herab. »Kommt darauf an. Was kannst du für mich tun?«

Ich starrte nach oben. Das Ding war ein Schrumpfkopf, was die Möglichkeiten einschränkte. »Wie bitte?«

»He, du siehst vertraut aus. Bist du jemals in der Voodoo-Bar gewesen? Sie befindet sich oben im Siebten Kreis. Ich war die Hauptattraktion und weitaus beliebter als die lausigen Varietényummern dieses Losers. Die Leute sagten mir, was sie wollten, und ich rief die Bestellungen dem Barkeeper zu. Lief großartig. Alle hielten mich für ein Audio-Computer-Ding. Manchmal erzählte ich auch Witze.«

»Er ist böse«, sagte die Fee schlicht, und ich nickte. Komplexe Schutzzauber ließen sich an einem Ort mit Elektrizität nicht bewerkstelligen, aber war das wirklich die beste Lösung, die Tony hatte finden können?

»Oh, wir haben hier einen Zwischenrufer, wie? Na schön, wie wär's hiermit: Ein Typ betritt ein Stripteaselokal in der Hölle und bestellt ein kühles Bier. Der Wirt sagt, tut mir leid, hier gibt's nur heiße Sachen.«

»Sie hat recht«, kommentierte Billy Joe. »Er ist böse.«

Die Fee holte ein kleines Schwert hervor und schmetterte die flache Seite auf den Schrumpfkopf. »Gib sie frei, oder ich haue dich in Stücke!«

Dem Auge gelang es, überrascht dreinzuschauen. »He! Dazu solltest du nicht imstande sein! Warum klebst du nicht wie die Menschenfrau fest?«

»Weil ich kein Mensch bin«, presste die Fee zwischen zusammengebissenen Zähnen hervor. »Hör auf damit, Zeit zu vertrödeln. Gib sie frei.«

»Das würde ich, ehrlich, aber ohne Genehmigung geht es nicht. Ich habe einmal Mist gebaut, und seht nur, wohin es mich gebracht hat. Ich wollte nur einen schnellen Wagen und darin eine noch schnellere Frau. Jetzt wäre ich damit zufrieden, meinen Körper zurückzubekommen. Allerdings ist er überall verstreut, seit die Voodoo-Hexe mich zerschnitten hat. Meine Güte, ich bin mit meinen Zahlungen ein wenig in Verzug geraten. Aber deshalb gleich so was?«

»Du hast Tony Geld geschuldet«, vermutete ich.

»Ich hatte da eine Pechsträhne mit den Karten«, sagte der Schrumpfkopf würdevoll.

»Und deshalb hat Tony dich an eine Voodoo-Priesterin verkauft?« Es überraschte mich nicht. Tony gab dem Ausdruck »sein Pfund Fleisch holen« eine ganz neue Bedeutung.

»Und dann ließ er mich in diesem blöden Kasino arbeiten«, klagte der Schrumpfkopf. »Vor ein paar Monaten machten sie sich Sorgen, weil ein Stammkunde zu ahnen begann, dass ich nicht nur ein hübsches Gesicht bin, und daraufhin verbannte man mich hierher. Keine Partys mehr, keine hübschen Mädchen, nada. Es ist alles ziemlich deprimierend. Aber he, vielleicht verwandeln sie euch ebenfalls in Schrumpfköpfe, und dann können wir hier zusammen hängen. Was machst du …«

Die Fee beendete den Wortschwall, indem sie ihre Drohung wahr machte und den Kopf in zwei Teile schlug. Ich beobachtete, wie die beiden Hälften einige Sekunden lang getrennt an der Kette hingen. Dann verbanden sie sich wieder miteinander. »Hallo, ich bin bereits tot, erinnerst du dich?«, brummte der Kopf. »Du kannst mir wehtun, aber das hilft deinen Freunden hier nicht. Dafür müssen wir eine Vereinbarung treffen.«

»Was willst du?«, fragte ich rasch.

»Natürlich meinen Körper. Bring die Hexen dort drin dazu, das Mojo der Bokor rückgängig zu machen.«

Ich starrte das irre kleine Ding an. »Das ist doch verrückt. Niemand kann so etwas rückgängig machen. Selbst wenn es uns irgendwie gelänge, die Voodoo-Frau zu finden: Auch sie wäre wohl kaum in der Lage ...«

»Ich verspreche es«, sagte die Fee ungeduldig. »Gib sie jetzt frei.«

Der Kopf drehte sich so schnell zu ihr um, dass sich ein Schleudertrauma ergeben hätte, wenn er noch mit einem Hals verbunden gewesen wäre. »Sag das noch einmal.«

Zu meiner Überraschung schien es die Fee ernst zu meinen. »Ich bringe dich ins Feenland. Ich kann dir nicht versprechen, wie du aussehen wirst, aber du wirst imstande sein, dir einen Körper zu beschaffen. Einige Geister manifestieren sich dort in physischer Gestalt.«

»Tatsächlich?«, fragte Billy mit mehr Interesse, als mir lieb war. Die Fee achtete nicht auf ihn.

Der Schrumpfkopf zögerte. »Ich muss darüber nachdenken«, sagte er und bewegte sich plötzlich nicht mehr.

»Warum steht hier unten ›Made in Taiwan‹?«, fragte Billy und betrachtete die Unterseite des Kopfes aus einer Entfernung von zwei oder drei Zentimetern.

Wir wechselten einen Blick, und diesmal brauchte Billy keine Aufforderung. Er glitt in den Schrumpfkopf hinein und kam einige Sekunden später verärgert wieder zum Vorschein. »Es gibt kein Bewusstsein da drin, Cass, ganz zu schweigen davon, dass das Ding aus Plastik besteht! Es ist verzaubert, damit es erwacht, wenn jemand in dem Tar-Baby feststeckt.

Ich schätze, der blöde Kopf hat einen Alarm ausgelöst und versucht, genug Zeit zu gewinnen, damit jemand hierherkommen kann.«

»Warum ist er dann plötzlich still geworden?«

»Vielleicht haben wir ihm ein Angebot gemacht, auf das er nicht vorbereitet war.«

Ich schloss die Augen und versuchte, mich zu beruhigen. Andernfalls hätte ich vielleicht einen Herzinfarkt bekommen und Tony damit einige Mühe erspart. »Was machen wir jetzt? Mit einem Angriff auf den Kopf haben wir es bereits versucht!«

»Wir brauchen das Kennwort, Cass – die Freigabe. Manchmal ist es ein Objekt, das man berühren muss, oder eben ein Kennwort. Hier drin wimmelt es von Dingen! Ich brauche eine Weile, um sie alle zu untersuchen.«

»Was ist los?«, fragte Jimmy. »Mit wem redest du da?«

»Es muss hier irgendetwas geben, das jenes Ding zwingen kann, mich loszulassen«, erklärte ich kurz. »Es kommt auch ein Kennwort infrage. Der Kopf ist übrigens nicht echt; der Zauber hat ihm Pseudoleben gegeben.«

Jimmy wirkte überrascht. »Du meinst, das ist nicht Danny?«

»Und Danny wäre?«

»Den Schrumpfkopf fertigte Tony aus dem an, was in den Vierzigerjahren von einem Typen übrig blieb. Wir haben ihn als Modell für unsere Schlüsselringe genommen.«

Jimmy schnaufte verärgert. »Soll das etwa heißen, dass sie hier unten eins von den Plastikdingern hingehängt haben? Mann, bin ich nicht mal das echte Teil wert?«

Zum Glück saß ich fest. Andernfalls wäre ich versucht gewesen, ihm eine reinzuhauen. »Hast du eine Ahnung, was die Freigabe sein könnte?«

Jimmy zuckte mit den Schultern und schnitt noch immer eine finstere Miene. »Versuch's mit ›Banjo‹.« Er hatte das Wort kaum ausgesprochen, als das klebrige Etwas, das mich festgehalten hatte, plötzlich nicht mehr existierte. Ich hatte noch immer versucht, mich zu befreien, obwohl das eigentlich sinnlos gewesen war. Dadurch fiel ich nach hinten und landete auf meinem bereits lädierten Allerwertesten. Jimmy griff durchs Gitter seines Käfigs und zog mich auf die Beine. »Du vergeudest Zeit!«

»Banjo?«

»Unsere Kennworte für Sperrbereiche werden alle paar Wochen geändert. Die neue Liste habe ich vor einigen Tagen abgesegnet, und das war das erste Wort darauf.« Jimmy bemerkte meinen Gesichtsausdruck. »Die Jungs werden wegen ihrer Muskeln angeheuert; das Gehirn spielt dabei keine Rolle.«

»Aber warum ›Banjo‹?«

»Warum nicht? Ich muss mir jedes Jahr Hunderte von solchen Kennwörtern einfallen lassen, kapiert? Die Abrakadabras sind mir schon vor einer ganzen Weile ausgegangen. Außerdem: Von allein wärst du nicht darauf gekommen, oder?«

»Ich brauche dich immer noch, um die Tür zu öffnen«, erinnerte mich die Fee, als ich in Jimmys Jackentasche schließlich einen ledernen Schlüsselbund fand. Meine Hände zitterten, aber es war offensichtlich, dass er sich allein nicht befreien konnte. Jemandem waren die Handschellen ausgegangen, oder er mochte sie ebenso wenig wie ich. Was auch immer der Fall sein mochte: Man hatte Jimmy die Hände zerschmettert. Sie waren nicht nur gebrochen, sondern vollkommen hinüber – nicht ein einziges Gelenk schien in Ordnung geblieben zu sein. Selbst wenn er seinen Käfig verließ, als Schläger taugte er nichts mehr.

»Ich versuch's!«

»Nicht die«, sagte die Fee geduldig. »Ich meine die Tür in

der Nähe des Käfigs, in dem ich gefangen gewesen bin.« Sie schwirrte wie ein kleiner Zyklon um meinen Kopf. »In der gegenüberliegenden Wand. Meine Hände sind nicht groß genug, um den riesigen Knauf zu drehen.«

»Gleich«, erwiderte ich, als das hartnäckige Schloss endlich nachgab. Jimmy sprang sofort aus seinem Käfig und lief in Richtung Flur. Mein Blick glitt von ihm zur wartenden Fee. »Folge ihm«, wies ich Billy an. »Ich komme gleich nach.«

»Cass …«

»Na los!«

Billy zog beleidigt ab, und ich eilte zu der Tür, die der kleine Zankteufel unbedingt geöffnet haben wollte. Ich wollte mich umdrehen und Billy folgen, als ich feststellte, woraus Tonys neueste Geschäftsidee bestand. Drei brünette Frauen, alle in meinem Alter, saßen Rücken an Rücken auf dem Boden, im Innern eines rostroten Kreises. Hände und Füße waren mit Ketten gefesselt, und man hatte ihnen improvisierte Knebel in den Mund gestopft. Ich riss die Augen auf. »Mein Gott. Macht er jetzt auch in Sklaverei?« Das war selbst für Tony unterste Schublade.

»Sozusagen«, entgegnete die Fee und flog über den Frauen. Sie schnitt eine Grimasse und sah zu mir zurück. »Dies ist schlimmer, als ich dachte. Mit dem Kreis werde ich fertig, aber ich kann sie nicht von den Ketten befreien.«

Ich trat nach vorn, in der Hoffnung, dass einer der anderen Schlüssel an Jimmys Bund passte, und stieß plötzlich gegen etwas, das sich nach einer massiven Wand anfühlte. Das Hindernis blieb unsichtbar, aber meine angeschlagene Nase wies deutlich auf seine Existenz hin, und goldenes Licht ging von meinem Schutzzauber aus. »Dumme Hexe!«, schnatterte die Fee. »Es ist ein Kreis der Macht! Ich zerstöre ihn, und *dann* befreist du die Frauen!«

Ich wich zurück, und mein Schutzzauber beruhigte sich, obwohl ich ihn noch immer warm auf dem Rücken spürte. »Ich bin keine Hexe«, sagte ich erbost und fragte mich, ob die Nase gebrochen war.

Die Fee landete auf dem Boden und begann damit, an dem Kreis zu reiben. Er bestand aus einer getrockneten Substanz, die langsam abblätterte. »Na schön. Die Pythia ist keine Hexe. Alles klar.«

»Kannst du dich nicht beeilen?«, fragte ich nach einer Weile und dachte daran, wie Jimmy in seine Situation geraten war. »Und ich heiße Cassie.«

Die Fee rollte mit ihren lavendelblauen Augen. »Ich dachte, dass es deine Position ist, die dich so nervig macht, aber du bist so geboren, nicht wahr? Und ich gebe mir alle Mühe! Das Blut ist getrocknet und löst sich nicht so einfach.«

»Blut?«

»Wie, glaubst du, gehen dunkle Magier bei einem Zauber vor? Er erfordert einen Tod, Dummchen.« Die Fee murmelte in der anderen Sprache, während ich die Arme um mich schlang und nicht daran zu denken versuchte, was Tony mit jemandem aus dem Feenland, einigen Sklavinnen und einem Kreis aus Blut anstellte. Er stand auf der falschen Seite des menschlichen Gesetzes, seit ich ihn kannte, aber dies verstieß auch gegen die Regeln der Magier und Vampire. Ich wusste nicht, seit wann er sich mit Selbstmordgedanken trug, aber ich wollte das Kasino plötzlich so schnell wie möglich verlassen.

Schließlich gelang es meiner kleinen Helferin, den Kreis an einer Stelle zu unterbrechen, und daraufhin hörte ich ein leises Plopp. »Nun?«, fragte ich. Es hatte ein wenig enttäuschend geklungen.

Die Fee setzte sich schwer atmend auf den Boden. »Versuch es.«

Ich trat vor, langsam diesmal, und nichts hielt mich auf. Rasch ging ich bei der nächsten Frau in die Hocke und begann damit, die Schlüssel auszuprobieren. Der dritte funktionierte zum Glück. Ich zog der Frau den Knebel aus dem Mund, und sie begann zu schreien. Ich wollte das Ding zurückstopfen, damit sie nicht das ganze Kasino alarmierte, aber sie hielt meine Hand fest, stieß Worte auf Französisch hervor und küsste mein Handgelenk und was sie sonst noch erreichen konnte. Ich verstand nicht viel von dem, was sie sagte – meine einzige Fremdsprache war Italienisch –, aber der überaus verehrende Blick der hellbraunen Augen bot einen Hinweis.

Ein komisches Gefühl entstand in meiner Magengrube. Ich kannte diese Frau. Sie war dicklicher und nicht annähernd so abgehärmt, aber ansonsten sah sie aus wie jene Frau, die ich brennend auf der Streckbank gesehen hatte. Daran konnte kein Zweifel bestehen. Das Gesicht hatte sich mir fest ins Gedächtnis eingeprägt, und mit einem Blick auf die Fingerspitzen stellte ich fest, dass sie stark vernarbt waren. So unmöglich es auch erscheinen mochte: Eine Hexe aus dem siebzehnten Jahrhundert saß in einem Kasino des modernen Las Vegas. Eigentlich hätte es eine tote Hexe sein müssen, denn niemand konnte das überleben, was ich beobachtet hatte. Unter anderen Umständen wäre ich vielleicht in Ohnmacht gefallen, aber ich begnügte mich damit, der Frau den Schlüssel in die Hand zu drücken. Dann wich ich hastig zurück.

»Ich muss gehen«, sagte ich knapp und floh. Mein Plan war einfach: Ich wollte zu Jimmy, ihm einige Fragen stellen, ihn anschließend der Polizei überlassen und wegrennen, möglichst schnell. Dabei konnte ich keine Komplikationen gebrauchen.

Auch ohne Billy wusste ich, dass es keine gute Idee war, den Weg zu nehmen, der mich hierher gebracht hatte. Wenn jemand kam, um Jimmy zu holen, dann durch den Flur, und mit meiner Pistole ließ sich nicht viel gegen die Hardware ausrichten, die Tonys Burschen mit sich herumtrugen. Bisher hatte ich in den unteren Bereichen keine Angestellten gesehen, weder Schläger noch sonst welche, und das beunruhigte mich ein wenig. Es war früh am Morgen, zugegeben, aber ein Ort wie dieser schlief nie. Es hätten Leute da sein müssen, insbesondere wenn Kämpfe im Ring stattfanden, doch die Flure waren leer. Ich eilte durch den Korridor bis zur nächsten Abzweigung, und dort verharrte ich verwirrt, bis Billy durch die Wand geschwebt kam und mir zuwinkte. »Hier herein.«

Ich trat durch eine nahe Tür und fand mich in einem leeren Pausenraum für die Angestellten wieder. Jimmy war halb hinter einem Wasserspender verborgen. »Dort ist ein Türknauf«, sagte er, als er mich sah, und deutete mit dem Ellenbogen zur Wand. »Aber hiermit kann ich nichts machen.« Er hob seine verstümmelten Hände, und ich eilte zu ihm. Hinter dem Apparat erstreckte sich eine grauweiße Wand, die genauso aussah wie die anderen Wände des Zimmers. Aber sie waberte an den Rändern, was mir allerdings kaum aufgefallen wäre, wenn ich es nicht erwartet hätte – der Grenzzauber wurde alt. Ich tastete über die Wand, bis ich etwas fand, das sich nach einem Knauf anfühlte.

Als ich ihn drehte, öffnete sich eine Tür, und dahinter sah ich einen schmalen Gang, der nach dem Staub auf dem Boden zu urteilen nicht oft benutzt wurde. Das war keine große Überraschung. Tony hatte immer mehrere Ausgänge in seinen Lokalen, die Hälfte von ihnen verborgen. Er hatte mir einmal gesagt, dass sie ein Überbleibsel aus seiner Jugend darstellten, als fast täglich die Truppen von Eroberern durch Rom marschiert waren. Um 1530 herum war er fast lebendig verbrannt, als spanische Soldaten in der Armee Karls V. seine Villa plünderten, und seit damals litt er an Paranoia. Wofür ich diesmal dankbar war.

Wir eilten durch den geheimen Gang und kletterten an seinem Ende eine Leiter hoch. Besser gesagt: Ich kletterte sie hoch und schob Jimmy über mir nach oben. Seine Hände waren ein echtes Handicap: Er benutzte die Ellenbogen, und ich drückte von unten, und irgendwie schafften wir es. Durch eine Falltür gelangten wir in einen Umkleideraum. Ein Mensch in einem paillettenbesetzten Teufelskostüm richtete einen erstaunten Blick auf uns, stellte aber keine Fragen. Der Bursche arbeitete für Tony und war vermutlich an diverse Seltsamkeiten gewöhnt.

Jimmy kam auf die Beine, lief zur Tür und schnaufte wie die Lokomotive eines Güterzugs. Mir ging's nicht viel besser. Ich sollte meiner To-do-Liste besser Besuche in einem Fitnessstudio hinzufügen, gleich unter Um-mein-Leben-laufen und Tony-töten. Dem Umkleideraum folgte ein weiterer grauer Flur, aber glücklicherweise war er nur kurz. Wenige Sekunden später standen wir in der Nähe eines Waldes aus falschen Stalagmiten mit Blick auf den Fluss. Ein Charon ruderte einige sehr müde Spieler zum wenige Meter entfernten Eingang.

»He, wohin willst du?« Jimmy hatte sich ohne ein Wort in Bewegung gesetzt und schenkte meinen Worten keine Beachtung. Ihn zu Boden zu reißen, kam nicht in Betracht, aber es gab eine andere Möglichkeit. »Schnapp ihn dir, Billy!«

Ich folgte Jimmy und spürte, wie Billy Joe als warmer Wind an mir vorbeiflog. Normalerweise fühlte er sich kalt oder zumindest kühl an, doch er war high von Vampir-Zaubern und steckte voller Kraft. Jimmy erreichte den Eingangsbereich in Rekordzeit und war zum Tor unterwegs, als er plötzlich stehen blieb und zurücktaumelte. Der Grund dafür wurde mir klar, als ich Pritkin, Tomas und Louis-César hereinkommen sah.

Es war mir gleich, wie sie mich gefunden hatten und was sie mit mir anstellen wollten. Meine Aufmerksamkeit galt allein Jimmy. Ich packte ihn an der Jacke des eleganten Anzugs und zerrte ihn in den Gang zurück.

»Du gehst nirgendwohin, solange du mir nicht von meinen Eltern erzählt hast«, zischte ich. Einige der größeren Stalagmiten befanden sich zwischen uns und dem MAGIE-Trio, und ich hoffte kurz, dass wir nicht entdeckt worden waren. Dann hörte ich, wie Tomas meinen Namen rief. Verdammt, ich war angeschmiert.

Sieben

Meine missliche Lage war kein totaler Schock für mich. Der Senat hatte viel Geld, um Zauberschmiede dafür zu bezahlen, alle Fenster und Türen mit MAGIE und vermutlich auch die Fahrzeuge mit Schirmen zu versehen. Ich war zunächst davon beeindruckt gewesen, dass mir Billy Joe so schnell Autoschlüssel besorgt hatte, aber in der Garage hatte ich sie haufenweise neben der Tür hängen sehen. Das und der Umstand, dass niemand die Wagen bewachte, verrieten mir etwas über die Qualität der Schutzzauber. Wahrscheinlich hatte ich mehr als nur einen durchbrochen, als ich durchs Badezimmer geklettert war, die Garage betreten und einen hübschen schwarzen Mercedes für die Fahrt in die Stadt gestohlen hatte. Trotzdem war es erstaunlich, dass mich Tomas und die anderen so schnell gefunden hatten.

Gute Schutzzauber waren besser als eine Alarmanlage, denn sie berichteten einem grundlegende Dinge über den Einbrecher – Mensch oder nicht, akustische Spuren –, und wenn sie noch besser waren, erfuhr man sogar, was der Fremde während seines Aufenthalts in den überwachten Räumen gemacht hatte. Aber solche Zauber sagten einem nicht, wohin der Eindringling anschließend gegangen war. Es sei denn, man hatte einen der wirklich komplexen und teuren Megazauber, für gewöhnlich Sonderanfertigungen der Zauberschmiede. Da es die Mitglieder des Silbernen Kreises waren, von denen die Zauberschmiede ihre Lizenzen erhielten, fiel es ihnen gewiss nicht schwer, das Beste für ihren Schutz zu bekommen, und sie hielten sich oft im MAGIE-Zentrum auf. Doch selbst die besten zur Verfügung stehenden Zauber sagten einem nicht, wo genau sich eine Person aufhielt. Sie gaben nur Auskunft darüber, ob ihre Spur heiß oder kalt war. Ich war nie in der Lage gewesen, Tonys Halunken lange genug zu entkommen, damit die Zauber ihre Wirkung verloren. Die Vampire wussten also, dass ich in Vegas war, aber sie hätten Stunden brauchen müssen, den genauen Ort festzustellen. Jemand, der mich gut kannte und wusste, dass sich Jimmy hier befand, musste ihnen Bescheid gegeben haben. Andernfalls wären sie noch immer damit beschäftigt gewesen, den Flughafen zu überwachen und am Strip herumzulaufen. Ich nahm mir vor, mit Rafe Tacheles zu reden, wenn ich ihn jemals wiedersah.

Jimmy fasste sich wieder, schüttelte meine Hände ab und raste durch den Flur. Eine silberne Wolke kam von der Decke herab und folgte ihm, als hinter uns die PERSONAL-Tür von außen aufgetreten wurde. So viel dazu, die Menschen nicht zu alarmieren. Ich drehte mich nicht einmal um und stürmte durch den Korridor. Auf keinen Fall wollte ich mit den Handlangern des Senats Zeit verlieren und Jimmy dadurch entkommen lassen.

Ich hörte, wie Pritkin fluchte, doch zu jenem Zeitpunkt hatte ich bereits die Tür des Umkleideraums erreicht und warf sie hinter mir zu. Sie würde meine Verfolger nur für eine Sekunde aufhalten, was bedeutete, dass ich Jimmy sehr schnell finden musste. Ich ignorierte eine Frage von einem Mann, der gerade ein Dämonenkostüm auszog, und hastete an den offenen Schränken vorbei zum Ausgang. Warme Wüstenluft zerzauste mir das Haar, als ich nach draußen gelangte – ich hatte das Gebäude verlassen und befand mich an seiner Seite, dort, wo die komplexe Fassade schlichtem Asphalt wich, von einem Maschendrahtzaun begrenzt. Das war vermutlich der Parkplatz der Angestellten. Ich fluchte und dachte daran, dass es schwer sein würde, Jimmy zwischen all den Fahrzeugen zu finden, aber dann sah ich ihn, wie er zum Ende des asphaltierten Bereichs lief. Billys funkelnde Wolke folgte ihm wie ein deplatzierter Heiligenschein.

Ich holte meine Pistole hervor und setzte die Verfolgung fort. Nach wie vor war ich nicht sicher, ob ich jemanden töten konnte, selbst wenn es sich um jemanden handelte, der den Tod so sehr verdiente wie Jimmy. Aber ich war zweifellos imstande, ihn zu verwunden, und das gab Billy Zeit genug für den Besessenheitstrick. Ich rannte an einer Autoreihe entlang, nachdem ich mich vergewissert hatte, dass die Pistole gesichert war – es wäre nicht sehr komisch gewesen, wenn ich allen Beteiligten viel Mühe erspart und mich selbst erschossen hätte.

Ich hatte nicht mehr als zehn Meter zurückgelegt, als ich hörte, wie hinter mir die Tür aufsprang, und zwar mit solcher Wucht, dass sie sich aus den Angeln löste. Seltsamerweise nahm Jimmy das nicht zum Anlass, noch schneller zu laufen. Ganz im Gegenteil: Er blieb stehen, nur wenige Meter vor mir. Ich dachte, dass er seinen Wagen erreicht hatte und überlegte, wie er ihn mit den verstümmelten Händen öffnen sollte, doch eine Sekunde später wurde mir klar: Er hatte nicht etwa seinen Wagen gefunden, sondern Unterstützung. Zwanzig oder mehr hässliche Typen erschienen, wie Vogelscheuchen, die sich aus einem Weizenfeld erhoben. Ich nahm mir nicht die Zeit zu zählen, aber mindestens fünf oder sechs von ihnen waren Vampire. Wie zum Teufel hatte es Jimmy fertiggebracht, einen Hinterhalt vorzubereiten?

Als ich schlitternd zum Stehen kam, spürte ich einen eisernen Griff an der Taille. In gewisser Weise war es ironisch. Ich hatte mir oft vorgestellt, wie es wohl wäre, in Tomas' Armen zu liegen, doch nachdem ich einen großen Teil der Nacht darin verbracht hatte, war ich es satt. Pritkin geriet in Sicht, als Tomas mich zurückzog. Er hielt seine Schrotflinte und starrte mich mit fast so etwas wie Hass in seinen klaren Augen an.

Das verunsicherte mich, bis ich merkte, dass er über meine Schulter hinwegsah. Ein lautes Knarren und Knirschen kam von dort, wo Jimmy stand, als hätten die Bäume eines ganzen Waldes gleichzeitig beschlossen umzufallen. Ich sah auf. »Das kann doch nicht wahr sein«, brachte ich hervor, bevor sich Tomas auf mich warf und wir beide zu Boden gingen. Meine Hände rutschten über den Asphalt, wodurch ich noch etwas mehr Haut verlor, aber irgendwie gelang es mir, die Pistole festzuhalten. Ja, ich hatte es satt, eindeutig.

Durch den Vorhang aus Tomas' Haar bekam ich einen Blick auf das, was sich vor uns befand. Die meisten von Tonys Leuten hatten Spitznamen – ich glaube, das war eine Art von ungeschriebenem Gangstergesetz. Die meisten von ihnen bezogen sich entweder auf die Lieblingswaffe des Betreffenden oder ein besonderes körperliches Merkmal. Alphonse wurde »Baseball« genannt, für das, was er mit einem Schläger machen konnte. Ich hatte immer angenommen, dass Jimmys Spitzname auf sein Aussehen – er wirkte rattenartig – oder sein Wesen zurückging. Das war ein Irrtum. Jimmy, der halbe Satyr, schien auch Jimmy, die Werratte zu sein. Oder was auch immer. Wer-Biester waren nicht meine Spezialität, und so etwas wie das hier hatte ich nie zuvor gesehen. Was ich nicht bedauerte. Wer ein solches Geschöpf sah, wollte so schnell wie möglich vergessen, dass er es gesehen hatte.

Was auch immer es war: Es hatte einen riesigen, pelzbesetzten Körper, der an mehreren Stellen zu schmelzen schien. Der schmale Kopf wies Ziegenhörner auf, und die großen, teilweise abgebrochenen Zähne waren bräunlich. Hinzu kam ein rosaroter Schwanz, so dick wie meine Wade. Das Wesen stand auf Ziegenhufen und stank zum Himmel. Was auch immer Jimmy in dic Verwandlung hineingenommen hatte: Bei Dante's schien es einen ernsten Fall von Vetternwirtschaft zu geben, denn eine ganze Schar von Verwandten umgab ihn.

Das Gehirn sagte mir, dass meine Augen an Halluzinationen litten. Nummer eins: Satyrn sind bereits magische Geschöpfe und daher Wer-Bissen gegenüber immun. Also war das, was ich sah, technisch unmöglich. Nummer zwei: Warum sollte eine ganze Gruppe von Wer-Geschöpfen für Tony arbeiten? Zu einer solchen Kooperation kam es nicht einfach so; das wusste jeder. Andererseits konnte man die Realität kaum leugnen, wenn die drahtigen schwarzen Schnurrhaare kaum mehr als einen Meter entfernt waren.

»Ratten«, sagte Pritkin. Es klang wie ein Fluch, aber er meinte die Art der Gestaltwandler, mit denen wir es zu tun hatten.

Na schön, ich hatte recht. Ein Punkt für mich. Ich war verwirrt gewesen, denn ihre Wer-DNS schien sich mit den Satyr-Genen zu einem sehr unappetitlichen Durcheinander vermischt zu haben. Jimmy – ich nahm an, dass er es war, denn er trug die Reste des einst so eleganten Anzugs – war ein grauweißer Turm aus Pelz, ausgestattet mit muskulösen Armen und sieben Zentimeter langen Krallen. Die Veränderung schien den Händen geholfen zu haben. Sie waren noch immer blutig, sahen jetzt aber so aus, als könnten sie ihre Funktion erfüllen. Etwas anderes hatte sich ebenfalls verändert. In seiner üblichen Gestalt hatte Jimmy nicht sehr bedrohlich gewirkt – auch aus diesem Grund war er ein guter Killer gewesen, weil die Leute dazu neigten, ihn zu unterschätzen –, aber derzeit schaffte er das ziemlich gut. Ich war bewaffnet, doch Tomas hielt mich so fest, dass sich sowohl mein Arm als auch die Pistole unter mir befanden. Jimmy stand direkt vor mir, und ich konnte nicht mehr tun, als ihm in die glänzenden Augen zu starren.

Ich war nicht glücklich, und damit befand ich mich in guter Gesellschaft. Pritkin hatte keinen Gedanken an Waffenbestimmungen und dergleichen vergeudet und einfach nur einen Trenchcoat aus Leder über sein Arsenal geworfen. In der einen Hand hielt er die Flinte, in der anderen eine Pistole, und er richtete beides auf Jimmy. Louis-César hatte sein Rapier gezogen, womit er recht seltsam wirkte, denn für den Aufenthalt außerhalb des MAGIE-Hauptquartiers hatte er die Kleidung gewechselt: Er trug nun ein knappes T-Shirt und eine ausgebleichte Jeans, die so eng saß, dass sie fast wie aufgemalt wirkte. Ich gelangte zu dem Schluss, dass ich mich zuvor geirrt hatte – moderne Kleidung brachte seinen Körper gut zur Geltung. Er beobachtete die Wer-Wesen und schien sich zu fragen, in welcher Reihenfolge er sie erledigen sollte. Das spürten sie ganz offensichtlich, denn die Aufmerksamkeit der meisten Geschöpfe galt ihm, nicht mir.

»Tomas, bring Mademoiselle Palmer zu ihrer Suite zurück und sorg dafür, dass sie es bequem hat. Wir kommen gleich nach.« Louis-César klang so ruhig, als hätten Pritkin und er nur vor, sich einen Drink zu genehmigen und vielleicht ein wenig Blackjack zu spielen.

Es ging mir ganz entschieden gegen den Strich, dass mich dauernd irgendwelche Leute herumkommandierten. »Nein! Ich verlasse diesen Ort erst, wenn …«

»Ich kümmere mich um sie.« Pritkin sprach zur gleichen Zeit wie ich, trat seitlich auf mich zu und hielt seine Waffen dabei auf das Rattenrudel und seine Vampir-Verbündeten gerichtet. Ich wollte ihm sagen, dass er zur Hölle fahren konnte –

auf keinen Fall würde ich ihn und sein Arsenal irgendwohin begleiten –, als Tomas mich hochhob und mit mir zurückwich.

»Setz mich ab, Tomas! Du verstehst nicht – ich suche ihn seit Jahren!« Ich hätte mir die Mühe sparen können, denn er schenkte mir keine Beachtung. Es wäre reine Zeitverschwendung gewesen, Widerstand zu leisten. Ich gab auf und hob die Pistole. Zwar konnte ich nicht richtig zielen, aber ich hoffte, Jimmy aus dieser Nähe einige Kugeln verpassen zu können. Wahrscheinlich ließ sich damit kein großer Schaden anrichten, was sowohl an meinem mangelnden Geschick als auch an der berühmt-berüchtigten Unverwüstlichkeit von Wer-Geschöpfen lag. Aber ich brauchte nur dafür zu sorgen, dass Jimmy etwas langsamer wurde – dann konnte Billy seinen Job erledigen und herausfinden, was ich wissen wollte. Leider kam ich nicht dazu, auf ihn zu schießen, denn Tomas schlang den einen Arm um mich und nahm mir mit dem anderen die Knarre ab. Allmählich hatte ich das wirklich satt, aber ob bewaffnet oder nicht, aufgeben war nicht drin. So nahe kam ich Jimmy vielleicht nie wieder, und ich wollte mir diese gute Gelegenheit nicht nehmen lassen. »Billy Joe – worauf wartest du, zum Teufel? Na los!«

Die schwebende Wolke verdichtete sich und fiel wie ein Stein auf Jimmy. Tomas versuchte, mich fortzuziehen, aber ich widersetzte mich. Er wollte mich nicht verletzen, nahm Rücksicht und verlor dadurch ein wenig Zeit. Eine Sekunde verging, mehr nicht, und dann raste Billy Joe wie von einer Kanone abgefeuert aus Jimmy heraus, sauste auf mich zu und verschwand in mir. Ich versuchte gar nicht, ihn aus mir herauszuhalten – vielleicht brauchte er zusätzliche Kraft, um richtig von Jimmy Besitz zu ergreifen. Doch ich spürte, wie sich etwas in mir ausdehnte, bis ich zu ersticken glaubte. Es war, als gäbe es mehr von Billy Joe als sonst und als reichte der Platz in mir nicht für uns beide aus.

Mir blieb keine Zeit, einen klaren Gedanken zu fassen oder zu reagieren. Plötzlich kam es in meinem Innern zu einer gewaltigen Explosion – es fühlte sich nach einem Flugzeug an, das von einem Augenblick zum anderen den Kabinendruck verlor. Etwas zerriss, und ich dachte an mein T-Shirt, beziehungsweise seine Reste. Instinktiv griff ich danach, weil ich den ruinierten BH zurückgelassen hatte, doch meine Hand berührte nicht etwa vertraute Kurven unter Elasthan. Stattdessen strichen meine Finger über abgetragenen Denim. Ich schaute nach unten und sah die Oberseite meines Kopfes. Selbst ein verwirrtes Blinzeln änderte nichts an dem Anblick – ich sah mich selbst. Die Desorientierung war enorm, und mir blieb keine Zeit, damit fertig zu werden, denn plötzlich griff Jimmy an, und auf einmal ging es drunter und drüber.

Er sprang heran und schnappte mit seinen messerartigen Zähnen nach meinem Arm. Ich schrie und ließ den Körper fallen, den ich trug. Mir blieb Zeit genug, zwei große blaue Augen zu sehen, die verblüfft zu mir aufsahen, und dann schüttelte Jimmy den Kopf und versuchte, mir den Arm abzureißen. Ich handelte ohne einen bewussten Gedanken, wich fort von dem stechenden Schmerz und beobachtete überrascht, wie Jimmy an mir vorbeiflog und gegen einen nahen Wagen prallte. Es war ganz leicht gewesen, ihn zu werfen – er schien nicht mehr zu wiegen als eine Puppe.

Ich sah mich um und gewann den Eindruck, als bewegten sich alle wie in Zeitlupe. Pritkin schoss ein basketballgroßes Loch in den Wagen, vor dem Jimmy vor meinem Wurf gestanden hatte. Ich sah das Feuer, das aus der Flinte kam, beobachtete dann, wie die Windschutzscheibe zersprang. Die Glassplitter sanken so langsam zu Boden wie welkes Laub, das von einem Baum fiel. Ebenso langsam wandte sich Pritkin den pelzigen Körpern zu, die nicht etwa wild heranstürmten, sondern gemessenen Schrittes näher kamen.

Die einzige andere Person, die sich mit normaler Geschwindigkeit bewegte, war Louis-César, der sein Rapier ins Herz eines Rattenwesens bohrte, es wieder herauszog und sich das nächste Geschöpf vornahm. »Hast du nicht gehört? Bring sie weg!« Er sah mich an, und ich blinzelte verwirrt und fragte mich, was er meinte. Er holte ein kurzes Wurfmesser hervor und schickte es in den Hals einer Ratte, die es irgendwie geschafft hatte, sich dem vor mir liegenden Körper zu nähern. Die Klinge bohrte sich in den Nacken, und das Geschöpf quiekte und griff mit ausgefahrenen Krallen danach, zerfleischte sich dadurch selbst. Es rollte von der Person fort, die es hatte angreifen wollen, und ich starrte auf mich selbst hinab.

Schließlich bemerkte ich, dass der blutige Arm, in den Jimmy gebissen hatte, mein eigener war. Ich fühlte den Schmerz und sah das Blut, doch das Fleisch darunter zeigte einen hellen, honigfarbenen Ton. Die Hand hatte lange Finger, der Arm war muskulös und die Brust so flach wie die eines Mannes. Ich brauchte einige Momente, um zu begreifen, dass es sich tatsächlich um die Brust eines Mannes handelte und dass er Tomas' Seidenhemd mit Spinnwebenmuster und seine Denimjacke trug. Ich schwankte und lehnte mich an einen nahen Volkswagen, und der Körper vor mir setzte sich auf.

»Wo bist du, Cassie?« Ärger leuchtete in meinen blauen Augen, und auch so etwas wie Furcht. Ich wusste es nicht genau, denn ich war nicht daran gewöhnt, meinen eigenen Gesichtsausdruck zu deuten. »Antworte mir, verdammt!«

Ich kniete neben dem, was mein Körper gewesen war, und sah in die vertrauten Augen. Das Gesicht wirkte für eine Sekunde falsch, bis mir klar wurde: Ich sah es nicht wie in einem Spiegel, sondern so, wie mich andere Leute sahen. Es ließ sich nicht leugnen – ich steckte in Tomas' Körper. Woraus sich die Frage ergab: Wer zum Teufel steckte in meinem?

»Wer bist du?« Ich griff nach meinem Arm und musste dabei zur Kenntnis nehmen, dass Jack recht gehabt hatte mit seinem kritischen Hinweis auf meine Garderobe. Ein Schrei kam aus dem Mund meines Körpers.

»Hör auf damit, verdammt!« Wenn blaue Augen Funken sprühen konnten, so machten meine die Sache gut.

»Wer bist du? Wer ist da drin?« Bevor ich eine Antwort bekommen konnte, stürmte Jimmy erneut heran. Mir blieb genug Zeit, meine Pistole hinter Tomas' Hosenbund hervorzuziehen und auf ihn zu schießen. Ganz deutlich sah ich, wie auf seiner Brust eine karmesinrote Blume erblühte, dicht unter dem Herzen, wenn sich das Herz einer Ratte an der gleichen Stelle befand wie das eines Menschen, doch er lief weiter auf mich zu. Ich schoss erneut und traf ihn diesmal am Arm, obwohl ich auf den Kopf gezielt hatte. Doch der Fehlschuss war eine gute Sache, denn Jimmy hatte gerade eine Waffe heben wollen. Er ließ sie fallen und griff sich an die Brust, während ich kniete und mich fragte, wo in den Resten seiner Kleidung er das Schießeisen versteckt hatte. Nur zwei Meter entfernt blieb er stehen und gab mir reichlich Zeit, den Job zu beenden, aber sein Blick galt nicht mir.

»Ruf deinen Gorilla zurück, oder du wirst nie deinen Vater finden.« Es war ganz klar Jimmys Stimme, was bedeutete, dass ich gerade etwas Neues erfahren hatte: Wer-Wesen konnten in ihrer veränderten Gestalt sprechen. Besser gesagt: Zumindest waren halbe Satyrn dazu imstande.

»Was?« Ich nahm den Finger vom Abzug, und Jimmy warf mir einen bösen Blick zu.

»Ich rede nicht mit dir.« Er blickte auf die Person, die sich in meinem Körper befand, und schnitt eine Grimasse. »Lass uns eine Vereinbarung treffen. Sei nicht dumm – ruf ihn zurück. Tony wird dir nicht sagen, was du wissen willst. Ihm gefällt Rog zu sehr, wo er ist.«

»Mein Vater ist tot.« Ich wusste nicht, was Jimmy im Schilde führte, aber er würde keinen Erfolg damit haben.

Er wirkte verärgert, was aber auch daran liegen mochte, dass Blut zwischen seinen Fingern hervorquoll und auf den Asphalt tropfte. »Verdammt, ich rede nicht mit dir!«

Eine Explosion veranlasste mich aufzusehen, und ich stellte fest, dass Pritkin und Louis-César fleißig gewesen waren. Sechs pelzige Körper lagen auf Autos und dem Boden, und etwa ebenso viele zeigten noch Aktivität. Louis-César knöpfte sich zwei von ihnen vor und wich den langen Krallen aus, die ihn zu enthaupten versuchten. Pritkin hatte richtig losgelegt und schien jeden einzelnen Moment in vollen Zügen zu genießen. Er zerstörte einen weiteren Wagen und schoss durch eine große Werratte, die erstaunt auf das Loch in ihrer Mitte blickte, bevor sie zusammenbrach. Als eine andere Ratte vom Dach eines Minivan sprang, rief er etwas, das sie mitten in der Luft in einen Feuerball verwandelte. Brennende Teile fielen auf Pritkins Schilde – sie blitzten dort in einem elektrischen Blau, wo sie auf die Abschirmung trafen –, durchdrangen sie aber nicht.

Ich konnte kaum glauben, dass sich niemand im Kasino über den Lärm wunderte. Die Schüsse von Schrotflinten waren nicht gerade leise, und das galt ebenso für die quiekenden Schreie der Ratten. Seltsam fand ich auch, dass die Vampire weder angriffen noch den Schauplatz des Geschehens verließen. Fünf von ihnen standen da und beobachteten die Ereignisse so, als warteten sie auf etwas.

»Tomas, hinter dir!« Louis-César sprang über die vor ihm

auf dem Boden liegende Riesenratte hinweg und lief auf mich zu. Sein Gesichtsausdruck und ein Fluch, der hinter mir aus meinem Mund kam, wiesen mich darauf hin, dass ich einen sehr schlechten Zeitpunkt dafür gewählt hatte, abgelenkt zu sein. Ich wirbelte herum und sah, dass Jimmy meinen Körper an den Haaren gepackt hatte und ihm eine seiner sieben Zentimeter langen Krallen an die Kehle hielt. »Ich habe dir doch gesagt, dass du sie wegbringen sollst!« Louis-César sah Jimmy an, aber seine Worte galten mir. Beziehungsweise Tomas, der aber nicht zu Hause zu sein schien. Der wütende Vampir neben mir machte mir kaum Sorgen – meine Aufmerksamkeit galt vor allem der Kralle, die eine dünne rote Linie an meinem Hals gezogen hatte.

Einige sehr einfallsreiche Flüche kamen aus meinem Mund, und einige von ihnen klangen recht vertraut. Nun, wenigstens wusste ich, wer das Haus für mich hütete. »Sei still, Billy. Mach es nicht noch schlimmer.«

Die blauen Augen wurden größer, und ihr Blick richtete sich auf mich. »Moment mal, du bist *da* drin? Lieber Himmel, ich habe dich für tot gehalten! Ich dachte …«

»Du sollst still sein.« Ich war nicht in der richtigen Stimmung für eine von Billys Tiraden, und ich musste nachdenken. Na schön, ein Problem nach dem anderen. Es nützte mir kaum etwas herauszufinden, wie ich meinen Körper zurückbekommen konnte, wenn ihm in der Zwischenzeit die Kehle aufgerissen wurde, woraus folgte: Ich musste erst mit Jimmy fertig werden, bevor ich nach Hause zurückkehren konnte.

»Was willst du, Jimmy?«

»Halt die Klappe, Tomas! Du hast schon genug Schaden angerichtet. Ich kümmere mich um diese Sache.« Louis-César schien nicht ganz auf dem neuesten Stand zu sein, aber ich wollte nicht warten, bis er auf dem Laufenden war.

»Sei still«, erwiderte ich, und die verdutzte Ungläubigkeit in seinem Gesicht wäre unter anderen Umständen ganz lustig gewesen. »Na los, Jimmy, was willst du dafür, mich ... ich meine, sie loszulassen? Du hast eine Vereinbarung erwähnt.« Es war unwirklich, hier zu stehen, im Körper eines anderen Menschen, und mit einer Riesenratte zu sprechen, aber ich sah nur meinen Körper und Billy Joes Entsetzen. Ich konnte mich nicht darauf verlassen, dass er dieses Problem für uns löste – er hatte es nicht einmal bis zu seinem dreißigsten Geburtstag geschafft, bevor er im Fluss ertränkt worden war.

»Ich will diesen Ort lebend verlassen, ist doch klar.« Jimmy sah zu den Vampiren, die das Geschehen abwartend beobachteten. Nun, vielleicht waren sie doch nicht seine Kumpel. »Und die Süße hier begleitet mich. Tony vergisst unser kleines Problem, wenn ich ihm Cassie bringe, und genau das wird passieren.«

»Von wegen.« Ich würde nicht einfach zusehen, wie Jimmy mich fortbrachte. Bei meinen Phantasievorstellungen in Hinsicht auf Tomas' Körper war es nicht darum gegangen, mich auf Dauer darin niederzulassen. »Kommt nicht infrage.«

»Ach? Was hältst du davon, wenn ich ihr die Kehle aufschlitze? Gefällt dir das besser? Lebend wäre sie Tony lieber, aber ich wette, mit einer Leiche wäre ich ebenfalls aus dem Schneider.«

»Wenn du ihr auch nur ein Haar krümmst ... Ich schwöre dir, dass dein Sterben Tage dauern wird und du um den Tod flehen wirst.« Louis-César klang sehr überzeugend, aber Jimmy umzubringen, wie langsam auch immer, brachte mich nicht ins Leben zurück.

»Du solltest auf ihn hören, Jimmy. Das Einzige, was dich derzeit am Leben erhält, ist Cassie. Wenn du sie tötest, erledigen wir dich, bevor Tony Gelegenheit dazu bekommt.«

»Na und? Ihr bringt mich auch um, wenn ich sie gehen lasse, nicht wahr«

»Du solltest daran denken, dass man auf unterschiedliche Art und Weise sterben kann«, sagte Louis-César. Ich hätte ihm dafür einen Tritt geben können.

»Wie oft soll ich euch noch sagen, dass ihr still sein sollt?« Ich hörte das Zittern von Panik in meiner Stimme und zwang mich zur Ruhe. Wenn ich jetzt durchdrehte, durfte ich nicht hoffen, dass uns Pretty Boy und Rambo aus diesem Schlamassel herausredeten. Insbesondere da Pritkin verschwunden war – vermutlich machte er irgendwo Jagd auf Werratten.

»Wir sprechen uns, wenn wir das hinter uns haben«, sagte Louis-César leise. »Ich weiß nicht, was in dich gefahren ist …«

»Eben. Das weißt du nicht. Du hast wirklich keine Ahnung.«

Ich sah Jimmy an und lächelte, aber das schien ihn zu verunsichern. Eine Sekunde später begriff ich, warum, als ich einen Reißzahn an der Lippe fühlte. Tomas' Reißzähne waren ganz ausgefahren, und ich wusste nicht, wie man sie einfuhr. Großartig: Ich musste lispelnd um mein Leben verhandeln. »Okay, wie sieht's hiermit aus, Jimmy: Du überlässt uns Cassie, und wir geben dir einen Vorsprung. Sagen wir, zwei Stunden? Ich verspreche dir sogar, die Vampire dort drüben lange genug abzulenken, damit du abhauen kannst. Es sind Tonys Jungs, nicht wahr? Sie stehen hier und beobachten, wie wir dich töten, und sie bringen die Sache zu Ende, wenn du an uns vorbeikommen solltest. Aber wir können sie für eine Weile beschäftigen und dir vom Hals halten. Na, ist das ein faires Angebot?«

Jimmy beleckte sich die Schnauze mit einer langen, hellen Zunge, und seine Schnurrhaare zitterten. »Du sagst alles, um sie zurückzubekommen, und anschließend tötest du mich oder lässt mich von den anderen umbringen. Außerdem: Wenn ich sie nicht zu Tony bringe, bin ich bereits so gut wie tot.«

Ich lachte höhnisch. »Seit wann nehmen Wer-Geschöpfe Befehle von Vampiren entgegen? Ich kann nicht glauben, dass du all die Jahre vor ihm herumgekrochen bist!«

Jimmy quiekte; offenbar hatte ich einen wunden Punkt berührt. »Eine neue Ordnung kündigt sich an. Die Vampire und viele andere werden sich verändern. Bald nehmt ihr Befehle von uns entgegen!«

Ich machte einen Rückzieher. Ich wollte seinen Stolz treffen und ihn nicht dazu verleiten, etwas Dummes zu tun. »Vielleicht, aber das nützt dir herzlich wenig, wenn du es nicht mehr erleben kannst, oder? Du kennst mich nicht, und deshalb bedeutet dir mein Wort kaum etwas. Aber was ist mit Cassies? Was ist, wenn sie dir verspricht, dass wir dich gehen lassen?«

Jimmy wirkte hin- und hergerissen. Er schien mir glauben zu wollen, und ich wusste auch, warum. Die Schussverletzung am Arm war nicht weiter schlimm, doch mit der Kugel in der Brust sah es anders aus. Ein roter Fleck hatte sich vorn im weißen Pelz gebildet und wurde immer größer, und außerdem atmete Jimmy schwer. Ich würde zehn zu eins wetten, dass ich die Lunge getroffen hatte, und selbst einem Gestaltwandler fiel es schwer, so etwas zu heilen.

»Komm schon, Jimmy. Ein besseres Angebot bekommst du nicht.«

»Sag dem Burschen dort, dass er zurückweichen soll, wenn du eine Vereinbarung mit mir willst – sonst stirbt sie.« Jimmy spuckte vor mir auf den Boden, um seiner Drohung Nachdruck zu verleihen. Der Speichel enthielt Blut. Ihm wurde die Zeit knapp, und mir ebenfalls, als er das begriff. Wieder zuckten die Schnurrhaare, und ich stellte überrascht fest, dass ich seine Furcht riechen konnte. Es war ein fühlbares Etwas und hatte ebenso viel Substanz wie Wein, den ich auf der Zunge rollte: moschusartig, mit einem süßen Beigeschmack, der allerdings vielleicht vom Blut kam. Als sich mir die bessere Wahrnehmung dieses neuen Körpers erschloss, lenkte sie mich ab.

Mir wurde plötzlich klar, dass Louis-César nicht verärgert war, sondern zornig: Ein schwelender, pfefferartiger Geruch ging wellenförmig von ihm aus, und ich gewann den Eindruck, dass sich davon ebenso viel auf mich bezog – beziehungsweise auf Tomas – wie auf Jimmy. Hinzu kamen zahllose andere Gerüche, die plötzlich von allen Seiten auf mich einströmten: der schwache, ferne Gestank der Abwasserkanäle tief im Boden; Dieselgeruch und Zigarettenstummel vom Parkplatz; der Mief von altem Sauerkraut in einem Abfallbehälter. Mein Körper hingegen roch gut, und zuerst dachte ich, dass es an der Vertrautheit lag. Dann kam mit einem Schock die Erkenntnis, dass er wie eine gute Mahlzeit roch, warm, frisch und für den Verzehr bereit. Ich hatte nie gedacht, dass Blut süß roch, wie warmer Apfelkuchen oder warmer Apfelmost an einem kalten Tag, aber jetzt war das der Fall. Ich glaubte fast, das Blut unter jener Haut zu schmecken und zu spüren, wie es mir durch die Kehle rann. Die Vorstellung, dass es für Tomas wie Nahrung roch, verblüffte mich so sehr, dass ich nicht mitbekam, was vor mir geschah. Ich bemerkte es erst, als es schon halb vorbei war.

Eine dichte Wolke aus bläulichem Gas wogte um uns herum, nahm uns die Sicht auf den Parkplatz und ließ meine Augen brennen. Mehrere Schüsse fielen, und ich hörte, wie Louis-César Pritkin zurief, mit der Ballerei aufzuhören. Der Irre war um uns herumgeschlichen und kam aus einer neuen Richtung, und Louis-César befürchtete, dass er mich anstatt Jimmy traf. Da ich diese Sorge teilte, griff ich nicht ein. Ich wollte schon durch den blauen Dunst gehen und nach mir suchen, als mein Körper plötzlich hustend aus der Wolke gekrochen kam und nach Luft schnappte. Ich wusste gar nicht, was los war – mir fiel das Atmen nicht schwer –, bis ich mich daran erinnerte, dass Tomas gar nicht atmen musste und ich nicht ein einziges Mal Luft geholt hatte, seit ich in seinem Körper wohnte. Das veranlasste mich, hingebungsvoll zu keuchen, während mein Körper zu mir kroch und nach meinen Fußknöcheln griff. »Hilfe!«

»Ist alles in Ordnung mit mir?« Ich ging in die Hocke, wodurch ich mich fast umgestoßen hätte, und begann damit, mich abzutasten. »Sag bloß nicht, dass ich was abbekommen habe!« Das Herz meines Körpers schlug so heftig – ich sah es an der pulsierenden Halsschlagader –, dass ich nicht sprechen konnte. Aber abgesehen vom dünnen roten Striemen am Hals und den trüben, tränenden Augen schien mit mir alles in Ordnung zu sein. »Bleib hier«, teilte ich einem sehr verwirrten Billy Joe mit. »Ich folge Jimmy.« Mein Kopf nickte, und eine Hand winkte mir zu. Ich nahm mir genug Zeit, das T-Shirt an meinem Körper zurechtzuziehen, damit nichts ungebührlich herausragte, richtete mich dann auf und lief ins Durcheinander.

Pritkin rief etwas. Zwar hörte ich ihn, aber ich hörte auch alles andere, und damit meine ich wirklich alles. Die Gespräche im Umkleideraum waren ebenso klar, als fänden sie wenige Meter neben mir statt. Musik, die Geräusche der Glücksspielautomaten, ein Streit zwischen einem Kellner und jemandem in der Küche – ich hörte es so deutlich wie eine läutende Glocke. Die Herzschläge der wenigen überlebenden Werratten – einige von ihnen versuchten, unter die Autos zu kriechen –, das Atmen aller Personen um mich herum, ein kleines Stück Papier, das der Wind über den Parkplatz wehte … Dies alles verwandelte eine stille Nacht in die Rushhour bei der Grand Central Station. Vielleicht lernten Vamps, selektiv zu sein und Unwichtiges vom Wichtigen zu trennen. Ich schätzte, das mussten sie, wenn sie nicht verrückt werden wollten. Aber ich wusste nicht, wie man es machte, mit dem Ergebnis, dass ich zwar Pritkins wütendes Gesicht sah, der Grund dafür mir jedoch rätselhaft blieb.

Mitten in dem wogenden bläulichen Miasma stellte ich fest, dass Tomas' Augen Konturen sahen, aber keine Einzelheiten. Trotzdem war es nicht schwer, die auf dem Boden liegende Riesenratte zu erkennen. Verdammt. Ich wusste, dass sie Mist gebaut hatten. Wegen Jimmy würde ich wohl kaum Tränen vergießen, aber ich hätte von ihm gern etwas über meinen Vater erfahren. Außerdem hatten wir eine Vereinbarung getroffen, und es gefiel mir nicht, dass meine sogenannten Verbündeten sie ohne ein Wort an meine Adresse geändert hatten.

»Er sollte besser nicht tot sein«, sagte ich, als Louis-Césars gerötetes Gesicht vor mir erschien. Weiter kam ich nicht, denn er streckte die Hand aus und packte mich am Hals, so fest, dass er die Kehle eines Menschen zermalmt hätte. Er stieß einige scharfe Worte hervor, wobei seine Stimme anders klang als sonst, und ich verstand ihn nicht. Mir blieb noch eine Sekunde, um *O Mist* zu denken, bevor mich vertraute Desorientierung erfasste und das Blau schwand. Ich schloss die Augen und wollte nicht glauben, dass sich mir ausgerechnet jetzt eine Vision präsentierte, aber ich konnte sie nicht verhindern. Plötzlich befand ich mich wieder in jenem kalten, steinernen Flur und hörte Stimmen voller unvorstellbarer Verzweiflung.

Ich sank auf die Knie, nicht von der Umgebung schockiert, die alles andere als angenehm war, sondern von den Stimmen.

Zuvor hatte ich gedacht, dass die schrillen Schreie von den Menschen in der Folterkammer stammten, doch jetzt wusste ich es besser. Die an die Wände geketteten Männer hatten erst zu schreien begonnen, als sie mich sahen. Zwar waren ihre Schreie voller Verzweiflung gewesen, aber nicht auf diese Weise. Es war ein Chor aus Hunderten oder gar Tausenden von Stimmen, und sie kamen nicht von Menschen, die noch lebten.

Ich begriff, dass die eisige Kälte des Flurs nicht auf das Wetter zurückging, sondern auf die vielen gequälten Seelen in ihm. Nie zuvor hatte ich so viele Geister gleichzeitig an einem Ort gespürt. Sie schienen eine Art übernatürlichen Dunst zu bilden, der die Wände durchdrang und die Luft bis zum Ersticken füllte. Es war Verzweiflung, die Substanz bekam, wie eine Schicht gefrierende Schmiere in meinem Gesicht, etwas, das mir in den Mund drang und den Hals erreichte, mir den Atem nahm. Diesmal war ich allein, und ohne die ablenkende Präsenz des Foltermeisters konnte ich mich ganz auf die Stimmen konzentrieren. Langsam wurden sie deutlicher, was ich schon nach kurzer Zeit bedauerte.

Ich bekam ein deutliches Gefühl von Intelligenz, von vielen Bewusstseinen, und keins von ihnen war glücklich. Zuerst hielt ich sie für dämonisch, weil so viel Zorn – wenn das ein angemessener Ausdruck war – von ihnen ausging. Aber sie fühlten sich nicht wie die mir bekannten Dämonen an, sondern wie Geister. Nachdem ich einige Zeit von ihrem Zorn umgeben gewesen war, verstand ich schließlich. Spukende hatten meistens eins von drei Hauptmotiven: Sie starben zu früh, sie starben einen ungerechten Tod – was in vielen, aber nicht allen Fällen bedeutete, dass sie ermordet wurden –, oder sie starben, obwohl eine wichtige Angelegenheit noch nicht zu Ende gebracht war. Manchmal kamen andere Faktoren hinzu, denn Geister konnten wie Menschen viele Dinge haben, die sie belasteten, aber normalerweise war einer der drei großen Gründe da. Was ich fühlte, waren Tausende von Geistern mit allen drei Hauptmotiven und außerdem einer ganzen Galaxis von zusätzlichen Dingen. Wenn sie noch am Leben gewesen wären, hätten sie die Vollbeschäftigung aller Gehirnklempner in den Vereinigten Staaten für die nächsten Jahrhunderte sichern können. Doch in der Geisterwelt gab es keine Psychiater. Dort gab es nur Rache.

Ein von Rachegelüsten geschaffener Geist bekam entweder Befriedigung oder hing herum und sehnte sich nach Vergeltung, bis ihm die Kraft ausging. Die meisten Geister hatten keinen regelmäßigen Energiespender, so wie ich es für Billy Joe war, und deshalb verblassten sie im Lauf der Zeit und schwanden immer mehr dahin, bis nur noch ihre Stimmen übrig blieben, und dann wechselten sie ins Jenseits der Geister. Ich spürte, dass einigen Seelen in diesem Durcheinander allmählich der Saft ausging, während andere so kräftig waren, als hätten sie erst gestern das Zeitliche gesegnet, was auch der Fall sein mochte. Daraus ließ sich der niederschmetternde Schluss ziehen, dass an diesem Ort seit Jahrzehnten – mindestens! – gefoltert wurde, vielleicht sogar seit Jahrhunderten. Dadurch hatte sich hier genug dunkle Energie angesammelt, dass sogar Nichtsensitive sie wahrnahmen. Ganz gleich, wie taub jemand gegenüber der psychischen Welt war: Ich bezweifelte, dass jemand diesen Ort des Schreckens betreten konnte, ohne dass es ihm kalt über den Rücken lief.

Ich blickte mich um, sah aber sonst niemanden – es gab hier nur mich und den Chor der Verzweiflung. Was sollte ich tun? Ich war daran gewöhnt, dass sich meine Visionen auf eine vorhersehbare Weise verhielten: Sie kamen, trafen mich wie ein Hammerschlag und verschwanden wieder, woraufhin ich weinte und schließlich darüber hinwegkam. Doch in letzter Zeit verzweigten sich meine Fähigkeiten in neue, unangenehme Bereiche, und es passte mir nicht, dass das Universum plötzlich entschieden hatte, die Regeln zu ändern. Insbesondere weil ich mir einen anderen Ort ausgesucht hätte, wenn ich irgendwo stranden müsste. Kalter Wind strich mir übers Gesicht – die Geister wurden ungeduldig.

»Was wollt ihr?« Ich flüsterte nur, aber man hätte meinen können, dass ich in ein Hornissennest gestochen hatte. So viele Geister sanken gleichzeitig auf mich herab, dass ich aufblitzende Farben und Schlieren von Bildern sah, während ein Orkan durch den Flur heulte. »Aufhören! Hört auf! Ich verstehe euch nicht!«

Ich wich zur Wand zurück und fiel hindurch, was mich darauf hinwies, dass ich keinen Körper hatte, zumindest keinen physischen. Nach einem verblüfften Moment erkannte ich die Folterkammer aus der anderen Vision wieder, aber diesmal befanden sich nur die Opfer in ihr. Ich stand auf und machte einige zögernde Schritte nach vorn. Eigentlich fühlte ich mich richtig fest an. Meine Füße verschwanden nicht im Boden, womit ich halb gerechnet hatte, und ich sah meinen Arm. Glücklicherweise gehörte er wirklich mir und nicht Tomas – mein Geist wusste wenigstens, welcher Körper meiner war. Ich betastete den Arm, und auch er schien fest zu sein. Ich konnte meinen Puls fühlen, und ich atmete. Und doch schien mich keiner der Gefangenen zu bemerken.

Die Frau, die ich im Kasino befreit hatte, lag direkt vor mir, noch immer auf der Streckbank, aber sie war nicht verbrannt. In einem guten Zustand befand sie sich gewiss nicht, doch ich sah, wie sich ihre Brust hob und senkte, und gelegentlich zuckten ihre Lider – sie lebte noch. Ich hörte ein Geräusch hinter mir, blickte über die Schulter und sah mehrere Tausend

Personen, die alle still dastanden und mich beobachteten. So vielen bot der Raum gar nicht Platz, aber sie waren trotzdem da. Und im Gegensatz zu meiner Erfahrung mit Portias Bataillon von Südstaatensoldaten protestierten meine Sinne diesmal nicht. Ich konnte sie sehen, ohne dass sich meine Augen verdrehten oder versuchten, aus dem Kopf zu entkommen. Vielleicht gewöhnte ich mich daran. »Ich weiß nicht, was ich tun soll«, sagte ich, doch niemand bot mir Rat an.

Ich wandte mich wieder der Frau zu und stellte überrascht fest, dass sie mich ansah. Sie versuchte, etwas zu sagen, doch nur ein leises Krächzen kam zwischen ihren rissigen Lippen hervor. Jemand reichte mir einen Schöpflöffel mit Wasser. Das Zeug war schleimig und grünlich, und ich betrachtete es skeptisch. »Es ist ekelhaft.«

»Ich weiß, aber etwas anderes scheint es hier nicht zu geben.« Es zeigte, wie verwirrt ich war, dass ich mindestens fünf Sekunden brauchte, die Stimme mit der Person zu verbinden.

Langsam sah ich auf und sprang dann zurück, wodurch das Wasser durch den Raum spritzte. »Verdammt! Tomas!« Mir wäre fast das Herz aus der Brust gesprungen. »Was machst du hier?« Er hielt einen Eimer, der noch mehr von der ekligen Brühe enthielt. Auch er schien einen festen Körper zu haben, aber das bedeutete nicht viel. Es galt auch für mich, und ich war gerade durch eine Wand gefallen.

»Keine Ahnung«, erwiderte er. Ich war geneigt, ihm zu glauben, denn er sah so aufgewühlt aus, wie ich mich fühlte. Ich schätzte, das war selbst für einen Vampir seltsam. Das Wasser im Eimer zitterte im Griff einer nicht ganz ruhigen Hand, und ich hörte ein Vibrieren in seiner Stimme, als er sagte: »Ich erinnere mich daran, dass du die Kontrolle über meinen Körper hattest, ohne dass ich sprechen oder reagieren konnte. Und dann waren wir plötzlich hier.« Er sah sich erstaunt um. »Wo ist dieser Ort?«

»Ich bin mir nicht sicher.«

»Bist du in dieser Folterkammer gewesen?« Eine Mischung aus Neugier und Eifer erschien in Tomas' Gesicht. »Hast du hier Françoise gesehen?« Er bemerkte meine Überraschung. »Raffael hat mir von der Vision erzählt, die dich so bedrückt hat. Hast du diese Frau gesehen?«

»Ich denke schon.« Ich starrte noch immer auf den Eimer in seiner Hand, denn mir war eingefallen, dass er ihn gar nicht haben sollte. Wenn er irgendwie per Huckepack in meine Vision geraten war, sollten wir beide an die üblichen Regeln gebunden sein. Wir befanden uns nicht wirklich an diesem Ort und hatten es mit einer Art Aufzeichnung zu tun, mit einem Bild von etwas, das vor langer Zeit geschehen war. Wir sollten wie Zuschauer im Kino sein, die den Film auf der Leinwand sahen. Aber dort stand er und hielt einen schweren Eimer in der Hand, als wäre es das Normalste auf der Welt. »Woher hast du den Eimer?«

»Er stand in der Ecke«, antwortete Tomas verwundert. Mit der freien Hand deutete er auf eine Stelle, wo der Zustand des Strohs darauf hinwies, dass sie auch als Latrine verwendet wurde. Kein Wunder, der ganze Raum roch wie eine Mischung aus offener Kanalisation und einer Metzgerei, in der das Fleisch nicht besonders frisch war und Abfälle in den Ecken verfaulen durften. Ich fand es irgendwie unfair, dass ich so etwas riechen musste, wenn ich nicht einmal einen Körper hatte. In meinen alten Visionen hatte es nie Gerüche oder etwas in der Art gegeben, und so war es mir viel lieber.

»Das kann ich ihr nicht geben.« Zum Teufel mit der Metaphysik – dafür war später noch Zeit. Wenn Tomas einen Eimer tragen konnte, so gab es offenbar Möglichkeiten für uns, mit diesem Ort zu interagieren. Und wenn das möglich war, konnten wir vielleicht Einfluss auf gewisse Dinge nehmen, die uns nicht gefielen. Mein erster Gedanke bestand darin, die Frau von hier wegzubringen, aber ohne etwas zu trinken würde sie nicht lange überleben, und sie richtete immer wieder sehnsüchtige Blicke auf den Eimer. Ich fragte mich, wie durstig man sein musste, um bereit zu sein, so grässliches Wasser zu trinken.

Tomas roch daran, tauchte die Finger hinein und probierte es. Ich erinnerte mich an seine scharfen Sinne, als er voller Abscheu spuckte. »Du hast recht. Es ist zu einem Drittel Salz und eine weitere Form der Folter.« Er kippte den Eimer aus, und das scheußliche Zeug floss ins trockene Stroh. »Ich versuche, etwas anderes zu finden.«

»Nein! Bleib hier.«

»Warum? Bin ich an diesem Ort nicht nur ein Geist? Was könnte schon passieren?«

Ich sah nervös zu den Tausenden von Geistern, die uns beobachteten, und fragte mich, ob ich ihm von ihnen erzählen sollte. Normalerweise hatte ich keine Angst vor Geistern. Es gab seltene Exemplare, die wie Billy Joe in einem begrenzten Maße Kraft von Menschen aufnehmen konnten, aber mir war es immer gelungen, sie zurückzuweisen. Außerdem kostete es die meisten von ihnen mehr Energie, einen Menschen anzugreifen, als sie von ihm bekamen, und deshalb machten sie sich gar nicht erst die Mühe, es sei denn, man reizte sie. Doch inzwischen waren die Dinge anders geworden. Hier hatte ich nicht den Schutz eines Körpers und aller damit zusammenhängenden Verteidigungsmöglichkeiten. Ich war ein fremder Geist in ihrem Revier, und wenn sie sich deshalb ärgerten, konnte ich in Schwierigkeiten geraten. Von Billy wusste ich, dass sich Geister gegenseitig Energie abjagen konnten –

offenbar fiel es ihnen leichter, Kraft von ihresgleichen aufzunehmen als von Menschen. Er war des Öfteren überfallen worden, und einmal hatte es ihn so schlimm erwischt, dass ich ihm dringend Energie spenden musste. Andernfalls hätte er sich vielleicht für immer aufgelöst. Jetzt stand ich hier einigen Tausend hungrigen Geistern gegenüber, die einen guten Grund dafür hatten, sauer zu sein, weil ich in ihr Territorium vorgedrungen war. Bisher beschränkten sie sich auf die Rolle von Beobachtern, aber vielleicht gefiel es ihnen nicht, wenn wir ihr Schloss durchstreiften. Ich wollte es nicht herausfinden.

»Das willst du nicht wissen«, erwiderte ich.

Tomas verzichtete auf Einwände, runzelte aber die Stirn, als er zu der Frau sah. Er schien aufrichtig um sie besorgt zu sein, was mich ihm gegenüber ein wenig auftaute. Es brachte mich auch zu der Frage, ob er ebenfalls in Gefahr war. Billy Joe weilte daheim in unserer Zeit und spielte den Babysitter für meinen Körper, doch in dem von Tomas wohnte derzeit kein Geist – was bedeutete, dass er tot war. Natürlich starb er jeden Morgen, wenn die Sonne aufging, aber nicht auf diese Weise. Ich hoffte, dass wir bei unserer Rückkehr eine permanente Leiche für ihn vorfanden.

»Binden wir sie los«, sagte ich und wollte damit nicht nur mich ablenken, sondern auch ihn. Wir begannen mit dem Versuch, die Frau von der Streckbank zu befreien, doch das war leichter gesagt als getan. Ich wollte sie nicht verletzen, aber es ließ sich nicht vermeiden, ein wenig Schaden anzurichten. Die Seile schnitten ihr tief in die Haut, und das getrocknete Blut an ihr wirkte wie Klebstoff. Als ich sie von Händen und Füßen zog, lösten sich auch Teile der Haut.

Ich sah mich in dem Raum nach einer weiteren Wasserquelle um, doch es gab nur die an die Wände geketteten Männer. Einer hing an einem Vorsprung gut zweieinhalb Meter über dem Boden. Die Arme waren auf den Rücken gebunden und weit nach oben gezogen, die Füße mit Gewichten beschwert. Er bewegte sich nicht, hing einfach nur wie eine schlaffe Puppe da. Ein anderer lag unten im Stroh und stöhnte leise. Ich riss die Augen auf: Er sah aus, als hätte man ihn in kochendes Wasser geworfen. Die Haut zeigte ein grässliches, fleckiges Rot und löste sich in Streifen ab. Bei den übrigen ausgezehrten Männern gab es deutliche Hinweise darauf, dass sich die Folterer bereits um sie gekümmert hatten: blutig geschlagene Rücken, fehlende Hände und Füße, tiefe Schnitte in den Körpern. Ich wandte mich ab, bevor mir schlecht wurde.

Etwas berührte meinen Ellenbogen, und als ich den Blick senkte, bemerkte ich eine neben mir in der Luft schwebende Flasche. Vorsichtig griff ich danach und behielt argwöhnisch die zuschauende Menge im Auge. Doch keiner der Zuschauer machte eine bedrohlich wirkende Bewegung, und die Flasche roch nach Whisky. Wasser wäre mir lieber gewesen, aber der Alkohol linderte vielleicht die Schmerzen der Frau. »Hier, trinken Sie das.« Ich kniete neben ihrem Kopf und hielt ihr die Flasche an die Lippen. Sie trank ein wenig und fiel dann in gnädige Ohnmacht.

Ich überließ es Tomas, sich um sie zu kümmern, und versuchte, die Männer zu befreien, aber schon bald wurde die Aussichtlosigkeit dieses Unterfangens klar. Die Frau war mit Stricken gefesselt, vermutlich deshalb, weil sich Ketten schlecht dehnten, aber die Männer trugen Eisen. Ich sah zu Tomas. Ich wollte nicht mit ihm reden und ihn schon gar nicht um Hilfe bitten, aber allein konnte ich diese Männer auf keinen Fall befreien. »Bist du imstande, diese Ketten zu zerreißen?«, fragte ich.

»Ich kann es versuchen.« Er kam zu mir, und wir gaben uns alle Mühe, doch ohne Erfolg. Wir schafften es nur, die schweren Ketten zu heben, waren aber nicht in der Lage, sie zu zerreißen. Die Reise zu diesem Ort schien uns viel Kraft gekostet zu haben. Allein das Losbinden der Frau hatte sich angefühlt wie drei Stunden auf einem Laufband mit maximaler Geschwindigkeit.

Ich fand, dass die Dinge im Großen und Ganzen nicht besonders gut aussahen. Ich wusste nicht, wo ich mich befand, wie ich zurückkehren konnte und wann die Folterer aufkreuzen würden. Eine Ratte in der Ecke sah mich wie spöttisch an, und ich trat die Schöpfkelle in ihre Richtung. O ja, und wenn ich zurückkehrte, steckte ich mitten in einem Kampf, von dem ich nicht wusste, ob wir ihn gewannen. Selbst für mich lief das auf einen ziemlich miesen Tag hinaus.

»Es hat keinen Sinn, Cassie«, sagte Tomas nach einigen Minuten. »Ich bin hier so schwach wie ein Mensch, und meine Kräfte schwinden rasch. Wir sollten der Frau helfen, solange wir noch die Möglichkeit dazu haben. Für diese Leute hier können wir nichts tun.«

Ich musste ihm recht geben. Für mich schien es die Nacht der Rettungen zu sein. Mein Blick kehrte zur Geisterarmee zurück, die mich geduldig beobachtete. »Äh, weiß jemand von euch, wie man hier rauskommt?«

Die Geister sahen erst mich an und wechselten dann untereinander Blicke. Bewegung kam in sie, und schließlich wurde einer von ihnen nach vorn geschoben, ein junger Mann, etwa achtzehn, in einer Kluft, mit der er wie ein armer Verwandter von Louis-César aussah. Die Sachen bestanden aus blauer Wolle, und in der Hand hielt er einen braunen Hut mit einer feschen gelben Feder. Ich schätzte, dass er zu Lebzeiten ein Dandy gewesen war: die Krawatte protzig, das Haar der

Perücke übertrieben gelockt, die braunen Lederschuhe mit komischen gelben Zierschleifen. Für einen Geist war er recht bunt. Aufgrund meiner bisherigen Erfahrungen nahm ich an, dass er erst seit etwa einem Jahr tot war.

Er verbeugte sich, nicht ganz so perfekt wie Louis-César, und richtete die gleichen Worte an mich. *»A votre service, Mademoiselle.«*

Großartig. Einfach prächtig. Ich sah zu Tomas, der bei der Frau in die Hocke gegangen war und ihren Puls fühlte. »Du sprichst nicht zufällig Französisch?«

Er schüttelte den Kopf. »Ich kriege nur einige Sätze zusammen, und nichts davon würde uns hier helfen.« Bitter fügte er hinzu: »Im Hauptquartier des Senats bin ich nur geduldet.«

»Seit wann spricht man in Vegas Französisch?«

Er sah mich ungeduldig an. »Der Europäische Senat hat seinen Sitz in Paris, Cassie.«

»Ich wusste nicht, dass du zu ihm gehörst.«

»Es gibt viele Dinge, die du nicht weißt.«

Ich hatte kaum Zeit herauszufinden, was er damit meinte. Nicht ohne eine gewisse Verärgerung musterte ich den jungen Geist. Zwar war ich dankbar dafür, nicht mehr in Louis-Césars Körper zu stecken, aber ich bedauerte es, keinen Zugang zu seinem Wissen zu haben. »Wir sprechen kein Französisch«, sagte ich.

Der junge Mann wirkte verwirrt, und noch einmal kam Bewegung in die Menge der Geister. Ein anderer Mann, älter diesmal und gekleidet in eine schlichte beigefarbene Kniehose und eine marineblaue Jacke, wurde nach vorn geschoben. Er hatte sich nicht die Mühe gemacht, seinen kahlen Kopf mit einer Perücke zu bedecken, und er wirkte wie der ernste Typ. »In meinem Leben war ich Weinhändler, *Mademoiselle*. Ich hatte oft Gelegenheit, Angleterre zu besuchen. Kann ich vielleicht zu Diensten sein?«

»Ich weiß nicht, was mich hierher gebracht hat, wo ich hier bin und was ihr von mir erwartet. Für einige Informationen wäre ich sehr dankbar.«

Er wirkte verwirrt. »Ich bitte um Verzeihung, *Mademoiselle*, aber auch wir sind ein bisschen in Verlegenheit. Ihr seid Geister, und doch unterscheidet ihr euch von uns. Seid ihr vielleicht Engel, die uns der Himmel geschickt hat, weil er unsere Gebete empfing?«

Ich schnaubte. In meinem Leben hat man mich mit vielen Dingen verglichen, aber nicht mit einem Engel. Und Tomas kam ebenfalls nicht infrage, es sei denn, es ging um gefallene Engel. »Äh, nein. Eigentlich nicht.« Der jüngere Mann sagte etwas, und der ältere wirkte betroffen. »Was hat er gesagt?«

Der ältere Mann schien verlegen zu sein. »Er fürchtet, dass seine Geliebte stirbt wie wir, an diesem Ort des unaufhörlichen Leids. Soweit es ihn betrifft, könnt ihr von *le diable* kommen, vom Satan, wenn ihr nur Hoffnung auf Vergeltung bringt. Aber er meint es nicht so.«

Ich sah den Zorn im Gesicht des jungen Mannes und glaubte, dass er es doch so meinte. »Wir sind keine Dämonen. Wir … Es ist kompliziert. Ich möchte die Frau nur von hier wegbringen, bevor der Folterer zurückkehrt. Können Sie mir sagen, wo ich mich hier befinde?«

»Sie sind in Carcassonne, *Mademoiselle*, dem Tor der Hölle.«

»Und wo ist das? Ich meine, bin ich hier in Frankreich?« Der Mann sah mich so an, als hätte ich ihn nach dem Jahr gefragt, was tatsächlich meine nächste Frage gewesen wäre. Verdammt. Mit fehlte die Zeit, einem Geist zu erklären, dass ich nicht den Verstand verloren hatte. Zumindest glaubte ich, noch einigermaßen bei Sinnen zu sein. »Schon gut. Sagen Sie mir einfach, wohin ich die Frau bringen soll. Sie wird sterben, wenn sie nicht von hier entkommt.«

»Niemand entkommt.« Der Mann senkte den Blick. »Sind Sie nicht hier, um Françoises Tod zu rächen?«

Langsam ging mir die Sache auf den Keks. Ich hatte ohnehin nicht viel Geduld, und es war kaum mehr etwas übrig. »Mir wäre es lieber, wenn sie gar nicht erst stirbt. Wollen Sie mir nun helfen oder nicht?«

Etwas in meiner Stimme erreichte den jüngeren Mann, denn er richtete hastige Worte an seinen Begleiter. Die Frau kam zu sich, während die beiden Männer miteinander redeten, und ich klopfte ihr auf den Arm – unterhalb der Handgelenke gab es keine Stelle, an der ich sie berühren konnte, ohne ihr Schmerzen zuzufügen. Sie starrte mich aus weit aufgerissenen Augen an, sagte aber nichts. Umso besser. Keiner von uns war in der Verfassung für ein Fragespiel.

Der ältere Mann richtete einen missbilligenden Blick auf mich. »Selbst wenn wir Ihnen helfen ... Françoise könnte wie die anderen sterben. Möchten Sie auf die Rache verzichten, nur weil sie einige weitere Tage lebt?«

Mir reichte es. Ein langer Tag lag hinter mir, und ich hatte keinen Bock darauf, mir von irgendeinem blöden Geist Vorhaltungen machen zu lassen. In dieser Hinsicht genügte mir Billy Joe. »Ich bin nicht der verdammte Todesengel, klar? Ich bin nicht hier, um für euch Vergeltung zu bringen. Wenn ihr Rache wollt, müsst ihr euch selbst darum kümmern. Geister machen so was. Helft mir jetzt oder geht aus dem Weg.«

Der alte Mann straffte empört die Gestalt. »Wir können uns nicht selbst rächen, denn sonst hätten wir das längst getan! In diesem Schloss wird seit Jahrhunderten gefoltert, und irgendein Zauber verhindert, dass wir etwas unternehmen können. Glauben Sie wirklich, wir hätten sonst tatenlos zugesehen, wie hier solche Gräuel geschehen? Wenn Sie kein Geist sind, so müssen Sie eine mächtige Zauberin sein. Helfen Sie uns! Helfen Sie uns, und wir sind Ihre Sklaven!« Er sank auf ein Knie, und plötzlich knieten sie alle. Es war absolut unfair.

»Äh, wie lautet Ihr Name?«

»Pierre, *Mademoiselle*.«

»Na schön, Pierre. Ich bin keine Hexe, sondern eine Hellseherin. Sie wissen wahrscheinlich mehr über Magie als ich. Ich kann keinen Zauber für Sie neutralisieren, ganz gleich, wie er beschaffen ist. Ich weiß nur: Die Frau dort wird sehr bald sterben, wenn wir sie nicht von hier fortbringen.« Pierre wirkte nicht zufrieden, aber der jüngere Mann neben ihm hatte genug. Er eilte auf mich zu, zog an meiner Hand und sprach so schnell, dass ich vermutlich selbst dann nichts verstanden hätte, wenn ich mit der französischen Sprache vertraut gewesen wäre.

Pierre sah mich missbilligend an, war auf mein Drängen hin aber bereit, für den jüngeren Mann zu übersetzen. »Es gibt einen unterirdischen Gang, *Mademoiselle*, von einem der Türme zum Fluss Aude. Es ist früher ein Fluchtweg gewesen, in Zeiten der Not. Etienne zeigt Ihnen den Korridor.«

Ich richtete einen skeptischen Blick auf Tomas. »Kannst du sie tragen?« Er nickte und machte Anstalten, die Frau hochzuheben. Seine Augen wurden ein wenig größer, und er wankte. »Was ist?«, fragte ich.

»Sie wiegt mehr, als ich dachte.« Er runzelte die Stirn. »Wir müssen uns beeilen, Cassie. Ich werde immer schwächer.«

Ich nickte und griff nach der Klinke. Nach einigen vergeblichen Versuchen schaffte ich es, die Tür zu öffnen – meine Hand glitt immer wieder hindurch. Ich konnte fest genug werden, um Gegenstände zu berühren, aber Tomas hatte recht:

Es wurde immer schwieriger. Ich atmete schwer, als wir schließlich den Korridor erreichten, doch niemand hörte es. Vielleicht machten die Folterer Kaffeepause. Im Gegensatz zum Dante's wusste ich allerdings, dass Leute in der Nähe waren und bald kommen würden.

Der junge Geist verblasste mehrmals, als wir eine Treppe hinuntergingen, eine andere als die, die ich beim ersten Mal benutzt hatte. Sie war nicht heller, doch die gelbe Feder am Hut des Franzosen zeichnete sich durch gute alte Lumineszenz aus und erfüllte für uns den gleichen Zweck wie eine Kerze. Diesmal stieß ich nirgends mit dem Fuß an, aber ich wünschte mir schon bald, öfter Joggen gegangen zu sein. Das einfache Hinuntergehen, eine Stufe nach der anderen, fühlte sich bald wie ein Marathon an. Ich verstand jetzt, warum Billy Joe jedes Mal meckerte, wenn ich ihn darum bat, mir etwas zu holen.

Als wir das Ende der Treppe erreichten, war ich fix und fertig. Ich lehnte mich an die Wand, fiel aber fast hindurch. »Wie weit ist es noch?« Der junge Mann antwortete nicht, deutete nur drängend nach vorn. Ich sah mich um – die vielen anderen Geister waren uns nicht gefolgt. Was ich kaum bedauerte. Sie schienen mehr daran interessiert gewesen zu sein, jemanden zu töten, als ein Leben zu retten, und damit gewannen sie nicht unbedingt meine Zuneigung.

Wir taumelten in einen Gang, der so dunkel war, dass das einzige Licht von der am Hut des jungen Mannes wackelnden Feder stammte. Es wurde immer feuchter, als wir den Weg fortsetzten, und es dauerte nicht lange, bis wir durch in der Finsternis verborgene Pfützen stapften. Was hoffentlich bedeutete, dass wir uns dem Fluss näherten. Der verdammte Tunnel schien endlos zu sein, und jahrzehntealte Spinnweben verfingen sich im Haar der Frau, aber mir fehlte die Kraft, sie fortzustreichen. Schließlich kamen wir aus dem Korridor heraus, doch das einzige Licht stammte von einer Mondsichel und der Milchstraße am dunklen Himmel über uns. Die Nacht ohne Elektrizität war verdammt finster, aber nach dem Tunnel kam sie mir fast hell vor.

Tomas' Kräfte versiegten kurze Zeit später, und ich musste ihm helfen. Wir trugen die Frau gemeinsam über schmale, kopfsteingepflasterte Wege. Ich wollte nicht riskieren, sie noch mehr zu verletzen, aber es war auch keine gute Idee, in der Nähe des Schlosses zu bleiben. Ich wusste, was der irre Foltermeister plante. Selbst wenn die Frau bei der Flucht starb … Es war immer noch besser, als bei lebendigem Leib zu verbrennen.

Die Stadt, die das Schloss umgab, wirkte des Nachts sehr unheimlich. Die Häuser zu beiden Seiten der Straße neigten sich manchmal so weit nach vorn, dass Nachbarn auf gegenüberliegenden Straßenseiten in der Lage gewesen wären, sich die Hände zu schütteln. Wir zuckten zusammen, wenn eine Eule heulte oder ein Hund bellte, setzten den Weg aber fort. Ich versuchte, nicht zur aufragenden dunklen Silhouette des Schlosses zurückzusehen, dessen kegelförmige Dächer sich unheilvoll vor dem schwarzen Himmel abzeichneten. Welches Ziel Feder auch immer zu erreichen gedachte – ich hoffte, dass wir bald da waren. Es schien ewig zu dauern, und ich konzentrierte mich schließlich nur noch darauf, einen Fuß vor den anderen zu setzen und nicht zu fallen. Als ich um eine Pause bitten wollte, weil ich kurz vor dem Zusammenbruch stand, sah ich ein mattes Licht in der Ferne, so schwach, dass ich zunächst dachte, meine Augen spielten mir einen Streich. Langsam wurde es heller und zu einer Kerze auf dem Fenstersims eines kleinen Hauses. Feder materialisierte nicht, vielleicht deshalb, weil er so erschöpft war wie ich, und ich sammelte genug Kraft, um an die Tür zu klopfen, anstatt die Faust hindurchzuschieben. Sie schwang auf, und Licht fiel nach draußen, unerträglich hell nach der Dunkelheit. Ich kniff die Augen zu, und als ich sie wieder öffnete, sah ich in das besorgte Gesicht von Louis-César.

Acht

Ich lag auf dem Boden und brauchte eine Sekunde, um zu begreifen, dass ich wieder in der richtigen Zeit war und in meinem eigenen Körper steckte. Ich hätte vor Erleichterung geweint, wenn ich kräftig genug gewesen wäre.

Billy Joe erschien über mir und wirkte ausgesprochen sauer. »Warum hast du mir nicht gesagt, dass du zu so etwas fähig bist? Ich habe dort drin festgesessen! Ich hätte sterben können!«

Ich versuchte nicht, mich aufzusetzen, denn der Asphalt unter mir schien einen recht wilden Hula zu tanzen. »Werd nicht melodramatisch. Du bist bereits tot.«

»Den Hinweis hättest du dir sparen können.«

»Geh weinen.«

Billy Joe setzte zu einer Antwort an, musste aber beiseiteweichen, weil sich Louis-César über mich beugte – er wollte nicht erneut in einem Körper gefangen sein.

»Mademoiselle Palmer, ist alles in Ordnung mit Ihnen? Können Sie mich hören?«

»Rühren Sie mich nicht an.« Ich beschloss, mich doch aufzusetzen, hauptsächlich deshalb, weil mein Rock so weit hochgerutscht war, dass man meine rosarote Unterwäsche sehen konnte. Ich wollte Louis-César nicht in meiner Nähe. Jedes Mal, wenn wir uns berührten, warf mich etwas durch die Zeit. Meine Sinne hatten gleich zu Anfang versucht, mich zu warnen, aber es war unmöglich gewesen, zwischen der Furcht vor seiner Nähe und der allgemeinen Angst vor dem Senat zu unterscheiden. Und überhaupt, von außerkörperlichen Erfahrungen hatte ich erst einmal genug. »Wo ist Tomas?« Ich war noch immer recht unglücklich mit ihm, aber der Gedanke, ihn zufällig getötet zu haben, war alles andere als angenehm.

»Er ist hier.« Louis-César wich etwas zurück, und ich sah Tomas hinter ihm. Er maß den Franzosen mit einem sonderbaren Blick und schien erstaunt zu sein, fast so, als würde er ihn nicht wiedererkennen.

»Ist alles in Ordnung mit dir?«, fragte ich besorgt. Ich hoffe, dass jemand bei klarem Verstand war, denn ich hatte keine Ahnung, wie ich diese Leute zur Vernunft bringen sollte. Nach einigen langen Sekunden nickte Tomas, schwieg aber. Ich hielt das für kein gutes Zeichen. »Wie viele Finger halte ich hoch?«

»Um Himmels willen!« Billy Joe schob sich zwischen uns, darauf bedacht, niemanden zu berühren. Er starrte mich an. »Es ist okay. Er kam vor einigen Minuten zu sich, als du beschlossen hast, dich wieder zu uns zu gesellen.« Er schnitt eine finstere Miene. »Welchen Sinn hat es, Urlaub zu machen, wenn's brenzlig wird?«

Ich achtete nicht auf ihn. »Hilf mir.« Tomas dachte, dass ich ihn meinte – er beugte sich vor, was Billy Joe zwang, zur Seite zu weichen. Ich setzte mich auf und sah mich um. Elf tote Werratten lagen in der Nähe, unter ihnen auch Jimmy. Wie vorwurfsvoll starrten mich seine glasigen Rattenaugen durch die sich auflösenden Rauchschwaden an, und ich fluchte. »Verdammt! Ich wollte mit ihm reden!« Ich drehte mich zu Pritkin um, der mit erhobenen Armen dastand, fast so, als drückte er etwas nach oben, obwohl es über ihm nur leere Luft gab. »Sie haben ihn getötet, bevor ich ihn nach meinem Vater fragen konnte!«

Pritkin schenkte mir überhaupt keine Beachtung. Sein Blick galt nicht uns, und er sah nicht besonders gut aus. Das Gesicht war rot angelaufen, die Augen getrübt, und deutlich zeichneten sich die Adern an seinem Hals ab. Er sprach mühsam, mit gepresst klingender Stimme. »Ich halte es nicht mehr lange aus.« Diese Worte ergaben erst einen Sinn, als ich das bläuliche Glühen in der Luft um uns herum bemerkte und begriff, dass wir im Innern der Schilde des Magiers standen. Mit einer Erweiterung seiner Abschirmung hatte er eine Schutzblase um uns geschaffen, aber sie schien nicht besonders stark zu sein. Vielleicht war er zu weit gegangen. Individuelle Schilde waren nur für eine Person bestimmt; kein Wunder, dass seine Kräfte zur Neige gingen.

»Wir müssen Cassie von hier fortbringen«, sagte Tomas, und ich stellte fest, dass auch ihm die Anspannung ins Gesicht geschrieben stand. Er sah nicht aus, als würde er hundert oder mehr Kilo stemmen, wie Pritkin, aber er schien entsetzt zu sein. Sein Blick galt nicht dem Magier oder etwas hinter ihm, sondern mir.

Louis-César war der Einzige, der einen normalen Eindruck erweckte. In seinem attraktiven Gesicht zeigten sich nur Ruhe und Gelassenheit. »*Mademoiselle*, wenn Sie sich einigermaßen erholt haben … Darf ich vorschlagen, dass wir nach MAGIE zurückkehren? Tomas trägt Sie.«

Pritkin murmelte etwas, und für einen Moment erschien ein glühendes Symbol in der Luft, so nahe, dass ich in der Lage gewesen wäre, es mit der Hand zu berühren. Dann löste es sich in den Schilden auf. Ich wusste, was er machte, denn einer von Tonys Magiern hatte einmal mit Worten der Macht einen Grenzzauber beim Schutzraum installiert. Ich war fasziniert davon gewesen, dass er auf einem so substanzlosen Fundament wie einigen gesprochenen Worten eine Abschirmung bauen konnte, und er hatte erklärt, dass er die Worte als Fokus für seine Kraft benutzte.

Magie kam aus vielen Quellen. Von den magischen Geschöpfen und in gewisser Weise auch den Lykanthropen hieß es, dass sie ihre von der Natur bekommen – sie zapfen die gewaltige Energie des Planeten an, der mit ungeheurer Geschwindigkeit durchs All rast. Gravitation, Sonnenlicht, der Zug des Mondes, das alles konnte in Energie verwandelt werden, wenn man Bescheid wusste. Ich hatte Spekulationen gehört, nach denen die Erde ein magisches Feld auf die gleiche Weise erzeugte wie ein Gravitationsfeld und dass irgendwann jemand einen Weg finden würde, es zu nutzen. Das war der heilige Gral der modernen magischen Theorie, und bisher hatte noch niemand eine Methode entwickelt, mit der sich jenes magische Potenzial wirklich erschließen ließ, obgleich zahlreiche Arbeitsstunden in entsprechende Versuche investiert worden waren. Bis zur Lösung des Rätsels konnten Menschen, die Magie nutzten, sich nur einen winzigen Teil von der Natur borgen; der größte Teil ihrer Kraft kam aus ihnen selbst. Abgesehen von den Anwendern dunkler Magie, die sich gewaltige Mengen magischer Energie beschafften, indem sie anderen das Leben stahlen oder die Kraft aus dem Jenseits bezogen. Doch dafür mussten sie einen enorm hohen Preis bezahlen.

Manche Magier waren stärker als andere, aber die meisten von ihnen mogelten, um ihre Fähigkeiten zu verbessern. Viele hatten Talismane, die natürliche Energie über lange Zeiträume wie Batterien sammelten und sie ihnen dann zur Verfügung stellten, wie zum Beispiel Billy Joes Halskette. Einige gingen Verbindungen mit anderen Magiern ein, um sich Kraft leihen zu können, wenn sie welche brauchten – man nehme nur den Silbernen Kreis. Andere verbündeten sich mit magischen Geschöpfen, die natürliche Energie besser aufnehmen konnten als sie. Ich wusste nicht, wovon Pritkin abgesehen von der eigenen Kraft Gebrauch machte, aber es schien nicht besonders gut zu klappen. Seine Schilde leuchteten etwas heller, nachdem das Symbol sie berührt hatte, doch fast sofort trübten sie sich wieder ein. Etwas saugte ihre Energie ab, und zwar schnell.

Ich sah mich um, konnte aber nirgends eine Gefahr erkennen. Der Parkplatz lag still da, wenn auch nicht friedlich: Durch die allmählich dünner werdenden Qualmwolken waren Flammen zu sehen, die aus einigen Wagen leckten. Ich sah Louis-César an und kniff die Augen zusammen, bezweifelte aber, Einzelheiten von ihm zu erfahren. Zum Glück brauchte ich ihn nicht. »Billy? Was geht hier vor?«

»Mit wem reden Sie da?« Zum ersten Mal wirkte Louis-César leicht verunsichert. »Vielleicht hat sie eine Gehirnerschütterung erlitten«, wandte er sich an Tomas. »Sei vorsichtig mit ihr.«

Ich ignorierte ihn, denn Billy schwebte zu Pritkin und vollführte aufgeregte Gesten, die dem Magier, der Umgebung und der Nacht galten. »Billy! Was in aller Welt machst du da? Du brauchst wohl kaum zu befürchten, dass dich jemand hört. Heraus damit!«

»Ihr Geist kann Ihnen nicht helfen, Seherin.« Die Stimme kam aus dem Dunkeln, und ich bemerkte, dass sich den fünf Vampiren am Rand des Parkplatzes eine Gestalt hinzugesellt hatte. In der Düsternis war von dem Burschen nicht viel zu erkennen, aber der emotionale Eindruck, den ich von ihm gewann, war alles andere als nett. Vielleicht war es ganz gut so, dass ich sein Gesicht nicht sehen konnte. »Ich habe mich vor ihm abgeschirmt. Niemand kann Ihnen helfen, aber das ist auch gar nicht nötig. Ihnen droht keine Gefahr, Seherin. Begleiten Sie mich, und ich garantiere, dass Ihnen nichts geschehen wird. Wir schätzen Ihre Fähigkeiten und möchten Ihnen dabei helfen, sie weiterzuentwickeln; Sie sollen sich nicht verstecken und Ihr ganzes Leben Angst haben. Kommen Sie zu mir. Dann lasse ich Ihre Freunde, wenn es Freunde sind, in Frieden gehen.«

»Mein Name lautet Cassie. Sie verwechseln mich mit jemandem.« Ich war nicht an einem Gespräch interessiert, aber Billy Joe versuchte sehr, mir etwas mitzuteilen, und ich musste ihm für sein Gestenspiel Zeit geben.

»Ich habe den angemessenen Titel für Sie benutzt, Miss Palmer, obwohl Ihr Name interessant ist. Hat Ihnen jemand von seiner Bedeutung erzählt?« Der Mann lachte. »Sagen Sie nur nicht, dass man Sie in völliger Unwissenheit hat aufwachsen lassen. Welch ein Mangel an Weitblick. Wir werden diesen Fehler nicht wiederholen.«

»Kassandra war eine Seherin in der griechischen Mythologie, die Geliebte von Apoll.« Eugenie hatte Wert darauf gelegt, dass wir uns im Unterricht auch mit den Mythen der Griechen und Römer befassten – zu ihrer Zeit schien das ein wichtiger Bestandteil für die Bildung einer jungen Dame gewesen zu sein –, und ich hatte mich nicht beklagt, weil mir jene Dinge einigermaßen interessant erschienen waren. Bisher hatte ich geglaubt, dass Cassandra ein guter Name für eine Seherin war.

»Nicht ganz, meine Liebe.« Die Stimme war volltönend und hätte vielleicht angenehm geklungen, wäre sie nicht von etwas begleitet gewesen, das mich an eine verfaulende Frucht erinnerte: überreif und mehlig. »Apoll, der Gott aller Seher, liebte die schöne Menschenfrau Kassandra, die seine Gefühle jedoch nicht erwiderte. Sie heuchelte lange genug Liebe, um die Gabe des Sehens in die Zukunft zu bekommen, und dann lief sie weg. Natürlich fand er sie schließlich – wie Sie konnte sie sich nicht für immer verbergen – und nahm Rache. Sie durfte die Gabe behalten, sagte er, würde damit aber nur Tragisches sehen, und niemand würde ihren Prophezeiungen glauben, bis es zu spät war.«

Ich schauderte unwillkürlich. Die Worte des Mannes gingen mir unter die Haut. Er schien zu wissen, dass er mit ihnen ins Schwarze getroffen hatte, und lachte erneut. »Keine Angst, allerliebste Cassandra. Ich werde Sie lehren, dass es Schönheit im Dunkeln geben kann.«

»Was ist los?«, zischte ich Billy zu, vor allem deshalb um mich von der verführerischen Stimme abzulenken.

Der dunkle Magier antwortete, obwohl er eigentlich nicht hätte imstande sein sollen, das Flüstern aus so großer Entfernung zu hören. »Der Zauber des weißen Ritters wird schwächer, Seherin. Bald können wir uns direkt gegenüberstehen.«

Keine besonders erfreuliche Aussicht, fand ich. Ich sah zu Billy Joe. »Erinnerst du dich an die drei Tage, als ich Philly das letzte Mal verließ?« Ein oder zwei Sekunden starrte er mich verwirrt an, schüttelte dann heftig den Kopf und gestikulierte erneut wie wild. Ja, er erinnerte sich.

Ich kannte nur ein Wort der Macht. Es war keine Waffe, sondern dazu bestimmt, in Zeiten der Not Ausdauer zu geben, indem es auf die Reserven des Körpers zurückgriff – auf alle Reserven. Die Nutzung brachte erhebliche Risiken mit sich, denn wenn die Energie vor dem Verschwinden der Gefahr nachließ, war man völlig kraftlos, wenn die Bösewichte aufkreuzten. Aber solange es wirkte, hatte man wirklich ordentlich Power. Ich hatte es benutzt, um nach meiner zweiten Flucht von Tony mehr als drei Tage hintereinander wach zu bleiben. Am Hof hatte ich das Wort untersucht und mit einem der abtrünnigen Magier geübt, denn ich wusste aus Erfahrung: Es würde mehr als zweiundsiebzig Stunden dauern, bis Tonys Spurzauber an Wirkung verloren. Bei meiner ersten Flucht war das Glück auf meiner Seite gewesen: Ich schlief in einem Bus ein, und die Verfolger hatten nicht feststellen können, in welchem der sechs oder sieben Busse, die gerade den Bahnhof verlassen hatten, ich mich befand. Als sie die Spur fanden, erwachte ich voller Panik und wechselte den Bus. Es gelang mir, den Burschen für die erforderlichen drei Tage zu entwischen, aber mehrmals war die Sache sehr knapp gewesen, und so etwas sollte sich nicht wiederholen. Tonys Leute hatten bei jener Gelegenheit reichlich Erfahrung sammeln können, und diesmal fehlte mir das Überraschungsmoment.

Mein Plan hatte funktioniert, doch der Preis war hoch: Als die Wirkung des mächtigen Worts nachließ, schlief ich fast eine ganze Woche und verlor zehn Pfund an Gewicht. Wahrscheinlich hätte ich mehr verloren – mein Leben –, aber zum Glück fanden Billy Joe und ich heraus, dass der Energietransfer zwischen uns in beiden Richtungen funktionierte. Er konnte nicht nur Kraft nehmen, sondern auch geben, und derzeit war sein Tank voll.

Billy schwebte näher, mit weiteren Gesten und finsterem Gesicht. Er versuchte mir ganz offensichtlich zu sagen, dass er nicht sprechen wollte, und es gab nur eine Alternative. Ich seufzte. »Komm herein.« Etwas Warmes strich über mich hinweg, und Billy schwebte in mich. Ich sah, wie er in Irland das Grab für seine Mutter ausgehoben hatte, als er sich in mir niederließ.

»Hast du den Verstand verloren?«, entfuhr es ihm.

»Sag mir nur, ob es klappen könnte – sind wir in der Lage, die Schilde zu verstärken?«

»Was meinst du mit ›wir‹?«

Ich seufzte. »Hör auf zu schimpfen. Du weißt, dass du Energie übrig hast. Lässt es sich machen?«

»Verdammt, ich weiß es nicht!«, erwiderte Billy scharf. Er war richtig sauer. »Ich spiele nicht mit Worten der Macht herum! Wenn diese Sache nach hinten losgeht, könnte es schlimm werden – sehr schlimm.«

»Letztes Mal hat es geklappt.«

»Letztes Mal wärst du fast gestorben!«

»Oh, ich wusste gar nicht, dass dir etwas an meinem Wohlergehen lag. Beantworte meine Frage.«

»Ich weiß es nicht«, erwiderte er missmutig. »Rein theoretisch sollte ich in der Lage sein, die Energie nach außen zu richten anstatt nach innen, aber ...«

»Gut.« Ich konzentrierte mich auf die schimmernden Schilde und achtete nicht darauf, dass sich Louis-César und Tomas zu streiten schienen. Es war lange her, seit ich das zum letzten Mal versucht hatte, und wenn ich Mist baute, bekam ich vielleicht keine zweite Chance. Pritkins Gesicht war inzwischen fast violett, und nur noch das Weiße zeigte sich in seinen Augen.

»Warte! Ich muss kurz nachdenken! Immer mit der Ruhe ...« Billy schwatzte weiter, aber ich hörte nicht mehr hin. Wir hatten keine Zeit für eine lange Diskussion. Ich konnte meinen Zauber nicht so ausdehnen, wie Pritkin es gemacht hatte – wenn seine Schilde nachgaben, bevor ich sie verstärkte, saßen wir alle ziemlich tief in der Patsche. Ich konzentrierte mich und sprach das einzige Wort der Macht, das ich kannte.

Energie strömte durch mich, so nachhaltig, dass ich fast das Gefühl bekam, vom Boden abzuheben. Eine Sekunde später malte Billy eine glühende goldene Rune in die Luft – sie schwebte direkt vor meinem Gesicht, hell, glänzend und perfekt. Aber mir blieb keine Zeit, sie zu bewundern, denn eine Sekunde später landete ich auf dem Hintern, als mich die Energie ebenso plötzlich verließ, wie sie gekommen war. In aller Deutlichkeit erinnerte ich mich daran, warum ich so etwas nicht oft machte.

Ich rollte auf die Seite, stöhnte und versuchte, mich nicht zu übergeben – der Inhalt meines Magens wollte unbedingt nach draußen. Dann begann Billy damit, mir einen Teil seiner gestohlenen Kraft zu geben. Ich war sicher gewesen, überhaupt nichts zu fühlen – als er mir zuvor geholfen hatte, war ich mir dessen erst hinterher bewusst geworden. Aber diesmal kam es zu intensiven Empfindungen. Funkelnde, warme, wundervolle Kraft floss durch mich, und ich setzte mich abrupt auf. Verdammt! Ich könnte süchtig danach werden. Billys Lachen hallte in meinem Kopf wider, und ich lächelte. Kein Wunder, dass er zuvor wie ein Komet umhergeflogen war.

»Was haben Sie gemacht?« Pritkin setzte sich ebenfalls auf und wirkte verwirrt. Er richtete den Blick auf mich. »*Sie* haben die Schilde verstärkt?« Er starrte fassungslos, während ich mich über mein und Billys Werk freute. Im hellen Halogenlicht ragten um uns herum hübsche blaue Wände auf, dick und so undurchsichtig, dass sie wahrscheinlich auch von Normalos gesehen werden konnten. Pritkin schien bei seinem Zauber Wasser verwendet zu haben, denn die Wände kräuselten sich, als breiteten sich kleine Wellen in ihnen aus.

»Wir haben gute Arbeit geleistet«, sagte ich zu meinem Helfer. »Und mir ist überhaupt nicht mehr schlecht.«

»Was haben Sie getan?« Pritkin packte mich an den Armen, und mein Schutzzauber zischte leise. Er ließ mich los, sah mich finster an und rieb sich die Hände. »So viel Macht können Sie nicht haben – das ist keinem Menschen möglich!«

»Vielleicht habe ich sie mir geliehen.«

Er kniff die Augen zusammen. »Von wem? Oder von was?«

Ich hatte keine Lust zu langen Erklärungen. »Würde mir bitte jemand sagen, was hier läuft?« Bevor jemand antworten konnte, kamen brutzelnde Geräusche von den Schilden. Etwas, das wie eine schwarze Wolke aussah, nagte an ihnen und verschluckte die wundervolle Kraft in kleinen Bissen – der Vorgang erinnerte mich an einen Heuschreckenschwarm, der sich über Getreidefelder hermachte. Na schön, wir hatten es also noch nicht hinter uns.

Ich beschloss, von der einen Person Antworten zu fordern, die mir die Wahrheit sagen würde. Ich kehrte den Blick nach innen und fand Billy. »Spuck's aus.«

»Ich kann nicht glauben, dass du das fertiggebracht hast! Ist dir klar, was hätte geschehen können, wenn es dir nicht gelungen wäre, so viel Energie auf einmal zu kanalisieren? Sie wäre innen an den Schilden abgeprallt und hätte uns alle gebraten!«

»Schrei mich später an«, sagte ich. »Ich will von dir wissen, was hier los ist.«

»Magier der beiden Kreise kämpfen gegeneinander, und wir sind zwischen die Fronten geraten. Ist das knapp genug?«

»Gut. Jetzt die Version, die für mich einen Sinn ergibt.«

Ich hörte etwas Seltsames und begriff, dass es nach knirschenden Zähnen klang. Ich wusste gar nicht, dass Billy zu so etwas fähig war. »Nachdem du in deinen Körper zurückgekehrt warst, bin ich durch den dunklen Magier geschwebt, aber er hat es gemerkt und sich geschützt. Ich glaube, ich wäre nicht noch einmal dazu imstande. Bevor er mich hinauswarf, erfuhr ich dies: Der Schwarze Kreis hat sich mit Rasputin verbündet, zusammen mit einigen anderen Gruppen, denen der Status quo nicht gefällt. Sie scheinen zu glauben, dass er eine echte Chance hat, den ganzen Laden zu übernehmen, und sie wollen sich die Beute nicht entgehen lassen. Interessanterweise scheint auch Tony ein Kumpel von ihnen zu sein. Er verkauft magische Anwender an die Lichtelfen und weiß: Wenn jemand bei MAGIE dahinterkommt, kann er von Glück sagen, wenn er nur mit dem Pflock bestraft wird.«

»Was? Das ergibt doch keinen Sinn.« Ich hatte gerade erst erfahren, dass das Feenland mehr war als nur ein Märchen. Ganz gewiss verstand ich nicht genug darüber, um Billys Gerede zu verstehen.

»Es ist eine lange Geschichte. Für dich genügt es zu wissen, dass Tony Schutz möchte. Die dunklen Elfen haben das Problem auf ihn zurückgeführt und sind alles andere als glücklich. Sie können es sich nicht leisten, dass die Lichtelfen mehr werden als sie, aber mit fruchtbaren magischen Anwendern, die dem Bevölkerungswachstum auf die Sprünge helfen, wird genau das geschehen. Und dann wird das Licht überall im Feenland regieren.«

»Aber das ist doch gut, oder?« Ich wusste nicht, wie viele meiner Kindheitsgeschichten auf wahren Dingen basierten, doch wenn die dunklen Feenlandgeschöpfe tatsächlich Trolle, Banshees, Kobolde und dergleichen waren, so sollte man sich freuen, wenn das Licht den Sieg errang, oder?

Billy seufzte. »Wir beide müssen bei Gelegenheit ein längeres Gespräch führen. Nein, es wäre nicht gut. Ich traue diesen Wesen nicht, aber die Dunklen haben wenigstens Regeln. Die Hellen sind in letzter Zeit immer anarchischer geworden – in den vergangenen Jahrhunderten, meine ich –, und sie könnten wer weiß was anstellen, wenn es kein Gegengewicht mehr gibt. Deshalb war die demente Fee hier. Normalerweise wären ihr versklavte Menschen völlig gleich, aber wenn die ganze Sache dem Licht nützt, möchte sie ihr einen Riegel vorschieben. Wie dem auch sei: Rasputin hat versprochen, Tony zu schützen, und als Gegenleistung soll er dich töten. Es fiel ihm nicht schwer, darauf einzugehen.«

»Kann ich mir denken.« Also hatte ich noch einen Feind. Ich sollte besser eine Liste von ihnen anfertigen. »Warum will Rasputin mich tot sehen?«

»Er hält dich für eine Gefahr, aus einem mir unbekannten Grund. Der Magier weiß vielleicht Bescheid. Ich habe herausgefunden, dass Rasputin vor einer halben Stunde Tonys Jungs angerufen und gesagt hat, du wärst hierher unterwegs. Vermutlich war Jimmy deshalb noch am Leben. Alle Leute wurden beim Kasino gebraucht, um dich zu erwischen – es blieb niemand mehr übrig, der sich um Jimmy kümmern konnte. Allerdings rechnete keiner damit, dass du einfach so durch den Vordereingang hereinspaziert kamst. Sie bewachten die Seiten- und Hintereingänge. Du hast sie ziemlich überrascht.« Das erklärte zumindest, warum ich durch leere Flure gewandert war.

Mir fiel etwas ein. »Die Entscheidung, hierherzukommen, traf ich kurz vor dem Aufbruch. Wie konnte Rasputin davon wissen?«

»Gute Frage.«

Ich entschied, es zunächst dabei zu belassen. »Warum sollte er Tony und den Kreis mit etwas so Riskantem wie Versklavung herausfordern?« Der Handel mit magischen Anwendern war nicht völlig unbekannt, denn mit dem Verkauf von begabten Telepathen und Zauberschmieden ließ sich viel Geld verdienen. Aber die meisten Leute fürchteten die Strafen des Kreises für den Fall, dass man ihnen auf die Schliche kam. Ich erinnerte mich daran, dass Tony in diesem Zusammenhang einmal von einem »Spiel für Narren« gesprochen hatte. Was mochte ihn veranlasst haben, seine Meinung zu ändern? »Mircea wird ihn töten.«

»Nicht, wenn Rasputin zuerst Mircea und die übrigen Senatsmitglieder umbringt. In dem Fall erhält Tony einen Sitz im Senat, ohne Kontrolle durch seinen Meister, und muss nichts mehr bezahlen. Macht und Reichtum, die üblichen Verdächtigen.«

»Tony ist nicht stark genug, um allein zurechtzukommen, nicht einmal ohne Mircea. Er hat höchstens das dritte Niveau erreicht, wie du weißt.«

»Vielleicht glaubt er, dass Rasputin ihm hilft. Oder vielleicht harrt er nur aus. Er ist alt genug, um das zweite Niveau erreicht zu haben, wenn er das Zeug dazu hat. Vielleicht hat er niemandem davon erzählt, weil es Mircea veranlasst hätte, ihn genauer im Auge zu behalten. Er könnte auf eine Chance gewartet haben, mit ihm zu brechen, ein Wagnis, das er nur mit einem großen Verbündeten eingehen wollte.«

»Den er jetzt hat.«

»So sieht's aus. Nun, Partnerin, was willst du tun?«

»Mit was genau haben wir es zu tun?«

Billy seufzte theatralisch. Das machte er oft, wenn er glaubte, dass mir seine Worte nicht gefallen würden. »Zwei dunkle Magier, fünf Vampire hier und fünfzehn weitere in der Gegend, sechs von ihnen mit Meisterniveau. Oh, und acht bis an die Zähne bewaffnete Normalos.«

»*Was?*«

»Nun, was hast du erwartet? Vegas ist eine von Tonys Hochburgen. Und es sind noch mehr unterwegs – ich habe weitere sechs Normalos und acht oder neun Vampire im Keller gesehen. Wenn sie schnallen, dass du gesehen worden bist, sind sie in null Komma nix hier. An diesem Ort wird bald eine Menge los sein.«

Ich saß betroffen da. »Klingt ganz so, als säßen wir in der Scheiße.«

»Könnte man sagen. Derzeit besteht der Plan darin, dass Tomas dich schnappt und mit dir abzischt, während Louis-César und der Magier hierbleiben und versuchen, alle lange genug aufzuhalten, damit ihr entkommen könnt.«

»Das grenzt an Selbstmord!«

»Ja, und das Schlimmste ist: Wahrscheinlich klappt es gar nicht. Wir sind umzingelt, Schätzchen. Tomas kann nicht an ihnen allen vorbei.«

»Mist.« Ich überlegte schnell. »Was ist mit Verstärkung?«

Louis-César unterbrach mich, indem er in mein Ohr rief. »Können Sie mich hören, *Mademoiselle*?«

Ich fürchtete eine Berührung und zuckte zurück. »Was wollen Sie? Ich bin beschäftigt.«

Er richtete einen seltsamen Blick auf mich, sprach aber leiser. »Sie müssen jetzt gehen, *Mademoiselle*. Es tut mir leid, aber wir können Ihnen nicht mehr Zeit geben, sich zu erholen.«

»Ich gehe nirgendwohin. Einen solchen Spießrutenlauf kann Tomas nicht gewinnen, und das wissen Sie. Zwei schwarze Ritter, sechs Meister und mindestens vierzehn andere Vampire? Ich bitte Sie.«

Ich stellte fest, wie Louis-César aussah, wenn er die Fassung verlor. »Wie kannst du wissen, mit wie vielen Gegnern wir es zu tun haben?«

»Der Geister-Diener hat es ihr gesagt«, erklärte Pritkin, und ich sah, dass er wieder auf den Knien war und sich auf die schnell destabilisierenden Schilde konzentrierte.

»Sie können Billy sehen?« Das überraschte mich. Nur sehr wenige Personen waren dazu imstande.

»Nein«, brachte Pritkin zwischen zusammengebissenen Zähnen hervor. Wieder zeichneten sich die Adern an seinem Hals ab. »Aber man hat mir gesagt, was Sie können. Ich kenne zumindest einen Teil Ihrer Fähigkeiten.« Schweiß strömte ihm übers Gesicht und tropfte aufs Hemd. Er sah mich fast verzweifelt an. »Wenn Sie weitere Tricks kennen, dann sollten Sie jetzt Gebrauch davon machen. Ich kann das nur verlangsamen, aber nicht aufhalten.«

Ich seufzte. Warum dachte ich, dass ich das bereuen würde? »Geben Sie mir eine Minute.«

Wieder machte ich einen Ausflug in meine Innenwelt, um festzustellen, ob Billy Joe irgendeine tolle Idee hatte. Das war tatsächlich der Fall, aber sie gefiel mir nicht. »Von dem Magier kann ich nicht Besitz ergreifen, weil er vor mir abgeschirmt ist. Aber du bist als Geist viel mächtiger als ich, weil du noch lebst. Wenn wir wiederholen, was vorhin geschehen ist …«

»Nein! Ich möchte mich nicht noch einmal in einem fremden Körper wiederfinden! Mir graut bei der Vorstellung, dass ich nicht zurückkehren kann. Was passiert, wenn ich feststecke? Lass dir was anderes einfallen.« Es hatte mir nicht gefallen, Louis-César zu sein, und ich wollte nicht herausfinden, wie es im Innern des dunklen magischen Anwenders aussah.

»Ich glaube nicht, dass du in ihm feststecken könntest. Er ist ein Magier. Wenn du erst einmal in ihm bist, bleibt dir nicht viel Zeit, denn er wird dich schnell hinauswerfen. Aber du brauchst auch nicht lange. Wenn es dir gelingt, ihn für ein paar Sekunden abzulenken … Ich schätze, unsere drei Helden hier können mit den Vampiren fertig werden.«

»Drei gegen zwanzig? Hältst du dich nicht für ein wenig zu optimistisch?«

»Du willst es nur nicht tun.«

»Da hast du verdammt recht.«

»Hast du eine bessere Idee?«

Ich schluckte. Es musste eine Alternative geben. Der Senat hatte drei mächtige Abgesandte nur deshalb geschickt, um mich aus dem Dante's zu holen, woraus ich schloss, dass er mich unbedingt zurückwollte. Wenn wir nicht zurückkehrten und sich niemand meldete, würde er Verstärkung schicken, aber ich hatte keine Ahnung, wie lange das dauern würde. »Wann geht die Sonne auf? Vielleicht können wir Tonys Typen lange genug von uns fernhalten, bis sie in Deckung gehen müssen. Louis-César sollte in der Lage sein, ein bisschen Sonnenlicht auszuhalten, und von Tomas weiß ich, dass er es kann.«

Billy Joe lachte, aber es klang nicht glücklich. »Klar, und glaubst du, dass unser Magier so lange durchhält?«

Ich sah zu Pritkin und konnte Billy nicht widersprechen. Die Augen des Magiers traten aus den Höhlen, und mehrere Blutgefäße in ihnen mussten geplatzt sein, denn er weinte rote Tränen. Was auch immer mit ihm los war: Ich konnte ihm nicht helfen. Im Lauf der Jahre hatte ich viel angewandte Magie gesehen, aber ich kam nur mit dem kleinen Etwas klar, das ich bereits ausprobiert hatte, und einen solchen Verlust an Kraft konnte Billy Joe nicht noch einmal ersetzen. Andererseits: Wenn ich nicht bald etwas unternahm, würde meine Absicht, mich an Jimmy zu rächen, drei Personen das Leben kosten.

»Na schön.« Ich atmete tief durch. »Also los.«

Ich sah Billy nicht, wenn er in mir weilte, aber ich konnte seine Gefühle ganz deutlich erkennen und wusste, dass er skeptisch war. »Bist du sicher? Ich will nicht bis in alle Ewigkeit davon hören, wenn du als permanenter Geist endest. Ich kenne dich. Du würdest mich als Spuk verfolgen.«

»Eben hast du gesagt, dazu würde es nicht kommen.«

»*Wahrscheinlich* nicht. Mir fehlt die letzte Gewissheit.«

»Hast du noch einen anderen Plan? Wenn nicht …« Weiter kam ich nicht, denn Billy Joe prallte gegen mich wie ein Abwehrspieler beim Rugby. Er drückte, bis ich zu allem bereit gewesen wäre, um dem grässlichen Druck zu entkommen. Es fühlte sich an, als säße ich zwischen einer Dampfwalze und einem Berg fest – ich konnte einfach nicht ausweichen. Als ich glaubte, sterben zu müssen, wenn der Druck nicht sofort nachließ, schwebte ich plötzlich frei. Es war eine große Erleichterung, doch das angenehme Gefühl des Schwebens dauerte nur eine Sekunde – dann prallte ich gegen etwas mit der Festigkeit einer Betonmauer. Es tat so weh, dass ich befürchtete, mir alle Knochen im Leib gebrochen zu haben – allerdings wurde mir plötzlich klar, dass ich gar keinen Körper mehr hatte.

Jemand lachte in meiner Nähe. »O nein, kleiner Geist. Ich habe es dir bereits gesagt. Noch einmal überrumpelst du mich nicht so leicht. Geh heim zu deiner Herrin, bevor ich dich an einen Ort schicke, wo es dir nicht gefällt.«

Ich begriff, was es mit der Mauer auf sich hatte. Sie repräsentierte den Schutz des Magiers, und er war weitaus besser als erwartet. Doch ich konnte seinen Rat nicht beherzigen, denn ich wusste nicht, wie ich ohne Billys Hilfe zurückkehren sollte. Es blieb mir also nichts anderes übrig, als den Weg nach vorn fortzusetzen. Durch die Abschirmung zu gelangen, wurde zu einer Sache von Leben und Tod.

Man konnte sich mit allem abschirmen, solange es eine Bedeutung für die eigene Person hatte: Felsgestein, Metall, Wasser, sogar Luft. Es ging einfach nur darum, sich die eigene Kraft vorzustellen und zu manipulieren. Eugenie hatte sich mit Dunst geschützt, was mir seltsam erschienen war, aber es hatte für sie funktioniert. Die Abschirmung des Magiers gehörte trotz ihrer Stärke zum normalen Typ: Wie ich stellte er sich eine Mauer vor. Allerdings bestand seine aus Holz und meine aus Feuer. Wenn ich mich konzentrierte, sah ich eine Festung aus riesigen Bäumen, wie kalifornische Mammutbäume – sie reichten so weit gen Himmel, dass sich ihre Wipfel in den Wolken verloren, obwohl es in Wirklichkeit natürlich gar keine »Wipfel« gab. Ich wusste: Ganz gleich, in welcher Richtung ich an der Abschirmungslinie entlangging, ich würde immer die gleiche undurchdringliche Wand sehen.

Ich schaute zum Ort meiner »Landung« zurück und bemerkte, dass das Holz durch die Wucht des Aufpralls gesplittert war und sich ein Abdruck meines Körpers hineingebrannt hatte. Dadurch musste mich der Magier gefühlt haben, und es brachte mich auf eine Idee. Soweit ich wusste, hatte so etwas noch nie jemand versucht, aber es gab für alles ein erstes Mal. Ich konzentrierte mich nicht auf die Abschirmung des Magiers, sondern auf meine eigene.

Normalerweise nahm ich meine Schilde nicht wahr. Sie zu schaffen und aufrechtzuerhalten ging einem so sehr in Fleisch und Blut über wie der aufrechte Gang: Es fiel einem schwer, wenn man neun Monate alt ist, aber als Erwachsener brauchte man nicht zu überlegen, wenn man ein Zimmer durchqueren wollte. Ich nahm mir jetzt ein paar Sekunden, um mich zu konzentrieren, und um mich herum bildete sich der vertraute Vorhang aus Flammen, von denen keine sengende Hitze ausging, sondern eine angenehme Wärme. Ein rankenartiges Etwas wuchs aus dem Feuer, wie die Hand eines Kindes geformt, und streckte sich langsam dem Holz entgegen, das sofort in Brand geriet. Schon nach kurzer Zeit loderte ein ganzer Abschnitt des Waldes. Ich hörte vage, wie mich der Magier verfluchte und mir damit drohte, mich für immer ins unterste Gewölbe der Hölle zu verbannen. Ich schenkte ihm keine Beachtung, denn es erforderte meine ganze Aufmerksamkeit, das Feuer in Gang zu halten und zu verhindern, dass neues Holz das verbrannte ersetzte. Für schlagfertige Retourkutschen blieb keine Kraft übrig.

Endlich, nach einer gefühlten Woche, erschien ein kleines

Loch in dem Wall aus Holz. Ich wartete nicht darauf, dass es größer wurde, sondern zwängte mich sofort hindurch. Es war eine ziemlich enge Angelegenheit, und Splitter schienen meine Seiten blutig zu kratzen, obwohl das unmöglich der Fall sein konnte. Von einem Augenblick zum anderen blieben Rauch und Feuer des brennenden Waldes zurück, und ich konnte sehen. Der dunkle Parkplatz erstreckte sich um mich herum, und Wind strich mir übers Gesicht. Pritkin, Tomas und Louis-César standen auf der anderen Seite, und mein Körper starrte mich aus weit aufgerissenen Augen an.

»Alles klar!«, rief ich Billy Joe zu. »Ich bin drin!«

»Dann stell den verdammten Angriff ein! Pritkin steht kurz vor einem Schlaganfall!«

Ich sah mich verwirrt um, blickte dann ins Innere. »Ich mache gar nichts!« Es stimmte, soweit ich das feststellen konnte. Ich hatte angenommen, dass die Übernahme den Magier in seiner Konzentration stören und dadurch das Problem lösen würde. Aber ich sah, dass Pritkins Schilde so sehr geschrumpft waren, dass sie die drei Männer gerade noch schützten – sie konnten sich jeden Moment auflösen. »Was jetzt?«

Ich beobachtete, wie sich mein Körper zu Pritkin beugte und flüsterte. Er sah in meine Richtung, und ich winkte. Seine Augen wurden groß. Er sagte etwas, aber ich verstand ihn nicht. »Was?«

»Sein Armband!« Meine Stimme hallte über den Parkplatz, als Billy Joe aus vollem Hals schrie. »Du sollst es zerstören!«

Eine finstere Gestalt setzte sich auf der anderen Seite des Parkplatzes in Bewegung und lief auf mich zu. Von ihm bekam ich das gleiche zutiefst ungesunde Gefühl, dass ich auch von dem Magier empfangen hatte – uns brauchte also niemand vorzustellen. Irgendwie hatte der andere dunkle Ritter spitzgekriegt, was vor sich ging, und es gefiel ihm nicht.

Ich senkte den Blick und fand ein Armband am linken Handgelenk des Magiers. Es bestand aus kleinen silbernen Dolchen, die miteinander verbunden waren. Einen Verschluss entdeckte ich nicht – das Ding schien auf den Arm gelötet zu sein. Ich sah zu Pritkin und bemerkte die Verzweiflung in seinem Gesicht. Verdammt, dieses Ding musste verschwinden. Ich zog daran, und als das nichts nützte, arbeitete ich auch mit den Zähnen und nahm mir eine Stelle vor, an der sich zwei Dolche trafen. Die Finger des Magiers waren bereits blutig, als das Armband endlich nachgab.

Ich musste nicht fragen, ob ich es richtig gemacht hatte, denn Pritkin sank zu Boden und keuchte erleichtert, und die Vampire in seiner Nähe wurden aktiv. Louis-César schickte ein Messer in einen Vampir an meiner Seite. Unter anderen Umständen hätte ihn die Klinge enthauptet, aber sie prallte an einem großen stählernen Kragen ab. Viel Zeit gewann der Bursche dadurch nicht. Tomas streckte die Hand aus, und diesmal sah ich, was im Lagerraum geschehen war. Der Vampir sank auf die Knie und gab ein Geräusch von sich, das nach einem erstickten Gurgeln klang. Das Herz sprang ihm aus der Brust und flog zu Tomas, der es wie einen etwas zu groß geratenen Baseball auffing.

Den anderen dunklen Ritter trennten weniger als zwei Wagenlängen von mir. Er blieb stehen und hob die Hand, und plötzlich konnte ich mich nicht mehr bewegen. Bevor ich Gelegenheit bekam, in Panik zu geraten, traten die drei Hexen, die ich im Kasino befreit hatte, hinter einem geparkten Lieferwagen hervor und umringten den Magier. Ich wollte ihnen zurufen, dass sie weglaufen sollten, als die finstere Gestalt plötzlich zusammenbrach und heulte. Der auf mir lastende Druck ließ nach.

Es war eine Erleichterung, aber sie sollte nur von kurzer

Dauer sein. Etwas, das sich nach Eiswasser anfühlte, schwappte mir über die Füße. Sehen konnte ich nichts, aber von den unteren Bereichen meiner Abschirmung kam ein Zischen. Wenn ich mich konzentrierte, bot sich meinen Blicken vom Boden aufsteigender Dampf dar. Cleverer Magier: Er war imstande, sich mit mehr als nur einem Element abzuschirmen. Und mein Feuer schien seinem Wasser gegenüber nicht besonders heiß zu sein. Als die Flammen verschwanden, kletterten kleine Ranken aus Holz an meinen metaphysischen Beinen empor, einige von ihnen mit kleinen Zweigen und Blättern. Großartig. Der dunkle Magier würde verdammt sauer sein, wenn er wieder die Kontrolle übernahm, und bis dahin konnte es nicht länger als zwei Minuten dauern.

»Was ist los mit Ihnen?« Ein Vampir lief zu mir. Ich hatte ihn schon einmal an Tonys Hof gesehen: ein großer, zotteliger Blonder, von dem ich immer gedacht hatte, dass er etwas Bräune vertragen könnte – sein Surfer-Look passte nicht gut zu der totenblassen Haut. »Sie haben gesagt, Sie könnten ihn neutralisieren! Er wird uns alle erledigen!« Ich sah in die Richtung, in die er zeigte: Der Kampf ging wieder los, und zwar mit Schmackes. Ich fragte mich, wen der Typ mit »er« meinte, denn alle drei schienen mir sehr gefährlich zu sein.

Pritkin mochte ein feindseliger Hurensohn sein, aber im Kampf konnte man sich freuen, ihn auf der eigenen Seite zu haben. Er saß auf dem Boden, doch seine schwebenden Messer waren wieder in Aktion. Mehr noch: Diesmal machte er von seinem ganzen Arsenal Gebrauch. Ich beobachtete, wie er mit seiner Schrotflinte einen Vampir in Fetzen schoss und gleichzeitig fünf Messer nach einem anderen warf – eins trennte fast den Kopf ab. Der Vamp musste ein Meister gewesen sein, denn er ging nicht zu Boden, doch die Messer folgten ihm auf Schritt und Tritt, stachen zu und wichen zurück, wie ein Schwarm stählerner Bienen. Er schlug danach, während Blut aus zwanzig und mehr Schnittwunden quoll, aber sie kehrten immer wieder zu ihm zurück. Der Vampir brüllte voller Zorn, konnte aber nicht verhindern, dass ihn die Messer in Stücke schnitten. Zwei andere, von Granaten verfolgte Vamps beschlossen, seinem Beispiel nicht zu folgen. Wenn Pritkin selbst halbtot so wirkungsvoll zu kämpfen verstand, wollte ich ihn eigentlich nicht mit voller Kraft erleben.

Auch Tomas kam gut zurecht und führte gegen zwei Vampire einen Messerkampf, der so schnell war, dass ich bis auf das gelegentliche Aufblitzen einer Klinge keine Einzelheiten sah. Einige andere lagen in der Nähe, mit inzwischen vertrauten Löchern in der Brust. Unterdessen hatte Louis-César beschlossen, ganz allein in die Offensive zu gehen. Während Pritkin und Tomas die Angreifer beschäftigt hielten, stürmte er den Vampiren in meiner Nähe entgegen. Der Surfer-Bursche schien nicht zu wissen, in welchem Ruf der Franzose stand, denn er sprang auf ihn zu und hielt etwa eine Sekunde durch. Louis-César stieß sein Rapier, das bereits viel Blut getrunken hatte, in einen weiteren Körper, ohne dadurch langsamer zu werden. Er warf ein Messer nach dem zweiten dunklen Magier, doch es prallte wie von einer Rüstung ab. Was auch immer die drei Hexen machten – es zeigte mehr Wirkung. Der Magier ging zu Boden und zappelte wie ein auf dem Rücken liegender Käfer, als sich die Hexen näherten und gemeinsam etwas sangen.

Es freute mich zunächst, den Franzosen wiederzusehen, denn ein Blick auf ihn veranlasste die in meiner Nähe verbliebenen Vampire, die Flucht zu ergreifen. Aber ich änderte meine Meinung schnell. Nach einem Blinzeln stellte ich fest, dass sich Louis-Césars blutige Rapierklinge unter meinem

Kinn befand. Der besondere Glanz in seinen Augen wies mich darauf hin, dass er keine Ahnung hatte, wer ich war. »Ihr Kreis hat einen Fehler gemacht, als er uns herausforderte«, sagte er so ruhig, als führte er ein Gespräch bei einer Party. »Zum Glück brauche ich Sie nicht lebend, um eine Kriegserklärung zu schicken, *Monsieur*. Es genügt, Ihre Leiche an einem Ort zurückzulassen, wo man sie findet.«

»Louis-César, nein!« Ich konnte nicht sprechen, aus Furcht davor, dass sich mir dann die Spitze des Rapiers in die Kehle bohrte. Doch es war meine Stimme, die hinter mir erklang, und auch die Hand, die nach dem Schwertarm griff, gehörte mir. Billy Joe hatte offenbar beschlossen, sich seinen Unterhalt zu verdienen.

»*Mademoiselle*, bitte kehren Sie zu Tomas zurück. Das wird nicht angenehm.«

»Tomas ist derzeit beschäftigt«, erwiderte Billy. »Und außerdem bin ich nicht Cassie. Sie ist da drin.« Er deutete auf mich. »Und ich weiß nicht, was passieren wird, wenn Sie den Körper töten, während sie da drinsteckt. Vielleicht kehrt sie dann zurück, vielleicht auch nicht.«

Louis-César sprach etwas sanfter, als er sagte: »Sie leiden an Wahnvorstellungen, *Mademoiselle*. Vielleicht haben Sie eine Gehirnerschütterung erlitten, und deshalb sollten Sie Anstrengungen meiden. Ich bin hier gleich fertig und begleite Sie dann selbst.«

Ich schluckte und wusste: Er war kräftig genug, mich selbst dann mit dem Rapier zu durchbohren, wenn Billy Joe an seinem Arm gehangen hätte. Panik erfasste nicht nur mich, sondern auch den Magier, und dadurch kam es zu einem neuen Willensduell zwischen uns. Das Eiswasser reichte mir inzwischen bis zu den Knien.

»Billy! Wie komme ich hier raus?« Die Bewegungen des

Munds drückten die Haut an die Schneide des Rapiers, und warmes Blut rann über den Hals. Jemand schrie in meinem Kopf, aber ich achtete nicht darauf.

»Keine Ahnung.« Billy Joe schloss beide Hände um Louis-Césars Arm und hing fast daran, ohne den Franzosen groß zu behindern. »Ich sitze hier drin fest, bis du zurückkehrst. Dein Körper weiß, dass er ohne einen Geist stirbt, und deshalb hält er mich eisern fest. Ich kann dir nicht helfen.«

»Wenn du mich nur nicht hierzu überredet hättest!«

»Meinst du vielleicht, ich fühle mich besser? Ich will nicht in einer Frau enden!« Billy zögerte. »Nun, zumindest nicht auf diese Weise.«

Louis-César verlor die Geduld. Mit einer schnellen Bewegung, die das Rapier nicht einmal erzittern ließ, zog er Billy Joe zu sich heran. »Vielleicht sollten Sie jetzt die Augen schließen, Mademoiselle. Ich möchte Ihnen keinen zusätzlichen Kummer bereiten.«

»Sie zu töten, gäbe tatsächlich Anlass zu Kummer«, brachte Billy Joe hervor, aber Louis-César achtete überhaupt nicht auf ihn. Er hielt mich für hysterisch, und damit hatte es sich für ihn. Wenn ich dieses Durcheinander lebend überstehen sollte, würde ich ihm was Hysterisches zeigen.

Ich hatte nur eine Idee und setzte alles darauf. »Töten Sie mich nicht! Ich weiß über Françoise Bescheid!« Etwas anderes fiel mir nicht ein – es war die einzige Sache, die ich über Louis-César wusste, von der der Magier vermutlich keine Ahnung hatte. Aber einen großen Eindruck machte ich damit nicht.

»Mit irgendwelchen dummen Lügen kommen Sie nicht davon, Jonathan. Ich kenne Ihre Tricks.«

»Was ist mit Carcassonne? Hm? Was ist mit der verdammten Folterkammer? Ich – Sie – haben dort gesehen, wie Françoise verbrannte! Vor einigen Stunden haben wir darüber gesprochen!«

»Genug! Sie sterben jetzt.« Billy Joe trat in der letzten Sekunde nach oben und traf die Klinge, woraufhin sie sich in die Schulter des Magiers bohrte und nicht in sein Herz, aber es tat höllisch weh. Ich schrie und zuckte zurück, aber die Klinge war so lang, dass ich wie ein Schmetterling an der Nadel aufgespießt blieb.

Ich bekam ein wenig Hilfe, als eine kleine Ampulle in meine Hand flog. Offenbar war Herr Magier zu dem Schluss gelangt, dass wir einen gemeinsamen Gegner hatten. Das Ding sah wie einer der kleinen Behälter an Pritkins Gürtel aus, kam aber aus einer Innentasche. Das kalte Wasser reichte mir inzwischen bis zur Taille, und ich wusste nicht, was passieren würde, wenn es bis zum Kopf und darüber hinweg stieg, doch in diesem Moment galt meine Sorge vor allem Louis-César. Ich versuchte nicht, dem Drang zu widerstehen, der mich plötzlich erfasste – ich warf die Ampulle nach dem Franzosen.

»Ich schneide Sie auf, bevor Sie die Zauberformel sprechen können«, kündigte er an, aber ich stellte fest, dass er die Ampulle mit einem gewissen Respekt beäugte.

»Bei dieser geringen Entfernung ist keine Zauberformel nötig. Wenn Sie mich töten, sterben Sie ebenfalls. Und auch die Frau.« Die Worte erschienen in meinem Gehirn, stammten aber nicht von mir. Ich sprach sie trotzdem aus, und sie zeigten Wirkung: Louis-César zögerte.

Der Magier schien auf diese Reaktion gewartet zu haben, denn er verstärkte den inneren Kampf. Plötzlich reichte mir das Eiswasser bis zum Hals. »Billy! Er gewinnt – was soll ich machen?«

»Mal überlegen. Äh, vielleicht solltest du ihn gewinnen lassen?« Billy Joe klang nicht sehr sicher, vielleicht deshalb, weil er in dieser Hinsicht mehr Erfahrung hatte als ich.

»Was?«

Wenn er Antwort gab, so hörte ich sie nicht, denn das Wasser schwappte plötzlich über meinen Kopf hinweg. Doch anstatt zu ertrinken, wie ich befürchtet hatte, schwebte ich plötzlich wieder. Ich landete hart, und die Desorientierung, die ich zuvor bei der Rückkehr in meinen Körper gespürt hatte, war nichts im Vergleich zu dem, womit ich es diesmal zu tun bekam. Plötzlich schien ich doppelt zu existieren, und beide Versionen gingen in verschiedene Richtungen, was mich zu zerreißen drohte. Ich schrie, und jemand hielt mich an der Taille fest. Das Blut rauschte so in meinen Adern, als wollte es den Kopf erreichen und ihn platzen lassen, und damit einher ging schrecklicher Schmerz. Alle Migräneanfälle, die ich jemals gehabt hatte, schienen sich ein fröhliches Stelldichein zu geben. Ich wäre am liebsten in Ohnmacht gefallen, blieb aber unglücklicherweise bei Bewusstsein, als die Welt um mich herum Achterbahn fuhr. Mir wurde schlecht, und ich kotzte auf den Asphalt.

»Cassie, Cassie!« Billy Joe erschien vor mir, die Augen so groß, dass ich das Weiße um die Pupillen sah. Ich brauchte zwei oder drei Sekunden, um zu begreifen, dass es seine Augen waren und er nicht mehr in meiner Haut steckte, sondern in seiner üblichen Spieler-Cowboy-Frauenheld-Aufmachung. Sein zerknittertes Hemd war hellrot, und die Augen blickten so klar, als wären sie nicht schon seit anderthalb Jahrhunderten ohne Leben. In diesem Moment glaubte ich wirklich, dass er Substanz hatte, die ich hätte berühren können. Dann wurde mir klar, dass es meine Kraft war, die seine Augen glänzen ließ und den Wangen Farbe gab. Mistkerl. Ich hätte ihm am liebsten den Kopf gewaschen, weil er so dreist gewesen war, mich in meiner Stunde der Not fast leerzusaugen, aber Übelkeit hinderte mich daran. Jemand schien in mich gegriffen und mir den Magen umgedreht zu haben. Ich wollte mich erneut übergeben, war aber zu schwach dafür.

Louis-César hob mich mühelos hoch, als wäre ich nicht schwerer als eine Stoffpuppe, und ich sah mich verwundert um. Wie konnte er mich mit nur einem Arm hochheben? Brauchte er den anderen nicht, um das Rapier auf den Magier gerichtet zu halten? Allerdings gab es gar keinen Magier und auch keine Leiche. Präsent waren nur ich, ein Meistervampir und ein Geist, der sich hatte volllaufen lassen. Kein Grund, sich Sorgen zu machen.

Wir kehrten zu Pritkin und Tomas zurück – ich wurde getragen, weil ich nicht aus eigener Kraft gehen konnte. Es fiel mir schwer, oben von unten zu unterscheiden, da diese Dinge immer wieder wechselten. Tomas, so stellte ich fest, war damit beschäftigt, ziemlich viele Leute zu beeinflussen, unter ihnen einige Polizeibeamte, die gekommen waren, um nach dem Rechten zu sehen. Ich hatte nicht gewusst, dass er viele Normalos gleichzeitig manipulieren konnte. Besser gesagt: Ich hatte nicht gewusst, dass überhaupt jemand dazu imstande war. Ein weiterer Hinweis darauf, dass ich es nicht mit einem Allerweltsvampir zu tun hatte. Nein, die gewöhnlichen Vampire lagen zwischen den toten Werratten verstreut. Herzen und Köpfe waren von den Körpern getrennt, aber es schien alles da zu sein.

Pritkin verstaute sein Arsenal, dessen Einzelteile geduldig vor ihm schwebten – jede Waffe wartete darauf, dass sie an die Reihe kam. Aus zusammengekniffenen Augen sah er mich an, als er die blutigen Messer abwischte und wegsteckte. »Sie haben von einem Mitglied des Schwarzen Kreises Besitz ergriffen«, sagte er so, als wären das große Neuigkeiten.

»Außerdem kamen Ihnen mächtige Hexen zu Hilfe. Wer waren sie?«

Ich sah dorthin, wo die Frauen gestanden hatten. Aber an jener Stelle lag nur der zweite dunkle Ritter, das knochenweiße Gesicht nach oben gerichtet, dem ersten Licht der aufgehenden Sonne entgegen. Seine Augen waren offen, aber ich bezweifelte, dass er etwas sah. Die Hexen mussten ihn getötet haben, was mir derzeit aber kaum etwas bedeutete.

»Ich weiß es nicht.« Meine Stimme war heiser, eigentlich kein Wunder nach all dem, was die Stimmbänder hinter sich hatten.

»Sie sind kein Mensch.« Es war nicht als Frage formuliert, und Pritkin sah mich so an, als hätte es ihn nicht überrascht, wenn mir ein zweiter Kopf gewachsen wäre.

»Tut mir leid, Sie zu enttäuschen, aber ich bin kein Dämon«, erwiderte ich. Darauf schien ich in letzter Zeit recht häufig hinweisen zu müssen, was vermutlich kein gutes Zeichen war.

»Was sind Sie dann?«

Billy Joe schwebte vorbei, zeigte mit dem Daumen nach oben und grinste keck. »Ich überprüfe einige Dinge. Bis später.«

Ich seufzte. Die Sonne ging gerade auf – nicht einmal in Vegas der beste Zeitpunkt, in Schwierigkeiten zu geraten. Warum war ich trotzdem sicher, dass Billy welche entdecken würde? »Ich bin Ihre freundliche Hellseherin aus der Nachbarschaft«, teilte ich Pritkin müde mit. »Einen Silberdollar auf die Hand, und ich sage Ihnen Ihre Zukunft. Allerdings …« Ich unterbrach mich und gähnte herzhaft. »Wahrscheinlich wird sie Ihnen nicht gefallen.« Ich schmiegte mich an die Wand aus warmer Wolle hinter mir und schlief ein.

Neun

Ich erwachte, als mir kleine Sonnenscheinfinger in die Augen gerieten. Sie kamen von einem großen Fenster über dem Bett, in das mich jemand gelegt hatte. Ich gähnte und verzog das Gesicht. Mein Mund war mehlig, und ein scheußlicher Geschmack haftete am Gaumen. Die Augen waren so verklebt, dass ich sie kaum öffnen konnte. Als ich sie schließlich aufbekam, blinzelte ich verwirrt. Es sah nicht so aus, als hätten Vampire diesen Raum eingerichtet, es sei denn, es war Louis-Césars Zimmer. Gelb dominierte, von den Stuckwänden bis hin zu Steppdecke und Kopfkissen. Nur einige verwaschene Pastellfarben im Bettvorleger und mehrere Bilder mit Indianermotiven kämpften gegen die gelbe Flut an, schienen aber zu verlieren.

Ich setzte mich auf und stellte sofort fest, dass es keine gute Idee war. Der Magen versuchte, etwas nach oben zu drücken, hatte aber keinen Erfolg, da er nichts enthielt. Ich fühlte mich so schwach wie nach einer Woche Grippe und sehnte mich nach einer Zahnbürste. Als sich der Raum nicht mehr drehte, erhob ich mich und ging auf Entdeckungsreise. Ich öffnete die Tür, sah hinaus und bemerkte zwei Dinge: Ich befand mich wieder in meinem Quartier im MAGIE-Hauptquartier, und ich hatte Gäste. Der kurze Flur vor dem Schlafzimmer führte zum Wohnbereich, in den man mich vor meinem Ausflug ins Dante's gebracht hatte. Mehrere sehr vertraute Köpfe drehten sich zu mir um, und ich schnitt eine finstere Miene, bis ich wenige Meter entfernt den Zugang zu einem mit blauen Fliesen ausgestatteten Sanktuarium sah. Jemand – ich hoffte sehr, dass es Rafe gewesen war – hatte mich ausgezogen und mir einen Frotteebademantel übergestreift. Es gab nicht viel an ihm auszusetzen, sah man davon ab, dass er etwa drei Nummern zu groß war und mich gelegentlich stolpern ließ. Ich schaffte es ohne zu fallen ins Bad und schlug Tomas die Tür vor der Nase zu.

Aus reinem Interesse überprüfte ich das Fenster. Diesmal begrüßte mich kein zorniges kleines Gesicht. Ich sah keinen Marley, sondern einen so sehr verstärkten Grenzzauber, dass ich mich nicht einmal konzentrieren musste, um das silbrige Netz zu erkennen, das den Weg nach draußen blockierte. Hinzu kam ein bewaffneter menschlicher Wächter – ein bisschen zu viel des Guten. Man hätte meinen können, dass sich etwas sehr Gefährliches hier drinnen befand, keine erschöpfte Seherin mit einem Riesenkater. Ich zog die Vorhänge zu und zuckte mit den Schultern. Eigentlich hatte ich auch gar nicht erwartet, zweimal auf diese Weise entkommen zu können.

Niemand störte mich, obwohl ich ein langes Bad nahm. Es half nicht viel. Meine Liste der Verletzungen war länger geworden, und ich fühlte mich noch immer sehr müde, obwohl ich schätzungsweise sechs Stunden geschlafen hatte. Darüber hinaus hatte ich ein Geschenk bekommen. Jemand war so freundlich gewesen, mir das Armband des Magiers fest ums Handgelenk zu legen. Der Unbekannte hatte es auch repariert: Meine Finger tasteten über einen perfekten Kreis aus kleinen silbernen Dolchen, wie die Perlen eines Rosenkranzes. Toll. Genau das, was ich brauchte: noch ein bisschen Tand. Ich versuchte, das Armband abzustreifen, aber es ließ sich nicht über die Hand schieben, und mir lag nichts an einem Versuch, es durchzubeißen. Beim letzten Mal hatte ich dabei die Zähne des Magiers benutzt; diesmal wären es meine eigenen.

Steif kletterte ich aus der Badewanne, fühlte mich wie hundert Jahre alt und starrte in den Spiegel. Ich war nie sehr eitel, aber es kam einem Schock gleich, mich so ausgemergelt zu sehen. Das Haar stand in kleinen Büscheln ab und hatte sich fast ganz aus der goldenen Spange gelöst. Ich brachte es mit den Händen so gut es ging in Ordnung, aber gegen die Blässe und die dunklen Ringe unter den Augen – damit sah ich fast wie ein professioneller Footballspieler aus – konnte ich nichts ausrichten. Ich schätzte, es ging nicht spurlos an einem vorüber, wenn man ein halbes Dutzend Mal fast umgebracht wurde.

Ich wandte mich vom Spiegel ab und suchte nach meinen Sachen. Nur die Stiefel fand ich: Sie standen hinter der Tür, gesäubert und geputzt. Da ich nicht glaubte, dass sie zu Frottee passten, ließ ich sie stehen. Ich hätte viel dafür gegeben, wenigstens frische Unterwäsche zu bekommen, doch meine Suche blieb ohne Erfolg. Schließlich zog ich wieder den Bademantel an und beschloss, darunter ohne zu bleiben, anstatt die zerrissenen, blutbefleckten Reste der alten Unterwäsche anzuziehen. In diesem Zusammenhang war ich dankbar für die Größe des Bademantels – zumindest bedeckte er alles. Ich sah darin wie zwölf aus, aber vielleicht stellte mir der Senat etwas anderes zur Verfügung, wenn ich darum bat. Ich erinnerte mich daran, dass seine Mitglieder in guter Stimmung gewesen waren. *Vor* meiner Flucht, die fast drei Personen das Leben gekostet hätte, oder vier, mich mitgezählt.

In dem anderen Zimmer befanden sich sechs Personen, wenn man auch den Golem in der Ecke berücksichtigte. Ich bemerkte ihn erst nach einigen Sekunden, denn die Verdunkelungsvorhänge des Fensters waren zugezogen, um das Sonnenlicht auszusperren. Elektrische Lampen brannten und zischten leise, wegen der nahen Schutzzauber, aber es war trotzdem recht düster.

Louis-César trug noch immer seine knappe Jeans, lehnte am Kaminsims und sah zur Abwechselung ein wenig gestresst aus. Tomas saß im roten Ledersessel am Feuer. Er und Rafe trugen fast identische dunkle Hosen und langärmelige Seidenhemden, Tomas ein schwarzes und Rafe ein scharlachrotes. Rafe saß auf der Couch, zusammen mit Mircea, der als Einziger ebenso aussah wie in der vergangenen Nacht. Als ich ihn so dasitzen sah, elegant und entspannt, konnte ich fast glauben, dass ich im Bad eingeschlafen war und alles nur geträumt hatte. Von dieser angenehmen Vorstellung musste ich mich trennen, als ich Pritkin in Khaki sah: Wie ein Großwildjäger stand er an der Tür und sah mich so an, als hätte er meinen Kopf gern an der Wand gesehen, darunter ein Schild mit der Aufschrift PROBLEM GELÖST. Ich bereitete mich innerlich auf jede Menge Spaß vor.

Rafe setzte sich sofort in Bewegung, als er mich sah. »*Mia stella!* Geht es dir jetzt besser? Wir haben uns solche Sorgen gemacht!« Er umarmte mich. »Lord Mircea und ich haben Antonios Hauptquartier in der Stadt besucht, aber du warst nicht dort. Wenn Louis-César und Tomas dich nicht gefunden hätten …«

»Aber sie haben mich gefunden, und so ist alles in Ordnung«, sagte ich.

Rafe nickte und versuchte, mich zum Sofa zu führen, aber ich wollte dort nicht eingezwängt sein. Entkommen konnte ich nicht, ganz gleich, wo ich Platz nahm, aber ich wollte es nicht zu eng haben. Außerdem: Die einzigen anwesenden Personen, denen ich einigermaßen trauen konnte, waren Rafe und vielleicht Mircea, und ich saß lieber an einer Stelle, von der aus ich ihre Gesichter sehen konnte. Deshalb setzte ich mich neben Tomas' Füßen auf die Ottomane und achtete darauf, dass der Bademantel zusammen blieb.

»Es tut mir leid, aber mit deinen Sachen ließ sich nichts mehr anfangen«, sagte Rafe entschuldigend. »Es wird Ersatzkleidung für dich vorbereitet.«

»Gut.« Ich hielt mich nicht mit Smalltalk auf. Man würde mir gleich sagen, was der Senat von mir wollte, und da es mir bestimmt nicht gefallen würde, sah ich keinen Sinn darin, den Dingen auf die Sprünge zu helfen.

»*Mia stella.*« Rafe sah Mircea an, der nur eine Braue wölbte. Armer Rafe. Er bekam immer die Scheißjobs. »Könntest du uns sagen, wer Françoise ist?«

Ich sah ihn groß an. Vieles hätte ich von ihm erwartet, aber das gewiss nicht. Die Frage stand nicht einmal auf meiner Liste. »Was?«

»Sie haben sie mir gegenüber erwähnt«, sagte Louis-César, kam näher und ging vor mir in die Hocke. Ich wich zurück, obwohl er mich über den Parkplatz getragen hatte, ohne dass etwas geschehen war. Trotzdem, ich wollte kein Risiko eingehen. »Beim Kasino.«

»Wollen wir nicht über Tony reden? Er verkauft den Spitzohren Sklaven.«

»Das wissen wir«, sagte Mircea. »Eine der Hexen, die dir geholfen haben, kam zum Kreis und berichtete von ihrer Gefangenschaft. Man gestattete mir, bei der Befragung zugegen zu sein, da ich für Antonio verantwortlich bin. Die Magier sind … sehr besorgt, wie du dir vorstellen kannst.«

Ich war verwirrt. »Vielleicht bin ich etwas langsam von Begriff, aber warum Hexen? Wären Menschen nicht leichtere Beute?« Die von mir befreiten Frauen hatten was auf dem Kasten – ein toter Magier war Beweis genug.

»Das war über Jahrhunderte die Strategie der Spitzohren,

als ihre Blutlinien allmählich ausstarben. Hast du nie Geschichten über kleine Kinder gehört, die von Elfen entführt wurden?«, fragte Mircea. Ich nickte. Es war der übliche Märchenkram. »Die Kinder wuchsen im Feenland auf und heirateten in eins der großen Häuser. Es verbesserte die Fruchtbarkeit der Elfen, aber sie merkten bald, dass die aus solchen Ehen hervorgehenden Kinder weniger magisch begabt waren.«

»Und deshalb begannen sie damit, Hexen zu entführen.«

»Ja, aber im Jahr 1624 schlossen die Elfen und der Silberne Kreis eine Vereinbarung. Es sollten keine weiteren Entführungen stattfinden.«

»Ich schätze, sie gilt jetzt nicht mehr.«

Mircea lächelte. »Ganz im Gegenteil. Die Lichtelfen schwören, dass sie mit dieser Sache nichts zu tun haben. Angeblich stecken die dunklen Elfen dahinter.« Ich runzelte die Stirn. Nach dem, was ich von Billy gehört hatte, verhielt es sich genau andersherum. »Die dunklen Elfen weisen natürlich jede Schuld von sich und richten den Finger der Anklage auf die Lichtelfen«, fuhr Mircea fort und bemerkte meinen Gesichtsausdruck. »Wie dem auch sei … Dies betrifft uns nicht. Wir lassen uns nicht aufgrund der Machtgier einer Person in die Politik der Elfen verwickeln, wie wir vor einigen Stunden ihren Botschaftern klargemacht haben. Unsere Beteiligung beschränkt sich darauf, dass wir uns um Antonio kümmern.«

Ich war nicht überrascht. Trotz ihrer Präsenz bei MAGIE waren die Vamps nie sehr an den Angelegenheiten anderer Spezies interessiert gewesen. Ihre Kooperation diente allein dem Zweck, ihre eigenen Interessen zu schützen. »Nur eine Hexe kam? Was ist mit den beiden anderen?«

»Sie müssen dunkle gewesen sein«, erwiderte Pritkin und beobachtete mich aufmerksam. »Vermutlich standen sie wegen ihrer Verbrechen unter einem Interdikt durch den Kreis. Andernfalls wären sie nicht so schnell geflohen. Unsere Hexe erfuhr nur wenig über sie, weil sie die meiste Zeit über geknebelt waren. Aber sie meinte, eine von ihnen hätte Sie erkannt und darauf bestanden, dass sie Ihnen gegen den dunklen Magier halfen. Und doch behaupten Sie, diese Hexen nicht zu kennen.«

»Ich kenne sie wirklich nicht.« Ich konnte ihm nicht von Françoise erzählen – es hätte verrückt geklungen, und ich verstand es selbst nicht. Magische Anwender neigten dazu, länger zu leben als die meisten Menschen, aber ob Hexe oder nicht: Wenn sie es gewesen war in dem französischen Schloss, dann hätte sie längst an Altersschwäche gestorben sein müssen. Ganz zu schweigen davon, dass man ein ziemlich gutes Gedächtnis brauchte, wollte man eine Person erkennen, die man vor Jahrhunderten für einige wenige Minuten gesehen hatte. Ich hatte sie erkannt, weil wir uns wegen meiner Reise in die Vergangenheit gerade erst begegnet waren. Aber wie sie gewusst haben konnte, wer ich bin, blieb eine offene Frage.

»Und vermutlich wollen Sie auch behaupten, die Fee nicht zu kennen, die Ihnen bei der Befreiung Ihrer Dienerinnen geholfen hat, wie? Sie ist eine bekannte Einsatzagentin der Dunklen Elfen.«

Pritkin ging mir allmählich auf die Nerven. »Nein, ich kenne sie nicht. Und die Hexen waren nicht meine Dienerinnen.«

»Sie haben mir gesagt, Sie hätten gesehen, wie Françoise verbrannte«, sagte Louis-César, der recht unbeirrbar zu sein schien.

Ich wandte mich ihm zu, denn Pritkin glaubte mir ohnehin nicht, ganz gleich, was ich sagte. »Was ist mit dem Magier passiert? Haben Sie ihn getötet?«

»Na bitte. Sie versucht nicht einmal, es abzustreiten!« Pritkin schritt durch den Raum. Selbst blind hätte ich gemerkt, wie sauer er war, denn ein fast elektrisches Prickeln ging von dem neuen Spielzeug an meinem Handgelenk aus. Es gelang mir, einen überraschten Ausruf zurückzuhalten, aber ich steckte die Hand tiefer in die Tasche des Bademantels, damit das Armband verborgen blieb. Etwas sagte mir, dass Pritkin nicht glücklich gewesen wäre, es zu sehen.

Tomas war zwischen uns getreten. Dass ich es nicht bemerkt hatte, verunsicherte mich ein wenig, aber ich war froh, eine Barriere zwischen dem Magier und mir zu wissen. Die Typen bei Tony hatten Kriegsmagier immer für gefährlich, blutdürstig und verrückt gehalten. Ich nahm diese Meinung sehr ernst, denn immerhin stammte sie von Mehrfachmördern, die für einen gemeingefährlichen Vampir arbeiteten.

»Warum sollte ich es leugnen? Dass ich von ihm Besitz ergriff, hat Ihnen das Leben gerettet.« Ich hatte kein Dankeschön erwartet, aber es wäre nett gewesen, wenn er mich nicht mehr so angestarrt hätte.

»Lieber sterbe ich, als von dunklen Künsten gerettet zu werden!«

»Wir werden beim nächsten Mal daran denken«, sagte Tomas. Ein leises Lachen kam von meinen Lippen. Ich wollte niemanden verärgern, aber Hunger und Erschöpfung bescherten mir Schwindel und Benommenheit. In jenem Moment erschien es mir wirklich komisch. Pritkin hingegen schien das anders zu sehen.

Mircea stand auf, als jemand an die Tür klopfte. »Ah, das Frühstück. Bestimmt beruhigen sich die Gemüter, wenn wir etwas essen.« Ein junger Mann rollte einen Wagen herein, und allein beim Duft lief mir das Wasser im Mund zusammen.

Einige Minuten später hatte ich mich halb durch ein Tablett mit Pfannkuchen, Würstchen, Kartoffelpuffern und frischem Obst gearbeitet. Das Frühstück wurde auf Silber serviert, mit Tellern aus echtem Porzellan, mit Stoffservietten und echtem Ahornsirup, was mich dem Senat gegenüber viel gnädiger stimmte. Ich schenkte mir gerade Tee nach, als ich ein verächtlich klingendes Schnaufen von Pritkin hörte. Ich fragte mich, was das Problem sein konnte. Er hatte ebenfalls einen Teller.

»Es stört Sie überhaupt nicht, oder?«, fragte er. Ich stellte fest, dass er nichts aß und mich so anstarrte wie ich die Werratten beim Kasino. Als wäre ich etwas, das ihm einerseits Rätsel aufgab, von dem er andererseits aber wusste, dass er es nicht mochte. Mein Mund war voll, und deshalb beschränkte ich mich darauf, die Brauen zu heben. Pritkin winkte. »Sehen Sie nur!«

Ich spießte ein Würstchen auf und sah mich um. Die Vampire nahmen ebenfalls Nahrung zu sich, aber keine Kartoffelpuffer. Sie waren imstande, feste Dinge zu essen, wie Tony oft genug bewiesen hatte, aber sie konnten nichts damit anfangen. Nur eine Sache gab ihnen Kraft, und der widmeten sie sich hingebungsvoll. Louis-César schien bereits getrunken zu haben, oder es stimmte, was man von den Senatsmitgliedern sagte: Angeblich waren sie so mächtig, dass sie nur einmal in der Woche Nahrung brauchten. Rafe, Mircea und Tomas leisteten mir beim Frühstück Gesellschaft, das bei ihnen aus dem Lebenssaft der Satyr-Geschöpfe aus dem Dante's bestand.

Ich hatte solche Szenen in meiner Jugend so oft gesehen, dass ich sie kaum mehr zur Kenntnis nahm. Lebende Gefangene wurden immer als Nahrung verwendet. Eins der wenigen Dinge, die in Vampirkreisen als wahrhaft abscheulich galten, war die Verschwendung von Blut, selbst das von Gestaltwandlern. Blut war kostbar; Blut bedeutete Leben. Mit dem Mantra war ich groß geworden. Offenbar im Gegensatz zu Pritkin.

Mich störte nur der Anblick von Tomas: Er hatte die Zähne in den Hals eines attraktiven jungen Mannes gebohrt, der mir vage vertraut erschien. Seine schokoladenbraunen Augen passten zu dem dunklen Pelz, der auf halbem Weg die Hüften hinunter begann und sein großes Geschlechtsteil umgab. Er war entkleidet und mit dicken Silberketten an Händen und Füßen gefesselt worden, eine übliche Maßnahme, denn Demütigung gehörte zur Strafe. Doch in diesem besonderen Fall war sie vermutlich nicht so wirkungsvoll wie sonst. Ich wusste nicht, was der junge Bursche von den Ketten hielt – Wer-Geschöpfe störten sich an Silber –, aber Satyrn waren am liebsten nackt. Das Tragen von Kleidung deutete ihrer Meinung nach darauf hin, dass man etwas zu verbergen hatte, dass ein Teil des Körpers nicht perfekt war. Für diesen Satyr gab es keinen Grund, sich wegen irgendetwas zu schämen, und sein Körper zeigte die normale Reaktion auf die Zähne in seinem Hals, wodurch er noch eindrucksvoller wirkte. Es musste eine unwillkürliche Reaktion sein, denn das Gesicht war so angstverzerrt, dass ich einige Sekunden brauchte, um ihn als den Kellner zu erkennen, der mich in der Satyr-Bar begrüßt hatte.

Die Szene beunruhigte mich, was nicht etwa daran lag, dass ich den Satyr kannte und er ganz offensichtlich entsetzt war. Besser für ihn, wenn er seine Lektion jetzt lernte und es in Zukunft vermied, den Senat zu verärgern, der ihm bestimmt keine dritte Chance geben würde. Ich gelangte zu dem Schluss, dass sich mein Gehirn gegen den Anblick von Tomas' spitzen Zähnen wehrte und dagegen, dass er das Blut des Satyrs so trank, als handelte es sich dabei um seinen Lieblingswein. Offenbar fiel es mir noch immer schwer, Tomas der Kategorie »Vampir« zuzuordnen.

Trotz des Unbehagens wandte ich den Blick nicht ab. Es galt als ein Zeichen von Schwäche, bei einer Bestrafung Gefühl zu zeigen, und für unhöflich hielt man jemanden, der nicht darauf achtete, denn immerhin fand die Strafe deshalb öffentlich statt, damit man sie sah. Meine Aufmerksamkeit kehrte zu Mircea zurück. Zu beobachten, wie er seine Mahlzeit genoss, beunruhigte mich weniger als bei Tomas, und außerdem befand er sich ohnehin in meiner Sichtlinie.

»Ich dachte, Sie mögen kein Wer-Blut«, sagte ich und versuchte etwas, das vor Hof als normale Konversation galt. Mircea war bei der Hinrichtung des Rudeloberhaupts durch Tony zugegen gewesen, hatte aber auf die Ehre verzichtet, es auszusaugen. »Sie haben mir einmal gesagt, dass es bitter schmeckt.«

»Es ist ein Geschmack, an den man sich gewöhnen muss«, erwiderte Mircea und ließ das schwarze Wer-Wesen auf seinen Knien zu Boden sinken. »Aber ich kann nicht wählerisch sein. Heute Abend brauche ich meine Kraft.«

Ich füllte meine Teetasse und warf einen hungrigen Blick auf Pritkins Teller. »Essen Sie das?« Ich konnte einfach nicht anders – ich war völlig ausgehungert, was ich vermutlich Billy Joe verdankte. Der Magier schenkte mir keine Beachtung und starrte entsetzt auf das bewusstlose Wer-Geschöpf. Mircea schob Pritkins Teller auf mich zu, und ich machte mich dankbar darüber her.

»Hatte Antonio nach der Tötung des Oberhaupts noch Probleme mit dem Rudel?«, fragte er und schien meine Gedanken erraten zu haben.

Ich gab Sirup auf die Pfannkuchen des Magiers und fügte Butter hinzu. »Ich glaube nicht. Zumindest habe ich nicht von irgendwelchen Problemen gehört. Allerdings erzählte mir Tony nicht immer alles.«

Mircea bedachte mich mit einem sardonischen Blick. »Es geht nicht nur dir so, *Dulceață. Bogătia strică per om.*«

»Sie wissen, dass ich kein Rumänisch verstehe, Mircea.«

»Wohlstand und Mangel verderben viele.«

Ich schüttelte den Kopf. Allein um des Profits willen würde Tony nicht riskieren, Senat und Kreis zu verärgern. »Ich glaube, es geht Tony um mehr Macht. Geld hat er genug.«

»Du bist klüger, als man aufgrund deines Alters glauben könnte. Lehren dich deine Geister solche Dinge?«

Fast hätte ich heißen Tee auf Tomas gespritzt. »Ha! Wohl kaum.« Die einzigen Dinge, die Billy mich je gelehrt hatte, waren illegale Kartentricks und einige schmutzige Limericks.

»Sie sollten sich selbst hören.« Pritkin sah mich voller Abscheu an. »Das Ding hat gerade einen Mord begangen, und Sie zucken nicht einmal mit der Wimper! Versklaven Sie die Seelen der Toten, so wie den Geist und die dunklen Hexen? Sitzen Sie deshalb hier, ohne sich an dem zu stören, was hier geschieht?«

Ich wäre fast der Meinung gewesen, dass es die Mühe nicht lohnte. Aber nach den Pfannkuchen fühlte ich mich viel besser, und Pritkin brauchte dringend einen Augenöffner. »Zunächst einmal, das Wer-Geschöpf ist nicht tot, nur bewusstlos. Zweitens: Ich ›versklave‹ keine Geister. Das ist nicht einmal möglich, soweit ich weiß. Und drittens: Wer-Wesen hinterlassen keine Geister. Vampire ebenso wenig. Ich habe keine Ahnung, woran es liegt, aber es bleiben keine Geister zurück.«

»Vielleicht liegt es daran, dass ihre Seelen bereits zur Hölle gefahren sind«, sagte Pritkin, ohne auf die Blicke zu achten, die Mircea und Rafe ihm zuwarfen. Die anderen reagierten nicht. Tomas war noch mit seiner Mahlzeit beschäftigt, und Louis-César schien an einer schweren Migräne zu leiden.

»So wie Sie sich im Senat verhielten, dachte ich, ob Sie vielleicht einen Todeswunsch haben. Jetzt bin ich mir da fast sicher.«

»Dann geben Sie also zu, dass mich diese ... Leute am liebsten töten würden.«

Ich sah zu Mircea, der zu überlegen schien, ob er sich einen Nachtisch gönnen sollte. »Wenn Sie so weitermachen wie bisher, bleibt es nicht beim Wunsch.« Ich hielt es für besser, eine Erklärung hinzuzufügen und dadurch einem Wutanfall des Magiers vorzubeugen. »Dieser Bursche gehörte zu einer Gruppe, die vor einigen Stunden versuchte, uns zu töten. Aber die Vampire töteten ihn nicht, zumindest nicht dieses Mal. Beim ersten Mal bleibt es bei einer Warnung, zusammen mit einem einprägsamen Lehrbeispiel. Wenn die Lektion eindrucksvoll genug ist, erübrigt sich ein zweiter warnender Hinweis.«

Pritkin verzog wie angeekelt das Gesicht. »Es sind also gar keine Ungeheuer und mörderischen Monster; man versteht sie nur nicht richtig, wie?«

Mircea versuchte, nicht laut zu lachen. Er gab sich alle Mühe. Ich spürte, wie meine eigenen Lippen zuckten, als ich seinen Blick bemerkte. »Sind Sie ein mörderisches Monster, Mircea?«

»Gewiss, *Dulceață*«, erwiderte er fröhlich.

Mircea zwinkerte mir zu, bevor er sein verängstigtes Opfer gegen ein anderes tauschte, das gerade hereingebracht worden war. Es handelte sich um einen Menschen, einen von Tonys Tagesgorillas, nahm ich an. Offenbar spielten bei ihm die Muskeln eine größere Rolle als das Gehirn, denn in seinen nussbraunen Augen glänzte eine Empörung, die er nicht zu verstecken versuchte. Offenbar hatte er bereits die Klappe aufgerissen, denn er trug nicht nur Ketten an Händen und Füßen, sondern auch einen Knebel im Mund. Ich sah zu Pritkin und beobachtete, wie er die Lippen zusammenpresste. Wenn es ihm nicht passte, dass Wer-Geschöpfe die übliche Strafe für Aufsässigkeit erhielten – was hielt er dann davon, dass einem Menschen eine solche Behandlung widerfuhr?

Normalerweise nahmen sich Vampire den Hals vor, um zu trinken, aber Mircea warf nur einen flüchtigen Blick darauf, vielleicht deshalb, weil der junge Mann so rebellisch wirkte. In körperlicher Hinsicht war er fast perfekt, mit zerzaustem, kupferrotem Haar, klassischen Gesichtszügen und gut ausgeprägten Muskeln. Unter der linken Brustwarze zeigte sich eine kleine Narbe, die Mirceas Aufmerksamkeit weckte. Die langen, weißen Finger des Vampirs strichen so über den geringfügigen Makel, als wollten sie sich ihn einprägen – oder als dachte Mircea daran, der anderen Seite eine ähnliche Stelle hinzuzufügen. Vampire tranken auch gern von der Brust, und der Mann wusste das offenbar, denn er versteifte sich. Ich sah kleine Schweißperlen auf seiner Oberlippe, und er schluckte nervös. Unter Mirceas Berührung richtete sich die Brustwarze auf, und plötzlich verlor der junge Mann die Nerven und zuckte mit weit aufgerissenen Augen zurück. Aber er kam nicht einmal einen halben Meter weit, und auf Mirceas Nicken hin brachte Rafe ihn zum Sofa.

Der Gefangene spannte die Muskeln, als er den anderen Vampir hinter sich spürte und Rafe ihm einen Arm um den Oberkörper schlang. Er schien ihn mehr als Bedrohung zu empfinden als Mircea, der die Schlagadern des Menschen wie verschiedene Punkte auf einer Speisekarte betrachtete. Der Mann sah auf und begegnete meinem Blick; Überraschung erschien in seinem Gesicht, als merkte er erst jetzt, dass sich noch andere Personen im Raum befanden, unter ihnen eine Frau. Verlegenheit ließ ihn erröten, und ich fragte mich, wie lange er schon zu Tonys Truppe gehörte – die meisten von den Burschen wussten überhaupt nicht, was Schamesröte war. Doch er vergaß mich, als Mirceas Hände ihn plötzlich auf die Knie zwangen. Er wusste nicht, dass es für die Vampire noch reizvoller wurde, wenn sich ihr Opfer zur Wehr setzte. Die Muskeln der Waden und Oberschenkel wölbten sich vor, als er Widerstand leistete. Ich sah die Richtung von Mirceas Blick, und daraufhin wusste ich, was jetzt kam.

Der Mann wurde aufs Sofa gezerrt, und Mircea zwang seine Knie auseinander. Die drohende Gefahr beschäftigte ihn offenbar weniger als der Umstand, vor Fremden entblößt zu sein, aber als Mircea den Mund öffnete und seine spitzen Zähne zeigte, vergaß er die Scham. Er versuchte, vom Sofa zu rollen, was ihm aber mit gefesselten Händen und Füßen schwerfiel. Mircea zog ihn zurück, packte die Knie und ließ sich Zeit, gab dem Mann Gelegenheit, richtig Angst zu bekommen, als er die Kraft des Vampirs spürte. Der Mensch versuchte vergeblich, sich zu befreien, und ein leises Wimmern fand den Weg an seinem Knebel vorbei. Selbst ich konnte die Oberschenkelarterie sehen – sie zeichnete sich deutlich an den gespannten Muskeln ab.

Als die Anstrengungen des Mannes schließlich nachließen – weil er müde wurde oder weil sonst nichts geschah –, schlug Mircea zu und bohrte seine spitzen Zähne dort ins weiche Fleisch, wo der Oberschenkel in die Hüfte überging. Ein gedämpfter Schrei kam hinter dem Knebel hervor, als die Zähne die Ader aufrissen, und die Augen des Menschen traten aus den Höhlen, als Mircea den Mund auf die Wunde presste und zu saugen begann. Er versuchte erneut, sich zu widersetzen, aber Rafe trat näher und sorgte dafür, dass sein Herr trinken konnte, ohne den Mann festhalten zu müssen.

Pritkin zuckte zusammen, als Rafe plötzlich in die Halsader

biss, aber er war klug genug, auf einen Kommentar oder gar ein Eingreifen zu verzichten. Die Vamps nahmen nur ihr Recht wahr, solange sie dem Opfer genug Blut ließen, damit es am Leben blieb. Ich sah den Gesichtsausdruck des Mannes und fragte mich, ob ihm das jemand gesagt hatte. Vermutlich nicht. Zwar war es keine hübsche Szene, aber ich empfand nicht so viel Abscheu wie der Magier. Der Mann hätte fast einen Mord begangen und kam damit ziemlich glimpflich davon. Außerdem brauchte Pritkin sich gar nicht so entrüstet zu geben; es klebte genug Blut an seinen eigenen Händen. »Wie viele Personen haben Sie in der vergangenen Nacht umgebracht, Pritkin? Ein halbes Dutzend? Oder mehr? Ich habe nicht mitgezählt.«

Der Magier schnaufte. »Das geschah in Notwehr, und um Sie vor den Folgen Ihrer Torheit zu schützen.« Mit wachsendem Zorn beobachtete er den Mann, der wir ein kleines Kind wimmerte. Rote Flecken bildeten sich in seinem Gesicht, und er ballte die Fäuste, als sich der Gefangene hin und her wand, um dem Schmerz zu entkommen, den der saugende Mund verursachte. »Das hier ist grotesk.«

Ich hätte es für weitaus grotesker gehalten, wenn ich voller Schmerzen gewesen wäre, damit der Kerl eine Belohnung von Tony einsacken konnte. Nun, in dieser Hinsicht dachte ich eben sehr praktisch. »Die Vampire brauchen Blut. Wäre es Ihnen lieber, wenn sie wie in der schlechten alten Zeit auf die Jagd gingen?«

»Es ist allgemein bekannt, dass sie das Blut jener trinken, die sich nicht wehren können! Der Kreis wurde geschaffen, um den Menschen eine Chance gegen diese Ungeheuer zu geben, doch Sie, angeblich ein Mensch, sitzen dort und verteidigen sie! Sie sind noch abscheulicher als diese Monstren.« Pritkin legte es auf einen Kampf an. Ich sah es in seinem

Gesicht und auch in seiner Haltung. Er wollte jemanden schlagen, wagte es aber nicht, und deshalb griff er zu verbalen Angriffen.

»Ich bin ebenso menschlich wie Sie, und ich habe Sie in der vergangenen Nacht gesehen, Pritkin. Bis der Schwarze Kreis in die Sache verwickelt wurde, hatten Sie Ihren Spaß, und das wissen Sie. Kommen Sie mir nicht mit dem Notwehr-Scheiß. Sie gehören zu den Leuten, die gern kämpfen und töten. Ich kenne Ihre Art.«

Ich unterbrach mich, weil der Mann auf dem Sofa diesen Moment wählte, eine Show abzuziehen. Die Vamps fühlten es offenbar kommen, denn sie wichen zurück, als ihr Opfer zu zittern begann und am ganzen Leib bebte. Wenige Sekunden später beugte er den Rücken so weit, dass ich um seine Wirbelsäule fürchtete – nur die gefesselten Hände und die Rückseite der Oberschenkel behielten Kontakt mit dem Sofa. Krämpfe schüttelten ihn, als er einen wilden Höhepunkt erreichte. Er warf den Kopf zurück und wollte die Augen schließen, doch Rafe fing seinen Blick ein und hielt ihn fest, gab dem Mann keine Gelegenheit, von den Geschehnissen Abstand zu gewinnen. Der Gefangene starrte ihn an und zitterte noch heftiger, als er sich auf seine gebräunte Haut und den Holzboden ergoss.

Es schien eine Ewigkeit zu dauern, als könnte der Körper nicht mehr zur Ruhe finden, als wollte er weiterpumpen, bis irgendwann das Herz versagte. Doch schließlich erschlaffte er und sackte so weit nach vorn, dass ihm das Haar ins Gesicht fiel. Die Vamps gaben ihm einen leichten Stoß, und er sank zwischen Sofa und Tisch zu Boden. Ich begriff, dass Mircea und Rafe auf die sexuelle Nebenwirkung des Vorgangs gewartet hatten, bevor sie aufhörten, Blut aus ihm zu saugen – die zusätzliche Demütigung sollte gewährleisten, dass sie sich nie wieder mit ihm abgeben mussten. Das Grauen im Gesicht des Mannes auf dem Boden deutete darauf hin, dass sie ihr Ziel erreicht hatten.

Der Magier vermied es ganz bewusst, zu dem armseligen Haufen Mensch zu sehen. Ich fühlte mich ein wenig schuldig, weil mir der Mann kaum leidtat. Wahrscheinlich verdiente er gar kein Mitleid, aber der Blick in Pritkins Gesicht machte mich nachdenklich. Er sorgte auch dafür, dass ich mich in die Defensive gedrängt fühlte, obwohl das, was ich ihm gesagt hatte, der Wahrheit entsprach. »Vampire laufen nicht durch die Gegend und töten Menschen, es sei denn, die Menschen haben es zuerst auf sie abgesehen. Der Senat hat etwas dagegen, weil jemand zu viel sehen und gefährliche Gerüchte in die Welt setzen könnte. Oder ein neuer Vampir könnte vergessen, eine Leiche verschwinden zu lassen, wodurch es zu Ermittlungen käme. Die uneingeschränkte Jagd ist seit 1583 verboten – damals traf der europäische Senat eine Vereinbarung mit Ihrem Kreis. Selbst Tonys Burschen halten sich an das Verbot.«

»Freut mich, das zu hören«, kommentierte Mircea. Er holte ein Taschentuch mit Monogramm hervor und wischte sich damit den Mund ab. Nur seine Lippen waren ein wenig blutig. Er hatte nicht einen Tropfen vergossen – Übung, nahm ich an. Da er das Blut auf den Lippen nicht einfach absorbierte, war er vermutlich gesättigt. Der Mann musste länger durchgehalten haben, als er erwartet hatte.

»Ich weiß, was ihre Gesetze sagen.« Pritkin blickte verächtlich durch den Raum, und ich begann mich zu fragen, ob sich sein emotionales Repertoire auf Verachtung und Hass beschränkte. »Aber es gibt Tausende von Vampiren auf der ganzen Welt. Die meisten von ihnen trinken alle zwei Tage Blut. Das sind viele Feinde. Oder wollen Sie vielleicht behaupten, dass sie sich von tierischem Blut ernähren? Ich weiß, dass es eine Lüge wäre!«

»Legen Sie mir keine Worte in den Mund.« Ich nahm zur Kenntnis, dass es die Vampire nicht für nötig hielten, sich zu verteidigen. Vielleicht hatten sie es längst satt oder hielten Pritkin nicht für der Mühe wert. Oder sie bezweifelten, dass er wirklich glaubte, was er sagte. Wahrscheinlich hatten sie recht, aber es gefiel mir nicht, dem Magier das letzte Wort zu überlassen. »Vampire vergeuden nie Blut, was bedeutet: Lebende Feinde werden auf diese Weise behandelt. Sie bekommen eine zweite Chance, und das ist mehr, als Ihr Kreis abtrünnigen Magiern zugesteht, wie ich hörte. Nur Vamps bekommen ein automatisches Todesurteil für einen Verstoß gegen die Gesetze.«

Pritkin beobachtete hilflos, wie der noch immer gefesselte Mensch wegzukriechen versuchte. Der Schock stand ihm noch immer ins Gesicht geschrieben, und Erschöpfung und Ketten behinderten ihn. Der Blutverlust machte ihn benommen, und zweimal rutschte er auf dem glatten Boden aus. Schließlich schaffte er es bis zur Tür, was ihm jedoch kaum etwas nützte, da er den Knauf nicht drehen konnte. Er versuchte es mit dem Mund, doch auch das klappte nicht, wandte sich daraufhin wieder dem Raum zu, um den Knauf mit seinen auf den Rücken gefesselten Händen zu erreichen. Diesmal regte sich tatsächlich Anteilnahme in mir, obwohl er vor einigen Stunden bereit gewesen wäre, mir eine Kugel in den Kopf zu jagen. In seinem derzeitigen Zustand konnte man sich ihn kaum als kaltblütigen Killer vorstellen, mit dem schlaffen Glied zwischen seinen klebrigen Oberschenkeln, mit den dünnen Blutfäden an Lenden und Hals, die er nicht fortwischen konnte. Ich war dankbar, dass er diesmal niemanden ansah.

Pritkin blickte voller Ärger zu mir. »Sie behaupten, dass die Vampire ihre eigenen Leute strenger bestrafen als Außenstehende? Das ist gelogen. Ungeheuer verstehen nichts von Gnade!«

Ich zuckte mit den Schultern. »Glauben Sie, was Sie wollen, aber es stimmt. Sie sehen hier keine gefangenen Vampire, oder? Wenn es welche gäbe, hätte man sie bereits dem Pflock überantwortet.« Vorausgesetzt, sie gaben beim Verhör Antwort. Andernfalls durfte sich Jack auf einen prächtigen Tag freuen.

»Ich versichere Ihnen, dass es keine Frage der Gnade ist, Magier Pritkin«, sagte Rafe und beobachtete den Mann, der noch immer versuchte, mit seinen gefesselten Händen die Tür zu öffnen. »Wir sind einfach nur der Meinung, dass Menschen keine große Gefahr sind.«

Pritkin schnaubte abfällig, ging zur Tür und öffnete sie. Der Gefangene kippte nach hinten in den Flur, und mehrere Bedienstete richteten einen erstaunten Blick auf ihn, bevor sie ihn für seine Lektion fortbrachten. Ich war ziemlich sicher, dass er sie bereits gelernt hatte.

»Und wie ernähren sich Vampire normalerweise? Erwarten Sie von mir zu glauben, dass sie nicht zu Ende bringen, was sie zuvor begannen, wenn es keine Zeugen mehr gibt?« Pritkin wollte es offenbar nicht dabei bewenden lassen. Es erschien mir unglaublich, dass er nicht Bescheid wusste. Bei Tony hatte ich nie einen Magier gesehen, der Überraschung zeigte, während Vampire Blut tranken. Vielleicht hatten sie einfach gelernt, ihr Gesicht unter Kontrolle zu halten, doch meiner Meinung nach lag es daran, dass es kein großes Geheimnis war. Pritkin hingegen wirkte aufrichtig verwirrt. Was zum Teufel brachte man Kriegsmagiern bei?

Ich sah Mircea an. »Möchten Sie es ihm zeigen?«

Mircea lachte entzückt. »Das würde ich gern, *Dulceaţă*, aber ich traue mich nicht. Die Versuchung, uns alle von seiner lästigen Präsenz zu befreien, wäre zu groß, und die Konsulin hat ausdrücklich verboten, ihm ein Leid zuzufügen, es sei denn, er fordert es heraus.« Sein Blick glitt zu Pritkin. »Leider hat er das bisher nicht getan.«

»Ich meine bei mir.«

»Nein.« Tomas' Stimme erklang so plötzlich, dass ich zusammenzuckte. Er war so still gewesen, dass ich ihn fast vergessen hatte. »Ihr darf nichts geschehen.«

»Ich glaube, dass es unserer lieben Cassandra darum geht, genau diesen Punkt zu verdeutlichen«, erwiderte Mircea. »Dass es nicht schädlich ist, wenn man es richtig anstellt.« Er sah mich an. »Hast du am Hof oft gespendet? Verstehst du den Vorgang?«

Ich nickte. »Ja. Außerdem gebe ich gelegentlich einem heißhungrigen Geist Nahrung.« Ich hatte beides getan und wusste daher: Was die Vampire machten, unterschied sich kaum von Billy Joes Nahrungsaufnahme. Der Unterschied bestand eigentlich nur darin, dass Billy Lebenskraft direkt aufnahm und die Vamps sie dem Blut entnahmen. Billy konnte von Glück sagen, dass ihm der Umweg übers Blut erspart blieb, da sein Körper irgendwo auf dem Grund des Mississippi lag. Mit substanzieller Nahrung konnte er nichts anfangen.

Mircea näherte sich, mit der für ihn typischen Eleganz. Alle Untoten hatten sie, doch im Vergleich zu ihm wirkten die meisten Vampire schwerfällig. Er war ein alter Hase bei dieser Sache – ich wusste, dass er mir nicht wehtun würde, und er hatte bereits so viel getrunken, dass er nicht viel nehmen würde. Bei Billy Joe hingegen musste ich aufpassen, denn er nahm, so viel er konnte. Normalerweise machte das weiter nichts, weil ich die Energie mit Essen und Ruhe ersetzen konnte. Aber er wusste sehr wohl, wie viel ich jeweils zu geben bereit war, und in der vergangenen Nacht hatte er sich einfach darüber hinweggesetzt. Kein Wunder, dass er sich nicht blicken ließ.

»Was haben Sie vor?« Pritkin wollte sich nähern, aber Tomas ließ ihn nicht vorbei. Sie wirkten beide recht besorgt.

»Sorg dafür, dass er alles genau sieht, Tomas«, sagte Mircea und musterte mich nachdenklich. »Ich mache dies nur einmal. Cassandra ist bereits müde, und es gibt viel zu besprechen. Ich möchte sie nicht zu Bett bringen müssen.« Er lächelte und legte die Hand unter mein Kinn. Er fühlte sich warm an, aber das war immer der Fall. Bei den alten Vampiren gab es keine Temperaturschwankungen, die davon abhingen, ob sie kürzlich Nahrung zu sich genommen hatten oder nicht. »Ich werde dir keine Schmerzen zufügen«, versprach er.

Mir fiel ein, warum ich Mircea immer gemocht hatte. Die dunkelbraunen Augen und seine elegante Statur spielten natürlich eine Rolle, was nicht zuletzt an den jugendlichen Hormonen lag, aber seine Ehrlichkeit war mir wichtiger gewesen als das Erscheinungsbild. Nie hatte ich ihn auch nur bei einer Lüge ertappt. Bestimmt konnte er geschickt lügen, wenn er wollte – andernfalls hätten sich bei Hofe viele Probleme ergeben –, doch mir gegenüber war er immer aufrichtig gewesen. Das mochte sich nicht nach viel anhören, aber in einem System, das auf Täuschung und Ausweichen basierte, war Ehrlichkeit kostbar.

Ich sah zu ihm auf und zeigte ein Lächeln, das nur zur Hälfte für Pritkin bestimmt war. »Ich weiß.«

Pritkin konnte nicht zu mir gelangen, aber er trug keinen Knebel. »Das ist doch Wahnsinn! Sie wollen ihn von sich trinken lassen? Freiwillig? Dadurch werden Sie selbst zu einem Vampir!«

Mircea antwortete für mich, während der Blick seiner dunklen Augen auf mich gerichtet blieb. Sie waren nicht ganz braun, stellte ich fest, sondern eine Mischung aus vielen Farben: Cappuccino, Zimt, Gold und ein wenig Smaragd. Wunderschön. »Wenn wir das Blut eines großen Teils der Bevölkerung trinken, wie Sie zu glauben scheinen, Magier Pritkin, wie könnten wir es dann vermeiden, Tausende oder sogar Millionen von neuen Vampiren zu schaffen? Nötig sind nur drei Bisse an aufeinanderfolgenden Tagen, durch einen Meister der siebten Stufe oder höher. Ohne irgendwelche Einschränkungen müsste so etwas doch immer wieder geschehen, oder? Und dann würde es nicht lange dauern, bis wir kein Mythos mehr wären und man wieder Jagd auf uns machen würde.«

Er hielt inne, aber es war auch gar nicht nötig, dass er diesen Worten noch etwas hinzufügte. Ich konnte nicht glauben, dass Pritkin keine Ahnung davon hatte, was mit Dracula geschehen war. In den frühen Jahren war auch Mircea viele Male fast erwischt und getötet worden. Sein jüngerer Bruder Radu hatte nicht so viel Glück gehabt. Er war von einer aufgebrachten Menge in Paris gefasst und der Inquisition überstellt worden. Mehr als hundert Jahre lang hatte man ihn gefoltert, und als Mircea ihn schließlich fand und befreite, war er vollkommen verrückt. Seitdem blieb er eingesperrt.

»Einst herrschte ständig Krieg«, fuhr Mircea fort, als wüsste er, was mir durch den Kopf ging. »Zwischen uns und den Menschen, zwischen Vampirfamilien, zwischen uns und den Magiern und so weiter. Bis die Senate entstanden, bis sie sagten: Genug, oder letztendlich zerstören wir uns selbst. Niemand möchte, dass sich jene Zeiten wiederholen, und das gilt insbesondere für den Konflikt mit den Menschen. Selbst wenn wir gegen die Milliarden gewännen, die sich uns entgegenstellen könnten – es wäre eine Niederlage, denn wie sollten wir an Nahrung kommen?« Er sah Pritkin an. »Uns liegt ebenso wenig daran wie Ihnen, dass viele unserer Art auf der Erde wandeln, ohne Aufsicht und ohne Hoffnung auf Geheimhaltung. Wir beißen, um ein Opfer bei einer Hinrichtung leerzusaugen oder um zu erschrecken, wie vorhin den Gefangenen. Aber für eine normale Nahrungsaufnahme benutzen wir eine sanftere Methode.« Mirceas Aufmerksamkeit kehrte zu mir zurück. Er lächelte, und es war so, als bräche die Sonne nach tagelangem Regen durch die Wolken. Ich empfand es als atemberaubend.

»Was machen Sie mit ihr?« Pritkin sah an Tomas' Schultern vorbei. »Sie machen gar nichts.« Er klang fast enttäuscht.

Tomas zog Mirceas Hand von meinem Gesicht fort. »Lass sie in Ruhe.«

Mircea sah ihn an. »Sie hat sich angeboten, Tomas. Du hast sie gehört. Wo ist das Problem? Ich habe versprochen, vorsichtig zu sein.« In Tomas' Augen blitzte es auf, und er presste die Lippen zusammen. Mirceas Augen wurden ein wenig größer, und dann lächelte er erneut. »Verzeih. Ich habe nicht verstanden. Aber gegen eine kleine Kostprobe hast du doch nichts einzuwenden, oder?« Er strich mir über die Wange, eine beiläufige Geste, und sein Blick galt dabei weiterhin Tomas. »Ist sie so süß, wie sie aussieht?«

Tomas knurrte leise, und diesmal *stieß* er Mirceas Hand beiseite.

Ich wünschte mir, dass Mircea weitermachte. Ich wollte Pritkin befragen, und das konnte ich nicht, solange er auf Vampire fixiert blieb. »Können wir es nicht einfach hinter uns bringen?«

»Ich mache es, wenn es unbedingt sein muss«, sagte Tomas und beugte sich zu mir vor.

Ich wich sofort zurück. »O nein. Dazu habe ich mich nicht

bereit erklärt.« Ich schuldete Tomas einige Dinge, in Ordnung, aber Blut gehörte nicht dazu.

Mircea lachte einmal mehr; es klang sanft und angenehm. »Tomas! Hast du es ihr nicht gesagt?«

»Was soll er mir gesagt haben?«, fragte ich. Meine Stimmung verbesserte sich nicht.

Ein schelmischer Glanz erschien in Mirceas Augen. »Er nimmt seit Monaten Nahrung von dir auf, *Dulceaţă*, und deshalb glaubt er, Ansprüche auf dich erheben zu können.«

Ich sah Tomas schockiert an. »Sag mir, dass das nicht stimmt.«

Die Antwort erschien in seinem Gesicht, bevor er ein Wort sagte, und ich hatte das Gefühl, als risse mir jemand den Boden unter den Füßen weg. Bei den Vampiren unterlag die Nahrungsaufnahme strengen Regeln. Niemand durfte regelmäßig das Blut eines Normalos trinken, da es in dem betreffenden Vampir eine Art Besessenheit schuf, was wegen Eifersucht zu vielerlei Problemen führen konnte. Aber ohne Erlaubnis Blut von jemandem zu nehmen, der mit unserer Welt verbunden war, galt als noch schlimmerer Verstoß gegen die Regeln. Es lag nicht nur an den sexuellen Nebenbedeutungen der Nahrungsaufnahme, sondern auch daran, dass jede Person, die der übernatürlichen Gemeinschaft hinzugerechnet wurde, über besondere Rechte verfügte. Tomas hatte gerade gegen mehrere Gesetze verstoßen, ganz zu schweigen von dem neuerlichen Verrat mir gegenüber. Vielleicht wäre ich imstande gewesen, ihm die Täuschung zu verzeihen, aber das nicht. Ich konnte kaum fassen, dass er so etwas getan hatte, doch sein Gesichtsausdruck bot einen deutlichen Hinweis.

Tomas befeuchtete sich die Lippen. »Es geschah nicht oft, Cassie. Ich musste immer deinen Aufenthaltsort kennen, und regelmäßige Nahrungsaufnahme schafft eine Verbindung. Dadurch konnte ich dich schützen.«

»Wie großzügig von dir.« Es kostete mich Mühe, die Worte hervorzubringen. Ich hatte das Gefühl, von jemandem geschlagen worden zu sein.

Ich wollte aufstehen – aus welchem Grund auch immer –, aber Mircea legte mir die Hand auf die Schulter. Er war plötzlich ernst geworden, als hätte er begriffen, wie schwer mich die Neuigkeiten getroffen hatten. »Du hast allen Grund, dich über Tomas zu ärgern, *Dulceață*, aber dies ist kein geeigneter Zeitpunkt. Die Schuld trifft mich: Ich hätte ihn nicht verspotten sollen. Bitte sieh zunächst darüber hinweg; andernfalls verbringen wir den ganzen Tag im Streit.«

»An Streitereien liegt mir nichts«, erwiderte ich, was der Wahrheit entsprach. Ich hätte gern etwas nach Tomas geworfen, möglichst etwas Schweres. Aber dadurch bekam ich keine Antworten, und derzeit brauchte ich Informationen dringender als Rache. »Na schön. Sorg dafür, dass er mir nicht zu nahe kommt.«

»Einverstanden. Tomas, wenn du bitte so freundlich wärst …« Tomas schien zuerst Einwände erheben zu wollen, überlegte es sich dann aber anders, wich einen Meter zurück und blieb dann störrisch stehen. An Mirceas Stelle hätte ich meinen Worten Nachdruck verliehen, aber wahrscheinlich hätte Tomas gesagt, dass er in der Nähe von Pritkin bleiben musste. Das war mir durchaus recht, und deshalb schwieg ich.

Mircea seufzte und legte erneut die Hand unter mein Kinn. Diesmal verlor er keine Zeit. Seine Finger strichen mir über den Hals, und ich fühlte den Ruf seiner Macht. Die Berührung war ganz sanft, doch ich erbebte, als warme Wonne durch meinen Leib strömte und etwas von dem Schock durch

Tomas' Gebaren vertrieb. Meine Haut prickelte, und ein Dunst aus funkelnder, köstlicher Energie stieg zwischen uns auf. Ich wusste plötzlich, welche Zauberschranken Billy Joe zuvor durchbrochen hatte und von wem die geliehene Kraft stammte, mit der wir dem Angriff beim Dante's begegnet waren. Dies war das gleiche schwindelerregende, perlende Sekt-mit-Eis-Gefühl, das ich im Kasino gehabt hatte, eine berauschende Mischung aus Verlangen, Gelächter und Wärme, die fast sofort süchtig machte. Eigentlich hätte ich mich über die Zauber ärgern müssen, mit denen er meine Möglichkeiten eingeschränkt hatte, aber niemand konnte in einem solchen Gefühl baden und an Ärger festhalten. Das war schlicht und einfach unmöglich. Es flutete über mich wie Sonnenschein, der feste Form gewann, und ich lachte voller Staunen.

Mircea zuckte zusammen, als sich unsere Energien vermischten, und dann rührte er sich nicht mehr. Ich nahm es kaum zur Kenntnis. Es fühlte sich an, als berührte er weitaus Intimeres als meinen Hals, und für eine Sekunde glaubte ich tatsächlich, dass der Bademantel verschwunden war und eine warme Hand meinen ganzen Körper liebkoste. Ich versuchte zu schlucken, doch mein Mund war trocken, und ich spürte ein Pulsieren an zarten, weichen Stellen. Plötzlich erinnerte ich mich an einen lange zurückliegenden Abend. Mircea und ich lagen auf dem Diwan in Tonys Arbeitszimmer, und er strich mir übers Haar, während er mir eine Geschichte erzählte. Bei jenem Besuch hatte ich mehr Zeit mit ihm verbracht als Tony, die Hälfte davon auf seinem Schoß, doch auf diese Weise hatte ich nicht reagiert. Natürlich war ich damals erst elf gewesen. Jetzt auf seinem Schoß zu sitzen, gewann eine ganz neue Bedeutung.

Mirceas Gesicht zeigte einen seltsamen Ausdruck, fast so

etwas wie Verwirrung, als hätte er mich nie zuvor gesehen. Er musterte mich, hielt nach Hinweisen Ausschau, nahm dann meine Hand und beugte sich darüber. Ich spürte kurz seine Lippen, und dann ließ er mich los und trat zurück. Die ganze Sache hatte nicht länger als zehn Sekunden gedauert, aber ich blieb atemlos und für einige Momente auch mit gebrochenem Herzen zurück, als hätte man mir das kostbarste Etwas in meinem Leben genommen. Ich war versucht, sehnsuchtsvoll die Arme nach ihm auszustrecken, hielt mich aber gerade noch rechtzeitig zurück. Stumm saß ich da, starrte ihn an und versuchte, mich wieder zu beruhigen.

Ich hatte vergessen, dass die Nahrungsaufnahme von Vampiren weitaus persönlicher war als das, was Billy machte. An diesen Aspekt mit Mircea hatte ich nicht gedacht, was mich jetzt erstaunte. Er hatte das Charisma, für das seine Familie berühmt war, seine Macht genügte für einen Sitz im Senat, und es gab keinen Zweifel an seiner maskulinen Schönheit. Natürlich hatte ich nie Dracula kennengelernt, der lange vor meiner Geburt gestorben war, auch nicht den unglücklichen Radu, aber als ich Mircea ansah, begriff ich, warum seine Familie legendär geworden war. Wenn man einem von ihnen begegnete, so vergaß man es nicht, ganz gleich, mit welchem Zauber versucht wurde, die Erinnerung zu trüben.

Ich sah auf und bemerkte Tomas' finstere Miene – sein Blick ging zwischen Mircea und mir hin und her. Worin bestand jetzt sein Problem? Es war vorbei. Dann betrachtete ich mein Spiegelbild und stellte fest, dass sich meine Augen getrübt hatten. Die Wangen glühten, und der Mund stand ein wenig offen. Ich sah aus, als hätte ich gerade guten Sex gehabt, was gar nicht so weit abseits der Wahrheit lag. Rasch veränderte ich den Ausdruck meines Gesichts, damit es weniger nach Bett aussah.

Pritkin wirkte enttäuscht, als hätte er lieber etwas gesehen, das Schmerz verursachte anstatt Wohlbehagen. »Ich glaube nicht, dass eine Nahrungsaufnahme stattfand. Sie haben kein Blut getrunken. Die Haut ist völlig unverletzt geblieben.«

Fast nervös rückte Mircea seinen Kragen zurecht. »Sie irren sich, es fand eine Nahrungsaufnahme statt, aber eine sehr sanfte.« Er sah zu Tomas und schien etwas hinzufügen zu wollen, verzichtete aber darauf. Als er sich an Pritkin wandte, erschien ein wölfisches Lächeln auf seinen Lippen. »Raffael zeigt es Ihnen, wenn Sie möchten.«

Rafe hatte den Raum durchquert und schloss die Finger um Pritkins Handgelenk. Der Magier geriet in Panik; Energie ging von ihm aus, und ich spürte, wie sich mein Armband bewegte. »Ich tue Ihnen nichts«, sagte Rafe verächtlich. »Ihnen geschieht nicht mehr als das, was Cassie hinter sich hat. Sind Sie weniger tapfer?«

Pritkin hörte ihn gar nicht. Unter anderen Umständen hätte ich seinen Gesichtsausdruck zum Anlass genommen, wegzulaufen und irgendwo in Deckung zu gehen, aber Rafe hielt ihn weiter fest. Er konnte auch gar nicht anders, denn er hatte einen direkten Befehl vom Herrn seines Herrn erhalten. »Lass los, Vampir, oder beim Kreis, du wirst es bereuen!«

Plötzlich war ich von Pritkins Elementen umgeben. Er schützte sich mit Erde und Wasser – beides ging gleichzeitig von ihm aus, und so bekam ich das Gefühl, dass er sowohl beerdigt wurde als auch ertrank. Mein Armband sprang wie ein kleines wildes Tier, das verzweifelt versuchte, in die Freiheit zu gelangen. Ich versuchte, tief durchzuatmen, aber etwas hinderte mich daran. Ich zog am Kragen des Bademantels, was jedoch nichts nützte – es war nicht der Stoff, der mein Atmen behinderte. Immer wieder schnappte ich nach Luft, aber meine Lungen waren wie erstarrt und reagierten nicht.

Langsam sackte ich auf dem Stuhl zusammen, und mir wurde schwarz vor Augen. Mein letzter Gedanke war: Typisch für mein Glück, dass ich in einem Raum voller Vampire ausgerechnet dem einzigen anderen Menschen zum Opfer fallen musste.

Zehn

Eine warme Hand kroch unter meinen Kragen und blieb auf dem Schlüsselbein liegen, und ein kurzes Prickeln lief mir über den Arm. Das Gefühl zu ersticken ließ ein wenig nach. Nur widerwillig nahmen die Lungen die schwere Luft auf, aber sie verweigerten sie nicht mehr ganz.

»Lass ihn los, Raffael!«, rief Mircea. Ich sah auf und stellte fest, dass er es gewesen war, der die Macht des Magiers durchbrochen hatte. Rafe kam der Aufforderung sofort nach und wischte sich die Hand am Oberschenkel ab, als hätte es ihm ebenso wenig wie Pritkin selbst gefallen, ihn zu berühren. Der Magier zitterte, als er versuchte, seine wogende Energie unter Kontrolle zu bringen. Sie flutete weiterhin durch den Raum, wenn auch weniger heftig als zuvor, wie Wellen, die ans Ufer eines Sees rollten, anstatt sich an Felsen zu brechen.

Mircea nickte Rafe zu, der daraufhin zu Tür ging und einem der Bediensteten eine Anweisung gab. Wenige Sekunden später brachte man ein weiteres Satyr-Mischwesen herein, einen jungen blonden Mann, der wie die anderen seine weniger bedrohlich wirkende Gestalt angenommen hatte. Das gelbbraune Fell passte gut zum Haar und dem blassen Blau der Augen. Er war mindestens eins achtzig groß und so gut gebaut wie die meisten Satyrn. Wenn sie nicht so geboren wurden, arbeiteten sie daran – für einen Satyr war nichts so schlimm wie mangelnde Attraktivität, von Impotenz einmal abgesehen. Dieses Exemplar hatte weder in der einen noch in der anderen Hinsicht Probleme. Die Wartezeit in der Zelle hatte ihn erschlaffen lassen, aber er kam sofort wieder nach oben, als er mich sah. Ich verzieh ihm; Satyrn konnten einfach nicht anders.

»Beobachten und lernen Sie, Magier.« Raffael nahm ein Messer und machte damit einen flachen Schnitt über die Brust des Satyrs. Das Geschöpf stöhnte nicht, was mich kaum überraschte. Normalerweise waren Satyrn nicht sehr tapfer, aber in Anwesenheit einer knapp bekleideten Frau zeigten sie keine Furcht.

Rafe hielt die Hand etwa dreißig Zentimeter vom Oberkörper des Satyrs entfernt, und langsam, wie von unsichtbaren Fäden gezogen, sprangen Bluttropfen von Brust zur Hand und verschwanden in ihr.

»Das ist auch ohne eine Wunde möglich, ohne einen Schnitt«, sagte Mircea ruhig. »Jederzeit und bei jeder beliebigen Person. Ein kurzes Anrempeln in der U-Bahn, ein Händedruck …« Sein Blick glitt zu mir. »Oder angenehmere Dinge. Alles gibt uns Gelegenheit, Nahrung aufzunehmen.«

Ich begegnete Mirceas dunklem Blick, und für eine Sekunde stockte mir erneut der Atem – diesmal kämpfte ich gegen meinen eigenen Körper an und nicht gegen die Macht von jemand anders. Niemand hätte solche Augen haben sollen: Sie schienen das Geheimnis aller Träume zu kennen, die man jemals gehabt hatte, und in der Lage zu sein, jeden Wunsch zu erfüllen. Seine Hand, die mich noch immer berührte, stimulierte plötzlich, anstatt zu beruhigen. Sein Gesichtsausdruck veränderte sich und zeigte etwas, das mein Gehirn nicht ganz verstand, vom Körper aber für sehr erotisch gehalten wurde. Ich musste mich an den Armlehnen des Stuhls festhalten, um mich nicht in seine Arme zu werfen. Verdammt, so etwas hatte ich gewiss nicht erwartet.

Nach einem Moment trat Mircea beiseite, und ein Teil des warmen Stroms in mir löste sich auf, doch das Verlangen blieb. Das Problem bestand nicht nur darin, dass er von der Konsulin vielleicht angewiesen wurde, mich zu töten – ich konnte nicht sicher sein, wie viel von dem, was ich fühlte, wirklich real war und wie viel Mircea in mich projiziert hatte. Ich erinnerte mich an den ersten Abend mit Tomas, an seinen Versuch, mich zu verführen. Es erschien mir kaum vorstellbar, dass ich ihn mit meinem Winnie-the-Pooh-Handtuch so sehr erregt hatte, woraus sich die Frage ergab: Hatte Tomas im Auftrag des Senats gehandelt? Und war das jetzt auch bei Mircea der Fall?

Ich wusste, dass Tomas mich nicht hatte berühren müssen, um Nahrung von mir aufzunehmen. Ein Meister brauchte dafür keinen taktilen Kontakt – diesen Hinweis hatte sich Mircea Pritkin gegenüber gespart. Jeder von ihnen hätte die Kraft meines Lebens von der anderen Seite des Raums aufnehmen können: mikroskopisch kleine Partikel, vom bloßen Auge nicht zu sehen, die von mir zu ihnen schwebten, ohne dass jemand anders etwas von ihnen bemerkte. Und wenn sie so gut waren wie Mircea, würde nicht einmal ein Fleck oder so darauf hinweisen, dass sie Blut gestohlen hatten. Auf diese Information hätte Pritkin vermutlich nicht besonders gut reagiert; er war schon jetzt der Panik nahe und sah aus wie jemand, der sich nach dem Erwachen aus einem Traum in der Gesellschaft von Ungeheuern wiederfand.

Ich hätte ihn beruhigen können, wenn er bereit gewesen wäre, mir zu glauben. Die meisten Vampire hätten ihm kaum Lebensenergie nehmen können, denn seine Schutzzauber stellten eine zu starke Barriere dar – für Rafes Demonstration wäre es nötig gewesen, sie zu senken –, und seine magischen Sinne hätten ihn vermutlich auf eine Gefahr hingewiesen. Doch ein Normalo bemerkte gar nichts, abgesehen vielleicht von ein wenig Benommenheit. Bissmale hinterließen Vampire nur in Filmen oder wenn sie ein deutliches Zeichen setzen wollten. Tony würde bestimmt bald entsprechend markierte Körper bekommen.

Louis-César fand, dass Mircea für einen Tag genug Spaß gehabt hatte. »Wenn Sie so sehr an unseren Gepflogenheiten interessiert sind, Magier Pritkin, so kann ich Ihnen einige sehr gute Abhandlungen empfehlen. Derzeit sollten wir uns um wichtigere Dinge kümmern.« Er sah seinen Kollegen an. »Der Tag vergeht, und bald beginnt eine neue Nacht. Können wir fortfahren?«

Mircea neigte den Kopf, streifte die Anzugjacke ab, legte sie auf den Tisch und nahm dann elegant auf der Couch Platz. Er löste auch den obersten Knopf seines Hemds, als wäre es ihm plötzlich zu warm geworden. Das Hemd bestand aus chinesischer Seide und wies kleine Schlaufen auf. Der Stoff hatte einen grünlichen Glanz, der den Wunsch weckte, mit der Hand darüberzustreichen und festzustellen, ob er wirklich so weich war, wie er aussah. Ein Muster hatte das Hemd nicht, und der Anzug war ebenso schlicht, zeigte ein einfaches Schwarz, das bei Mircea jedoch sehr stilvoll wirkte. Ich verglich ihn mit einem unscheinbaren Rahmen, der ein gutes Gemälde umgab: Die Gesamtwirkung war bemerkenswert.

Ich bewegte mich in meinem Bademantel und musste Mircea recht geben – es war tatsächlich etwas zu warm geworden.

Pritkins Haut hatte die Farbe alter Pilze angenommen. Er schien über das Gehörte nachgedacht und Schlüsse daraus gezogen zu haben, die ihm nicht gefielen. »Können Sie auf diese Weise weitere Vampire schaffen?«, fragte er Mircea. »Können Sie Ihre Opfer rufen?«

Ich biss mir auf die Lippe.

Pritkin schien in der Schule gefehlt zu haben, als Vampire auf dem Stundenplan gestanden hatten. Angesichts seiner Unwissenheit erschien es mir sonderbar, warum der Silberne Kreis ausgerechnet ihn als Verbindungsmann zum Senat geschickt hatte. Den Gesprächen der Magier bei Tony hatte ich entnommen, dass es bei Kriegsmagiern unterschiedliche Abteilungen gab, zuständig für die einzelnen Gruppen von Nichtmenschen: Vampire, Wer-Wesen, Dämonen, Elfen und magische Geschöpfe wie Drachen. Ich fragte mich, worin Pritkins Spezialität bestand.

Louis-César musterte ihn mit gerunzelter Stirn und stellte sich vielleicht die gleiche Frage. Mircea streckte theatralisch die Hand nach mir aus. »Komm zu mir, Cassandra!«, donnerte er. »Ich befehle es dir!« Der normalerweise sehr leichte Akzent wurde so schwer, dass er fast wie Bela Lugosi klang. Ich lächelte unwillkürlich. Mirceas Sinn für Humor galt als berüchtigt, aber wenigstens vertrieb er einen Teil der Anspannung.

Ich machte es mir auf dem weichen Lehnstuhl gemütlicher. »Danke für das Angebot, aber ich habe es hier recht bequem.« Die Couch erschien mir viel verlockender, und gerade deshalb war es eine gute Idee zu bleiben, wo ich war. Ein Teil meines Problems bestand aus den Nachwirkungen der Nahrungsaufnahme, aber Mircea hätte selbst eine Heilige in Versuchung geführt. Ich brauchte keine weiteren Komplikationen, erst recht nicht mit einem Senatsmitglied. Vielleicht mochte er mich wirklich, doch letztendlich würde er tun, was der Senat von ihm verlangte. Das galt für sie alle.

Mircea verspottete Pritkin. »Sehen Sie, mein Freund? Nichts. Sie verschmäht mich. Meine Anziehungskraft muss geringer sein, als ich dachte.«

»Nur ein Biss gibt uns die Möglichkeit, jemanden von Ihnen

zu rufen«, sagte Tomas. Er sah zu mir, und seine Augen enthielten ein Gefühl, das ich nicht zu deuten wusste.

Ich schwieg, da ich keine Debatte beginnen wollte, doch die Wahrheit lautete: Selbst wenn ich von Mircea gebissen worden wäre, es hätte vermutlich keinen Unterschied gemacht. Vampire konnten die meisten Normalos durch ihren Biss kontrollieren: Einer genügte oft, zwei genügten immer, und nach dem dritten wurde das Opfer zu einem Vampir, der an seinen oder ihren Meister gebunden war. Aber Tony hatte mich zweimal gebissen, um sich meiner Loyalität zu versichern, einmal als Kind und dann erneut nach meiner Rückkehr zu ihm als Teenager. Aber wenn er versucht hatte, mich zu rufen – und das hatte er garantiert –, so war ihm ein Erfolg versagt geblieben.

Ich vermutete, dass mein ständiger Kontakt mit Geistern das Signal unterbrach. Billy Joe weilte fast immer bei mir, und ich trug die ganze Zeit über seine Halskette, die uns selbst dann verband, wenn wir voneinander getrennt waren. Und Vampire konnten keine Geister wahrnehmen. Um die Vereinbarung mit mir zu schließen, hatte Billy Joe darauf hingewiesen, dass er mit etwas Glück eine Art von spiritueller Interferenz bewirken würde. Vielleicht war es tatsächlich dazu gekommen, oder vielleicht gehörte ich zu den wenigen Personen, die eine natürliche Immunität dem Ruf gegenüber aufwiesen. Ich bezweifelte es, denn für gewöhnlich war so etwas nur bei besonders mächtigen magischen Anwendern der Fall, aber es geschahen seltsamere Dinge. Zum Teufel auch, ich bekam es die ganze Zeit über mit seltsameren Dingen zu tun.

Mircea sah mich mit übertriebener Sehnsucht an, und ich lächelte. »Sie können jederzeit zu mir kommen.« Ich bereute die Worte, kaum hatte ich sie ausgesprochen. In seiner Präsenz war es fast unmöglich, einen kühlen Kopf zu bewahren, und unter den gegenwärtigen Umständen brauchte ich alle meine Fähigkeiten. Aber ich hätte mir keine Sorgen machen müssen. Mircea schien das Angebot für ein oder zwei Sekunden in Erwägung zu ziehen, lächelte dann und schüttelte den Kopf.

»Das ist sehr nett von dir, *Dulceață*, aber auch ich habe es hier recht bequem.« Er sah zu Tomas. »Vielleicht später.«

Louis-César trat vor mich, während Tomas Pritkin zum Platz an der Tür zurückbrachte. Der Franzose wirkte ein wenig angespannt. So wie ich ihn kannte, wäre es bei jemand anderem auf einen hysterischen Anfall hinausgelaufen. »*Mademoiselle*, wenn Sie mir kurz Ihre Aufmerksamkeit schenken würden ... Ich weiß, dass Sie müde sind und diese Erfahrung belastend für Sie war, aber bitte versuchen Sie, sich zu konzentrieren.« Ich wollte darauf hinweisen, dass nicht ich es gewesen war, die vom Thema abgelenkt hatte, entschied mich aber dagegen. »Erinnern Sie sich an den Namen Françoise?«

Ich musterte ihn aufmerksam. Wir kehrten also dorthin zurück. »Ja.«

»Bitte erklären Sie, warum Sie glaubten, dass ich Sie wegen der Nennung dieses Namens verschonen würde.«

Ich sah Tomas an. Er nickte knapp. »Ich habe ihnen gesagt, was ich weiß, aber ich verstehe nicht viel von dem, was wir getan haben. Ich weiß nur, dass ...«

»Schweig!«, sagte Louis-César scharf. »Wir können es uns nicht leisten, dass deine Worte sie beeinflussen.« Er wandte sich wieder mir zu, und seine Augen zeigten ein dunkles Blaugrau, wie Gewitterwolken, die sich über dem Meer zusammenballten. »Erzähl mir davon.«

»Gern, aber anschließend möchte ich einige Fragen stellen, in Ordnung?«

Er nickte, und so schilderte ich alles, wie er mich berührt

hatte und ich irgendwie in das Schloss versetzt worden war. »Sie wurde verbrannt, und ich ... wir konnten es nicht verhindern. Wir mussten dort stehen und zusehen. Dann kehrte ich zurück, und Sie bedauerten, dass ich so etwas hatte beobachten müssen, und Sie nannten die Frau Françoise. Erinnern Sie sich nicht?«

Louis-Césars Gesicht verfärbte sich und gewann einen grünlichen Ton. »Nein, *Mademoiselle*, auf diese Weise erinnere ich mich nicht an unsere kurze Zeit in diesem Raum. Das gilt auch für Mircea und Raffael. Sie fielen in Ohnmacht, als ich mich um Ihre Wange kümmerte, und als Sie erwachten, waren Sie eine Zeit lang durcheinander und verwirrt. Wir führten es auf Ihre jüngsten Erlebnisse zurück. Sie erwähnten nichts im Zusammenhang mit einer Frau namens Françoise. Es stimmt, man hat mir einmal die Verliese von Carcassonne gezeigt, aber soweit ich weiß, starb in jener Nacht niemand.« Er schloss kurz die Augen. »Es war auch so schon schrecklich genug.«

»Ich habe es nicht geträumt!« Meine Verwirrung wuchs mit jedem verstreichenden Moment. »Wollen Sie behaupten, nie eine Frau gekannt zu haben, die Françoise hieß?«

»Nur eine.« Louis-César sprach ruhig und leise, aber sein Blick hätte ein Streichholz entzünden können. »Eine junge Zigeunerin, die Tochter eines Schlosswächters. Sie arbeitete als Dienstmädchen und sparte das Geld für ihre geplante Hochzeit mit einem jungen Mann.«

»Was ist mit ihr passiert?«

Er wirkte elend. »Ich habe es nie erfahren. Ich nahm an, ihr Vater hätte sie fortgeschickt, weil er annahm, wir ... kämen uns zu nahe. Damals hatte ich keinen besonders guten Ruf, und Françoise gehörte zu den Bediensteten, die sich um mich kümmerten. Aber ich habe sie nie angerührt. Ich möchte keine Frau in meinem Bett, die dort nicht freiwillig liegt. Und einem

Dienstmädchen wäre kaum eine Wahl geblieben, wenn ich ... Annäherungsversuche gemacht hätte. In eine solche Lage wollte ich sie nicht bringen.«

»Warum wünschte dann jemand ihren Tod?«

Louis-César sank so auf die Kante des Sofas, als hätte ich ihm einen Schlag versetzt. »Weil ich sie mochte. Ich habe ihr eine Halskette geschenkt – keine große Sache –, denn sie hatte keinen Schmuck, und solche Schönheit verdiente Zierde. Und zweimal gab ich ihr Geld: nur kleinere Beträge, da mir damals nicht viel zur Verfügung stand. Ich wollte sie nur für die Freundlichkeit entlohnen und ihr dabei helfen, die Hochzeit zu bezahlen. Sie muss jemandem davon erzählt haben. Oder vielleicht hat jemand die Halskette gesehen und Vermutungen angestellt ...« Die letzten Worte sprach er wie zu sich selbst.

Das half mir nicht weiter. »Warum sollte jemand Françoise töten, nur weil Sie sie mochten? Wer hasste Sie so sehr?«

Louis-César beugte sich vor und stützte die Ellenbogen auf die Knie. Das Haar verbarg sein Gesicht. »Mein Bruder.« Es klang sehr bitter. »Über die Jahre hinweg stellte er noch Schlimmeres an, um mich einzuschüchtern und zur Unterordnung zu zwingen.«

»Kannst du uns sonst noch etwas über die Vision sagen, Cassie?«, fragte Mircea ernst. »Jedes Detail könnte hilfreich sein.«

»Ich glaube nicht.« Ich dachte nach – zum betreffenden Zeitpunkt war ich für genaue Beobachtungen nicht in der idealen geistigen Verfassung gewesen – und glaubte, alles erwähnt zu haben. »Bis auf eins. Der Folterer sprach mich, beziehungsweise uns, mit einem seltsamen Namen an. Es klang wie *M'sieur le Tour* oder so ähnlich.«

Louis-César zuckte heftig zusammen.

»Ist das wichtig?«, fragte ihn Mircea.

Er schüttelte den Kopf. »Nein. Es ist nur … Den Namen habe ich seit vielen, vielen Jahren nicht mehr gehört. So nannte man mich einst, allerdings nicht in meinem Beisein. Die Übersetzung lautet ›der Mann im Turm‹. Ich war oft in einem eingesperrt. Manchmal hatte der Name auch noch eine andere Bedeutung«, fügte Louis-César leise hinzu.

Ich sah zu Mircea, der noch immer sehr ernst wirkte und auf einen Kommentar verzichtete. »Erzähl uns von der zweiten Vision, *Dulceață*.«

Ich nickte und versuchte, nicht daran zu denken, dass meine kleinen Tarot-Karten noch mehr auf Zack gewesen waren als sonst. Ich beschloss, auf einen entsprechenden Hinweis zu verzichten. Louis-César hatte gesagt, dass der Name nicht weiter wichtig war, und ich wollte mir die Karten nicht nehmen lassen. »Na schön, aber ich verstehe sie ebenso wenig wie die erste. Normalerweise *sehe* ich, was geschehen ist oder geschehen wird, aber es ist wie beim Fernsehen. Ich beobachte, das ist alles.«

»Nicht so in letzter Zeit.«

Unbehagen erfasste mich. Ich hatte noch keine Gelegenheit gefunden zu verarbeiten, was geschehen war – wie also sollte ich es jemandem erklären? »Seit etwa einem Tag ist es anders geworden. Den Grund dafür kenne ich nicht. Vielleicht liegt es daran, dass ich beim zweiten Mal im Körper einer anderen Person steckte. Das ist mir nie zuvor passiert.«

»Vor der vergangenen Nacht haben Sie nie von jemandem Besitz ergriffen?«, fragte Pritkin skeptisch. Ich hätte ihm am liebsten keine Beachtung geschenkt, aber ich wollte auch wissen, was vor sich ging.

»Nein. Ich weiß nicht, wie ich es angestellt habe, aber als Billy Joe gegen mich stieß …«

»So heißt Ihr Schutzgeist?«

»Ich habe keinen Schutzgeist«, erwiderte ich scharf. »Ein für alle Mal: Ich bin keine Hexe, klar? Und ich bin auch kein Dämon. Ich bin eine Seherin. Haben Sie das endlich kapiert?«

Vielleicht lag es daran, dass ich die Geduld verlor. Oder vielleicht erinnerte sich das Armband an Pritkin und hegte einen Groll gegen ihn. Was auch immer der Grund sein mochte: Plötzlich erschienen zwei Messer vor mir, so schemenhaft und substanzlos wie Billy Joe nach einer wilden Nacht, und flogen auf den Magier zu. Sie wirkten nicht real, eher wie in die Luft gemalte Formen, erfüllten aber sehr wohl ihren Zweck. Ich wollte Pritkin nicht verletzen, doch das Armband schien anders zu empfinden, denn die beiden Messer bohrten sich tief in die Brust des Magiers. Er schrie auf, und ich wich instinktiv zurück. Die Messer machten kehrt, sausten erneut durch den Raum und verschwanden im Armband.

»Entschuldigung!« Ich beobachtete erschrocken, wie sich zwei rote Flecken auf der Brust des Magiers bildeten. »Das wollte ich nicht!« Bestürzt starrte ich auf das Ding an meinem Handgelenk. Es hätte nicht dazu imstande sein sollen, einen Magier zu verletzen, aber die Dolche waren so durch die Schilde geflogen, als existierten sie überhaupt nicht.

»Woher hast du das?« Mircea richtete einen interessierten Blick auf das Armband.

»Ich habe es vor kurzer Zeit, äh, gefunden.«

»Es hat den dunklen Magier für sie verlassen!« Schmerz machte Pritkins Stimme rau, und er sah mich hasserfüllt an. Diesmal konnte ich es ihm nicht verdenken. »Dunkle Waffen sind launisch. Sie suchen immer die Quelle der größten Macht, um ihre eigene zu erhöhen.« Er schnitt eine Grimasse und sank auf die Knie. »Sie ist gefährlich und böse!«

Blut strömte so aus Pritkins Brust, als wäre sie von echten

Waffen getroffen worden. Ich starrte ihn entsetzt an und konnte kaum fassen, was ich getan hatte. Ich mochte ihn nicht, aber es war keineswegs meine Absicht gewesen, ihn zu töten. Er riss sein Hemd auf, holte tief Luft, ließ den Atem langsam entweichen und murmelte dabei etwas. Nach wenigen Sekunden begannen sich die Wunden in der Brust zu schließen. So viel zu seinem Engagement für die Menschen – er heilte so schnell wie ein Vampir.

Pritkin schürzte verächtlich die Lippen. »Sie behaupten, ein Mensch zu sein, Sibylle. Doch Sie tragen eine dunkle Waffe, die Kraft von einem Gegner stiehlt und sie gegen ihn verwendet. Dunkle Hexen kämpften für Sie, und in der vergangenen Nacht habe ich Sie bei etwas beobachtet, zu dem nicht einmal ein dunkler Magier imstande gewesen wäre. Selbst der Schwarze Kreis hat nicht die Macht, den Körper einer Person zu stehlen, und erst recht nicht den eines abgeschirmten Magiers!« Er griff nach dem Türknauf und zog sich hoch.

»Ich habe keinen Körper gestohlen …«

Pritkin unterbrach mich mit einer abrupten Geste. »Etwas Ähnliches habe ich schon einmal gesehen: ein Geschöpf, das andere Leben übernimmt und sie für seine eigenen Zwecke benutzt.« Er versuchte, sich an Tomas vorbeizuschieben, doch das gelang ihm nicht. Es schien ihn mit Zorn zu erfüllen, und über Tomas' Schulter hinweg rief er mir zu: »Es ist die dunkelste Magie, die nur den schlimmsten aller Dämonen zur Verfügung steht! Es war richtig vom Kreis, mich hierher zu schicken. Er wusste, dass ich begreifen würde, wer Sie wirklich sind. Wie viele Leben haben Sie gestohlen, Seherin? Wie viele Morde sind nötig gewesen, um Ihre erbärmliche Existenz zu sichern?«

Ich stand auf, und Louis-César hielt mich nicht zurück. »Ich heiße Cassie Palmer und kann das mit einer Geburtsurkunde beweisen. Ich laufe nicht herum und stehle Körper. Ich bin kein verdammter Dämon!« Ich sah Mircea an, der alles so beobachtete wie die meisten Leute eine unterhaltsame Show. »Warum muss ich immer wieder darauf hinweisen?«

Er zuckte mit den Schultern. »Ich sage es seit Jahren, *Dulceață*, und niemand glaubt mir.«

Pritkin nutzte diesen Moment, in dem alle abgelenkt waren, um durchzudrehen. Aus dem Nichts rasten seine magischen Messer auf mich zu. Ich hatte nicht mit einem Angriff gerechnet und stand wie blöd da, mit offenem Mund. Tomas war schnell wie der Blitz, fing aber nur zwei der Messer auf. Zwei weitere sausten an seinen Armen vorbei und hielten direkt auf mich zu. Mir blieb keine Zeit, einen klaren Gedanken zu fassen, geschweige denn, etwas zu meiner Verteidigung zu unternehmen. Ich fühlte, wie mein Schutzzauber aktiv wurde, wusste aber nicht, ob er gegen Zauberwaffen wirkte. Eine Sekunde später wusste ich es noch immer nicht, denn die Messer steckten vibrierend im Oberkörper des Golems. Ich starrte das Geschöpf verblüfft an, bis mir klar wurde: Es stand noch immer unter dem Befehl, mich zu schützen. Der Magier brüllte ihn an und forderte den Golem auf, aus dem Weg zu gehen, aber zu diesem Zeitpunkt hatte Tomas ihn bereits gepackt.

Ich weiß nicht, ob Tomas es schon einmal mit Kriegsmagiern zu tun gehabt hatte, aber er unterschätzte diesen. Eine der kleinen Ampullen des Magiers flog auf seinen Kopf zu und bespritzte ihn mit einer roten Flüssigkeit, die wie Blut aussah, aber wie Säure ätzte. Tomas ließ ihn nicht los, doch das Zeug geriet ihm in die Augen und nahm ihm vorübergehend die Sicht. Pritkin machte eine seltsame Geste – es sah aus, als zöge er an einem unsichtbaren Seil –, und die beiden Messer lösten sich aus dem Oberkörper des Golems und kehrten zu ihm zurück. Eins traf Tomas am Bein, und das andere schnitt ihm fast die linke Hand ab. Er sank auf ein Knie, und Pritkin gelang es, sich von ihm zu lösen. Er wich einem von Louis-Césars geworfenen Messer aus, sprang beiseite, als Tomas ihn erneut packen wollte, und richtete beide Pistolen auf mich.

Ich dachte nicht, sondern handelte, und vermutlich kam ich deshalb mit dem Leben davon. Meine Hand schoss nach oben, und zwei geisterhafte Messer flogen Pritkin entgegen und stießen ihm die Pistolen aus den Händen, als er schoss. Es gelang ihm, mehrere Kugeln auf die Reise zu schicken, aber sie verschwanden im Ton des Golems, ohne Schaden anzurichten. Ich sah das Geschöpf überrascht an. Es wirkte schwerfällig, konnte aber erstaunlich schnell sein. Auf ein Wort seines zornigen Gebieters hin stob es davon, war plötzlich auf der anderen Seite des Raums und kämpfte dort gegen Louis-César. Der Franzose bohrte ihm immer wieder das Rapier in den Leib, doch dort gab es keine lebenswichtigen Organe. Er wich den Hieben des Golems aus, obgleich sie so schnell kamen, dass ich sie nur schemenhaft sah, aber das künstliche Wesen trieb ihn langsam zurück und fort vom Kampf.

Pritkin rief erneut etwas und sprang mir mit einer Handgranate entgegen. Tomas jagte wie von einer Kanone abgefeuert heran, verharrte mitten in der Luft, fiel zu Boden und rührte sich nicht mehr. Einen Sekundenbruchteil später erfuhr ich den Grund dafür, als ich mich von einer riesigen unsichtbaren Hand gepackt fühlte – sie hielt mich fest und sorgte dafür, dass sich auch das Armband nicht mehr bewegte. Es ähnelte dem Trick, den der dunkle Magier verwendet hatte, und diesmal gab es niemanden, der ihn neutralisierte. Pritkin setzte über Tomas hinweg und wich Rafe aus, der ebenfalls von dem Zauber erfasst worden war. Alles im Zimmer war erstarrt, und ich sah, wie ein grimmiges Lächeln über die Lippen des Magiers huschte. Sein Blick begegnete meinem, und ich wusste: Der Verrückte würde mich tatsächlich töten, auch wenn es den Tod für ihn selbst bedeutete.

Doch wir hatten beide Mircea vergessen. Er kam aus dem Nichts, ein dunkler Schemen in meinem Blickfeld, packte den Magier, brach ihm das Handgelenk und warf die Granate aus dem Fenster. Während ich noch überrascht blinzelte, ergriff Mircea den Magier an der Kehle und hob ihn vom Boden. Eine Sekunde später sprang Louis-César übers Sofa – der Golem lag in Scherben hinter ihm –, doch ich sah in seinem Gesicht die Erkenntnis, dass er zu spät gekommen wäre.

Ich konnte mich noch immer nicht bewegen, aber Raffael schaffte es, sich vom Zauber zu befreien. Mit Mirceas Anzugjacke schlug er nach zwei Ampullen, die seinen Kopf zu erreichen versuchten. Die Explosion der hinausgeworfenen Handgranate erschütterte das Zimmer – Putz bröckelte von der Decke, und Glassplitter flogen an den dicken Vorhängen vorbei. Die unsichtbare Hand ließ mich schließlich los, und ich keuchte, sank auf den Stuhl zurück und hustete vom Staub, der mir in den Hals geriet. Das Krachen der Explosion hallte in meinen Ohren wider.

Mein besorgter Blick ging zu Pritkin, aber der Magier war inzwischen aus dem Verkehr gezogen. Mit seinem Arsenal sah die Sache anders aus, doch Louis-César hatte mit einem leisen Singsang begonnen, der die fliegenden Dinge träge machte. Rafe ergriff zwei vor seinem Gesicht schwebende Ampullen und legte sie in den Korb am Kamin, nachdem er ein Arrangement aus getrockneten Blumen auf dem Boden verstreut hatte. Er legte den Deckel auf den Korb, sammelte dann die übrigen Teile des fliegenden Arsenals ein und fügte sie der Sammlung hinzu. Ich beobachtete, wie der Deckel wackelte, als die gefangenen Waffen versuchten, in die Freiheit zurückzukehren. Eine Ampulle, die Rafes Aufmerksamkeit entging, schlich sich an mich heran – sie kroch über den Boden, unbemerkt von den anderen. Ich starrte auf sie hinab und fragte mich, wie ich sie abwehren sollte, ohne dass das Glas zerbrach und mich der Inhalt traf. Doch mein Armband wusste besser zu kämpfen als ich. Es zog meinen Arm hoch und warf ein Messer, das die Ampulle traf. Mit einem dumpfen Pochen löste sich der kleine Behälter auf und hinterließ nur einen muffigen Geruch.

Mirceas Stimme klang ruhig und sehr überzeugend. »Rufen Sie sie zurück, Magier, oder ich zeige Ihnen die Nahrungsaufnahme des alten Stils.«

Ich glaubte ihm, aber Pritkin war sturer und erwies sich erneut als dumm. Die Flinte richtete sich vom Boden auf und zielte auf mich. »Nur zu. Aber ich nehme Ihre Dämonenhure mit!«

Louis-César sprang nach der Waffe und riss sie nach oben, als der Schuss knallte und ein Loch in den Kamin hinter mir riss. Nur wenige Zentimeter nach links, und ich hätte in mehr Fetzen dagelegen als der Golem. Ein Hagel aus Stein- und Mörtelsplittern gesellte sich der Staubwolke hinzu, und mehrere fliegende Bruchstücke trafen mich. Ich schrie, und im nächsten Augenblick schien ein Orkan durchs Zimmer zu wehen. Durch den um uns heulenden Sturm aus Staub und Splittern beobachtete ich, wie die Gelassenheit aus Mirceas Gesicht verschwand und etwas Wildes zum Vorschein kam. Ich hatte andere Vampire ohne die menschliche Maske gesehen, aber ein solches Erscheinungsbild hatten sie nicht geboten. Er war gleichzeitig schrecklich und wunderschön, mit glänzender Alabasterhaut, langen Reißzähnen und Augen, in denen Flammen zu lodern schienen.

Der Wind presste Pritkin an die Wand und übte solchen

Druck aus, dass sich sein Gesicht in eine Grimasse verwandelte. Doch seine Sicht blieb unbeeinträchtigt, und die Augen wiesen darauf hin, dass er nicht geahnt hatte, was sich hinter dem so ruhigen Äußeren Mirceas verbarg. Hatte er vielleicht angenommen, dass sich die Mitglieder des Senats ihren Posten mit Wohlfahrtsarbeit verdienten? Es erstaunte mich, dass es Pritkin gelungen war, bis zu diesem Zeitpunkt zu überleben.

»Cassandra gehört mir«, sagte Mircea mit einer Stimme, die in der Lage gewesen wäre, Glas zu schmelzen. »Ob Kreis oder nicht: Wenn Sie sie noch einmal anrühren, verwandle ich Sie und sorge dafür, dass Sie den Rest der Ewigkeit damit verbringen, um den Tod zu betteln.«

»Mircea!« Louis-César versuchte nicht, ihn zu berühren, aber seine Stimme durchdrang den Sturm. »Bitte. Du kennst die Situation. Es gibt andere Möglichkeiten, mit ihm fertig zu werden.«

Der Wind flaute langsam ab, und zu viel Adrenalin ließ mich am ganzen Leib erbeben. Mit zitternden Knien stand ich auf und wankte dorthin, wo Pritkin an der Wand stand, von Mirceas Macht festgehalten – allerdings sah er jetzt nicht mehr so aus, als würde er hindurchgedrückt. Blut rann mir übers Gesicht und tropfte auf den Kragen meines Bademantels, aber ich achtete nicht darauf. Im Vergleich zu Tomas war ich erstaunlich gut davongekommen. Eine ziemlich mitgenommene Version meines früheren Mitbewohners durchsuchte Pritkin nach Waffen. Die halb abgetrennte Hand hatte bereits damit begonnen, wieder mit dem Arm zu verwachsen – ich sah, wie sich Sehnen und Bänder neu formten. Doch das Gesicht war verbrannt, und offenbar funktionierte nur ein Auge. Ich schauderte, als ich den Ausdruck darin sah: Der Magier schien nur deshalb noch am Leben zu sein, weil Tomas überlegte, welche Hinrichtungsmethode ihm die größten Schmerzen bereiten würde.

Ich sah zu Mircea, dessen Miene kaum beruhigender wirkte. Jener Mircea, den ich kannte, war immer ruhig und fast sanft gewesen, hatte mir verschwurbelte Geschichten und grässliche Witze erzählt. Er warf sich gern in Schale und war sich nicht zu schade, mit einer in ihn verknallten Elfjährigen endlos Dame zu spielen. Ich hatte Pritkins Naivität nicht geteilt und gewusst, dass die Wahrheit viel komplexer war. Mircea war an einem Hof aufgewachsen, wo Mord und Grausamkeit zur täglichen Routine gehörten. Der eigene Vater hatte zwei seiner Brüder als Pfand für ein Abkommen verwendet, an das er sich gar nicht halten wollte. Er war gefoltert worden und hätte vermutlich ein schreckliches Ende gefunden, wenn nicht der Zigeuner gewesen wäre. Solche Erlebnisse ließen nicht viel Platz für Anteilnahme. Trotzdem, es existierte eine sanftere Seite, nicht wahr? Um ganz ehrlich zu sein: Ich war mir nicht mehr sicher.

Als Kind hatte ich mich von Mircea nie bedroht gefühlt. Er war heiter und gelassen gewesen, mit freundlichen braunen Augen und Lachfalten in den Augenwinkeln. Doch jetzt bot sich meinen Blicken ein ganz anderer Mircea dar. Hatte sein schreckliches anderes Selbst immer unter der Oberfläche gelauert? War ich nur zu blind gewesen, es zu sehen? Jetzt sah ich es ganz deutlich, und dadurch entstand ein Problem. Sosehr ich Pritkin auch verabscheute, ich wollte ihn nicht tot. Er mochte verrückt sein, aber ich brauchte ihn: Er sollte mir erklären, was mit mir passierte; oder er sollte mir den Kontakt mit jemandem ermöglichen, der es mir erklären konnte. Ich wusste nicht, an wen ich mich sonst wenden sollte. »Töten Sie ihn nicht, Mircea«, sagte ich, und das »Sie« erschien mir angemessener als jemals zuvor. Damals, als Kind, hatte ich keine

Distanz gespürt, aber jetzt schien es einen breiten Graben zwischen uns zu geben.

»Wir haben nicht die Absicht, ihn umzubringen, *Mademoiselle*«, antwortete Louis-César, hielt aber einen wachsamen Blick auf Mircea gerichtet. Tomas hatte dem Magier unterdessen alle Waffen abgenommen, zumindest die sichtbaren. Ich glaubte, dass er noch über viele weitere verfügte, und mein Armband schien der gleichen Ansicht zu sein. Es glühte warm am Handgelenk und fühlte sich schwerer an als noch vor einigen Minuten. Ich hätte es gern abgelegt – es kam mir immer unheimlicher vor –, aber dies war wohl kaum der geeignete Zeitpunkt. »Seit der vergangenen Nacht sind wir im Krieg gegen den Dunklen Kreis, und wir wollen nicht auch gegen den Silbernen kämpfen.«

»Seien Sie vorsichtig«, sagte Rafe neben mir. »Vergewissern Sie sich, dass er wirklich unbewaffnet ist.«

»Ein Kriegsmagier ist nie ganz unbewaffnet«, erwiderte Mircea.

»Bis zu seinem Tod«, fügte Tomas hinzu, und ich stellte fest, dass er ein zappelndes Messer in der unverletzten Hand hielt. Er bewegte sich schnell wie der Blitz – vermutlich gefiel ihm die Ironie, Pritkin mit seiner eigenen Waffe umzubringen –, aber Louis-César war noch einen Hauch schneller. Er hielt Tomas' Hand dicht vor Pritkins Brust fest.

»Tomas! Ich lasse nicht zu, dass du einen Krieg beginnst!«

»Wenn Sie dem Geschöpf dort Zuflucht gewähren …«, Pritkin spuckte fast in meine Richtung, »… sind Sie mit uns im Krieg, ob Sie wollen oder nicht. Ich bin hierher geschickt worden, damit ich herausfinde, was sie ist, und ich sollte sie eliminieren für den Fall, dass sie eine Gefahr darstellt. Ich habe erwartet, nur eine Kassandra vorzufinden, eine gefallene Sibylle, aber dies ist viel schlimmer, als ich dachte. Und was ich weiß, das weiß auch der Kreis. Wenn ich sie nicht töte, dann kommen ein Dutzend oder hundert andere.« Er sah mich an, und wenn Blicke töten könnten, hätte er dem Kreis die Mühe erspart. »Ich habe schon einmal gegen ein solches Wesen gekämpft. Ich weiß, wozu sie fähig sind, und ich werde es nicht am Leben lassen.«

Er wollte erneut auf mich zuspringen, aber damit hätte er sich fast selbst erdrosselt, denn Mirceas unsichtbarer Griff war hart wie Stahl. Einen sonderbaren Kontrast dazu bildete Mirceas Gesicht, das jetzt wieder die übliche ruhige Gelassenheit zeigte. In den Augen leuchtete nur vages Interesse, die Wangen hatten ihre normale Farbe, und die Lippen deuteten ein Lächeln an. Der glühende Zorn war verschwunden. Mir lief es kalt über den Rücken – so erstaunliche schauspielerische Fähigkeiten beunruhigten mich. Ich wandte meine Aufmerksamkeit wieder dem Magier zu und begriff allmählich: Die einzige Person, die mir absolut nichts vormachte, war der Mann, der gerade versucht hatte, mich zu töten. Nett.

»Ich bin kein *Geschöpf* oder *Wesen*«, sagte ich und achtete darauf, außer Reichweite zu bleiben. »Ich weiß nicht, was Ihrer Meinung nach hier geschieht, aber ich bin keine Gefahr für Sie.«

Pritkin lachte, und es klang seltsam, halb erstickt. »Natürlich nicht. Ich bin zu alt, als dass eine Lamia Interesse an mir hätte. Jene, die ich getötet habe, opferte ihrer elenden Existenz zwanzig Kinder. Ich lasse nicht zu, dass so etwas noch einmal geschieht.«

Ich rang den Ärger nieder, drehte mich zum Fenster um und zog die Vorhänge beiseite. Draußen erstreckte sich eine rötlich braune Landschaft unter einem hellblauen Himmel. Eine recht große Gruppe hatte sich bei dem von der Handgranate geschaffenen Loch eingefunden, aber niemand störte uns. Vermutlich dachten die Leute, dass wir auch allein zurechtkamen. Ich wandte mich wieder dem hasserfüllten Gesicht zu. »Was ist, wenn Sie sich irren und ich kein solches Monstrum bin? Wollen Sie nicht sicher sein, bevor Sie mich töten?«

»Ich weiß bereits Bescheid. Kein Mensch ist zu dem in der Lage, was Sie getan haben. So etwas ist einfach nicht möglich.«

»Vor einigen Tagen hätte ich Ihnen zugestimmt. Jetzt sehe ich die Sache anders.« Es fiel mir schwer, Pritkins Blick standzuhalten. Nie zuvor hatte mich jemand mit solchem Hass angesehen. Tony wollte mich töten, aber wenn er mich jemals erwischen sollte ... Ich war bereit zu wetten, dass seine Augen nicht so aussehen würden. Er sah mich als ein Ärgernis hoch zehn und als eine Möglichkeit, Vereinbarungen zu besiegeln, nicht als die Verkörperung des Bösen. Zwar wusste ich, dass Pritkin sich irrte, aber ich fühlte mich schuldig, und das machte mich zorniger als der Angriff auf mich. *Ich* war hier nicht der irre Mörder.

»Sie haben gesagt, Sie hätten solche Wesen schon einmal gejagt. Gibt es nicht eine Art Test, den Sie vorher machen, um Gewissheit zu erlangen? Oder töten Sie einfach alle, die Sie für verdächtig halten?«

»Es gibt Tests«, brachte Pritkin zwischen zusammengebissenen Zähnen hervor. Allein das Gespräch mit mir schien für ihn auf Folter hinauszulaufen. »Aber sie würden Ihren Vampir-Verbündeten nicht gefallen. Es geht dabei um Weihwasser und Kreuze.«

Ich sah Mircea erstaunt an, und er rollte mit den Augen. Welchen Unsinn las Pritkin? Bram Quatschkopf Stoker? Dämonen fürchteten sich vielleicht vor heiligen Dingen, aber Vampire bestimmt nicht. Mirceas Familienwappen zeigte einen Drachen, das Symbol des Mutes, der ein Kreuz umarmte, ein Zeichen für den Katholizismus der Familie. Es schmückte die Wand hinter seinem Sitz im Senat, aber Pritkin war vermutlich so sehr damit beschäftigt gewesen, mich anzustarren, dass er es nicht bemerkt hatte. Ich dachte daran, ihn darauf hinzuweisen, dass der Vampirismus der Lykanthropie insofern ähnelte, dass er eine metaphysische Krankheit war. Aber wahrscheinlich wäre er nicht bereit gewesen, mir zu glauben, wenn ich ihm gesagt hätte: Die Legenden, nach denen sich ein Dämon in jedem neuen Vampir niederließ, gingen auf die Hysterie im Mittelalter zurück. Pritkin schien überall Dämonen zu sehen, ob es sie gab oder nicht. Die einzigen Waffen aus dem Hollywood-Arsenal, die tatsächlich gegen Vampire wirkten, waren Sonnenlicht – zumindest für die jüngeren –, Pflöcke und Knoblauch, und Letzteres auch nur, wenn man es als Teil eines Schutzzaubers verwendete. Das Zeug einfach nur über die Tür zu hängen, nützte überhaupt nichts. Zum Teufel auch, Tony mochte es auf einer Bruschetta mit ein wenig Olivenöl.

Mircea war keine Hilfe – er grinste nur. »Und ich habe immer geglaubt, dass die Dinge, die ich am meisten verabscheue, schlechter Wein und miese Kleidung sind.« Er nahm meinen Gesichtsausdruck mit einem toleranten Lächeln hin. »Nun gut, *Dulceaţă*. Ich glaube, wir können irgendwo Kreuze auftreiben. Und wenn ich mich nicht irre, hält Rafe mehrere Ampullen mit Weihwasser gefangen, während wir hier miteinander reden.«

Rafe näherte sich mit dem Korb. Es hörte sich an, als befänden sich einige mexikanische Springende Bohnen darin und versuchten mit aller Macht, in die Freiheit zu gelangen. Wir alle wechselten skeptische Blicke. »Ich bin nicht einverstanden«, sagte Tomas. »Die Konsulin hat mich beauftragt, für

Cassies Sicherheit zu sorgen. Was ist, wenn er lügt und jene Objekte Säure oder Sprengstoff enthalten? Wir können ihm nicht trauen.«

»Man traue nie einem Magier«, pflichtete ihm Rafe bei, und es klang nach einem Zitat.

»Ich überprüfe sie«, sagte Louis-César und holte so schnell eine Ampulle hervor, dass ich gar keine Gelegenheit bekam, ihn daran zu hindern. Er gab den Inhalt nicht auf seine Haut, wie ich befürchtet hatte, sondern hielt das kleine zugestöpselte Gefäß unter Pritkins Nase. »Ich schütte Ihnen das jetzt auf den Arm. Wenn damit Gefahren für Sie verbunden sind, sollten Sie mich besser darauf hinweisen.«

Pritkin beachtete ihn nicht. Sein Blick galt noch immer mir – er schien mich mehr zu fürchten als einen Raum voller Meistervampire. Ganz offensichtlich kannte er sie noch nicht lange genug, um Nuancen zu erkennen. Louis-César hatte nur gesagt, dass sie ihn nicht töten würden, doch das ließ viele Möglichkeiten offen. Ich wäre besorgt gewesen, aber Pritkin war so sehr damit beschäftigt, mich finster anzusehen, dass er kaum Kenntnis davon nahm, als einige Tropfen der klaren Flüssigkeit auf seine Haut fielen. Wir alle beobachteten ihn so, als könnte sein Arm jeden Moment schmelzen, aber es geschah nichts. Louis-César beugte sich zu mir, doch Tomas hielt ihn am Handgelenk fest.

In den Augen des Franzosen blitzte es silbern. »Pass auf, Tomas«, sagte er leise. »Diesmal bist du nicht besessen.«

Tomas schenkte der Warnung keine Beachtung. »Es könnte Gift sein. Vielleicht hat er ein Gegenmittel genommen oder ist bereit, mit ihr zu sterben. Ich werde nicht zulassen, dass ihr etwas zustößt.«

»Ich übernehme die Verantwortung vor der Konsulin, wenn etwas passiert.«

»Die Konsulin ist mir gleich.«

»Ich sollte dir nicht gleich sein.«

Zwei Wellen aus schimmernder Energie entstanden, stark genug, um eine Gänsehaut an meinen Armen zu schaffen und das Armband am Handgelenk tanzen zu lassen. »Genug!« Mircea winkte, und das Machtniveau im Zimmer sank beträchtlich. Er nahm die Ampulle aus der Hand des Franzosen und schnupperte daran. »Wasser, Tomas – es ist nur Wasser und sonst nichts.« Er reichte mir die Ampulle, und ich nahm sie sofort entgegen, bevor Tomas Einwände erheben konnte.

Ich vertraute Mircea, und außerdem reagierte weder mein Schutzzauber noch das Armband. »Alles in Ordnung.«

»Nein!« Tomas wollte nach dem Fläschchen greifen, doch Louis-César stieß seine Hand beiseite.

Ich sah zu Pritkin, der mich begierig anstarrte. »Weg damit.« Ich hob die Ampulle und trank ihren Inhalt. Wie Mircea gesagt hatte, es war nur Wasser, ein bisschen abgestanden. Pritkins Augen wurden so groß, als rechnete er damit, dass mir gleich Dampf aus den Ohren kam oder so. »Zufrieden? Oder wollen Sie mir noch ein paar Kreuze an den Hals hängen?«

»Was sind Sie?«, flüsterte er.

Ich kehrte zu meinem Stuhl zurück, musste aber feststellen, dass er voller Mörtelstaub war, und deshalb ging ich weiter zur Couch. Die Fensterscheibe war zerbrochen, als Mircea die Handgranate nach draußen geworfen hatte, und so musste ich einige Glassplitter beiseitestreichen. Ich hoffte für Pritkin, dass er Antworten für mich hatte, denn er erwies sich allmählich als echter Nerver. »Was ich bin? Müde, steif und Ihrer überdrüssig«, sagte ich ehrlich.

Mircea lachte. »Du hast dich nicht verändert, *Dulceaţă*.«

Pritkin sah mich an, und ein Teil des schrecklichen Zorns

verschwand aus seinem Gesicht. »Ich verstehe das nicht. Sie können kein Weihwasser trinken, ohne eine Reaktion zu zeigen, wenn Sie zu den Dämonen gehören. Aber ein Mensch ist nicht zu dem fähig, was Sie getan haben.«

Mircea setzte sich aufs Sofa, nachdem er die Glassplitter mit einem Taschentuch fortgewischt hatte. Er nahm meinen nackten Fuß und streichelte ihn, und plötzlich fühlte ich mich viel besser. »Ich habe gelernt, dem Universum gegenüber niemals nie zu sagen, Magier Pritkin.« Er sah mich an und lächelte ironisch. »Es freut sich darüber, uns genau die Dinge zu geben, von denen wir mit größter Überzeugung behaupten, dass sie nicht möglich sind.«

Louis-César richtete einen erwartungsvollen Blick auf mich, und ich nickte. »Ja, ich weiß. Wenn die Leute für einen Moment mit den Versuchen aufhören, mich umzubringen, erzähle ich von Françoise, soweit mir das möglich ist.« Ich schilderte meinen zweiten Ausflug und nannte möglichst viele Details, ohne darauf hinzuweisen, dass eine Hexe aus dem siebzehnten Jahrhundert in Vegas unterwegs gewesen zu sein schien. Wenn ich in einer Zelle endete, so wollte ich nicht, dass sie Gummiwände hatte.

»Ungefähr das hat Tomas gesagt«, meinte Louis-César, als ich fertig war. »Aber es ist nicht das, woran ich mich erinnere.«

»Was uns drei Möglichkeiten lässt.« Mircea zählte sie an den Fingern ab. »Erstens: Tomas und Cassandra lügen aus keinem ersichtlichen Grund. Zweitens: Sie hatten beide zur gleichen Zeit die gleiche Halluzination. Drittens: Sie sagen die Wahrheit. Ich wittere keine Lügen bei Ihnen.« Er sah Louis-César an, der nickte. »Und muss ich auf die Absurdität einer so detaillierten gemeinsamen Halluzination hinweisen, die Ereignisse betrifft, von denen sie nur wissen können, wenn sie dort gewesen sind?«

»Damit bleibt uns die Wahrheit.« Louis-César gab ein Geräusch von sich, das nach Erleichterung klang. »Und das bedeutet …«

Mircea sprach für ihn weiter. »Es bedeutet, dass sie die Vergangenheit geändert haben.«

Elf

»Das ist unmöglich.« Dabei war ich mir ganz sicher. »Ich *sehe* die Vergangenheit, ändere sie aber nicht.«

»Die Macht der Pythia ist flüchtig«, murmelte Pritkin, als hätte er mich nicht gehört. »Aber nein. Es ist ausgeschlossen.« Er wirkte plötzlich so verwirrt wie ein kleiner Junge. »Die Pythia kann von niemandem Besitz ergreifen. Diese Macht hat sie nicht und kann sie Ihnen auch nicht gegeben haben.«

»Lassen wir das«, sagte Louis-César fast atemlos. Er sah Pritkin aufgeregt an. »Könnte die Macht der Pythia Cassandra erlauben, metaphysisch zu anderen Orten in anderen Zeiten zu reisen?«

Der Magier schien noch unsicherer zu werden. »Ich brauche den Rat meines Kreises«, sagte er, und seine Stimme vibrierte ein wenig. »Auf so etwas war ich nicht vorbereitet. Es hieß, sie sei nur eine mutmaßliche Einzelgängerin. Die Pythia hat eine Erbin. Ihre Macht sollte nicht dieser … Person zur Verfügung stehen.«

»Welche Macht?« Ich entschied, den Umstand auszunutzen, dass er mir den Status einer Person zurückgegeben hatte, wenn auch widerstrebend. Ich sollte besser herausfinden, was er wusste, bevor er auf den Gedanken kam, mich für eine andere Art von Dämon zu halten.

»Nein.« Pritkin schüttelte nachdrücklich den Kopf. »Ich kann nicht für den Kreis sprechen.«

»Sie haben den ganzen Abend versucht, für ihn zu sprechen«, sagte Tomas und griff so fest nach der Schulter des

Magiers, dass er aus dem Gleichgewicht geraten wäre, wenn Mircea ihn nicht noch immer festgehalten hätte. »Aber jetzt, wo Sie uns damit helfen können, lehnen Sie ab?« Bis auf eine rote Narbe war Tomas' Hand geheilt. Sein Gesicht hingegen sah noch immer recht schlimm aus, und mit seiner Geduld schien es ebenfalls nicht zum Besten zu stehen.

»Ich … dies sind gefährliche Angelegenheiten. Ohne Autorisierung kann ich nicht darüber sprechen.«

»Eben sagten Sie, dass der Kreis weiß, was Sie wissen«, knurrte Tomas. »Nehmen Sie Kontakt auf und bitten Sie um Erlaubnis.«

Pritkin sah sich wie verzweifelt um, als suchte er nach Hilfe. Er fand keine. »Ich werde es versuchen, aber bestimmt wollen sich die Mitglieder des Kreises versammeln, um darüber zu reden. Und sie werden verlangen, dass man diese Frau zu ihnen bringt. Es wird eine Weile dauern, bis die Entscheidung fällt.«

»Wie lange?« Louis-César trat zu Tomas, und zusammen waren sie ziemlich imposant. Himmel, auch einzeln wirkten sie recht einschüchternd.

Pritkin machte den Fehler zu versuchen, mit Grobheit über seine Nervosität hinwegzutäuschen. Er war viel zu unvorbereitet, um mit einem Senator fertig zu werden. »Ich weiß es nicht. Tage vielleicht.«

Wieder zeigte sich der silberne Glanz in Louis-Césars Augen, und seine Pupillen verschwanden fast ganz. Ich hielt den Atem an, und damit war ich nicht allein. Es wurde still im Zimmer, bis auf das schwere Atmen des Magiers, und es schien immer lauter zu werden, als hätte ihm jemand ein Mikrofon gegeben. Mircea ließ ihn plötzlich los, und er wäre zu Boden gesunken, wenn Louis-César ihn nicht am Hemd gepackt und wieder an die Wand gedrückt hätte.

Ich hatte Louis-César im Kasino in Aktion gesehen, war aber nicht davon überzeugt gewesen, dass es sich bei ihm um einen wirklich erstklassigen Kämpfer handelte. Er war gut, zweifellos, aber im Lauf der Jahre hatte ich viele gute Kämpfer gesehen, und außerdem glaubte ich noch immer, dass sich mit einer Feuerwaffe mehr ausrichten ließ als mit einem Rapier. Ich hatte zu viel Zeit bei Tony verbracht, wo es nicht an Ballermännern mangelte. Ich verstand, weil Louis-César mich so sehr entsetzte – er war meine Tür zum Land verrückter Geister und finsterer Verliese –, aber andere Menschen hatten dieses Problem nicht, und es war mir ein Rätsel gewesen, wieso sie ihn fürchteten. Die meiste Zeit über sah er fast süß aus mit seinen großen blauen Augen und den Grübchen. Aber schließlich fiel bei mir der Groschen. Ich fand ihn noch immer attraktiv, aber es war die besondere Schönheit eines Tornados, bevor er eine Stadt verwüstete. In jener Sekunde glaubte ich, dass er imstande gewesen wäre, den verrückten Plan im Dante's wirklich in die Tat umzusetzen, dass er es tatsächlich geschafft hätte, zwanzig Vampire zurückzuhalten, während mich Tomas in Sicherheit brachte.

»So viel Zeit haben wir nicht«, zischte Louis-César, und Pritkin erbleichte.

Mircea sprach, und seine Stimme war wie ein Bach, dessen Wasser ruhig durch den Raum floss, die Gemüter beruhigte und Wangen kühlte. »Vielleicht möchte der Magier Pritkin seinen Kreis woanders kontaktieren? Ich glaube, er hat uns alles gesagt, was wir wissen müssen, wenn auch indirekt.« Er sah Pritkin an und lächelte. »Vielleicht sollten Sie den Kreis fragen, warum er Sie, den bekanntesten Dämonenjäger, damit beauftragte, Cassie zu finden. Sie stehen in dem Ruf, recht – wie soll ich mich ausdrücken? – unbeirrbar zu sein. Wer zu Argwohn neigt, könnte fast glauben, dass der Kreis wollte, dass Sie einen falschen Eindruck von ihr gewinnen – um auf diese Weise eine mögliche Rivalin auszuschalten.«

Pritkin starrte ihn groß an, und allmählich gewann sein Gesicht ein zorniges Rot. Ich hoffte, dass sein Herz nicht ebenso viel Arbeit bekam wie das Gesicht. Wenn er keinem Herzanfall zum Opfer fiel, würde ihm der Kreis vermutlich einiges erklären müssen.

»Er bleibt hier!«, sagten Louis-César und ich gleichzeitig. Er deutete mir gegenüber eine Verbeugung an, und ich beobachtete ihn nervös, als ich aufstand und mich Pritkin näherte. Die Augen des Franzosen glänzten noch immer silbrig, und ich wollte nicht herausfinden, was geschah, wenn er wirklich die Beherrschung verlor.

»Sie verlassen diesen Ort erst, wenn ich Antworten bekommen habe. Wer ist die Pythia? Warum nennen Sie mich immer wieder Sibylle, und von welchen Mächten reden Sie?«

Pritkin erhob keine Einwände – der Kampf schien ihm den Widerstandswillen genommen zu haben. Seine Stimme war ein wenig heiser, als er sagte: »Die Seherin von Delphi, Apolls größtem Tempel, hieß Pythia. Zweitausend Jahre lang galten die dafür ausgewählten Frauen als Orakel der Welt; Könige und Herrscher trafen politische Entscheidungen auf der Grundlage ihres Rats. Mit dem Niedergang der Griechen verlor das damalige Orakel an Bedeutung, aber der Name wird heute noch immer benutzt, aus Respekt. Die Pythia ist die oberste Seherin der Welt, eine starke Verbündete des Kreises. Sie hat deshalb so große Bedeutung für uns, weil Nichtmenschen ihre Fähigkeiten nicht haben.«

»Was hat das mit mir zu tun?«

»Bei jeder Auswahl einer neuen Pythia wird eine Sibylle – unser Name für eine wahre Seherin – zu ihrer Nachfolgerin bestimmt. Von Kindesbeinen an bringt man ihr bei, die Bürde zu verstehen und zu tragen. Die gegenwärtige Pythia ist alt, und ihre Macht schwindet. Sie sollte auf ihre Nachfolgerin übergehen, doch die wurde vor mehr als sechs Monaten von Rasputin und dem Dunklen Kreis entführt.« Pritkins Augen zeigten tiefe Sorge. »Jahrtausendelang hat sich die Tradition der Machtübergabe fortgesetzt, doch jetzt fürchte ich um die Nachfolge. Vermutlich ist die Erbin tot. Warum sonst sollte die Macht zu Ihnen kommen, zumindest teilweise? Eine Einzelgängerin ohne Ausbildung, ohne das Wissen um die Pflichten der Pythia ...«

Zwei Worte hallten in meinem Kopf wider. Ich starrte den Magier entsetzt an. »Zumindest teilweise? Was zum Teufel bedeutet das?« Meine Stimme war schrill geworden, und ich legte eine kurze Pause ein, um mich ein wenig zu beruhigen. »Von wegen. Teilen Sie Ihrem Kreis mit, dass ich den Job nicht will.«

»Es ist kein Job, sondern eine Berufung. Und der Erbin bleibt keine Wahl.«

»Mir schon! Sie müssen diese Sibylle finden und zurückholen.« Ich sah Tomas an, was fast schmerzhaft war. »Was haben Sie mit seinem Gesicht gemacht? Es heilt nicht.«

»Es war Drachenblut, *mia stella*«, antwortete Rafe. »Keine Sorge, es heilt mit der Zeit.« Tomas bedachte mich mit einem überraschten Blick, als hätte er von mir keine Anteilnahme an dem erwartet, was mit ihm geschehen war. Ich sah weg und bemerkte, dass Mircea mich nachdenklich musterte, woraufhin ich versuchte, meiner Miene einen möglichst neutralen Ausdruck zu geben. Sollten sie denken, was sie wollten. Ich wäre auch um jeden anderen besorgt gewesen, der mir geholfen hatte.

»Wir haben die Erbin gesucht«, sagte Pritkin müde. »In den letzten sechs Monaten haben wir kaum etwas anderes getan.

Die Pythia ist sehr alt und hat die Bürde der Macht länger tragen müssen, als es eigentlich der Fall sein sollte. Um ihre Gesundheit ist es schlecht bestellt, und auch um ihre Kontrolle. Wir wissen besser als Sie, dass die Zeit drängt, doch unsere Suche ist erfolglos geblieben.«

Ich sah das Problem nicht. »Dann ernennen Sie jemand anders zur Erbin.«

»Wie ich eben schon sagte: Es ist eine Berufung. Die Macht geht dorthin, wohin sie will, zu der Person, die am würdigsten ist, wie es in den alten Texten heißt. Es hätte keine zweite Kandidatin geben dürfen. Sie sind jung und nicht ausgebildet. Unsere Sibylle hingegen hat sich jahrelang auf ihr Amt vorbereitet. Sie wurde spät ausgewählt, aber gut vorbereitet. Wir dachten nicht, dass Sie eine Rivalin sein könnten …«

Er unterbrach sich zu spät. Ich durchbohrte ihn mit einem Blick. »Sie wussten von mir? Wie?«

Die Arroganz kehrte in Pritkins Gesicht zurück. »Ihre ganze Blutlinie ist verdorben. Bei Ihrer Mutter war es ebenso; Sie sehen sogar genauso aus.«

»Einen Moment. Sie kannten meine Mutter?« Pritkin schien nicht älter als fünfunddreißig zu sein, war vielleicht sogar noch jünger. Ich schloss daraus, dass er nicht mit normaler Geschwindigkeit alterte – es sei denn, der Kreis nahm seine Mitglieder mit fünfzehn auf.

»Sie war die Erbin«, sagte Pritkin und presste kurz voller Zorn die Lippen zusammen. »Sie musste rein sein, unberührt, wie sie sehr wohl wusste. Aber sie ließ sich auf eine Affäre mit Ihrem Vater ein, dem Diener eines Vampirs! Und schlimmer noch: Sie verbarg es vor dem Kreis, bis sie schwanger wurde und mit ihm fortlief. Wer weiß, was mit der Macht geschehen wäre, wenn wir zugelassen hätten, dass sie ein unsauberes Gefäß füllt.«

»Unsauber?« Das ging mir echt über die Hutschnur. »Sie war meine Mutter!«

»Sie war es nicht würdig, die Erbin zu sein! Zum Glück sind wir ihr rechtzeitig auf die Schliche gekommen.«

»Also … Eine Frau, die ihre Jungfräulichkeit verloren hat, kann keine Erbin sein?«

»Genau.« Pritkin lächelte gehässig. »Ein weiterer Grund dafür, warum Sie nicht infrage kommen.«

Ich hielt mich nicht damit auf, ihn zu korrigieren. Bestimmt konnten es meine sexuellen Erfahrungen mit denen einer ach so reinen Sibylle aufnehmen, wenn auch andere Gründe dahintersteckten. Eugenie hatte mich immer streng behütet, und wenn ich nicht bei ihr gewesen war, hatten mich die Umstände gezwungen, um mein Leben zu laufen. Ich hatte nie jemandem genug vertraut, um ihm so nahe zu kommen. Außerdem stammten die meisten Vampire bei Tony aus der gleichen Aussehensabteilung wie Alphonse und hatten den Befehl gehabt, die Finger von mir zu lassen. In die größte Versuchung war ich bei Tomas geraten, dem Spion des Senats, der mir still und heimlich Lebenskraft gestohlen hatte. Und bei Mircea, der vermutlich irgendwelche ruchlosen Pläne schmiedete. Ich schätzte, mein Geschmack für Männer ließ zu wünschen übrig.

»Damit ich alles richtig verstehe …«, sagte ich. »Zuerst halten Sie mich für einen Dämon, wegen einer Macht, um die ich nicht gebeten habe und die ich nicht einmal verstehe. Als sich das als Unsinn erweist, bezeichnen Sie mich als eine Art gefallene Sibylle. Übersehe ich etwas, oder mögen Sie mich nur nicht?«

Mircea lachte, und selbst Louis-Césars Lippen zuckten kurz. Tomas verstand den Witz entweder nicht oder ihm fehlte derzeit ein Sinn für diese Art von Humor. Pritkin reagierte natürlich mit Ärger. »Alles, was Sie sagen, bestätigt meinen ursprünglichen Eindruck. Als Pythia wären Sie eine Katastrophe.«

»Der Macht scheint das gleich zu sein.«

»Deshalb ist der Kreis da, um in solchen Fällen einzuschreiten!« Er starrte mich so grimmig an, dass ich unwillkürlich zurückwich. »Haben Sie sich nie gefragt, warum Ihre Mutter Sie Cassandra nannte? Es ist unser Wort für eine gefallene Sibylle, die ihre besonderen Fähigkeiten für das Böse nutzt anstatt fürs Gute. Eine mit dem Schwarzen Kreis verbündete Sibylle. Eine, die Geister und dunkle Hexen beschwören und für sich kämpfen lassen kann. Die in der Lage ist, in der Art eines Dämons von Menschen Besitz zu ergreifen und eine dunkle Waffe ganz leicht unter ihre Kontrolle zu bringen. Wir werden nicht zulassen, dass die Macht auf jemanden wie Sie übergeht!«

»Und wenn das doch geschieht?«

»Das wird es nicht.« Die Worte hatten einen solchen Nachdruck, dass ich in Gedanken der Liste von Leuten, die mich tot sehen wollten, einen weiteren Namen hinzufügte.

»Der Senat schützt Sie«, versicherte mir Louis-César.

Ich richtete einen erschöpften Blick auf ihn. »Oh, sicher. Solange er bekommt, was er will.«

Mircea grinste, als er Louis-Césars Gesicht sah. »Sie ist an einem unserer Höfe aufgewachsen. Glaubst du wirklich, sie hätte die Situation nicht begriffen? Bringen Sie den Magier weg«, wies er Rafe an. »Wir werden das Gespräch mit unserer Cassandra privat fortsetzen.« Pritkin wurde hinausgeführt, und ich war froh, dass er den Raum verließ. Ich hatte nie zuvor in meinem Leben einen Kriegsmagier getroffen, was ich keineswegs bedauerte.

Meine Aufmerksamkeit kehrte zu den Vampiren zurück,

und ich fragte mich, was mich die weitere Hilfe des Senats kosten würde.

»Wir werden Sie nicht dem Kreis überlassen, *Mademoiselle.*« Ehrlichkeit leuchtete in Louis-Césars Augen, die jetzt wieder blau waren. Ich sah ihn groß an. War er wirklich so naiv, oder gehörte es zu seiner Ich-bin-ein-ehrenwerter-kleiner-Junge-Routine?

»Aber vielleicht können wir dich nicht mehr schützen, wenn der Verbündete des Kreises in der kommenden Nacht das Duell gewinnt«, fügte Mircea hinzu. »Wenn das geschieht, trifft Rasputin die Entscheidungen, und ich möchte dich nicht unter seiner Macht sehen. Der Silberne Kreis tötet dich vielleicht, wenn du ihm in die Hände fällst, aber ich spekuliere lieber nicht darüber, was der Schwarze mit dir anstellen würde. Es ist zu deinem Vorteil, wenn wir gewinnen, Cassandra.«

Wir sahen uns an und hatten einen jener Momente perfekten Verstehens. Ah, erleuchtetes Eigeninteresse, die Währung meiner Welt. Es fühlte sich gut an, wieder auf vertrautem Terrain zu sein. Kein Gerede über Ehre mit Mircea – es ging um handfeste Dinge. »Haben Sie Tony ausgebildet, oder was?«

Mircea lachte entzückt. Louis-César warf ihm einen unzufriedenen Blick zu, bevor er sich an mich wandte. »*Mademoiselle*, bis zur vergangenen Nacht habe ich wirklich nicht geglaubt, dass jemand zu dem imstande sein könnte, was Sie geleistet haben. Jetzt weiß ich es besser und nehme es zum Anlass, wieder zu hoffen. Die Pythia ist in der magischen Gemeinschaft die letzte Entscheidungsinstanz bei Meinungsverschiedenheiten, gewissermaßen unser Oberstes Gericht. Ohne eine starke Pythia mit der Macht, ihren Entscheidungen Nachdruck zu verleihen, könnte das Problem zwischen

Lichtelfen und Silbernem Kreis zu einem Krieg eskalieren, so wie es bei unserem mit dem Schwarzen bereits geschehen ist. Unsere Welt gerät aus den Fugen.«

Er sah zu Boden, und Mircea neigte den Kopf ein wenig zur Seite. »Der Zauber ist aktiv. Selbst mit verbessertem Hören kann uns Pritkin nicht belauschen. Sag es ihr.«

Louis-César sah mich wieder an, und ich hatte erneut das Gefühl von Energie, die mir unter die Haut kroch. Er schien die Kontrolle über sich zu verlieren. Ich schob die Hand mit dem Armband in die Tasche, damit es nicht verrückt spielte – ich wollte nicht herausfinden, was geschah, wenn es ihn angriff. »Wir glauben, dass der Herausforderer der Konsulin, Lord Rasputin, die vermisste Sibylle als sein Werkzeug benutzt. Über Monate hinweg sind Senatsmitglieder von ihren eigenen Bediensteten angegriffen worden. In manchen Fällen haben sich jene gegen sie gewandt, die ihnen jahrhundertelang treue Dienste leisteten und als absolut loyal galten. Dazu gehören die Wächter im Senatsraum, die Sie angriffen. Sie waren per Eid der Konsulin verpflichtet, und trotzdem schlugen sie sich auf die andere Seite. Jetzt verstehen wir vielleicht den Grund dafür.«

Vielleicht übersah ich etwas. Ich war nicht unbedingt in Bestform. »Und was ist der Grund?«

Rafe näherte sich und kniete zu meinen Füßen. Ich strich ihm über die zerzausten Locken und fühlte mich viel besser. Er konnte überhaupt nichts für mich tun, aber es war schön, ihn bei mir zu wissen. »Begreifst du denn nicht, *mia stella*? Die Sibylle muss in der Zeit gereist sein, wie du, und nahm irgendwie Einfluss auf die Verbindung zwischen den Dienern und ihren Herren. Man nimmt seit langer Zeit an, dass die Pythia alle Zeiten gleichzeitig wahrnimmt und nicht nur in einer Richtung unterwegs ist, so wie wir. Vielleicht hat die vermisste

Sibylle ebenso Macht gewonnen wie du. Und sie nutzt ihre Fähigkeiten, um Schaden anzurichten.«

»Einen Moment.« Ich bekam Kopfschmerzen. »In diesen Worten liegen so viele Probleme, dass ich nicht einmal weiß, wo ich anfangen soll. Wie beeinflusst man derart enge Verbindungen? Und was ist mit dem Umstand, dass ich nicht die Erbin bin? Darauf hat Pritkin mit großer Deutlichkeit hingewiesen.«

»Nein«, widersprach Louis-César. »Er hat darauf hingewiesen, dass er keinen Übergang der Macht auf dich will. Aber er befürchtet offenbar, dass sie bereits auf dich übergegangen ist, denn sonst hätte er nicht versucht, dich umzubringen. Ich entschuldige mich dafür. Wenn uns das ganze Ausmaß seiner Feindseligkeit bewusst gewesen wäre, hätten wir nicht zugelassen, dass er bleibt. Wir hofften, er würde unseren Verdacht bestätigen.«

»Was er auch getan hat, in gewisser Weise«, fügte Mircea hinzu. »Nicht mit Worten, aber mit seinen Reaktionen: Er glaubt, dass Cassie einen Teil der Pythia-Macht bekommen hat, und vermutlich hat die Erbin einen anderen Teil empfangen.«

Ich schüttelte den Kopf. »Aber Pritkin meinte, dass die Pythia von niemandem Besitz ergreifen kann, woraus sich schließen lässt, dass auch ihre Erbin nicht dazu fähig ist, oder? Und wenn das stimmt, sind ihren Möglichkeiten Grenzen gesetzt. In anderen Zeiten gehen Energiereserven ziemlich schnell zur Neige. Insbesondere dann, wenn man nicht nur herumsteht und beobachtet. Als ich in, äh, Louis-César war, hatte ich das Problem nicht, aber wenn die Sibylle nicht auf eine menschliche Energiequelle zurückgreifen kann, bleibt ihr kaum Zeit genug, etwas auszurichten.«

»Vielleicht braucht sie nicht viel Zeit«, sagte Mircea nachdenklich. »Die Schaffung eines neuen Vampirs ist ein heikler Vorgang. Jede Ablenkung davon kann zu sehr bedauerlichen Resultaten führen.«

Ich hatte einige Horrorgeschichten darüber gehört. Im besten Fall stand der neue Vampir nie auf. Er oder sie blieb drei Tage tot, und man wusste, dass es ein Problem gegeben hatte. Im schlimmsten Fall erhob er sich ohne höhere Hirnfunktionen, als ein grässliches Etwas, das man Wiedergänger nannte. Sie waren wie Tiere, die nur für die Jagd lebten. Und da es in ihnen keine Vernunft gab, erkannten sie den Vampir, der sie geschaffen hatte, nicht als ihren Herrn an. Wiedergänger musste man zur Strecke bringen, bevor sie Gelegenheit bekamen, über Menschen herzufallen.

»Was könnte eine Person, die über nicht mehr Macht verfügt als ein neuer Geist, in etwa einer Stunde tun?« Ich sah Tomas an. »Stimmt das mit der Zeit? Wie lange sind wir dort gewesen?«

»Viel länger kann es nicht gewesen sein, und wir wurden schnell schwächer. Andernfalls wären wir vielleicht in der Lage gewesen, unseren Aufenthalt zu verlängern.«

»Ja, aber ich wüsste nicht, wie ich einen Vampir bei der Schaffung eines neuen Dieners stören sollte, und selbst als Geist hätte ich so etwas nicht gern versucht. Warum sollte die Sibylle so etwas tun?«

»Sie hat Rasputin, der ihr sagt, was es zu tun gilt«, erinnerte mich Louis-César. »Vermutlich ist sie mit detaillierten Anweisungen aufgebrochen.«

»Es wäre nicht weiter schwer«, warf Mircea ein. »Das fragliche Individuum muss rein sein, ohne Bisse von einem anderen Vampir in den letzten Jahren. Es muss bereit und in Frieden mit sich sein, wenn es verwandelt wird, und gesund oder zumindest nicht ernsthaft krank. Wenn jemand auf diese

Bedingungen Einfluss nimmt, könnte sich Jahrhunderte später ein mächtiger Meister wie Rasputin über die schwache Verbindung hinwegsetzen.« Er dachte kurz darüber nach. »Eine Beeinflussung der ersten Bedingung erscheint mir unwahrscheinlich. Das Ergebnis bestünde darin, dass das Individuum tot bleibt, und damit wäre Rasputin nicht geholfen – der betreffende Vampir hätte sich einfach einen anderen Diener gesucht. Außerdem würde ein Meister den Biss eines anderen Vampirs mit ziemlicher Sicherheit erkennen und jemand anders wählen.«

»Wie müsste die Sibylle vorgehen?«

Mircea zuckte mit den Schultern. »Es gibt viele Möglichkeiten. Zum Beispiel Vergiftung mit einem langsam wirkenden Toxin. Die Personen sterben, bevor jemand Verdacht schöpft, und das Gift bleibt ohne Einfluss, wenn sie als Vampire von den Toten wiederauferstehen. Aber es schwächt die Verbindung mit dem Schöpfer. Oder man gebe ihnen ein stimulierendes Mittel, stark genug, um sie bei der Verwandlung wach und voller Furcht sein zu lassen, anstatt ruhig und euphorisch.«

»Aber als Geist kann man keine Dinge mitnehmen«, sagte ich. »Wo könnte sich die Sibylle Gift beschaffen?«

»Welches Mittel auch immer sie benutzt hat, wahrscheinlich platzierten ihre Verbündeten es an einem vorher vereinbarten Ort. Der Schwarze Kreis ist fast so alt wie der Silberne – er geht auf das dritte Jahrtausend vor Christus zurück –, und Gift hat immer zu den Lieblingswaffen seiner Mitglieder gehört. Er hätte das Benötigte leicht zur Verfügung stellen können.«

»Aber warum sollte der Schwarze Kreis Rasputin trauen?« Wenn er stark genug war, um ein solches Durcheinander zu verursachen, bezweifelte ich, dass er wirklich als russischer

Bauer im späten neunzehnten Jahrhundert geboren worden war. Vermutlich hatte er den Namen von jemand anders übernommen oder erfunden und mit mentalen Tricks die Menschen von seiner Geschichte überzeugt. Aber es erschien mir unwahrscheinlich, dass er alt genug war, um in Carcassonne gewesen zu sein, als ich jenen Ort besucht hatte. So sehr konnte der Senat einen Vampir nicht unterschätzt haben.

»Er hat sich mit seinen modernen Pendants verbündet, die ihm alle notwendigen Informationen geben«, erklärte Mircea. »Die Sibylle könnte den dunklen Magiern eine Botschaft gebracht und um Hilfe gebeten haben. Der Silberne Kreis ist mit uns verbündet, und es ist ein altes Bündnis. Sie würden sich sehr über eine Gelegenheit freuen, es zu sabotieren.«

Mir schwindelte. Es fiel mir schwer zu glauben, dass sich die Mitglieder des Schwarzen Kreises, in welcher Ära auch immer, für etwas einsetzen würden, das ihnen zu ihren Lebzeiten keinen erkennbaren Vorteil brachte. Aber das war nicht mein Problem. »Was erwarten Sie von mir? Dass ich noch einmal in die Vergangenheit reise und versuche, die Sibylle an dem zu hindern, was auch immer sie getan hat? Sollten Sie nicht vor allem in Hinblick auf das Duell besorgt sein?«

»Das sind wir«, sagte Louis-César ernst. »In weniger als zwölf Stunden erwartet man von mir, dass ich einen Kampf auf Leben und Tod gegen Rasputin führe. Ich werde ihn besiegen, wenn ich dann noch hier bin.«

»Haben Sie vor, woanders zu sein?«

Ich meinte es scherzhaft, aber er schien es nicht für sonderlich komisch zu halten. »Vielleicht. Rasputin ließ sich in dem Glauben auf das Duell ein, dass er gegen Mei Ling antritt. Man ging davon aus, dass er sich zurückzieht, wenn er erfährt, dass ich sein Gegner bin. Aber das hat er nicht getan, obwohl ihm klar sein muss, dass er nicht gegen mich gewinnen kann.«

Ich verzichtete auf den Hinweis, wie dünkelhaft das klang. »Er kann Sie nicht manipulieren. Sie sind ein Meister der ersten Stufe; er ist nicht stark genug, Sie zu beeinflussen. Selbst wenn er die Verbindung mit Ihrem alten Meister schwächte – auf Ihrem Niveau spielt das kaum mehr eine Rolle. Die Tricks, die er bei den anderen Vampiren benutzte, funktionieren bei Ihnen nicht.«

»Nein, aber er könnte verhindern, dass ich geschaffen werde.«

Ich fragte mich, ob ich auf das Offensichtliche hinweisen sollte, beschloss dann, es zu riskieren. »Nichts für ungut, ich bin sicher, Sie haben sich Ihren Ruf verdient, aber könnte die Konsulin nicht jemand anders für sich kämpfen lassen? Sie wandelt seit zweitausend Jahren auf dieser Welt und dürfte den einen oder anderen kennen.«

»Ja«, bestätigte Louis-César, und ich stellte erleichtert fest, dass er nicht beleidigt war. »Für den Fall meiner Ablehnung hatte sie andere Namen im Sinn.«

»Wo liegt dann das Problem, abgesehen von Ihnen persönlich?«

»Das Problem, *Dulceaţă*, besteht darin, dass Rasputin noch nie ein Duell verloren hat«, sagte Mircea. »Es gab andere Namen auf der Liste der Konsulin, doch niemand von ihnen bietet uns Gewissheit, trotz all der Kniffe und Gaunereien, die wir von Rasputin erwarten, den Sieg zu erringen. Louis-César hat mehr Duelle hinter sich als die Alternativen der Konsulin zusammen. Er muss unser Champion sein, denn unser Champion muss gewinnen.«

»Und was hat das mit mir zu tun?« Ich hatte da ein sehr schlechtes Gefühl.

»Wir müssen sicher sein, dass Rasputin nicht erneut die Vergangenheit ändert, *Dulceaţă*. Wir möchten, dass du zurückkehrst und dafür sorgst, dass er nicht die Geburt unseres Champions verhindert.«

»Wie soll sie das bewerkstelligen?«, fragte Tomas und kam mir damit zuvor. »Wie soll sie ihn vor einem Fluch schützen?«

Louis-César sah ihn so an, als hätte er den Verstand verloren. »Vor welchem Fluch?«

»Bist du nicht dadurch geschaffen worden?«

»Du weißt genau, dass das nicht der Fall ist!«

Billy Joe schwebte als taubengraue Wolke durchs Fenster. »Habe ich was verpasst?«

»Ihr seid völlig übergeschnappt!«, teilte ich Mircea und den anderen mit. Pech für ihre Pläne, aber ich wollte nicht für die Konsulin sterben, weder für sie noch für jemand anders, wenn ich es vermeiden konnte. »Habt ihr an die Verwicklungen gedacht? Ich habe Tomas mit mir in die Vergangenheit genommen. Na schön, es war Zufall, aber wenn die Gegenseite es so lange macht, wie Sie sagen, hat sie bestimmt herausgefunden, wie man es anstellt.« Jemand hatte die Zigeunerin in dieses Jahrhundert gebracht, und ich war es nicht gewesen. »Ich könnte es mit Rasputin höchstpersönlich zu tun bekommen, und ich bin keine Duellkämpferin!«

»Ich habe tatsächlich etwas verpasst, wie?« Billy Joe flog umher; ich schenkte ihm keine Beachtung.

»Du hast Tomas mitgenommen, als du in seinem Körper warst, *Dulceaţă*. Die Sibylle kann so etwas nicht. Das haben wir von Pritkin erfahren.«

»Pritkin ist ein Idiot«, sagte ich. »Wir wissen nicht, ob das der Grund ist, warum Tomas mitkam. Vielleicht genügt es, wenn ich jemanden berühre. Und vielleicht kann die Sibylle das auch.«

Billy schwebte vor mich, und plötzlich sah ich den ganzen Raum wie durch einen glitzernden grauen Schal. »Wir müssen miteinander reden, Cass. Du ahnst nicht, was ich im Dante's herausgefunden habe!«

Ich hob eine Braue, richtete aber kein Wort an ihn, um die anderen nicht auf seine Präsenz hinzuweisen. Ich hatte so eine Ahnung, dass ich Billy Joe bald brauchen würde.

Tomas sah mich an. »Ich bin die zweite Wahl der Konsulin. Ich kann mit Rasputin fertig werden.«

Ich schöpfte neue Hoffnung. Mir war alles recht, was mich davor bewahrte, noch einmal zu jenem Ort des Schreckens zurückzukehren.

Leider wirkte Mircea nicht sehr überzeugt. »Verzeih mir, mein Freund. Ich stelle dein Können nicht infrage, aber ich habe Rasputin kämpfen sehen, im Gegensatz zu dir. Und wenn mein Leben auf dem Spiel steht, möchte ich auf Nummer sicher gehen.«

Billy wich etwa einen Meter zurück und legte die Hände an die Hüften. »Na schön. Ich rede, du hörst zu. Ich habe einen Blick in den Kopf der Hexe geworfen, die dir geholfen hat, bevor sie mit der Fee verschwand. Die Kurzversion lautet: Tony und der Schwarze Kreis haben den Elfen Hexen verkauft, und rate mal, woher sie sie bekamen. Ich meine, die weißen Ritter würden es doch bemerken, wenn ein Haufen magischer Anwender plötzlich verschwindet, oder?« Ich starrte ihn an und kam mir vor, als säße ich auf einem Zahnarztstuhl und müsste das Geplapper einer Dentalhygienikerin über mich ergehen lassen. Auch diesmal gab ich keine Antwort.

»Ich kann ihn besiegen.« Tomas klang sicher, aber Louis-César gab ein seltsames Geräusch von sich – es hörte sich fast nach einer niesenden Katze an. Vermutlich war es etwas auf Französisch.

»Vor hundert Jahren konntest du mich nicht schlagen. Inzwischen bist du nicht viel stärker.«

»Du hattest Glück! Bei einem heutigen Duell würde es nicht noch einmal geschehen!«

Louis-César verzog ungehalten das Gesicht. »Ich muss mich nicht mit dir duellieren. Du gehörst mir.«

Ich blinzelte verwirrt. Hatte ich bei dem Versuch, zwei Gesprächen zu folgen, etwas überhört? Normalerweise waren die Verbindungen zwischen Herren und Dienern stärker, als es bei Louis-César und Tomas der Fall zu sein schien. Zum Teufel auch, Tony wäre vielleicht zu dem Versuch bereit gewesen, Mircea zu töten, aber er hätte nicht so mit ihm gesprochen. »Ich habe jemanden namens Alejandro für deinen Herrn gehalten«, sagte ich zu Tomas.

»Das war er. Einer seiner Diener schuf mich, aber Alejandro tötete ihn kurze Zeit später und erhob Anspruch auf mich. Er wollte in den spanischen Territorien der Neuen Welt ein Reich aufbauen und brauchte dabei die Hilfe eines Kriegers. Wir hatten Erfolg, und er organisierte schließlich einen neuen Senat, aber seine Taktik änderte sich nie. Bis zum heutigen Tag verhält er sich so, als wäre jede Frage eine Herausforderung und jede Bitte um Nachsicht eine Drohung. Ich habe ihn herausgefordert, als ich stark genug war, und ich hätte seiner Schreckensherrschaft ein Ende gesetzt, wenn es nicht zu einer Einmischung von außen gekommen wäre.«

Ich wandte mich überrascht an Louis-César. »Sie haben gegen ihn gekämpft?«

Der Franzose nickte geistesabwesend. »Tomas wollte die Führung des lateinamerikanischen Senats. Der Konsul bat mich, das Duell als sein Champion zu bestreiten, und ich erklärte mich einverstanden. Tomas verlor.« Er fügte den letzten Worten ein kurzes Schulterzucken hinzu, als hielte er die Niederlage seines damaligen Gegners für selbstverständlich.

Ich fand, dass es für Louis-César besser wäre, wenn er mal verlor. Es musste ermüdend sein, ein so großes Ego mit sich herumzuschleppen. Andererseits: Wenn er verlor, endete er vermutlich tot, und wir mit ihm, und wenn man es aus diesem Blickwinkel sah, war ein bisschen Arroganz gar nicht so übel. Zumindest hatte ich jetzt eine Erklärung für den Mangel an Verbindung. Durch Gewalt gewonnene Diener mussten behalten werden, aber die Beziehung war nie so stark wie eine auf der Basis von Blut.

Mir fiel etwas ein. »Du hast eine Herausforderung ausgesprochen? Aber dazu musst du ein Meister der ersten Stufe sein.« Ich wusste, dass Tomas stark war, aber das kam einem Schock gleich. Dass Louis-César einen Meister der ersten Stufe in Abhängigkeit halten konnte, bot einen deutlichen Hinweis auf seine Stärke. Ich hatte so etwas überhaupt nicht für möglich gehalten.

»Tomas ist mehr als fünfhundert Jahre alt, *Mademoiselle*. Seine Mutter war eine Inka vor dem Angriff der Spanier«, sagte Louis-César wie beiläufig. »Einer von Pizarros Soldaten vergewaltigte sie, und Tomas ist das Ergebnis. Er wuchs in einer Zeit auf, als eine Pockenepidemie viele Inka-Adlige umbrachte und ein Machtvakuum hinterließ. Er organisierte einige der verstreuten Stämme zu einem gemeinsamen Widerstand gegen die spanischen Konquistadoren und weckte dadurch Alejandros Aufmerksamkeit. Er war ein Bastard, aber …« Louis-César sah Tomas an, als der knurrte. »Ich verwende den Begriff so, wie er eigentlich gemeint ist, Tomas. Ich bin ebenfalls ein Bastard, wie du weißt.«

»Das werde ich so schnell nicht vergessen.«

Die schimmernden Wogen aus Macht kehrten zurück, stärker als zuvor, und diesmal befand ich mich mitten zwischen ihnen. Es fühlte sich an, als spritzte mir aus zwei Richtungen kochend heißes Wasser entgegen, und ich schrie. »Hört auf damit!«

»Ich bitte um Entschuldigung, *Mademoiselle*.« Louis-César neigte den Kopf. »Sie haben völlig recht. Ich werde meinen Diener später bestrafen.

Tomas richtete einen finsteren Blick auf ihn. »Versuch es nur.«

»Tomas!«, sagten Mircea und ich gleichzeitig und im gleichen verärgerten Ton.

Louis-César warf ihm einen warnenden Blick zu. »Pass auf, wie du mit mir redest, Tomas. Du möchtest bestimmt nicht, dass die Strafe noch … gründlicher wird.«

»Im Vergleich zu mir bist du ein Kind! Ich war bereits ein Meistervampir, bevor du geschaffen wurdest!«

Louis-César lächelte dünn, und in seinen Augen blitzte es silbern. »Aber du bist nicht stark genug.«

Billy winkte mit einer blassen Hand vor meinem Gesicht. »Hörst du mich? Ich habe wichtige Neuigkeiten!«

Meine Lippen formten ein »Später«, aber er wich nicht zurück.

»Es ist eine große Sache, Cass! Der Schwarze Kreis hat die Geschäfte geheim gehalten, indem er Hexen entführt, die andernfalls jung gestorben wären, durch einen Unfall, die Inquisition oder was auch immer. Er schnappt sie sich im letzten Moment und verkauft sie den Elfen, ohne befürchten zu müssen, dass jemand sie vermisst und Meldung erstattet. Niemand rechnet damit, jemanden wiederzusehen, der von der Inquisition geholt wird – zu Freisprüchen kam es sehr selten. Es war ein guter Trick, um das Übereinkommen zu umgehen.«

»Aber woher kannte der Kreis den Zeitpunkt?« Wie sollte jemand vorher wissen, wann das Schicksal jemandem den Tod brachte? Es sei denn … Mircea bedachte mich mit einem seltsamen Blick, und ich lächelte unschuldig. Das war ein Fehler. Er schaute sich im Zimmer um, aber selbst ein Meistervampir konnte Billy nicht sehen.

»Die Hexe, die du gerettet hast, wurde in der gleichen Nacht von dunklen Magiern entführt«, sagte Billy. »Die Zigeuner sind immer außerhalb beider Kreise geblieben. Vermutlich dachten sie, sie könnten sich die Frau schnappen, ohne die weißen Ritter auf den Plan zu rufen.« Ich runzelte die Stirn. Wenn Leute aus ihrer eigenen Zeit sie entführt hatten, so erklärte das nicht, wie sie in unser Jahrhundert gelangt war. Aber ich konnte nicht danach fragen.

Mircea griff ein, bevor zwischen den beiden Vampiren die Wogen im wahrsten Sinne des Wortes noch höher schlagen konnten. »Darf ich euch daran erinnern, dass die Zeit verstreicht und unsere Chancen schwinden, während ihr hier eine Show abzieht? Euer Streit kann warten, unser Problem nicht.«

»Aber *la Mademoiselle* hat abgelehnt«, sagte Louis-César und strich sich mit der Hand übers Haar. Es schien eine nervöse Angewohnheit zu sein. Ich bemerkte, dass seine Locken dunkler waren als in meiner Vision, oder was auch immer es gewesen war. Lag es am Licht? Oder wurde kastanienbraunes Haar dunkler, wenn es über Jahrhunderte hinweg kein Sonnenlicht bekam?

Mircea und ich sahen ihn an und wechselten dann einen Blick. »Meint er das ernst?«, fragte ich.

Mircea seufzte. »Er ist immer so gewesen; eigentlich ist es sein einziger Fehler.« Er lächelte mich an, und es war Tonys Lächeln, sein Lassen-wir-den-Unsinn-und-kommen-wir-zur-Sache-Lächeln. Der Gesichtsausdruck erinnerte mich an den Job, den Mircea für den Senat erledigt hatte. Er war der Verhandlungsführer des Senats, und im Gegensatz zu den Gerüchten hatte er diesen Posten nicht aufgrund des Respekts gewonnen, den ihm die Vampire weltweit entgegenbrachten. Es gefiel ihnen vielleicht, mit ihm an einem Tisch zu sitzen, so wie sich Normalos darüber freuten, einem beliebten Filmstar zu begegnen, doch bei Verhandlungen bekam er dadurch keinen zusätzlichen Spielraum. Nein, Mircea hatte seinen Sitz auf gerechte Weise bekommen, weil er die besten Verhandlungsergebnisse für den Senat erzielte. Und zwar bei Leuten, die er nicht annähernd so gut kannte wie mich. »Was ist nötig, *Dulceață*? Sicherheit, Geld ... Antonios Kopf auf einem silbernen Teller?«

»Das Letzte klingt verlockend. Aber es genügt nicht.«

Mircea und ich übersprangen die ganze Ablehnungssache und begannen sofort mit dem Feilschen. Es erübrigte sich der Hinweis, dass er mich töten würde, wenn ich Nein sagte. Weil ihm gar keine andere Wahl blieb – sonst hätte die Konsulin seinen Job jemand anders gegeben. Und er würde es schnell erledigen. Schneller als Jack. Ich mochte die Aufgabe nicht, die der Senat für mich hatte, aber im Vergleich mit einem Abend in Gesellschaft des aufgeweckten Jungen der Konsulin lief es auf ein Picknick hinaus. Mir blieb in dieser Hinsicht ebenso wenig eine Wahl wie Mircea, aber ich konnte die Gelegenheit durchaus nutzen, möglichst viel für mich herauszuschlagen. Immerhin war es ein Verkäufermarkt. Wer sonst kam infrage?

Mircea schien zu überlegen, ob er mich mit geheuchelter Empörung davon abbringen konnte, das Leben eines seiner ältesten Diener zu verlangen. »Sparen Sie sich die Mühe. Es ist keine große Sache, mir Tonys Kopf zu geben, und das wissen Sie. Er hat Sie verraten – Sie müssen ihn töten.«

Er lächelte kurz. »Ja. Aber es würde auch ein Problem für dich lösen, nicht wahr?«

»Es kostet Sie überhaupt nichts. Ist Ihr Leben nicht etwas wert?«

»Was möchtest du sonst noch, meine schöne Cassandra?« Er trat vor, mit einem besonderen Glanz in den Augen, und ich zog einen Stuhl zwischen uns.

»Versuchen Sie es nicht.«

Er lächelte reuelos. »Dann nenn deinen Preis.«

»Sie wollen meine Hilfe? Sagen Sie mir, was mit meinem Vater geschehen ist.«

Von Rafe kam ein überraschtes Quieken, und aus großen Augen sah er Mircea an, der seufzte und voller Abscheu den Kopf schüttelte. Ich verstand ihn. Rafes Pokermiene war immer lausig gewesen – schon als Achtjährige hatte ich ihn beim Kartenspiel geschlagen –, und das schien sich nicht geändert zu haben. Mirceas Ärger veranlasste ihn, den Kopf zu senken, aber der Schaden war bereits angerichtet. Mircea stand es natürlich durch; andernfalls hätte ich weniger von ihm gehalten. »Mit deinem Vater, *Dulceață*? Er fiel einer Autobombe zum Opfer, nicht wahr? Ist das nicht der Grund, warum du dich an Antonio rächen willst?«

»Was hat Jimmy dann gemeint? Er sagte mir, ich sollte ihn nicht töten, weil er die Wahrheit über das kennt, was geschehen ist.«

Mircea zuckte mit den Schultern. »Da er damals den Auftrag durchführte, dürfte er bestimmt die Details kennen. Warum hast du ihn nicht gefragt?«

»Weil Pritkin ihn getötet hat, deshalb. Und das wissen Sie auch, oder?«

Mircea lächelte, und erneut sah ich, woher Tony sein Lächeln hatte. »Ist das Wissen dein Preis?«

Mein Blick glitt zu Rafe, und er erwiderte ihn. Er öffnete den Mund, um etwas zu sagen, doch Mircea legte ihm die

Hand auf die Schulter. »Nein, nein, Raffael. Es wäre nicht fair, unserer Cassandra Informationen zu geben, für die sie noch nicht bezahlt hat.« Er lächelte einmal mehr, und es lag mehr Berechnung als Zuneigung darin. »Sind wir uns einig?«

Ich sah zu Billy, der unter der Decke schwebte und ungeduldig wirkte. Er blieb stumm, und deshalb nahm ich an, dass seine Neuigkeiten nichts mit dieser Entscheidung zu tun hatten. Ich schickte ihm einen verärgerten Blick, und er verschwand, enttäuscht darüber, dass ich nicht alles für ihn unterbrochen hatte. Typisch. Es wäre mir lieber gewesen, mehr herauszufinden, bevor ich auf Mirceas Bedingungen einging, aber mir standen nicht viele Möglichkeiten offen. Es ist schwer, den Preis nach oben zu treiben, wenn man verkaufen muss und der Käufer das weiß. Mir blieb gar keine andere Wahl, als auf die Wünsche des Senats einzugehen, und deshalb war es eigentlich großzügig von Mircea, mir überhaupt etwas anzubieten. Natürlich wollte er, dass ich mir bei meiner Mission alle Mühe gab, und deshalb war es ein oder zwei Zugeständnisse wert, mich bei Laune zu halten. Oder vielleicht mochte er mich. Nein, in diese Richtung gehende Gedanken waren gefährlich.

»In Ordnung. Abgemacht. Erzählen Sie mir jetzt von meinem Vater.«

»Gleich, *Dulceață*. Zuerst sollten wir besser die Konsulin informieren. Bitte, sei so freundlich, Tomas. Vielleicht hat sie noch einige letzte Anweisungen.« Er bemerkte Tomas' störrische Miene. »Du hast mein Wort, dass wir mit dem Versuch bis zu deiner Rückkehr warten. Du begleitest sie, nicht wahr?«

»Ja.« Tomas sah mich herausfordernd an, aber ich erhob keine Einwände. Wenn Rasputin auf der Bildfläche erschien, war es bestimmt gut, jemanden dabeizuhaben, insbesondere jemanden, der gezeigt hatte, dass er in einer brenzligen Situation zurechtkam. Es wäre auch angenehm gewesen, einfach nur in Gesellschaft zu sein, wenn alles den Bach runterging. Tomas wollte noch etwas sagen, überlegte es sich aber anders, als Mircea an meine Seite trat und diesmal mir die Hand auf die Schulter legte.

»Na los, Tomas!«, sagte Louis-César ungeduldig. Tomas warf ihm einen weiteren finsteren Blick zu, ging und schlug die Tür hinter sich zu.

»Und wir brauchen die Tränen, um ganz sicher zu sein, nicht wahr?« Louis-César nickte und verließ ebenfalls den Raum.

»Die Tränen? Möchte ich darüber Bescheid wissen?«

»Mach dir deshalb keine Sorgen.« Mircea lächelte beruhigend. »Die Tränen des Apoll sind ein altes Gebräu. Seit Jahrhunderten benutzt man sie für die meditative Trance. Sie sind völlig sicher.«

»Aber warum brauchen wir sie? Ich habe sie nie zuvor benutzt.«

»Und zuvor ist dir schnell die Kraft ausgegangen. Die Tränen werden dir helfen, Cassandra. Denk daran, es liegt in meinem Interesse, dass dies alles klappt. Ich würde dich nicht belügen.«

Ich glaubte diesen Worten mehr als tief empfundener Sorge um mein Wohlergehen und nickte. Ich würde Gebrauch von den verdammten Tränen machen, was auch immer sie waren. Hauptsache, sie verbesserten meine Chancen.

Mircea sah Raffael an. »Würden Sie bitte nachsehen, ob Kleidung für Cassie vorbereitet worden ist? Sie hat es bestimmt satt, einen zu großen Bademantel zu tragen.« Er fügte diesen Worten ein seltsames kleines Lächeln hinzu. »Lassen Sie sich ruhig Zeit.«

Rafe wirkte ein wenig unschlüssig – aus irgendeinem Grund widerstrebte es ihm, Mircea und mich allein zu lassen –, aber dann ging er. Mircea schloss die Tür hinter ihm ab, lehnte sich dagegen und musterte mich mit plötzlichem Ernst. »Und nun zu den wirklichen Verhandlungen, meine Cassandra.«

Zwölf

Ich richtete einen wachsamen Blick auf Mircea. »Ich bin nicht Ihre Cassandra.«

Er knöpfte sein Hemd auf. »Gib mir einen Moment, *Dulceață*, dann werden wir sehen.« Er zog das Hemd aus und warf es ans Ende der Couch. Darunter trug er nichts.

»Was machen Sie da?« Ich setzte mich auf, und mein Puls raste plötzlich, obwohl Mircea keine drohende Haltung einnahm. Aber er stand zwischen mir und der Tür, und sein Gesichtsausdruck veränderte sich auf sonderbare Weise.

Mircea streifte die glänzenden Schuhe ab. »Es wäre mir lieber, wenn wir mehr Zeit hätten, *Dulceață*. Seit langem freue ich mich darauf, unsere Bekanntschaft zu erneuern, doch ich habe es mir nicht ganz in einer solchen Situation vorgestellt.« Er stellte die Schuhe mit den Socken neben das Sofa. »Allerdings habe ich inzwischen gelernt, dass man bei dir auf das Unerwartete vorbereitet sein sollte.«

Das hätte ich auch von ihm sagen können. »Lassen Sie den Quatsch, Mircea. Sagen Sie mir einfach, was los ist.«

Er beobachtete mich, als er langsam den Gürtel aus den Hosenschlaufen zog. »Ich nehme an, du möchtest nicht dem Kreis übergeben werden, oder?«

»Was hat das damit zu tun, dass Sie sich ausziehen? Was bedeutet das?«

Mircea schlich durch den Raum – es gab kein besseres Wort, um die Art seiner Bewegungen zu beschreiben – und kniete sich zu meinen Füßen hin. Seelenvoll blickte er zu mir auf.

»Stell es dir als Rettung vor, *Dulceață*. Ich bin der Ritter, der gekommen ist, um dich vor all jenen zu retten, die dir Böses wollen.«

Ich hätte fast schallend gelacht. »Das dürfte der kitschigste Spruch sein, den ich jemals gehört habe.«

Mircea zeigte so übertriebene Empörung, dass ich unwillkürlich lächelte. »Du hast mich verletzt! Früher einmal bin ich genau das gewesen.«

Ich dachte darüber nach und musste ihm im Grunde genommen recht geben. Natürlich waren die echten Ritter in glänzenden Rüstungen nicht unbedingt so gewesen, wie sie in Märchen und Legenden beschrieben wurden. Die meisten von ihnen hatten mehr Zeit damit verbracht, bei Bauern Steuern einzutreiben, als Frauen in Not zu retten. »Na schön. Und was sind Sie jetzt?«

Er antwortete nicht, aber ich bemerkte, dass ein bernsteinfarbenes Glühen in seinen Augen erschienen war. Ich hatte es nur einmal zuvor gesehen, als er Pritkins Leben bedroht hatte, aber jetzt wirkte er nicht zornig. Er hob die Hand hinter den Kopf und löste die Platinspange seines langen Haars. »Der Kreis verlangt deine Rückkehr, *Dulceață*, und nach dem Abkommen mit ihm können wir nicht ablehnen. Wenn du ein normaler Mensch wärst, würde der Anspruch eines Meisters auf dich genügen, um dich hierzubehalten, aber bei einer mächtigen Seherin liegt der Fall anders. Der Hof der Pythia hat die Kontrolle über alle derartigen Individuen.« Mirceas Haar breitete sich wie ein dunkles Cape über Schultern und Rücken aus. Der Kontrast zwischen dem mitternachtsschwarzen Haar und der hellen Haut war hypnotisierend.

Er bemerkte meinen bewundernden Blick und senkte die Stimme zu einem Flüstern. »Einst hat dir mein Haar gefallen, *Dulceață*, erinnerst du dich? Als Kind hast du es gern zu Zöpfen geflochten. An Antonios Hof war ich mit so vielen Frisuren und Verzierungen wie eine Puppe unterwegs.« Mircea nahm meine Hände und legte sie sich auf die Schultern, unter dem Haar, das sich für mich wie Seide anfühlte. Ich wusste nicht, was mich mehr ablenkte: das Gefühl des seidenen Haars oder der Muskeln in seinen Schultern. »Ich hatte nichts dagegen, dass du mit mir spieltest, *Dulceață*.« Er drehte den Kopf und gab mir einen Kuss auf den Handrücken. »Ich habe auch jetzt nichts dagegen.«

Ich öffnete meine Schilde ein wenig, um zu sehen, ob er Tomas nachahmte und mich zu beeinflussen versuchte, aber nichts deutete darauf hin, dass er von seiner Macht Gebrauch machte. Die prickelnde Euphorie, die ich bei der anderen Gelegenheit gefühlt hatte, war einfach nicht da. Nun, eigentlich brauchte er sie auch gar nicht. Sanft rieb er die Wange an meiner Hand, und ich wusste, dass er meinen jagenden Puls vermutlich im Handgelenk spürte. Ich schluckte. »Worauf wollen Sie hinaus, Mircea?«

Seine Hände hatten sich bewegt, während ich abgelenkt gewesen war, und schockiert stellte ich fest, dass sie sich unter dem Bademantel an meinen Hüften befanden. Der Gürtel war nicht mehr da; Mircea musste ihn fortgenommen haben. Der Bademantel war nicht weit geöffnet, aber doch weit genug, um bloße Haut vom Hals bis zum Nabel zu zeigen. Ich wollte ihn zuziehen, aber Mircea nahm meine Hand und presste sie sich auf die Lippen. Ich fühlte die Spitze seiner Zunge, als er sie langsam über meine Haut streichen ließ, als wollte er sie kosten. Ein Blitz des Verlangens ging von dem Kuss aus und raste durch die Nerven, bis in die letzten Winkel meines Körpers. Ich schnappte unwillkürlich nach Luft.

»Mircea …«

»Weißt du, wie du schmeckst, meine Cassandra?«, fragte er

leise. »Nie zuvor habe ich so etwas erlebt. Du steigst mir wie alter Brandy zu Kopf.« Er atmete an meinem Handgelenk tief ein. »Du ahnst nicht, wie berauschend ich deinen Geruch finde.« Sein Daumen bewegte sich an meiner Taille, und ich empfand es als sehr erregend. »Oder wie gut du dich anfühlst.«

»Mircea, bitte.«

»Alles, was du willst«, flüsterte der gewiefte Unterhändler und beugte sich näher, sodass er dicht über meinem Mund sprach – sein Atem strich mir warm über die Lippen. Der Mund berührte mich, ganz sanft, und ich erbebte. Mircea hatte von Verhandlungen gesprochen, aber er versuchte nicht, irgendeine Vereinbarung mit mir zu treffen, und das beunruhigte mich. »Alles, was ich dir geben kann, gehört dir.« Seine Hand kehrte nach vorn zurück, und ein Finger strich über die entblößte Haut von Hals bis Nabel.

Ich versuchte, zornig zu werden und Emotionen zu finden, die Wohlbehagen und Erregung zurückdrängen konnten. »Verdammt, Mircea! Sie wissen, dass ich solche Spielchen hasse!«

»Keine Spiele«, versprach er und schob sich zwischen meine Beine, drückte sie mit seinem Körper auseinander. Der Bademantel teilte sich bis halb die Oberschenkel herauf, und solange Mircea dort hockte, konnte ich ihn nicht schließen. Ich versuchte, ihn zurückzudrängen und Distanz zwischen uns zu bringen, damit ich denken konnte, aber ebenso gut hätte ich mich bemühen können, eine große Statue aus Granit zu bewegen. »Soll ich dich anflehen?«, fragte er und sah mit glühenden Augen zu mir auf.

»Nein, ich …« Ich sah mich nach Billy um, aber er schmollte. Verdammt!

»Ich flehe«, murmelte Mircea, bevor ich einen Satz zusammenbrachte. Er war mir so nahe, dass ich merkte: Er roch so gut wie er aussah, nicht nach teurem Duftwasser, wie ich vermutet hatte, sondern sauber und frisch, wie die Luft nach Regen. »Und ich flehe …« Seine Hände glitten nach unten und streichelten meine Waden. »… bereitwillig …« Sie krochen zu den Knien empor und strichen über die empfindliche Haut hinter ihnen. »… voller Freude …« Sie massierten einen Weg zwischen meine Schenkel. »… voller Eifer …« Mirceas Hände verharrte an den Hüften, und seine Daumen kneteten sanft. »Wenn es dir so gefällt.«

Ich drückte mir sein Gesicht an den Bauch, und meine Hände bewegten sich von ganz allein, kämmten durch sein schwarzes Haar. Ich breitete es auf seinen Schultern aus, während er sich an meinem Körper emporküsste. Ich bemühte mich um einen klaren Kopf, doch dann trafen Mirceas Lippen auf meine, und ein leidenschaftlicher Kuss schickte mir Feuer bis in die Fingerspitzen. Dann senkte er den Kopf und küsste sich nach unten zurück, mit langsamen, fast verehrenden Bewegungen. Er öffnete den Bademantel ganz, und das Gefühl von kühler Luft an den Brüsten löste einen Teil meiner Benommenheit auf. Aber es fiel mir sehr schwer, einen klaren Gedanken zu fassen, während ich in Wonne badete.

»Du bist wunderschön, *Dulceață*«, murmelte Mircea, und seine Hände strichen ehrfürchtig über mich. »So weich, so perfekt.« Ich rechnete fast damit, dass seine warme Berührung Abdrücke hinterließ. Sein Atem an der weichen Haut meiner Brustwarze war elektrisierend, und als einen Moment später die Zunge folgte, empfand ich es als fast überwältigend. Er begann zu saugen, und herrliche Lust breitete sich in mir aus.

»Mircea, bitte … sagen Sie mir, was los ist!«

Seine Antwort bestand darin, dass er mich hochhob und zum Schlafzimmer trug. Er winkte mit einer Hand, und die Vorhänge an den Fenstern schlossen sich. Behutsam legte er mich aufs Bett und knöpfte seine Hose auf. »Der Silberne Kreis will dich, unbedingt. Antonio hat ihm gesagt, dass du zusammen mit deinen Eltern im Auto gestorben bist, und die Wahrheit erfuhr er erst, als dein Schutzzauber vor einigen Jahren zum ersten Mal aktiv wurde. Der Zauber stammte vom Kreis – deine Mutter hat ihn von sich auf dich übertragen, und er ist unverkennbar. Seit jenem Tag sucht dich der Silberne Kreis. Solange du eine ungebundene Sibylle bist, hat er ein Recht auf dich, wie auf alle menschlichen Anwender von Magie. Es gibt keine Möglichkeit, diesen Anspruch infrage zu stellen, ohne einen Krieg zu riskieren. Besser gesagt, fast keine«, fügte Mircea hinzu und legte die Hose ab.

Der Umstand, dass er schwarze Boxershorts aus Seide trug, erstaunte mich fast ebenso wie der Hinweis, dass die mächtigste magische Gesellschaft auf der Erde, die mich zufälligerweise hasste, das Recht hatte, über meine Zukunft zu bestimmen. »Ich verstehe nicht.«

Mircea kroch aufs Bett, und ich wich zurück, bis ich ans Kopfende stieß. Er lächelte und zupfte spielerisch am Bademantel, den ich wieder um mich gewickelt hatte. »Du bist in allen Dingen reizend, *Dulceață*, aber mir wäre es lieber, wenn wir auf dieses Kleidungsstück verzichten. Wenn mir klar gewesen wäre, dass sich eine solche Situation ergibt, hätte ich dafür gesorgt, dass du etwas Angemesseneres trägst.« Seine Hände glitten über meine Waden und kneteten vorsichtig, während sie höher kletterten. »Diesen Fehler werde ich bei der ersten sich bietenden Gelegenheit korrigieren.«

»Mircea! Ich will eine Antwort!« Ich rückte beiseite und richtete einen bösen Blick auf ihn. Nach kurzem Zögern setzte er sich auf die Fersen und wirkte reuig.

»Warum wusste ich, dass es mit dir nicht so einfach sein würde?« Er seufzte. »*Dulceață*, es muss einer von uns sein. Du hast den Eindruck erweckt, am besten auf mich zu reagieren, und es wäre mir eine Ehre, deine Wahl zu sein, aber wenn dir einer der anderen lieber ist … Es würde mir nicht gefallen, doch unter den gegebenen Umständen bliebe mir gar nichts anderes übrig, als meine Zustimmung zu geben.«

»Wovon redest du da?« Es ärgerte mich, dass er nicht auf meine Frage einging, und vielleicht gab das den Ausschlag dafür, dass ich zum Du überging.

»Tomas wurde nicht nur zu dir geschickt, damit er über dich wacht. Seine Hauptaufgabe bestand darin, deine Sicherheit zu gewährleisten, aber er sollte auch für eine Möglichkeit sorgen, den Anspruch des Kreises mit Erfolg anzufechten.« Mircea hob eine Braue. »Langsam wird mir klar, warum seine Bemühungen vergeblich blieben.«

»Ich … Was machst du da?« Mircea hatte sich mit der Hand durch das wasserfallartige Haar gestrichen und senkte die hübschen Hände nun zur Brust, ließ sie über die Brustwarzen wandern. Sein Oberkörper war haarlos und perfekt geformt, mit gut ausgeprägten Muskeln und einer langen Taille. Mein Blick folgte den Linien des flachen Bauchs bis zum oberen Rand der tief sitzenden Shorts. Seinc Finger verharrten dort, glitten über die kleine Barriere und zogen meine Aufmerksamkeit zum dunklen Haar, das unter dem Nabel begann und in den Shorts verschwand. Es erstaunte vor dem hellen Hintergrund der Haut, und abgesehen vom Rosarot der Brustwarzen gab es seinem Körper die einzige Farbe.

»Was meinst du, *Dulceață*?«, erwiderte Mircea unschuldig. »Ich gebe mir alle Mühe, dich zu verführen.«

Plötzlich beugte er sich vor, ergriff meine Hände und streichelte ihre Rücken mit den Daumen. »Ich schlage dir etwas vor. Ich beantworte eine deiner Fragen für jede Wonne, die du dir gönnst. Einverstanden?«

»Was?« Ich starrte ihn groß an. »Ich kann nicht glauben, dass du das gerade gesagt hast!«

Mircea lächelte, und von einem Augenblick zum andern kehrte sein spöttisches Selbst zurück. »Du lässt mir keine Wahl, Cassie. Du siehst mich an, voller Sehnsucht, aber du berührst mich nicht. Und ich wünsche mir deine Berührungen, ich wünsche sie mir sehr.« Er legte sich meine Hände auf den Bauch, in die Nähe der seidenen Barriere. Als ich einfach nur dasaß, mit trockenem Mund und verblüfft, seufzte er. »Meine Reize scheinen nicht zu genügen, und deshalb biete ich dir einen Handel an. Als Zeichen meines guten Willens mache ich den Anfang. Der Kreis kann dich als ungebundene Sibylle beanspruchen, aber nicht als Pythia – in dem Fall wärst du außerhalb seiner Reichweite und stündest in gewisser Weise sogar über ihm. Und Pritkin ist nicht ganz ehrlich gewesen. Die erwählte Sibylle, die Erbin der Pythia, muss in ihrer Jugend keusch bleiben, vermutlich deshalb, damit niemand unangemessenen Einfluss auf sie gewinnt. Aber in einem solchen Zustand kann sie nicht zur Pythia werden. Die alten Quellen sind sich alle einig: In Delphi wurde eine ältere, reife Frau gewählt, da man feststellte, dass die Macht junge Frauen mied.« Er lächelte erneut und zog meine Hände tiefer. Ich fühlte, wie er unter meiner Berührung wuchs. »Niemand kennt den genauen Grund, Cassie, aber die Macht geht nie ganz auf eine Jungfrau über.«

Ich starrte ihn groß an. »Das soll wohl ein Witz sein.« Es erklärte natürlich, warum alle bis auf Rafe so gekleidet waren, als wären sie zu Aufnahmen für *Playgirl* unterwegs.

Mircea antwortete nicht. Seine talentierten Hände tasteten hinter meine Knie und streichelten die Haut. Irgendwie hatte er bereits herausgefunden, dass mich das antörnte. »Wir haben versucht, es einfach für dich zu machen. Wir schickten Tomas, dem es normalerweise nicht schwerfällt – wie soll ich mich ausdrücken? –, Frauen dazu zu bringen, seine Reize zu genießen. Aber du hast ihn verschmäht, trotz all seiner Versuche, deine Gunst zu gewinnen.« Mircea lachte kurz. »Ich glaube, du hast seinen Stolz verletzt, *Dulceață*. Ich glaube, er hat nie zuvor einen Korb erhalten.«

Ich schluckte. »Er hätte mich zwingen können.«

Die Erheiterung verschwand aus Mirceas Gesicht. »Ja«, bestätigte er leichthin. »Und es hätte ihn das Herz gekostet, wie ich ihm klargemacht habe, bevor er ging.« Die Hände an meinen Knien glitten zu den Oberschenkeln und drückten zu. »Du gehörst mir, Cassie. Ich wäre selbst zu dir gekommen, wenn ich gewusst hätte, wie stark wir uns zueinander hingezogen fühlen. Aber ich muss zugeben: Bis heute habe ich dich eigentlich nicht als junge Frau gesehen. Außerdem dachte ich, dir wäre nicht ganz wohl in deiner Haut, wenn dein ›Onkel‹ Mircea plötzlich ein derartiges Interesse an dir entwickelte.«

»So habe ich dich nie genannt.« Ich hatte auch nie so von ihm gedacht. Mit elf war man jung, aber nicht zu jung, um in jemanden verknallt zu sein, und ich war *sehr* in ihn verknallt gewesen. Die Dinge schienen sich kaum geändert zu haben, zumindest nicht für mich. Ich glaubte nicht für eine Sekunde, dass Mircea etwas empfand. Er war damit an der Reihe, Begehren zu spielen, damit ich weiterhin benutzt werden konnte. Es schmerzte zu wissen, dass Tomas' Verführungsversuche auf Anweisungen der Konsulin zurückgingen, und vermutlich auch Mirceas Bemühungen, aber eine Überraschung war es nicht. Soweit es mein Leben betraf, hatte ich schon vor einer ganzen Weile begriffen, dass mich jeder für irgendetwas benutzen wollte.

»Worüber hat Pritkin sonst noch gelogen?«

Mircea lächelte schlau. »Ist das eine Frage, *Dulceață*?« Ich schluckte nervös, als seine Hände damit begannen, meine Oberschenkel zu massieren. Er nahm meinen verwirrten Blick mit einem leisen Seufzen zur Kenntnis. »Ich tue dir nicht weh, Cassie. Ich schwöre, dass dir meine Berührungen nichts als Wonne bescheren.«

»Bist du bereit, die Frage zu beantworten – ausführlich?«

»Halte ich nicht immer meine Versprechen?« Ich nickte. Das stimmte. Zumindest bisher. Mircea lächelte und setzte sich auf die Fersen. »Na schön. Inwiefern hat Pritkin gelogen?« Er überlegte kurz. »In den meisten Fällen hat er nicht gelogen, *Dulceață*. Er ist der Wahrheit nur ausgewichen. Er war ehrlich, als er darauf hinwies: Wenn die Sibylle zur dunklen Seite wechselt oder getötet wird, geht die Macht auf jemand anders über. Aber er nahm es mit der Wahrheit weniger genau, als er nicht besonders überzeugend abstritt, dass sie dich wählen konnte, sobald du ... bereit bist.«

»Warum verabscheut der Kreis die Vorstellung, dass ich die Macht bekommen könnte?«

Mirceas lautes Lachen hallte durch den Raum. »Weil er dich fürchtet. Niemand kann die Pythia beherrschen. Der Kreis ist verpflichtet, sie zu schützen, ihr sogar in einigen Dingen zu gehorchen, und du wärst die erste potenzielle Pythia, die er nicht von Geburt an eingewiesen hat. Du wärst nicht seine Marionette, wie so viele Pythien vor dir. Du würdest deine Macht so nutzen, wie du es für richtig hältst, und das könnte gelegentlich im Gegensatz zu den Wünschen des Kreises stehen.« Er zögerte kurz, zog die Boxershorts aus und warf sie beiseite. Mit klopfendem Herzen beobachtete ich, wie sie auf den Bettvorleger fiel, und ich vermied es, den Blick auf ihn zu richten.

»Man hat mir das mitgeteilt, was dir der dunkle Magier

sagte, Cassie. Er sprach die Wahrheit, aber erneut nur teilweise. Die mythische Kassandra war die einzige Seherin, die sich von niemandem kontrollieren ließ. Sie lief von Apoll fort, um sich nicht von ihm vorschreiben zu lassen, wie sie ihre Gabe verwenden sollte. Der Kreis fürchtet, dass du deinem Namen gerecht werden könntest.«

»Soll das heißen, dass eine ganze Horde von Pritkins hinter mir her ist?« Die Vorstellung entsetzte mich. Ich war von vier Meistervampiren umgeben gewesen, einer von ihnen der beste Duellant weit und breit, und trotzdem hätte mich Pritkin fast getötet.

»Nicht unbedingt. Wenn du gefügig genug bist, um benutzt zu werden, wird der Kreis versuchen, Gebrauch von dir zu machen. Pritkin war ehrlich, als er sagte, dass die gegenwärtige Pythia stirbt und nicht mehr lange über ihre Macht gebieten kann. Der Kreis verliert seine Sibylle und muss dringend eine neue finden. Doch er steckt in einem Dilemma. Er möchte nicht, dass die Macht auf dich übergeht, aber wer weiß, wer sie bekommt, wenn du eliminiert bist? Vielleicht eine der vorbereiteten Adeptinnen. Aber es wäre auch möglich, dass die Macht eine andere Ungebundene wählt, deren Existenz der Kreis bisher übersehen hat. Wenn er seine verlorene Sibylle wiederfindet oder wenn du Schwierigkeiten machst, beschließt er vielleicht, ein Risiko einzugehen und dich zu töten. Andernfalls versucht er zweifellos, dich unter Kontrolle zu bringen. Wie dem auch sei, *Dulceaţă*: Bei uns bist du viel besser aufgehoben.«

Ich hielt das für diskutabel, aber wenn der Rest des Kreises wie Pritkin war, hatte ich keine Lust darauf, ihn kennenzulernen. »Was bedeutet das alles? Wir lieben uns, und zack, ich bin die Pythia? Läuft die ganze Sache darauf hinaus?«

Mircea lachte. Es klang fröhlich und auch ein bisschen verführerisch. »Das ist eine neue Frage, und du musst noch die erste bezahlen.«

Ich hob den Blick zu seinem Gesicht und ließ ihn dort. »Was willst du?«

Er lächelte, und diesmal war es ein sanftes Lächeln. »Viele Dinge, Cassandra. Aber derzeit genügt es mir, dass du mich ansiehst.«

»Ich sehe dich an.« Seine Antwort bestand aus Schweigen, und ich seufzte. Normalerweise war ich nicht besonders scheu und schüchtern. Raffael hatte oft männliche Aktmodelle in der Nähe gehabt, und ich hatte oft Nacktheit als Teil von Strafen gesehen. Doch dies war kein Fremder, den ich nicht kannte. Es war Mircea, der sich von einem unerfüllbaren Wunsch ganz plötzlich in eine viel zu nahe Realität verwandelt hatte. Ich war nicht zu schüchtern, ihn anzusehen, wie er vermutlich dachte. Ganz im Gegenteil: Ich gab mir alle Mühe, ihn nicht zu ermutigen, weil ich zuvor noch einige Antworten wollte. Den prächtigen Körper anzusehen, während ich ihn noch nicht berühren konnte … So etwas grenzte an Folter.

Ich befeuchtete meine Lippen und stellte mich dem Unvermeidlichen. Mein Blick wanderte über sein fein geschnittenes Gesicht, über die perfekte Wölbung der Lippen zu den harten Flächen von Schultern und Brust, von dort aus weiter zur Haarlinie, die mich zuvor so fasziniert hatte. Mirceas Körper war grandios, wie eine zum Leben erwachte Marmorstatue, eines jener schlanken Meisterwerke, die von einem griechischen Bildhauergenie stammten. Die Größe seines Geschlechtsteils passte perfekt zum Rest – der Penis war unbeschnitten und hell, mit einer rötlichen Eichel. Er hatte sich bereits halb versteift, und als mein Blick dort verweilte, wurde das Glied wie durch Magie größer und dicker. Bessere Beine hätte ein Mann gar nicht haben können, und die Füße waren ebenso gut geformt wie die eleganten Hände. Er war exquisit.

Ich hörte, wie er nach Luft schnappte. »Wie kannst du mich mit einem Blick so fühlen lassen? Berühr mich, *Dulceață*, oder erlaube mir, dich zu berühren. Sonst verliere ich den Verstand.«

Na schön, vielleicht hatte ich mich geirrt. Mircea machte das auf das Geheiß der Konsulin, aber er hatte nicht unbedingt etwas dagegen. »Beantworte die Frage«, sagte ich. Meine Stimme klang fest, obgleich sie kaum mehr war als ein Flüstern.

Mircea stöhnte und rollte sich auf den Bauch, präsentierte mir feste Pobacken und straffe Schultern. »Du musst die Frage wiederholen. Meine Konzentration leidet.«

»Wenn wir uns lieben … Werde ich dann zur Pythia?«

»Das weiß ich nicht. Niemand kann das sagen. Die Macht wird sehr bald auf jemand anders übergehen, entweder auf dich oder die vermisste Sibylle. Wenn die Pythia stirbt und du noch Jungfrau bist, könnte deine Rivalin sie empfangen.«

»Klingt gar nicht so übel. Wenn das, was ich erlebt habe, nur Teil der Pythia-Macht ist, dann lege ich keinen Wert auf den Rest.«

»Und wenn du damit deinem Vater helfen könntest?«

Ich blinzelte und fand es unglaublich, dass ich diesen Punkt vergessen hatte. Es sagte viel über meinen derzeitigen geistigen Zustand. »Du hast versprochen, mir von ihm zu erzählen, und es ist nicht Teil dieser Abmachung!«

Mircea sah mich an, und seine Wimpern wirkten dabei wie ein Vorhang aus dunkler Seide. »Du kennst keine Gnade, *Dulceață*. Und du hast mich noch nicht für die letzte Frage bezahlt.«

»Vielleicht bezahle ich dich, wenn du mir von meinem Vater erzählst.«

Mircea rollte vom Bett herunter und begann mit einer Wanderung durchs Zimmer, was meinen Puls nicht unbedingt senkte. Er ging nicht einfach, sondern schlich wie eine große Dschungelkatze umher. »Nun gut.« Er wandte sich mir plötzlich zu, und in seinen Augen blitzte es goldgelb. »Wir reden darüber, wenn du darauf bestehst. Ich wollte dir nichts sagen, aber du lässt mir keine Wahl. Roger ist tot, wie du gehört hast. Er ist tot, aber nicht fort.«

»Du meinst, er ist ein Geist?« Ich schüttelte den Kopf. »Unmöglich. Davon hätte ich erfahren. Er wäre zu mir gekommen – ich bin jahrelang in Tonys Haus gewesen. Es dürfte wohl kaum schwer gewesen sein, mich zu finden.«

Mircea blieb am Bett stehen – etwas zu nahe für meinen Geschmack – und fuhr so fort, als hätte ich ihn gar nicht unterbrochen. »Roger war Antonios Angestellter, sogar einer seiner Lieblingsmenschen. Was seinen Verrat für ihn umso bitterer machte. Und Antonio *fühlte* sich verraten, als dein Vater es trotz einer klaren Aufforderung ablehnte, dich ihm zu übergeben. Er konnte Antonio nicht am Leben lassen und gleichzeitig sein Gesicht wahren, aber er wollte auch nicht, dass sein Tod dir das Geschenk nahm, das du von deinem Vater erhalten hast. Er gab dir die Verbindung mit der Welt der Geister – angeblich war auch er imstande, Geister zu seinen Dienern zu machen.«

»Das mache ich nicht.«

Mircea winkte ab. »Nenn es, wie du willst. Es genügt zu sagen, dass Antonio dieses Talent gelegentlich recht nützlich fand. Es war klug von dir, es vor ihm zu verbergen, *Dulceață*. Ich habe ihn gefragt, ob du abgesehen von der Hellseherei auch noch jene Gabe hättest, und er sagte Nein.«

»Eugenie riet mir, ihm nichts davon zu sagen.« Erst jetzt verstand ich den Grund dafür. Natürlich konnten Geister nützlich sein, insbesondere im Umgang mit anderen Familien. Vampire konnten sie nicht wahrnehmen, und deshalb gaben sie gute Spione ab. Tony hätte mit ihrer Hilfe sogar erfahren können, was beim Senat geschah, und das wäre ein ziemlich großer Vorteil gewesen. »Was ist passiert?«

»Deine Eltern flohen, als ihnen klar wurde, dass du ihre Fähigkeiten geerbt hast, denn sie wussten, dass Tony dich ihnen weggenommen hätte. Er schickte seine besten Leute auf die Suche nach ihnen und bezahlte dunkle Magier dafür, deinem Vater eine Falle zu stellen. Sie sollte seinen Geist einfangen, wenn er den Körper im Augenblick des Todes verließ, und sie funktionierte perfekt. Als ich erfuhr, was Roger widerfahren war, befahl ich Antonio, ihn freizulassen, aber er zögerte. Er hielt ihn lieber gefangen, als ewige Strafe und Warnung für andere, obwohl er entdeckt hatte, dass Roger als Geist keine anderen Geister beherrschen konnte.«

»Aber auf deinen Befehl hin ließ er ihn schließlich frei, oder?« Mir gefiel nicht, in welche Richtung das ging.

»Er schwor, es wäre unmöglich, und er lud mich ein, die Falle von einem Magier meiner Wahl untersuchen zu lassen. Das habe ich gemacht.« Mircea sah mich voller Mitleid an. »Ich nahm den besten Magier in meine Dienste, Cassie, denn ich mochte deinen Vater. Er war ein Mitglied des Kreises und schuldete mir einen Gefallen, und er meinte, er hätte es nie zuvor mit einer solchen Falle zu tun bekommen. Seine ganze Kraft genügte nicht, sie zu öffnen. Das Ergebnis ist: Der Geist deines Vaters weilt noch immer bei Antonio.«

Meine Lippen fühlten sich taub an. Alles in mir drängte danach, Mircea nicht zu glauben, aber ich wusste: So etwas war typisch für Tony. »Es muss doch irgendeine Möglichkeit geben, den Zauber zu neutralisieren.«

»Der Silberne Kreis sollte genug Macht dafür haben. Mein

Beauftragter deutete so etwas an. Zwar stammte die Falle vom Schwarzen Kreis, doch der Silberne ist stärker. Aber seine Mitglieder wären nicht ohne Weiteres bereit, eine solche Aufgabe zu übernehmen. Sie verachten deinen Vater, wie alle Menschen, die für uns arbeiten, und werfen ihm vor, deine Mutter von ihnen fortgelockt zu haben. Sie würden nicht einmal dann helfen, wenn die Konsulin höchstpersönlich sie darum bäte, aber wenn die neue Pythia an sie herantritt ...«

»Dann könnten sie nicht ablehnen?«

Mircea setzte sich neben mich aufs Bett, und ich hielt entschlossen den Blick auf ihn gerichtet. »Sie könnten durchaus, aber ich bezweifle, dass sie eine solche Entscheidung treffen würden. Wenn die Macht auf dich übergeht, Cassandra, schlucken sie ihren Stolz hinunter und versuchen, dich zu umwerben. Wenn sie glauben, mit dieser Sache deine Gunst gewinnen zu können, lassen sie vermutlich nichts unversucht, dir zu Diensten zu sein.«

Plötzlich lag ich auf dem Rücken, und Mircea war auf Händen und Knien über mir. »Und jetzt, *Dulceață* ... Ich glaube, du schuldest mir etwas.«

Ich hatte noch viele andere Fragen, aber sie verließen mich vorübergehend, zusammen mit der Fähigkeit, zusammenhängende Sätze zu formulieren. Mircea zog mich hoch, befreite mich vom Bademantel und warf ihn so an die Wand, als könnte er das Ding nicht ausstehen. Dann kehrten seine Hände zu mir zurück und strichen mir über die Arme, von den Schultern zu den Handgelenken. Behutsam legte er mich wieder hin und sah mich so an wie ich zuvor ihn. Er überraschte mich, indem er sich Zeit ließ. Meine Brustwarzen verhärteten sich unter dem Gewicht seines Blicks, und Erregung erfasste meinen ganzen Körper.

Bald folgten seine Hände dem Pfad, den die Augen gebrannt hatten. Er begann an den Fußknöcheln und arbeitete sich langsam am Körper hoch, streichelte und massierte. Ich wand mich hin und her, als er die Knie erreichte, und ich stöhnte, als mir die Finger über den Bauch strichen. Als sich die Hände um meine Brüste schlossen, war ich völlig atemlos. Mirceas Finger setzten die Reise fort, wanderten über Hals und Gesicht, verharrten kurz auf den Lippen und tasteten dann durchs Haar. Mein Körper schien in Flammen zu stehen, als er innehielt, und die Röte in seinem sonst perlmuttweißen Gesicht wies darauf hin, dass auch er nicht völlig unbewegt blieb. Er schluckte mehrmals, bevor er die Stimme wiederfand. »Wenn du eine Frage hast, Cassie ... Ich schlage vor, du stellst sie schnell.«

Ich war nicht sicher, ob ich mir eine einfallen lassen konnte, aber wenn ich ihn nicht mit irgendetwas ablenkte, war ich bald für den Job der Pythia qualifiziert. »Wie hast du mich gefunden?« Er spreizte meine Beine und kroch zwischen sie. Ich kam mir schrecklich offen vor und war noch nicht bereit. »Mircea!«

»Ich schwöre, dass ich deine Frage beantworte, Cassie«, sagte er mit bernsteinfarbenem Feuer in den Augen. »Nachher.«

»Nein! So war es nicht abgemacht.«

Er gab ein ersticktes Stöhnen von sich und sank auf meine Beine, das Haar auf meinem Unterleib ausgebreitet. Eine ganze Weile verharrte er auf diese Weise und atmete schwer, und schließlich hob er den Kopf. Sein Gesicht war rosarot, und in seinen Augen funkelte etwas Dunkles, doch ein Teil des Fiebers hatte sich gelegt. Seine Stimme war tiefer als sonst und der Akzent deutlicher, als er sprach, schnell und ohne Einleitung.

»Die Konsulin schöpfte in Hinsicht auf Rasputin eher Verdacht als wir, eher noch als Marlowe. Die Angriffe begannen kurz nachdem sich der Kreis an MAGIE gewandt hatte, mit der Bitte, ihm bei der Suche nach der verschwundenen Sibylle zu helfen, und die Konsulin machte einen ihrer berühmtem intuitiven Sprünge. Aber es schien nur wenig zu geben, das wir tun konnten, abgesehen davon, bei der Suche Hilfe zu leisten und zu hoffen, dass die Sibylle schnell gefunden wurde. Wahre Sibyllen sind selten, und wir glaubten, es gäbe keine andere mit ausreichend Kraft, um die von Rasputin herbeigeführten Veränderungen rückgängig zu machen. Trotzdem veranlassten wir, dass man vielversprechende Kandidatinnen im Auge behielt, für den Fall, dass die Pythia stirbt und ihre Macht auf jemand anders übergeht. Ich habe Geschäftsinteressen in Atlanta, Cassie. Ich wusste, wo du warst, und ich habe deinen Namen auf die Listen der zu beobachtenden Personen gesetzt.«

Sein Blick glitt zwischen meine Beine, und ich fühlte, wie ich errötete. Ich versuchte, mich seinen Händen zu entwinden, aber das veranlasste ihn nur dazu, mich an der Innenseite des Oberschenkels zu küssen, über der Stelle, an der man den Puls fühlen konnte. Seine Lippen arbeiteten sanft, und ich spürte keine spitzen Zähne. Die Bewegungen des Munds führten dazu, dass das Rinnsal aus flüssigem Feuer in mir zu einem reißenden Strom anschwoll. »Mircea, bitte …« Ich wusste gar nicht, worum ich bat, aber er lächelte nur grimmig.

»Nein, ich werde die Frage ganz beantworten.« Er atmete tief durch. »Und anschließend bekommst du wahre Wonne von mir.« Erneut wand ich mich unter seinen Händen, und er schloss die Augen. »Cassie, bitte beweg dich nicht … Die Vibrationen sind … beunruhigend, und mit meiner Konzentration steht es ohnehin nicht zum Besten.«

»Ich habe mich nicht bereit erklärt, Sex für Antworten zu geben! Dies ist nicht fair!«

Mircea zögerte und hob eine Braue. »Verzeih mir, *Dulceață* aber was genau machen wir, deiner Meinung nach?«

»Du weißt, was ich meine.« Ich holte tief Luft und versuchte, dem Verlangen meines Körpers keine Beachtung zu schenken. »Kein Geschlechtsverkehr.«

Mirceas Zunge strich mir übers Knie und am Oberschenkel empor, verharrte kurz vor der Stelle, wo ich ihn plötzlich wollte. Er hob ein wenig den Kopf und begegnete meinem Blick, doch sein Atem berührte mich noch immer an der intimsten Stelle. Ich zitterte, und seine Finger bohrten sich etwas tiefer in meine Schenkel. »Du willst mich ebenso wie ich dich, *Dulceață*. Warum verweigerst du dich uns beiden?«

»Du kennst den Grund. Es geht hierbei nicht nur um Lust und dergleichen – das bereitet mich auf etwas vor, das vielleicht zu viel für mich ist.« Als ich die Worte ausgesprochen hatte, begriff ich, dass sie der Wahrheit entsprachen. Ich gab mich Mircea nur deshalb nicht hin, weil ich die Konsequenzen fürchtete. Mit ihm Sex zu haben … Es bedeutete, dass ich das Handtuch meiner Unabhängigkeit warf, wahrscheinlich für immer. Aus welchem Blickwinkel ich es auch sah: Ich verlor. Der Senat mochte eine freundlichere, angenehmere Alternative zum Kreis sein, und als Gefangenenwärter war mir Mircea weitaus lieber als Pritkin, aber es lief trotzdem auf Gefangenschaft hinaus. Doch wenn ich nicht die Pythia war, dann brachte man der Frage, wo ich mich befand und was ich machte, weitaus weniger Interesse entgegen.

»Und wenn du deine Berufung nicht akzeptierst …«, sagte Mircea. »Wie willst du den Kreis dann dazu bringen, dir bei deinem Vater zu helfen?«

Ich seufzte. Da lag der Hase im Pfeffer. Ich wollte keine Pythia sein. Jenes Amt hatte dabei geholfen, meine Mutter umzubringen, und versprach mir nur ein Leben in einem goldenen Käfig – falls der Kreis mich nicht umbrachte. Außerdem hatte Pritkin recht: Ich war nicht dafür ausgebildet. Ich wusste nicht, ob ich damit fertig werden konnte, noch mehr zu *sehen* als bisher. Den neuen Fähigkeiten, die sich mir eröffnet hatten, stand ich sehr skeptisch gegenüber, und ich bezweifelte, ob mir weitere – woraus auch immer sie bestanden – gefallen würden. Aber wie sollte ich meinem Vater helfen, wenn ich es ablehnte, zur Pythia zu werden? Ich kannte Tony gut genug, um zu wissen, wie rachsüchtig er sein konnte. Die Gefangenschaft meines Vaters erfüllte für ihn einen doppelten Zweck: Sie folterte ihn und auch mich. Freiwillig verzichtete er bestimmt nicht darauf.

»Ich sage nicht Nein«, sagte ich, und auch das entsprach der Wahrheit. »Ich brauche nur etwas Zeit. Noch kein Geschlechtsverkehr. Such dir etwas anderes aus.«

Mircea küsste mich auf den Bauch. »Das ist nicht schwer, Cassie. Du bist ein Festschmaus für die Sinne.«

»Beantworte nur die Frage.«

Er wirkte überrascht und lachte dann. »Weißt du, eigentlich dachte ich, dass ich bei dieser Sache die Führung habe. Beim nächsten Mal weiß ich es besser.« Er lächelte mich an und rieb mir langsame Kreise auf den Bauch, die dafür sorgten, dass sich erneut herrliche Hitze bildete. Ich wand mich unter den Berührungen, was Mircea zu gefallen schien. »Meine schöne, stolze *Dulceaţă*.«

»Ich bin nicht dein.«

Er lächelte erneut. »Ganz im Gegenteil. Du bist immer mein gewesen. Ich versichere dir: Ich habe nicht fast ein Jahr an Antonios Hof verbracht, weil mir seine Gesellschaft gefiel.«

Als Mircea meinen überraschten Blick bemerkte, lachte er laut, ein Geräusch, das meinen Unterleib erzittern ließ. »Ich hatte von deinen Talenten gehört und wollte dich kennenlernen. Eine so gute Hellseherin wie du wäre mir sehr nützlich gewesen, aber ich wollte ganz sicher sein, bevor ich mich auf Verhandlungen mit Antonio einließ. Als ich dir begegnete, ahnte ich, dass ich vielleicht die nächste Pythia sah, doch ich wusste: Um Gewissheit zu erlangen, musste ich warten, bis du erwachsen wirst.«

Er blickte in die Ferne und seufzte. »Es war ein Fehler, dass ich dich nicht sofort meinem Haushalt hinzugefügt habe. Ich fürchtete, dass er zu prominent war, dass ich nicht in der Lage sein würde, dich vor der Aufmerksamkeit des Kreises zu verbergen. Ich ließ dich bei Antonio und wies ihn an, auch weiterhin deine Identität zu schützen. Meine Absicht bestand darin, dich als Erwachsene zu holen, aber bevor ich dazu kam, hattest du die Dinge etwas komplizierter gemacht, nicht wahr?«

»Moment mal. Du wusstest von der Ermordung meiner Eltern?«

»Ich erfuhr später davon, und zu jener Zeit schien es sich um eine geringfügige Angelegenheit zu handeln.« Mircea sah, dass ich die Stirn runzelte, und er fügte hinzu: »Wäre es dir lieber, wenn ich dich belüge? Damals wusste ich noch nichts von dir, Cassie, und ich konnte Antonio nicht bestrafen, nur weil er mit seinen Bediensteten so umsprang, wie es ihm gefiel. Ich hielt es für eine Vergeudung, aber es war sein Recht. Ich erfuhr, dass auch eine Frau im Wagen gewesen war. Sie hatte den Namen deines Vaters angenommen, und ich brachte sie nicht mit der verschwundenen Erbin in Verbindung. Verzeih mir. Dein Vater zählte zu den Menschen, denen Antonio am meisten vertraute, doch das heißt nicht viel. Es gab keinen Grund für mich, seine Frau mit dem Hof der Pythia zu verbinden.«

»Was ist mit mir? Wann hast du erfahren, dass meine Eltern ein Kind hatten?« Wenn Mircea ein hilfloses Baby in Tonys dicken Händen zurückgelassen hatte, würde meine hohe Meinung von ihm ein ganzes Stück sinken.

»Erst Jahre später«, erwiderte er ernst, als begriffe er, wie wichtig mir diese Frage war. »Einige Monate vor meinem Besuch sprach ich mit Raffael. Antonio hatte ihn zu meinem Hof geschickt, und er nutzte die Gelegenheit, mir die Wahrheit mitzuteilen. Natürlich leitete ich sofort alles in die Wege, um dich zu treffen.«

Ich glaubte ihm, und nicht nur deshalb, weil ich wollte, dass es die Wahrheit war. Mircea hätte meine Eltern beschützt, wenn sie zu ihm gekommen wären. Er hätte nicht zugelassen, dass man eine so nützliche Person wie meine Mutter tötete. Es hätte dem Geschäft geschadet, Pythia und Magier zu verärgern, wo es doch so leicht gewesen wäre, sie mit ihrer Rückkehr in seiner Schuld stehen zu lassen. »Wie hat Tony mich gefunden?«

Mircea lächelte. »Ja, wie nur, Cassie? Da habe ich mir Sorgen um deine Sicherheit gemacht, obwohl ich besser an die gemeinen Pläne gedacht hätte, die du für meinen wehrlosen Diener hattest. Es wurde genau darüber berichtet, was du mit Antonio angestellt hast, selbst in der menschlichen Presse. Meine Leute begannen sofort mit der Suche nach dir, und ich ließ Antonios Bedienstete im Auge behalten, falls er über dich stolperte und so dumm war, es nicht zu erwähnen. Sie sollten ihn ablenken und mich informieren, aber das Glück kam uns zu Hilfe. Das Mitglied einer mit ihm verbündeten Familie saß wegen der Verspätung eines Flugs über Nacht in Atlanta fest und sah dich in einem Nachtklub. Du hast dort wahrgesagt, und ihm fiel das Mädchen ein, das er am Hof gesehen hatte. Er informierte seinen Herrn, der die Information Antonio verkaufte. Glücklicherweise hatte ich dich bereits mithilfe des Nachrichtennetzes des Senats ausfindig gemacht.«

»Marlowe.«

»Ja.« Mircea lachte. »Der Mann ist ein Wunder, obwohl es selbst ihm sehr schwerfiel, dich zu lokalisieren. Übrigens, er möchte dich kennenlernen. Er meinte, du musst fast ebenso verschlagen sein wie er – das ist ein großes Kompliment, *Dulceață*. Wir fanden dich vor einem knappen Jahr, aber es erschien uns besser, dich an Ort und Stelle zu lassen und zu beschützen, anstatt zu riskieren, dass der Kreis von dir erfuhr – er hätte sich auf das Abkommen berufen, so wie jetzt.« Mircea wurde wieder ernst. »Die Konsulin versucht, Zeit zu gewinnen, aber irgendwann ist Schluss. Wir können nicht gleichzeitig gegen den Schwarzen und den Silbernen Kreis kämpfen, Cassie. Verstehst du?«

»Ja.« Ich dachte an die Anzahl der Herzanfälle, die ich im Lauf der Jahre fast gehabt hätte, weil ich glaubte, einen Vampir in der Nähe gefühlt zu haben – die ganze Zeit über waren es Mirceas Leute gewesen. »Mit einem Hinweis darauf, was sich abspielte, hättest du mir große Schwierigkeiten erspart.« Er sah mich nur an und verzichtete darauf, das auszusprechen, was wir beide wussten: Ein Meistervampir – von einem Senatsmitglied ganz zu schweigen – besprach nichts mit einer Bediensteten. Man würde ihr Leben planen und sie informieren, wenn es so weit war. »Hast du so erfahren, dass Tony mich gefunden hatte? Wiesen dich deine Leute darauf hin?«

Mircea lächelte reumütig. »Nein, in dieser Beziehung hattest du Glück. Antonio beauftragte einen Killer damit, dir um Mitternacht zwei Kugeln in den Kopf zu jagen, aber Raffael hörte es und rief mich an. Ich gab ihm meinen Schutz und forderte ihn auf, hierherzukommen. Schon seit einer ganzen Weile hatte ich Bedenken in Hinsicht auf Antonio, aber der Umgang mit einem Meister der dritten Stufe erfordert Finesse, selbst wenn er ein Diener ist. Doch wenn er meinem direkten Befehl zuwidergehandelt und einen Anschlag auf dein Leben unternommen hätte, wäre ich berechtigt gewesen, ihn wegen Ungehorsam zu töten. Ich gab die Informationen über dich an den Senat weiter, der dir seit dem Verschwinden der Sibylle Tomas zugewiesen hatte. Für den Fall, dass es ihm schwerfiel, ihn zu erreichen, nahm ich Kontakt mit einigen Geschäftspartnern in Atlanta auf, aber sie hatten Probleme damit, dich zu finden. Als sie schließlich dein Büro erreichten, warst du schon weg.«

»Du hättest ein verdammtes Telefon nehmen und mich anrufen können, Mircea!«

»Ich habe versucht, dich anzurufen, *Dulceață*, bei dir zu Hause und an deinem Arbeitsplatz. Aber du hast nicht geantwortet. Nun, du hast uns einen gehörigen Schrecken eingejagt. Meine Geschäftspartner wurden in einen Streit mit vier Vampiren verwickelt, die Rasputin zu dir geschickt hatte. Als sie sie erledigt hatten, warst du mit Tomas bereits auf die Killer gestoßen, die in Antonios Auftrag gekommen waren. Zum Glück seid ihr ohne Hilfe mit ihnen fertig geworden.«

Ich fühlte mich von neuer Verwirrung erfasst. »Soll das heißen, dass an jenem Abend neun Vampire hinter mir her waren?« Ich konnte kaum glauben, dass ich überlebt hatte. Selbst Meistervampire waren weniger Gegnern zum Opfer gefallen. »Aber wenn Tony und Rasputin verbündet sind … Wer hat dann die beiden Mordkommandos geschickt?«

Mircea lächelte. »Jetzt versuchst du, Zeit zu schinden. Die kurze Version lautet: Antonio schickte fünf Vampire der neunten oder zehnten Stufe mit der Anweisung, dich unmittelbar nach deiner Lokalisierung zu töten. Als Rasputin davon hörte, entsandte er vier Meister mit dem Auftrag, ihnen zu helfen.

Ich glaube, er ist klüger als Antonio. Er wusste, dass der Senat dich schützen ließ, und er wollte sicherstellen, dass du nicht überlebst. Du bist die einzige Kraft, die ihm erfolgreich Widerstand leisten kann, *Dulceață*. Das weiß er.«

Mir drehte sich der Kopf. »Tonys Killertruppe machte sich also auf den Weg zur Disco, und Rasputins Gruppe erreichte das Büro, nachdem ich es verlassen hatte? Wer hinterließ dann die Nachricht auf dem Bildschirm meines Computers?«

»Welche Nachricht?«

Ich schüttelte den Kopf. Die Sache wurde zu kompliziert für mich. »Schon gut. Was du sagst, läuft im Grunde genommen auf Folgendes hinaus: Alle haben es auf mich abgesehen.«

Mircea antwortete nicht, denn sein dunkler Kopf hatte sich wieder an die Arbeit gemacht und leckte sich einen Weg über die Innenseite meines Oberschenkels. Die Zunge fühlte sich heiß an auf meiner Haut, und die Lippen waren weich wie Samt. »Ich weiß nicht, ob es wirklich alle sind, *Dulceață*, aber für mich gilt das zweifellos. Und jetzt Schluss mit dem Gerede.« Er lächelte frech zu mir empor. »Es wird Zeit, dass du deine Schulden bezahlst.«

Dreizehn

Ich versuchte, mir schnell eine weitere Frage einfallen zu lassen, als Mircea meine Pobacken packte und mich hochhob. Seine Zunge fand schließlich ihr Ziel, und ich schnappte nach Luft. Er ließ sie langsam über mich gleiten und erforschte die Konturen und kostete meinen Geschmack. In mir braute sich etwas auf, etwas Großes, und bevor es mir endgültig die Sinne rauben konnte, hob Mircea den Kopf fort von mir.

Ich wollte einen Schrei der Enttäuschung von mir geben, aber seine Lippen trafen auf meinen Mund, und ich vergaß alles andere. Meine Hände strichen über seine samtene Haut, den Rücken hinab, erreichten die Spalte zwischen seinen wundervollen Hinterbacken. Er schauderte über mir, und ich empfand es als schier überwältigend, ihn heiß und hart am Bauch zu spüren. Mehr als alles in der Welt wollte ich ihn in mir – es war ein fast unerträgliches Verlangen. Doch als ich ihn schwer zwischen den Beinen fühlte, drückte ich ihm die Hände an die Brust. »Nein, Mircea – du hast es versprochen.«

Er lachte tief und kehlig und küsste mich am Hals. »Ich bin brav, *Dulceață*.«

Ich schob eine Hand zwischen unsere Körper und ergriff ihn. Es fühlte sich seltsam an, ihn zu halten, so heiß und samten, und es gab mir Macht. Ich erinnerte mich daran, was die Frau in meiner Vision mit Louis-César gemacht hatte, und ich nahm mir ein Beispiel daran. Einige Liebkosungen, und der mächtige Mircea stieß einen halb erstickten Schrei aus und bebte am ganzen Leib. Für eine Sekunde befürchtete ich, ihm wehgetan zu haben, dann aber sah ich die Verblüffung in seinem Gesicht und lächelte.

»Cassie, wo …« Er unterbrach sich und atmete schwer. »Wo hast du das gelernt?«

Ich lachte. Das hatte Potenzial. »Du würdest es mir nicht glauben.« Ich stieß an seine Schulter. »Leg dich hin.«

Er rollte wortlos zur Seite. Ich folgte seiner Bewegung und hielt ihn dabei fest, aber vorsichtig, denn ich wusste, wie empfindlich jene Stelle war. Mit der Hand erforschte ich ihn so wie er mich zuvor mit der Zunge, und ich fand seinen Körper faszinierend. Ich hatte viele nackte Männer gesehen, aber das war meine erste Gelegenheit, jemanden so intim zu berühren, und der Umstand, dass es sich dabei um Mircea handelte, jagte meinen Puls nach oben.

Es gefiel mir, ihn so wehrlos zu sehen, das sonst so perfekte Haar zerzaust, einige Strähnen am schweißfeuchten Gesicht klebend. Seine Hilflosigkeit war berauschend und ließ mich tollkühn werden. Mein Repertoire war nicht unbedingt riesig, aber ich habe ein gutes Gedächtnis, und die Französin hatte etwas mit Louis-César versucht, das mir interessant erschien. Ich kroch zwischen Mirceas Beine und tastete über die gespannten Muskeln. Er streckte die Hände nach mir aus, aber ich schob sie beiseite. »Nein.«

Er fügte sich, doch die Überraschung in seinen Augen wies mich darauf hin, dass er nicht daran gewöhnt war, herumkommandiert zu werden. Mircea schloss die Augen, als ich ihn erneut berührte, und er schnitt eine Grimasse. Ich streichelte ihn langsam und verstand den schmerzerfüllten Gesichtsausdruck nicht, denn ich wusste, dass ich ihm keine Schmerzen zufügte. »Cassie …« Seine Stimme brach, und ich bedeutete ihm, still zu sein.

»Cassie, nicht! Ich kann mich nicht kontrollieren, wenn du …!«

»Du sollst still sein«, sagte ich böse. Ich musste mich konzentrieren, und es half, wenn er die Klappe hielt. Das sagte ich ihm und beobachtete, wie sich Erstaunen in seinem Gesicht ausbreitete.

»Man hat mir versichert, dass du das noch nie zuvor getan hast«, begann er und stemmte sich auf die Ellenbogen.

Ich warf ihm einen warnenden Blick zu. »Das habe ich auch nicht. Wenn du also nicht still liegst … Gib nicht mir die Schuld, wenn's wehtut.«

Er sank auf den Rücken zurück, legte einen Arm übers Gesicht und murmelte etwas auf Rumänisch. Ich achtete nicht darauf. Er wusste, dass ich kein Rumänisch sprach – er stellte sich nur ein wenig an. Vielleicht hätte ich mich beschwert, wenn ich nicht so sehr an seinem Körper interessiert gewesen wäre. Ich wandte mich wieder den faszinierenden Dingen zu, die ihn stöhnen ließen. Es lohnte die Mühe zu sehen, wie sehr er sich bemühte, reglos zu bleiben und nicht erneut zu schreien. Rechts und links von mir ballten sich seine Hände zu Fäusten. Ich wollte sehen, wie viel nötig war, um den großen Mircea dazu zu bringen, die Kontrolle zu verlieren.

Dann änderte ich die Position, bewegte mich zu schnell und fiel vom Bett. Eine Sekunde später erschien Mirceas gerötetes Gesicht über dem Rand der Matratze und sah verwundert auf mich herab. Ich griff nach dem Bademantel, und seine Miene verdüsterte sich. »Ich werde das verdammte Ding zerreißen, damit es nie wieder deine Schönheit verbirgt.«

Seine Stimme war heiser, und in seinen Augen glühte es. Ich verlor keine Zeit damit, den Bademantel anzuziehen, wickelte ihn rasch wie eine Decke um mich. Er war ein schlechter Ersatz für die Wärme von Mirceas Haut, doch mit etwas Kleidung am Leib fiel mir das Denken viel leichter. Ich atmete schwer und sehnte mich nach ihm, wich aber trotzdem zurück, bis ich das Fenster im Rücken spürte. »Wir hatten eine Vereinbarung, Mircea«, sagte ich mit zittriger Stimme.

Er verzog das Gesicht, doch der Blick seiner brennenden Augen blieb auf mich gerichtet. Sie waren jetzt mehr Zimt als Bernstein, erfüllt von einem wunderschönen rötlichen Licht. Die Farbe entsprach der, die Pritkin fast in Ohnmacht hatte fallen lassen. Mich hätte sie um ein Haar dazu gebracht, zurückzulaufen und in seine Arme zu sinken. Ich hielt mich am Fenstersims hinter mir fest und hörte, wie seine Schutzzauber zischten. Derzeit waren sie kühl im Vergleich zu meiner Haut.

Mircea strich sich mit einer zitternden Hand durchs Gesicht und sah mich mit Verzweiflung in den Augen an. »Cassie, bitte hab ein Einsehen. Inzwischen kennst du die Situation und weißt, was auf dem Spiel steht. Ich wollte es angenehm für dich machen, damit du mich deswegen nicht hasst. Aber es muss geschehen. Du bist nicht wie der lächerliche Magier, der nichts von uns versteht. Bitte mach es nicht kompliziert. Es könnte schön sein.«

»Und wenn ich mich weigere?« Mircea wirkte plötzlich wie erstarrt. Mühsam kontrollierte Kraft schimmerte im Zimmer, wie das Flirren von Hitze über heißem Wüstensand. »Du würdest mich doch nicht zwingen, oder?«

Mircea schluckte und starrte eine Zeit lang auf den Bettvorleger hinab. Als er schließlich aufsah, hatten seine Augen wieder den üblichen braunen Ton gewonnen. »Ich möchte ganz offen sein, *Dulceață*. Ich könnte dein Bewusstsein manipulieren, deinen Willen ausschalten und dich dazu bringen, dich mir hinzugeben, was du eigentlich auch möchtest. Aber wenn ich das täte, würdest du mir nie wieder vertrauen. Ich kenne dich zu gut; ich weiß, was du von Illoyalität hältst. Es ist die eine Sache, die du nicht verzeihen kannst, und ich möchte nicht, dass du einen Feind in mir siehst.«

»Ich kann also gehen?« Ich kannte die Antwort, wollte mir aber von ihm meine Möglichkeiten erklären lassen.

»Du solltest es besser wissen.« Mircea seufzte und wirkte plötzlich müde. »Wenn du dich nicht darauf einlässt, beauftragt die Konsulin jemand anders. Ich weiß, dass du Tomas gewisse Gefühle entgegenbringst, aber ich weiß auch, dass du dich sehr über ihn geärgert hast. Er hat dein Vertrauen verraten, und das hast du ihm noch nicht verziehen, obgleich er an Anweisungen gebunden war.«

Ich schlang die Arme um mich. »Nein, das habe ich nicht.« Ich hatte Tomas einmal vertraut, zumindest so viel wie allen anderen. Ich hatte ihn begehrt und vielleicht auch ein wenig geliebt, aber dabei war es um einen Mann in meiner Vorstellung gegangen, nicht um den, der wirklich existierte. Wenn ich ihn jetzt ansah, erschien er mir wie ein Fremder. Ich wollte nicht, dass er mich berührte. Außerdem: Er war schon einmal auf Befehl des Senats in mein Bewusstsein eingedrungen und würde das sicher noch einmal tun, wenn er eine entsprechende Anweisung erhielt.

»Wie wär's mit Louis-César? Er ist attraktiv. Wäre er dir lieber?« Mircea klang halb erstickt, und ich vermutete: Diese Vorstellung gefiel ihm noch weniger als die, dass ich mich mit Tomas abgab. Vielleicht deshalb, weil der Franzose ein volles Senatsmitglied war, mit gleichem Status. Glaubte Mircea, ich würde mich Hals über Kopf in den ersten Mann verlieben, mit dem ich Sex hatte? Befürchtete er, dass ich Louis-César nach Europa folgte? In dem Fall kannte er mich nicht annähernd so gut, wie er glaubte.

»Nein.« Ich wollte keinen Mann in meiner Nähe, den ich

kaum kannte und dessen Berührung mir bereits zweimal einen Albtraum beschert hatte.

»Dann vielleicht Raffael? Du bist für ihn wie eine Tochter, das weißt du, aber er wäre vermutlich bereit, dir diesen Gefallen zu erweisen.«

Ich schüttelte den Kopf. Damit wollte ich weder ihn noch mich belasten. Mir lag nichts daran, mit jemandem zusammen zu sein, der in der ganzen Sache nur eine Aufgabe sah.

Mircea breitete die Arme aus. »Dachte ich mir. Und wohin führt uns das? Wenn du alle ablehnst, wird die Konsulin einen ihrer Bediensteten beauftragen, und das würde dir bestimmt nicht gefallen. Es gibt keine Alternative. Deine Fähigkeiten sind zu wichtig. Wir dürfen nicht zulassen, dass die Macht nur deshalb auf jemand anders übergeht, weil mir nicht genug Zeit blieb, dir auf angemessene Weise den Hof zu machen.«

Ich sah ihn an und hob eine Braue. »Und was hast du davon, Mircea? Nur Sicherheit? Oder hat sich die Konsulin bereit erklärt, dass ich dir gehöre, wenn du dies erfolgreich hinter dich bringst? Willst auch du mich benutzen?«

Mircea seufzte tief. »Niemand kontrolliert die Pythia, Cassie. Wenn die Macht zu dir kommt, kann ich dich nicht behalten. Das war mir von Anfang an klar.«

»Warum bin ich dann all die Jahre abgeschirmt worden? Warum soll es ausgerechnet jetzt geschehen?« Mircea hatte recht: Ich wusste, wie die Vampirpolitik funktionierte. Er hatte viel Zeit und Mühe darauf verwandt, mich zu beschützen, und ich bezweifelte, ob es ihm nur darum gegangen war, eine Hellseherin für seinen Hof zu bekommen. Schließlich wusste er, dass er die Kontrolle über ihre Fähigkeiten verlor, wenn sie zur Pythia wurde.

Mircea schien nicht sonderlich glücklich zu sein, aber er antwortete. Die Maske mit dem Lächeln existierte nicht mehr, und darunter kam Schmerz zum Vorschein. »Du weißt, was es bedeutet, die Familie zu verlieren, *Dulceață*. Also verstehst du vielleicht, was es für mich bedeutet, dass mir von meinen Verwandten nur Radu geblieben ist, und er … Ich habe dir gesagt, was mit ihm geschah.«

»Ja.«

»Es gibt etwas, das ich dir nicht gesagt habe, denn ich spreche nur selten davon, und du warst nur ein Kind: Er leidet noch immer. Jeden Abend, wenn er erwacht, ist es so, als müsste er alles neu erleiden. Sie haben ihn gebrochen, *Dulceață*, körperlich, geistig und seelisch. Selbst jetzt, Jahrhunderte nach dem Tod seiner Peiniger, schreit er voller Qual, denn er fühlt noch immer ihre Peitschen und Brandeisen. Schrecklicher Schmerz begleitet ihn jede Nacht.« Mirceas Augen waren plötzlich sehr alt und schrecklich traurig; ich hatte gehört, dass die Pein nicht nur Radu betraf. »Ich habe oft daran gedacht, ihn zu töten, um ihm all das Leid zu ersparen, aber ich bringe es nicht über mich. Er ist alles, was ich habe. Doch inzwischen hoffe ich nicht mehr, dass er irgendwann aus seinem Albtraum erwacht.«

»Es tut mir leid, Mircea.« Ich widerstand der Versuchung, zu ihm zu gehen, über das zerzauste Haar zu streichen und ihn zu trösten. Dafür war es zu früh. Jahre der Erfahrung hatten mich gelehrt, die ganze Geschichte herauszufinden, bevor ich Anteilnahme anbot. »Aber ich verstehe nicht ganz, was das mit mir zu tun hat.«

»Du wirst nach Carcassonne reisen.«

Ich brauchte einen Moment, um die Verbindung herzustellen, und selbst dann ergab sie keinen Sinn. »Du hast Radu aus der Bastille befreit.«

»Im Jahre 1769, ja. Aber ein Jahrhundert vorher war er nicht da. Radu wurde viele Jahre in Carcassonne gefangen gehalten und gefoltert.« Er sprach den Namen wie ein Schimpfwort aus, was er für ihn vermutlich auch war. »Kennst du den anderen Titel der Pythia, Cassie?« Ich schüttelte stumm den Kopf. »Man nennt sie auch Hüterin der Zeit. Du bist meine beste Chance, und meine einzige. Aber wenn die Pythia stirbt und du deine geliehene Macht verlierst, weil du noch nicht geeignet warst, sie zu behalten ... Dann verliere ich das einzige Fenster zur Zeit, das ich jemals gefunden habe.«

Die Dinge wurden klarer. »Die Konsulin versprach dir eine Möglichkeit, Radu zu helfen. Das ist dein Lohn dafür, dass du mich dazu bringst, das kleine Problem des Senats zu lösen.«

Mircea neigte den Kopf. »Sie gestattete mir, das dritte Mitglied unserer Gruppe zu sein. Ich begleite dich, wenn du deine Reise antrittst. Während du zusammen mit Tomas den Anschlag auf Louis-César verhinderst, rette ich meinen Bruder.« Mirceas Augen blickten kummervoll und sehr ernst. In jenem Moment wusste ich: Er würde mich nicht zwingen, wohl aber beiseitetreten und zusehen, wie jemand anders mich zwang. Sosehr er es auch verabscheute, noch weniger gefiel es ihm, Radu einfach seinem Schicksal zu überlassen. Ich wollte ihn dafür hassen, sah mich aber außerstande dazu. Es war zum Teil Mitleid – es musste schrecklich sein, über Jahrhunderte hinweg zusehen zu müssen, wie der eigene Bruder, dem Wahnsinn anheimgefallen, sich Tag für Tag quälte. Aber es war auch noch mehr: Mircea hatte nicht gelogen, obwohl er allen Grund dafür gehabt hätte. Es stimmte; ich konnte fast alles verzeihen, bis auf Lügen.

»Woher willst du wissen, dass wir überhaupt dorthin zurückkehren?« Wenn er ehrlich zu mir war, verdiente er es, dass ich diesen Gefallen erwiderte. »Früher empfand ich Furcht oder so etwas in der Nähe von Louis-César, aber das ist jetzt nicht mehr der Fall. Und als er mich vom Dante's forttrug, geschah nichts. Vielleicht ist die Macht bereits auf jemand anders übergegangen. Oder sie könnte entscheiden, mich woandershin zu bringen.«

»Wir glauben, dass Rasputin in jener Nacht etwas gegen ihn unternehmen will. Ich meine die Nacht, die ihr schon zweimal besucht habt, denn sie brachte ihm Veränderung. Du wusstest nicht, dass mein Bruder ihn geschaffen hat, oder?«

»Tomas erwähnte einen Fluch.«

Mircea schüttelte den Kopf. »Keine Ahnung, wo er das hörte, Cassie. Vielleicht glaubt er an einen Fluch, weil Louis-César nicht weiß, was es bedeutet, einen Herrn zu haben. Wie ich musste er sich allein zurechtfinden, mit nur wenig Anleitung. Da mein Bruder gefangen war, wurde Louis-Césars Geburt erst viel später registriert. Als die Meister von seiner Existenz erfuhren und versuchen konnten, Anspruch auf ihn zu erheben, war er bereits zu stark. Radu biss ihn zum ersten Mal in der Nacht, als du da warst – nachdem die Wärter sie allein ließen, um dem Franzosen Angst einzujagen. In den beiden folgenden Nächten rief Radu ihn zurück, bis er sich verwandelte. Vielleicht versuchte er, einen Diener zu gewinnen, der ihn befreien konnte.«

»Und warum hat er ihn nicht befreit?«

Mircea sah mich überrascht an. »Du weißt nicht, wer Louis-César war?«

Ich schüttelte den Kopf, und er lächelte matt. »Ich überlasse es ihm, die Geschichte zu erzählen. Es soll genügen, wenn ich sage: Für lange Zeit konnte er sich nicht frei bewegen, und als er schließlich die Möglichkeit dazu bekam, hatte man Radu weggebracht, und seine Suche nach ihm blieb erfolglos. Wie dem auch sei: Um unseren Louis-César zu eliminieren, muss Rasputin ihm nur vor dem dritten Biss Radus den Pflock durchs Herz stoßen. Wenn er ihn tötet, solange er noch menschlich und hilflos ist, braucht er nie gegen ihn anzutreten.«

»Er könnte ihn noch viel einfacher in seiner Wiege töten, oder als Kind. Du kannst nicht sicher sein, dass Rasputin in jener Nacht zuschlagen will.«

»Wir glauben, dass dir deine Gabe zeigt, wo das Problem liegt, wo jemand versucht, die Zeitlinie zu verändern«, erwiderte Mircea mit Nachdruck. »Warum sonst bist du dorthin zurückgekehrt? Außerdem ist nur wenig über das frühe Leben von Louis-César bekannt. Rasputin kann nur sicher sein, ihn dort zu finden, wo er verwandelt wurde. Der Zeitpunkt ist bekannt, zusammen mit dem Umstand, dass Louis-César ohne Herr blieb. Ich nehme an, dass Rasputin bei einer so wichtigen Sache nicht bereit sein wird, ein Risiko einzugehen. Er wird dort zuschlagen, wo er sicher sein kann, ihn anzutreffen. Ich weiß, wo man Radu festgehalten hat, Cassie, und ich brauche nur einige Momente, um ihn zu befreien.«

»Und weißt du auch, wann genau dein Bruder wahnsinnig wurde? Eine Stadt umgibt das Schloss, Mircea. Willst du einen irren Mörder auf ihre Bewohner loslassen?«

»Ich habe mit Louis-César gesprochen«, sagte Mircea schnell. »Radu war noch ganz bei sich, als er ihn verwandelte. Du kannst mir dabei helfen, ihn zu retten, *Dulceață*. Für andere endete die Folter schnell mit dem Tod, oder in seltenen Fällen mit der Entlassung. Aber nicht für ihn. Seine Folterer wollten ihn nicht in die Freiheit entlassen, weil sie bezweifelten, ihm Gehorsam aufzwingen zu können. Und sie töteten ihn nicht, weil er eine so gute Lektion für jene war, die sie erschrecken wollten.« Der Glanz in Mirceas Augen deutete auf etwas hin, das über Verzweiflung hinausging. »Es gibt keinen Ausweg für ihn! Du hast jenen Ort nicht gesehen. Kannst du ihn dort lassen, in dem Wissen, worin sein Schicksal bestehen wird? Ist dir deine Tugend wichtiger als sein Leben?«

Es war nicht meine Tugend, um die ich mir Sorgen machte, sondern meine Freiheit. Aber ich wusste, dass es keinen Sinn hatte, darüber eine Vereinbarung treffen zu wollen. Die Konsulin würde auf jeden Fall versuchen, mich irgendwie festzuhalten. Wenn ich zur Pythia wurde, gelang es mir vielleicht, ihren Manipulationen und denen der beiden Kreise zu entgehen. Vielleicht konnte ich dann sogar meinem Vater helfen. Es waren Spekulationen, zugegeben, aber etwas Besseres hatte ich nicht. Ich holte tief Luft, stieß mich vom Fenster ab und ließ dabei den Bademantel zu Boden fallen.

Mircea beobachtete mich, und Hoffnung glomm in seinen Augen. Ich legte ihm die Hand auf die Schulter, mitten ins zerzauste, seidene Haar, und strich ihm mit der anderen sanft über die Wange. »Du hast meine Fragen beantwortet. Möchtest du deine Belohnung dafür?«

Er zog mich näher und küsste mich, murmelte Worte des Dankes und der Leidenschaft. Tränen fielen mir auf den Hals und die Brüste, als seine Lippen über meinen Oberkörper strichen, als er leckte und vorsichtig biss. Behutsam legte er mich aufs Bett und küsste sich einen Weg zum Zentrum des zunehmenden Drucks, der noch stärker wurde als vorher. Schon nach kurzer Zeit hätte ich fast geschrien und etwas Größeres verlangt als nur seine Zunge, um jenen besonderen Schmerz zu lindern. Dann fanden meine Gefühle ein Ventil, und die ganze Welt bestand aus einem wundervollen Zittern, das immer wieder durch mich strömte. Ich hörte, wie ich885 Mirceas Namen rief, und dann kam es zu einer Eruption aus Farben und Geräuschen; glitzernder Wind schien mir durch den Kopf zu wehen.

Unmittelbar darauf begriff ich, dass es kein Wind war. »Äh,

Cassie? Ich weiß, dass das nicht unbedingt der beste Zeitpunkt ist …« Ich war noch immer so hin und weg, dass ich eine Weile brauchte, um Billy Joes Stimme zu erkennen.

»Billy. Du hast genau eine Sekunde, um zu verschwinden.« Mircea hielt mich fest, während ich den Rest meines Orgasmus erlebte, murmelte dabei etwas auf Rumänisch. Das musste ich ihm abgewöhnen, so viel stand fest.

»Das würde ich gern, ehrlich, aber wir müssen miteinander reden. Etwas ist passiert. Was Schlimmes.« Ich stöhnte und schob ihn aus meinem Kopf, woraufhin er über Mirceas nackter Schulter erschien.

Mircea hatte sich auf mich gerollt, stützte sich mit den Armen ab und brachte sich in die richtige Position. »Ich habe dich so gut wie möglich vorbereitet, Cassie«, sagte er mit rauer, ein wenig atemloser Stimme. »Aber was jetzt kommt, könnte ein wenig wehtun. Ich bin etwas … größer als normal, doch ich verspreche dir, vorsichtig zu sein.«

Ich wollte erneut schreien und ihn auffordern, endlich zur Sache zu kommen – ich wünschte ihn in mir, und es war mir gleich, ob es wehtat.

Billy warf einen Blick in Mirceas schweißfeuchtes Gesicht und rollte mit den Augen. »Du hättest mich zu meiner besten Zeit erleben sollen, Cassie. Die Gräfin meinte, ich hätte den größten …«

»Billy!«

»… das größte Talent, das sie je erlebt hatte. Wie dem auch sei, ich finde ihn nicht so beeindruckend«, sagte er beleidigt.

»Halt die Klappe und *verschwinde*!«

Billy schenkte mir keine Beachtung, und bevor ich ihn daran hindern konnte, blies er einen kalten Wind über Mircea. »Erst recht jetzt nicht.«

Mircea schrie auf und sah sich erschrocken um. Ich richtete

einen finsteren Blick auf Billy. »Hast du den Verstand verloren?!«

Billys Antwort bestand aus einem weiteren frostigen Hauch für Mircea. Mir erschien die Kälte nicht so schlimm, aber ich fühlte Geister auch nicht so wie andere. Mircea sah aus wie von einem Schneesturm erfasst. Er bekam eine Gänsehaut, und in seinem Haar glänzten Eiskristalle.

Bevor ich Billy erklären konnte, wie streng ich ihn bestrafen würde, kam Rafes aufgeregte Stimme von der Tür. »Herr! Ich bedauere die Störung, aber Rasputin kommt! Er ist fast hier!« Rafe war in der Tür stehen geblieben, starrte zu Boden und zitterte voller Sorge. Hinter ihm trat Tomas ein. Ich zog rasch die Steppdecke hoch, aber er würdigte mich keines Blicks.

Für ein oder zwei Sekunden blieben Mirceas Augen leer; dann verstand er und nickte. »Wie viel Zeit bleibt uns?«

»Ich weiß nicht.« Rafe wirkte völlig aufgelöst. Ich hatte nie zuvor gesehen, wie jemand mit den Händen rang, aber er machte es. »Louis-César ist aufgebrochen, um ihn in Empfang zu nehmen, aber der russische *testa di merda* hat eine ganze Armee aus Wer-Geschöpfen und dunklen Magiern dabei! Und er hat genug Meister, um zu versuchen, uns bei Tageslicht zu überwältigen!«

Tomas nickte zustimmend. »Der Senat bereitet die Verteidigung vor, aber wir sind zahlenmäßig weit unterlegen. Heute Abend sollte das Duell stattfinden, und deshalb hat niemand mit einem Angriff gerechnet. Ich kann Cassie nach unten bringen. Der Schutzraum sollte zumindest eine Zeit lang Sicherheit bieten.«

Mircea achtete nicht auf Tomas‘ ausgestreckte Arme. Er hob mich hoch, mit der Decke, und trat nackt in den Wohnbereich des Apartments. »Mircea.« Ich sah zu seinem grimmigen, entschlossenen Gesicht auf und zog am eisverkrusteten Haar, um seine Aufmerksamkeit zu bekommen. »Was ist los?«

Mircea sah mich an, als er in Richtung der Treppe ging, die zum Senatsraum führte. Um uns herum drehten sich die eisernen Wandleuchter nach außen – die scharfen, messerartigen Verzierungen an ihrem unteren Rand zeigten nicht mehr zu Boden. Mir fiel ein, dass es vielleicht gar keine Verzierungen waren, und ich hoffte, dass sie zwischen Freund und Feind unterscheiden konnten. »Mach dir keine Sorgen, *Dulceaţă*«, sagte Mircea. »Die inneren Schutzzauber können sie nicht durchbrechen. Und das ändert kaum etwas. Wenn Rasputin den Kämpfer der Konsulin nicht besiegt, bevor er die Übernahme versucht, erklären ihn die anderen Senate zu einem Ausgestoßenen. Diese Sache nützt ihm nichts.«

»Dadurch fühle ich mich kaum besser, wenn man bedenkt, dass wir alle tot sind, bevor die anderen Senate eine entsprechende Erklärung abgeben können.«

»Schnell!« Tomas riss die schwere Tür zur Treppe auf, als ein dumpfes Donnern von draußen kam. »Sie sind durch den äußeren Verteidigungsring.« Mehrere Männer und Frauen stürmten an uns vorbei, in die Richtung der Explosion. Sie trugen so viel Hardware, dass Pritkin im Vergleich zu ihnen halb nackt gewirkt hätte. Ich fühlte ihre Macht, als sie an uns vorbeikamen – Kriegsmagier. Nun, dadurch sollten wir ein wenig Zeit gewinnen.

»Ich versichere, das wird nicht geschehen, Cassie. Ich beschütze dich.«

Ich gab keine Antwort. Mircea würde versuchen, mich zu schützen, daran zweifelte ich nicht, aber Rasputin musste verrückt sein, um so etwas zu versuchen. Und Verrückte waren immer im Vorteil, wenn es darum ging, Chaos zu stiften.

Pritkin kam um die Ecke und folgte uns, als wir nach unten

eilten. Ich bedachte ihn mit einem finsteren Blick, und er erwiderte ihn. »Was passiert? Was ist das für eine List?«

Niemand schenkte ihm Beachtung. Die Treppe bebte unter unserem Gewicht, und die Lampen an der Decke wackelten. »*Vaffanculo!* Die zweite Abwehrlinie ist ebenfalls durchbrochen!«, rief Rafe. Ich wusste nicht, was das bedeutete, aber Mirceas Gesicht wies mich darauf hin, dass es keine gute Sache war.

»Unmöglich! Sie hätten nicht in der Lage sein sollen, so schnell durchzukommen!« Mircea presste meine Hand an die Brust, und einen Moment später erreichten wir das untere Ende der Treppe. Ich schätze, wir flohen, aber es geschah so schnell, dass ich mir nicht sicher war. Als wir den Senatsraum erreichten, donnerte über uns eine weitere Explosion, und glühende Trümmerstücke von der Treppe regneten hinter uns herab – ein brennender Splitter verfehlte mein Gesicht um einen Millimeter. Mircea winkte, und die schwere Metalltür schloss sich.

Rafe sah sich besorgt um. »Das alles dürfte nicht geschehen!«

»Du wirst gebraucht, um die Verteidigung zu verstärken«, forderte Tomas Mircea auf. »Überlass Cassie mir!« Er wollte nach meinem Arm greifen, aber Mircea wandte sich ab und huschte durch den Raum. Eine Tür öffnete sich dort, wo eben noch flaches, nacktes Felsgestein gewesen war. Es hätte mich nicht überraschen sollen: Anwender der Magie hatten diese Anlage gebaut; vermutlich gab es hier mehr verborgene Türen als sichtbare. Aber der Grenzzauber beeindruckte mich, so perfekt, dass man selbst aus einer Entfernung von einem halben Meter überhaupt nichts sah. Auf diese Weise war Jack also wie aus dem Nichts erschienen.

Hinter uns krachte es ohrenbetäubend laut, und über Mirceas Schulter hinweg sah ich: Die schwere Tür, die Mircea eben geschlossen hatte, wurde wie Papier zerfetzt. Ein Magier sprang durch die Öffnung, und ganz plötzlich erscheinende Eisenstücke spießten ihn auf. Ich hob den Blick und stellte fest, dass sich die Kronleuchter auf ähnliche Weise verändert hatten wie zuvor die Leuchten an den Wänden. Hunderte von rasiermesserscharfen Klingen vibrierten und schickten ein dumpfes, metallenes Brummen durch den Raum – es klang nach Tausenden von gleichzeitig stampfenden Füßen, wie bei einem Footballspiel. Die Klingen warteten darauf, dass jemand anders den Kopf in den Raum steckte.

Nachdem Mircea die Schutzzauber dazu bewegt hatte, uns passieren zu lassen, eilten wir durch einen langen Korridor. Links und rechts erwachten Fackeln zu brennendem Leben. Elektrizität störte gewisse Zauberarten, und der Korridor steckte voller Magie. Wir brachten drei schwere Metalltüren hinter uns, ebenfalls von starken Zaubern geschützt, und sie gaben mir das Gefühl, als kröchen Dutzende von kleinen Händen über meine Haut. Bei der letzten Tür war es besonders schlimm. Der Widerstand wurde so stark, dass ich glaubte, ihn nicht überwinden zu können. Doch Mircea bellte einen Befehl, und schließlich gab die fast physische Barriere so weit nach, dass wir sie passierten konnten. Dahinter lag ein kleiner Raum, von dem vier weitere Korridore ausgingen. Mircea blieb so abrupt stehen, dass Tomas fast gegen ihn geprallt wäre.

»In welche Richtung, Mircea?«

»Wie konnten sie die Verteidigungsringe so schnell durchbrechen?«, fragte Mircea noch einmal, und ich dachte zuerst, dass die Worte mir galten. Dann sah ich auf und bemerkte Tomas' Gesicht. Darin zeigte sich nichts mehr von dem Mann, den ich gekannt hatte. Es war ein hochmütiges, wildes und schönes Gesicht, wie man es auf einer alten Münze erwartete.

Ich erkannte die Inka-Adlige darin, nicht aber den mir vertrauten sanften Mann.

»Wir können später reden! Nenn mir den Weg, Mircea!«

Mircea lächelte, und sein Blick galt noch immer mir. »Mir scheint, ich bin ein Narr gewesen, Cassandra.«

Ich sah verwirrt vom einen zum anderen und spürte dabei, wie sich um uns herum Energie aufbaute. Die Sache gefiel mir nicht, und den Schutzzaubern erging es ebenso – die Luft schien dichter und schwerer zu werden. »Sag es mir, Mircea!«, drängte Tomas. »Niemand muss heute sterben.«

»Oh, jemand wird sterben, das versichere ich dir«, erwiderte Mircea fast freundlich.

»Worüber sprecht ihr da?« Ich versuchte, auf die Füße zu kommen, aber Mircea ließ mich nicht los.

Rafe antwortete hinter mir, und seine Stimme klang bitter. »Offenbar hat Tomas die Seiten gewechselt, *mia stella*. Was war der Preis für deinen Verrat, *bastardo*?«

Tomas schenkte ihm ein spöttisches Lächeln, das in seinem sonst so stoischen Gesicht seltsam wirkte. »Hast du wirklich geglaubt, dass ich mich bemühe, weiterhin Ketten zu tragen? Ich sollte Konsul sein! Ich würde heute den lateinamerikanischen Senat führen, wenn sich dieser Mistkerl nicht eingemischt hätte. Ich lasse mich von euch nicht zwingen, den Launen eines Kindes zu gehorchen!«

»Oh, ich verstehe.« Billy Joe schwebte bei Tomas' Kopf. »Deshalb konnten die dunklen Magier die Schutzzauber so schnell finden. Tomas hat ihnen gesagt, was sie erwartet. Ich schätze, er ist nicht begeistert von der Vorstellung, der Diener des französischen Burschen zu bleiben.« Er sah über die Schulter, in die Richtung, aus der er kam. »Ich bin gleich wieder da.«

»Es dauert nicht mehr lange, bis sie hier sind«, sagte Tomas zu Mircea. »Sei nicht dumm. Hilf uns, und du wirst bald den Lohn dafür empfangen. Ich gebe dir mein Wort!«

»Warum sollte jemand auf das Wort eines Verräters Wert legen?«, erwiderte Rafe in einem herausfordernden Ton. Ich hätte ihm gesagt, dass er still sein sollte, wenn das sinnvoll gewesen wäre. Tomas' Gesichtsausdruck erinnerte mich an einen launischen Tony, und es war nie klug gewesen, ihn zu verärgern.

»Was hast du mit Cassandra vor?«, fragte Mircea.

Tomas' Blick wanderte zu mir. »Sie ist mir versprochen, als Teil meiner Belohnung. Sie wird nicht zu Schaden kommen.«

Mircea lachte verächtlich. »Cassandra wird vielleicht zur Pythia. Eine ansehnliche Prämie, Tomas. Glaubst du wirklich, dein Herr lässt zu, dass du sie behältst?«

»Ich habe keinen Herrn!«, rief Tomas, und ich fühlte, wie ein Pfeil aus Energie an Mirceas Schild schlug, dicht über meinem Kopf. Seine Barriere hielt stand, aber das Wie sah ich nicht, denn der Fast-Treffer hatte mir Benommenheit beschert, und Rafe lag schreiend auf dem Boden.

»Rafe! Mircea, setz mich ab!« Er achtete nicht auf mich. Ich gewann den Eindruck, dass Mircea und Tomas alle anderen im Raum vergessen hatten.

»Wenn Rasputin keinen fairen Sieg über Louis-César erringt, gewinnt deine Seite überhaupt nichts. Das weißt du, Tomas. Was hast du vor?«

»Rasputin wird gegen Mei Ling kämpfen, nicht gegen Louis-César. Er wird gewinnen, und dann müssen die anderen Senate seine Macht anerkennen. Der Franzose ist unserem ersten Versuch entgangen, als Cassie und ich die junge Frau retteten, aber das spielt bald keine Rolle mehr.«

»Was?« Ich hatte das Gefühl, irgendetwas versäumt zu haben.

Doch Mircea schien zu verstehen. »Dir ist ein Fehler unterlaufen mit dem Hinweis, er wäre verflucht. Das war er nicht, und du hättest es wissen müssen – seit einem Jahrhundert bist du sein Diener. Ich hätte es bemerken sollen. Bevor ihr eingegriffen habt, Cassie und du, wurde Louis-César nicht erschaffen, sondern verflucht, habe ich recht? Von der Zigeunerfamilie, deren Tochter durch seine Schuld starb. So ist es ursprünglich geschehen, nicht wahr?«

Ich brauchte eine Sekunde, um die Worte zu verstehen. »Soll das ein Witz sein?«, sagte ich. Er warf mir einen warnenden Blick zu, und daraufhin schwieg ich.

Tomas schien gar nichts davon zu bemerken. »Sie war ihre einzige Tochter. Der König befahl ihren Tod, um einen bleibenden Eindruck bei ihrem Halbbruder zu hinterlassen, aber das wusste die Familie nicht. Sie gab dem Mann die Schuld, von dem sie glaubte, dass er ihre Tochter verführt und dann ihren Tod veranlasst hatte, als er ihrer überdrüssig geworden war. Die Großmutter, eine sehr mächtige Frau, verfluchte ihn mit Vampirismus.«

Rafe war inzwischen wieder auf die Beine gekommen, sah aber nicht besonders gut aus. Er begann zu sprechen, doch ich schüttelte rasch den Kopf – Tomas sollte nicht daran erinnert werden, dass er zu den Anwesenden zählte.

Was Tomas betraf … Er schien völlig in seiner Geschichte aufzugehen. »Als ich begriff, dass Cassie uns in eine Zeit gebracht hatte, in der Louis-César noch lebte, sah ich die perfekte Gelegenheit, mich zu befreien. Ich dachte: Wenn die junge Frau befreit wird, gibt es für die Großmutter keinen Anlass, einen solchen Fluch auszusprechen, und dann stirbt Louis-César nach einem ganz normalen menschlichen Leben. Ich werfe ihm vor, viel Leid verursacht zu haben, wenn auch größtenteils unabsichtlich. Dass er schließlich wie ein gewöhnlicher Mensch stirbt, wenn seine Zeit gekommen ist … Darin sah ich keine große Tragödie. Ich weiß nicht, was schiefging, wie er dennoch zum Vampir wurde, aber es spielt keine Rolle.« Er sah mich an. »Du bringst mich zurück, Cassie, und diesmal werde ich direkter vorgehen. Du musst mir helfen, von einem Körper Besitz zu ergreifen, damit ich genug Kraft habe, ihn zu töten.«

Ich starrte ihn an. Zum Teufel auch, welche Antwort erwartete er von mir: *Klaro, kein Problem?* Ich hielt ihn allmählich für ebenso plemplem wie Rasputin.

Bevor ich etwas erwidern konnte, erschien Billy Joe vor mir. »Cassie! Sie sind im Senatsraum. Wenn du etwas tun willst, dann halte ich das für den geeigneten Zeitpunkt.«

»Was sollte ich denn tun? Ich muss Louis-César berühren, um durch die Zeit zu reisen, und er ist nicht hier!«

»Lass dir besser was einfallen. Die Schutzzauber des Senats werden so schnell überwunden, als wären sie vom Lehrling eines Zauberschmieds geschaffen, und die getarnten Türen in den anderen Zimmern täuschen niemanden, wenn sie bereits bekannt sind. Die Angreifer werden gleich hier sein.«

»Warum sollte Cassandra dir helfen?«, fragte Mircea und klang so gefasst, als führten er und Tomas ein höfliches Gespräch beim Tee. »Was kannst du ihr mehr anbieten als wir?«

Tomas sah zu Rafe. »Zum Beispiel das Leben eines alten Freunds.« Sein Blick kehrte zu mir zurück. »Wenn du uns hilfst, garantiere ich Raffaels Sicherheit, Cassie. Wenn nicht … Tony hat gebeten, mit ihm abrechnen zu können, dafür, dass er Mirceas Informant gewesen ist. Dir ist doch klar, was das bedeutet?«

»Ich fasse es nicht«, sagte ich. »Monatelang haben wir zusammengelebt. Wenn du mich verraten wolltest … Warum nicht schon früher? Warum jetzt?«

»Ich habe dich nicht verraten«, sagte Tomas eifrig. »Denk darüber nach. Mircea hätte fast zugelassen, dass man dich umbringt – warum traust du ihm? Hat er für deine Sicherheit gesorgt? War er da, als du angegriffen wurdest? *Ich* habe dich gerettet, nicht er! Und mir ist klar geworden, dass Rasputin die richtige Antwort für uns beide sein könnte.« Er richtete einen fast flehentlichen Blick auf mich. »Verstehst du nicht? Wenn Louis-César tot ist, kann ich Alejandro erneut herausfordern, und diesmal schlage ich ihn! Derzeit geht ein großer Teil meiner Kraft in das Bemühen, mich dem Willen meines Herrn zu widersetzen; es schwächt mich so sehr, dass ich nicht tun kann, was getan werden muss. Aber der Tod des Franzosen wird mich von dieser Bürde befreien, und dann kann ich mein Volk retten. Nachher brauchst du nicht mehr zu befürchten, dass dir irgendjemand ein Leid zufügen könnte. Als Konsul kann ich mehr, als nur Schutz versprechen; ich kann ihn dir geben.«

»*Du* hast dich mit Rasputin in Verbindung gesetzt? Wann?«

»Nach deiner ersten Vision, als ich sicher war, wozu du in der Lage bist. Ich rief Tony an und schlug vor, dich zu übergeben, aber nur an Rasputin. Er versprach mir, dich am Leben zu lassen, als Gegenleistung für meine Hilfe. Da sich seine Pläne mit meinen vereinbaren ließen, erklärte ich mich einverstanden.«

»Rafe hat dir gesagt, dass ich es auf Jimmy abgesehen haben würde, und du hast Tony davon erzählt.« Ich sagte es, konnte es aber nicht glauben.

Tomas sah den Schmerz in meinen Augen, und sein Blick wurde etwas sanfter. »Ich musste ihm sagen, dass du zum Dante's unterwegs warst, Cassie. Wenn sie ohne vorherige Abmachung auf dich gestoßen wären, hätten sie dich vielleicht getötet.«

»Ich wäre fast gestorben, weil sie wussten, wo ich war, Tomas! Sie hatten einen Hinterhalt vorbereitet.«

Er schüttelte den Kopf. »Ich war dort, um deine Sicherheit zu gewährleisten. Dir drohte keine Gefahr – sie wollten Louis-César. Mei Ling wird kein Problem sein, wenn er nicht mehr existiert.«

»Tomas!« Angesichts seiner Uneinsichtigkeit hätte ich am liebsten geschrien. Wie konnte jemand ein halbes Jahrtausend leben und so dumm sein? »Rasputin braucht mich nicht! Begreifst du das denn nicht? Er hat bereits eine Sibylle, die ihm zu Diensten ist. Er will nur meinen Tod!«

»Sehr aufmerksam von Ihnen, Miss Palmer.« Pritkin kam mit gezückten Waffen herein. Ich hatte ihn ganz vergessen, wie auch alle anderen, nahm ich an. Er behielt Tomas im Auge, richtete seine Worte jedoch auf mich. »Offenbar sind wir Verbündete, zumindest für den Moment. Ich halte ihn hier fest, aber ich schlage vor, dass Sie sich beeilen. Zehn schwarze Ritter sind dort draußen. Ich habe einige Überraschungen vorbereitet, auf die sie niemand hingewiesen hat, aber lange werden sie sich davon nicht aufhalten lassen. Es kann höchstens noch einige Minuten dauern, bis sie hier sind.«

»Unsere Schutzzauber werden standhalten!«, sagte Rafe stolz. »Der Verräter konnte den Angreifern nicht das Geheimnis der inneren Barrieren nennen, weil er sie nicht kennt.«

Pritkin zeigte das für ihn typische höhnische Lächeln. »Glauben Sie, was Sie wollen, Vampir, aber bei uns gibt es Übungsaufgaben, die schwieriger sind als Ihre sogenannten Barrieren! Wenn Miss Palmer nicht handelt, stirbt die Sibylle, und dann kann nichts verhindern, dass der Senat durch einen ersetzt wird, der mit dem Schwarzen Kreis verbündet ist.« Er hielt Blick und Waffen auf Tomas gerichtet, sprach aber erneut zu mir. »Wenn Sie irgendetwas tun können, dann tun Sie es jetzt.«

»Ich weiß nicht, wie!« Ich strich mir mit der Hand durchs Haar – am liebsten hätte ich mir einige Büschel ausgerissen, so verärgert und durcheinander war ich –, und meine Finger trafen auf etwas Festes: die Spange, die mir Louis-César bei der Untersuchung meiner Wange gegeben hatte. Irgendwie war es ihr gelungen, die ganze Zeit im Haar zu bleiben. Ich konzentrierte mich und fühlte ein vages Prickeln, das ferne Echo einer Desorientierung, die einer Vision vorausging, doch es genügte nicht. Die Spange hatte ihm gehört und Kontakt mit seinem Körper gehabt, und deshalb erwartete ich, dass sie als Fokus fungierte, so wie er selbst. Aber entweder war ich nicht stark genug, den Sprung mit nur einem Objekt zu schaffen, oder es hatte sich nicht lange in seinem Besitz befunden, was zu einer nur schwachen Verbindung führte. Was auch immer der Fall sein mochte, ich brauchte Hilfe.

»Billy! Ich benötige etwas, das man ›Tränen des Apoll‹ nennt.«

»Na schön, und wo sind sie?«

Ich sah zu Mircea auf. »Die Tränen! Wie sehen sie aus, und wo sind sie?«

»Im Innersten, in einer kleinen, kristallenen Flasche mit blauem Stöpsel. Aber wenn wir jenen Raum betreten, kennt Tomas den Weg. Diese vier Korridore sind die letzte Barriere. Drei sind falsch und enden im Tod. Einer führt zur Konsulin. Wenn sie stirbt, ist unsere Sache verloren.«

Billy schwebte näher. »Es gibt nur einen echten Gang, Cassie. Die anderen sind nichts als Schein und Trug. Ich bin gleich wieder da.«

»Ich rate dir dringend davon ab, Cassie!« Tomas' Blick durchbohrte Mircea. »Er wird dich nie gehen lassen! Wenn du wirklich Freiheit willst, dann hilf mir.« Ich schüttelte den Kopf, und Verzweiflung erschien in seinem Gesicht. »Bitte, Cassie, du kannst nicht ablehnen! So versteh doch ... Alejandro ist ein Ungeheuer! Ich habe Louis-César angefleht, mich zu befreien. Ich habe ihm gesagt, welche Schreckenstaten Alejandro begangen hat und was er weiter tun wird, bis ihm jemand Einhalt gebietet, aber er weigert sich.«

»Ich kann nicht glauben, dass er dir Hilfe verweigert. Wenn ich mit ihm rede ...«

»Cassie! Mir haben hundert Jahre nicht genügt, ihn zu überreden – warum glaubst du, dass er auf dich hören würde? Alejandro übt irgendeine Art von Kontrolle über ihn aus. Er hat etwas, das Louis-César will, und er hat es ihm dafür versprochen, dass er mich zurückhält. Ich habe jahrelang darüber nachgedacht und bin zu dem Schluss gelangt, dass es keine andere Möglichkeit gibt. Alejandro muss sterben, und deshalb auch sein Kämpfer.«

Ich sah das sehnliche Glühen in Tomas' Augen und erkannte, dass er jedes Wort ernst meinte. Vielleicht wollte er Konsul werden, aber er wollte auch Alejandro töten. Vielleicht verdiente dieser Bursche den Tod, aber dic Entscheidung darüber stand nicht mir zu. »Ich tausche nicht das Leben einer Person gegen das einer anderen, Tomas. Ich kann nicht zulassen, dass du Louis-César umbringst. Keiner von uns ist Gott.«

Tomas deutete wütend auf Mircea. »Warum siehst du nicht ein, dass er dich nur benutzen will? Ohne deine besonderen Fähigkeiten würdest du ihm nichts bedeuten!«

»Und was wäre ich für dich, wenn ich dir nicht dabei helfen könnte, Konsul zu werden?«

Tomas lächelte, und dadurch veränderte sich sein Gesicht. Es wurde wieder jungenhaft und charmant, zu meinem Tomas.

»Du weißt, was ich für dich empfinde, Cassie. Ich werde dir Sicherheit und Frieden geben. Was kann er dir bieten?«

Ich wollte darauf hinweisen, dass er meine Frage nicht beantwortet hatte, als Billy zurückkehrte, mit einer kleinen Flasche in seiner substanzlosen Hand. »Ich hoffe, du brauchst sonst nichts, denn mir geht der Saft aus.« Er ließ das Fläschchen mit den Tränen in meine Hand fallen, und es erwies sich als erstaunlich schwer.

Ich zog den Stöpsel heraus, und im gleichen Augenblick sprang Tomas nicht mir entgegen, womit ich halb gerechnet hatte, sondern zu Rafe. Pritkin schoss mit der Flinte, doch die starken Schutzzauber in diesem Raum reflektierten den Schuss zu ihm zurück. Seine Schilde hielten, aber das Gewehr verwandelte sich in eine verdrehte Masse aus dampfendem Metall, und er wurde mit großer Wucht gegen die Wand geschleudert.

»Gib mir die Tränen, Cassie.« Tomas streckte eine Hand aus; mit der anderen hielt er Rafe an der Kehle. »Mircea kann euch nicht alle gleichzeitig beschützen, doch niemand muss zu Schaden kommen. Wenn du mir hilfst, lasse ich ihn los.«

Ich brauchte mich nicht zu bemühen, eine Antwort zu finden – Tomas hatte den Magier erneut unterschätzt. Vermutlich dachte er, dass Pritkin keine große Gefahr darstellte, solange die Schutzzauber Feuerwaffen nutzlos machten. Er wurde eines Besseren belehrt, als der Magier aufsprang, eine Schnur hervorholte und sie ihm um den Hals schlang. Eine improvisierte Garrotte, aber sie funktionierte.

Tomas ließ Rafe los, und Mircea verlor keine Zeit und stieß ihn in den Gang, durch den Billy verschwunden war. Rafe hatte ihn gerade erreicht, als die Schutzzauber versagten und eine ganze Horde Männer hereinstürmte. Pritkin rief etwas, ließ Tomas los und gab ihm einen Stoß, der ihn in Richtung der Angreifer taumeln ließ. Mircea schloss die Arme um mich, und eine Sekunde später lief er mit mir durch einen anderen Gang. Ich spürte, wie Abschirmzauber hinter uns aktiv wurden, und über Mirceas Schulter hinweg warf ich einen Blick in den Raum. Tomas sank zu Boden, mit einer Hand am Hals, und schnappte nach Luft. Hinter ihm sah ich einige Menschen mit so vielen Waffen, dass sie nur Kriegsmagier sein konnten. Pritkins Gesicht wurde zu einer Fratze, als er sich ihnen zuwandte ... Dann brachten wir eine Ecke hinter uns und erreichten das Innerste.

Vierzehn

Es war ein kleiner Raum, nicht größer als zwölf oder dreizehn Quadratmeter. Wände, Boden und Decke bestanden aus Stein. Das einzige Licht kam von zwei Fackeln zu beiden Seiten eines recht einfach aussehenden Metallschranks – so etwas erwartete man in einem modernen Büro, nicht im Schutzraum einer magischen Bastion. Die Konsulin stand davor, bis auf ihre lebende Kleidung so reglos wie eine Statue, und hielt eine kleine Silberkugel in der Hand. Die Tür des Schranks war geöffnet und gewährte den Blick auf Ablagen voller schwarzer Kästen.

Ich verschwendete keine Zeit mit einem Gruß und goss den Inhalt des Fläschchens auf Mircea und mich. Als die Flüssigkeit meine Haut berührte, schien ein Schleier gelüftet zu werden. Ich konnte alles *sehen*, all die Bilder und die damit zusammenhängenden Gefühle aus der anderen Zeit, so deutlich, als blätterte ich in einem Buch. Mircea setzte mich ab, und ich klammerte mich an ihm fest, als meine Füße den Boden berührten. Die durch meinen Kopf ziehenden Bilder bescherten mir eine verwirrende Doppelsicht, und ich befürchtete, das Gleichgewicht zu verlieren.

»Wir haben fünf Minuten«, sagte die Konsulin so ruhig, als spräche sie übers Wetter.

»Ich weiß.« Mircea sah auf mich herab. »Schaffst du es?«

Ich nickte. Ich hatte die Szene, die ich wollte. Es war perfekt: zwei Personen ganz allein; niemand da, der sehen konnte, wie sie sich seltsam verhielten. Hinzu kam, dass eine von ihnen Louis-César war. Ich vermutete, dass er schwerer zu töten war, wenn Mircea in ihm steckte. »Ich versuche, uns in zwei Körpern unterzubringen, denn dadurch bekommen wir mehr Zeit. Wir können so Kraft von ihnen nehmen wie Billy von mir. Aber ich weiß nicht, ob das funktioniert. Ich habe es noch nie absichtlich gemacht.« Ich sah zu Billy Joe, der besorgt in der Nähe schwebte. »Komm herein.«

»Cassie, hör mal, ich …«

»Die Zeit ist knapp, Billy.« Ich musterte den Geist, dem ich meinen Körper anvertraute, möglicherweise für immer, und für einen Moment sah ich den Mann, zu dem er vielleicht geworden wäre, wenn er überlebt hätte. »Wenn ich nicht zurückkehre … Gib dir alle Mühe, Tony zu töten und meinen Vater zu befreien. Versprich es mir.« Ich wusste nicht, ob er dazu imstande war, aber Billy konnte sehr einfallsreich sein, wenn er es wirklich darauf anlegte.

Er starrte mich an, und dann nickte er langsam. Als eine Wolke aus funkelnder Energie flog er auf mich zu und strich mir wie eine alte, vertraute Decke über die Haut. Ich nahm ihn bereitwillig in mir auf und ignorierte das flüchtige Erinnerungsbild, das mir sein letztes Kartenspiel zeigte, jenes, das er besser verloren hätte. Billy Joe machte es sich in mir gemütlich, und damit waren die Vorbereitungen abgeschlossen – es konnte losgehen. Ich konzentrierte mich auf die ausgewählte Szene, sah erneut den düsteren, nur von Kerzen erhellten Raum, fühlte den kalten Windzug vom Fenster und nahm die Gerüche von Feuerholz, Rosen und Sex wahr. Dann verschwand der Boden unter uns, und wir fielen.

Der Aufprall war so heftig wie nach dem Sprung aus einem Fenster im ersten Stock, aber das Gefühl verlor sich fast in den anderen, die durch den geliehenen Körper strömten. Ich sah auf und bemerkte Louis-César vor dem Kerzenschein, bevor er sich in mich schob. Überrascht schrie ich auf, aber nicht vor Schmerz. Ich erinnerte mich an Mirceas Warnung, doch es tat nicht weh, ganz im Gegenteil. Es fühlte sich wunderbar an. Louis-César wich aus mir zurück, und ich versuchte, etwas zu sagen, aber er glitt erneut in mich, und ich wollte nur noch, dass er schneller und fester zustieß. Meine Fingernägel bohrten sich ihm in den Rücken, doch das schien ihn nicht zu stören. Ich sah ihm in die Augen und stellte fest, dass sie wie flüssiger Bernstein glänzten – diese Farbe hatte Louis-César nie zuvor gehabt.

Das Denken fiel mir schwer, denn meine Gedanken vermischten sich mit denen der Frau, in deren Körper ich weilte. Ich versuchte, zu Konzentration zurückzufinden, doch ihre Aufmerksamkeit galt allein den Schweißtropfen, die ihm über Gesicht und Brust rannen, und ihre Wahrnehmungen waren stärker. Ich hob die Hand und strich durch Louis-Césars kastanienbraune Locken, griff zum Nacken und zog ihn zu mir herab. An seinem Rhythmus änderte sich nichts, wohl aber am Winkel, und wir stöhnten beide. Ich leckte und kostete ihn, und er verzog voller Verlangen das Gesicht. Ich schlang die Beine um seine Taille und nahm ihn noch tiefer in mir auf. Die Muskeln in meinem Unterleib spannten sich und entlockten ihm ein Keuchen. Ich packte sein Haar und zog den Kopf tiefer, damit unsere Lippen aufeinandertrafen, wodurch er aufschrie und den Rhythmus verlor.

Ich lachte in seinen Mund, und er stieß fest und schnell zu, schien gar nicht genug bekommen zu können. Immer fester und schneller kamen seine Stöße, in einem wilden Begehren, das ich verstand, denn auch in mir gab es zwei Seiten der Lust, meine eigene und die der Frau, in deren Körper ich eingedrungen war. Es schien ihr gleich zu sein. Derzeit wollte sie nur befriedigt werden, und ich hatte nichts dagegen einzuwenden.

Ich kroch unter ihm hervor, und er griff nach mir, um unsere Körper zusammenzuhalten. Ich drehte ihn zur Seite und lächelte zufrieden auf ihn hinab. Da lag er auf dem weichen Laken, mit ausgebreitetem Haar, das im Kerzenschein glänzte. Es hätte verkehrt sein sollen, Louis-Césars Körper mit Minceas wissenden Augen zu sehen, aber das war es nicht.

»Ich möchte oben sein.«

Er erhob keine Einwände. Seine Hände glitten an meinem Körper hoch zu den Brüsten, und wir stöhnten, als ich mich langsam auf ihn hinabließ. So gefiel es mir besser. Ich mochte es, ihn unter mir zu sehen, obwohl ich dabei noch immer gegen die sonderbare doppelte Sicht ankämpfen musste. Es war Louis-Césars Gesicht, das voller Verlangen zu mir aufsah, doch ich sah Minceas triumphierendes Lächeln, als er sich wieder bewegte.

»Wie ich schon sagte, Cassie«, murmelte er. »Alles, was du willst.« Dann wurden wir beide von den Wellen der Wonne überrollt – sie machten uns sprachlos, und das war mir gleich. Einen Moment später explodierte die Welt in einem Hochgefühl, und ich rief seinen Namen, aber es war nicht meine Stimme und auch nicht der Name des Mannes unter mir.

Als die Welt wieder Konturen gewann, lag ich in warmen Armen und weichen Decken. Mein Kopf ruhte an einer Brust, die noch immer leicht zitterte, während sie sich hob und senkte. Eine Hand strich mir tröstend übers Haar, und ich merkte plötzlich, dass ich weinte. Seine Worte waren eine sonderbare Mischung aus Französisch und Rumänisch, und ich verstand weder das eine noch das andere. Trotzdem schenkten sie mir Ruhe.

»Cassie.« Ein Murmeln an meinem Ohr holte mich ganz

zurück, und ich überließ es der Frau, den herrlichen warmen Dunst allein zu genießen. »Du bist wirklich dazu imstande.« Mircea sah sich staunend um. »Kannst du auch den Zeitpunkt bestimmen, zu dem wir wieder in unserer Gegenwart erscheinen? Kannst du uns vor dem Angriff zurückbringen, damit wir Zeit haben, uns vorzubereiten?«

Mirceas Worte halfen mit, eine Barriere zwischen mir und der Frau zu schaffen, die im goldenen Glühen sexueller Befriedigung badete. Ich blickte erschrocken zur Tür, aber sie blieb geschlossen, ohne ein Zeichen von der alten Frau, den Wächtern oder einem russischen Psychopathen. Wir schienen derzeit sicher zu sein, doch vermutlich waren bereits Leute unterwegs, die Louis-César töten wollten.

»Wir müssen weg von hier! Sie werden zuerst hierherkommen!«

»Beruhig dich, Cassie. Kein Grund zur Eile. Die Sibylle und ihre Helfer wissen, wo dieser Franzose sein wird. Du hast recht, sie werden bald hier sein, in der Annahme, dass er mit angenehmen Dingen beschäftigt und daher nicht wachsam ist. Doch sie werden auf uns treffen.« Mircea verließ das Bett, ging zum Spiegel und berührte Louis-Césars Wange. »Dies ist wirklich bemerkenswert!« Voller Staunen betrachtete er den geliehenen Körper. Er drehte sich und blickte über die Schulter, um auch einen Eindruck von seiner Kehrseite zu gewinnen, und ich staunte ebenfalls. Louis-César war einfach atemberaubend; es gab keinen besseren Ausdruck. Vor dem Hintergrund des Kerzenscheins schien ein rötliches Glühen sein Gesicht zu umgeben – er sah aus wie ein vom Himmel herabgestiegener Engel der Renaissance.

»Das ist die berühmte Maske, nicht wahr?« Mircea nahm ein über den Spiegelrahmen gehängtes Stück Samt und hielt es vor die Augen. »Ein wahrhaftiges Stück Geschichte.«

»Willst du mir jetzt sagen, wer er war?«, fragte ich ungeduldig. »Oder muss ich raten?«

Mircea lachte und warf die Maske beiseite. »Ganz und gar nicht«, erwiderte er und setzte sich auf die Kommode neben dem Spiegel. Ich wünschte, er hätte etwas angezogen. Die gegenwärtige Situation war meinen geistigen Fähigkeiten eher abträglich.

»Ich erzähle dir die Geschichte gern, wenn du sie unbedingt hören willst. Sein Vater war George Villiers, dir vielleicht besser bekannt als der englische Herzog von Buckingham. Bei einem Staatsbesuch in Frankreich verführte er Anne von Österreich, Gemahlin des Königs Ludwig XIII. Ludwig fühlte sich eher zu Männern hingezogen, weißt du, ein Umstand, der zur Folge hatte, dass seine Frau zutiefst enttäuscht und kinderlos war.« Mircea überlegte einen Moment. »Nun, vielleicht hat *sie* den Herzog verführt, in der Hoffnung auf einen Erben. Wie dem auch sei, sie hatte Erfolg. Doch Ludwig schien nicht sonderlich begeistert zu sein von der Vorstellung, seinen Thron einem außerehelichen Kind zu überlassen, noch dazu einem, das zur Hälfte Engländer war. Anne hatte ihren Sohn bereits nach dem König benannt, womit sie vermutlich darauf hinweisen wollte, dass ein außerehelicher Sohn immer noch besser war als gar keiner, insbesondere wenn niemand vom wahren Vater wusste. Doch Ludwig wollte nichts davon wissen, und ihr Erstgeborener musste verschwinden.«

Etwas regte sich in mir, vielleicht Erinnerungen an halb vergessenen Geschichtsunterricht. Bevor sie deutlicher werden konnte, fuhr Mircea fort: »Schließlich bekam die Königin einen zweiten Sohn, von dem es hieß, er sei von ihrem Berater gezeugt worden, Kardinal Mazarin. Vielleicht wahrte sie diesmal das Geheimnis des wahren Vaters, oder vielleicht fürchtete der König, ohne einen Erben zu bleiben – der Junge bestieg den Thron als Ludwig XIV. Er freute sich nicht darüber, einen Halbbruder zu haben, der dem Herzog von Buckingham sehr ähnlich sah. Das mochte die Tugend seiner Mutter infrage stellen und einen Schatten des Zweifels auf seine eigene Abstammung und damit seinen Herrschaftsanspruch werfen.«

»Der Mann mit der eisernen Maske!« Schließlich stellte ich die Verbindung her. »Als Kind habe ich das Buch gelesen. Aber die Ereignisse wurden anders geschildert.«

Mircea zuckte mit den Schultern. »Dumas schrieb Romane. Er konnte die Dinge so schildern, wie er wollte, und damals gab es viele Gerüchte zur Auswahl. Kurz gesagt, König Ludwig steckte Louis-César für den Rest seines Lebens ins Gefängnis und zwang ihn zu Gehorsam, indem er ihm damit drohte, gegen seine Freunde vorzugehen. Um zu zeigen, wie ernst er es meinte, schickte er ihn auf eine Besichtigungstour durch Frankreichs berüchtigtes Haus des Schreckens, das wichtigste Schloss während der mittelalterlichen Hexenjagd: Carcassonne. König Ludwig ließ dort seine Gegner einsperren, doch eines Morgens im Jahr 1661 fand man alle Folterer und Wärter tot vor, woraufhin die größte Festung des Mittelalters aufgegeben wurde. Sie verfiel zu einer Ruine und wurde erst nach zweihundert Jahren instand gesetzt.«

»Aber hat Louis-César nicht gesagt, dass er im Jahr 1661 hier war?« Ich sah mich nervös um. Das hatte mir gerade noch gefehlt: ein gemeingefährlicher Irrer oder ein Haufen Städter, die die Nase voll hatten und mit Heugabeln hereinstürmten, bereit dazu, alle zu massakrieren.

Mircea wirkte nicht sonderlich besorgt. »Ja, im Lauf der Jahre hat man ihn in verschiedenen Gefängnissen untergebracht. Bis kurz vor dem Tod seines Bruders blieb er in Haft, als auch die letzten seiner Freunde, die er vor Unheil bewahren wollte, aus dem Leben schieden. Daraufhin nahm er für immer die Samtmaske ab, die er getragen hatte, damit niemand seine starke Ähnlichkeit mit einem gewissen narzisstischen englischen Herzog bemerkte, der Porträts von sich in ganz Europa hinterlassen hatte. Er erzählte mir einmal, dass ihn die Wächter erst nach seiner Verwandlung zur eisernen Maske zwangen, und auch dann nur beim Transport von einem Gefängnis zum anderen.« Mircea lächelte. »Es war eine Vorsichtsmaßnahme, verstehst du. Sie sollte verhindern, dass er unterwegs über jemanden herfiel.«

Ich bedachte ihn mit einem finsteren Blick – dies war nicht der richtige Zeitpunkt für Humor – und warf ihm den Morgenmantel zu, den ich während meines vorherigen Besuchs getragen hatte. »Zieh dich an. Wir müssen weg von hier.«

Er fing den Morgenmantel auf. Der Umstand, dass er sich in einem fremden Körper befand, blieb ohne Einfluss auf seine Reflexe, aber das wusste ich bereits. »Glaub mir, Cassie: Du brauchst dir keine Sorgen zu machen. Sie werden zu uns kommen, und nachdem wir die Sibylle erledigt haben, retten wir meinen Bruder.«

Ich blinzelte und hoffte, dass ich mich verhört hatte. »Nachdem wir sie erledigt haben? Was soll das heißen? Sie wurde entführt, Mircea! Sie ist über diese ganze Angelegenheit vielleicht nicht glücklicher als ich.«

Er zuckte mit den Schultern, und seine Gleichgültigkeit ließ mich frösteln. »Sie hat unseren Feinden geholfen und ist indirekt verantwortlich für den Tod von mindestens vier Senatswächtern.« Er sah meinen Gesichtsausdruck und fügte sanfter hinzu: »Du bist als eine von uns aufgewachsen, und ich vergesse oft, dass du keine Vampirin bist.« Er sprach es rumänisch aus. Auf diese Weise klang es besser, doch die Bedeutung hinter den Worten traf mich mit der Wucht eines Vorschlaghammers. »Sie ist der Schlüssel zu dieser ganzen Sache. Wenn sie nicht mehr da ist, kann niemand mehr durch die Zeit reisen. Dann ist die Gefahr gebannt.«

Ich nahm mir die Kleidung der Frau vor, die überall verstreut lag, und versuchte, mir eine Antwort einfallen zu lassen, die für Mircea einen Sinn ergab. Ich dachte an die vier Senatswächter, die getötet worden waren. Sie schienen Hunderte von Jahren bei der Konsulin gewesen zu sein und hatten ihr sicher gute, treue Dienste geleistet, denn sonst wären sie nicht mit dem Schutz des Senatsraums beauftragt gewesen. Die Entscheidung, sie zu verraten, war vielleicht gar nicht von ihnen gekommen: Die Sibylle hatte ihre Verwandlung manipuliert, und Rasputin war ein mächtiger Meistervampir, vielleicht dazu imstande, ihren Gehorsam zu erzwingen. Ich hielt es für unwahrscheinlich, dass sie aus freiem Willen beschlossen hatten, mich vor dem Senat anzugreifen – es war praktisch auf Selbstmord hinausgelaufen.

Das Vampirgesetz war recht einfach, wenn auch ein wenig mittelalterlich: Die Absicht spielte keine annähernd so große Rolle wie vor menschlichen Gerichten. Niemand scherte sich darum, warum man etwas machte. Wenn man Probleme verursachte, war man schuldig, und der Schuldige musste büßen. Wenn man einen Disput mit einem anderen Meister hatte, konnten die eigenen Leute eingreifen, um einen zu retten, vorausgesetzt, man war nützlich genug, damit es die Mühe lohnte. In dem Fall kam es zu einem Duell, oder man bot Entschädigung an. Aber bei einer Bedrohung des Senats half nichts mehr. Es gab keine höhere Instanz, an die man sich wenden konnte.

Nach nur einer Minute gab ich den Versuch auf, das unglaublich komplizierte Gewand der Frau zu enträtseln. Ich streifte den Unterrock über, der zwar recht dünn war, mich aber wenigstens bedeckte. Ich holte die Schuhe unter dem Bett hervor, saß dann auf der Bettkante und blickte verärgert auf sie hinab. Hohe Absätze waren also keine moderne Erfindung. Ich konnte kaum glauben, dass Frauen diese Folterinstrumente schon seit Jahrhunderten ertrugen.

»Möchtest du, dass ich dir helfe, *Dulceață*?« Mircea zeigte mir ein pfauenblaues Kleid, von dem ich annahm, dass die Frau es irgendwann früher getragen hatte. »Es ist eine Weile her, seit ich Zofe gespielt habe, aber ich glaube, ich erinnere mich daran.«

Ich sah ihn aus zusammengekniffenen Augen an. Und ob er sich erinnerte. Selbst nach fünfhundert Jahren erinnerte sich Mircea vermutlich an alle Boudoirs, in denen er gewesen war. Als er mir in das schwere Gewand half, sagte ich: »Du vergisst, dass es noch einen anderen Weg durch die Zeit gibt, selbst wenn die Sibylle stirbt.«

Ich fühlte seine warmen Hände an den Schultern, als er das Gewand hochzog. Er rückte den tiefen Ausschnitt zurecht, und seine Finger verharrten auf der bloßen Haut. »Die Pythia ist alt und krank, Cassie. Sie stirbt bald.« Ich sah zu ihm auf und erkannte Zärtlichkeit in seinem Gesicht, aber auch Unerbittlichkeit. Mircea war zu dem Versuch bereit, mich von seinem Standpunkt zu überzeugen, ohne meinen in Erwägung zu ziehen. Er hatte bereits entschieden, wie er vorgehen würde: die Sibylle finden, sie töten, heimkehren. Eine sehr praktische, aber auch absolut kaltblütige Denkweise.

»Aber ich habe noch ein langes Leben vor mir«, erwiderte ich. »Oder beabsichtigst du, nach Radus Rettung auch mich zu töten?«

Mirceas blaue Augen wurden größer, aber es lag nichts von Louis-Césars Unschuld in ihnen. Seine Hände drehten mich, damit sie die Schnüre am Rücken erreichen konnten. »Ich habe es dir gesagt, *Dulceață*: Du gehörst mir, und zwar seitdem du elf gewesen bist. Du wirst immer mir gehören. Und niemand fügt dem Schaden zu, was mein ist. Du hast mein Wort.«

Es klang auf erschreckende Weise nach Tomas. Ich hatte natürlich gewusst, dass er mich so sah. Jeder Meister sah einen menschlichen Bediensteten auf diese Weise, als einen Besitz. Was mich betraf: Ich war ein nützlicher und daher wertvoller Besitz, und damit hatte es sich. Dennoch, ich fand es nicht sehr entzückend, es auf diese Weise zu hören. »Und wenn ich dir nicht gehören will? Was ist, wenn ich selbst entscheiden möchte, was ich tue und was nicht?«

Mircea gab mir einen toleranten Kuss auf den Kopf. »Ich kann dich nicht schützen, wenn ich nicht weiß, wo du bist.« Als er mit den Schnüren fertig war, drehte er mich erneut um und hob meine Hand zu den Lippen. Seine Augen brannten heller als die Kerzen im Zimmer. »Das verstehst du doch, oder?«

Und ob ich verstand. Ich sah ein Leben als Leibeigene eines Kreises, des Senats oder von Mircea persönlich. Auch wenn meine Fähigkeiten Respekt und Einfluss brachten, wie er sagte: Die Wahrheit lautete, dass man nie mehr als ein Werkzeug in mir sehen würde. Wenn ich zur Pythia wurde, konnte ich mir Freiheit abschminken. Verdammt. Ich hoffte, dass metaphysischer Sex nicht zählte.

»Ja, natürlich.« Ich setzte mich aufs Bett, und er nahm meine Füße, streifte mir einen der langen weißen Strümpfe der Frau über. Ich ließ mich weiter von ihm anziehen und überlegte, wie ich die Sibylle retten konnte – Worte Mircea gegenüber reichten ganz offensichtlich nicht aus. Ich musste irgendwie dafür sorgen, dass er mir nicht in die Quere kam, während ich die Sibylle suchte und feststellte, ob sie freiwillig in dieser Sache steckte oder nicht. Andernfalls würde der sehr praktisch denkende Vampir, der mich begleitete, sie einfach töten. Das löste zwar das Problem, aber es war keine Lösung, mit der ich leben konnte.

Etwas fiel mir ein, als Mircea das letzte Strumpfband an die richtige Stelle schob. »Du hast mir gesagt, dass dein Bruder Louis-César geschaffen hat. Deshalb hat das, was Tomas und ich getan haben, nicht alles verändert. Anstatt von Françoises Großmutter mit Vampirismus verflucht zu werden, hat Radu ihn auf die übliche Weise verwandelt, nicht wahr?«

»Ja. Offenbar erwartete unseren Franzosen ein Schicksal, das sich nicht betrügen ließ.«

»Also braucht Rasputin gar nicht gegen Louis-César direkt vorzugehen, oder? Wenn er Radu eliminiert, gibt es niemanden, der Louis-César beißt, und dann stirbt er am Ende eines normalen Lebens, anstatt zu einem Meistervampir zu werden. Radu muss irgendwie gebändigt werden, denn sonst wären sie nicht in der Lage gewesen, ihn hierzubehalten. Und für einen Geist wäre es viel einfacher, einen gefesselten, hilflosen Mann zu töten, als einen starken und freien, oder?«

Mircea erbleichte. »Ich bin hundertmal ein Narr, Cassie! Komm, schnell! Vielleicht sind sie bereits dort gewesen!«

Ich widersetzte mich, als er versuchte, mich auf die Beine zu ziehen. »Geh voraus. Ich bleibe hier für den Fall, dass ich mich irre und sie hierherkommen.«

»Rasputin ist ein Meistervampir! Was könntest du gegen ihn ausrichten?«

»Er mag in unserer Zeit ein Meister sein, aber hier ist er nur ein Geist. Ich habe einen Körper, und deshalb bin ich stärker. Außerdem halte ich Radu für das wahrscheinlichere Ziel. Was meinst du?«

Mircea wollte widersprechen, doch die Sorge um seinen Bruder setzte sich gegen Vorsicht durch, und schließlich machte er sich auf den Weg. Ich wartete dreißig Sekunden, schlich dann hinter ihm her und erreichte den Flur, in dem ich den Geistern begegnet war. Mit ein wenig Mühe gelang es mir, sie auch in meinem geliehenen Körper zu fühlen. Ich bedauerte, dass ich sie nicht sehen konnte, wozu ich als Geist fähig gewesen war, aber wenigstens spürte ich ihre Präsenz. Mitten in dem kalten, steinernen Korridor blieb ich stehen und fühlte, wie sie mich frostigem Nebel gleich umgaben. Eine Sekunde später ging die Tür zur Folterkammer auf, und ich trat in die Schatten an den Wänden. »Ich helfe euch, wenn ihr mich versteckt«, flüsterte ich.

Die Schatten hüllten mich wie in einen tarnenden Mantel und bewahrten mich vor den benommenen Blick der gequälten Frau, die in der Tür zu schweben schien. Sie hing etwa einen Meter über dem Boden, getragen von jemandem, den ich nicht sehen konnte, dessen Identität ich aber sehr wohl kannte. Ich wartete, bis die Frau in Tomas' unsichtbaren Armen die Treppe herabgeschwebt war, zuckte dann zusammen, als mir eine verwirrte Stimme eine Frage ins Ohr flüsterte.

»Bitte auf Englisch«, sagte ich ungeduldig. In diesem Körper konnte ich Französisch verstehen, wenn ich mich konzentrierte, aber es war erhebliche Mühe damit verbunden, und ich brauchte meine Kraft für andere Dinge. Langsam erschien Pierre vor mir. Er war nicht annähernd so deutlich zu sehen wie vorher, aber ich beklagte mich nicht.

»Wie könnt Ihr uns wahrnehmen, *Madame*?«

Ich begriff, dass er die Frau sah, in der ich stecke, nicht mich. »Es ist eine lange Geschichte, und wir haben nicht genug Zeit dafür. Es geht um Folgendes: Wir wollen beide Rache, und ich glaube, ich habe eine Möglichkeit gefunden, Vergeltung zu üben.«

Kurze Zeit später zogen meine Geisterarmee und ich in den unteren Kerkerbereich. Ich glaubte, schon das Schlimmste von Carcassonne gesehen zu haben, aber das erwies sich als Irrtum. Im Vergleich zu diesen Verliesen wirkten die Räume weiter oben fast einladend, zumindest auf mich. Die meisten Menschen hätten sie vermutlich für leer gehalten: kalte, feuchte Zimmer, die so weit unter der Wasserlinie lagen, dass man sie nicht als Lager verwenden konnte. Doch für mich waren die moosigen Wände und glitschigen Böden voller phantomhafter Spuren, den Resten von einst mächtigen Geistern, die hier über viele Jahrhunderte hinweg gespukt hatten.

Ich versuchte, meine Schilde zu verstärken, konnte sie aber nicht ganz heben, da ich sonst nicht mehr dazu in der Lage gewesen wäre, meine Verbündeten zu kontaktieren. Was dazu führte, dass mir von allen Seiten Eindrücke entgegenströmten: vage Impressionen von längst vergangenen Leben und erlittenen Foltern. Ich sah, wie römische Soldaten einem Jungen alle vom Gericht verfügten Peitschenhiebe gaben, obwohl er längst tot war. Direkt hinter ihnen drohte ein mittelalterlicher Hexenjäger einer hochschwangeren jungen Frau, die um das Leben ihres ungeborenen Kindes flehte. Ich schirmte mich etwas mehr ab, um die schlimmsten der verblassten Schrecken von mir fernzuhalten, aber gelegentlich präsentierte sich mir das eine oder andere grauenhafte Bild. Wohin ich auch sah, überall gab es die glühenden Linien von Geisterspuren. Sie erstreckten sich über den Boden und die Wände, woben komplexe Muster in der Luft, so dicht beieinander, dass sie einen grünlichen Dunst bildeten. Sie erhellten die unteren Verliese so sehr, dass ich schließlich auf die Fackel verzichtete, die ich weiter oben aus einer Wandhalterung genommen hatte. Ich brauchte sie nicht mehr.

Das Grässlichste kam zum Schluss. Ich folgte den Geistern zu einem kleinen, weiter innen gelegenen Raum und hörte ein Schluchzen, noch bevor sich die Tür öffnete. Es hörte abrupt auf, als ich mich näherte, und die schwere Klinke bewegte sich in meiner Hand. Die Tür flog auf, und Louis-César starrte mich an. Für einen Moment fragte ich mich, ob irgendetwas schrecklich schiefgegangen war. Der Morgenmantel war bis zum Nabel offen, und unter dem schweren kirschroten Brokat zeigte sich eine dunkle Farbe. Er blutete aus Bissen in Hals und Brust, und sein Gesicht war aschfahl. Als er mich erkannte, schwankte er, und ich hielt ihn gerade noch rechtzeitig fest, bevor er das Gleichgewicht verlieren und fallen konnte.

Hinter ihm bemerkte ich eine Gestalt, die auf dem Boden kniete, gehüllt in eine Dunkelheit, die ich eine Sekunde später als Kapuzenmantel erkannte. Langsam hob sie den Kopf, und ich sah etwas, das ein bärtiges Skelett zu sein schien. Haut in der Farbe von schimmeligem Schweizer Käse bedeckte die zarten Knochen des Gesichts, und nur die brennenden bernsteinfarbenen Augen wiesen auf Leben hin. »Radu?«, vermutete ich.

Eine knochige Hand strich die Kapuze zurück. Ich musterte das Etwas, das einst den Spitznamen »der Hübsche« getragen hatte, und mir wurde übel. O ja, sie hatten ihn gebändigt, aber nicht mit Fesseln. Das war auch gar nicht nötig gewesen, nachdem sie ihn fast hatten verhungern lassen. Ich wusste nicht, ob Blutmangel für einen Vampir den Tod bedeuten konnte, aber das Ding dort auf dem Boden sah nicht lebendig aus. Nie zuvor hatte ich so etwas gesehen.

»Äh, wir sind gekommen, um zu helfen. Hat Mircea Ihnen davon erzählt?« Das in der Ecke kauernde Wesen antwortete nicht. Ich hoffte, dass Mircea recht hatte, was den geistigen

Zustand betraf, begann aber daran zu zweifeln. »Wir, äh, sollten besser von hier verschwinden. Können Sie gehen?«

»Er kann nicht gehen, *Dulceaţă*«, sagte Mircea mit matter, ausdrucksloser Stimme. Er setzte sich neben der Tür auf den Boden und neigte den Kopf so an die Wand zurück, als hätte er nicht mehr die Kraft, ihn aufrecht zu halten. »Ich habe ihm so viel Blut gegeben, wie ich ihm geben kann, ohne das Leben dieses Körpers zu riskieren, aber es genügt nicht. Er hungert seit Jahren und ist nur deshalb einigermaßen bei Bewusstsein geblieben, weil er manchmal eine Ratte fängt. Wochenlang besucht ihn niemand, und wenn jemand kommt, dann nur mit der Absicht, ihn zu foltern.«

Ich zwang mich, den Blick auf die ausgemergelte Gestalt zu richten. Der Kapuzenmantel verbarg den größten Teil des Körpers, aber ich wäre vermutlich in der Lage gewesen, ihn zu tragen. Die Frau, in der ich steckte, war alles andere als kräftig gebaut, aber Radu bestand praktisch nur noch aus Haut und Knochen. Allerdings wäre mir eine andere Lösung lieber gewesen – mir lag nichts daran, ihn zu berühren. Allein die Vorstellung, dass seine dürren Hände über meinen geliehenen Leib strichen, ließ mich schaudern, ganz zu schweigen davon, dass ich keineswegs das Dessert sein wollte. In seinem gegenwärtigen Zustand mochte Radu nicht imstande sein, aus der Distanz Kraft von mir aufzunehmen, doch wenn er näher herankam, sah die Sache anders aus. Ich wusste nicht, ob es am ausgezehrten Gesicht lag, daran, dass die Haut vom Mund zurückgewichen war, aber seine spitzen Zähne waren deutlich zu sehen, und das gefiel mir nicht.

»Was jetzt?«

Mircea ließ den Kopf hängen und atmete schwer. »Erlaube mir eine kurze Verschnaufpause, *Dulceaţă*. Anschließend bringen wir ihn gemeinsam fort.«

Ich wollte ihm zustimmen, als deutlich wurde, dass uns keine Zeit mehr blieb. Zehn oder mehr Menschen erschienen hinter uns im Flur, begleitet von einem Wind aus zahllosen Geistern. Ich wusste, wer sie waren, noch bevor sie sich zeigten. Gewöhnliche Geister, nicht einmal die von kürzlich Verstorbenen, hatten eine solche Kraft. Eine junge Frau, knapp zwanzig, erschien zuerst und trat vor die Menge. Sie hielt das Phantom eines Dolchs in der Hand, und er erinnerte mich an die, die aus meinem Armband kamen. Ihr Blick richtete sich kurz auf mich – der Gesichtsausdruck verhieß nichts Gutes – und ging dann zu Radu. Ein Schemen hinter ihr stieß sie nach vorn.

»Der dort! Im Mantel! Töte ihn, schnell!«

Ich stand da, starrte sie für eine Sekunde groß an und erinnerte mich, dass ich mir eine Ablenkung gewünscht hatte. Allerdings nicht auf diese Weise. Ich trat zwischen Radu und die junge Frau, doch sie ging einfach durch mich hindurch. Ich war nicht daran gewöhnt, dass ein Geist so etwas ohne meine Erlaubnis konnte. Unbewusst hatte ich die Hand gehoben, um die junge Frau zurückzuhalten, und mein Armband kam zu dem Schluss, dass Action angesagt war. Ich drehte mich, und einen Moment später zeigten sich zwei Löcher in der dunstigen Silhouette ihres Körpers. Natürlich blutete sie nicht, aber sie hatte ganz offensichtlich Schmerzen. Großartig. Ich tat der Person weh, der ich eigentlich helfen wollte.

Die dunkle Präsenz hinter ihr verschwand hinter einem Wall aus Menschen, die mich alle zusammen angriffen. Meine Dolche machten sich wieder an die Arbeit, aber die Übermacht war zu groß. Die blitzenden Klingen schickten drei zu Boden, doch die anderen kamen durch. Als mich der erste Mann erreichte und an der Schulter packte, brannte mein Schutzzauber und schleuderte ihn fort – er prallte an die gegenüberliegende Wand. Ich riss verblüfft die Augen auf. Es war nicht mein Körper; wie hatte mir mein Zauber hierher folgen können? Der Magier konnte mir darauf keine Antwort geben, denn er war an der Wand zu Boden gerutscht und rührte sich nicht mehr.

Ein anderer Magier sagte etwas, das so ähnlich klang wie das Wort, das Pritkin beim Wer-Geschöpf im Dante's benutzt hatte, und ein Vorhang aus Feuer bildete sich vor mir. Ich zuckte zurück und begriff erst dann, dass mich die Flammen gar nicht berührten – das Feuer blieb etwa dreißig Zentimeter entfernt, hinter den goldenen Linien eines Pentagramms auf dem Boden. Mein Schutzzauber musste enorm viel Energie verbrauchen, um ein Wort der Macht von mir fernzuhalten, aber ich fühlte nicht, wie ich schwächer wurde. Welche Kraft auch immer er verwendete, meine war es nicht.

Durch die Flammen sah ich die große, dunkle Gestalt eines Mannes, der sich an der Wand entlangschob. Er versuchte, hinter mich zu gelangen, und das wäre alles andere als wünschenswert gewesen. Derzeit war Mircea nicht einmal in der Lage, gegen einen Zweijährigen zu kämpfen, vom Geist eines Meistervampirs ganz zu schweigen. Ich warf einen kurzen Blick zur Armee hinter mir und nickte in Richtung der dunklen Gestalt. »Er gehört euch.«

Eine Schattenwolke senkte sich wie der Geist eines Bienenschwarms auf den Burschen herab, und mit einem erstickten Schrei geriet er außer Sicht. Gegen Menschen konnten sie vielleicht nichts ausrichten, wohl aber gegen andere Geister. Wenige Sekunden später formierten sie sich wieder hinter mir, und vom feindlichen Phantom war nichts mehr zu sehen. »Sie haben ihn gefressen«, erklärte ich der großen Gestalt, die hinter den Magiern stand, umgeben von anderen Geistern. Rasputin schien nichts von übertriebenen Heldentaten zu halten. Klug, wenn auch nicht besonders tapfer. »Verlasst diesen Ort. Oder ich gebe meinen Geistern eine weitere Mahlzeit.«

»Gegen Menschen können sie nichts ausrichten, Sibylle«, erwiderte Rasputin, und seine Stimme hallte durch meine Gedanken. Er bewegte sich ein wenig, und ich glaubte, ein blasses Gesicht zu sehen, umrahmt von öligem schwarzem Haar. Es gab nichts Attraktives darin, doch die Augen hatten etwas sonderbar Hypnotisches. »Selbst du kannst nicht gegen ein Dutzend Magier des Schwarzen Kreises gewinnen. Überlass uns den Vampir. Wir wollen dir kein Leid zufügen.« Die tiefe Stimme hatte einen starken Akzent, klang aber seltsam beruhigend. Ohne den Körper war Rasputins Vampirkraft zwar geschwächt, aber ganz offensichtlich noch immer vorhanden. Er versuchte, mich zu beeinflussen, und es funktionierte. Plötzlich verstand ich, was er meinte. Warum hier sterben, Hunderte von Jahren und Tausende von Kilometern von allem Vertrauten entfernt? Warum mein Leben für jemanden riskieren, den ich gar nicht kannte und der ohnehin besser dran war, wenn er schnell starb, anstatt Jahrhunderte zu leiden? Ich schien Radu praktisch einen Gefallen zu erweisen, wenn ich diese Leute vorbeiließ, damit sie ihn töteten. Rasputin würde dafür sorgen, dass es schnell ging, und dann konnte ich …

Ich gab mir selbst eine Ohrfeige. Sie tat weh, aber der Schmerz brachte Klarheit in den geliehenen Kopf. Verdammt! Selbst als Geist hätte er mich fast geschafft.

»Zwölf Magier?« Ich sah zu dem an der Wand liegenden Magier, der noch immer keinen Muskel rührte. Der Kopf war weit zur Seite geneigt, und ich bezweifelte plötzlich, dass sich dieser Mann jemals wieder bewegen würde. Meine Messer hatten drei weitere erledigt – die Klingen waren zu mir zurückgekehrt und schwebten rechts und links von meinem Kopf. Keiner der drei Männer auf dem Boden schien tot zu sein, und ihre Kumpel glaubten ebenfalls, dass sie noch lebten, denn sie ließen sie nicht liegen, sondern zogen sie zur Treppe. Allerdings: Für den Kampf taugten sie nichts mehr. »Ich zähle nur acht, Rasputin. Fragen Sie Ihre Freunde, wer von ihnen als Nächster sterben will.«

Er machte sich nicht die Mühe. Vielleicht rechnete er nicht damit, eine Antwort zu bekommen, oder vielleicht waren seine Freunde gar nicht so freundlich, wenn es darum ging, sich für ihn zu opfern. Was auch immer der Fall sein mochte: Seine Geistertruppe wogte als schimmernde Wolke auf mich zu und war bis zum Rand des Wirkungsbereichs meines Schutzzaubers gekommen, als meine Gruppe angriff. »Dass mir die junge Frau nicht zu Schaden kommt!«, rief ich, als tausend Geister in einer flackernden Woge aus Farben und Schatten an mir vorbeihuschten. Grüne und weiße Funken stoben auf, als die Geister von Carcassonne über ihre Feinde herfielen und ihnen die Kraft entzogen. Ich hatte das Gefühl, dass es viele Vampirkörper geben würde, die nach dieser Nacht nicht wieder aufstehen würden.

Während über unseren Köpfen eine Art Feuerwerk stattfand, beugte ich mich über die benommene Sibylle. Sie war blass und ängstlich, aber wenigstens lebte sie noch. Große graue Augen sahen mich aus einem kleinen, ovalen Gesicht an, gesäumt von blondem Haar. »Keine Sorge«, sagte ich zu ihr, obwohl das angesichts der Umstände sehr seltsam klingen musste. »Ich werde nicht zulassen, dass er dir etwas antut. Wir müssen ...«

Ich brachte den Satz nicht zu Ende, denn plötzlich erstarrte alles. Ich sah mich besorgt um und fragte mich, mit welcher neuen Gefahr ich es zu tun bekam. Dann bemerkte ich, dass die Sibylle noch immer das Messer in der Hand hielt, und nur wenige Millimeter trennten seine Spitze von meiner Brust.

Ich starrte ungläubig darauf hinab. Das Miststück wollte mich erstechen! Und nach dem Winkel zu urteilen, hatte es die feine Dame auf mein Herz abgesehen. Zugegeben, es war nicht mein Körper, aber ich hielt es für höflich, ihn so zurückzugeben, wie ich ihn empfangen hatte, ohne große Löcher darin. Außerdem, ich wusste nicht, was mit mir passieren würde, wenn die Frau starb. Selbst Billy hatte das nicht gewusst. Vielleicht würde ich es überleben, vielleicht auch nicht, aber eins stand fest: Radu oder Louis-César konnte ich dann keine große Hilfe mehr sein. Ganz zu schweigen davon, dass dann noch ein weiterer Tod auf meinem Gewissen lastete.

»Wie ich sehe, hast du meine Nachricht bekommen.« Eine Stimme schwebte durch den Raum, so silbrig klar wie läutende Glocken.

Ich hob den Kopf und sah eine kleine, schlanke junge Frau mit langem dunklem Haar, das ihr fast bis zu den Knien reichte. Sie ging an den schwebenden Geistern vorbei – einige von ihnen hatten den Mund weit aufgerissen und waren beim Verschlingen anderer Geister erstarrt. Die Frau mit dem langen Haar schien aus einem dreidimensionalen Foto zu kommen.

»Was?« Ich wich vor der Sibylle und ihrem Messer zurück, was den Vorteil hatte, dass ich dadurch auch Distanz zu diesem Neuankömmling gewann.

»Die auf dem Monitor deines Computers«, fuhr die Frau fort. »Im Büro. Das war clever, findest du nicht?« Sie sah zu Louis-César, machte aber keine Anstalten, sich ihm zu nähern. Der Blick ihrer großen blauen Augen kehrte zu mir zurück, und ihr Gesicht gewann einen Ausdruck, der ein wenig gereizt wirkte. »Na? Habe ich nicht wenigstens ein Dankeschön dafür verdient, dein Leben gerettet zu haben? Der Nachruf war echt. Wenn du das Büro nicht verlassen hättest, wärst du von Rasputins Männern gefunden worden. Du hättest es geschafft, ihnen zu entkommen, aber einige Straßen weiter wärst du von Antonios Vampiren erschossen worden. Ich habe dich mit dem Nachruf gewarnt. Clever, findest du nicht?«

»Wer bist du?« Mir fiel die Antwort ein, noch während ich die Frage stellte, aber ich wollte die Wahrheit von ihr hören.

Die junge Frau lächelte, und ihre Grübchen waren fast so groß wie Louis-Césars. »Ich heiße Agnes, aber diesen Namen benutzt niemand mehr. Manchmal glaube ich, dass sich die Leute nicht einmal daran erinnern.«

»Du bist die Pythia.«

»Ins Schwarze getroffen.«

»Aber … aber du scheinst noch jünger zu sein als ich. Man hat mir gesagt, du wärst sehr alt und lägst im Sterben.«

Agnes zuckte kurz mit den Schultern, und dadurch bemerkte ich, was sie trug: ein hochgeschlossenes Kleid von der Art, die auch Eugenie für mich ausgewählt hätte. Es sah wie nach einer Teegesellschaft um 1880 aus. »Wieder ein Treffer, fürchte ich. Es ist durchaus möglich, dass mir dieser kleine Ausflug den Rest gibt. Meine Kraft lässt schon seit einer ganzen Weile nach, und über vierhundert Jahre hinweg zurechtzukommen … Das erfordert ziemlich viel Mühe.« Sie klang nicht übermäßig bewegt von ihrem bevorstehenden Ableben. »Wie dem auch sei, nach einer Weile lernt man, der eigenen Seele das gewünschte Erscheinungsbild zu geben. Ich sehe mich lieber so, wie ich einmal gewesen bin. In letzter Zeit habe ich sogar mehr Zeit außerhalb der alten Hülle verbracht als in ihr.« Sie krümmte die Finger. »Arthritis, weißt du.«

Ich starrte sie an. Aus irgendeinem Grund hatte ich mir die Pythia etwas … erhabener vorgestellt. »Was machst du hier?«

Agnes lachte. »Ich löse ein Problem, was sonst.« Sie beugte sich über das verzerrte Gesicht der Frau, die mir ein Messer ins Herz stoßen wollte. Ich hatte mich bewegt, aber die Sibylle nicht. Sie blickte noch immer mit finsterer Miene nach oben und hielt das Messer auf ihr Ziel gerichtet. »Zwanzig Jahre habe ich damit verbracht, diese Frau auszubilden. Man sollte meinen, das hätte Spuren hinterlassen, nicht wahr? Aber sieh sie dir nur an.« Sie schüttelte den Kopf. »Ich bin hier, weil dieses Durcheinander zum Teil meine Schuld ist. Ich beschloss, deine Mutter als meine Nachfolgerin vorzubereiten. Fast ein Jahrzehnt habe ich sie ausgebildet, und als sie sich in deinen Vater verliebte … Ich verbot es, davon überzeugt, dass es zu ihrem Besten war. Lieber Himmel, er gehörte zur Vampir-Mafia! Wohl kaum ein geeigneter Partner für meine wundervolle Kreation.«

»Ich verstehe nicht.«

»Ich hätte sie finden können.« Tränen glitzerten in Agnes' großen blauen Augen. »Wenn sie sich nicht um ihre Berufung scherte, wenn sie alles so einfach wegwerfen konnte … Ich sagte mir, dass ich sie nicht brauchte. Ich beschloss, noch einmal von vorn zu beginnen und eine andere Nachfolgerin auszuwählen, um sie zu einem glänzenden Stern zu machen. Aber … ich brachte es nicht fertig. Ich war zu stolz zuzugeben, dass nicht meine Anleitung Lizzy zu dem machte, was sie war, sondern das Talent in ihr. Ich habe nicht nach ihr gesucht, und der Vampirboss deines Vaters ließ sie umbringen, um dich zu bekommen.« Sie schlug die Hände vors Gesicht und weinte.

Ich stand einfach nur da. Erhoffte sie sich Mitleid von mir? Ich hielt nichts davon, ihr einen Tritt zu geben, während sie am Boden lag – immerhin war sie in Wirklichkeit alt und schwach –, aber mir stand auch nicht der Sinn danach, ihr

Trost zuzusprechen. Ich verschränkte einfach nur die Arme und wartete.

»Du bist nicht der mitfühlende Typ, wie?«, fragte Agnes nach einer Weile und sah mich durch die Finger an. Sie ließ die Hände sinken und musterte mich neugierig. Ich zuckte mit den Schultern. Wenn man bedachte, wo ich aufgewachsen bin … Was erwartete sie von mir? Sie seufzte und gab die Show auf. »Na schön, ich habe mich geirrt. Mein Fehler. Aber jetzt müssen wir die Dinge in Ordnung bringen. Ich kann dich nicht richtig ausbilden, weil mir die Zeit fehlt, aber wir dürfen ganz offensichtlich nicht zulassen, dass die Macht auf Myra übergeht. Entweder steckt sie freiwillig in dieser Sache oder man hat sie gezwungen. Ersteres bedeutet, dass sie böse ist. Letzteres weist auf Schwäche hin. Was auch immer der Fall sein mag: Sie ist aus dem Rennen.«

Ich betrachtete das lange, scharfe Messer in den Händen der Sibylle, sah das Funkeln in ihren Augen und tippte auf freiwillig. Sie wirkte zu zornig, um von jemand anders kontrolliert zu werden. Allmählich begann ich, Mirceas Standpunkt zu verstehen.

»Na schön, in Ordnung, sie ist eine böse Sibylle. Du willst sie mitnehmen und ihr die Leviten lesen, wie? Nur zu.«

»Das steht nicht auf dem Programm.«

Ich war nicht in der Stimmung für ein längeres Frage-und-Antwort-Spiel. »Würdest du auf den Punkt kommen? Ich habe hier zu tun.«

Agnes warf die Hände hoch. »Natürlich. Bitte entschuldige das Quasseln. Dies ist eine gute Gelegenheit, weißt du. Ich versuche nur, alles etwas feierlicher zu machen.«

Ich hatte ein ungutes Gefühl. »Was für eine gute Gelegenheit?«

Agnes richtete einen Blick auf mich, der nichts von der vorherigen Verspieltheit hatte. »Die Macht hat dich gewählt. Du bist die neue Pythia.« Sie schnitt eine Grimasse. »Herzlichen Glückwunsch und so weiter.«

Ich kam zu dem Schluss, dass bei Agnes einige Schrauben locker saßen. »Du kannst es nicht einfach so auf mich abladen! Was ist, wenn ich gar nicht die neue Pythia sein will?«

Agnas hob und senkte die Schultern. »Und wenn schon.«

Ich sah sie groß an. Eine solche Frechheit! »Das kannst du vergessen, Teuerste. Such dir eine andere Hellseherin.«

Agnes stemmte kleine Fäuste an ihre schmalen Hüften und starrte mich an. »Je länger ich mit dir rede, umso mehr glaube ich, dass du entweder die beste von uns wirst oder die schlimmste. Wenn es eine andere Möglichkeit gäbe, würde ich Gebrauch davon machen, das versichere ich dir. Aber es gibt keine Alternative. Die Macht will zu dir. Hör auf meinen Rat und erleichtere den Übergang. Je mehr du dich widersetzt, umso größer werden die Schwierigkeiten für dich.«

»Glaubst du?« Zum Glück hatte ich noch ein Ass im Ärmel. »Deine Macht kann nicht auf eine Jungfrau übergehen. Und genau genommen bin ich noch immer rein und unberührt.«

Ein oder zwei Sekunden lang war Agnes sprachlos, und dann begann sie zu kichern. Schließlich beruhigte sie sich wieder. »Wer behauptet so etwas? Hast du dir das von den Magiern einreden lassen? Ich bitte dich!«

»Moment mal. Die Vampire glauben es ebenfalls. Alle sind davon überzeugt.«

Agnes schüttelte den Kopf und versuchte, ernst bleiben. Aber es gelang ihr nicht, und sie gab dem Grinsen nach. »Gott, was bist du naiv. Wer hat ihnen das wohl gesagt, hm? Eine der alten Pythien hatte die Vorschrift satt, nach der eine Priesterin ›rein und unberührt‹ sein muss. Sie verkündete den Priestern von Delphi, sie hätte eine Vision gehabt. Die Macht, so behauptete sie, wäre viel stärker, wenn sie auf eine erfahrene Frau überginge. Sie kam damit durch und konnte sich einen Liebhaber zulegen. In Wirklichkeit spielt es keine Rolle. Zumindest nicht für den Übergang der Macht.«

»Was soll das heißen?«

Agnes lachte erneut und tänzelte ein wenig durch den Raum, trat dabei durch mehrere Magier. Sie erzitterten kurz, erwachten aber nicht aus ihrer Starre. »Es bedeutet, dass du das Ritual so schnell wie möglich vervollständigen solltest, wenn du dein Talent kontrollieren willst, anstatt dich von ihm kontrollieren zu lassen.« Sie lächelte. »Und ich bin nicht unbedingt in der Lage, dir dabei zu helfen.« Sie hielt inne, beobachtete meine verschränkten Arme und den trotzigen Eigensinn in meinem Gesicht. Auf ihrer Stirn bildeten sich dünne Falten und wiesen mich darauf hin, dass sie keine Widerworte gewöhnt war. »Na schön, mach, was du willst. Aber wenn du das Ritual unvollständig lässt, hast du nicht nur ungenügende Kontrolle – dann sehen die Magier nicht mehr in dir als die Erbin. Die Pythia ist tabu, aber ihre Erbin nicht. Du bleibst verwundbar, bis du es zu Ende bringst.« Sie musterte mich von Kopf bis Fuß und hob dann eine Braue. »Es fällt mir schwer zu glauben, dass wir dieses Gespräch führen müssen.«

Ich war ziemlich sauer, und mein Ärger wuchs, als Agnes erneut zu tanzen begann. »Hör mal, wie oft soll ich es noch sagen? Ich habe kein Interesse an diesem Job.«

»Wunderbar. Dann kann ich wenigstens in dem Wissen weitermachen, dass du nicht verrückt bist.« Agnes unterbrach ihre kleine Ballerina-Nummer so plötzlich, dass ihr der Rock um die Beine wehte. »Ich wollte ihn auch nicht, weißt du. Von den Sibyllen meiner Generation war ich die einzige, die gern darauf verzichtet hätte, ausgewählt zu werden. Es ist eine große Ehre, aber auch eine schwere Bürde. Außerdem muss man mit dem Silbernen Kreis zurechtkommen, und glaub mir, das ist alles andere als ein Vergnügen.«

Sie wurde ernst. »Es tut mir leid, Cassie. Seit der ersten, die den Job ganz und gar ohne Ausbildung antreten musste, hat es keine richtige Pythia mehr gegeben. Aber du mit deinen Fähigkeiten … Ich schätze, du kannst die Regeln ganz neu bestimmen. Zum Beispiel: Wusstest du, dass du im Augenblick gleich zweimal in der gleichen Zeit bist? Dein Geist eilt draußen mit der Geretteten durch die Straßen, und gleichzeitig bist du hier und redest mit mir. Ich bin zu so etwas nicht imstande. Hinzu kommt: Die meisten unserer Adeptinnen brauchen Jahre, um das zu lernen, was du dir in wenigen Tagen beigebracht hast. Meine Güte, einen anderen Geist mitzunehmen! Das ist echt beeindruckend.«

Mir war nach Schreien zumute. »Würdest du endlich die Klappe halten und mir zuhören? Ich. Bin. Nicht. Die. Pythia.«

Agnes trat auf mich zu und gab mir einen Kuss auf die Wange. »Jetzt bist du es«, sagte sie und verschwand. In der gleichen Sekunde traf mich etwas mit der Wucht eines heranrasenden Lasters. Etwas Ähnliches hatte ich gespürt, als ich in Tomas' Körper steckte und seine verstärkten Sinne eine erhebliche Ablenkung waren. Diesmal betraf die Schärfung der Sinne nicht das Sehen und Hören, sondern das Wissen um andere Welten, die sich von unserer unterschieden, sie aber überlappten – ich hatte sie immer ein wenig berührt, wenn ich mit Geistern sprach. Jetzt bekam ich viel mehr davon, und die Bilder und Geräusche um mich herum waren so verwirrend, dass ich nicht einmal bemerkte, wie die Zeit wieder zu verstreichen begann. Bis mir jemand in den Fuß stach.

Ich senkte den Blick und stellte fest, dass mich die böse Sibylle doch erwischt hatte, wenn auch nicht so, wie geplant. Es tat trotzdem verdammt weh, und Blut kam durch den Satin meines kleinen hochhackigen Hausschuhs – es bildete einen immer größer werdenden dunklen Fleck.

Ich sah zu den kämpfenden Geistern über mir empor.

»Na schön, ich habe es mir anders überlegt. Ihr könnt sie haben.«

Eine Gruppe von Geistern löste sich von der Hauptwolke und wogte der jungen Frau entgegen, aber Rasputin reagierte mit der Schnelligkeit eines Vampirs und erreichte sie als Erster. Er packte sie an der Taille, und sie verschwanden, zusammen mit einigen Vampiren, die dem Angriff der Geister entkommen waren. Die Magier sahen, wie ihre Verbündeten die Flucht ergriffen, und sofort folgten sie ihrem Beispiel. Meine kleinen Messer gerieten in Aufregung, verfolgten sie durch die Tür und die Treppe hinauf, und ich ließ sie gewähren. Vielleicht veränderte es die Zeitlinie, wenn einige weitere dunkle Magier getötet wurden, aber ich scherte mich nicht darum, war zu müde und all dieser Dinge überdrüssig.

Ich setzte mich und streifte den Schuh ab. Verdammt! Das irre Miststück hatte fast einen Zeh abgetrennt. Mircea holte ein Taschentuch hervor und reichte es mir, und ich verband die Wunde so gut es ging. Es war keine zu schlimme Sache, es sei denn, es kam zu einer Infektion, was sich beim Zustand dieser Verliese nicht ganz ausschließen ließ. Na großartig.

Ich sah zu der Armee aus Geistern auf, die mit einer unausgesprochenen Forderung in den Augen über mir schwebten. Ich wusste, was sie wollten, und es hatte keinen Sinn zu versuchen, es ihnen auszureden. Die Kraft, die sie von Rasputins Vampiren gewonnen hatten, reichte ihnen vielleicht für Jahre, aber wer wollte an einem solchen Ort existieren? Sie waren nur an einer Sache interessiert, und ich hatte es ihnen versprochen, doch es gab Bedingungen.

»Keine Städter und keine Unschuldigen«, sagte ich und

bekam ein gespenstisches, kollektives Kopfnicken zur Antwort. Ich seufzte. »Na schön. Ihr könnt die anderen haben.«

Sofort stieg ein wallender Mahlstrom aus Geistern auf, wie ein bunter Schneesturm. Die Wolke war so dicht, dass sie mir für einen Moment die Sicht auf alles dahinter nahm, und die Geister steckten so voller Zorn, dass ihr gemeinsames Heulen nach einem Güterzug klang. Und dann, einen Augenblick später, waren sie fort. Ich versuchte nicht, ihnen mit meinen Sinnen zu folgen – ich wollte gar nicht sehen, was sie anstellten.

Als ich die Hände von den Ohren sinken ließ, fühlte ich Mirceas Blick auf mir. In seinen Augen zeigte sich eine gewisse Wachsamkeit. Ich seufzte. Dieses Gespräch wollte ich nicht führen, ich wünschte es mir sogar noch weniger als eine neue Konfrontation mit Rasputin, aber es ließ sich nicht vermeiden. »Ich glaube, wir haben es geschafft«, sagte ich. »Hast du Radu alles erklärt?«

Mircea nickte langsam. »Ja. Er hat sich bereit erklärt, Louis-César zu verwandeln und ihm die Möglichkeit zu geben, sich frei zu entwickeln, wie es bereits geschehen ist. Radu wird entkommen, aber für hundert Jahre den Kontakt mit allen anderen meiden, bis ich ihn aus der Bastille rette. Und selbst danach wird er sich zurückhalten. Genügt das?«

Ich dachte darüber nach. Es war nicht perfekt, aber es gab keine Alternative, abgesehen davon, ihn für dreieinhalb Jahrhunderte einzusperren. Und ich bezweifelte, dass Mircea damit einverstanden gewesen wäre. »Ja, ich denke schon. Vorausgesetzt, er schafft bis zu unserer Zeit keine weiteren Vampire. Rasputin sorgt bereits für genug nicht registrierte Vampire; wir brauchen niemanden, der ihm dabei hilft. Oh, und erzähl Radu von Françoise. Ich habe so das Gefühl, dass einige Magier versuchen könnten, sich heute Abend an ihr schadlos zu halten.«

Mircea war so fertig, dass er nicht einmal fragte, was ich meinte. »Wie du möchtest.«

Ich deutete durch den Raum. »Wie viel von all dem hast du gesehen?«

»Nur sehr wenig. Aber da wir noch leben, bin ich davon ausgegangen, dass wir gewonnen haben.«

»Nicht unbedingt.« Ich erklärte ihm die Situation, wozu auch meine Beförderung gehörte. Er erfuhr ohnehin davon, wenn wir zurückkehrten und er Agnes tot vorfand. »Du musst dem Senat mitteilen, dass Rasputin entkam und die Sibylle ihn begleitete. Ich weiß nicht, ob sie ihre Macht jetzt behält, aber das könnte durchaus sein.« Der Umstand, dass Myra unmittelbar nach meinem Gespräch mit der Pythia aktiv geworden war, wies darauf hin. Vielleicht ließen ihre Kräfte mit der Zeit nach, doch sicher sein konnte ich nicht. Woraus sich ein ziemlich großes Problem für mich ergab. Wenn sie sich erholt hatte, versuchte sie vielleicht, das mit mir anzustellen, was sie mit Louis-César hatte machen wollen. Es gab zahlreiche Möglichkeiten, darunter auch die, mich als Kind zu töten oder meine Eltern anzugreifen, bevor sie mich zeugten – dann wurde ich nie geboren. Die einzige gute Sache für mich bestand darin, dass ich den größten Teil meines Lebens in Tonys Festung verbracht hatte, dem Vampir-Äquivalent von Fort Knox, oder im Verborgenen. Ich bot also kein leichtes Ziel. Doch etwas sagte mir, dass Rasputin eine Herausforderung zu schätzen wusste.

Mircea blieb eine ganze Weile still. Als er schließlich sprach, klang er so müde, wie ich mich fühlte. »Du könntest es dem Senat selbst sagen.«

Ich lächelte. »Nein, ich glaube, das kann ich nicht.« Er wollte etwas erwidern, aber ich legte ihm den Zeigefinger auf die Lippen. Zumindest bei einer Sache war ich mir sicher. »Ich kehre nicht dorthin zurück, Mircea. Es war schon vorher schlimm genug, aber jetzt werden sich alle um mich streiten: der Senat, die beiden Kreise, vielleicht Tomas … Nein. Was für ein Leben wäre das?«

Mircea nahm meine Hand und küsste die Finger. Seine Augen waren müde, aber trotzdem schön, als er mich ansah. Der bernsteinfarbene Glanz überlagerte das Blau von Louis-César. Ich hatte das Gefühl, dass ich nie wieder eine so faszinierende – und traurige – Mischung sehen würde. »Du kannst nicht für immer weglaufen, Cassie.«

»Ich habe mich versteckt. Das kann ich erneut.«

»Du bist schon einmal gefunden worden.« Er drückte meine Hand, ganz fest, und ich ließ ihn. Vielleicht dauerte es eine Weile, bis ich wieder eine andere Person berühren konnte, noch dazu eine, an der mir etwas lag.

»Nur von dir und Marlowe«, erwiderte ich sanft. »Sag ihm, dass er Urlaub machen soll. Er muss sich von dem Angriff erholen. Und du solltest ebenfalls ausspannen.«

Mircea schüttelte den Kopf, was nicht anders zu erwarten gewesen war. Er belog mich nicht einmal jetzt. Für einen Vampir war er ein verdammt guter Fang. Ich beugte mich vor, strich ihm mit der Hand übers Haar und wünschte mir, es wäre sein eigenes gewesen, dunkel und glatt unter meinen Fingern, anstatt die bronzenen Locken des Franzosen. Die Vorstellung, ihn nie wieder zu berühren und nie wieder seine Arme zu spüren, fiel mir schwer. Aber der Preis war zu hoch. Es gab einfach zu viele Dinge, die damit in Zusammenhang standen.

»Ich werde dich finden, Cassie. Und ich hoffe inständig, dass es rechtzeitig geschieht, bevor die Kreise dich entdecken. Beide werden nach dir suchen, da kannst du sicher sein. Unterschätze sie nicht.«

»Nein.« Ich wollte aufstehen, aber Mircea hielt meine Hand fest.

»Bleib bei mir, Cassie! Ich schütze dich, das schwöre ich dir!«

Ich stellte ihm die gleiche Frage, mit der ich Tomas konfrontiert hatte. Diesmal bekam ich eine Antwort. »Würdest du mich auch wollen, wenn ich nicht die Pythia wäre?«

Er hob meine Hand zum Mund. Seine Lippen waren kalt. »Ich glaube, es wäre mir sogar lieber.«

Ich sah zum reglosen Magier auf dem Boden und ließ den Blick über die glitschigen Wände des Kerkers gleiten, in dem so viel Schreckliches geschehen war. Meine Finger drückten etwas fester zu. »Mir ganz bestimmt«, sagte ich und sprang durch Raum und Zeit.

Hinreißend untot

Roman

PIPER

Ich möchte Marlin und Mary dafür danken, dass sie mir buchstäblich Unterschlupf vor dem Unwetter geboten haben. Katrina war ein Albtraum, aber ihr habt jenes Jahr in etwas Positives verwandelt. Besonderer Dank gebührt meiner Lektorin Anne Sowards, die die verschiedenen Versionen dieses Buchs mit unendlicher Geduld begleitete. Für all die großartigen Ideen verdienen Sie den Status eines Mitautors, aber da man Ihren Namen nicht aufs Cover gesetzt hat, nenne ich ihn hier.

Eins

Man konnte nicht viel von einem Tag erwarten, der in einem Kasino begann, das voller Dämonen war und wie die Hölle aussah. Aber zu jenem Zeitpunkt dachte ich nur, dass ein Bordell mehr Spaß machen sollte, insbesondere eins für Frauen, mit einer Belegschaft aus attraktiven Inkuben. Doch die dämonischen Lover hingen nur an den Tischen rum, hielten ihren Kopf so, als litten sie an Migräne, und schenkten ihrer Gesellschaft keine Beachtung. Selbst Casanova mir gegenüber wirkte unglücklich. Seine Haltung war verführerisch – vermutlich reine Angewohnheit –, aber sein Gesichtsausdruck war nicht so nett.

»Na schön, Cassie!«, sagte er scharf, als einer seiner Jungs plötzlich zu weinen begann. »Sag mir, was du hier im Dante's willst, und dann mach den Abgang! Ich muss mich ums Geschäft kümmern.«

Er deutete auf drei alte Frauen, die auf Barhockern an der Theke saßen. Sie ließen den Satyr-Kellner dahinter an einer Stelle schrumpfen, an der er normalerweise ziemlich groß war. Es überraschte mich kaum, denn keine der Damen sah nach unter hundert aus, und ihr wichtigstes Attribut bestand aus schmierigem, verfilztem Haar, das schon bei der Geburt grau gewesen war und bis zum Boden reichte. Am vergangenen Abend hatte ich versucht, Enyos – ihr Name bedeutete passenderweise »Entsetzen« – Mähne zu waschen, aber das Hotelshampoo hatte die Sache kaum verbessert. Nach der Entdeckung einer halb verwesten Ratte unter dem linken Ohr hatte ich es aufgegeben.

Immerhin lenkte das Haar von den Gesichtern ab und ließ einen Beobachter nicht sofort erkennen, dass die drei Alten zusammen nur ein Auge und einen Zahn hatten. Enyo versuchte gerade, das Auge von ihrer Schwester Deino (»Grauen«) zu bekommen, denn sie wollte sich den entsetzten Kellner ansehen. Unterdessen riss Pemphredo (»Angst«) mit dem Zahn eine Tüte Erdnüsse auf. Schließlich gab sie es auf, stopfte sich die ganze Packung in den Mund und kaute fröhlich und zahnlos.

Ich hatte die Graien nur für Mythen gehalten, Tausende von Jahren vor dem Fernsehen von gelangweilten (und recht verschrobenen) Griechen erfunden. Doch das schien nicht der Fall zu sein. Seit kurzer Zeit befanden sich einige vom Vampirsenat, der Regierung aller nordamerikanischen Vampire, erworbene – na schön, gestohlene – Gegenstände in meinem Besitz, und ich hatte versucht, mehr über sie herauszufinden. Das erste Objekt, eine schimmernde kleine Kugel in einem schwarzen Holzkästchen, hatte zu glühen begonnen, als ich es berührte, und einen Lichtblitz später standen mir plötzlich drei Besucherinnen gegenüber.

Es war mir ein Rätsel, warum die Drei gefangen waren, noch dazu im Allerheiligsten einer Vampir-Hochburg. Sie gingen einem echt auf die Nerven, waren aber nicht gefährlich und bedrohten nur meine Zimmerservice-Rechnung. Ich hatte die Mädels mitgenommen, weil die Alternative gewesen wäre, sie unbeaufsichtigt in meinem Hotelzimmer zu lassen. Für Frauen in ihrem Alter waren sie sehr unternehmungslustig, und bisher hatte ich alle Hände voll zu tun gehabt, sie beschäftigt zu halten.

Ich hatte sie vor drei einarmige Banditen gesetzt und mich dann um meine eigenen Dinge gekümmert, aber natürlich waren sie dort nicht geblieben. Wie drei uralte Kleinkinder konnten sie sich nur sehr kurz auf etwas konzentrieren und waren nur wenig später in die Bar gekommen, die Hände voller Souvenirs fragwürdiger Herkunft. Mit einem kleinen roten Plüschteufel unter dem Arm hatte Deino eine kleine Schneekugel vor mir auf den Tisch gelegt und war dann zur Theke gegangen. Die Kugel enthielt eine Plastikversion des Dante's, die jedoch nicht von Schnee umgeben war, sondern von Flammen, die immer dann tanzten, wenn man das Ding schüttelte. Der reinste Kitsch – und bei meinem Glück hielt ich es durchaus für möglich, dass man mich verhaftete, weil ich so etwas geklaut hatte.

Es ging mir echt gegen den Strich, den Babysitter für die drei Schicksalsschwestern zu spielen, aber Casanovas Gesichtsausdruck beim Blick zu den Alten teilte mir mit, das ich diese Angelegenheit vielleicht zu meinem Vorteil nutzen konnte. Ich lächelte und beobachtete, wie die Flammen der Hölle das Kasino erneut umschlangen. »Wenn du mir nicht hilfst, lasse ich sie hier. Sie könnten eine Schönheitskur gebrauchen.« Ich ersparte mir den Hinweis darauf, wie schlecht das fürs Geschäft sein würde.

Casanova verzog das Gesicht, kippte den Rest seines Drinks und zeigte mir dabei einen breiten, sonnengebräunten Hals unter dem offenen Hemdkragen. Er war natürlich nicht der historische Casanova. Besessenheit durch einen Inkubus-Dämon verlängerte die Lebensspanne eines Menschen, aber nicht in einem solchen Ausmaß. Der italienische Abenteurer, der angeblich so großen Erfolg bei Frauen hatte, war vor einigen Jahrhunderten gestorben, doch sein Ruf überdauerte die Zeit. Und es gab nichts daran auszusetzen, dass dieser Typ seinen Namen trug. Er versuchte es nicht einmal bei mir, und doch musste ich mich immer wieder daran erinnern, dass ich nicht zum Vergnügen hier war.

»Deine Probleme sind mir gleich«, sagte er mit Nachdruck. »Wie viel dafür, dass sie verschwinden?«

»Es geht nicht um Geld. Du weißt, was ich will.« Ich versuchte, die knappen Satinshorts möglichst diskret in eine bequemere Position zu rücken, aber er bemerkte es. Es war schwer, in einem paillettenbesetzten Teufelskostüm komplett mit Schwanz bedrohlich auszusehen. Sündiges Scharlachrot passte nicht zu meinen rotblonden Locken und dem hellen Teint. Ich sah aus wie eine Kewpie-Puppe, die versuchte, den harten Burschen zu spielen – keine Wunder, dass Casanova nicht beeindruckt war. Ich hatte ihn irgendwie erreichen müssen, ohne erkannt zu werden, und es schien eine gute Idee gewesen zu sein, mir im Umkleideraum der Angestellten ein Kostüm zu schnappen.

Mit einem goldenen Feuerzeug zündete sich Casanova eine kleine Zigarette an. »Wenn du lebensmüde geworden bist, ist das deine Angelegenheit. Aber ich stecke den Kopf nicht in die Schlinge, indem ich Antonio quer komme. Der Mann wird zum Irren, wenn's um Rache geht. Du solltest es wissen.«

Ich konnte ihm nicht widersprechen, denn Tony, ein Meistervampir und mein früherer Herr und Gebieter, stand ganz oben auf der Liste jener Leute, die mich in einer Urne auf ihrem Kaminsims haben wollten. Doch ich musste ihn finden, und die Person, die vermutlich bei ihm war – andernfalls war die Urne gar nicht nötig. Weil dann von mir nicht genug für eine Bestattung übrig blieb. Und da Casanova einst Tonys Stellvertreter gewesen war, zweifelte ich kaum daran, dass er wusste, wo sich der ausgefuchste Mistkerl versteckte.

»Ich glaube, dass Myra bei ihm ist«, sagte ich knapp.

Casanova fragte nicht nach Einzelheiten. Es war nicht unbedingt ein Geheimnis, dass Myra versuchte hatte, mir dabei zu helfen, die Mühsal des Irdischen abzustreifen. Es hatte nichts Persönliches dahinter gesteckt – eher war es eine Art Karriereschritt gewesen –, bis ich ihr zwei Kugeln in die Brust gejagt hatte. Ich schätze, dadurch war es zu einer persönlichen Sache geworden.

»Mein Beileid«, brummte Casanova. »Aber mehr kann ich dir nicht anbieten. Meine Situation ist ein wenig … diffizil, wie dir klar sein dürfte.«

So konnte man es auch ausdrücken. Dass Casanova in Tonys Organisation einen so wichtigen Platz einnahm, war ungewöhnlich, gelinge gesagt. Normalerweise hielten Vampire Dämonen für unerwünschte Konkurrenz, doch Inkuben standen auf der dämonischen Machtskala nicht unbedingt ganz oben. Für die meisten anderen Dämonen waren sie kaum mehr als eine Peinlichkeit. Aber Casanova war ein ungewöhnlicher Inkubus.

Vor Jahrhunderten hatte er sich in einem attraktiven spanischen Don niedergelassen und geglaubt, einen alternden Wirtskörper gegen einen neuen einzutauschen. Die Übernahme war bereits in Gang gekommen, als er plötzlich merkte: Er schickte sich an, seine Zelte in einem Vampir aufzuschlagen, der zu jung war, um ihn abzuwehren. Bevor der Vampir noch begriff, wie ihm geschah, kam es zu einer Übereinkunft. Casanovas jahrhundertelange Erfahrung beim Verführen half dem Vampir, an Nahrung zu kommen, und Casanova passte es gut in den Kram, einen Körper zu haben, der nicht alterte. Als Tony entschied, mit den Inkuben Geld zu verdienen, war Casanova die perfekte Wahl für ihn.

Sein Laden namens »Dekadente Träume« befand sich gleich neben Tonys Kasino in Vegas, in einem geradezu monströsen Gebäude. Während Urlaub machende Ehemänner das Vermögen der Familie beim Roulette verspielten, fanden ihre vernachlässigten Frauen Trost bei den Wellness-Behandlungen aller Art nebenan. Tony wurde von den Einnahmen reich, die Inkuben bekamen mehr Fleischeslust, als sie gebrauchen konnten, und die Damen kamen mit einem Strahlen heraus, das noch Tage andauerte. Eigentlich war es eins von Tonys weniger verwerflichen Etablissements, obgleich an seiner Illegalität natürlich kein Zweifel bestand – im Gegensatz zu dem, was manche Leute glaubten, war Prostitution in Las Vegas verboten. Aber Vampire hatten sich nie groß um die Gesetze der Menschen geschert.

»Wie wird Sklaverei heutzutage bestraft?«, fragte ich eisig.

Zum ersten Mal verlor Casanova sein überlegenes Gehabe. Er ließ die Zigarette fallen. Heiße Asche krümelte auf den Anzug und hinterließ kleine Brandflecken, bevor er sie wegstreichen konnte. »Damit hatte ich nie etwas zu tun!«

Seine Reaktion überraschte mich nicht. Tony verstieß nicht nur gegen die Gesetze der Menschen, sondern auch die der Vampire, indem er einem besonders einträglichen Geschäft nachging: Er verkaufte Anwender der Magie. Der Silberne Kreis – der Magier-Rat, der in der magischen Gesellschaft die gleichen Aufgaben wahrnahm wie der Senat bei den Vampiren – war strikt dagegen, und sein Abkommen mit dem Senat verbot es ausdrücklich. Wer dem Abkommen keine Beachtung schenkte, riskierte Krieg, und allein dafür hätte der Senat Tony umbringen lassen, wenn er nicht schon genug Gründe gehabt hätte, seinen Tod zu wollen.

»Es dürfte dir schwer fallen, den Senat davon zu überzeugen, wenn dein Boss alles auf dich abwälzt.« Casanovas Gesichtsausdruck deutete darauf hin, dass er das durchaus für möglich hielt. Er kannte seinen Arbeitgeber so gut wie ich. »Aber wenn ich ihn zuerst finde, verschwindet er von der Bildfläche, und dann hast du nichts mehr zu befürchten. Es ist also in deinem Interesse, mir zu helfen.« Ich hoffte, damit weiterzukommen – Eigeninteresse war bei Vampiren immer ein guter Ansatzpunkt –, aber Casanova erholte sich schnell.

Mit ruhigen Fingern zündete er sich eine weitere Zigarette an. »Warum bist du so sicher, dass ich weiß, wo er ist? Er sagt mir nicht alles. Er hat jetzt diesen Alphonse, der ihm hilft.«

Alphonse war derzeit Tonys rechte Hand und persönlicher Leibwächter. Ich kannte keinen hässlicheren Vampir, und seine Persönlichkeit zeichnete sich durch den gleichen Mangel an Attraktivität aus wie sein Gesicht. Doch er war mir immer noch lieber als sein Boss. Alphonse mochte mich nicht unbedingt, aber ich bezweifelte, dass er mich zur Strecke bringen würde, wenn Tony den Befehl gab.

»Tony musste sich von jemandem vertreten lassen, als er untertauchte. Ich wette, er überließ dir das Ruder, was bedeutet, du weißt, wo er ist.«

Casanova musterte mich durch eine Rauchwolke und schwieg eine Weile. »Ich habe vorübergehend die Leitung«, sagte er schließlich. »Aber das gilt nur für Vegas. Du solltest es mit Philly versuchen.«

Sofort schüttelte ich den Kopf. Daran lag mir ganz und gar nichts. Philadelphia war Tonys wichtigstes Betätigungsfeld, und dort gab es zu viele Leute, die keine liebevollen Erinnerungen mit mir verbanden. »Oh, dort bekäme ich etwas, aber es wären keine Informationen.«

Casanovas Lippen zuckten, und die Erheiterung in seinen whiskyfarbenen Augen war noch verlockender als die glühende Aura der Verführung, die ihn umgab. Ich schluckte und gab mich gleichgültig, was mir ein Lächeln einbrachte, aber keine Informationen.

»Du weißt ebenso gut wie ich, wie wenig die Familie von Untreue hält«, murmelte Casanova. »Das gilt insbesondere für einen Dämon-Vampir-Mischling, den die meisten für einen

Freak halten. Und der Umstand, dass ich vorübergehend die Leitung an diesem Ort habe, hat mir keine Bewunderer eingebracht. Viele warten darauf, dass ich einen Fehler mache, und meinen Boss zu verraten … Das wäre der größte aller Fehler.«

Offenheit hatte ich nicht erwartet und war dementsprechend überrascht. Ich sah ihn groß an, während Furcht in mir aufstieg. Rasch versuchte ich, sie aus mir zu verbannen – ich konnte es mir nicht leisten, jetzt Unsicherheit zu zeigen. Wenn ich nicht schnell eine Möglichkeit fand, aus Casanova herauszuholen, was ich wissen wollte … dann würde Myra bald Dinge aus *mir* herausholen, mit einem Messer.

Ich beugte mich vor und spielte meine beste Karte aus. »Mir ist klar, welche Vorstellungen die Familie von Rache hat. Aber denk mal nach. Wenn Tony vernichtet wird, durch mich oder den Senat, bist du in der idealen Position, dir das eine oder andere anzueignen. Würde es dir nicht gefallen, der Eigentümer dieses Ladens zu werden?«

Casanova strich mit der Hand durch sein schulterlanges kastanienbraunes Haar, das perfekte Wellen bildete – es schien eine ganze normale Bewegung zu sein, ohne Berechnung. Er trug einen Anzug aus Rohseide, dessen Braun fast dem der Augen entsprach. Mit Männerkleidung kannte ich mich nicht besonders gut aus, aber die safrangelbe Krawatte sah teuer aus, ebenso die goldene Uhr und die dazu passenden Manschettenknöpfe. Casanova hatte einen erlesenen Geschmack, und er wurde von Tony bestimmt nicht überbezahlt – Großzügigkeit gehörte nicht zu Tonys Charaktereigenschaften.

Er sah sich sehnsüchtig um. »Was gäbe ich für eine Renovierung«, sagte er. »Hast du eine Ahnung, wie schwer es ist, die Gäste an diese Umgebung zu gewöhnen?« Ich verstand, was er meinte. Die Düsternis einer Opiumhöhle, die Bar gestaltet wie ein Drachenkopf, mit Dampf, der gelegentlich aus den Gipsnüstern zischte … In einer solchen Umgebung blieb für Romantik kaum Platz. »Meine Jungs müssen doppelt so hart arbeiten wie sonst. Letzten Monat habe ich einen Rohrbruch arrangiert, um einen Vorwand zu haben, das Foyer auseinander zu nehmen, aber es gibt so viel zu tun, und ich habe noch nicht einmal mit dem Eingang begonnen. Er schreckt die meisten potenziellen Gäste ab, noch bevor sie die Tür erreichen.«

»Also hilf mir.«

Er schüttelte reumütig den Kopf, und ein wenig Rauch kam aus seinem Mund, als er seufzte. »Geht nicht, *Chica*. Tony ruiniert mich, wenn er dahinter kommt. Ich müsste mir einen neuen Körper suchen, nachdem er diesen vernichtet hat, und inzwischen habe ich mich daran gewöhnt.«

Klar, dass Casanova ihn nicht riskieren wollte. Vernünftiger war es, am Rand des Geschehens darauf zu warten, wer gewann – Vernunft dieser Art gehörte praktisch zu den Hauptmerkmalen von Vampiren. Mir stand diese Möglichkeit leider nicht zur Verfügung.

Das Vermächtnis einer exzentrischen Seherin hatte mich zur Pythia gemacht – so lautete der Titel der besten Hellseherin auf der ganzen Welt. Agnes' Geschenk ging mit ziemlich viel Macht einher, die alle entweder für sich oder aber neutralisiert wissen wollten. Derzeit klebte sie an mir, weil die Seherin dummerweise gestorben war, bevor ich herausfinden konnte, wie man die Macht zurückgab. Ich hoffte, sie auf jemand anders übertragen zu können, vorausgesetzt ich blieb lange genug am Leben, was nicht leicht sein würde, weil: Tony wollte mich tot sehen, der Vampirsenat hatte mich auf dem Kieker, und außerdem war es mir auch noch gelungen, die Magier und ihren Silbernen Kreis zu verärgern. In dieser Hinsicht hatte ich in kurzer Zeit viel erreicht.

»Tony wird sich nicht gegen die sechs Vampirsenate durchsetzen«, sagte ich. »Sie sind durch Vereinbarungen gegenseitig verpflichtet, auf der ganzen Welt. Wenn einer Jagd auf ihn macht, jagen ihn alle. Früher oder später erwischen sie ihn, und dann gibt er die Schuld für das, was geschehen ist, jemand anders. Sie werden ihn trotzdem vernichten, aber ich wette, zuvor belastet er dich und viele andere. Wenn du mir hilfst, finde ich ihn vielleicht, bevor das passiert.«

Casanova musterte mich, während er seine Zigarette in einem schwarz lackierten Aschenbecher ausdrückte. Der Blick seiner dunklen Augen wanderte über mein Kostüm, und die Lippen deuteten ein Lächeln an. »Es heißt, du bist jetzt die Pythia«, sagte er schließlich, und seine langen Finger strichen mir über den Handrücken. »Kannst du nicht deine besonderen Fähigkeiten benutzen, um mit dieser Sache fertig zu werden? Es würde mir viel bedeuten.« Dort, wo er mich berührte, fühlte sich meine Haut wärmer an, und diese Wärme breitete sich im ganzen Arm aus. Seine Stimme wurde eine Oktave tiefer und rau. »Ich wäre dir ein sehr guter Freund, Cassie.«

Er hob meine Hand und drehte sie, strich mit einem Finger über die Innenfläche. Ich wollte eine sarkastische Bemerkung über meine »besonderen Fähigkeiten« machen, als Casanova den Kopf senkte. Seine Lippen folgten der Linie, die er gerade mit dem Finger gezogen hatte; seidenweich waren sie, und doch fühlte es sich an, als hinterließen sie eine Brandspur. Ich vergaß, was ich sagen wollte. Unter dunklen Wimpern hinweg sah er mich an, und ich gewann den Eindruck, in das Gesicht eines geheimnisvollen Fremden zu sehen, dessen Augen eine hypnotische Wirkung hatten. Man sagte, dass es nur einen Unterschied zwischen Don Juan und Casanova gab, den beiden besten Liebhabern der Welt: Wenn Don Juan Beziehungen beendete, hassten ihn die Frauen, doch Casanova bewunderten sie noch immer. Mir wurde allmählich der Grund dafür klar.

Ich zog meine Hand zurück, bevor sie auf die Idee kommen konnte, ihn zu packen und über den Tisch zu ziehen. »Schluss damit!«

Casanova blinzelte überrascht und streckte erneut die Hand nach mir aus. Diesmal war das Gefühl von Wärme noch stärker, als er mich berührte. Ein Hitzeschauer lief mir über die Haut, und plötzlich dachte ich an warme spanische Nächte, den Duft von Jasmin und goldene Haut an der meinen. Ich schloss die Augen, schluckte und versuchte, diese Empfindungen beiseite zu schieben, aber dadurch schienen sie nur stärker und realer zu werden. Jemand drückte mich auf eine dicke Matratze – ich versank fast darin und spürte die weichen Laken unter den Händen. Seidenes Haar fiel über mich, und starke Hände tasteten über meine Seiten. Sie berührten mich kaum, aber trotzdem wurde mir heiß.

Ganz plötzlich änderte sich das Gefühl, und aus verführerischer Wärme wurde sengende Hitze. Für einen Moment dachte ich, Casanova würde tatsächlich versuchen, mich zu verbrennen, doch er ließ meine Hand los, bevor das Gefühl eine schmerzhafte Intensität gewann. Ich öffnete die Augen und stellte fest, dass wir noch immer in der Bar saßen. Den einzigen Hinweis darauf, dass etwas geschehen war, boten mein glühendes Gesicht und der rasende Puls.

Casanova seufzte und lehnte sich zurück. »Wer auch immer hinter deinem *Geis* steckt, er hat gute Arbeit geleistet«, sagte er und gab dem Kellner ein Zeichen. »Aus reiner Neugier ... Wer ist dafür verantwortlich? Ich hätte gedacht, dass es keinen Zauber dieser Art gibt, den ich nicht brechen kann.«

»Ich habe keine Ahnung, wovon du da redest.« Ich rieb mir die Stellen der Hand, wo Casanovas Finger Brandmale zurückgelassen zu haben schienen, und richtete dabei einen finsteren Blick auf ihn. Von der versuchten Ablenkung hielt ich nichts – immerhin war ich nicht sein kleines Nachmittagsvergnügen.

»Der *Geis*. Ich wusste nicht, dass jemand Anspruch auf dich hat und …«

»Was ist ein Gehs?«, fragte ich.

Casanova buchstabierte das Wort, was mir kaum weiterhalf. Der Kellner brachte neue Drinks, und ich trank einen Schluck. Mit meiner Stimmung ging's immer mehr bergab.

»Stell dich nicht dumm, Cassie. Du weißt, was ich bin. Hast du gedacht, ich würde nichts bemerken?«, fragte Casanova ungeduldig. Dann sah er meinen Gesichtsausdruck, und seine Augen wurden groß. »Du hast wirklich nichts davon gewusst?«

Ich schaute ihn böse an. Weitere Komplikationen – genau das, was ich brauchte. »Erklär mir endlich, was los ist, oder …«

»Jemand – ein mächtiger Anwender der Magie oder ein Meistervampir – hat Anspruch auf dich erhoben«, sagte Casanova geduldig und fügte hinzu: »Nein, ›Anspruch‹ genügt nicht als Beschreibung. Es ist mehr ein LASS-DIE-FINGER-VON-IHR-Schild, einen Kilometer hoch.«

Ein neuer Hitzeschauer kroch mir über den Nacken, als ich dasaß und das Gehörte zu verarbeiten versuchte. Ich erinnerte mich an die kultivierte, amüsierte Stimme eines Mannes, der mir sagte, dass ich ihm gehörte und ihm immer gehören würde. Mistkerl.

»Was bedeutet das genau?«

»Ein *Geis* ist ein Zauber, der ein Tabu oder ein Verbot beinhaltet.« Casanova sah meine Verwirrung. »Kennst du die Geschichte von Melusine?«

Eine Kindheitserinnerung regte sich in mir, war aber recht

vage. »Ein Märchen. Französisch, glaube ich. Sie war eine halbe Fee, die sich in einen Drachen verwandelte, nicht wahr?«

Casanova seufzte erneut und kommentierte meine Ignoranz mit einem Kopfschütteln. »Melusine war für sechs Tage in der Woche eine schöne Frau und dazu verdammt, am siebten als halbe Schlange zu erscheinen. Sie heiratete Raymond von Lusignan, nachdem er sich zu einem *Geis* bereiterklärte, der es ihm verbot, sie am Samstag zu sehen, obwohl sie ihm keinen Grund dafür nannte. Sie verbrachten viele glückliche Jahre, bis ein Cousin Raymond einredete, dass seine Frau die Samstage mit einem Liebhaber verbrachte. Daraufhin spionierte er ihr nach, um die Wahrheit herauszufinden. Damit brach er den *Geis*, was zur Folge hatte, dass Melusine dauerhaft zu einem Drachen wurde und Raymond die Liebe seines Lebens verlor.«

»Willst du behaupten, es sei eine wahre Geschichte?«

»Keine Ahnung. Ich wollte dir nur veranschaulichen, wie ein *Geis* funktioniert.« Casanovas Hand schwebte über meiner, aber er berührte mich nicht noch einmal. »Deiner ist der stärkste, den ich je gespürt habe, und er existiert schon seit einer ganzen Weile. Er hat sich gut festgesetzt.«

»Was meinst du mit ›einer ganzen Weile‹?«

»Jahre«, antwortete Casanova und konzentrierte sich. »Mindestens ein Jahrzehnt, vielleicht noch länger. Und mit ›Jahrzehnt‹ meine ich nicht nur zehn Jahre. Bei solchen Zaubern misst man die Dauer in Prozent von deinem Leben. Du bist wie alt, Anfang zwanzig?«

»Morgen werde ich vierundzwanzig.«

Casanova zuckte mit den Schultern. »Na bitte. Seit fast deinem halben Leben gehörst du jemandem.«

Erneut schoss mir das Blut ins Gesicht. »Ich gehöre niemandem«, sagte ich mit fester Stimme, aber Casanova blieb unbeeindruckt. »Was macht dieser *Geis* sonst noch, abgesehen davon, andere Leute zu warnen?«

Kurz darauf wünschte ich mir, diese Frage nicht gestellt zu haben. »Der *Dúthracht-Geis* ist eine starke magische Verbindung, eine der stärksten. Im Mittelalter setzten ihn misstrauische Magier mit nichtmagischen Frauen als eine Art Ersatz für den Keuschheitsgürtel ein. Wie ich hörte, hat man ihn auch bei arrangierten Ehen verwendet, um die anfängliche Verlegenheit zu überwinden.«

Casanova überlegte, bevor er fortfuhr: »Von wem auch immer der Zauber in deinem Fall stammt … Er kennt dadurch deine Gefühle – deine wahren, jene, die du zu verbergen suchst –, und deshalb kannst du ihn nicht belügen. Außerdem bekommt er eine ungefähre Vorstellung davon, wo du dich befindest. Deinen genauen Aufenthaltsort kennt er nicht, aber er weiß, in welcher Stadt du bist, vielleicht sogar in welchem Viertel.«

Es gab da einen arroganten Burschen, der behauptet hatte, mich mithilfe des Senatsgeheimdienstes gefunden zu haben. Vielleicht stimmte das, aber offenbar steckte noch mehr dahinter. Ich fragte mich, bei wie vielen anderen Gelegenheiten er mir nur einen Teil der Wahrheit gesagt hatte.

»Und zu guter Letzt: Der *Geis* macht die beiden Beteiligten attraktiv füreinander. Mit jedem Treffen fühlen sie sich mehr zueinander hingezogen, bis du schließlich nicht mehr auf Distanz bleiben kannst.«

Es lief mir kalt über den Rücken. »Dann ist nichts von dem echt, was ich fühle.« Ich wusste, wer dafür verantwortlich war, und ich hätte nicht gedacht, dass er so tief sinken würde. Zweifellos war ihm klar, was ich von der Manipulation meiner Gefühle halten würde.

Der Name des arroganten Burschen lautete Mircea, ein fünfhundert Jahre alter Vampir, dessen größter Ruhm darin bestand, Draculas älterer Bruder zu sein. Er war auch meine erste große Liebe, als Kind unter Antonios Betreuung schon. Sein Familienname hatte mich ebenso wenig gestört wie der Umstand, dass er ein Meister der ersten Stufe und Mitglied des Senats war. Mich hatten viel zu sehr die Lachfalten in den Winkeln seiner dunkelbraunen Augen fasziniert, das über die breiten Schultern hinwegreichende mahagonifarbene Haar und der perfekte Mund – ich kannte noch immer keinen sinnlicheren. Mircea hatte viele Titel, und einer von ihnen lautete »Herr« – so nannte ihn Tony. Das hätte mir eigentlich genügen sollen, um schon viel früher an der Aufrichtigkeit in jenem attraktiven Gesicht zu zweifeln.

»Der *Geis* schafft keine Gefühle«, entgegnete Casanova. »Er ist kein Liebeszauber und kann nur verstärken, was bereits existiert. Deshalb erscheint es mir seltsam, dass ihn jemand bei dir verwendet hat, als du wie alt warst? Elf oder zwölf?«

Ich nickte benommen, aber die Wahrheit lautete: Ich fand es gar nicht seltsam. Meine Mutter war Erbin des Pythia-Throns gewesen, bevor sie beschlossen hatte, mit meinem Vater durchzubrennen. Ihre Enterbung hatte meine Thronfolgechancen nicht beeinträchtigt, denn es war nicht die alte Pythia, die über die neue entschied. Die endgültige Auswahl wurde von der Macht des Amtes selbst getroffen. Bis auf einige wenige Ausnahmen im Lauf von Jahrtausenden hatte sie die vorgesehene Erbin gewählt, vorbereitet von der alten Pythia. Mircea war sicher gewesen, dass ich eine der Ausnahmen sein würde; er hatte keine Mühen gescheut, um sicherzustellen, dass ich noch qualifiziert war, wenn der Moment kam.

Aus Gründen, die ich nicht ganz verstand, musste die Erbin bis zum Nachfolgeritual keusch bleiben, und Mircea hatte nicht riskieren wollen, dass mich eine jugendliche Vernarrtheit aus dem Rennen warf. Ein echter Mistkerl.

»Du hast gesagt, der Zauber verstärkt Emotionen.« Ich dachte an meine erste Begegnung als Erwachsene mit Mircea. »Nur meine?« Als ich Mircea das letzte Mal gesehen hatte, war er mir nicht völlig uninteressiert erschienen, aber es war schwer, sicher zu sein. Die meisten Vampire waren ausgezeichnete Lügner, und er war die unumstrittene Nummer Eins, vielleicht deshalb, weil es sein Job war. Als Chefdiplomat des Senats bestand seine Aufgabe darin, in schwierigen Situationen mit Überredungskunst, Verführung oder Betrug zu bekommen, was der Senat wollte. Er kannte sich aus und hatte echt was auf dem Kasten.

»Nein, es ist eine wechselseitige Angelegenheit, was einige Leute für den größten Nachteil halten.« Casanova beugte sich vor; es schien ihm zu gefallen, mir einen Vortrag zu halten. »Stell dir den Zauber wie den Verstärker einer Stereo-Anlage vor: Jede Begegnung dreht ihn etwas weiter auf. Man muss ihm etwas geben, womit er anfangen kann, aber wenn die Sache in Gang ist, fährt man immer mehr aufeinander ab.«

Ich wandte mich halb um, damit er meinen Gesichtsausdruck nicht sah. Ein Knoten schien sich in meiner Brust gebildet zu haben, und ich versuchte, ihn zu ignorieren. Ich wusste gar nicht, warum ich mich so verraten fühlte. Immerhin konnte ich nicht von mir behaupten, Mircea jemals völlig vertraut zu haben. Kein Meistervampir, und erst recht kein Senatsmitglied, fiel in die Netter-Kerl-Kategorie. Seine gegenwärtige Position konnte er nur mit Rücksichtslosigkeit erreicht haben. Trotzdem, ich hätte geschworen, dass er so etwas nicht tun würde. Tony, ja, kein Zweifel. Aber ich hatte dummerweise angenommen, dass sein Boss anders war. Wie dämlich von mir. Von wem hatte Tony wohl gelernt?

Als ich den Blick wieder auf Casanova richtete, war sein Gesicht maskenhaft ausdruckslos. »Dieser *Geis* ist also gefährlich.«

»Jede Magie ist gefährlich, *Chica*«, erwiderte er sanft. »Unter bestimmten Umständen.«

»Weich nicht aus!« Ich wollte nicht, dass er auf meine Gefühle Rücksicht nahm; ich wollte Antworten, etwas, das mir dabei half, einen Ausweg zu finden.

»Ich weiche nicht aus«, behauptete Casanova. Eine Frau stieß einen schrillen Schrei aus, und sein Blick ging zu einer Stelle hinter mir. »Verdammt!«

Ich sah über die Schulter und stellte fest, dass die drei alten Damen beschlossen hatten, Darts zu spielen, obwohl in der Bar eine entsprechende Scheibe fehlte. Während ich abgelenkt gewesen war, hatte Deino am einen Ende der Theke Aufstellung bezogen und Pemphredo am anderen. Enyo stand davor und blies Zahnstocher nach dem armen Barkeeper. Noch ehe wir etwas unternehmen konnten, blies Enyo einen weiteren Mund voll kleiner Projektile aus, und anschließend sah der bemitleidenswerte Satyr aus wie ein recht unglückliches Nadelkissen. Die Frau schrie erneut, als kleine rote Punkte aus seiner Brust sprossen, und Casanova bedeutete ihrem Begleiter, sie wegzubringen. Er ging los, um seinen Angestellten zu retten, und ich folgte ihm. Die Mädels hörten manchmal auf mich – wenn ihnen danach war –, obwohl sie mich vermutlich für eine Spielverderberin hielten.

Casanova gewährte dem zitternden Barkeeper eine dringend benötigte Pause und schickte ihn fort, während ich die Damen beruhigte und meiner Handtasche ein Kartenspiel entnahm. Es handelte sich um Tarot-Karten, die ich vor Jahren zum Geburtstag geschenkt bekommen hatte – sie trugen einen Zauber, der sie zu einer Art Stimmungsmesser machte. Sie stellten nichts Spezielles an, aber ihre Auskünfte in Bezug auf die allgemeine Atmosphäre bei einer bestimmten Situation waren meistens sehr genau. Als ich diesmal die Karten berührte, kam eine zum Vorschein, die mir ganz und gar nicht gefiel.

Trotz einer weit verbreiteten Meinung hatten die Liebenden nur selten etwas damit zu tun, einen Seelenfreund zu finden, und sie kündigten auch keine angenehme Zeit an. Die Kelch-Zwei wies normalerweise darauf hin, dass eine Romanze bevorstand, doch die Liebenden waren komplexer. Sie symbolisierten eine Wahl, bei der es um Versuchung und Schmerz ging. Und wie das Bild der Karte in meinem Spiel – Adam und Eva, die aus dem Paradies verbannt werden –, zog die Entscheidung große Konsequenzen nach sich. Ich brauche wohl nicht extra darauf hinzuweisen, dass es nie eine meiner Lieblingskarten gewesen war.

Während ich die restlichen Zahnstocher konfiszierte und den Mädels ihr neues Spielzeug gab, ersetzte Casanova den gestressten Barkeeper durch jemand anders. Schließlich trafen wir uns wieder am Tisch. »Es kommt alles auf den Blickpunkt an«, sagte er und setzte das Gespräch so fort, als wäre überhaupt nichts geschehen. Im Lauf der Jahrhunderte hatte er es vermutlich mit Schlimmerem zu tun bekommen als einigen gelangweilten Großmüttern. »Für sich genommen ist der *Geis* harmlos. Aber das war auch bei Melusines Zauber der Fall – bis er gebrochen wurde. Deine Version bewirkt nur Zuwendung einer Person gegenüber. Wenn nichts auf die Beziehung Einfluss nimmt, lebst du glücklich bis ans Ende deiner Tage.«

Dass ich vielleicht gar nicht in einem von Magie geschaffenen Geisteszustand leben wollte, ob glücklich oder nicht, schien kaum eine Rolle zu spielen. »Und wenn doch etwas Einfluss nimmt?«

Casanova verzog andeutungsweise das Gesicht. »Die Liebe

ist eine wundervolle Sache, wie ich sehr wohl weiß, aber sie hat auch ihre Schattenseiten. Wenn jemand oder etwas als Bedrohung für die Beziehung wahrgenommen wird, reagiert der Zauber und versucht, die Bedrohung zu neutralisieren.« Er sah meine Ungeduld und fügte hinzu: »Angenommen, eine – natürlich nichtmagische – Person würde sich für dich interessieren. Ein Normaler könnte die Warnung des *Geis* nicht empfangen und ihr daher auch keine Beachtung schenken.«

»Was würde passieren?«

»Kommt darauf auf. Wenn die Verbindung neu ist und ihr nicht viel Zeit miteinander verbracht habt, gewissermaßen bei geringer magischer Amplitude … Vielleicht nichts. Aber je stärker die Verbindung, umso heftiger die Abwehrreaktion. Schließlich würdet ihr beide mit dem Ziel aktiv, die Bedrohung zu eliminieren.«

»Zu eliminieren? Töten, meinst du?« Ich starrte ihn groß an. Casanova musste den Verstand verloren haben.

»Dazu käme es wahrscheinlich nicht«, versicherte er mir, und ich spürte, wie sich der Knoten in meiner Magengrube wieder aufzulösen begann. »Die meisten Verehrer würden sich vermutlich bei den ersten Schreien von dir aus dem Staub machen, oder dann, wenn dein Geliebter damit beginnt, ihnen zu drohen.«

Großartig, dachte ich, als der Knoten in meinen Bauch zurückkehrte. Was Mircea da mit mir angestellt hatte … Ich hätte ausflippen können. »Und wenn der Urheber des *Geis* gewollt hätte, dass mich jemand verführt?«

Es war keine müßige Frage. Mircea hatte einen Vampir namens Tomas beauftragt, mit mir Freundschaft zu schließen, als es der Pythia schlechter ging. Die Pythia Lady Phemonoe, mir besser als »Agnes« bekannt, hatte sich dem Tode nahe gefühlt und mit den Riten begonnen, die ihre Macht auf eine

Nachfolgerin übertragen sollten. Und damit war die Sache richtig in Schwung gekommen. Agnes konnte das alte Ritual einleiten, aber nur ich war in der Lage, es zu beenden – indem ich die Jungfräulichkeit verlor, die Mircea so sehr geschützt hatte. Tomas hatte diese kleine Angelegenheit für ihn erledigen sollen, damit er nicht in seine eigene Falle geriet. Mircea war in einer Epoche geboren, in der es für Frauen noch nicht Mode gewesen war, ihre Sexualpartner selbst auszuwählen, und als Diener eines Meistervampirs erwartete man von Tomas, dass er seine Anweisungen befolgte. Weder er noch ich wurden gefragt, was wir davon hielten.

Tomas gehörte zu den wenigen Vampiren, die das menschliche Wesen außergewöhnlich gut imitieren konnten – wir hatten über sechs Monate hinweg eine Wohnung geteilt, ohne dass ich auch nur ahnte, wer er wirklich war. Wir kamen uns nahe, allerdings nicht so nahe, wie es Mircea gern gehabt hätte. Es widerstrebte mir, jemanden in mein chaotisches Leben aufzunehmen – ich hatte Tomas schützen wollen, indem ich ihn auf Distanz hielt. Damit zwang ich Mircea, sich selbst um die Vervollständigung des Rituals zu kümmern.

Wir waren unterbrochen worden, bevor es richtig zur Sache ging – wofür ich dankbar war, als sich der Nebel der Lust ein wenig lichtete. Wenn das Ritual wirklich vervollständigt worden wäre, hätte ich den Rest meines Lebens als Pythia verbringen müssen – einen recht kurzen Rest, wenn man berücksichtigte, wie viele Leute es dann auf mich abgesehen gehabt hätten. Was allerdings nicht bedeutete, dass es um meine gegenwärtige Lebenserwartung viel besser bestellt war.

»Der Urheber des *Geis* kann die Wirkung des Zaubers für eine bestimmte Person aussetzen«, sagte Casanova. »Ich habe von Erbinnen gehört, bei denen eine solche Magie gewährleisten sollte, dass sie bis zur Auswahl eines angemessenen Partners keusch blieben. Der Zuwendungsaspekt des Zaubers sollte garantieren, dass die betreffende Person die Wahl bereitwillig akzeptiert.«

Casanovas Gesichtsausdruck gefiel mir nicht. »Ich höre da ein Aber.«

Er zog eine weitere dünne Zigarette aus seinem kleinen goldenen Etui und stellte sich dabei nicht sonderlich geschickt an. Normalerweise zeichneten sich seine Bewegungen durch große Eleganz aus, und so schwante mir nichts Gutes. »Der *Geis* geriet aus der Mode, weil er nach hinten losgehen kann«, erklärte Casanova und zündete die Zigarette an. »Manchmal funktionierte er, aber bei anderen Gelegenheiten begingen junge Frauen lieber Selbstmord, als jemand anders als ihren Hüter zu heiraten.«

Er bemerkte mein Erschrecken und sprach rasch weiter. »Die Anwendung eines solchen Zaubers ist recht schwer, Cassie. Zuwendung kann viel bedeuten. Der *Geis* soll Treue sicherstellen, aber wie viele menschliche Gefühle kennst du, die nur eine Seite haben? Treue verwandelt sich leicht in Bewunderung – warum sollte man jemandem treu sein, den man nicht auch bewundert? Bewunderung wird zu Zuneigung, Zuneigung wird zu Liebe, und Liebe führt oft zu dem Wunsch, das zu besitzen, was man liebt. Kannst du mir folgen?«

»Ja.« Mein Körper schien dem Gehirn einige Schritte voraus zu sein, denn ich bekam eine Gänsehaut an den Armen.

»Mit dem Besitzanspruch geht meistens ein Aspekt von Exklusivität einher: Die begehrte Person soll mir und sonst niemandem gehören, wir sind füreinander bestimmt, und so weiter.« Casanova winkte mit der Hand, wodurch zusätzliche Bewegung in den zur Decke emporsteigenden Zigarettenrauch geriet. Eine seltsame Benommenheit erfasste mich, während ich versuchte, das Gehörte zu verstehen und mit dem großen emotionalen Durcheinander in mir fertig zu werden

»Das wiederum führt zu Eifersucht«, fuhr Casanova fort. »Die sich leicht in Verzweiflung oder Hass verwandelt. Selbst bei richtiger Anwendung verursacht der Zauber oft Probleme, deren Anzahl und Art von den Besonderheiten der miteinander verbundenen Personen abhängen. Und weil er so komplex ist, können sich leicht Komplikationen ergeben. Die meisten Magier sind nicht mehr bereit, sich an einem *Geis* zu versuchen. Dein Bewunderer ist entweder ein mächtiger Zauberer, oder er kennt jemanden mit großem magischen Geschick.«

»Er kann sich die Besten leisten«, sagte ich geistesabwesend. Es musste nach der perfekten Lösung ausgesehen haben: Er ließ mich bei Tony, einem seiner vermeintlich treuen Diener, und belegte mich mit einem *Geis*, damit ich unberührt blieb, bis er sah, ob sich die Macht in meine Richtung wandte. Es war ein guter Plan, wenn man meine Gefühle außer Betracht ließ. Und natürlich hatten sie keine Rolle gespielt. Meistervampire neigten dazu, ihre Diener wie Schachfiguren zu behandeln. Sie benutzten sie nach Belieben, ohne darauf zu achten, wohin sie gesetzt werden wollten.

»Es kann nicht Antonio sein«, sagte Casanova und richtete einen nachdenklichen Blick auf mich. »Du bist jahrelang bei ihm gewesen, bevor du dich auf und davon gemacht hast. Der Zauber hätte nicht erlaubt, dass du ihn verlässt; du hättest ihn nicht einmal verlassen *wollen*.«

Ich schnitt eine Grimasse. Allein die Vorstellung, in Tony verknallt zu sein, ließ mich würgen. »Kann der Zauber entfernt werden?«

»Durch den, der ihn geschaffen hat, ja.«

»Und ohne ihn?«

Casanova schüttelte den Kopf. »Ich wäre dazu nicht imstande, obwohl ich sehr gut bin, *Chica.*« Er bedachte mich mit einem fragenden Blick. »Es würde vielleicht helfen, mehr über die Person zu wissen, über die wir hier reden.«

Ich wollte es ihm nicht sagen. Tony stand direkt über ihm, aber Mircea war Tonys Herr und hatte daher einen Anspruch auf alle, die ihm gegenüber zu Loyalität verpflichtet waren. Auch ein Meister konnte den Besitz eines Untergebenen nicht ohne gewisse Winkelzüge übernehmen, zumindest dann, wenn der Untergeordnete die dritte Meisterstufe erreicht hatte, so wie Tony. Aber da sich Tony ganz offen gegen Mircea und den Senat gewandt hatte, stand sein Eigentum unter der Kontrolle seines Meisters. Es lief darauf hinaus, dass Mircea Casanovas Herr war. Der Inkubus würde ihm sicher nicht die Stirn bieten, doch ohne weitere Informationen war er auch nicht bereit, mir mehr Hilfe anzubieten.

Ich seufzte. Es gefiel mir ganz und gar nicht, in die Ecke gedrängt zu werden, aber an wen sollte ich mich sonst wenden? »Mircea«, sagte ich, nachdem ich mich vergewissert hatte, dass uns niemand belauschte.

Für einen Moment sah mich Casanova nur groß an. Dann sprang er auf. »Das hättest du eher sagen sollen, Cassie!«, stieß er mit einem erschrockenen Flüstern hervor. »Ich habe keine Lust zuzusehen, wie diesem Körper bei lebendigem Leib die Haut abgezogen wird!«

»Setz dich«, sagte ich verärgert. »Und erklär mir, wie ich diesen verdammten Zauber loswerde.«

»Du wirst ihn nicht los«, erwiderte Casanova. »Ich gebe dir einen guten Rat, *Chica.* Kehr zu dem netten Meistervampir zurück, entschuldige dich für alle Unannehmlichkeiten, die du ihm bereitet hast, und tu, was er dir sagt. Es kann nicht in deinem Interesse sein, dir seinen Unwillen zuzuziehen.«

»Ich habe Mircea stinksauer gesehen«, sagte ich. Das

stimmte – allerdings hatte der Zorn nicht mir gegolten. Ich stieß Casanovas Stuhl mit dem Fuß an. »Setz dich. Die Leute gucken schon.«

»Ja, sie sind aufmerksam geworden«, bestätigte Casanova. »Deshalb gehe ich jetzt in mein Büro, nehme das Telefon und rufe den großen Boss an. Wenn du nicht möchtest, dass er dich hier findet, solltest du dich schleunigst aus dem Staub machen. Was dir allerdings kaum was nützt.«

»Du hast Angst vor ihm!«

»Lass mich überlegen«, sagte Casanova sarkastisch. »Ja, stimmt, ich habe Angst vor ihm. Aus gutem Grund.«

Ich sah verwirrt zu ihm hoch. Der Vampir, den ich kannte, mochte es gar nicht, wenn man ihn verärgerte. Aber ich hatte ihn nie etwas tun sehen, das erklärte, warum ein alter Dämon in seinen Designerschuhen zitterte. »Wir reden doch von Mircea, nicht wahr?«

Casanova sah sich um, sank dann auf den Stuhl neben mir und wirkte auf fast komische Weise ernst. »Hör mir zu, Mädchen, und pass gut auf, denn ich sage dir dies nur einmal. Mircea ist der größte Manipulator, den ich kenne. Der Senat hat ihn nicht umsonst zum Hauptunterhändler gemacht – er bekommt immer, was er will. Mein Rat lautet: Behandle ihn mit Nachsicht; vielleicht wirst du dann auch von ihm mit Nachsicht behandelt.«

Ich griff nach seiner Krawatte, damit er nicht zum nächsten Telefon lief, und zog ihn näher zu mir. Normalerweise hielt ich nichts von Gewalt – in den vergangenen Jahren hatte ich davon zu viel gesehen –, aber im Moment brodelte es in mir. »Du hast deine Sprüche aufsagen können, und jetzt bin ich dran. Mit Manipulationen kenne ich mich aus. In meinem Leben hat es praktisch keinen Tag gegeben, an dem nicht jemand an meinen Strippen gezogen hätte. Auch dieser ganze Pythia-Kram ist nicht auf meinem Mist gewachsen. Und weißt du was? Es spielt überhaupt keine Rolle. Ganz gleich, was Mircea denkt, ich gehöre ihm nicht. Ich gehöre niemandem. Und jeder, der mich von jetzt an zu verarschen versucht, wird feststellen, dass ich eine verdammt unangenehme Widersacherin bin. Kapiert?«

Casanova gab vor, keine Luft mehr zu bekommen, und ich ließ ihn los. Er lehnte sich zurück und wirkte mehr amüsiert als besorgt. »Wenn du so mächtig bist ... Warum brauchst du dann meine Hilfe?«, fragte er. »Warum entfernst du den *Geis* nicht selbst und nutzt die Gelegenheit, deinen Zorn auf Antonio herabregnen zu lassen?«

»So läuft das nicht«, gab ich zurück. »Und was ist daran so verdammt komisch?«

Das Grinsen, das Casanova zurückzuhalten versucht hatte, breitete sich in seinem Gesicht aus. »Ein Insider-Witz«, gluckste er. »Du müsstest ein Inkubus sein, um ihn zu verstehen.«

»Gib mir die Kurzversion.«

Er sah mich wie verschämt an. In seinem markanten Gesicht hätte dieser Ausdruck eigentlich fehl am Platz sein sollen, aber irgendwie kriegte er es gut hin. »Gespannte Erwartung, könnte man sagen. Wie kurz vor dem Weltmeisterschafts-Boxkampf im Schwergewicht. In dieser Ecke ...« Er sprach jetzt im Tonfall des Ansagers im Ring. »... haben wir Lord Mircea, in fünfhundert Jahren der politischen und sozialen Machenschaften und Intrigen ungeschlagen. Und in dieser Ecke sitzt seine Herausforderin, die täuschend süß wirkende Cassandra, Thronfolgerin der Pythia.« Casanovas Grinsen wurde noch breiter. »Weißt du, Cassie, für einen Inkubus kann es kaum besser werden. Wenn mir nicht so viel an der Unversehrtheit dieses Körpers läge, würde ich versuchen, einen Platz in der ersten Reihe am Ring zu ergattern.«

»Du redest dummes Zeug«, sagte ich voller Abscheu. »Ich will Antworten von dir hören, keinen Quatsch!«

»Wie wär's, wenn du mal Antworten gibst?«, entgegnete Casanova. »Was hast du vor, wenn du Tony findest? Er kann auf eine ziemlich lange Existenz zurückblicken und dürfte alles andere als leicht zu töten sein. Warum entspannst du dich nicht und überlässt ihn Mircea? Früher oder später stöbert er ihn auf, und dann könnt ihr …«

»Mircea kann nicht mit Myra fertig werden!« Es erstaunte mich, dass bei Casanova noch immer nicht der Groschen gefallen war. »Er mag imstande sein, mich im Hier und Heute zu schützen, aber es ist nicht die Gegenwart, die mir Sorgen macht.« Myra war Agnes' Erbin gewesen, bis sie sich sehr schlechter Gesellschaft angeschlossen hatte, mit dem Ergebnis ihrer Enterbung. Doch das Ausgestoßenwerden hatte ihr nicht die Fähigkeiten genommen, was bedeutete: Sie konnte einen Abstecher in die Vergangenheit machen und dort eine Cassie angreifen, die noch gar nichts von ihr wusste. Sie hatte sogar die Möglichkeit, meinen Vater oder meine Mutter zu töten und auf diese Weise dafür zu sorgen, dass ich nie geboren wurde. Und Mircea konnte überhaupt nichts dagegen tun.

»Aber wenn Antonio sie schützt, wie willst du dann …«

»Ich habe einige Überraschungen für Tony. Was ich von dir brauche …«

»Wird mich ziemlich viel kosten. Du ahnst nicht …« Casanova unterbrach sich, als er meinen Gesichtsausdruck bemerkte. »Was ist los?«

Ich sprang auf, wackelte ein wenig in den Stöckelschuhen und beobachtete über Casanovas Kopf hinweg den Mann, der hereingestürmt kam.

Ein Kriegsmagier, der mir besonders unsympathisch war, sprintete durch den Eingangsbereich. Sein kurzes blondes

Haar sah wie von einer Machete geschnitten aus, und Zorn blitzte in den eisgrünen Augen, was keineswegs ungewöhnlich war. Ich hatte ihn nie lächeln gesehen und hielt es für einen guten Tag, wenn er nicht versuchte, mich umzubringen. Dieser Tag schien nicht besonders gut zu sein, denn der Typ trug seinen knielangen Ledermantel, unter dem sich ein ganzes Waffenarsenal verbarg.

Zwei

»Ist das wirklich der, der er zu sein scheint?« Casanova richtete einen panischen Blick auf den Magier, dessen Mantel sich geöffnet hatte – darunter zeigte sich genug Feuerkraft, um eine ganze Streitmacht zu erledigen. Selbst Vampire waren in der Nähe von Kriegsmagiern vorsichtig, von Zauberern und Hexen, die vom Silbernen Kreis in menschlichen und magischen Kampftechniken ausgebildet wurden. Sie hatten die Zuerst-schießen-und-dann-Fragen-stellen-wenn-dir-danach-ist-Mentalität, die menschliche Ordnungskräfte im Wilden Westen zurückgelassen hatten. Andererseits bekamen Polizeibeamte es nicht mit den Überraschungen zu tun, denen sich solche Magier oft gegenübersahen.

Diesen speziellen Kriegsmagier kannte ich bereits zur Genüge, und Casanova schien es ähnlich zu gehen. Ohne auf eine Antwort von mir zu warten, warf er alle Würde über Bord und duckte sich unter den Tisch. Ich fragte mich gerade, ob sich das Weglaufen lohnte, als Enyo von ihrem Barhocker sprang und herüberjoggte. Sie zeigte auf den Magier und hob buschige Augenbrauen, die in ihrem Fall nur leere Hautfalten schützten. Sie sprach kein Wort, aber ich glaubte trotzdem zu verstehen, was sie meinte. Voller Nachdruck schüttelte ich den Kopf. Nein, ein »Freund« war der Bursche im Ledermantel gewiss nicht.

Enyo wandte sich dem Magier zu, den nur noch zwei Tische von mir trennten. Er blieb abrupt stehen, und einen Moment später wurde mir der Grund dafür klar. Die drei Schwestern waren nicht hübsch, welche Maßstäbe man auch anlegte, aber sie sahen recht harmlos aus. Enyos wie zusammengedrücktes Gesicht – es enthielt so viele Falten, dass das Fehlen der Augen kaum auffiel –, ihr zahnloser Mund und das wilde, zerzauste Haar ließen sie wie eine besonders hässliche Stadtstreicherin aussehen. Doch jetzt präsentierte sie sich in einem anderen Erscheinungsbild.

Mein mythologisches Wissen war nicht sehr umfangreich und bestand hauptsächlich aus den Überbleibseln inzwischen lang zurückliegender Lehrstunden mit Eugenie, meiner alten Gouvernante. Dies war eine der Gelegenheiten, bei denen ich mir wünschte, besser aufgepasst zu haben. Wo eben noch eine kleine Alte gestanden hatte, ragte jetzt eine große Amazone auf, nur in knöchellanges, verfilztes Haar und viel Blut gekleidet. Enyos Verwandlung war so schnell vonstatten gegangen, dass ich sie nicht mitbekommen hatte, doch das Gesicht des Kriegsmagiers Pritkin – es zeigte die blasse Verschlossenheit wahren Entsetzens – deutete darauf hin, dass der Vorgang recht eindrucksvoll gewesen sein musste. Ich entschied, dass ich auf die Einzelheiten gut verzichten konnte.

Ich hatte nie behauptet, eine Heldin zu sein. Außerdem kroch Casanova fort, wobei er die Tische als Deckung benutzte, und ich wusste noch immer nicht, wo Tony steckte. Ich ließ mich zu Boden fallen und folgte ihm. Im nächsten Augenblick hörte es sich an, als bräche hinter uns die Hölle los, doch ich war nicht verrückt genug, mich umzudrehen. Ich hatte reichlich Übung im Fliehen und dabei gelernt, dass es besser war, nur an die Flucht zu denken und sich von nichts ablenken zu lassen.

Die Hälfte eines schwarz lackierten Stuhls flog über mich hinweg, was ich zum Anlass nahm, mich noch tiefer zu ducken und noch schneller zu krabbeln. Casanovas Ziel schien eine leere Stelle der Wand zu sein, aber ich wusste es besser. Das hier war einer von Tonys Läden, und er baute nie etwas ohne mindestens ein Dutzend Notausgänge. Irgendwo vor uns befand sich zweifellos eine getarnte Tür, und deshalb war ich nicht überrascht, als Casanovas vordere Körperhälfte plötzlich in der roten Tapete verschwand. Ich packte eine Handvoll von seinem Anzug, kniff die Augen zu und folgte ihm. Als ich die Lider wieder hob, waren wir in einem schlichten Flur mit Leuchtstoffröhren an der Decke.

Casanova versuchte, sich von mir zu lösen, aber ich hielt mich an ihm fest, als ginge es um mein Leben, was vermutlich stimmte. Es fiel mir nicht leicht, denn er war stärker als ich. Aber er stellte praktisch meine einzige Verbindung zu Tony dar, und die wollte ich nicht verlieren. »Na schön!«, brummte er und zog mich auf die Beine. »Hier entlang!«

Wir liefen zu einer Tür, hinter der sich ein wesentlich luxuriöserer Flur erstreckte – ein dicker scharlachroter Teppich bedeckte dort den Boden. Die goldene Brokattapete zeigte anzügliche Bilder und roch nach einem Moschusparfüm. Ich keuchte, aber Casanova bemerkte nichts davon, denn er war viel zu sehr damit beschäftigt, immer wieder die Ruftaste des Aufzugs zu drücken. Der Lift kam, als ich fast beschlossen hatte, nicht mehr zu atmen, und mit einem Satz waren wir in der Kabine. Casanova schlug auf den Knopf für den fünften Stock, und ich brachte hervor: »Sollten wir nicht nach unten fahren, in die Tiefgarage? Pritkin findet uns, wenn wir im Gebäude bleiben.«

Er warf mir einen scharfen Blick zu. »Glaubst du vielleicht, er ist allein gekommen?«

Ich zuckte mit den Schultern. Ich hatte ihn nie mit anderen Magiern zusammen gesehen und ihn deshalb für einen Einzelgänger gehalten. Eins stand fest: Er konnte auch allein ziemlich viel Unheil anrichten. »Wir müssen damit rechnen, dass er Verstärkung in der Hinterhand hat«, teilte mir Casanova mit und strich mit zitternden Händen über seinen zerknitterten Anzug. »Soll sich die interne Verteidigung um ihn kümmern.«

Der Aufzug entließ uns in ein großes Büro, das nicht unerhebliche Ähnlichkeit mit einem Boudoir aufwies. Überall bemerkte ich Spiegel, Sofas und Chaiselongues, außerdem eine Theke fast so lang wie die unten. Ein gutaussehender Bursche in den Diensten der Inkuben versuchte, uns Erfrischungen anzubieten, aber Casanova winkte ihn fort.

Wir stürmten durch die nächste Tür und erreichten eine Art Nobelzimmer mit einem Himmelbett in der einen Ecke – zwei äußerst knapp bekleidete Frauen räkelten sich darauf. Casanova schenkte ihnen keine Beachtung und trat durch ein buntes modernistisches Gemälde, das den größten Teil der Wand beanspruchte, und ich eilte ihm nach, gefolgt von den finsteren Blicken der beiden Frauen. Auf der anderen Seite erwartete mich ein schmaler Raum, dessen Einrichtung nur aus einem Tisch mit Stuhl und einem großen Spiegel an der Wand bestand. Casanova winkte mit der Hand vor dem Spiegel, der daraufhin wie eine Fata Morgana in der Wüste erschimmerte.

Solche Apparate kannte ich. Tony war nie in der Lage gewesen, Überwachungskameras zu verwenden, denn in der Nähe von Schutzzaubern funktionierten elektrisch betriebene Dinge nicht richtig, und von solchen Zaubern hatte es in seinem Philadelphia-Bollwerk nur so gewimmelt. Ich hatte mich damit auseinandersetzen müssen, um nicht erwischt zu werden, als ich mich mit Dingen beschäftigte, von denen Tony nichts erfahren sollte – so hatte ich zum Beispiel seine Dateien gestohlen und ihn bei den FBI-Typen angeschwärzt. Letzteres war nicht besonders gut gelaufen, aber wenigstens hatte er mich nicht dabei ertappt. Jede reflektierende Oberfläche konnte mithilfe von Magie in eine Art Monitor verwandelt werden, der mit anderen reflektierenden Objekten in einem bestimmten Umkreis verbunden war. Wenn man die Anzahl der Spiegel und den glänzenden Marmor überall berücksichtigte … Wahrscheinlich konnte Casanova in diesem Etablissement praktisch alles beobachten.

Er murmelte ein Wort, und sofort erschien ein Bild von der Bar unten. Ich wunderte mich über die Verzerrung, bis ich begriff, dass er den großen chinesischen Gong hinter der Theke als Monitor benutzte. Er war konvex, und daher wies auch das Bild eine Wölbung auf, außerdem eine bronzefarbene Tönung. Ich sah die Rücken von drei Personen, offenbar Kriegsmagier, nach der Menge der Hardware zu urteilen, die sie bei sich trugen. Nach Pritkin hielt ich vergeblich Ausschau und befürchtete für einen Moment, dass Enyo ihn gefressen hatte.

Dazu schien sie durchaus imstande zu sein. Den Platz der kleinen Alten nahm eine blutverschmierte Wilde ein, deren Kopf an die fransenbesetzten Laternen stieß, die vom zentralen Kronleuchter herabhingen. Ihr Haar war noch immer grau, aber der Körper hatte ganz entschieden ein Upgrade erfahren, und darüber hinaus war sie jetzt vollständig mit Zähnen und Augen ausgestattet. Was die Zähne betraf … Sie waren länger und schärfer als die eines Vampirs. Die Augen, gelb und schlitzförmig, erinnerten an die einer Raubkatze. Sie schien recht verärgert zu sein, vermutlich deshalb, weil sie dank der Kriegsmagier in einem magischen Netz steckte. Mit zehn Zentimeter langen Klauen schlug sie um sich und zerriss die einzelnen Stränge des Netzes so mühelos, als bestünden sie aus Papier. Doch bevor sie sich befreien konnte, wuchsen die Fäden wieder zusammen und hielten sie erneut fest.

Für mich sah es nach einem Patt aus, und ich fragte mich, warum die noch immer an der Theke faulenzenden Schwestern nicht eingriffen. Dieser Gedanke war mir gerade durch den Kopf gegangen, als Pemphredo zum Gong sah. Da sie das Auge hatte, konnte sie mir zuzwinkern, bevor sie loslegte.

Nach dem Erscheinen der Schwestern hatte ich mich über sie informiert und dabei über Pemphredo als »Meisterin alarmierender Überraschungen« gelesen. Ich war nicht sicher gewesen, was das bedeutete, aber da die drei Alten beauftragt gewesen waren, die Gorgonen zu beschützen, hatte ich eine Art kämpferisches Talent vermutet. Wenn man allerdings bedachte, was mit Medusa geschehen war, konnten die Schwestern keine besonders gute Arbeit geleistet haben.

Als hätte sie mich gehört, richtete Pemphredo ihren Blick plötzlich auf den nächsten Kriegsmagier, eine zierliche Asiatin, der nicht Zeit genug für einen Schrei blieb, bevor ihr der Kronleuchter auf den Kopf fiel. Holzsplitter flogen in alle Richtungen, und die Frau verschwand unter einem Haufen aus roten Seidenlaternen. Die Mädels schienen geübt zu haben.

Wenige Sekunden später kroch die Magierin aus den Trümmern des Kronleuchters. Sie wirkte recht mitgenommen und blutete. Zwar lebte sie noch, war aber nicht fähig, an dem Kampf teilzunehmen, und ihren Gefährten fiel es schwer, allein mit Enyo fertig zu werden. Sie zerriss das Netz fast schneller, als die Kriegsmagier es reparieren konnten, und es schien darauf hinauszulaufen, wer zuerst ermüdete. Bei der zur Amazone mutierten Alten konnte ich keine Anzeichen von Erschöpfung erkennen, doch bei den Kriegsmagiern sah die Sache anders aus. Zwar wandten sie mir den Rücken zu, aber ich bemerkte die Anspannung in ihren Schultern, und die erhobenen Arme zitterten.

»Wir haben ein Problem«, sagte Casanova.

»Ach tatsächlich?« Ich beobachtete, wie Pemphredo einen der anderen Kriegsmagier ansah, der sich daraufhin in den Fuß schoss. Deino schlürfte Bier und versuchte, mit dem neuen Barkeeper zu flirten, der sich mit den Armen über dem Kopf hinter die Theke geduckt hatte. Nach dem heutigen Tag würden Casanovas Angestellte vermutlich Kampfzulage verlangen. Ich fragte mich nicht länger, was Pemphredos besonderes Talent sein mochte – bestimmt konnte ich auch ohne dieses Wissen leben.

»Nein, ich meine, wir haben *wirklich* ein Problem«, betonte Casanova.

Ich drehte den Kopf und sah einen zornigen Kriegsmagier, der mit einer abgesägten Schrotflinte in der Tür stand und auf uns zielte.

Ich seufzte. »Hallo, Pritkin.«

»Wenn Sie Ihre Harpyien nicht sofort zurückpfeifen, wird dies ein sehr kurzes Gespräch.«

Ich seufzte erneut. So wirkte Pritkin auf mich. »Es sind keine Harpyien, sondern die Graien, alte griechische Halbgöttinnen oder so.«

Pritkin lächelte spöttisch. Das konnte er am besten, abgesehen davon, Leute zu töten. »Es überrascht mich kaum, dass Sie sich auf ihre Seite stellen. Rufen Sie sie zurück.« Eine gewisse Schärfe erklang in seiner Stimme und wies darauf hin, dass die Geduld dieses Mannes nicht unerschöpflich war.

»Das kann ich nicht.« Was der Wahrheit entsprach. Aber natürlich glaubte mir Pritkin nicht. Ich konnte mich nicht daran erinnern, dass er meinen Worten jemals Glauben geschenkt hatte – ich fragte mich, warum er sich überhaupt die Mühe machte, mit mir zu reden. Nun, die Konversation mit mir stand auf seiner Prioritätenliste vermutlich nicht ganz oben. Sie kam nach dem Punkt, der vorsah, mich zum Silbernen Kreis zu bringen, in ein besonders tiefes und dunkles Verlies zu stecken und den Schlüssel wegzuwerfen.

Ich musste feststellen, dass eine abgesägte, doppelläufige Schrotflinte ziemlich laut sein konnte, wenn man ihre Hähne spannte.

»Tu, was er sagt, Cassie«, ließ sich Casanova vernehmen. »Ich mag diesen Körper in seinem gegenwärtigen Zustand. Ein großes Loch in ihm würde mir gar nicht gefallen.«

»Ja, und genau das besorgt uns.« Der Kommentar stammte von einem Geist, der gerade durch die Wand geschwebt war. Casanova schlug nach ihm wie nach einer lästigen Fliege, traf ihn aber nicht. »Ich dachte, Inkuben sollten nett sein«, sagte Billy und wich zur Seite.

Casanova konnte Billy nicht sehen, ihn mit seinen dämonischen Sinnen aber hören. Falten des Ärgers bildeten sich auf seiner Stirn, doch er verzichtete auf eine Antwort. Das freute mich, denn es bedeutete: Pritkin konnte nicht sicher sein, dass Billy da war.

Billy Joe war das Überbleibsel eines irisch-amerikanischen Spielers mit einer Vorliebe für Frauen, schmutzige Limericks und Mogeln beim Kartenspiel. Letzteres führte dazu, dass er den Pott zum letzten Mal im reifen Alter von neunundzwanzig einstrich. Zwei Cowboys war sein irischer Akzent, das Rüschenhemd und der Umstand auf den Keks gegangen, dass ihm die Saloon-Frauen ziemlich viel Beachtung schenkten. Richtig abgegangen war die ganze Sache, als er beim Poker zu oft gewann und die Burschen ihn mit einem As im Ärmel erwischten. Kurz darauf lernte Billy einen Sack von innen kennen, der wiederum Bekanntschaft mit dem Mississippi machte.

Das hätte ein ereignisreiches, wenn auch kurzes Leben beenden sollen. Doch einige Wochen zuvor hatte Billy die Gunst einer Gräfin erlangt – er behauptete zumindest, dass es eine

Gräfin gewesen war – und von ihr unter anderem eine hässliche Halskette bekommen, die auch als Talisman fungierte. Sie nahm magische Energie von der natürlichen Welt auf und gab sie an den Eigentümer weiter, oder, wie in diesem Fall, an den Geist des Eigentümers. Billys Seele ließ sich in der Kette nieder, die in einem Antiquitätenladen Staub ansetzte, bis ich sie dort fand, als ich nach einem Geschenk für meine sehr wählerische Gouvernante suchte. Ich hatte mein ganzes Leben lang Geister sehen können, aber selbst ich war von der Dreingabe meines Erwerbs überrascht gewesen.

Wie sich kurz darauf herausstellte, war ich nicht nur die erste Person seit Jahren, die ihn sah, sondern auch der erste Halskettenbesitzer, der ihm zusätzliche Energie geben konnte. Regelmäßige Kraftspenden von mir versetzten Billy in die Lage, weitaus aktiver zu werden. Als Gegenleistung bekam ich dafür seine Hilfe bei meinen diversen Problemen. So viel zur Theorie.

Er bemerkte meinen Blick und zuckte mit den Schultern. »Dieser Laden hat zu viele Eingänge. Ich konnte sie nicht alle bewachen.« Er sah hinter den Magier. »Er hat Hilfe mitgebracht.«

Damit meinte er etwas, das wie eine menschengroße Statue aus Ton aussah. Ich hatte sie zuerst tatsächlich für eine gehalten und erkannte jetzt, dass es sich um einen Golem handelte. Mit der Kabbala-Magie vertraute Rabbis hatten sie angeblich erfunden, und heutzutage waren sie bei den Kriegsmagiern als Assistenten beliebt – vielleicht deshalb, weil man jemandem ohne innere Organe nur schwer wehtun konnte.

Ich ließ mir mögliche Strategien durch den Kopf gehen, doch in diesem Fall schien keine der üblichen Verteidigungsmöglichkeiten einen Sinn zu haben. Das schiefe Pentagramm auf meinem Rücken war ein Schutzzauber, der die meisten magischen Angriffe abwehren konnte. Er ging auf den Silbernen Kreis zurück, und ich hatte ihn bei einigen sehr erstaunlichen Dingen erlebt. Aber ich wusste nicht, ob er auch mit einem nichtmagischen Angriff von diesem Kaliber fertig werden konnte. Dies schien mir nicht unbedingt der geeignete Zeitpunkt für einen Test zu sein.

Zu meinem Besitz zählte auch ein Armband aus kleinen, ineinander greifenden Dolchen, die Pritkin offenbar noch weniger leiden konnten als ich. Es hatte einst einem dunklen Magier gehört, und von ihm war es hauptsächlich dazu eingesetzt worden, Dinge zu zerstören. Er war nicht in eigentlichen Sinne böse gewesen, und das galt vermutlich auch für sein Armband, aber aus irgendeinem Grund schien ich es nicht loswerden zu können. Ich hatte versucht, es zu vergraben, die Toilette hinunterzuspülen und in einen Abfallzerkleinerer zu geben, ohne Erfolg. Was auch immer ich anstellte, wenn ich das nächste Mal hinsah, hing das Ding wieder an meinem Handgelenk, völlig unbeschadet, und glänzte frech. Manchmal kam es mir gelegen, und meistens gehorchte das Armband meinen Anweisungen, aber es nutzte jede Gelegenheit, die alten Zeiten wieder aufleben zu lassen. Bei der letzten Begegnung mit Pritkin hatte es von ganz allein zwei geisterhafte Messer gegen ihn losgeschickt. Derzeit steckte die Hand mit dem Armband in der Tasche, und dort wollte ich sie auch lassen, um einer weiteren Eskalation dieser Angelegenheit vorzubeugen. Zum Glück stand mir eine andere Möglichkeit offen.

»He, Billy, glaubst du, einen Golem übernehmen zu können?«, fragte ich. Pritkins Blick blieb auf mich gerichtet, aber seine Schultern zuckten kurz.

»Hab's nie versucht.« Billy schwebte hinüber und beäugte den Golem ohne große Begeisterung. Besitzergreifungen waren nie sein Ding gewesen. Sie kosteten ihn Kraft, und oft klappte es nicht richtig. Sein Lieblingstrick bestand darin, durch jemanden zu schweben, dabei den einen oder anderen Gedanken aufzufangen und eigene zurückzulassen. Aber das half uns jetzt nicht weiter. »Ich schätze, es gibt nur einen Weg, es herauszufinden«, brummte er.

Als Billy in dem Golem verschwand, wurde mir klar, warum Experimente normalerweise unter kontrollierten Bedingungen stattfanden. Die tönerne Gestalt raste plötzlich durchs Vorzimmer, stieß Topfpflanzen um und sorgte dafür, dass die jungen Frauen schreiend die Flucht ergriffen. Dann änderte sie den Kurs, prallte gegen Pritkin und schickte ihn zu Boden.

Ich wusste nicht, ob Absicht dahinter steckte, bezweifelte es aber, denn der Golem jagte wie eine vollgedröhnte Flipperkugel durch unser kleines Zimmer. Auf dem Weg zum Tisch streifte er mich, und ich taumelte, stieß dabei mit dem Fuß gegen den Magier und geriet aus dem Gleichgewicht. Ich rief Billy zu, den tönernen Burschen wieder zu verlassen, aber plötzlich hatte ich keine Luft mehr, denn Pritkins Knie traf mich in der Magengrube, als ich auf ihn fiel. Fairerweise muss ich sagen, dass ich ihn mit einem Stöckelstuhl an einer empfindlichen Stelle erwischt hatte, aber ohne Absicht. Ich war sicher, dass der Fall beim Knie anders lag.

Als ich noch nach genug Luft für eine verbale Abreibung schnappte, stellte sich ein ebenso vertrautes wie unwillkommenes Gefühl ein. Zeitverschiebungen sollten sich eigentlich unter Kontrolle der Pythia befinden, nicht umgekehrt, aber das schien meine Macht nicht zu wissen. Mir blieb nur noch Zeit genug für den Gedanken *O nein, nicht ausgerechnet jetzt!*, bevor ich in das kalte Grau zwischen den Zeiten fiel.

Nach einem kurzen Sturz sprang mir der Boden entgegen und schlug mir mitten ins Gesicht. Als vor meinen Augen wieder ein klares Bild entstand, sah ich einen Teppich, der dünn über sehr hartem Holz lag und rotschwarze Orientmuster aufwies. Für einige benommene Sekunden dachte ich, wieder in der Bar zu sein, aber dann bemerkte ich die beiden Füße vor mir. Sie sahen nicht aus, als gehörten sie Touristen.

Die Frau trug schmale schwarze Schuhe mit hohen Absätzen, und an der Spitze glänzten pechschwarze Perlen. Sie passten zu den Perlarbeiten an dem sehr gut gearbeiteten schwarzen Abendkleid, dessen Saum sich etwa dreißig Zentimeter vor meinem Gesicht befand. Die Perlenstickereien reichten von einer unglaublich schmalen Taille bis zum Hals, wo sie einem Vermögen an Diamanten wichen, die nicht nur am Kragen glänzten, sondern auch im goldenen Lockenhaar. Ich sah zu den braunen Augen auf, die zusammengekniffen waren und voller Abscheu auf mich herabstarrten, wandte dann rasch den Blick ab. Es war keine gute Idee, einem Vampir längere Zeit in die Augen zu sehen, und diese Frau zählte zweifellos zu den Untoten.

Ich stand hastig auf und erlebte einen zweiten Schock. Fast wäre ich wieder gefallen – nur Tony konnte sadistisch genug sein, eine Kellnerin auf fast acht Zentimeter hohen Absätzen herumlaufen zu lassen –, und eine Hand kam herbei und stützte mich. Eine sehr vertraute Hand.

Der Begleiter der Frau war ebenfalls für den Abend gekleidet und trug einen schwarzen Frack mit knapper Weste, weißem Hemd und weißer Fliege. Die auf Hochglanz polierten Schuhe schimmerten mehr als sein dezenter Schmuck: schlichte goldene Manschettenknöpfe, passend zum Clip, der das lange Haar im Nacken als Pferdeschwanz zusammenhielt. Die diskreten Accessoires überraschten mich nicht – Mircea hatte nie etwas von protziger Kleidung gehalten. Was mich verblüffte, war die abrupte, überwältigende Freude, die mich erfasste, als sich unsere Blicke trafen.

Plötzlich war ich von seiner maskulinen Schönheit regelrecht überwältigt. Seine männliche Eleganz beeindruckte mich so sehr, dass mir der Atem stockte. Mit den langen Beinen und der schlanken Anmut erschien er mir wie ein Tänzer oder ein Langstreckenläufer, oder wie das, was er war: das Produkt von blauem Blut, eines Adels, der viele Generationen in die Vergangenheit reichte. Nur ein Merkmal passte nicht ins Bild: Sein Mund war nicht die dünnlippige aristokratische Version, sondern hatte die vollen, wundervoll geschwungenen Lippen eines Sensualisten.

Vielleicht gab es im Genpool mehr Bauernmaterial, als die Familie zugab, Leute, die nicht die Allüren und das arrogante Gehabe ihrer Herren hatten, stattdessen mit einer von den Aristokraten vergessenen Leidenschaft zu lachen, zu tanzen und zu trinken verstanden. Eigentlich hieß es von Dracula, dass ihn eine feurige Zigeunerin geboren hatte, aber manchmal fragte ich mich, ob die alten Geschichten die Dinge durcheinander gebracht hatten und es in Wirklichkeit Mircea war, in dessen Adern Zigeunerblut floss. Es hätte mich nicht gewundert.

Seine Hand war unter meinem Ellenbogen und berührte mich auf eine leichte, unpersönliche Art, aber irgendwie schickte sie ein Prickeln durch meinen ganzen Arm. Ich versuchte, den *Geis* zu spüren, von dem Casanova gesprochen hatte, nahm aber nichts Entsprechendes wahr. Wenn ich es nicht besser gewusst hätte, wäre ich bereit gewesen zu schwören, dass ein solcher Zauber überhaupt nicht existierte.

Ich nahm vage zur Kenntnis, dass meine Hände damit begonnen hatten, über die dicke Seide von Mirceas Weste zu streichen. Sie war scharlachrot und mit gestickten roten Drachen geschmückt, wirkte eigentlich etwas zu protzig für ihn, obgleich das Stickmuster durch die ähnlichen Farben kaum auffiel, es sei denn, das Licht kam aus dem richtigen Winkel. Es fühlte sich glatt an unter meinen Fingerkuppen, eine prächtige, sehr detaillierte Darstellung – ich konnte sogar einzelne Schuppen an den Drachenhälsen erkennen. Dann fanden meine wandernden Hände etwas Interessanteres: die kleinen Erhebungen der Brustwarzen, unter mehreren Schichten Seide kaum zu ertasten.

Meine Fingerspitzen folgten ihren Konturen, und der kleine Kontakt ließ meinen ganzen Körper voller Wohlbehagen vibrieren. Mirceas Nähe wirkte ähnlich betäubend auf mich wie ein Verführungsversuch von Casanova. Ich hätte mich abwenden können, doch mir fiel nichts ein, das weniger meinem Wunsch entsprach.

Mircea ging nicht fort. Er stand da und musterte mich verwundert, und nach einigen Sekunden zog mich die Hand an meinem Ellenbogen näher.

Ich gab bereitwillig nach und bewunderte den besonderen Glanz des Gaslichts in seinem Haar. Energie schien plötzlich durch meinen Arm zu pulsieren, erreichte die Schulter, flutete zurück und sprang wie Elektrizität von den Fingerspitzen. Mircea zuckte leicht zusammen, ließ aber nicht los. Das Gefühl zuckte zwischen uns hin und her, hielt uns in einer emotionalen Endlosschleife, die dazu führte, dass sich die Härchen an meinem Arm aufrichteten.

Mirceas dunkle Augen maßen mich mit der gleichen Aufmerksamkeit, mit der ich ihn angesehen hatte. Die Intensität seines Blicks ließ mich erschauern, und Mircea wölbte andeutungsweise die Brauen, als er meine Reaktion bemerkte. Seine Hand tastete nach meinem Kreuz, fand dort aber nur den festen Rahmen des Korsetts. Die Finger setzten ihren Weg über die Wölbung der Hüfte fort und tasteten über den dünnen Satin meiner Shorts, als er mich an sich drückte.

Ich atmete tief durch und versuchte, mich nicht in den Wellen aus Gefühlen zu verlieren, die über mich hinwegrollten. Es fiel mir sehr schwer. Mircea erwies sich als wenig hilfreich, denn er hob die Hand und strich mir mit den Fingern über die Wange. Goldenes Licht blitzte in seinen Augen, eine Farbe, von der ich aus Erfahrung wusste, dass sie auf erhöhte Emotionalität hindeutete. Wenn Mircea zornig oder erregt war, entstand in seinen Augen ein besonderer Glanz und gab ihnen ein überirdisches Glühen, das andere Leute erschreckend fanden – ich hatte es immer gemocht.

Jemand räusperte sich demonstrativ; es klang fast wie ein Knurren. Pritkins Stimme ertönte hinter mir. »Ich bitte die Herrschaften vielmals um Entschuldigung. Ich fürchte, eine unserer Schauspielerinnen fühlt sich nicht wohl. Ich hoffe, sie hat Sie nicht verärgert.«

»Keineswegs.« Mircea klang geistesabwesend und ließ mich nicht los.

»Ich bringe sie hinter die Bühne, wo sie sich ausruhen kann.« Pritkin ergriff meinen Arm und wollte mich fortziehen, aber Mirceas Hand an meiner Hüfte hielt mich fest. Seine Augen begannen richtig zu glühen; die grünen und blauen Flecken verschwanden in dem sich ausdehnenden rötlichen Gold.

»Dem Kind scheint es nicht gut zu gehen, Graf Basarab«, sagte die Vampirin. Sie nahm Mirceas freien Arm so wie Pritkin meinen. »Wir sollten sie nicht aufhalten.«

Mircea achtete nicht auf sie. »Wer bist du?«, fragte er. Er sprach mit einem Akzent, der deutlicher war als jener, an den ich mich erinnerte, und seine Stimme brachte das gleiche Staunen zum Ausdruck, das ich empfand.

Ich schluckte und schüttelte den Kopf. Es gab keine sichere Antwort. Ich wusste nicht, wo oder wann ich war, aber da das Kleid der Vampirin eine kleine Turnüre aufwies, vermutete ich, dass ich mich nicht an einem vertrauten Ort befand. »Niemand«, flüsterte ich.

Von der Vampirin kam etwas, das bei einer weniger vornehmen Person ein Schnauben gewesen wäre. »Wir versäumen den Anfang«, sagte sie und zog an Mirceas Ärmel.

Er zögerte noch etwas länger und ließ mich dann los – die unsichtbare Energie zwischen uns dehnte sich wie Toffeefäden, als seine Hand von mir zurückwich. Mircea ließ sich von seiner Begleiterin durch den Flur führen, sah dabei aber mehrmals verwirrt zu mir zurück. Wie ein Gummiband zog sich das, was uns verband, in die Länge. Kurz darauf verschwand das Paar in etwas, das ich benommen als Theaterloge erkannte.

Als sich der rote Vorhang hinter ihnen schloss und mir den Blick auf Mircea nahm, riss die Verbindung. Ganz plötzlich fühlte ich eine Sehnsucht, die so stark wurde, dass ich sie als schmerzhaft empfand. Meine Magengrube fühlte sich an, als hätte mir jemand einen Schlag versetzt, und hinzu kam ein Stechen hinter den Augen. Ich merkte kaum, dass Pritkin mich zum Ende des Flurs zog, wo eine Treppe nach oben führte, vermutlich zu weiteren Logen. Irgendwo in der Nähe spielte ein Orchester auf, was erklärte, warum keine anderen Leuten zu sehen waren. Die Vorstellung begann.

Kleine Laternen an den Wänden beleuchteten die Treppe, und zwischen ihnen erstreckten sich weite Bereiche der Dunkelheit. Als Versteck taugte die Treppe nicht viel, aber ich war viel zu sehr mit mir selbst beschäftigt, um einen Gedanken daran zu vergeuden. Mir zitterten die Hände, und mein Gesicht war schweißfeucht. Ich kam mir vor wie ein Junkie, dem man die Spritze gezeigt, den Schuss aber verweigert hatte. Es war schrecklich.

»Was haben Sie gemacht?« Pritkin starrte mich an. Sein kurzes blondes Haar stand büschelweise ab, als wäre es ebenfalls zornig. Der Kriegsmagier schnitt ein ziemlich grimmiges Gesicht, aber ich sah es nicht zum ersten Mal, und im Vergleich mit dem, was ich gerade erlebt hatte, erschien es mir trivial.

»Ich wollte Ihnen die gleiche Frage stellen«, erwiderte ich, massierte mir den Nacken und versuchte, wieder einen klaren Kopf zu bekommen. Den anderen Arm presste ich mir an den Bauch – Mirceas Abwesenheit schien dort ein Loch geschaffen zu haben. Das *durfte* nicht passieren; ich wollte es nicht zulassen. Mir lag nichts daran, den Rest meines Lebens damit zu verbringen, mich nach Mircea zu verzehren, so wie eine Teenagerin nach einem Rockstar. Ich war doch kein Groupie, verdammt!

Pritkin schüttelte mich ein wenig, und ich richtete keinen besonders wohlwollenden Blick auf ihn. Meine anderen Reisen rückwärts durch die Zeit waren von der Nähe zu einer Person ausgelöst worden, die in der Vergangenheit bedroht wurde. »Offen gesagt … Wenn jemand versucht, Ihre Zeugung zu verhindern oder etwas in der Art – ich bin nicht in der Stimmung, zu Ihren Gunsten einzugreifen.«

Sein Gesicht war schon im Normalzustand rötlich, aber jetzt verfärbte es sich noch mehr. »Bringen Sie uns in unsere Zeit zurück, bevor wir irgendetwas verändern!«, zischte er.

Ich ließ mich nicht gern herumkommandieren, doch seine Sorge war durchaus berechtigt. Und der Umstand, dass ich am liebsten durch den Flur gelaufen wäre und mich Mircea an den Hals geworfen hätte, war ein Grund mehr, so schnell wie möglich von hier zu verschwinden. Ich schloss die Augen und konzentrierte mich auf Casanovas Büro, aber obwohl ich es ganz deutlich vor mir sah, spürte ich nicht, von der Macht ergriffen und dorthin getragen zu werden. Ich versuchte es noch einmal, aber vermutlich mussten sich meine Batterien erst wieder aufladen, denn es geschah nichts.

»Dieser Zug könnte Verspätung haben«, sagte ich, und mir war recht mulmig zumute. Ängste verschiedener Art krochen in mir empor. Gab es für das Ritual vielleicht eine Frist, die die frühere Pythia zu erwähnen vergessen hatte? Saß ich in dieser Zeit und an diesem Ort fest, weil die Macht es satt hatte, darauf zu warten, dass ich mich mit meiner angeblichen Bestimmung abfand? Vielleicht war sie des Wartens überdrüssig geworden und auf jemand anders übergegangen. In dem Fall waren wir in dieser Zeit gefangen.

»Wovon zum Teufel reden Sie da?«, erwiderte Pritkin. »Bringen Sie uns sofort zurück!«

»Ich kann nicht.«

»Was soll das heißen, Sie können nicht? Jeder Moment, den wir hier verbringen, bedeutet Gefahr.«

Pritkin schüttelte mich erneut, er bekam richtig Muffensausen, denn seine Stimme war rauer geworden. Mitgefühl durfte er von mir nicht erwarten – wie auch immer er sich fühlte, es war nichts im Vergleich mit meiner Stimmungslage. War mein Leben nicht schon chaotisch genug, auch ohne die Verantwortung einer Pythia? Wer auch immer diese Show leitete, konnte er mich nicht einige Dinge auf meiner eigenen Problemliste erledigen lassen, bevor er mich fortbrachte, damit ich mich um die Schwierigkeiten anderer Leute kümmerte? Es war nicht fair. Wenn ich etwas tun sollte … Na schön. Her damit.

»Ganz langsam für Sie, zum Mitschreiben«, sagte ich und schüttelte Pritkins Hand ab. »Ich habe uns nicht hierher gebracht. Ich weiß nicht einmal, wo wir hier sind. Ich weiß nur, dass ich uns nicht zurückbringen kann, weil die Macht plötzlich beschlossen hat, mich nicht mehr zu mögen. Oder weil sie will, dass ich vorher etwas erledige.« Ich vermutete Letzteres – es konnte wohl kaum ein Zufall sein, dass ich ausgerechnet vor Mirceas Füßen gelandet war.

Pritkin blieb skeptisch. Und wenn schon. Ich wandte mich von ihm ab und wollte herausfinden, ob Mircea die eine oder andere gute Idee hatte, doch Pritkins Hand schloss sich wie ein Schraubstock um meinen Arm. »Sie gehen nirgendwohin«, brummte er.

»Es gilt, das Problem zu finden und zu lösen«, gab ich zurück. »Andernfalls gehen wir beide nirgendwohin. Ich muss mich umsehen und versuchen, mehr herauszufinden. Es sei denn, Sie können mir sagen, an welchem Ort und in welcher Zeit wir sind.«

»Dies ist London, Ende 1888 oder Anfang 1889.«

Ich hob eine Braue. Ich hatte kaum Hinweise auf die aktuelle Epoche gesehen, abgesehen von der Kleidung der Frau – Mirceas Aufmachung entsprach einem gehobenen Standard, der über einen weiten Zeitraum in gewissen Kreisen üblich gewesen war. Ich empfand es als ein wenig befremdlich festzustellen, dass sich Pritkin mit Frauenmode auskannte. Als ich eine entsprechende Bemerkung an ihn richtete, knurrte er und drückte mir ein Stück Papier in die Hand.

»Hier! Jemand hat das fallen lassen.« Ich sah auf den gelbschwarzen Flyer hinab, den er mir gegeben hatte. Das Blatt zeigte einen Mann, der einen Hügel hinaufsah, auf dessen Kuppe drei alte Tanten standen. Sie erinnerten mich an die Graien, aber ihr Haar war besser. Dem Text unterm Bild entnahm ich, dass im Lyceum Theatre seit dem 29. Dezember 1888 *Macbeth* aufgeführt wurde.

»Na schön, großartig. Wir kennen also die Zeit, und das ist zumindest ein Anfang. Aber viel weiter bringt uns das nicht.« Ich wollte mich abwenden, doch diesmal hielt mich Pritkin mit Worten fest.

»Je mehr Sie dem *Geis* geben, desto stärker wird er. Ganz zu schweigen davon, dass Prostituierte in dieser Zeit mehr

Kleidung tragen als Sie im Augenblick. Sie würden erhebliche Unruhe schaffen, wohin Sie in dieser Aufmachung auch gehen.«

»Woher wissen Sie von dem Zauber?« Ich fand es beunruhigend zu erfahren, dass ich jahrelang praktisch mit einem großen Schild herumgelaufen war, das alle sehen konnten, nur ich nicht.

Pritkin zuckte kurz mit den Schultern. »Es wurde mir klar, als ich euch zusammen gesehen habe.«

Ich dachte über die Situation nach und kam zu dem Schluss, dass es einen Versuch wert war. »Können Sie mich davon befreien? Wir stecken zusammen in dieser Sache, und wenn ich einen klareren Kopf habe …«

»Nur Mircea kann den Zauber entfernen«, sagte Pritkin und nahm mir die geringe Hoffnung. »Selbst der Magier, der den *Geis* in seinem Auftrag geschaffen hat, wäre nicht imstande, ihn ohne seine Zustimmung zu entfernen. Derzeit sollten Sie sich besser von Mircea fernhalten.«

Ich runzelte die Stirn. Casanova hatte mir praktisch das Gleiche gesagt, aber ich kaufte es ihm nicht ab. »Ich verstehe nicht viel von Magie, aber selbst ich weiß, dass es keinen Zauber gibt, der nicht gebrochen werden kann. Es muss eine Möglichkeit geben!« Pritkins Gesichtsausdruck veränderte sich nicht, doch ein kurzes Aufblitzen in seinen Augen teilte mir mit, dass ich recht hatte. »Sie wissen etwas«, sagte ich in einem vorwurfsvollen Ton.

Er druckste ein wenig herum, aber schließlich gab er mir Antwort. Wahrscheinlich glaubte er, dass er es schneller hinter sich bringen konnte, wenn er ehrlich war. »Alle *Geasa* unterscheiden sich voneinander, aber sie haben eins gemeinsam. Jeder verfügt über ein eingebautes … Sicherheitsnetz, wenn Sie so wollen. Mircea möchte nicht in seiner eigenen Schlinge gefangen werden, und deshalb hat er den *Geis* sicher so gestaltet, dass es einen Ausweg gibt, sollte etwas schiefgehen.«

»Welchen Ausweg?«

»Das wissen nur Mircea und der betreffende Magier.«

Ich musterte Pritkin und versuchte herauszufinden, ob er log. Seine Worte klangen wahr – warum also hatte ich das Gefühl, dass er mir nicht alles sagte? Vielleicht deshalb, weil mir noch nie jemand alles gesagt hatte. »Wenn wir im Jahr 1888 sind, hat Mircea noch nichts getan. Dann gibt es keinen *Geis*. Oder es sollte keinen geben«, fügte ich hinzu, denn ganz offensichtlich war etwas geschehen.

»Sie neigen dazu, in außergewöhnliche Situationen zu geraten«, sagte Pritkin mit einem finsteren Blick. »Von diesem besonderen Szenario habe ich noch nie etwas gehört. Ich weiß nicht, was geschehen könnte, wenn Sie und Mircea Zeit in dieser Ära miteinander verbringen, aber ich bin ziemlich sicher, dass Ihnen die Folgen nicht gefallen würden.« Er rückte seinen langen Mantel zurecht, damit weniger Beulen und Ausbuchtungen auf seine Ausrüstung darunter hinwiesen. »Bleiben Sie hier. Ich sehe mich um und halte nach Besonderheiten Ausschau. Ich habe während dieser Epoche gelebt, und deshalb fällt mir Ungewöhnliches schneller auf als Ihnen. Keine Sorge, ich bleibe nicht lange weg, und nach meiner Rückkehr besprechen wir unsere Möglichkeiten.«

Er eilte los, bevor ich reagieren konnte, und ich sah ihm sprachlos nach. Anwender der Magie lebten länger als normale Menschen, zugegeben, aber nicht so lange, dass sie wie fünfunddreißig aussahen, während sie in Wirklichkeit über hundert waren. Schon bei der ersten Begegnung mit Pritkin war mir klar geworden, dass mehr hinter ihm steckte, als es zunächst den Anschein hatte, aber allmählich wurde die Sache richtig unheimlich.

Ich setzte mich auf eine der Stufen, schlang die Arme um die Knie und starrte auf den abgewetzten Teppich. In der knappen Kleidung wurde mir kalt, und die albernen Teufelshörner bereiteten mir zusätzliche Kopfschmerzen. Ich nahm sie ab und betrachtete sie. Der goldene Glitter löste sich an einigen Stellen, und darunter kam weißer Schaumstoff zum Vorschein. Es tat mir leid, in gewisser Weise. Wenn wir in unsere Zeit zurückkehrten, musste die junge Dame, die ich bestohlen hatte, für neue Hörner blechen. Und wenn wir nicht zurückkehrten … Dann blieb ihr nichts anderes übrig, als ein ganz neues Kostüm zu bezahlen.

Ich merkte, dass es auf der Treppe kälter wurde, machte mir deshalb aber keine Gedanken, bis plötzlich eine Frau vor mir erschien. Sie trug ein langes blaues Kleid und schien ebenso viel Substanz zu haben wie eine normale Person, aber ich wusste sofort, dass es sich um einen Geist handelte. Es lag weniger an meinem ausgeprägten Sinn fürs Paranormale, sondern vor allem daran, dass sie einen abgetrennten Kopf unter dem Arm trug. Besagter Kopf hatte einen kurzen, spitzen Bart, ebenso dunkelbraun wie sein Haar, und seine hellblauen Augen sahen mich an.

»Oh, eine willkommene Abwechslung vom herkömmlichen Mephisto!«, sagte er, verdrehte die Augen und sah zu der Frau hoch, die ihn trug.

Sie schaute mich mit einem neutralen Gesichtsausdruck an, doch als sie sprach, klang ihre Stimme nicht erfreut. »Warum stören Sie uns?«

Ich seufzte so tief, wie es mir in dem verdammt eng sitzenden Korsett möglich war. Das hatte mir gerade noch gefehlt: ein verärgerter Geist. Ich war dankbar dafür, nicht als Geist in diese Zeit geraten zu sein, denn dann hätte ich jetzt weitaus mehr Grund gehabt, mir Sorgen zu machen. Ich hatte einige

Zeitreisen ohne Körper hinter mir, war dabei als Geist oder im Kopf einer fremden Person in einer anderen Ära erschienen. In beiden Fällen ergaben sich größere Probleme als dabei, eine Zeitlang ein unbequemes Kostüm zu tragen.

Wenn ich meinen eigenen Körper zurückließ, musste sich ein anderer Geist gewissermaßen als Babysitter um ihn kümmern – sonst riskierte ich den Tod. Da ich dabei meistens nur auf Billy Joe zurückgreifen konnte, versuchte ich so etwas zu vermeiden. Vor allem in Vegas, wo alle seine Lieblingslaster nahe waren. Der andere Nachteil von Zeitreisen als Geist: Sie erschöpften mich so schnell, dass ich kaum etwas tun konnte, es sei denn, ich nahm jemandem in Besitz und griff auf die Kraft der betreffenden Person zurück. Aber ich mochte es nicht einmal, aus der gleichen Tasse wie jemand anders zu trinken, geschweige denn, einen fremden Körper zu benutzen.

Als ich zur Erbin der Pythia geworden war, hatte ich dadurch die Fähigkeit gewonnen, meinen Körper bei den Ausflügen durch die Zeit mitzunehmen, obgleich auch damit ein Nachteil verbunden war. Einmal hatte ich in einer Frau gesteckt, die sich eine Verletzung in Form eines fast ganz abgetrennten Zehs zuzog – zum Glück hatte ich diese Wunde bei der Rückkehr in meinen eigenen Körper zurückgelassen. Doch wenn mir jetzt etwas zustieß, konnte ich mich nicht einfach mit einem weiteren Sprung durch die Zeit davon befreien. Der Vorteil meiner gegenwärtigen Situation bestand darin, dass Geister keine große Macht über die Lebenden hatten. Sie konnten unter bestimmten Umständen anderen Geistern die Kraft stehlen, aber der Angriff auf einen lebenden Körper kostete sie mehr Energie, als sie dadurch gewannen. Trotzdem war es vermutlich besser, diese besondere Erscheinung nicht zu provozieren.

»Ich verlasse diesen Ort bald«, sagte ich und hoffte, dass es der Wahrheit entsprach. »Ich muss noch etwas erledigen, und dann bin ich weg.«

»Sie gehören also nicht zu den Theaterleuten?«, fragte der Kopf und klang enttäuscht.

»Ich bin nur auf Besuch hier«, erwiderte ich schnell, denn die Augen der Frau begannen zu glühen. Das war kein gutes Zeichen bei einem Geist. Es bedeutete, dass er seine Kraft sammelte, und meistens bekam man sie kurz darauf zu spüren. »Ehrlich, ich *möchte* weg von hier, aber es geht noch nicht. Ich hoffe, dass es nicht mehr lange dauert.«

»Das hat die andere ebenfalls gesagt«, verkündete die Frau, und Bewegung geriet in ihr dunkles Haar, als sich die Aura der Macht intensivierte. »Aber nach dem Vergiften des Weins ging sie nicht. Und jetzt sind Sie hier. Das muss aufhören.«

»Die andere?« Das gefiel mir gar nicht. »Die einzige andere Person, die ich mitgebracht habe, ist ein Mann. Vielleicht haben Sie ihn gesehen. Gut eins siebzig, blond, wie der Terminator gekleidet. Tschuldigung«, sagte ich, als der Geist die Stirn runzelte. »Ich meine, er trägt einen langen Mantel über reichlich Waffen. Er wird gleich zurück sein, und dann klären wir diese Sache.«

»Uns geht es nicht um den Magier«, sagte der Geist streng. »Sie und die andere Frau sind die Bedrohung. Sie müssen gehen.«

»Ich fürchte, sie ist ein wenig territorial«, sagte der Kopf mit Anteilnahme. »Wir sind schon ziemlich lange hier, wissen Sie. Dieses Land gehörte meiner Familie, bevor sie ein Theater darauf bauten, und es erhält uns.« Er warf mir einen fröhlichen Blick zu. »Heutzutage macht's mehr Spaß. Die verdammten Rundköpfe haben alle Theater geschlossen, außerdem auch noch die Pubs, Bordelle und alles, was keine Kirche war. Sie verboten sogar den Sport am Sonntag! Wenigstens waren sie so zuvorkommend, mich zu köpfen, damit ich das alles nicht erleben musste. Aber am Ende haben wir triumphiert, nicht wahr?«

»Mhm.« Ich hörte kaum hin. Die Geister, denen ich bisher begegnet war, wollten mir immer die Geschichte ihres Lebens erzählen, und wenn ich nicht gelernt hätte, zu nicken und zu lächeln und dabei an ganz etwas anderes zu denken, wäre ich schon vor einer ganzen Weile verrückt geworden. Stoff zum Nachdenken gab es genug.

Nach dem, was ich erfahren hatte – mein Wissen stammte hauptsächlich aus von Billy Joe aufgeschnappten Gerüchten –, sah die Sache folgendermaßen aus: Wenn jemand aus meiner eigenen Epoche an der Zeitlinie herumpfuschte, war ich am Zug. Dann lag das Problem bei mir, und ich musste es lösen. Aber wenn jemand aus einer anderen Zeit sich einzumischen versuchte, fiel das in den Zuständigkeitsbereich der Pythia aus der Ära der betroffenen Person. Wenn das stimmte, konnte ich davon ausgehen, dass der Einfluss, der mich hierher gebracht hatte, aus meiner eigenen Zeit stammte. Doch die einzige mir bekannte Person, die sich durch die Jahrhunderte bewegen konnte, war im Augenblick nicht dazu imstande. Billy hatte bei einigen seiner Geister-Freunden nachgefragt und erfahren, dass die Wunden, die ich Myras Phantomkörper zugefügt hatte, sich nach der Rückkehr in ihren Leib als echte physische Wunden manifestieren würden. Und es war völlig ausgeschlossen, dass sie in nur einer Woche heilten.

Doch wenn es sich bei der von diesem Geist erwähnten Frau nicht um Myra handelte, so kam nur eine andere Pythia infrage. Vielleicht war meine Macht durcheinander geraten oder bei einem schwierigen Problem um Hilfe gebeten worden. Ich wusste nicht, wie diese Angelegenheit funktionierte – praktisch alles war möglich. Wenn es mir gelang, die andere Pythia zu finden, konnte ich um einen kleinen Kolleginnengefallen bitten und sie vielleicht dazu bringen, Pritkin und mich in unsere Zeit zurückzuschicken.

»Können Sie mir die andere Frau zeigen? Vielleicht kann ich sie dazu überreden, diesen Ort zu verlassen und auch mich nach Hause zu schicken.«

Die Phantomdame zögerte unsicher, aber der Kopf schien gern bereit zu sein, mir zu helfen. »Natürlich können wir sie Ihnen zeigen!«, plapperte er munter. »Sie ist nicht weit entfernt. Eben befand sie sich noch in einer der Logen.«

Angesichts der Begeisterung des Mannes rang sich die Frau zu einer Entscheidung durch. »Na schön. Beeilen wir uns.«

Die Geister folgten mir die Treppe hinunter und waren höflich genug, nicht durch mich zu schweben. Anschließend führten sie mich zur Loge neben der von Mircea. Ich schob den Vorhang beiseite und warf einen Blick hinein, sah jedoch niemanden. Auf der Bühne gestikulierte eine Frau, die ein grünes mittelalterliches Gewand mit weiten, rot abgesetzten Ärmeln trug. Ich achtete nicht auf sie. Mein Blick galt Mircea in der Loge nebenan, der nicht etwa die Schauspielerin beobachtete, sondern die üppig verzierten und vergoldeten Einfassungen der Bühne – er schien tief in Gedanken versunken zu sein, und ich ahnte den Grund dafür. Als ich ihn sah, wurde alles andere unwichtig. Ich war schon einmal verzaubert worden, aber so hatte es sich nicht angefühlt. Bei jener Gelegenheit hatte ich gewusst, einem magischen Einfluss zu unterliegen, und es war mir egal gewesen. In diesem Fall hinderte mich das Wissen um den *Geis* nicht daran, alles für vollkommen echt zu halten. Ich hasste, was Mircea mit mir gemacht hatte, aber ihn selbst konnte ich nicht hassen. Allein der Gedanke daran erschien mir völlig abwegig.

»Dort.« Ein Finger des Geistes erschien vor meinem Gesicht. »Der Wein ist bereits serviert.«

Die Phantomfrau zeigte auf ein Tablett mit einer Flasche und mehreren Gläsern – es stand auf einem kleinen Tisch hinter den Sesseln, in denen Mircea und die Blondine saßen. »Wovon reden Sie da?« Ich zwang mich, den Blick von Mircea abzuwenden und den Geist anzusehen. Etwas Rationalität kehrte zurück. »Soll das heißen, es ist Gift in der Flasche?«

»Sie meinte, sie würde bleiben, bis der Wein getrunken ist, aber vielleicht hatte sie nicht genug Kraft.« Zum ersten Mal wirkte die Geistfrau zufrieden. Ich konnte ihren Gedanken fast hören: *Eine erledigt, eine übrig.*

So etwas wie Panik erfasste mich bei der Vorstellung, dass Mircea etwas zustoßen konnte. Rasch verließ ich die Loge und stieß gegen Pritkin, der mit der üblichen Verärgerung im Flur stand. Er hielt mich fest und bewahrte uns beide vor einem Sturz zu Boden. »Lassen Sie mich los!« Seine Hände hatten sich schmerzhaft fest um meine Oberarme geschlossen. »Ich muss da rein!«

»Ich habe Ihnen doch gesagt, dass Sie sich von ihm fernhalten sollen. Legen Sie es darauf an, vollkommen den Verstand zu verlieren?«

»Dann übernehmen Sie's«, sagte ich und musste eingestehen, dass er vielleicht recht hatte. Mein Wunsch, die andere Loge zu betreten, war so groß, dass ich eigentlich misstrauisch werden musste. »Dort drin steht eine Flasche Wein, und vielleicht enthält sie Gift. Sie müssen sie holen!« Ich wusste nicht, ob Gift einen Vampir umbringen konnte, aber mir lag nichts daran, es herauszufinden.

Für ein oder zwei Sekunden versuchte es Pritkin mit seinem finsteren Blick, und als sich dann sein Gesichtsausdruck änderte, wusste ich, dass ich in Schwierigkeiten war. »Wenn ich das für Sie mache ... Schwören Sie mir dann, so lange mit mir zu reden, wie ich möchte, ohne dass Sie durch die Zeit springen, mich zu töten versuchen oder mir irgendwelche Zauber, Flüche oder andere Hindernisse in den Weg legen?«

Ich blinzelte. »Sie wollen *reden*?« Das hatten wir nie, richtig miteinander geredet, meine ich. Wir hatten mit Messern nacheinander gestochen, aufeinander geschossen und versucht, uns gegenseitig in die Luft zu jagen, klar, aber geredet hatten wir nie miteinander. »Worüber?«, fragte ich nervös, doch Pritkin gönnte mir nur ein hintergründiges Lächeln. Er hatte mich in der Hand, und das wusste er. »Na schön. Worüber auch immer. Wir reden miteinander, wenn *Sie* versprechen, nicht zu versuchen, mich umzubringen, einzusperren oder zum Kreis oder sonst wem zu zerren. Und Sie bekommen auch nicht unbegrenzt viel Zeit. Eine Stunde. Nicht eine Sekunde länger.«

»Einverstanden.« Eins musste ich ihm lassen: Er verlor keine Zeit, nachdem wir übereingekommen waren, ließ mich sofort los und betrat die Loge. Ich wartete mit wachsender Ungeduld, während die Sekunden verstrichen, doch nichts geschah. Schließlich hielt ich es nicht länger aus und kehrte in die leere Loge zurück, damit ich wenigstens beobachten konnte, was passierte. Der Anblick gefiel mir nicht.

Auf der Bühne begann ein dürrer Macbeth mit hängendem Schnurrbart den Dolch-der-Einbildung-Monolog, während in der Loge Pritkin einen echten Dolch am Hals spürte, was er der Blondine verdankte. Mircea stand hinter ihr und schirmte sie vom Publikum ab, aber meine Loge war der Bühne näher, und ich sah sie deutlich.

Bevor ich Gelegenheit bekam zu überlegen, wie ich Pritkin helfen konnte, wurde alles noch schlimmer, denn Mircea machte Anstalten, die Flasche zu öffnen. Er sah den Magier an, und ein dünnes Lächeln lag auf seinen Lippen. Sein Blick bereitete mir Unbehagen. Mircea war immer ein großer Anhänger von gerechter Strafe für ein Verbrechen gewesen. Wenn er glaubte, dass Pritkin ihn zu vergiften versucht hatte, zwang er ihn vielleicht dazu, die Flasche auszutrinken – um zu sehen, was dann geschah.

Normalerweise hätte sich Pritkin selbst aus der Affäre ziehen können, aber er versuchte, keine Aufmerksamkeit auf das Geschehen zu lenken. Ich wusste sein Bestreben zu schätzen, die Integrität der Zeitlinie zu wahren, doch es erschien mir übertrieben, sich deshalb töten zu lassen. Ich war die Pythia, zumindest vorübergehend, und so weit wäre ich nicht gegangen. Normalerweise hätte ich mir wegen Pritkins Tod keine grauen Haare wachsen lassen, aber er hatte die Loge nur auf meine ausdrückliche Bitte hin betreten. Wenn er starb, war das zumindest teilweise meine Schuld.

Ich seufzte und hob die Hand. Ein matt glühender Dolch sprang aus dem Armband und schwebte daneben. Ein leises Summen ging von ihm aus, als freute er sich auf einen Kampf. Mir kamen Bedenken – vielleicht entschied der Dolch, sich in Pritkin zu bohren, anstatt die Flasche zu zerbrechen. Das Armband und der Kriegsmagier mochten sich nicht sehr und mussten erst noch lernen, auf der gleichen Seite zu kämpfen.

»Nimm dir *nur* die Flasche vor«, sagte ich streng. »Greif nicht den Magier an – du weißt ja, wie er auf so etwas reagiert. Ich meine es ernst.«

Der Dolch kippte vorn kurz nach unten, was nach einem Nicken aussah, und sauste davon. Er flog über den Balkon hinweg und hielt genau auf die Flasche zu, die Mircea gerade an Pritkins Lippen gesetzt hatte. Mühelos zerbrach er das dicke Glas, und dunkler Rotwein strömte über den Mantel des Magiers und Mirceas weißes Hemd. Mircea wirbelte herum, den Flaschenhals noch in der einen Hand, und sah mich. Er öffnete den Mund, als wollte er etwas sagen, brachte aber keinen Ton hervor, stand einfach nur da und starrte mich an.

Mein Messer nahm sich leider kein Beispiel an ihm und beschloss, es ein wenig zu übertreiben. Der Macbeth auf der Bühne fragte gerade, ob das ein Dolch war, den er vor sich sah. Mein blitzendes und glühendes Messer huschte über die Brüstung der Loge hinweg, ging tiefer, flog dicht über den Köpfen der Zuschauer – was einige Schreie zur Folge hatte – und hielt dicht vor dem Gesicht des verblüfften Schauspielers an. Dort wiederholte es die nickende Bewegung, als wollte es sich vor Macbeth verbeugen, und flog dann zu mir zurück. Donnernder Applaus übertönte den Rest des Monologs auf der Bühne.

Der aufmerksamkeitsgeile Dolch war gerade wieder Teil meines Armbands geworden, als ich die Desorientierung eines bevorstehenden Zeitsprungs fühlte. »Nehmen Sie meine Hand, schnell!«, rief ich Pritkin zu. »Der Start erfolgt in wenigen Sekunden.«

Er hatte den Moment der Ablenkung genutzt, um sich von der Blondine loszureißen. Sie stand zwischen ihm und dem Ausgang, aber er löste das Problem, indem er auf einen leeren Sitz sprang und über die Trennung zwischen den beiden Logen hinwegsetzte. Am Rand wäre er fast ausgerutscht, aber ich ergriff seine Hand. Einen Augenblick später fielen wir erneut durch die Zeiten.

Drei

Wir landeten auf einem weißen Fliesenboden, und etwas fiel mit einem *Plopp* direkt vor meine Nase. Ich schielte bei dem Versuch, das nahe Etwas zu identifizieren. Kaum war mir das gelungen, quiekte ich laut, wich zurück und stieß dabei gegen Pritkin. Eine gewölbte Hand mit Farbe und Textur von altem Stein nahm den Gegenstand auf und legte ihn auf ein silbernes Tablett. »Gäste haben hier keinen Zutritt«, informierte mich ein knirschender Bariton.

Ich antwortete nicht und war zu sehr damit beschäftigt, auf die Servierplatte mit den abgetrennten Fingern zu starren, die der Eigentümer der Stimme in langen, krummen Klauen hielt. Vielleicht hätte meine Sorge vor allem dem grünlichen Gesicht gelten sollen, das wie schimmelbesetzter Fels aussah und mich über das Tablett hinweg musterte. Eine dicke Narbe reichte von der Schläfe bis zum Hals, und das eine übrig gebliebene Auge, gelb und schlitzförmig, rang mit zwei schwarzen, gewundenen Hörnern um seinen Platz auf der Stirn – es war etwas, das man nicht alle Tage sah. Doch mein Blick klebte an den abgetrennten Fingern fest.

Es mussten zwanzig oder mehr sein, alles Zeigefinger, soweit ich das feststellen konnte, und sie lagen zwischen Brotstücken. Die Krusten waren weggeschnitten, und ein gefranstes Stück Römersalat umgab jedes Stück. Finger Food, dachte ein Teil von mir. Ich keuchte und wusste nicht, ob ich voller Ekel würgen oder hysterisch kichern sollte.

Schließlich hob ich den Blick, und er wanderte durch einen

Raum, den ich als Küche erkannte. Ein anderes steinfarbenes Geschöpf – mit glühenden grünen Augen und Fledermausflügeln –, stand auf einem Stuhl und drückte etwas in kleine, fingergroße Backformen. Mein gefrorenes Gehirn taute weit genug auf, um den Geruch zu deuten. »Oh, dem Himmel sei Dank.« Ich sank erleichtert gegen Pritkin. »Es ist bloß Pastete!«

»Wo sind wir?«, fragte er und zog mich auf die Beine. Es fiel mir schwer, das Gleichgewicht zu wahren, denn ich hatte irgendwie einen Schuh verloren, und außerdem rauschte ein größeres graues Ding vorbei und traf mich mit dem Schwanz. Das Geschöpf trug weiße Kochkleidung, einen kleinen roten Schal und einen hohen Hut. Am Hemd entdeckte ich ein sehr vertrautes Wappen in Rot, Gelb und Schwarz – Tonys Farben.

»Wieder im Dante's, allerdings in der Küche.« Als Pritkin in dem Theater auf mich gefallen war, musste er meine Konzentration beeinträchtigt haben. Wir waren ein wenig vom Kurs abgekommen.

»Sind Sie sicher, dass das das Kasino ist?« Der Magier blickte auf ein nahes Tablett, auf dem Radieschen lagen – sie waren geschält und so hergerichtet, dass sie menschlichen Augen ähnelten. Oliven bildeten die Pupillen, und der Nelkenpfeffer schien uns anzustarren. Ich sah mir das Wappen genauer an, das jede Uniform in Sichtweite zierte und sich auch über der Pendeltür auf der anderen Seite des Raums zeigte. Es kam mir sehr bekannt vor.

Antonio Gallina war außerhalb von Florenz in eine Familie von Hühnerbauern geboren worden, etwa zu der Zeit, als Michelangelo als Bildhauer für den alten Medici tätig gewesen war. Etwa zweihundert Jahre später, als der verarmte englische König Karl I. damit begann, Adelstitel zu verkaufen, um seine Kunstleidenschaft zu finanzieren, hatte der zum Meistervampir gewordene uneheliche Bauernsohn genug Geld beiseite geschafft, um sich die Baronetswürde zu kaufen. Ich persönlich fand, dass die Herolde – jene Männer, die Tonys Wappen entwarfen – am Abend zuvor zu viel Zeit im Pub verbracht hatten. Vermutlich hätte es schlimmer kommen können – man denke nur an den armen französischen Apotheker, der ein Wappen mit drei Nachttöpfen bekam –, aber das komische gelbe Huhn in der Mitte war schlimm genug. Angeblich sollte es einen Hinweis auf den Nachnamen geben – »Gallina« kam aus dem Italienischen und bedeutete Huhn beziehungsweise Henne –, aber der dicke Vogel wies frappierende Ähnlichkeit mit dem Eigentümer des Wappens auf.

»Ziemlich sicher«, beantwortete ich Pritkins Frage. Ich wollte es ihm erklären, doch genau in diesem Augenblick eilte eins der Wesen an uns vorbei, die sich ums Kochen kümmerten, ein kleines Exemplar mit einem Haarnetz, das lange, an einen Esel erinnernde Schlappohren festhielt. Mit krallenartigen Zehen lief es mir über die bloßen Füße, was mich veranlasste, eine Grimasse zu schneiden und noch weiter zurückzuweichen. Dadurch wurde Pritkin gegen einen Karren mit Tabletts gestoßen, auf denen kleine schwarze Hexenkessel standen.

»Was sind das für Geschöpfe?« Ich streifte den einen übrig gebliebenen Schuh ab, um nicht zu riskieren, mir den Hals zu brechen, wenn wir laufen mussten. Mein wachsamer Blick blieb auf das Wesen vor uns gerichtet, aber trotz seines Aussehens wirkte es nicht sonderlich feindselig. Es unterstrich den Hinweis, dass Gäste keinen Zutritt hatten, indem es mit einem Löffel zur Pendeltür zeigte.

»Rumtorte!«, rief ein kleiner Koch und eilte an uns vorbei. Er trug nur die obere Hälfte der üblicherweise aus Hemd und Hose bestehenden Kombination, und in seinem Fall strich sie über den Boden. Ein langer, echsenartiger Schwanz ragte darunter hervor.

Er ähnelte vielen der anderen anwesenden Kreaturen. Die meisten von ihnen hatten Fledermausflügel, Klauenhände und lange Schwänze, doch da hörten die Gemeinsamkeiten auf. Die Vielfalt der Köpfe reichte von vogel- bis echsenartig, und es gab auch einige pelzbesetzte. Einige hatten Hörner, andere Schlappohren, und ihre Größe variierte von etwa sechzig Zentimetern bis eins zwanzig oder eins dreißig. Alle glühten, wie von einer starken inneren Glühbirne erhellt. Es war entnervend, zumal mich die Geschöpfe an irgendetwas erinnerten.

»Gargoyles«, sagte Pritkin, als wir die Pendeltür passierten und einen kurzen Flur erreichten. An seinem Ende führte eine Tür, die aus altem, massivem Holz zu bestehen schien, aber viel zu leicht war, um echt zu sein, in einen längeren und breiteren Flur. Mittelalterliche Waffen hingen dort an den Wänden, und auf Sockeln standen spinnwebverhangene Rüstungen im flackernden Schein von Fackeln, die natürlich nicht echt waren. In den oberen Bereichen des Dante's gab es nur schwache Schutzzauber, und deshalb funktionierte die Elektrizität, abgesehen von kleineren Stromschwankungen. Echte Fackeln wären kaum mit den Brandschutzbestimmungen zu vereinbaren gewesen.

Ich blieb stehen und beobachtete, wie sich der Magier umsah, als rechnete er jeden Augenblick damit, dass sich etwas auf ihn stürzte. Es wäre wirklich nett gewesen, wenn das Universum endlich damit aufgehört hätte, mich mit Wesen aus Fabeln, Mythen und Albträumen zu konfrontieren. »Es gibt keine Gargoyles!«, sagte ich, als zwei der kleinen Monster einen Karren durch die Tür bugsierten und ihn anschließend durch den Flur zogen. Ein dicker Teppich lag auf dem Boden, der wie verwitterter Fels aussah, und verlief, nur einen guten halben Meter breit, in der Mitte. Als Ausschmückung gab er nicht viel her, und der Karren drohte zu kippen, wenn eins der Räder darauf traf. »Es ist nur ein Name für seltsam geformte Wasserspeier!«, behauptete ich, obwohl mir meine Augen etwas anderes sagten. »Das weiß jeder.«

»Wie können Sie so lange in unserer Welt gelebt haben und so wenig wissen?«, erwiderte Pritkin. »Bestimmt haben Sie sonderbarere Dinge gesehen. Immerhin sind Sie am Hof eines Vampirs aufgewachsen!«

Inzwischen hatten die Kellner ihre Tour durch den Flur hinter sich gebracht und einen Aufzug erreicht. Einer von ihnen betätigte die Ruftaste mit der Spitze seines Schwanzes. Er hatte den Kopf eines Hundes und den Körper einer Fledermaus, während bei seinem Begleiter graue Schuppen den Leib bedeckten und eine sechzig Zentimeter lange Zunge aus dem Maul hing.

»Das Seltsamste an unserem Koch in Philly war seine Taubheit – er hat zu viele Jahre Heavy Metal gehört«, sagte ich zu Pritkin. »Aber er war ein Mensch. Zumindest bis Tony einem wichtigen Gast Fettuccine Alfredo versprach und der Koch Schinken, Kopfsalat und Tomaten verstand ... Wie dem auch sei, sollten sie nicht irgendwo am Dachrand einer Kathedrale sitzen?«

»Die Geschöpfe auf den Dächern mittelalterlicher Kathedralen sind keine Gargoyles, sondern Grotesken«, antwortete Pritkin pedantisch, während wir den Weg in Richtung Karren fortsetzten.

»Hören Sie auf damit! Sie wissen, was ich meine! Was hat es mit diesen Geschöpfen auf sich?«

»Es sind illegale Einwanderer«, sagte der Magier. »Billige Arbeitskräfte.«

Ich musterte ihn argwöhnisch, aber wenn Pritkin einen Sinn

für Humor hatte, versteckte er ihn gut. »Einwanderer? Von wo?«

»Aus dem Feenland«, sagte er in der abgehackten Sprechweise, die bei ihm auf Ärger hindeutete. Was bei Pritkin ein Dauerzustand zu sein schien, zumindest in meiner Nähe. »Seit Jahrhunderten kommen sie in unsere Welt, aber in letzter Zeit wächst ihre Zahl, weil die Lichtelfen ihren dunklen Kollegen das Leben schwer machen – bei den Dunkelelfen ist die Anzahl der Wesen, die wir Gargoyles nennen, begrenzt. Die Magier, die sich um Feenangelegenheiten kümmern, klagen schon seit einer ganzen Weile über die nicht genehmigten Neuzugänge.«

»Sie kommen also hierher und kümmern sich um den Zimmerservice?«

Der Aufzug kam, und die Gargoyles zogen den Karren in die Liftkabine. Den Menschen darin schenkten sie keine Beachtung.

»Sie haben vor allem als Wächter für Tempel in der antiken Welt und für magische Gebäude in späteren Jahrhunderten gearbeitet«, sagte Pritkin. »Aber durch Fortschritte bei den Schutzzaubern ist dieser Markt immer kleiner geworden. Im Gegensatz zu den Lichtelfen gehen sie nicht als Menschen durch, und deshalb unterliegt ihre Einreise Beschränkungen.« Seine Miene verfinsterte sich. »Zumindest die offiziell genehmigte.«

»Ich schätze, an einem Ort wie diesem verschmelzen sie in gewisser Weise mit dem Ambiente«, sagte ich, aber Pritkin hörte gar nicht zu. Er hatte sich geduckt und spähte wachsam um eine Ecke, als rechnete er hinter ihr mit einer feindlichen Streitmacht.

»Bleiben Sie hier«, wies er mich an. »Ich sehe mich um. Wenn ich zurückkehre, führen wir das Gespräch, das Sie mir versprochen haben, oder unsere nächste Begegnung wird nicht so angenehm.«

»Angenehm? Sie verbinden seltsame Vorstellungen mit diesem Wort …« Ich unterbrach mich, denn er eilte los, huschte um die Ecke und verschwand in den Schatten, wie die Figur eines Videospiels. Der Bursche war nicht ganz dicht, aber ich hatte versprochen, ihn anzuhören. Und wenn es eine Möglichkeit gab, ihn und den Kreis loszuwerden, wollte ich sie nutzen.

Ich hielt es nicht für eine gute Idee, in die Küche zurückzukehren, und deshalb blieb ich im Flur. Zwischen den Rüstungen hingen hässliche Wandteppiche, und der nächste von ihnen präsentierte einen Zyklopen, der sich durch ein menschliches Heer fraß. Er hielt einen Soldaten in jeder Hand, und ein Arm hing aus seinem blutverschmierten Maul. Ich beschloss, mich auf die Rüstungen zu konzentrieren.

Es erwies sich als recht lustig. Die Rüstungen standen auf hölzernen Sockeln und trugen Messingtafeln mit lateinischen Aufschriften. Ich hatte als Kind Latein lernen müssen, was ich meiner Gouvernante verdankte – sie war der Meinung gewesen, dass so etwas zu einer richtigen Bildung gehörte. Doch ich hatte meine Lateinkenntnisse nur ein einziges Mal außerhalb des Klassenzimmers verwendet, als Laura – eine Geisterfreundin – und ich uns einen Spaß daraus gemacht hatten, Motti für Tony zu erfinden. Der Lieblingsspruch meiner Freundin hatte gelautet: *Nunquam reliquiae redire: carpe omniem impremis* (Kehre nie für Nachschlag zurück; nimm alles beim ersten Mal). Mir war *Mundus vult decipi* (Es wird jede Sekunde ein Trottel geboren) lieber, aber wir einigten uns schließlich auf *Revelare pecunia!* (Zeig mir das Geld!), weil es besser auf den Schild passte. Das Ding war rostig und gab nicht viel her, aber wir fanden ohnehin bald heraus, dass die Inschriften im Dante's nicht so ernst gemeint waren, wie sie aussahen.

Prehende uxorem meam, sis! (Nimm meine Frau, bitte!) verkündete die Tafel am nächsten Ritter. Ich lächelte, ging durch den Flur und übersetzte die Aufschriften. Einige der amüsantesten lauteten *Certe, toto, sentio nos in kansate non iam adesse* (Weißt du, Toto, ich habe das Gefühl, wir sind nicht mehr in Kansas), *Elvem vivere* (Elvis lebt) und *Estne volumen in amiculum, an solum tibi libet me videre?* (Ist das eine Schriftrolle unter deinem Mantel, oder freust du dich nur, mich zu sehen?).

Etwa auf halbem Weg durch den Flur war ich vor einem der Ritter in die Hocke gegangen und versuchte, den Witz zu verstehen, als Pritkin mit voller Geschwindigkeit um die Ecke gelaufen kam. Ich wusste, dass es ein Problem gab, bevor er den Mund öffnete – der Umstand, dass ihn einige fliegende Waffen verfolgten, bot einen klaren Hinweis. »Auf die Beine!«, rief er, als eine der Waffen – ein Messer, das lang genug war, um als Kurzschwert zu gelten – nach seinem Kopf schlug. Wenn er sich nicht im letzten Augenblick geduckt hätte, wäre er enthauptet worden. So traf es nur sein Ohr, das halb abgeschnitten wurde.

Ich gebe zu, dass ich für einige Momente einfach nur dastand. Zu meiner Rechtfertigung möchte ich sagen: Als ich Pritkin das letzte Mal in der Nähe von fliegenden Waffen gesehen hatte, waren es seine eigenen gewesen. Bevor ich herausfinden konnte, warum das Messer ihn angegriffen hatte, kamen zwei weitere Gestalten um die Ecke. Ich erkannte die Magier, die zuvor in Casanovas Laden Enyo gegenübergestanden hatten. »Sie gehören nicht zu Ihnen?«, fragte ich dummerweise.

Pritkin hielt sich nicht mit einer Antwort auf. »Bringen Sie uns fort von hier!«, rief er und bewegte den Arm wie bei einem eher ungeschickten Diskuswurf. Die beiden anderen Magier verharrten abrupt. Der Grund dafür blieb mir ein Rätsel, bis ich die Hand ausstreckte und eine energetische Barriere fühlte.

Pritkins Schilde glühten um uns herum, blau und mit einem leichten Flimmern im unsteten Licht der nächsten Fackel. »Na los!«

»Gib uns die Abtrünnige, Pritkin!«, verlangte einer der beiden anderen Magier. Er war groß und hatte einen deutlich vorstehenden Adamsapfel, bleiche Haut und eine donnernde Stimme, die gar nicht zu seiner dürren Statur passte. »Sie ist das nicht wert.«

»Sie bekommt eine faire Anhörung«, sagte der andere, kräftiger gebaute afroamerikanische Magier an seiner Seite. Der Blick, den er mir dabei zuwarf, war nicht besonders freundlich. »Komm friedlich mit, solange du noch Gelegenheit dazu hast.«

»Was geht hier vor?«, fragte ich. Die einzige Antwort, die ich bekam, bestand aus einem großen Gegenstand, der an meinem Gesicht vorbeisurrte und die Nase nur um einen Millimeter verfehlte. Mit einem Schrei sprang ich zurück, und einen Sekundenbruchteil später traf ein schwerer Streitkolben auf eine nahe Rüstung. Zum Glück, denn der Haufen aus altem Metall hatte gerade ein Schwert auf meinen Kopf herabbringen wollen. Der Streitkolben schmetterte gegen die Brust der Rüstung, die daraufhin nach hinten taumelte und an einen Wandteppich stieß.

Ich sah mich verblüfft um und begriff nicht, was geschah. Der Streitkolben hatte Pritkins Schilde so durchdrungen, als existierten sie überhaupt nicht. Noch besorgniserregender war der Umstand, dass das Ding nicht etwa von den Magiern gekommen war – es hatte seinen Ursprung irgendwo hinter uns, obgleich sich dort niemand befand.

Ein Klappern und Rasseln veranlasste mich, den Kopf zu drehen, und für einen Augenblick dachte ich, dass die Magier angriffen. Zwar wirkten sie noch grimmiger als vorher, aber ich stand nicht mehr im Mittelpunkt ihres Interesses. Ihre Blicke und Waffen waren auf die beschädigte Rüstung gerichtet, die nicht etwa umstürzte, sondern sich von dem Wandteppich befreite, der auf sie gefallen war. Nachdem sie den schweren Stoff zur Seite gestoßen hatte, tastete sie nach dem Schwert, das vom Streitkolben fortgewirbelt worden war. Doch Pritkin erreichte die Waffe zuerst und hob sie, obwohl die Klinge fast so lang war wie er selbst groß. Drohend richtete er sie auf den Ritter.

Der schien sich davon nicht beeindrucken zu lassen. Er stand auf, nahm einen Schild von der Wand und warf ihn wie ein hundert Pfund schweres Frisbee. Pritkin sprang und prallte gegen mich, woraufhin wir beide gegen die Wand stießen. Einen Moment später raste das eiserne Ding dort durch die Luft, wo wir eben noch gestanden hatten. Es zertrümmerte ein Buntglasfenster am Ende des Flurs, und ein Regen aus Glassplittern ging auf die dortige Treppe nieder.

Mir blieb nicht einmal genug Zeit, Luft zu holen, bevor Pritkin fiel, mich zu sich herunterriss und meinen Kopf dabei so weit nach unten brachte, dass meine Nase merkte, wie hart ein Boden aus Felsimitat sein konnte. Ich beklagte mich nicht, denn unmittelbar darauf segelte ein weiterer Schild dicht über uns durch die Luft. Auf der anderen Seite des Flurs schlug er ein Stück aus der Wand und blieb in Putz und Gestein stecken.

Die beiden Kriegsmagier mussten etwas getan haben, das die Aufmerksamkeit der Rüstung auf sich zog, denn sie stapfte plötzlich in ihre Richtung. Hinter ihr rieselte Staub zu Boden. In ungläubiger Verblüffung umklammerte ich Pritkins Arm. »Wie konnte das Ding an meinem Schutzzauber vorbei?« Der erste Schild war bis auf etwa dreißig Zentimeter an uns herangekommen, und der zweite hatte mich nur um einen oder anderthalb Zentimeter verfehlt. Wie groß musste eine Gefahr werden, bis der Stern auf meinem Rücken endlich beschloss, aktiv zu werden?

Pritkin schenkte mir keine Beachtung, sprang auf und ergriff das Schwert, das er fallengelassen hatte, um mich an die Wand zu stoßen. Es erwies sich als schlechter Schachzug. Das Gesicht des Ritters, beziehungsweise sein Visier, wandte sich sofort wieder uns zu. Vermutlich mochte der Bursche nicht, dass jemand anders sein Schwert anfasste. Er konnte nicht gegen alle drei Kriegsmagier gleichzeitig kämpfen, doch das erleichterte mich keineswegs.

Eine Sekunde später nahm meine Besorgnis sogar noch zu, als neuerliches metallisches Scheppern durch den Flur klang, lauter als vorher: Zwei Dutzend Metallgestalten traten von ihren Sockeln. Die von Casanova erwähnte interne Verteidigung schien beschlossen zu haben, den Einsatz zu erhöhen. Die heranstapfende Metallarmee sah aus wie die mittelalterliche Version einer Revue-Tanzgruppe, denn die Eisenmänner bewegten sich perfekt synchron. Aber anstatt die Beine zu schwingen, schulterten sie Waffen.

»Der Kreis hat eine Möglichkeit gefunden, Ihren Schutzzauber zu blockieren – er funktioniert nicht«, sagte Pritkin, als ich auf die Beine kam und versuchte, nicht auf die Schmerzen in Nase und Knien zu achten. Er beobachtete die Ritter und hielt bei ihnen nach einer schwachen Stelle Ausschau. Ich hoffte, dass er eine entdeckte, denn die nächsten Rüstungen begannen damit, ihre Streitkolben über den Köpfen zu drehen, so schnell, dass ich nur noch schemenhafte Bewegungen sah, und die Ritter hinter ihnen zogen sehr scharf wirkende Schwerter. Dann wurde mir plötzlich klar, was Pritkin gerade gesagt hatte. Ich langte über die Schulter und tastete nach dem schiefen Stern auf meinem Rücken. Er war noch immer da, aber er fühlte sich völlig inaktiv an.

»Der Kreis kann ihn erst entfernen, wenn er Sie in seiner Gewalt hat«, fügte Pritkin hinzu. »Aber der Zauber wird nicht aufleuchten, da können Sie sicher sein.«

»Und das sagen Sie mir erst jetzt?«

Pritkin antwortete nicht, zog einen alten 45er hinter seinem Gürtel hervor und ballerte damit auf die nächsten Ritter. Die Kugeln trafen und hinterließen große Löcher, aber es spritzte kein Blut. Der Fackelschein zeigte mir den Grund dafür: Durch die im nächsten Rüstungskopf entstandenen Öffnungen sah ich das leere Innere des Helms und einen Teil des Teppichs an der Wand dahinter. Es steckte niemand darin, den man verletzen konnte.

Offenbar begriff Pritkin, dass er auf diese Weise nicht weiterkam, denn er steckte die Knarre wieder ein und schickte den Rüstungen stattdessen eine orangerote Feuerkugel entgegen. Sie entzündete eine von der Decke herabhängende Fahne, und schon nach wenigen Momenten waren nur noch einige wenige brennende Fetzen von ihr übrig. Doch als die Flammen verschwanden, stellte ich fest, dass sich die Wirkung des Feuers auf die Ritter in Grenzen hielt. Die ersten beiden, die durch den Rauch zum Vorschein kamen, sahen aus wie die Teilnehmer an einem dreibeinigen Wettlauf: Ihre Körper waren von der Hüfte abwärts zusammengeschweißt, aber sie stapften munter weiter. Die anderen hinter ihnen waren nur angesengt und zu Boden geworfen worden.

»Ihre Waffen sind verzaubert«, stieß Pritkin grimmig hervor. »Und ich habe meine Schilde den ganzen Tag nonstop verwendet. Sie halten nicht mehr lange, und es gibt kaum Magie, die sich im Einflussbereich der Schutzzauber des Kasinos einsetzen lässt. Bringen Sie uns weg!«

Ich hätte nichts lieber getan, aber es gab da ein kleines Problem. Ich mochte im Besitz ziemlich großer Macht sein, zumindest vorübergehend, doch ich wollte lieber keinen Gebrauch davon machen. Macht war nicht umsonst, erst recht keine von diesem Ausmaß. Ich hatte genug Zeit in der Nähe von Anwendern der Magie verbracht, um zu wissen: Wenn man sich Macht lieh, bekam man irgendwann die Rechnung präsentiert. Es gefiel mir nicht, keine Ahnung zu haben, wie die Rechnung aussah und wer sie schickte.

»Warum greifen uns die Ritter an?«, fragte ich und hoffte, dass es eine andere Lösung gab – irgendeine. »Wir haben ihnen doch nichts getan!« Vielleicht deutete ich die Situation falsch. Vielleicht versuchte die innere Verteidigung des Kasinos, die Magier für uns zu erledigen. In dem Fall brauchten wir nur aus dem Weg zu gehen.

Pritkin nahm mir diese Hoffnung. »Andrew und Stephan haben Waffen im Innern des Kasinos gezückt und damit die automatische Verteidigung ausgelöst. Ich habe nicht reagiert, und deshalb hätten wir eigentlich nicht in Gefahr geraten sollen, aber sie kamen zu nahe. Die Verteidigung hat uns mit den Aggressoren verwechselt, und deshalb nimmt sie uns ebenfalls aufs Korn. Bringen Sie uns endlich weg!«

Mir blieb keine Zeit zu erklären, was ich meiner neuen Macht gegenüber empfand, denn ich musste einem Speer ausweichen, den einer der Ritter weiter hinten im Flur warf. Ich sprang zur Seite, und er bohrte sich genau dort in den Boden, wo ich gerade gestanden hatte – kleine bemalte Betonsplitter stoben zu mir auf. Ich fühlte, wie mir etwas Warmes über die linke Wange lief, tastete mit einer zitternden Hand danach und sah Blut an den Fingern. Der Zauber auf meinem Rücken rührte sich noch immer nicht. Ich starrte fassungslos auf meine blutverschmierte Hand. So viel zum übernatürlichen Schutz.

»Na los!«, drängte Pritkin.

»Ich kann nicht!« Ich war bereit, es mir anders zu überlegen, aber nur dann, wenn akute Lebensgefahr bestand. Wenn mir anschließend jemand wegen London eine Rechnung schickte, so konnte ich mit Fug und Recht behaupten, dass mir keine andere Wahl geblieben war. Eine solche Entschuldigung hatte ich nicht, wenn ich die Macht jetzt benutzte. Wenn eben möglich wollte ich vermeiden, jemand anders mein Leben zu verdanken. In einem magischen Kontext konnte eine solche Schuld eine verdammt üble Sache sein.

Pritkin hätte mir vielleicht widersprochen, aber seine Aufmerksamkeit galt den angesengten Rittern, die inzwischen wieder auf die Beine kamen. Er schickte sein fliegendes Arsenal in die Menge, und die hin- und herschwingenden Klingen gaben den Rüstungen neue Ziele. Ich fügte dem Durcheinander meine Dolche hinzu, gerade rechtzeitig: Sie erledigten einen Streitkolben, der auf Pritkins Kopf zielte. Er hatte nichts davon bemerkt, weil er damit beschäftigt gewesen war, mit dem Schwert einen aus der anderen Richtung kommenden Spieß abzuwehren. Als ich Pritkin zum letzten Mal bei einem Kampf beobachtet hatte, schien er Freude daran gefunden zu haben. Diesmal zeigten sich keine derartigen Gefühle in seinem Gesicht. Vielleicht hatte das halb abgeschnittene Ohr etwas damit zu tun.

Ich sah mich nach einem Ausweg um, aber es schien keinen zu geben. Ein Minenfeld aus Glassplittern umgab die rückwärtige Treppe, doch ein nennenswertes Hindernis war es eigentlich nicht. Meine nackten Füße wären bestimmt nicht begeistert gewesen, aber Pritkin konnte das riesige Schwert heben – er hätte eigentlich in der Lage sein müssen, mich zu tragen. Andererseits … Wie sollte er mich tragen und gleichzeitig gegen die Ritter zwischen uns und jenem Teil des Flurs kämpfen? Ähnliches galt für die Tür zur Küche. Eine gefallene

Rüstung, die von einem meiner Dolche zerlegt wurde, und drei stehende Ritter blockierten den Weg.

»Gibt es eine verborgene Treppe?«, fragte Pritkin mit einer Stimme, deren Ruhe fehl am Platz wirkte. »Diese Burschen dürften Schwierigkeiten mit den Stufen haben.«

»Woher soll ich das wissen?« Ich sah mich um, doch ein Ritter mit einer scheußlich aussehenden doppelköpfigen Axt zog meinen Blick auf sich. Alphonse, der Waffen aller Art sammelte, hatte ein ebenso beschaffenes Exemplar in seinem Sicherheitszimmer. Allein an der Wand hängend hatte es bedrohlich genug gewirkt, und jetzt – nahe genug, um Pritkin oder mir den Kopf abzuschlagen – sah die Axt noch viel schlimmer aus.

»Überprüfen Sie die Wandteppiche!« Pritkin huschte nach vorn und schlug nach den Beinen des Ritters. »Vielleicht befindet sich eine geheime Tür dahinter!« Seine Klinge erledigte ein Knie des Angreifers und ließ ihn zu Boden fallen. Aber er kam weiter auf uns zu, zog sich mit den Armen und trat mit dem anderen Bein. Was noch beunruhigender war: Das abgetrennte Glied kroch hinter ihm über den Boden und versuchte, zum Körper zurückzukehren. Um eine der Rüstungen zu erledigen, mussten wir sie völlig auseinandernehmen, und dazu waren es einfach zu viele. Sie hätten uns in Stücke geschnitten und geschlagen, bevor wir in der Lage gewesen wären, das mit ihnen anzustellen.

Ich zerrte den nächsten Wandteppich beiseite, doch dahinter zeigte sich nur falsches Felsgestein. Ich tastete darüber hinweg, auf der Suche nach einer getarnten Tür, fand aber nichts dergleichen. Ein Blick zum Aufzug teilte mir mit, dass die Liftkabine fünf Etagen entfernt war. Ganz zu schweigen von den beiden Magiern, die davor einen wilden Kampf führten.

Während ich die anderen Wandteppiche in unserer schnell

schrumpfenden Sicherheitszone fortriss, vereinte sich das abgetrennte Bein wieder mit der Rüstung. Das Metall am Oberschenkel wurde flüssig wie Quecksilber, und die beiden Teile fügten sich nahtlos zusammen. Eine Sekunde später deutete nichts mehr auf eine Wunde oder eine Beschädigung hin. Ich stellte mich schließlich der Erkenntnis, dass wir uns in einer aussichtslosen Situation befanden. Selbst Verstümmelung war für diese Gegner nur eine vorübergehende Unannehmlichkeit. Der Mistkerl Tony hatte bei seinen Schutzsystemen nicht gespart. Verdammt.

»Keine Treppe!«, rief ich.

Pritkin wirbelte herum, brachte einen weiteren Ritter zu Fall und gab mir einen Stoß mit dem Ellenbogen. Ich ging vor einem leeren Sockel zu Boden, und in meinen Ohren klingelte es. Das Gehirn übersetzte automatisch die lateinischen Worte vor mir: *Medio tutissimus ibis* (In der Mitte wirst du am sichersten gehen). Es war ein Zitat aus Ovids »Metamorphosen«, und im Dante's, dem Hort des Extremen, klangen die Worte seltsam.

Während ich mich noch aufzusetzen versuchte, kamen die sechs Ritter von der anderen Seite des Flurs, die in unsere Richtung gestapft waren, in gefährliche Nähe. Sie stellten uns vor die Wahl, von ihnen aufgespießt oder von ihren Kumpeln auf der anderen Seite zerstückelt zu werden – es war klar, dass wir sie nicht mehr lange zurückhalten konnten. Ich wollte gerade den Gedanken an die möglichen Konsequenzen beiseite schieben und uns fortbringen, als mir etwas auffiel.

Eins von Pritkins größeren Messern schnitt fröhlich an einem nahen Ritter herum. Die Rüstung hatte ihre Waffe verloren – sie steckte in der am Handgelenk abgetrennten Faust. Doch der Ritter machte keine Anstalten, sie wieder an sich zu bringen, obwohl sie ganz in der Nähe auf dem Teppichstreifen lag. Hinzu kam: Die Faust rührte sich nicht und verzichtete auf den Versuch, wie zuvor das abgeschnittene Bein zum Körper zurückzukehren. Ich begriff plötzlich, dass ich einen klaren Blick auf sie hatte, weil sich kein einziger Ritter in der Mitte des Flurs befand.

Sie bewegten sich zu beiden Seiten des schmalen Teppichstreifens in der Mitte und vermieden es, ihn zu berühren. Ich drehte mich zu dem hinter uns stattfindenden Kampf um, und dort sah es genauso aus. Die Ritter auf der einen Seite des Streifens hatten sich den Magiern zugewandt, und die auf der anderen rückten gegen uns vor, aber niemand von ihnen betrat den recht schäbig wirkenden Teppich. Für einen Moment hätte ich Tony am liebsten bejubelt – seine Paranoia veranlasste ihn, einen Weg aus jeder Falle zu planen, auch aus seinen eigenen.

Pritkin war auf die Knie gesunken, um einem weiteren Spieß auszuweichen, während ein zweiter und ein dritter Ritter mit erhobenen Schwertern herankamen. Ich wartete nicht, um zu sehen, wie er sich aus dieser brenzligen Situation herausmanövrierte. Mit einem Satz sprang ich vor und prallte gegen ihn, was dazu führte, dass wir beide auf den Teppichstreifen rollten – Pritkins linkes Bein und meine ganze rechte Seite ragten über den Rand. Bevor ich daran etwas ändern konnte, stieß ein Ritter mit seinem Schwert zu, und die Klinge bohrte sich dort in Pritkins Wade, wo sie sich zwischen meinen Beinen zeigte.

»Bleiben Sie liegen!«, rief ich, als der Magier mich zur Seite drückte und sein Schwert dem Ritter in den Unterleib stieß. Der Hieb ließ die schwere Rüstung zurücktaumeln, und dabei riss sie ihre Klinge aus Pritkins Bein. Er schnappte nach Luft, wollte dem Ritter folgen und schien dabei zu vergessen, dass fast ein Dutzend weitere Gegner nahe genug herangekommen waren, um uns mit ihren Waffen zu erreichen. Ich krabbelte an ihm hoch, setzte mich auf ihn, packte das blonde Haar und drehte seinen Kopf. »Wir sind sicher!«, schrie ich, um den Lärm des Kampfes zu übertönen. »In der Mitte sind wir sicher!«

Ich zog sein blutendes Bein auf den Teppich und legte mein ganzes Gewicht auf die unverletzten Teile seines Körpers. Trotz der Beinwunde hätte ich ihn nicht lange festhalten können, aber als wir nicht mehr den Felsimitat-Boden berührten, schienen wir für die Ritter zu verschwinden. Sie stapften durch den Flur in Richtung der beiden Magier, die sich hinter die Ecke zurückgezogen hatten. Ich deutete auf die Inschrift am Sockel, und der verblüffte Pritkin las sie und begann zu verstehen.

»Wir müssen zur Küche zurück«, sagte ich und kam auf die Knie. Pritkin achtete darauf, nichts anderes als den Teppich zu berühren, doch sein Schwanken besorgte mich sehr. Ich senkte den Blick und erkannte das Problem. Rote Flüssigkeit machte sein Hosenbein ebenso klitschnass wie die Schulter des Mantels unter dem halb abgeschnittenen Ohr. Die Menge des Blutes ließ mich befürchten, dass das Schwert eine wichtige Ader getroffen hatte. Pritkin stützte sich schwer auf mich, als wir über den sicheren Teppichstreifen in der Mitte des Flurs wankten.

Die Geräusche deuteten darauf hin, dass der wilde Kampf hinter der Ecke andauerte. Ich schlug nicht die Richtung zu den beiden Magiern ein, die sich dort zur Wehr setzten, sondern zum Kasino. Inzwischen wusste ich mich vor der inneren Verteidigung in diesem Bereich zu schützen, aber Pritkins Kollegen hatten keine Auszeit-Zone.

Wir platzten in die Küche. »Ruft einen Krankenwagen!«, stieß ich hervor und sah mich um. Ich konnte kaum etwas sehen, denn nach der Düsternis im Flur schien der Raum viel zu hell erleuchtet zu sein. In dem Gleißen zeichneten sich vage die Umrisse einiger kleiner Gestalten ab, die uns aus großen, glühenden Augen anstarrten.

»Nein. Ich bringe es selbst in Ordnung.« Pritkin sank in der Tür zu Boden und streifte den Stiefel ab – Blut strömte auf die bis eben makellosen Küchenfliesen. Der letzte Rest von Farbe wich aus seinem Gesicht.

Ich schnappte mir ein nahes Geschirrtuch, hielt es auf die Wunde und warf meine vorherige Entscheidung über den Haufen – ich wollte nicht zusehen, wie Pritkin verblutete. »Ich bringe uns zu einem Krankenhaus«, sagte ich, aber er wich zurück, als ich ihn berührte.

»Nein! Ich heile mich selbst.« Er murmelte etwas, und der Blutfluss wurde geringer. Doch sein schnaufendes, flaches Atmen und das bleiche Gesicht gefielen mir nicht. Mit einem Schaudern beobachtete ich, wie sich das herunterhängende Ohr aufrichtete und sich wieder ganz mit dem Kopf verband.

»Warum wollen Sie nicht in ein Krankenhaus?«, fragte ich und versuchte, dem Ohr keine Beachtung zu schenken – es zuckte mehrmals und richtete sich dann genauso aus wie das auf der anderen Seite. Plötzlich begann ich zu verstehen. »Moment mal. Die Magier hatten es nicht nur auf mich abgesehen, oder? Der Kreis ist auch hinter Ihnen her!«

Pritkin antwortete nicht und murmelte unverständliche Worte. Ich sah auf, als ich eine nahe Präsenz fühlte. Ein Gargoyle mit roten Augen und gar nicht zum allgemeinen Erscheinungsbild passenden rubinroten Ohrringen an den spitzen, katzenartigen Ohren blickte auf mich herab. Mit vorsichtigem Nachdruck schob mich das Geschöpf zur Seite.

Unsicher stand ich da und wusste nicht, ob ich protestieren sollte. Ich blieb stumm, hauptsächlich deshalb, weil ich von dem Wesen keine böse Ausstrahlung fühlte. Vielleicht lag es an den hübschen Ohrringen oder an dem Umstand, dass es Schokoladenglasur am flaumigen Kinn hatte. Mein Schweigen schien die richtige Entscheidung zu sein. Eine Hand, die mehr wie eine Pfote aussah, schwebte kurz über Pritkins Bein, und die Wunde schloss sich langsam.

Der Vorgang half ihm offenbar bei der Heilung, doch so wie sich seine Augen verdrehten ... Es schien alles andere als angenehm zu sein. Seine Lippen bewegten sich, als wollte er etwas sagen, und deshalb beugte ich mich zu ihm herab, wobei ich die Nähe der geballten Fäuste mied. »Me oportet propter praeceptum to nocere (Ich werde Ihnen aus Prinzip wehtun müssen)«, ächzte er.

»Sehr komisch.«

»Sie hätten uns die ganze Zeit über fortbringen können!«

»Nicht ohne einen Preis dafür zu bezahlen.«

Pritkins finsterer Blick brach fast einen neuen Rekord. »Welchen Preis? Sie hätten getötet werden können! Und ich ebenfalls!«

»Stercus accidit (Dumm gelaufen).« Während Pritkin noch damit beschäftigt war, mein verhunztes Latein auseinander zu klamüsern, machte ich mich auf die Suche nach einem anderen Ausgang. Ich beabsichtigte nicht, jenen Flur noch einmal zu betreten, und ich wollte auch nicht meine Macht benutzen, nachdem ich mir solche Mühe gegeben hatte, das zu vermeiden.

Was ich fand, war sehr zufriedenstellend. Wenn ich durch den Anblick der Gargoyles zuvor nicht so ausgeflippt gewesen wäre, hätte ich mich vielleicht eher umgesehen, und dann wäre uns der ganze Mist im Flur erspart geblieben. Nachdem ich an zwei großen, eingebauten Kühlschränken, einem Kühlzimmer und einem Lagerraum für unverderbliche Lebensmittel vorbeigekommen war, entdeckte ich eine Laderampe, durch die man hinter das Kasino gelangte.

Ich blickte über den im Sonnenschein liegenden Parkplatz und fühlte mich ernsthaft in Versuchung geführt abzuhauen, während der Magier noch mit seiner Selbstheilung beschäftigt war. Ich hatte keine Zeit für das, was auch immer »das« war. Irgendwie musste ich Casanova dazu bringen, mir zu verraten, wo sein Boss steckte. Ich war keineswegs hundertprozentig sicher, dass sich Myra bei ihm befand, ging aber davon aus. Sie arbeiteten beide für den gleichen Typen, den Chef der russischen Vampirmafia, in den Geschichtsbüchern Rasputin genannt. Was nicht in den Büchern stand: Nachdem er von einem russischen Prinzen »getötet« worden war, hatte er andere Anwendungsbereiche für seine hervorragenden Überredungskünste gefunden. Eine Zeitlang hielt er sich versteckt und brachte dann das osteuropäische Drogen- und Waffengeschäft unter seine Kontrolle. Vor kurzem hatte er beschlossen, die nordamerikanischen Vampire seinem wachsenden Firmenimperium durch die Übernahme des Senats hinzuzufügen, und es war ihm gelungen, vier Senatsmitglieder umzubringen. Doch das nützte ihm herzlich wenig, solange er nicht das Senatsoberhaupt aus dem Weg räumte, und die Konsulin erwies sich als zäher Brocken. Die ganze Sache ähnelte dem Kalten Krieg und interessierte mich nicht besonders, aber leider war ich mitten in das Durcheinander geraten.

Nach dem fehlgeschlagenen Übernahmeversuch war Rasputin von der Bildfläche verschwunden. Tausende von Vampiren und Magiern suchten ihn, bisher ohne eine Spur von ihm zu finden. Da es nicht sehr viele gute Verstecke gab, und da Tony und Myra zur gleichen Zeit verschwunden waren, vermutete ich, dass sie zusammensteckten. Aber wo auch immer sich Myra befand, ich musste sie finden, bevor sie sich von unserer letzten Begegnung erholte. Andernfalls würde sie mich finden, garantiert. Und ich bezweifelte, dass mir das gefallen würde und dass ich in der Lage wäre, das neuerliche Treffen zu überleben.

Aber ich war an ein Versprechen gebunden und fand es faszinierend, mir vorzustellen, dass Pritkin und ich diesmal auf der gleichen Seite standen. In diesem Fall war der Feind meines Feindes nicht unbedingt mein Freund, aber mir war alles lieber als direkte Feindseligkeit. Ich konnte jede Hilfe gebrauchen, die ich bekam, und Casanova hatte sehr nervös gewirkt, als Pritkin erschienen war. Das konnte ich vielleicht ausnutzen. Ich wich zwei Gargoyles aus, die eine Kiste mit Kohl über die Rampe schleppten, und schickte mich an, ins Kasino zurückzukehren. Woraufhin der Spaß erst richtig losging.

Vier

»Cassie!« Casanova raste über die Laderampe und versuchte, der Sonne so kurz wie möglich ausgesetzt zu sein. Einen Moment später gerieten die drei Alten in Sicht und folgten ihm mit einer gemütlicheren Gangart. Es war mir tatsächlich gelungen, sie für eine Weile zu vergessen.

Die Gargoyles sahen das Trio und stimmten ein schrilles Geheul an, bei dem ich mir am liebsten die Ohren zugehalten hätte. »Hast du gesehen, was deine blöden Schutzzauber angestellt haben?«, fuhr ich Casanova wütend an, als er vor mir zum Stehen kam. »Ich hätte getötet werden können!«

»Wir haben schlimmere Probleme.«

Ich zerrte Enyo vom kleinsten Gargoyle fort, den sie mit ihrem Stock bearbeitete. Das gedrungene, vogelartige Geschöpf und sein Begleiter huschten mit lautem Quieken ins Gebäude. »Und wo wart ihr?«, fragte ich und dachte in meinem Zorn nicht daran, dass es kaum eine gute Idee war, alte Halbgöttinnen zu verärgern. »Die ganze Zeit über habt ihr drei Streit gesucht, aber kaum brauche ich euch mal, seid ihr mit einer Maniküre beschäftigt!«

Das stimmte – Deinos Fingernägel glänzten hellrot –, war aber nicht unbedingt fair, denn in der Bar hatten sie mir geholfen. Und wenn schon. Ich bekam jetzt Gelegenheit, genauer darüber nachzudenken, und da nervte es mich umso mehr, dass der Silberne Kreis meinen Schutzzauber blockiert hatte. Er war die einzige Verteidigungswaffe, die ich hatte, und ohne ihn fühlte ich mich sehr verwundbar.

Enyo schmollte beleidigt, ließ mir aber den Stock. Pemphredo und Deino kamen näher, als ich mich erneut an Casanova wandte und meine Tirade fortsetzte. »Pritkin ist halbtot, und die Magier sind bestimmt …«

Seine Hand schloss sich so fest um meinen Arm, dass ich aufschrie. »Wo steckt er?« Er suchte hektisch in seinen Taschen. »Warum finde ich nie das Handy, wenn ich es brauche? Wir müssen ihm so schnell wie möglich medizinische Hilfe besorgen!« Für einen Moment glaubte ich, dass er seine Worte sarkastisch meinte, doch ein Blick in sein Gesicht überzeugte mich vom Gegenteil. Casanova wirkte geradezu entsetzt.

»Was ist los mit dir? Seit wann sorgst du dich um …«

Casanova ließ mich einfach stehen und lief ins Kasino. Ich folgte ihm, und die Graien folgten mir. Enyo griff unterwegs nach einem Besen und machte eine Waffe daraus, indem sie ihn vorn abbrach, wodurch eine Spitze entstand. Ich versuchte nicht, ihr das Ding wegzunehmen. Sie war jetzt wieder im Modus der alten Vettel, aber wahrscheinlich hätte sie ein Handgemenge mit mir trotzdem gewonnen.

Wieder in der Küche sah ich einen zornigen Pritkin, der von einem höchst besorgten Casanova begrabscht wurde. Der Magier stieß den Vampir mit solcher Wucht zur Seite, dass Casanova zu Boden fiel. Dann starrte Pritkin den beziehungsweise die Gargoyle an, die ihm geholfen hatte. Da er wieder auf den Beinen war, nahm ich an, dass ihre Heilmethode, von welcher Art auch immer, funktioniert hatte.

»Pfoten weg!«, knurrte er.

Casanova stand auf. Ich erwartete Empörung von ihm, aber stattdessen duckte er sich ein wenig. »Ich kann in fünf Minuten einen Heiler hier haben!«

Ich starrte den Vampir an, als hätte er den Verstand verloren, was vielleicht tatsächlich der Fall war. Vampire und Magier hassten sich, da sie sich beide für die wichtigste Gruppe in der übernatürlichen Welt hielten. Der Anblick eines Vampirs so alt wie Casanova, der einen Kriegsmagier umschwänzelte, noch dazu einen, der ihn geschlagen hatte … Es war grotesk.

»Ich brauche keinen Heiler«, sagte Pritkin wütend. »Es soll nur der verdammte *Geis* entfernt werden.«

Das brachte ihm meine Aufmerksamkeit ein. »Sie kann ihn entfernen?« Ich trat vor und konnte kaum glauben, dass es so einfach war. Die Graien folgten mir noch immer. Ich bekam keine Antwort, denn die Gargoyles kreischten plötzlich so laut, als wäre der Weltuntergang gekommen. Ihre vereinten Stimmen gewannen eine solche Lautstärke, dass einige Gläser zerbrachen.

Ich presste mir erschrocken die Hände auf die Ohren und sank auf die Knie. Eine Sekunde später fiel Deino auf mich. Ich wusste nicht, ob sie stolperte oder versuchte, mich vor dem Lebensmittelhagel zu schützen, der aus Brötchen, Gebäck und diversen Körperteilen nachempfundenen Pastetestücken bestand und uns von allen Seiten traf. Durch den Aufprall löste sich das Auge aus Deinos Gesicht und rollte über den Boden. Sie kreischte, kroch ihm nach und stieß Gargoyles rechts und links beiseite. Ihre Schwestern stürzten sich ins Getümmel, und ich suchte unter dem größten Tisch Zuflucht, wo ich Casanova und Pritkin fand.

»Sie könnten verletzt werden! Bleiben Sie hier unter dem Tisch!« Casanova musste fast schreien, um sich Gehör zu verschaffen, und er hatte beide Hände fest um Pritkins rechten Arm geschlossen. »Die Gargoyles halten die Küche für etwas, das sie schützen müssen, wie damals die Tempel. In den Graien sehen sie eine Bedrohung, aber ich werde es ihnen erklären …«

»Ihre persönlichen Probleme sind mir völlig schnurz«, zischte

Pritkin und packte den Vampir vorn an seinem Designerhemd. »Bringen Sie sie dazu, meinen *Geis* zu entfernen, oder Sie kriegen mehr Schwierigkeiten, als Sie jemals befürchtet haben.«

»He, ich bin hier diejenige mit dem *Geis*«, warf ich ein. »Erinnern Sie sich? Wenn bei jemandem ein Zauber entfernt werden muss, dann bei mir.«

»Hier geht es nicht um Sie!«, erwiderte Pritkin scharf, als etwas Schweres auf den Tisch fiel, herunterrollte und auf den Boden knallte. Ich erkannte den kleinen Gargoyle mit dem Haarnetz und den Eselsohren, und er rührte sich nicht mehr.

Ich zog ihn zu uns unter den Tisch, wusste aber nicht, wie man bei ihm nach dem Puls fühlte und ob er überhaupt einen hatte. In einem Punkt war ich mir sicher: Es war bestimmt kein gutes Zeichen, dass er grünliches Blut verlor. »Jetzt reicht's.«

Ich krabbelte unter dem Tisch hervor und stand auf. Es herrschte ein unvorstellbarer Lärm, und die wenigen Sekunden, die ich beschäftigt gewesen war, hatten die Küche in ein Trümmerfeld verwandelt. Deino, inzwischen wieder im Besitz des Auges, taumelte auf der anderen Seite des Raums, mit vier Gargoyles an jedem Arm und einem weiteren auf dem Rücken – er schlug ihr immer wieder ein Nudelholz auf den Kopf. Enyo präsentierte sich in ihrer ganzen blutverschmierten Pracht, hatte die Gargoyle mit den Ohrringen hoch über ihren Kopf gehoben und schickte sich an, sie durch die Küche zu werfen. Der Wurf allein hätte sie vielleicht schon getötet, und wenn nicht, wäre die Landung auf den Messern, die eine grinsende Pemphredo bereithielt, sicher ihr Ende gewesen.

Ich holte tief Luft und schrie lauter als jemals zuvor in meinem Leben. Die Gargoyles achteten nicht auf mich, aber die drei Graien hielten inne und sahen mich fragend an. Keine von ihnen wirkte besonders verärgert. Der einzige Gesichtsausdruck, den ich bei ihnen entdeckte, war Pemphredos schiefes

Grinsen. »Aufhören«, sagte ich mit halbwegs normaler Stimme. »Als ich davon sprach, dass ihr für mich kämpfen sollt, hat sich das nicht auf diese Geschöpfe bezogen.«

Pemphredo lachte gackernd und machte eine pumpende Bewegung mit der Faust. Enyo sah mich mürrisch an, setzte die Gargoyle aber ab – das Wesen fauchte leise und wankte benommen fort. Deino schaffte es trotz der an ihr hängenden Gargoyles, zu Enyo zu schlurfen und ihr das Auge zu reichen, doch ihre Schwester winkte auf eine nicht sehr liebenswürdige Art ab. Pemphredo eilte herbei, nahm das Auge aus Deinos Hand und strahlte triumphierend. Mir dämmerte etwas. »Ihr habt um mich gewettet?«

Enyo setzte sich auf den großen Zubereitungstisch, stieß einige wie menschliche Augen aussehende Radieschen beiseite und wirkte niedergeschlagen. Der Grund dafür war mir nicht ganz klar. Offenbar konnte sie auch ohne das Auge sehen – gut genug, um zu kämpfen –, aber es schien sie trotzdem sehr zu deprimieren, diese Runde verloren zu haben.

Die Gargoyles hatten ihre Angriffe unterbrochen, als der Anführerin keine Gefahr mehr drohte, doch sie beäugten die Graien mit verständlicher Sorge. Einige der näheren Exemplare sahen nach ihren auf dem Boden liegenden Gefährten, und einer von ihnen zog Eselsohr fort. Sein Haarnetz hatte sich gelöst, und er kam langsam zu sich. Ich hoffte, dass er sich erholte, konnte ihm aber nur helfen, indem ich sicherstellte, dass wir ihm nicht noch mehr Schaden zufügten. Mit einer Hand griff ich unter den Tisch und zog Casanova an seiner teuren Krawatte darunter hervor. »Sag ihnen, dass wir jetzt gehen.«

»Von wegen!« Pritkin verließ die Deckung des Tisches – mit seiner blutbefleckten Kleidung und dem verfilzten Haar sah er wie ein Irrer aus. Finster schaute er sich um, bis er die Gargoyle entdeckte, die Enyo nicht geworfen, sondern auf den Boden gesetzt hatte. »Wir gehen erst, wenn sie den *Geis* entfernt hat!«

»Miranda!«, rief Casanova mit erstickter Stimme. Mir wurde klar, dass ich die Krawatte vielleicht ein wenig zu fest hielt.

Die Gargoyle näherte sich. Ihrem pelzigen Gesicht war nicht viel zu entnehmen, aber ihre Körpersprache deutete auf keine große Kooperationsbereitschaft hin. Wenn jemand *mürrisch* gehen konnte, brachte sie es fertig. Sie stieß Pritkin an den Bauch, vielleicht deshalb, weil sie seine Brust nicht erreichen konnte. »Dir gut geht. Wir sssicher. Guter Handel.« Er versuchte, sie zu packen, aber Miranda entwand sich seinem Griff mit einer fließenden Bewegung, die nur möglich zu sein schien, wenn sie sich etwas ausrenkte. Und vielleicht hatte sie sich tatsächlich etwas ausgerenkt, denn sie legte die Ohren an und zischte, zeigte dabei eine gar nicht katzenartige gespaltene Zunge. Sie verschränkte die Arme und blieb breitbeinig und mit zuckendem Schwanz hinter Casanova stehen.

»Ich gebe mich nicht mit Feen-Angelegenheiten ab«, sagte Pritkin hochmütig, als sei so etwas unter seiner Würde. »Es ist mir gleich, ob ihr mit Genehmigung hierher gekommen seid oder nicht. Von mir habt ihr nichts zu befürchten. Nimm jetzt den Zauber weg!«

»Was ist hier los?«, fragte ich Casanova, der seine Krawatte zurechtrückte. Er warf mir einen bösen Blick zu, was ich ihm eigentlich nicht verdenken konnte.

»Für die Heilung hat Miranda einen *Geis* auf ihn gelegt, der ihm verbietet, die Existenz dieser Gargoyles preiszugeben. Wenn der Kreis herausfände, dass sie hier sind, müssten sie mit einer Deportation rechnen.«

»Ist das alles?« Aus zusammengekniffenen Augen sah ich zu Pritkin, der davon nichts bemerkte, weil seine Aufmerksamkeit

Miranda galt. Angesichts des verdammt schweren *Geis,* der auf mir lastete, konnte er wegen seines leichten kaum Mitgefühl von mir erwarten. Zu Pritkin sagt er: »Was spielt es für eine Rolle, wenn Sie ohnehin niemandem von den Gargoyles erzählen wollen? Gehen wir. Die Magier könnten jeden Moment hier sein.«

»Ich bleibe hier, bis sie den Zauber entfernt«, beharrte Pritkin stur. Sein Tonfall weckte in mir den Wunsch, ihm einen ordentlichen Tritt zu verpassen. Stattdessen stieß ich Casanova an, und er rollte mit den Augen.

»Miranda ...«, begann er mit gramvoller Stimme, aber die Gargoyle schnitt eine grimmige Miene. Sie gab keine Antwort, doch das brauchte sie auch gar nicht.

»Verdammt, Pritkin!«, stieß ich zornig hervor. »Ich habe keine Lust, hier zu stehen, bis der Kreis jemanden schickt. Sie wollen mit mir reden? In Ordnung, suchen wir einen Ort auf, wo wir reden können. Wenn Sie dazu nicht bereit sind, sage ich Tschüss.«

»Gute Idee«, lobte Casanova munter. »Ich hole dir einen Wagen.«

Billy Joe schwebte durch die Tür, und auf dem Weg zu uns schlug ein halbes Dutzend Gargoyles nach ihm. Normalerweise wäre ich überrascht gewesen, dass sie ihn sehen konnten, aber nach dem Tag, der hinter mir lag, blinzelte ich nicht einmal. »Er gehört zu mir«, teilte ich Miranda mit, die sich trotzdem an Casanova wandte und auf Gargoylisch zischte. Für einen Tag schienen ihr die ungebetenen Gäste zu reichen.

»Is' nix mit einem Wagen«, sagte Billy und wirkte besorgt. »Gibt es abgesehen von den Türen vorn, an der Seite und hinten noch einen anderen Ausgang? Denn die werden alle bewacht.«

»Von wem?« Was war denn jetzt schon wieder los?

»Oh, ich weiß nicht«, erwiderte Billy voller Sarkasmus. »Welche Fraktion hat gerade eine Abreibung bekommen? Der Kreis weiß, dass du hier bist, und er hat eine große Truppe geschickt. Es müssen mindestens zwei oder drei Dutzend sein – ich habe aufgehört zu zählen. Das Trio, dem wir in der Bar begegnet sind, war die Vorausabteilung, gewissermaßen eine freundliche Bitte des Kreises, ohne viel Aufhebens mitzugehen. Aber so wie du darauf reagiert hast ... Ich bezweifle, dass der Kreis jetzt noch zu Verhandlungen bereit ist.«

»Er hat zuerst angegriffen«, sagte ich zu meiner Verteidigung und fragte mich dann, ob das stimmte. Ich war aus der Bar verschwunden und erst zurückgekehrt, als sich Enyo die Magier vorknöpfte – was in der Zeit dazwischen passiert war, wusste ich nicht. Wenn Pritkin sie nicht begleitet hatte, waren sie ohne eigenes Verschulden in ein ziemliches Chaos geraten. Kein Wunder, dass sie bei der nächsten Begegnung keine besonders gute Laune gehabt hatten.

»Das spielt keine Rolle«, sagte Pritkin, und es klang fast so, als hätte er meine Gedanken gelesen. »Der Kreis will Sie tot sehen. Es leichter für ihn zu machen, ändert nichts daran.«

Ich schluckte. Ich hatte schon vermutet, dass der Kreis kaum eine Träne vergießen würde, wenn ich einem Unfall zum Opfer fiel, aber es so deutlich zu hören, war ziemlich unangenehm. Inzwischen hätte ich eigentlich daran gewöhnt sein sollen, dass mir irgendwelche Leute nach dem Leben trachteten, doch dadurch wurde es nicht leichter. »Sie scheinen sehr sicher zu sein.«

»Das bin ich. Es gehört zu den Dingen, über die wir sprechen müssen.« Er sah Casanova an, der daraufhin seufzte.

»Es gibt einige Notausgänge, aber unter den gegebenen Umständen sind sie keine gute Wahl.« Casanova hob die Hand und machte eine vage Geste. »Kannst du nicht das wiederholen, was du zuvor getan hast? Einfach verschwinden, meine ich. Da die interne Verteidigung auch dich aufs Korn genommen hat, kann ich behaupten, du hättest von mir Informationen über Antonio verlangt und dann alles demoliert.« Er sah sich um. »He, das stimmt sogar.«

»Da wir gerade dabei sind: Du wolltest mir sagen, wo Tony ist.«

»Nein, wenn ich mich recht entsinne, habe ich mir große Mühe gegeben, es dir *nicht* zu sagen.« Casanova reichte mir ein Taschentuch – vermutlich sollte ich damit das Törtchen wegwischen, das irgendwann in mein Haar geraten war –, aber ich ignorierte es. »Ich helfe dir hier heraus, *Chica*, und ich bin gern bereit, dem Kreis Lügen aufzutischen und ihn auf eine falsche Fährte zu setzen, aber was Antonio betrifft …«

»Der Vampir.« Miranda spuckte auf den Boden. »Er in Feenland gewesen. Er unsss hierher gebracht, dann verraten. Wir wie Sssklaven arbeiten.«

Casanova verzog das Gesicht. Ich wandte mich der Gargoyle zu und lächelte. Sie sah nicht einmal so schlecht aus, wenn man sich auf die roten Schlitzaugen konzentrierte. »Danke, Miranda! Erzähl mir mehr.«

Sie hob und senkte die pelzigen Schultern. »Nicht viel zu sssagen. Er in Feenland.« Sie sah Casanova an. »Dieser Kreisss, er hierher kommt?«

Er strich sich mit der Hand über das ein wenig in Unordnung geratene Haar. Irgendwie war es ihm gelungen, nicht in den Hagel aus Lebensmitteln zu geraten. Die einzigen sichtbaren Folgen des Kampfes waren einige Falten, die ich in seiner Krawatte hinterlassen hatte. »Durchaus möglich. Das scheint der Tag für ungebetene Gäste zu sein.«

»Nein!« Die Gargoyle stieß mit einer Klaue sein Bein an. »Arbeit warten auf unsss! Kein Durcheinander mehr!«

Mir fiel auf: Einige wackere Gargoyles versuchten, einen beladenen Karren durch das Chaos zur Tür zu schieben; ein weiterer brummte in ein Telefon und kritzelte eine Bestellung auf einen Block. Ich wollte Miranda gerade zustimmen und sagen, dass wir sie in Ruhe lassen sollten, als ein weiterer Besucher eintraf. Pritkins Golem kam durch die Tür, und das Gekreische begann erneut.

Ich stöhnte und steckte mir die Finger in die gequälten Ohren. Pritkin starrte den Golem eine Zeitlang an, und eine Art wortlose Kommunikation schien stattzufinden. Dann sah er mich an und machte eine Geste, woraufhin sich herrliche Stille herabsenkte. Es musste ein Zauber sein, denn der Tumult um uns herum ging weiter, aber aus dem Lärm wurde ein Brummen im Hintergrund.

»Sie kommen«, sagte Pritkin. »Wir müssen weg.«

Ich nickte. »In Ordnung. Dann lassen Sie sich von dem Frauenliebling dort sagen, wo sich Tonys Portal zum Feenland befindet. Und lüg nicht«, fügte ich an Casanovas Adresse gerichtet hinzu. »Ich weiß, dass er eins hat.«

»Ja, das stimmt, aber ich habe keine Ahnung, wo es ist«, erwiderte Casanova geistesabwesend. »Miranda! Würdest du deine Leute bitte beruhigen? Der Golem ist völlig harmlos.« Er sah zu Pritkin. »Das ist er doch, oder?«

»Er wird harmlos sein, wenn du uns die Wahrheit sagst«, betonte ich grimmig.

Casanova richtete einen misstrauischen Blick auf den Golem, und das Ding schien ihn anzusehen, sofern seine vagen Mulden, die offenbar Augen darstellen sollten, das erlaubten. Es hatte keine Reißzähne, Hörner oder andere besondere Merkmale, war einfach nur eine schlecht gemachte Statue, wie etwas, das ein Töpfer begonnen und dann vergessen hatte. Doch ich mochte es ebenso wenig wie Casanova, als der Golem mich aus seinen leeren Augen anstarrte.

»Ich weiß nicht, wo sich das verdammte Portal befindet!«, beharrte Casanova. »Tony hat den Feen Hexen verkauft, aber er hatte eine spezielle Gruppe, die sich um diese Seite des Geschäfts kümmerte, und ich gehörte nicht dazu. Er nahm die meisten von ihnen mit, als er untertauchte, und der Rest brach mit der letzten Lieferung vor einer Woche auf. Sie sind nicht mehr hier.«

Ich wandte mich an Miranda. »Du musst durch das Portal gekommen sein und solltest wissen, wo es sich befindet.«

Sie schüttelte den Kopf. »Auf der anderen Ssseite wir sssehen. Aber hier nicht.« Sie zog ein Tischtuch über den nächsten Gargoyle. »Ssso.« Der blinde Gargoyle stieß gegen Pritkin, genauer gesagt gegen seine Beine, denn weiter nach oben reichte das kleine Geschöpf nicht. Der Magier zog das Tuch fort und schickte das Wesen mit einem sanften Schubs zu Miranda zurück.

»Vermutlich wurden ihnen die Augen verbunden, bevor man sie durch das Portal schickte«, übersetzte Casanova die Geste. »Tony wollte sicher nicht, dass sie erfuhren, wie die ganze Sache funktioniert. Für den Fall, dass die Magier sie fanden.«

»Was ist mit Ihnen?«, frage ich Pritkin. »Der Kreis muss Zugang zu einem Portal haben.«

»Wir benutzen das bei MAGIE.«

Ich seufzte. Natürlich. Es ergab durchaus einen Sinn, dass MAGIE – die Metaphysische Allianz für Größere Interpezies-Erneuerung – ein Portal hatte. MAGIE war eine Art Vereinte Nationen für das Übernatürliche, mit Repräsentanten der Magier, Vampire, Wergeschöpfe und Feen, und die Delegierten des Feenlands mussten irgendwie dorthin gelangen können. MAGIE hatte den Vorteil, in der Nähe zu sein, in der Wüste außerhalb von Vegas. Der Nachteil bestand darin, dass es dort von den Leuten wimmelte, die mich suchten und mir nicht alles Gute zum Geburtstag wünschen wollten. Es musste sich erst noch herausstellen, ob ich lange genug am Leben bleiben würde, um meinen vierundzwanzigsten zu feiern, doch den Kopf in die Schlinge zu stecken erschien mir kaum als geeignete Methode, das zu garantieren. Leider waren Tore zum Feenland nicht unbedingt dicht gesät, und bestimmt waren auch die anderen gut bewacht. Auf der Grundlage des Prinzips, dass man von zwei Übeln besser jenes wählte, das man schon kannte, entschied ich mich für MAGIE. Wenigstens war ich schon einmal dort gewesen und wusste ein wenig darüber.

»Kennen Sie den genauen Ort des Portals?«, fragte ich. Das Anwesen von MAGIE war recht groß; es konnte nicht schaden, die Suche etwas einzugrenzen.

Pritkin sah mich ungläubig an, aber was auch immer er sagen wollte, es verlor sich im Heulen von Sirenen. Sie heulten nicht laut, sondern quiekten leise durch die stille Blase, die Pritkin geschaffen hatte, aber Casanova fluchte hingebungsvoll. »Die Magier sind ins Gebäude eingedrungen – das ist ein allgemeiner Alarm.«

»Bringen Sie die Menschen nach draußen!«, befahl Pritkin.

Casanova nickte und versuchte nicht, sich aus dem Griff der Hand zu befreien, die der Magier fest um seinen Arm geschlossen hatte. »Es geschieht bereits. Die Standardprozedur sieht vor, bei einem Notfall auf einen Gasaustritt hinzuweisen und alle zu evakuieren. Und in der Präsenz von Normalen vermeiden die Magier Hokuspokus, nicht wahr?«

»Unter gewöhnlichen Umständen wäre das der Fall, ja. Aber sie wollen sich unbedingt diese junge Dame schnappen.« Pritkin nickte in meine Richtung.

Casanova zuckte mit den Schultern. »Wenn es zu einem magischen Feuerwerk kommt, halten es die Normalos sicher für einen Teil der Show, solange niemand von ihnen verletzt wird. Dieser Laden sieht nicht umsonst so aus, wie er aussieht – es ist schon früher zu Pannen gekommen.« Pritkins Grimasse entnahm ich, dass sie nicht gemeldet worden waren. »Sobald Sie alle in Sicherheit sind, kümmere ich mich hier um Schadensbegrenzung.«

»Wo ist der nächste Notausgang?«, fragte ich.

»Dank dir sind die meisten überrannt. Am besten versucht ihr es bei dem, der in den Keller eines Schnapsladens in Spring Mountain führt, nicht weit vom Strip.« Casanova trat zum Telefon der Küche und zog es dem Bestellungen aufnehmenden Gargoyle aus der Klaue. Er blickte über die Schulter. »Ich sorge dafür, dass hinter dem Laden ein Wagen auf euch wartet. Mehr kann ich nicht tun.«

»Moment. Du hast hier doch einen Safe, nicht wahr?«

»Warum?«, fragte Pritkin misstrauisch.

»O Mist«, sagte Billy.

»Möchtest du riskieren, sie ins Feenland mitzunehmen?«, fragte ich.

Billy stöhnte und sah zu den Graien, die fröhlich Finger Food mampften. »Wenn ich daran denke, was beim letzten Mal gescha … Himmel, nein.«

Ich sah zum telefonierenden Casanova. »Sie weichen dem Sicherheitssystem fast so aus, als existierte es überhaupt nicht«, teilte er uns mit und gab einen Bericht weiter. »Eine Gruppe von Magiern sitzt bei der Bühne fest, aber es gibt noch zwei andere Gruppen und … *Mierda*! Sie haben Elvis erschossen. Jetzt sag nur noch, das fällt nicht auf«, wandte sich Casanova an seinen Gesprächspartner am anderen Ende der Leitung.

»Sie haben einen Imitator erschossen?« Ich war eher überrascht als schockiert. Die Magier sollten Menschen schützen und sie nicht als Zielscheiben benutzen. Allerdings schienen sie das zu vergessen, wenn es um mich ging.

Casanova schüttelte den Kopf. »Nein, den echten.« Er konzentrierte sich wieder aufs Telefon. »Nein, nein! Überlasst das Zusammenflicken den Nekromanten – wozu bezahlen wir sie? Und sie sollen Hendrix wiedererwecken. Wir brauchen Ersatz.«

Ich verlor den Faden, als sich die Pendeltür plötzlich aus den Angeln löste und mir entgegenflog. Pemphredo bewegte sich so schnell, dass ich sie nur schemenhaft sah, fing die Tür und warf sie zu den hereinstürmenden Kriegsmagiern zurück. Enyo versuchte, mich unter den Tisch zu schieben, aber ich ergriff sie am Handgelenk. »Möchtest du ein bisschen Spaß?«

Sie bedachte mich mit einem vernichtenden Blick. Offenbar war sie der Ansicht, dass sich unsere Vorstellungen von Spaß unterschieden. »Ich meine es ernst«, fügte ich hinzu und nickte in Richtung der Magier, die gerade von zischenden Gargoyles angegriffen wurden, denen die Zerstörung der Tür gar nicht gefallen hatte. Eine Lawine aus schlagenden Flügeln und kratzenden Klauen begrub die Magier unter sich, aber bestimmt nicht für lange. »Vergnüg dich. Töte nur niemanden.«

Ein breites Lächeln erschien in Enyos Gesicht, und für einen Moment sah sie aus wie ein Kind an Heiligabend. Dann packte sie den großen Zubereitungstisch und warf ihn dorthin, wo sich eben noch die Tür befunden hatte. Die drei Schwestern liefen durch den Raum, sprangen über den Tisch hinweg und lachten gackernd, als sie die zweite Welle der Magier angriffen.

»Dadurch gewinnen wir etwas Zeit«, sagte ich zu Pritkin, der mit sich selbst zu ringen schien. Er mochte Probleme mit dem Kreis haben, aber offenbar gefiel es ihm nicht, dass seine Magierkollegen zu Spielzeugen für die Graien wurden. Ich sah kein Problem darin – immerhin bestand die Vorstellung von Gerechtigkeit der Magier darin, mich vor ein Scheingericht zu stellen und zum Tod verurteilen zu lassen. »Kommen Sie!«

Pritkin achtete nicht auf mich und zog einen Magier unter drei Gargoyles hervor, die sein Gesicht mit einem Käsereiber bearbeitet hatten. Schilde schienen gegen Geschöpfe aus dem Feenland nicht besonders gut zu funktionieren. Nach dem schmerzverzerrten Gesicht des Magiers zu urteilen, war das eine Lektion, die er so schnell nicht vergessen würde.

Pritkin schlug ihn bewusstlos und packte dann Miranda. Sie versuchte, ihn zu beißen, aber er hielt sie am Hals und von seinem Gesicht fern. Was nicht verhinderte, dass der Rest von ihm ziemlich zerkratzt wurde, doch er ließ die Gargoyle nicht los. Allerdings litt seine Konzentration darunter, und die stille Blase platzte plötzlich. Pritkin sagte etwas, aber ich verstand kein Wort – die Sirenen übertönten alles, auch das ohrenbetäubende Gekreische der Gargoyles.

Es erschien mir absurd, dass es Pritkin noch immer um seinen blöden *Geis* ging. Er war doch völlig harmlos, umso mehr als der Kreis jetzt ohnehin das mit den Gargoyles herausfand. Aber ich kannte ihn gut genug, um zu wissen: Es hatte keinen Sinn, mit ihm darüber zu streiten.

»Miranda!«, schrie ich aus vollem Hals. »Entferne den *Geis*! Casanova versteckt euch vor den Magiern!« Das sicherte mir ihre Aufmerksamkeit, und sie sah mich aus ihren katzenartigen Schlitzaugen an. Die Krallen blieben bei Pritkin, aber das war mir gleich.

»Versprochen? Wir nicht zurück?«, fragte sie, und irgendwie gelang es ihr, den Lärm zu übertönen.

»Versprochen!«, rief ich und stieß Casanova an, der sich durch das Kampfgetümmel einen Weg zu uns gebahnt hatte. »Dazu solltest du imstande sein. Tony hat hier reichlich Schlupflöcher vorbereitet.«

Er rollte mit den Augen. »¡*Claro que sí*! Lauf los!«

Miranda lächelte, wodurch ihr pelziges Gesicht seltsam aussah, mit all den Reißzähnen. »Ich diesss nicht vergesse«, sagte sie zu mir, und plötzlich hielt Pritkin ein fauchendes, sich hin und her windendes Pelzbündel in den Händen. Vier tiefe Kratzer erschienen in seinem Gesicht, und ich gab ihm einen Stoß an die Schulter. »Lassen Sie sie los. Sie wird uns helfen.«

Pritkin ließ Miranda fallen, und die Gargoyle stand auf und strich kurz ihren Pelz glatt. Dann bewegte sie die eine Pfote auf eine sonderbar elegante Art und Weise. Mir fiel keine Veränderung auf, aber Pritkin spürte offenbar, dass der *Geis* nicht mehr existierte, denn er nahm meine Hand, zog mich hinter Casanova her und wirkte so verärgert, als wäre ich es gewesen, die alles aufgehalten hatte.

»Ich zeige dir den Tunnel, aber wir müssen uns beeilen. Man darf mich nicht bei dir sehen«, sagte der Vampir. Ich schaute mich nach Billy Joe um, der jedoch verschwunden war. Hoffentlich ließ er sich nicht von irgendwelchen Glücksspielen ablenken und dachte daran, seinem alten Job nachzugehen. Er konnte kleine Dinge bewegen, wenn er sich ganz darauf konzentrierte, und er hielt es für außerordentlich komisch, Kasinospiele zu manipulieren.

Der Golem erschien vor uns, mit einem Fleischerbeil in der Brust, dem er aber überhaupt keine Beachtung schenkte. Wir liefen zum Kühlzimmer, und Casanova rückte einen großen Plastikbehälter mit Kopfsalat beiseite. Er deutete auf etwas, das nach einer massiven Betonwand aussah. »Dort hindurch. Der Wagen wartet bereits, und der Fahrer wird dir die Schlüssel aushändigen. Gib mir das, was du im Safe untergebracht haben möchtest, und verschwinde dann!«

»Ich gebe es dem Fahrer. Hör mal, ich weiß zu schätzen, dass du …«

Casanova unterbrach mich mit einer knappen Geste. »Sorg

nur dafür, dass ich hier nicht alles für den *Bidonista* wiederaufbauen muss«, sagte er grimmig.

»Abgemacht«, erwiderte ich und hoffte, mein Versprechen halten zu können.

Der Mann, der am Ende des langen, stickigen Tunnels auf uns wartete, lehnte an einem luxuriösen neuen BMW, hatte die Arme verschränkt und wirkte gelangweilt. Ich schnappte nach Luft und dachte sofort an heiße Nächte, ein zerwühltes Bett und ausgezeichneten Sex. Es lag nicht nur an der dichten schwarzen Lockenmähne, die wie der Wagen hinter ihm glänzte und in jeder Frau unter achtzig den Wunsch weckte, mit der Hand darüber zu streicheln. Es lag auch nicht nur an dem schlanken, muskulösen Körper, gekleidet in eine hautenge Jeans und ein knappes T-Shirt, oder an seiner Haut, die jene Art von Sonnenbräune zeigte, die nur ein olivfarbener Teint bekommen konnte. Der Hauptgrund war seine Ausstrahlung – ich fühlte mich sofort zu ihm hingezogen. Von den dunklen Augen ging einer Verlockung aus, von der ich wusste, dass sie nicht echt sein konnte. Ich war durchaus in der Lage, das Aussehen eines Burschen zu bewundern, aber um ein solches Interesse zu entwickeln, musste ich jemanden länger als zehn Sekunden kennen.

Inkubus, dachte ich mit trockenem Gaumen. Und ein mächtiger, nach dem Ausmaß des Interesses meines Körpers zu urteilen. Ich schluckte und brachte ein Lächeln zustande.

Der Typ erwiderte es sofort und nahm meine spärliche Kleidung mit einem anerkennenden Blick zur Kenntnis. »Hast du von unserem Angestelltenrabatt gehört, *Querida*? Zwanzig Prozent auf alle Dienstleistungen.«

»Casanova schickt uns«, erklärte ich.

»Ah, natürlich. Ich bin Chavez. Das bedeutet Traummacher …«

Ich unterbrach ihn, bevor er mir anbieten konnte, alle meine Träume wahr werden zu lassen. »Wir, äh, müssen los.«

Ich bemerkte, dass er einen Freund mitgebracht hatte, der ihn vermutlich zurückfahren sollte, nachdem er mir die Autoschlüssel dagelassen hatte. Der attraktive Blonde trug eine Dante's-Baseballmütze und ein ärmelloses Netzhemd, das einen guten Blick auf den muskulösen Oberkörper gewährte. Er saß am Steuer eines protzigen Cabrios und warf mir ein fröhliches Beach-Boy-Lächeln zu, das mich an sandige Decken, nach Salz riechenden Wind und schwüle Nächte voller Leidenschaft denken ließ.

»Ich bin Randolph«, sagte er mit einem deutlichen Mittelwesten-Akzent und griff mit einer sonnengebräunten Hand nach meiner. »Aber du kannst mich Randy nennen. Alle nennen mich so.«

»Kann ich mir denken.«

Mir blieb nichts anderes übrig, als Chavez' Visitenkarte, drei Prospekte und einen Flyer zu nehmen, der für eine Zwei-zum-Preis-für-einen-Nacht warb. Pritkin überredete, ihn zu einem Tätowierstudio zu bringen, wo ein Freund seine Wunden behandeln konnte. Ich glaubte, dass an der Sache etwas faul war, denn die meisten Wunden des Magiers hatten sich bereits geschlossen, aber vielleicht bekam er Gelegenheit, bei seinem Freund die Kleidung zu wechseln oder zu duschen. All das Blut machte ihn verdächtig, und wir mussten darauf achten, so wenig Aufsehen wie möglich zu erregen.

»Und wohin gehen Sie?«, fragte Pritkin und sah mich argwöhnisch an.

»Ich habe Ihnen ein Gespräch versprochen, und Sie werden es bekommen«, versicherte ich ihm, als ich neben Chavez im BMW Platz nahm. »Wir sehen uns später. Ich kann nicht dauernd in dieser Aufmachung herumlaufen.«

Billy Joe erschien und wollte durch die Heckscheibe hereinschweben, aber ich hinderte ihn mit einem Blick daran. Ich traute dem Magier nicht. Pritkin und der Kreis schienen sich derzeit nicht grün zu sein, doch vielleicht war das eine Falle. Jemand musste ihn im Auge behalten, während ich anderweitig beschäftigt war, und ein Geist eignete sich gut dafür. Billy verzog das Gesicht, ließ einen kleinen Gegenstand aus Metall in meine Hand fallen und flog dann zu Pritkin.

»In Ihr Hotel können Sie nicht zurück«, sagte der Magier. Es klang nicht wie eine Empfehlung, sondern wie ein Befehl.

»Glauben Sie?« Ich schob ihn zurück, damit ich die Tür schließen konnte. »Chavez kann mich beim Einkaufszentrum absetzen. Ich brauche andere Kleidung – in dieser Kluft falle ich selbst in Vegas auf.« Ganz zu schweigen davon, dass sie verdammt unbequem war. »Ich besorge uns auch etwas zu essen, wenn Sie freundlich darum bitten.« Pritkin runzelte die Stirn, aber er konnte mich nicht zwingen, ihn zu begleiten, und das schien ihm allmählich klar zu werden. Nach kurzem Zögern wich er zurück, damit Chavez ihm nicht über die Füße fuhr. Das war freundlich genug, fand ich, und beschloss deshalb, uns tatsächlich etwas zu essen zu besorgen.

»Ich muss zum Eislaufen«, sagte ich zu Chavez, als wir vom Parkplatz hinter dem Schnapsladen donnerten und Salsamusik aus der Stereoanlage dröhnte. Er warf mir einen fragenden Blick zu, schwieg aber. Ich schätze, wenn man für Casanova arbeitete, lernte man schnell, die Dinge so zu nehmen, wie sie kamen.

In Vegas gab es gute Busverbindungen, aber beim Busbahnhof fehlten Schließfächer, und deshalb hatte ich mir etwas einfallen lassen müssen, wenn ich gewisse Objekte an einem sicheren Ort unterbringen wollte. Sie im Hotel zu lassen, hatte ich nicht für eine gute Idee gehalten – die Magier und Vampire konnten mein dortiges Zimmer jeden Moment finden. Wir hatten das Hotel jeden Tag gewechselt, und ich benutzte einen falschen Namen, aber angesichts der Möglichkeiten von MAGIE bedeutete das nicht viel. Ich war bei jedem Geräusch zusammengezuckt und hatte während der ganzen Woche immer wieder über die Schulter geblickt, was aber vielleicht auch an meiner neuen Rolle als Kasino-Betrügerin lag.

Billy hatte mir dabei geholfen, das nötige Geld für meinen Lebensunterhalt zu verdienen, indem er dafür sorgte, dass Würfel und Roulettekugeln so fielen, wie ich es wollte. Mir war nicht wohl dabei zumute, doch ich wagte es nicht, Geld von meinem Girokonto abzuheben oder Kreditkarten zu benutzen, denn dabei hätte ich Spuren hinterlassen. Inzwischen wussten Hinz und Kunz, dass ich mich in Vegas aufhielt, was bedeutete: Ich hätte mir durchaus Bares von einem Geldautomaten holen können. Bezüglich der neuen Sachen, die ich mir besorgen wollte, hatte ich gelogen, denn in der Eishalle wartete eine Reisetasche auf mich, gefüllt mit sauberen Sachen, meiner Handtasche und dem vom Senat stammenden Kram – sie befand sich in einem Schließfach, und der Schlüssel war in einer dunklen Ecke von Dante's Eingangshalle versteckt gewesen. Billy hatte nicht darüber gemeckert, ihn für mich zu holen, woraus ich schloss, dass er gewisse Gegenstände ebenfalls loswerden wollte.

Die Eishalle war an heißen Wüstentagen ein beliebter Treffpunkt, und es hatte gerade die Gratisstunde begonnen, als wir eintrafen. Touristen auf der Suche nach einer familienfreundlichen Aktivität und ein paar vereinzelte Einheimische drängten mit uns durch die Tür und seufzten erleichtert in der angenehmen Kühle. Zu der Eishalle gehörte auch ein Fast-Food-Restaurant, und so bot sich Chavez an, etwas zum Mampfen zu besorgen, während ich die Reisetasche holte. Ich wollte ihm Geld für das Essen geben, aber er lehnte lachend ab. »Allerdings bin ich gern bereit, dir einen Preis für andere Dinge zu nennen, *Querida*.«

Ich lief los, bevor ich in Versuchung geriet, sein Angebot anzunehmen. Auf der Damentoilette zog ich mich rasch um: Turnschuhe, khakifarbene Shorts und ein hellrotes ärmelloses Shirt. Damit verwandelte ich mich zwar nicht in personifizierte Eleganz, aber es war immer noch besser als mein Barfuß-mit-Pailletten-Look. Selbst in Vegas hatte er mir einige erstaunte Blicke eingebracht, obwohl Pritkins Blut auf dem scharlachroten Samt fast unsichtbar blieb.

Als ich zurückkehrte, flirtete Chavez mit einer jungen, hingerissenen Kassiererin, die offenbar vergessen hatte, dass sie für die beiden großen Tüten mehr bekommen sollte als nur ein Lächeln. Ich vermutete, dass Chavez' Lebenshaltungskosten recht gering waren. »Sehe ich normal aus?«, fragte ich und war mir nicht ganz sicher, ob ich alle Spuren des Lebensmittelhagels beseitigt hatte.

»Natürlich nicht.« Chavez lächelte, als er meine neue Aufmachung betrachtete. »*¡Estás bonita!* Du wirst immer hervorstechen.«

Da Törtchenreste mein Haar verklebten und die Kleidung so zerknittert war, dass selbst eine Stadtstreicherin sie zurückgewiesen hätte, nahm ich seine Worte für das, was sie waren: eine Reflexreaktion. Vermutlich war Chavez überhaupt nicht imstande, eine Frau zu beleidigen, ganz gleich, wie sie aussah. Es hätte dem Geschäft geschadet.

»Danke. Jetzt können wir …« Ich unterbrach mich, und das Herz schien mir in den Hals zu springen, als ich auf der anderen Seite der Halle den Mann sah, der gerade aufs Eis trat. Für einen Sekundenbruchteil war ich davon überzeugt gewesen, dass es sich um Tomas handelte. Er hatte die gleiche schlanke, athletische Statur, das gleiche hüftlange schwarze Haar und die gleiche honigbraune Haut. Erst als hinter ihm ein kleines Mädchen aufs Eis stolperte und er sich umdrehte, um es hochzuheben, sah ich sein Gesicht. Natürlich war es nicht Tomas. Als ich ihn zum letzten Mal gesehen hatte, war er bestrebt gewesen, den Kopf auf einem gebrochenen Genick zu halten.

»Was ist los, *Querida*? Man könnte meinen, du hättest einen Geist gesehen.«

Ich hätte ihn darauf hinweisen können, dass der Anblick von Tomas weitaus traumatischer gewesen wäre, verzichtete aber darauf. Mein alter Mitbewohner war nicht unbedingt mein Lieblingsthema. Er hatte Rasputin die Schlüssel der Zauber gegeben, die MAGIE schützten, und als Gegenleistung zwei Dinge erhalten: Hilfe dabei, seinen Herrn zu töten, und Kontrolle über mich. Das eine gehörte für ihn zum anderen, denn er wollte seinen gegenwärtigen Herrn loswerden, um die Möglichkeit zu haben, seinen alten zu erledigen. Der betreffende Vampir hieß Alejandro und war das Oberhaupt des Lateinamerikanischen Senats, weshalb Tomas Hilfe brauchte. Vielleicht würde ich irgendwann jemandem begegnen, der nicht in erster Linie eine Waffe in mir sah. Oder vielleicht auch nicht, bei meinem Pech.

Die Dinge waren nicht ganz so gelaufen, wie Tomas sich das erhofft hatte. Ich nahm an, dass er den Kampf überlebt hatte, da ein Meister der ersten Stufe nicht leicht zu töten war, aber ich wusste nicht, ob es ihm gelungen war, sich dem Zorn von MAGIE zu entziehen. Wie dem auch sei, wenn er sich den Weg freigekämpft hatte, lief er gerade um sein Leben und stand nicht in Schlittschuhen in einer Eishalle, wo ihn alle sehen konnten.

»Schon gut«, sagte ich.

Chavez stützte sich neben mir aufs Geländer. »Ein attraktiver Mann. *Muy predido*. Ein echter Antörner, wie ihr Amerikaner sagt.«

Ich warf ihm einen Blick zu. In seinem Gesicht zeigte sich Anerkennung, fast etwas Lüsternes, als er den Eisläufer beobachtete. »Bist du nicht ein Inkubus?« Bisher hatte ich geglaubt, dass sie weibliche Partner bevorzugten. Jedenfalls hatte ich in Casanovas Laden keine männlichen Gäste gesehen.

Chavez zuckte lässig mit den Schultern. »Inkubus, Sukkubus, es läuft aufs Gleiche hinaus.«

Ich blinzelte. »Wie bitte?«

»Unsere Art hat kein angeborenes Geschlecht, *Querida*. Derzeit wohne ich in einem männlichen Körper, aber gelegentlich habe ich auch Frauen besessen. Für mich fällt der Unterschied kaum ins Gewicht.« Seine Augen glänzten, als er sich herabbeugte und mir mit einem warmen Finger über die Wange strich. Es war eine ganz sachte Berührung, aber sie ließ mich erschauern. »Lust ist Lust.«

Jähes Verlangen stieg in mir auf. Es war nicht so überwältigend wie bei Casanovas Berührung, und es weckte auch nicht die Aufmerksamkeit des *Geis*, wie es bei Casanova kurz der Fall gewesen war. Der Kontakt und die Worte liefen auf eine schlichte Einladung hinaus und teilten mir mit: Er hätte sich über jeden Annäherungsversuch von mir gefreut und ihn mit Lust beantwortet. Die ganze Sache machte mich wütend, aber nicht auf ihn. Sie wies in aller Deutlichkeit darauf hin, dass ich weniger Kontrolle über mein Liebesleben hatte als eine Nonne. Selbst wenn ich den Kopf verloren und beschlossen hätte, ein Leben in Sklaverei als Pythia für eine kurze Affäre aufzugeben – ich konnte nicht. Wirklich nicht. Oder ich hätte riskiert, den Verstand zu verlieren. Dafür hatte Mircea gesorgt.

»Habe ich dich schockiert?« Chavez wirkte eher amüsiert als zerknirscht. Ich hätte ihm sagen können, dass mich nach dem

Aufwachsen bei Tony kaum mehr etwas schockierte, begnügte mich aber mit einem Schulterzucken. »Es wäre nicht das erste Mal«, fügte er hinzu. »Mein derzeitiger Geliebter ist sowohl Mann als auch Vampir, und deshalb habe ich mir ... ein dickes Fell zugelegt. Ist das der richtige Ausdruck?«

»Ich dachte immer, Vampire und Inkuben hätten nicht viel miteinander zu tun.«

»Haben sie auch nicht. Ich gelte als ziemlich pervers«, erwiderte Chavez munter.

Ich lächelte unwillkürlich. »Können wir jetzt gehen?«

Chavez wollte die Reisetasche nehmen, aber ich hielt sie mit dem Vorwand fest, dass er ja schon die Tüten mit dem Essen trug. Wenn ich damit seine Macho-Gefühle verletzte, ließ er es sich nicht anmerken. Als wir wieder im Wagen saßen, wickelte ich das gestohlene Kostüm um die schwarzen Kästchen aus dem Senatsarsenal und nahm es dann aus der Tasche. Das leere Kästchen, in dem die Graien sich befunden hatten, ließ ich zurück – damit hatte ich noch Pläne.

»Casanova hat mir versprochen, das hier für mich in seinen Safe zu legen und kein Geld von der jungen Frau zu verlangen, die mir ihre Kleidung, äh, ausgeliehen hat.« Ich reichte das Bündel Chavez, als er den Motor anließ.

»Ich kümmere mich darum, obwohl er eine Zeitlang beschäftigt sein dürfte.« Er sah mich kokett an. »Du hast einen ziemlichen Eindruck hinterlassen, *Querida*. Ich schätze, das Dante's wird nie wieder so sein wie vorher.« Er warf das Bündel in den Fond, und ich versuchte, nicht zusammenzuzucken, als es auf die lederne Sitzbank fiel. Einmal mehr fragte ich mich, ob es nicht besser wäre, die Kästchen wieder ins Schließfach zu legen und MAGIE mitzuteilen, wo sie sich befanden. Aber da sich der Senat einem Krieg gegenübersah ... Wenn sie zu dem Schluss gelangten, dass sie zusätzliche Hilfe brauchten, setzten sie vielleicht frei, was sich in den kleinen Behältern befand. Casanova wollte bestimmt nicht, dass bei ihm noch mehr Gäste wie die Graien herumliefen, und deshalb ging ich davon aus, dass die Kästchen bei ihm gut aufgehoben waren. Zumindest bis ich eine Antwort auf die Frage fand, was aus ihnen werden sollte.

Chavez hielt vor einem schmuddeligen Tätowierstudio, in dem angeblich Pritkin auf Vordermann gebracht wurde. Er ergriff meine Hand, als ich aussteigen wollte. »Ich weiß nicht, was du vorhast, *Querida*, aber sei vorsichtig. Man darf Magiern nie ganz trauen, verstehst du? Und das gilt insbesondere für diesen. Wenn du mit ihm zu tun hast, denk daran: ›Sieh wie die unschuldige Blume aus, aber sei die Schlange darunter.‹« Ich sah ihn überrascht an, als ich dieses Zitat hörte, und Chavez lachte. »Hast du vielleicht geglaubt, dass ich nur gut aussehe?«

Ich verneinte stotternd, aber wir wussten beide, dass er richtig getippt hatte. »Du hast meine Karte, nicht wahr? Ruf an, wenn du Hilfe brauchst.« Er lächelte, und seine weißen Zähne bildeten einen auffallenden Kontrast zur glatten olivfarbenen Haut. »Oder sonst etwas. Was dich betrifft, Cassie … Bei dir bin ich immer zu einem Rabatt bereit.«

Ich lachte, und er fuhr mit quietschenden Reifen los. Erst später fragte ich mich, woher er meinen Namen kannte – ich war nie dazu gekommen, mich ihm vorzustellen. Ich zuckte mit den Schultern; vermutlich hatte er ihn von Casanova erfahren.

Fünf

Mit der Reisetasche und den beiden Tüten aus dem Fast-Food-Restaurant betrat ich das Tätowierstudio. Drinnen war es fast so heiß wie draußen, und die rasselnde Klimaanlage klang so, als könnte sie jeden Moment den Geist aufgeben. Das wie verzweifelte Geräusch passte gut zum Dekor: schmutzige Deckenplatten, dungbrauner Teppichboden und ein zerkratzter Kunststofftresen. Nur die vielen bunten Tätowierungsmuster fast überall gaben dem Laden so etwas wie Leben.

Der Tresen trennte den vorderen vom rückwärtigen Teil des Studios, der sich hinter einem braunen Vorhang befand. Es war kein Angestellter zu sehen, und deshalb läutete ich und sah mit gerunzelter Stirn auf eine Ausgabe von *Blick in die Kristallkugel*, die ganz offen auf dem Tresen lag. Der selbsternannte Hüter der Redefreiheit in der übernatürlichen Welt präsentierte die übliche reißerische Schlagzeile: *DRACULA IN VEGAS GESICHTET – DIE GEISSEL EUROPAS LEBT!* Ja, wahrscheinlich saß er drüben im Cesar's am Pool und stopfte zusammen mit Elvis irgendwelche Leckereien in sich hinein. Ich nahm die Zeitschrift und ließ sie unter dem Tresen verschwinden. Zum Glück hatten die Schreiberlinge noch nicht meinen Namen herausgefunden. Ich hatte auch so schon genug Probleme – die Paparazzi konnten mir gestohlen bleiben.

Einige Sekunden später trat ein dürrer, kahlköpfiger Mann mit langem, grauen Schnurrbart durch den Vorhang. Abgesehen von den Körperteilen, die unter einer abgeschnittenen

Jeans verborgen blieben, war er vom dünnen Hals bis zu den in Flipflops steckenden Zehen von Tätowierungen bedeckt. Was noch seltsamer war: Die Tattoos bewegten sich. Die um den Hals geschlungene Kobra hob kurz den Kopf, und ihre Zunge tastete in meine Richtung, während eine tätowierte Eidechse über die Stirn kroch, mich entdeckte und erschrocken hinter dem linken Ohr verschwand. Der Adler auf der Brust schlug langsam mit den ausgebreiteten Flügeln und beobachtete mich mit einem dunklen Auge.

Offenbar hatte ich den richtigen Ort gefunden.

Der Tätowierte bemerkte meinen faszinierten Gesichtsausdruck und lachte. »Die Läden, in denen man Schmetterlinge und Blumen bekommt, befinden sich in einem anderen Viertel der Stadt, Schätzchen.« Der Typ sah zwar wie ein Hell's Angel im Ruhestand aus, sprach aber mit einem leichten Akzent. Vielleicht kam er aus Australien. »Und ich habe für heute alle meine Termine gestrichen. Muss mich um einen wichtigen Job kümmern.«

»Ich bin nicht wegen einer Tätowierung gekommen«, sagte ich und versuchte, nicht zu auffällig auf den doppelschneidigen Zeremoniendolch zu starren, von dessen Spitze sich alle paar Sekunden ein roter Tropfen löste und unter dem zerfransten oberen Rand der abgeschnittenen Jeans verschwand. »Pritkin meinte, dass ich ihn hier finden könnte. Ich hab was zu essen mitgebracht.« Ich hob die Tüten, und die Miene des Mannes erhellte sich.

»Also sind Sie Cassandra Palmer«, sagte er und wirkte überrascht. Ich nickte und fragte mich, was er erwartet hatte. Auf die Frage, wie Pritkin mich beschrieben hatte, verzichtete ich. »Warum haben Sie das nicht gleich gesagt? Ich bin Archie McAdam, aber meine Freunde nennen mich Mac.«

»Cassie«, sagte ich und schüttelte die ausgestreckte Hand.

Die größeren Tattoos des Mannes waren von einem regelrechten Wald aus tätowierten Blättern und Ranken umgeben, und sie raschelten wie in einem leichten Wind. Aus den dunklen Bereichen unterhalb der Blätter beobachteten mich zwei bösartig starrende orangefarbene Augen.

Mac hielt den Vorhang beiseite, und ich zwängte mich am Tresen vorbei und betrat den hinteren Teil des Studios. Das Erste, was ich dort sah, war Pritkins Rücken. Er lag mit dem Gesicht nach unten auf einer gepolsterten Bank, ohne Hemd, und den Kopf zur anderen Seite gedreht. Da er dauernd in irgendwelche Schwierigkeiten zu geraten schien, hatte ich damit gerechnet, dass sein Rücken viele alte und neue Narben zeigte, aber das war nicht der Fall. Nur ein dünnes Filigranmuster aus weißen Linien verunstaltete ein Schulterblatt – es sah fast nach Krallenspuren aus. Abgesehen davon bedeckte makellose Haut stärkere Muskeln als erwartet. Nur an der linken Seite sah ich die blassen violetten Konturen einer Tätowierung. Sie war etwa halb fertig, und es musste noch Farbe hinzugefügt werden. Ich erkannte ein sehr gut dargestelltes stilisiertes Schwert und fand, dass Pritkin einen seltsamen Zeitpunkt für Body-Art gewählt hatte. Aber dies war seine Stunde; er konnte sie so verbringen, wie er wollte.

Mac hob einen Spiegel, um seinem Kunden das Bild zu zeigen, und Pritkin schaute mürrisch drein. »Ich halte es noch immer für zu ausgefeilt. Ein einfaches Schwert genügt mir.«

»Was soll das heißen, zu ausgefeilt?«, erwiderte Mac ungläubig. »Sieh dir nur die Linien an, die kunstvolle Ausarbeitung. Ich habe mich selbst übertroffen!«

Pritkin schnaubte, und in gewisser Weise konnte ich ihn verstehen. Ihm schien ein langer Tag bevorzustehen. Die Klinge des Schwerts reichte über seine ganze Seite und endete über der Hüfte. Die Jeans war so weit nach unten geschoben, dass der Tätowierungsstift den oberen Teil der einen Hinterbacke erreichen konnte. Der größte Teil des Rückens zeigte, wie auch die Arme und das Gesicht, einen goldenen Ton, als hätte er viel Zeit in der Sonne verbracht, ohne leicht zu bräunen. Doch der untere Teil des Rückens und die Hüften gingen erst in einen pfirsich- und dann einen cremefarbenen Ton über, ohne dass es einen erkennbaren Bräunungsstreifen gab. Ich fragte mich, ob sich die einzelnen Bereiche unterschiedlich anfühlten und wie es sein mochte, mit den Fingern darüber zu streichen, schob diese Gedanken dann aber abrupt zur Seite und wandte den Blick ab, erschrocken darüber, dass ich solche Überlegungen ausgerechnet mit *Pritkin* verband. Die Nähe zu Inkuben schien einige sehr sonderbare Nebenwirkungen zu haben.

»Kleine Pause, John«, sagte Mac. »Dieses hübsche junge Ding bringt was zu essen!«

Pritkin setzte sich auf, legte die übliche finstere Miene auf und kehrte uns den Rücken zu, als er den Reißverschluss seiner Jeans zuzog. Er hatte eine neue gekauft oder sich eine von Mac geliehen, denn sie war ohne Blutflecken. Mit einem Lächeln täuschte ich über mein Unbehagen hinweg. »John?«

»Das ist ein guter, ehrlicher englischer Name«, erwiderte er scharf und schien aus irgendeinem unerfindlichen Grund sauer zu sein.

»Tschuldigung«, sagte ich und bot ihm beschwichtigend die Tüten an. »Es klingt nur nicht nach Ihnen.«

»Welchen Teil meinst du?«, fragte Billy Joe. Er hatte neben dem Golem geschwebt, der weiter hinten an der Wand stand, stumm wie eine Statue, und kam jetzt näher. »Den guten, ehrlichen oder englischen?«

Ich achtete nicht auf ihn, schnappte mir ein halbes Frikadellen-Baguette und überließ Mac den Rest. Der Geruch im Auto hatte mich daran erinnert, dass ich an diesem Tag nur eine Handvoll Erdnüsse bei Casanova gegessen hatte. Das Brötchen verbesserte meine Stimmung, und nach einigen Bissen war ich sogar in der Lage, ein Lächeln für Pritkin zu erübrigen, der ein grünes T-Shirt überstreifte. »Hatten Sie unsere Verabredung vergessen?«

»Ich war mir nicht sicher, ob Sie kommen würden«, sagte er nur.

Ich hatte die Wahl: Entweder ließ ich mich auf eine Diskussion darüber ein, was mein Wort wert war, oder ich aß den Rest des Brötchens. Ich entschied mich für Letzteres. Ein schweifender Blick teilte mir mit, dass das Hinterzimmer des Tätowierstudios nicht interessanter war als der vordere Raum – für Unterhaltungen taugte er nicht viel. An den unverputzten Backsteinwänden bemerkte ich ein Metallding, das nach einer Waschmaschine aussah, aber vermutlich keine war, einen kleinen Kühlschrank, eine Liege mit alten Büchern darauf, einen überquellenden Abfalleimer und den Tätowierungstisch mit den Instrumenten.

Ich schluckte den letzten Bissen und wischte mir Tomatensaft vom Kinn. »Die Zeit läuft. Ihnen bleiben noch fünfzig Minuten. Wenn Sie sie damit verbringen wollen, sich tätowieren zu lassen oder zu essen … Meinetwegen. Wenn die Zeit um ist, verschwinde ich von hier.«

»Und wohin wollen Sie?«, fragte Pritkin und sah auf das Baguette, als hätte ich vielleicht etwas Scheußliches hineingeschoben. »Wenn Sie dummerweise mit dem Gedanken spielen, allein einen Abstecher ins Feenland zu unternehmen, möchte ich Ihnen einen kleinen Hinweis geben. Ihre Macht funktioniert dort nicht, oder auf eine sehr unzuverlässige Art und Weise. Deshalb haben die Pythien es sich zur Angewohnheit gemacht, die Feen in Ruhe zu lassen. Sie können sich gegen die Tradition entscheiden, aber ohne die Möglichkeit,

Ihre Macht kontrolliert einzusetzen, und mit Ihrem blockierten Schutzzauber überleben Sie dort nicht einen Tag.«

Pritkin setzte sich auf die Liege und nahm sich sein Brötchen vor, während ich überlegte. Mac saß auf einem Stuhl am Tisch, arbeitete sich durch die andere Hälfte meines Baguettes und schwieg. Billy schwebte näher und schob mit einem durchscheinenden Finger seinen Hut zurück. »Er hat recht«, kommentierte er.

»Oh, herzlichen Dank.«

Billy brachte seinen substanzlosen Hintern auf die Tischkante und richtete einen ernsten Blick auf mich. Diesen Gesichtsausdruck trug er so selten, dass er damit meine Aufmerksamkeit gewann. »Ich mag den Burschen ebenso wenig wie du, Cass, aber wenn du entschlossen bist, diese Sache durchzuziehen, könnte dir ein Kriegsmagier von großem Nutzen sein. Denk darüber nach. Wir müssen ins Feenland, was ohnehin nicht ganz leicht ist, und angesichts all der Sicherheitsmaßnahmen wegen des Krieges wird es noch schwieriger. Wir müssen den Feen, die keine Eindringlinge mögen, aus dem Weg gehen und nach dem Dicken und der Seherin suchen. Und wenn uns all das gelingt, müssen wir zum Schluss auch noch mit ihnen fertig werden. Und wenn die Feen sie verstecken, wird's gar nicht lustig. Wir könnten Hilfe gebrauchen.«

»Noch haben wir kein Angebot erhalten«, erinnerte ich ihn. Meine Antworten mussten Mac zusammenhanglos erscheinen und schienen ihn zu verwirren, doch Pritkin schenkte ihnen keine Beachtung. Vermutlich wusste er inzwischen: Wo auch immer ich mich aufhielt, war Billy nicht weit.

»Wenn er nicht bereit wäre zu helfen … Dann hätte er im Kasino beiseite treten und dich den Magiern überlassen können.«

»Ich wäre auch allein zurechtgekommen«, behauptete ich.

Es klang selbst für meine eigenen Ohren eingeschnappt, was aber keineswegs bedeutete, dass es nicht der Wahrheit entsprach. Niemand brauchte mir zu Hilfe zu eilen, weder Pritkin noch sonst jemand.

»Ja, aber ich dachte, du wolltest vermeiden, deine Macht einzusetzen.«

Dieses Gespräch mit Billy ging mir allmählich auf die Nerven. »Wollen Sie einfach nur dasitzen und mampfen, oder was?«, fuhr ich Pritkin an.

Er sah auf, mit einem Hauch von Abscheu im Gesicht. Ich wusste nicht, ob er mir galt oder dem Brötchen, und deshalb ging ich nicht darauf ein. »Wir haben schon einmal bei einer Sache zusammengearbeitet, und das können wir erneut. Ich schlage vor, wir tun uns zusammen, um mit unserem gemeinsamen Dilemma fertig zu werden.«

»Sie hegen einen Groll gegen Tony? Seit wann?« Ausgerechnet jetzt, na so ein Zufall.

»Der Kreis hat einen Haftbefehl ausgestellt, aber darum geht es mir nicht.«

Ich knüllte das Brötchenpapier zusammen, warf es nach dem Abfallkorb und verfehlte ihn. »Um was dann?«

Pritkin trank einen Schluck aus einer der Cokes, die Mac herumgereicht hatte, und schnitt eine Grimasse. »Ich möchte, dass Sie mir dabei helfen, die Sibylle namens Myra zurückzuholen«, sagte er.

»Wie bitte?« Ich starrte ihn an. Es war beunruhigend und verdächtig, dass der erste Name auf meiner Liste auch bei Pritkin ganz oben stand.

»Bisher hat sich bei keinem unserer Suchzauber etwas ergeben, woraus wir schließen, dass sie sich im Feenland versteckt, wo unsere Magie nicht funktioniert. Als Gegenleistung für Ihre Hilfe verspreche ich Ihnen, Sie nicht vor den Silbernen Kreis zu bringen und Ihnen dabei zu helfen, mit Ihrem früheren Herrn zurechtzukommen.«

Ich kniff die Augen zusammen. »Ich weiß nicht einmal, wo ich anfangen soll. Erstens: Sie bringen mich nirgends hin. Und zweitens: Warum sollte ich Ihnen dabei helfen, meine Rivalin zurückzuholen? Damit der Kreis mich töten und sie zur Pythia machen kann? Aus irgendeinem Grund übt das kaum Reiz auf mich aus.«

»Der Kreis hat nicht vor, Sie durch Myra zu ersetzen«, erwiderte Pritkin grimmig. »Was den Rest betrifft: Machen Sie nicht den Fehler, Ihre eigenen Fähigkeiten zu überschätzen und meine zu unterschätzen. Wenn ich Sie gefangennehmen wollte, hätte ich das längst getan. Und wenn nicht … Früher oder später würde Sie jemand erwischen. Der Kreis wird nie aufhören, Sie zu jagen, und er braucht nur einmal Glück zu haben. Für Sie sieht die Sache anders aus. Sie müssen alle seine Fallen meiden, und das mit einem sehr begrenzten Wissen über die magische Welt. Nur mit meiner Hilfe können Sie hoffen, dem Schicksal zu entgehen, das der Kreis für Sie geplant hat – und für Myra.«

»Oh, klar. Die einzige voll ausgebildete Eingeweihte soll getötet werden. Warum bezweifle ich das?« Der Kreis wollte mich tot sehen, aber er hatte allen Grund, dafür zu sorgen, dass Myra bei bester Gesundheit blieb. Ein Krieg fand statt, und er brauchte die Hilfe, die eine gefügige Pythia leisten konnte.

Pritkin sah zu Mac, der verdrießlich dreinschaute. »Einigen von uns ist in letzter Zeit eine besorgniserregende Tendenz bei der Führung des Kreises aufgefallen. Mit jedem verstreichenden Jahr scheint sie weniger an unserer traditionellen Mission und mehr an Macht interessiert zu sein. Die Silbernen haben sich immer von den Schwarzen unterschieden, nicht nur beim

Erlangen von Macht, sondern auch bei ihrer Anwendung. Ich fürchte, das hat der Rat vergessen.«

Mac nickte. »Und jetzt hat er eine neue Pythia-Kandidatin, eine recht willige Eingeweihte. Man glaubt, dass sie die Macht erbt, wenn sowohl Sie als auch Myra sterben.« Er schüttelte den Kopf, wodurch eine Libelle auf seiner Schulter ihre glitzernden grünen Flügel ausbreitete. »Ich wusste, dass bei uns im Kern was faul ist, aber ich hätte nicht gedacht, dass es so schlimm sein könnte. Die Macht wählt die Pythia. So ist es Tausende von Jahren lang gewesen, denn die falsche Person in dem Amt fordert Katastrophen heraus. Immer wieder haben dunkle Magier nach einer Möglichkeit gesucht, durch die Zeit zu reisen und die Welt so zu verändern, wie sie es wollen, und dann und wann gelingt es einem. Ohne eine richtige Pythia auf dem Thron ist unsere ganze Existenz bedroht! Die Pläne des Rats müssen vereitelt werden!«

»Mhm.« Ich sah in Macs einfaches, ernstes Gesicht und versuchte, ihm einen Vertrauensbonus zu geben. Aber es fiel mir schwer. Die Welt, in der ich aufgewachsen war, funktionierte nach dem Zuckerbrot-und-Peitsche-Prinzip: Alles wurde getan, um eine Belohnung zu bekommen oder Strafe zu entgehen. Und je riskanter der Job, desto größer Belohnung oder Strafe. Wenn man das Risikopotenzial berücksichtigte, von dem Max sprach, musste der in Aussicht stehende Lohn enorm sein.

Pritkin hatte während der mitreißenden Rede seines Kumpels geschwiegen und sich damit zufrieden gegeben, ins Leere zu starren. Ich schnippte vor seinem Gesicht mit den Fingern. »Wie lautet Ihre Geschichte? Sind auch Sie allein aus gutem Willen an dieser Sache beteiligt?«

Seine Miene verfinsterte sich noch etwas mehr. »Ich bin daran beteiligt, weil ich mich nicht gern zu einem Mörder machen lasse. Ich habe den Auftrag bekommen, Myra zu finden, damit sie vor Gericht gestellt werden kann, obwohl das Urteil in ihrem Fall schon gefällt ist. Andere suchen Sie, und ich bin sicher, dass sie die gleichen Anweisungen erhalten haben wie ich. Wenn ich zu dem Schluss gelange, dass Myra nicht lebend gefasst werden kann… Dann soll ich sicherstellen, dass sie nicht länger die Interessen des Kreises bedroht.«

Insbesondere ein Wort hatte meine Aufmerksamkeit geweckt. »Gericht?« Ich konnte mir kaum vorstellen, dass jemand Myra den Versuch zur Last legen würde, mich umzubringen. Ich hielt es für weitaus wahrscheinlicher, dass sie dafür einen Orden vom Kreis bekam. »Was hat sie angestellt?«

»Myra ist in den Tod der Pythia verwickelt.«

Für einige Sekunden dachte ich, dass Pritkin mich meinte. Dann fiel der Groschen. »Sie meinen Agnes?«

»Zeigen Sie wenigstens etwas Respekt!«, ereiferte sich Pritkin. »Benutzen Sie ihren Titel, wenn Sie von ihr sprechen.«

»Sie ist tot«, betonte ich. »Es dürfte ihr gleich sein.«

»Aber Myra kann damit nichts zu tun haben!«, warf Mac ein. »Die Vorwürfe des Rates ergeben keinen Sinn. Was hätte sie zu gewinnen?«

Das hielt ich eigentlich für offensichtlich. »Vermutlich dachte sie, Pythia werden zu können, wenn Agnes starb, bevor ihre Macht auf mich übergehen konnte.«

»Genau das ist der Punkt, Cassie«, beharrte Mac. »John hat den Rat darauf hingewiesen: Die Macht geht nicht auf die Mörderin einer Pythia oder die von ihr bestimmte Person über. Es ist eine alte Regel, die verhindern soll, dass sich die Eingeweihten aus lauter Ehrgeiz gegenseitig umbringen.«

Meine Gedanken traten auf die Bremse. »Bitte wiederholen Sie das.«

»Die Macht ist bisher noch nie auf den Mörder einer Pythia oder ihren Erben übergegangen«, sagte Mac langsam.

»Haben Sie das nicht gewusst?«, fragte Pritkin.

»Nein.« Und ich war mir nicht sicher, ob ich es glauben sollte. Ich *wollte* es glauben, weil es bedeutete, dass mir Myra vielleicht gar nicht nach dem Leben trachtete. Aber es fiel mir schwer, es für möglich zu halten, dass sie wirklich beabsichtigte, die Vergangenheit ruhen zu lassen. Das schien nicht ihr Stil zu sein, erst recht nicht mit zwei Messerwunden von meinen Waffen in ihrem Oberkörper. Und selbst wenn sie bereit war, den rechten Weg zu beschreiten … Rasputin ließ bestimmt nicht zu, dass sie sich geschlagen gab. Er brauchte sie als Pythia, wenn er den Krieg gewinnen oder auch nur überleben wollte. Irgendetwas ging hier nicht mit rechten Dingen zu.

»Ist Agnes nicht an Altersschwäche gestorben?«, fragte ich Mac, da er mir entgegenkommender erschien als Pritkin.

»Das dachten wir zuerst. Aber man bemerkte seltsame wunde Stellen an ihrer Leiche, als sie für die Bestattung vorbereitet wurde. Ein Arzt sah sie sich an und schöpfte Verdacht, und so nahm man eine Autopsie vor. Nicht etwa Altersschwäche war die Todesursache, Cassie, sondern Gift. Und angesichts der vielen Sicherheitsmaßnahmen zu ihrem Schutz kann die Vergiftung der Pythia nicht leicht gewesen sein.«

»Der Mörder verwendete Arsen und keinen magischen Trank oder Fluch, der von den Schutzzaubern entdeckt worden wäre«, fügte Pritkin hinzu. Offenbar bestürzte es ihn, dass Agnes etwas so Banalem zum Opfer gefallen war. »Hier. Was spüren Sie dabei?«

Ich wich rasch zurück, noch bevor ich richtig sah, was er mir zeigte.

»Ich habe versprochen, mit Ihnen zu reden, mehr nicht«, erinnerte ich ihn.

»Ohne Zeugen ist das unsere einzige Chance, den Mörder zu finden!«

Ich starrte auf das kleine Amulett in seiner Hand. Es sah recht harmlos aus: eine silberne Scheibe mit einer darin eingeprägten, undeutlich gewordenen Figur, befestigt an einer angelaufenen Kette. Ich empfing keine Warnsignale wie von Objekten, die möglicherweise eine Vision auslösen konnten, aber ich wollte kein Risiko eingehen.

»Nun?« Pritkin schob es mir entgegen, und wieder wich ich zurück.

»Ihre Sache«, sagte ich und achtete darauf, dass mich das Amulett nicht berührte. »Das ist nicht mein Problem.«

»Seien Sie sich da nicht so sicher«, entgegnete Pritkin geheimnisvoll.

Ich ging hinter Mac in Deckung und weigerte mich, den Köder anzunehmen. Demonstrativ warf ich einen Blick auf meine nicht existierende Uhr. »Meine Güte, wie spät es geworden ist. Ich schätze, ich muss jetzt los. Lassen Sie uns dieses Gespräch kein anderes Mal fortsetzen, in Ordnung?«

Doch bevor ich Gelegenheit bekam, den Raum zu verlassen, stand Pritkin plötzlich vor mir und drückte das Medaillon auf die Haut meines Oberarms. »Au!« Er sah mich erwartungsvoll an, und ich durchbohrte ihn mit einem Blick. »Das tat weh!«

»Was sehen Sie?«

»Einen großen roten Fleck«, sagte ich verärgert und rieb die brennende Stelle. »Hören Sie auf, mir das Ding entgegenzustrecken!«

»Wenn Sie mich belügen …«

»Wenn ich eine Vision hätte, wüssten Sie davon!«, erwiderte ich wütend. »Ich sehe den üblen Kram nicht mehr nur, sondern bekomme einen Platz in der ersten Reihe. Und in letzter Zeit nehme ich die Person mit, die mir am nächsten ist! Oder haben Sie das bereits vergessen?«

Pritkin antwortete nicht, hielt nur weiterhin das Amulett in der ausgestreckten Hand. Wenigstens versuchte er nicht mehr, mich damit zu brandmarken. Ich seufzte und nahm das verdammte Ding. »Wie funktioniert es?«

»Das ist es ja gerade.« Mac klang so, als gefiele ihm das Rätsel. »Wir wissen es nicht. Es enthielt Arsen … Wir haben es gestern Abend geöffnet. Doch das Gift war von Metall umgeben; es konnte nicht zu einem Kontakt mit der Haut kommen.«

»Es muss eine Antwort geben!«, stieß Pritkin hervor. »Die Pythia hielt es in der Hand, als sie starb, und es enthielt das gleiche Gift, das sie umbrachte. Woher sonst hätte das Gift stammen können? Niemand hätte zu ihr gelangen und es ihr verabreichen können, erst recht nicht mehrmals!«

Vorsichtig untersuchte ich das Amulett. Es wurde von der Seite geöffnet, wie ein Medaillon. Was auch immer es einmal enthalten hatte, jetzt war es leer. Das war vermutlich der Grund dafür, warum ich nichts empfing. Die frühere Öffnung hatte seine physische Integrität beeinträchtigt und alle psychischen Spuren verwischt. Aber ich hielt es für besser, Pritkin nicht darauf hinzuweisen, denn sein Blutdruck schien bereits hoch genug zu sein.

»Niemand wurde misstrauisch, weil die Vergiftung nach und nach erfolgte«, erklärte Mac. »Über sechs Monate hinweg bekam die Pythia kleine Dosen, durch die sich ihr Zustand immer mehr verschlechterte. Man führte es auf ihr Alter zurück, und auf die Belastung, die sich durch den Verlust der Erbin ergab.«

»Sechs Monate?« Für diesen Zeitraum hatte Tomas im Auftrag des Senats den Babysitter für mich gespielt. Diese Übereinstimmung gefiel mir nicht, aber ich blieb stumm. Leider verriet mich mein Gesichtsausdruck – oder Pritkin war selbst darauf gekommen.

»Myra kann das Gift nicht verabreicht haben«, sagte er kategorisch. »Sie verschwand, noch bevor die Pythia Agnes erkrankte, und sie hat kein Motiv. Der Rat möchte sie aus dem Weg schaffen, und deshalb nutzt er die Geschichte von ihrer Verwicklung für seine eigenen Zwecke. Andere Personen hatten weitaus mehr Grund, der Pythia nach dem Leben zu trachten, aber der Rat kann es sich nicht leisten, sie anzuklagen.«

Das konnte ich mir denken. Der Kreis war im Krieg mit dem Senat verbündet, und deshalb wagte er es nicht, seine Alliierten des Mordes zu bezichtigen. Ich dachte nicht gern darüber nach, wäre aber nicht überrascht gewesen, wenn der Senat dahinter steckte. Es entsprach dem üblichen Modus Operandi der Vampire, Hindernisse auf eine möglichst endgültige Weise aus dem Weg zu räumen. Und es wäre die Mühe wert gewesen, wenn der Senat es für möglich gehalten hätte, dass die Macht auf mich überging. Dann wäre ich die zahme Pythia der Vampire gewesen, seit Jahrhunderten die erste unter ihrer Kontrolle und nicht in Diensten des Kreises. Für eine solche Macht hätten sie sich zu weitaus mehr hinreißen lassen als nur zur Ermordung einer alten Frau.

Natürlich kam noch jemand anders infrage.

»Was ist mit dem Kreis?«

Pritkin kniff die Augen zusammen. »Was soll damit sein?«

Ich hob und senkte die Schultern. »Sie haben angedeutet, dass der Senat schuldig ist, aber nicht er macht Jagd auf die beiden einzigen Kandidaten, die der ausgewählten Erbin des Kreises im Weg stehen.«

Mac wirkte elend, aber Pritkin wischte den Einwand beiseite. »Der Kreis hatte keinen Grund, sich eine andere Pythia zu wünschen. Lady Phemonoe hat ausgezeichnete Dienste geleistet.«

»Ja, genau. Dass Agnes ihren Job so gut machte, könnte das Problem gewesen sein, wenn die Bösewichter im Rat stecken. Vielleicht ist sie ihnen einmal zu oft gegen den Karren gefahren, woraufhin jemand dachte, dass eine jüngere, unbekümmertere Pythia ...«

Pritkin unterbrach mich mit einer abrupten Geste. »Sie wissen nicht, wovon Sie reden! Der Rat würde nie so tief sinken!«

Ich sah ihn groß an und staunte darüber, dass er bereits unseren Morgen in der Hölle vergessen hatte. Sein so geschätzter Kreis schien überhaupt kein Problem damit zu haben, mich zu erledigen oder ihn nach Myra suchen zu lassen. Aber wir zählten vermutlich nicht. »Na schön. Warum sind Sie hinter ihr her? Weil Sie glauben, dass sie etwas weiß?«

»Ich habe es abgelehnt, sie ohne Gerichtsverfahren zu töten«, sagte Pritkin. »Aber inzwischen hat der Kreis sicher jemand anders beauftragt. Wer auch immer es ist, wenn er sie findet, hat sie keine Gelegenheit, die Dinge aus ihrer Perspektive zu schildern.«

»Sie müssen mit ziemlichem Nachdruck abgelehnt haben. Der Kreis scheint recht sauer auf Sie zu sein.«

»Ich fand heraus, dass ein Informant Sie heute Morgen im Dante's gesehen hat. Um Sie zu erreichen, musste ich zuerst gegen die vom Kreis geschickten Leute kämpfen, und einer von ihnen erkannte mich.«

Und natürlich hatten sie ihn im Flur mit mir gesehen. Das konnte seinem Ruf kaum gut getan haben. »Und wenn Sie Myra finden? Was dann?«

»Man legt ihr gewisse Dinge zur Last, und dazu muss sie

Stellung nehmen«, erwiderte Pritkin knapp. »Was aus ihr wird, hängt von den Antworten ab.«

Ich senkte den Blick, damit er den Zweifel in meinen Augen nicht sah. »Klingt so, als hätten Sie einen Plan. Inzwischen wissen Sie, wo sich Myra befindet – warum brauchen Sie mich? Sie haben bereits darauf hingewiesen, dass ich Ihnen im Feenland kaum etwas nütze, falls wir es tatsächlich dorthin schaffen.«

»Ohne jemanden, der sie festhält, entkommt sie vielleicht mit einem Zeitsprung«, antwortete Pritkin widerstrebend. »Ein Teil Ihrer Macht erlaubt Ihnen, die Fähigkeiten einer Sibylle einzuschränken. Normalerweise wird diese Möglichkeit für Ausbildungszwecke benutzt, um einer Pythia zu erlauben, eine Sibylle aus der Zeitlinie zu holen, wenn sie in Schwierigkeiten gerät. Sie sollten in der Lage sein, die gleiche Kontrolle auszuüben, damit Myra mir nicht entkommt.«

Ich trank einen Schluck Limo und verbarg auf diese Weise meinen Gesichtsausdruck. Billy verschmolz mit mir, damit wir ein privates Gespräch führen konnten. »Entweder sind diese beiden Typen die dämlichsten Verschwörer, denen ich je begegnet bin, oder sie haben keine sonderlich hohe Meinung von dir«, sagte er.

»Sowohl als auch«, erwiderte ich. *»Kannst du durch sie schweben und herausfinden, auf was sie wirklich aus sind?«*

»Geht nicht. Stecken beide voller Schutzzauber. Aber wir wissen auch so, dass sie lügen. Wenn deine Macht im Feenland nicht funktioniert …«

»… dann könnte ich Myra gar nicht für sie festhalten, selbst wenn ich wüsste, wie man das macht. Hab's kapiert, ja. Was also wollen sie von mir?«

»Das liegt doch auf der Hand, oder?«

»Glaubst du?«

Billys Lachen hallte mir durch den Kopf. »Ich sehe im Dante's nach und stelle fest, was der Kreis dort anstellt. Kommst du allein mit diesen beiden Genies klar?«

Ich dachte etwas Unanständiges, und Billy lachte erneut, bevor er plötzlich verschwand. Ich sah Pritkin an, und er erwiderte meinen Blick mit ausdrucksloser Miene. Sein Pokergesicht war recht gut, aber es spielte keine Rolle. Ich kaufte ihm seine fadenscheinige Geschichte nicht ab.

Pritkin wusste sehr wohl, dass Myra versucht hatte, mich umzubringen. Vermutlich hoffte er, dass sie früher oder später aufkreuzte und einen neuen Versuch unternahm. Er wollte mich als Köder benutzen. Der Grund dafür, warum er und Mac es auf sie abgesehen hatten, war ebenfalls klar. Wenn sie Myra fanden, bekamen sie ein wichtiges Werkzeug für einen Schlag gegen die Führung des Kreises. Vielleicht hielten sie sich für Revolutionäre, die ein korruptes System beseitigen wollten. Oder sie waren Opportunisten, die beabsichtigten, mit Myra an die Macht zu kommen. Für mich war es gleich, welche Erklärung zutraf, aber eins stand fest: Myra würde ihnen nur dann helfen, wenn sie dafür den vollen Titel bekam. Die Frage lautete: Würde Pritkin mich selbst töten, wenn ich meinen Zweck erfüllt hatte, oder wollte er das Myra überlassen?

Natürlich machten sie sich etwas vor, wenn sie glaubten, dass ich mich einfach so darauf einließ. Agnes hatte darauf hingewiesen, als sie mir widerstrebend die Macht übergeben hatte. Ihre Erbin hatte sich Rasputin angeschlossen, weil sie böse oder schwach war, was in jedem Fall bedeutete, dass sie eine lausige Pythia gewesen wäre. Der Umstand, dass Myra mich kurze Zeit später angegriffen hatte, deutete auf Bösartigkeit hin. Ich wollte den Job nicht unbedingt, aber die Irre sollte ihn auch nicht bekommen.

Ich dachte darüber nach. Billy hatte recht. Wir brauchten

Hilfe, und zwei Kriegsmagier wären perfekt gewesen. Pritkin wollte mich benutzen und dann linken? In Ordnung. Was er konnte, konnte ich schon lange. Sollte er mir dabei helfen, alle Hindernisse zu überwinden. Sobald wir Myra gefunden hatten, würde ich ihn fallen lassen und sie mit der Falle einfangen, die das Gefängnis der Graien gewesen war.

Ich schenkte dem Magier ein Lächeln. »Klingt interessant. Vielleicht können wir tatsächlich eine Vereinbarung treffen.«

Der Nachmittag war recht lehrreich. Zwar hatte ich meine Kindheit am Hof eines Vampirs verbracht, aber ich wusste nicht viel über Magie. Hellseher galten als der Bodensatz der magischen Welt. Leute mit wenig echtem Talent, die sich ihren Lebensunterhalt verdienten, indem sie Normalen sagten, was sie hören wollten. »Der Name Ihres Seelenfreunds beginnt mit *M*…« Oder mit S oder R oder einem anderen oft vorkommenden Buchstaben des Alphabets. Und dann waren weitere Sitzungen nötig, damit der Hellseher oder die Hellseherin herausfinden konnte, um wen genau es sich handelte. Und natürlich waren diese Sitzungen teuer. Ich hatte so etwas nie gemacht, selbst dann nicht, als ich sehr knapp bei Kasse gewesen war. Ich mochte mich aus reiner Verzweiflung dazu hinreißen lassen, in Spielkasinos zu mogeln, aber ich ging nicht so weit, mein Talent zu verhöhnen. Doch die meisten Magier bei Tony hatten meine wahr gewordenen Visionen für Zufall gehalten und wollten kaum etwas mit mir zu tun haben.

Vampire verfügten natürlich über eine eigene Art von Magie, und damit meine ich nicht nur die Kraft, die sie existieren ließ. Die meisten errangen nützliche Fähigkeiten, wenn sie lange genug lebten, und einige davon konnten recht spektakulär sein. Ich hatte Vampire gesehen, die sich und andere schweben lassen konnten oder imstande waren, einen Körper aus mehreren Metern Entfernung zu häuten oder allein mit ihren Gedanken das pochende Herz aus einer Brust zu reißen. Doch die Magie der Magie blieb ihnen verwehrt, und die Anwender dieser Magie verloren ihre Fähigkeiten, wenn sie in Vampire verwandelt wurden. Deshalb gab es keine Vampirmagier.

Ich glaube, an jenem Nachmittag lernte ich mehr über Magie als in zehn Jahren an Tonys Hof. Es begann, als Pritkin sich wieder frei machte, damit Mac das Tattoo beenden konnte, und ich ihn fragte, warum er sich jetzt mit so etwas aufhielt. Ich fragte vor allem deshalb, um mich von seinem Körper abzulenken, der plötzlich viel attraktiver war, als er sein sollte. Hoffentlich ließen die Nebenwirkungen der Begegnungen mit den Inkuben bald nach.

»Wie in Ihrem Fall wird meine Magie im Feenland nicht zuverlässig funktionieren«, sagte Pritkin. Er klang so, als hätte er mich lieber aufgefordert, zur Hölle zu fahren. Aber da wir uns gerade darauf geeinigt hatten, Verbündete zu sein, musste er mir gegenüber seine nette Seite rauskehren. Ich entschied, den Vorteil zu nutzen, solange ich ihn hatte, was wahrscheinlich nicht sehr lange war.

»Haben Sie vielleicht vor, die Feen mit Ihrer ach so männlichen Tätowierung zu beeindrucken?«

Mac lachte, aber ich wusste, dass Pritkin eine Grimasse schnitt, obwohl er den Kopf von mir weggedreht hatte. Er spannte die Schultermuskeln, und dadurch gerieten Dinge weiter unten in Bewegung. Ich stand auf und holte mir eine Coke.

»Es ist ein besonderes Tattoo«, verkündete Mac munter und nahm etwas, das wie eine elektrische Zahnbürste ohne die Borsten aussah. »Wenn ich es richtig mache, tätowiere ich nicht nur seine physische Haut, sondern auch die magische, seine Aura.

Wenn er seine Schilde hebt, wird sich das als echte Waffe manifestieren. Und da wir uns die Methode von den Feen abgeschaut haben, sollte es im Feenland noch besser funktionieren als hier.« Er setzte den Kopf der Zahnbürste an die Spitze des Schwerts und begann damit, die Tinte unter die Haut zu treiben. Pritkin zuckte nicht zusammen, aber die Muskeln in seinen Armen zeichneten sich etwas deutlicher ab. Ich trank Coke und gab den Versuch auf, ihn nicht zu beobachten.

»Ich verstehe das nicht ganz«, sagte ich nach einer Weile. »Sie haben Waffen ...« Das war eine ziemliche Untertreibung. »Warum verlassen Sie sich nicht darauf?«

Mac antwortete, während sein Blick auf Pritkins Rücken gerichtet blieb und er eine kurze Pause einlegte, um etwas Blut wegzuwischen. »Mit gewöhnlichen Waffen kann man gegen die Feen kaum etwas ausrichten. Man braucht magischen Kram, um sich gegen das durchzusetzen, was sie einem entgegenwerfen. Aber wie John schon sagte: Im Feenland funktioniert unsere Magie nicht.« Er setzte das Tätowieren fort, und diesmal zuckte Pritkin kurz zusammen. »Zumindest der größte Teil davon. Und die wenigen Dinge, die doch funktionieren, bleiben uns leider verwehrt.«

»Welche Dinge?«

»Oh, dies und das«, sagte Mac, und sein kleines Werkzeug summte, während es durch Pritkins Haut stach. Er wandte sich kurz einem großen Grimoire zu, das auf dem Stuhl neben ihm lag, und murmelte dann etwas über dem teilweise fertiggestellten Tattoo. Ein Glühen erfasste das Bild und verschwand sofort wieder. Mac brummte zufrieden und setzte die Arbeit fort. »Eine echte Hilfe wären Nullbomben. Aber die sind schwer aufzutreiben, und es läuft auf ein Todesurteil hinaus, sie ohne Genehmigung zu benutzen. Und selbst wenn wir bereit wären, ein Risiko einzugehen: Aus irgendeinem Grund traut uns der

Schwarzmarkt nicht – vermutlich deshalb, weil wir die Leute über Jahre hinweg aus dem Geschäft gedrängt haben.«

»Was sind Nullbomben?«

»Ziemlich üble Dinger, aber gut zu gebrauchen, wenn man es mit Magie zu tun bekommt, gegen die man sich nicht wehren kann. Niemand weiß, wer sie erfunden hat; es gibt sie seit Jahrhunderten. Dunkle Magier nehmen einen Nuller – einen mit der Fähigkeit geborenen Magier, Magie zu neutralisieren – und verstauen seine Lebenskraft in einer Kugel. Der betreffende Magier stirbt, doch die Fähigkeiten seines ganzen Lebens werden gewissermaßen zu einem sehr wirkungsvollen Paket zusammengeschnürt. Wenn es explodiert, hört für eine Weile alle Magie auf oder spielt verrückt, auch im Feenland. Die Dauer hängt von der Stärke des Nullers ab, und davon, wie viele Lebensjahre ihm noch blieben, als ihm seine Kraft genommen wurde.«

»Interessant.« Ich fühlte vage Übelkeit in mir aufsteigen. »Wie sehen Nullbomben aus?« Ich achtete darauf, nicht zu meiner Reisetasche zu sehen, die neben dem Kühlschrank unschuldig auf dem Boden stand.

Ich glaubte, ruhig und wie beiläufig gesprochen zu haben, aber etwas in meiner Stimme musste Pritkin aufgefallen sein, denn er drehte plötzlich den Kopf zu mir. »Warum?« Die Augen waren zusammengekniffen, aus Schmerz oder Misstrauen. Nur eine dünne grüne Linie zeigte sich durch die hellen Wimpern.

Ich zuckte mit den Schultern. »Nur so. Bei Tony lagen Waffen aller Art herum. Vielleicht habe ich eine Nullbombe gesehen.«

Mac schüttelte den Kopf und blieb auf Pritkins Rücken konzentriert. »Das halte ich für unwahrscheinlich, Schätzchen. Solche Bomben kosten ein Vermögen, denn es gibt nur wenige

Nuller, die stark genug für eine sind, und sie werden streng bewacht. Die meisten heutigen Nullbomben stammen aus vergangenen Jahrhunderten. Vor der Waffenruhe haben Vampire Nuller gejagt, was der Grund dafür ist, warum heute kaum mehr welche existieren. Für den Aufbau der Vampirarsenale wurden die meisten getötet und ganze Familien ausgelöscht.«

»Du hast also nie eine solche Bombe gesehen?«

»Oh, im Lauf der Jahre sind mir einige unter die Augen gekommen. Der Kreis kauft jede, die er kriegen kann – damit sie nicht den Vampiren in die Hände fällt. Dreiundsechzig erwarb Donovans Auktionshaus eine in London. Es gefiel dem Kreis nicht sonderlich, als unser erstes Angebot abgelehnt und eine öffentliche Auktion veranstaltet wurde, aber der alte Donovan wies darauf hin, so etwas sei völlig legal. Die betreffende Bombe war sehr alt – ich habe sie untersucht und sie mindestens aufs zwölfte Jahrhundert datiert. Damals gab es natürlich keine Gesetze gegen ihre Herstellung.« Mac unterbrach sich, betupfte die Tätowierung und verzog das Gesicht, als er sah, wie viel Blut sein Lappen bereits aufgenommen hatte. »Was hältst du von einer kleinen Verschnaufpause?«, fragte er Pritkin.

»Nein. Bring's zu Ende.« Pritkin biss die Zähne zusammen, doch sein Blick galt mir. Der Argwohn in seinen Augen gefiel mir nicht.

»Was geschah bei der Auktion?«, fragte ich und hoffte, das Mac früher oder später dazu kam, eine Nullbombe zu beschreiben.

»Oh, wir haben sie gekauft«, sagte er und setzte die Arbeit fort. »Eigentlich blieb uns gar keine Wahl. Hat ein Vermögen gekostet, das sage ich Ihnen. Ich habe immer wieder um Erlaubnis gefragt, ein noch höheres Angebot abgeben zu dürfen, bis der Rat schließlich meinte, dass ich das verdammte Ding kaufen sollte, zu welchem Preis auch immer. Ich glaube nicht, dass er beabsichtigte, eine Viertelmillion für eine kleine Silberkugel auszugeben – darauf deuteten jedenfalls die Klagen hin, die ich bei meiner Rückkehr hörte. Aber sie konnten nichts gegen mich unternehmen; ich hatte mich nur an meine Anweisungen gehalten.«

Die beiden Worte »kleine Silberkugel« tanzten durch meinen Kopf, während ich versuchte, mir nichts anmerken zu lassen. Offenbar gelang mir das nicht ganz. »Sie haben eine Bombe gesehen«, sagte Pritkin vorwurfsvoll.

Ich wollte erwidern: »Ja, es liegen zwei in der Reisetasche dort drüben.« Aber ich wusste nicht, wie weit ich meinen neuen »Verbündeten« trauen konnte. Pritkin brauchte meine Hilfe, und deshalb bezweifelte ich, dass er sich die Tasche schnappen und mit ihr verschwinden würde. Aber Mac? Eine Viertelmillion Pfund in den 1960er Jahren war heute wie viel wert? Ich wusste es nicht. Vielleicht genug, um den guten alten Mac in Versuchung zu führen. Sein Geschäft schien nicht gerade super zu laufen, und selbst Magier konnten es reizvoll finden, sich früh in den Ruhestand zurückzuziehen.

»Vielleicht. Es ist eine Weile her.«

Ich sah zu Mac, und Pritkin wirkte angeekelt. »Er setzt bei dieser Sache sein Leben aufs Spiel«, sagte er ungeduldig. »Sie können ihm ebenso vertrauen wie mir.«

Ich hob eine Braue, und Pritkin explodierte. Sein Gesicht war rot angelaufen, als die Tätowierungsnadel Zentimeter für Zentimeter über die Haut kroch, und ich glaube, er wollte jemanden anschreien. »Das klappt nicht, wenn Sie kein Vertrauen zu mir haben! Schon sehr bald wird unser Leben davon abhängen, ob wir zusammenarbeiten können. Wenn Sie mir misstrauen, sagen Sie das jetzt. Ich versuche es lieber allein, als getötet zu werden, weil Sie mich für unaufrichtig halten!«

Ich trank Coke und blieb ruhig. »Ich wäre bereits weg, wenn ich Ihnen nicht trauen würde, bis zu einem gewissen Punkt. Ihre Stunde ist vor einigen Minuten zu Ende gegangen.« Ich sah zwischen ihm und Mac hin und her. »Nehmen wir einmal an, ich weiß, wo sich einige Waffen befinden. Ich beschreibe sie euch, und ihr sagt mir, was es mit ihnen auf sich hat. Wenn wir entscheiden, dass sie nützlich sein könnten, verrate ich euch vielleicht, wie wir sie uns beschaffen können.«

Pritkin schien einem Wutanfall nahe zu sein, aber Mac zuckte mit den Schultern. »Einverstanden.« Er war mit den goldenen Bereichen des Schwerts fertig und wechselte die Tätowierungsfarbe. »Schießen Sie los.«

»In Ordnung.« Ich brauchte nicht groß nachzudenken, denn der einzige Gegenstand, der außer den Fallen und Nullbomben vom Senat stammte, war ein kleiner Samtbeutel. Er enthielt Knochenscheiben mit primitiven Runen. Löcher waren in ihren oberen Teil gebohrt und Lederriemen hindurchgeschoben – offenbar wurden sie getragen und nicht geworfen. Ich beschrieb sie Mac, der die Arbeit unterbrach und mich mit offenem Mund anstarrte.

»Das ist unmöglich«, sagte er. Pritkin gab keinen Ton von sich, aber ich fühlte mich von seinem Blick wie aufgespießt. »Ich behaupte nicht, dass Sie lügen, Cassie, aber wenn ein zweitklassiger Gangster wie Antonio die Runen von Langgarn hat, dann …«

»Er hat sie nicht«, warf Pritkin ein. »Wo haben Sie sie gesehen?«

»Wir gehen von einer Annahme aus.«

»Miss Palmer!«

»Sie dürfen mich Cassie nennen.« Da er vermutlich beabsichtigte, mich irgendwann zu töten, erschien mir Förmlichkeit unangebracht.

»Beantworten Sie die Frage«, brachte Pritkin zwischen zusammengebissenen Zähnen hervor. Da Mac die Tätowierungsnadel noch nicht wieder angesetzt hatte, konnte es nicht an den Schmerzen liegen.

»Ich sage Ihnen, was ich weiß«, bot Mac an. »Aber es ist nicht viel. Nach der Legende wurden die Runen von Egil Skallagrimsson im späten zehnten Jahrhundert verzaubert.« Als ich nicht reagierte, fuhr er fort: »Er war Wikinger, Dichter und ein Unruhestifter. Als er zum ersten Mal jemanden umbrachte, war er gerade sechs. Er tötete einen anderen Jungen im Streit um den Ausgang eines Ballspiels. Er zählt zu den besten Runenmeistern aller Zeiten. Nun, in einigen Geschichten heißt es, dass er die Runen Gunnhilde stahl, Hexenkönigin und Gemahlin von Erik Blutaxt, König von Norwegen und Nordengland. Und da in Gunnhildes Adern angeblich auch Feenblut floss, ist es durchaus möglich, dass die Runen von jemand anders verzaubert wurden, im Feenland …«

»Mac«, sagte Pritkin, als es den Anschein hatte, dass sein Freund vom Thema abschweifen wollte.

»Schon gut. Es gibt viele Geschichten über Egil, und die meisten erzählte er in seinen eigenen Gedichten. Er stellte sich überlebensgroß dar, als jemanden, der Unmögliches vollbrachte. Angeblich nahm er es mit einer großen Überzahl von Gegnern auf und brachte sie alle um. Er entzündete Schuppen allein mit seinem Blick, unterwarf Könige mit Worten und überlebte zahlreiche Mordanschläge. Er machte sich Gunnhilde zum Feind, entweder indem er ihr die Runen stahl oder weil er ihren Sohn tötete – hier unterscheiden sich die Geschichten –, doch er erreichte das hohe Alter von achtzig Jahren in einer Zeit, in der die meisten Menschen mit gut vierzig starben. Ich habe ihn immer für einen interessanten Burschen gehalten.«

»Und was machen die Runen?« Ich versuchte, nicht ungeduldig zu klingen, aber ich brauchte nützliche Fakten, keinen Geschichtsunterricht.

»Es heißt, dass es einmal eine vollständige Sammlung gab, die jedoch vor Jahrhunderten aufgeteilt wurde. Eigentlich spielt es keine Rolle, da sie einzeln verwendet werden. Jede hat ihre eigene Wirkung, und die einzige Einschränkung besteht darin, dass sie sich nach der Benutzung einen Monat aufladen müssen. Die noch existierenden Runen sind sehr begehrt. Angeblich gibt es keinen Schutz vor ihnen, und selbst Nullbomben können ihnen nichts anhaben.«

Ich warf Mac einen skeptischen Blick zu – mir war keine Magie bekannt, die nicht mit irgendeinem Gegenmittel außer Gefecht gesetzt werden konnte. Casanova hatte versucht, mir eine solche Vorstellung in Hinsicht auf den *Geis* zu verkaufen, aber selbst Pritkin hatte zugegeben, dass es mit an Sicherheit grenzender Wahrscheinlichkeit einen Ausweg gab. Ich kannte ihn nur noch nicht.

Mac schüttelte den Kopf. »Es klingt phantastisch, nicht wahr? Aber der Kreis hat zwei der Runen, und ich war vor zwanzig Jahren dabei, als eine dieser beiden Runen beim Test eines neuentwickelten Schutzzaubers verwendet wurde. Er hatte es wirklich in sich: Nichts kam hindurch, und ich meine wirklich nichts. Zwei Dutzend unserer besten Magier hämmerten fast den ganzen Morgen über darauf ein, mit allem, was sie hatten – ohne Ergebnis. Dann holte der alte Marsden, damals Vorsitzender des Rates, die Runen hervor. Er beschloss, es mit Thurisaz zu versuchen. Was dann geschah … Ich werde es nie vergessen, solange ich lebe.«

Ich sah ihn fragend an.

»Wenn Sie Marsden nicht kennen, bekommen Sie kaum eine richtige Vorstellung davon«, sagte Mac. »Denken Sie an den ältesten, dürrsten und harmlosesten Mann, den Sie je gesehen haben. Damals war seine Magie noch stark – er trat erst einige Jahre später zurück –, aber er war *alt*. Seine Hände zitterten, und häufig hatte er sich vorn mit Essen bekleckert, weil er kaum mehr etwas sah. Immer wieder stieß er gegen Dinge, lehnte es jedoch ab, eine Brille zu tragen oder eine magische Sehhilfe zu benutzen. So etwas brauche er nicht, behauptete er. Und dann versuchte er, der Flurgarderobe die Hand zu schütteln. Er sah aus, als gehörte er in ein Seniorenheim – bis man ihm quer kam. Dann fand man heraus, warum er während der letzten sieben Jahrzehnte der Vorsitzende des Rates gewesen war.«

»Mac!«

»Ja, schon gut, schon gut. Nun, Marsden verwendete den Thurisaz-Zauber bei sich selbst, und plötzlich war er weg, und da stand dieser große – dieser *riesige* – Oger. Er musste sich bücken, um nicht an die Decke zu stoßen, und die war fast sechs Meter hoch! Er packte den Ratstisch, der aus altem Eichenholz bestand und was weiß ich wie viel wog, und warf ihn durch den Saal. Als er vom Schutzzauber abprallte, ohne Schaden anzurichten, brüllte der Oger so laut, dass ich für zehn Minuten fast taub war, und stürmte los. Der Zauber war so beschaffen, dass er eine kleine Vase schützte, und bisher hatten die Blumen darin nicht ein einziges Blütenblatt verloren. Eine knappe Minute nach dem Einsatz von Thurisaz existierte der Zauber nicht mehr, und von der Vase war nur noch Staub übrig.«

»Bemerkenswert.« Bei der Plünderung des Senats hatte ich nach Waffen gesucht und offenbar welche gefunden. Ich würde sie auch brauchen, denn Tonys Neigung zu scheußlichen Überraschungen war mir nur zu gut bekannt.

»Ja, so weit war alles in Ordnung, aber wir hatten es mit

einem Oger zu tun, nicht wahr? Und wir konnten ihn nicht töten, ohne damit auch den Vorsitzenden des Rates ins Jenseits zu befördern. Was nicht heißen soll, dass irgendjemand von uns versuchen wollte, das Biest zu erledigen. Wir alle hatten es sehr eilig, den Ausgang zu erreichen, und anschließend verkrochen wir uns wie ängstliche Karnickel. Fast eine Stunde lang überlegten wir, was wir tun sollten, wenn der Oger die Schutzzauber des Saals zerstörte. Dann kam der alte Marsden heraus und erklärte uns, dass die Runenmagie nur eine Stunde wirkt.«

»Und was machen die anderen Runen?«, fragte ich. »Gibt es ein Buch darüber oder so?«

Mac sah Pritkin an. »Könnte Nick was haben? Die individuellen Kräfte kenne ich nicht, nur die allgemeine Legende.«

Pritkin achtete nicht auf ihn. »Wie viele haben Sie?«, fragte er mich. Er sprach ruhig, doch in seiner Schläfe pulsierte eine Ader.

Ich zögerte, aber wenn ich herausfinden wollte, wozu jene Objekte in der Lage waren, musste ich gewisse Informationen preisgeben. »Drei.«

»Lieber Himmel.« Mac ließ die Tätowiernadel sinken. Ein kleiner Tornado auf seinem rechten Bizeps drehte sich mit noch mehr Enthusiasmus.

»Beschreiben Sie sie.« In Pritkins Augen leuchtete es, aber er hatte sich besser unter Kontrolle als sein Kumpel Mac.

»Das habe ich bereits.«

»Die Symbole!«, sagte er ungeduldig. »Wie sehen die Runen auf den Knochenscheiben aus?«

»Wenn Sie sie zeichnen, kann ich …«, begann Mac.

Er unterbrach sich, als ich die Stirn runzelte. Sie mochten mich für eine dumme Blondine halten, aber hallo, ich war Hellseherin. Glaubten sie im Ernst, dass ich die Runen nicht kannte? »Hagalaz, Jera und Dagaz.«

»Bin gleich wieder da.« Mac eilte ins andere Zimmer und griff dort nach dem Telefon. Mir fiel ein, dass er vielleicht Verstärkung anforderte, aber das bezweifelte ich. Pritkin und er wussten noch nicht, wo sich die Waffen befanden, und bestimmt kamen sie nicht auf den Gedanken, dass ich sie in der Reisetasche mit mir herumgetragen hatte. Wenn ich genauer darüber nachdachte … Es schien eigentlich keine besonders gute Idee gewesen zu sein.

»Woher haben Sie die Runen?«, fragte Pritkin.

Mir fiel kein Grund ein, es ihm nicht zu sagen. »Vom gleichen Ort wie auch die Graien. Vom Senat.«

»Dort hat man sie Ihnen nicht einfach überreicht.«

»Nein.« Ich beschloss, das Thema zu wechseln. »Äh, Sie wissen nicht zufällig, wie man die Damen wieder ins Kästchen kriegt, oder?« Ich hatte mich gefragt, wie ich an den Zauber kommen sollte, den ich brauchte, um Myra festzusetzen. Es wäre sehr praktisch gewesen, wenn Pritkin ihn mir einfach genannt hätte.

»Erzählen Sie mir von den Runen.« Verdammt, der Kerl war unbeirrbar.

»Erzählen Sie mir von den Graien, und ich ziehe es in Erwägung.«

»Nach ihrer Freilassung müssen sie ein Jahr und einen Tag für Sie arbeiten, oder bis sie Ihnen das Leben gerettet haben. Anschließend sind sie frei und können erneut die Menschen terrorisieren.«

Ich sah ihn an. »Danach habe ich nicht gefragt. Und ich habe die Graien nicht absichtlich freigelassen!«

»Sie hätten überhaupt nicht dazu imstande sein sollen! Es ist ein sehr komplexer Zauber. Wie haben Sie ihn gelernt?«

Ich wies nicht darauf hin, dass ich einfach nur die Kugel genommen hatte. Pritkin hielt mich auch so schon für gefährlich genug; ich sah keinen Sinn darin, diesen Eindruck auch noch zu verstärken. Und vielleicht bedeutete es gar nichts. Möglicherweise war das Kästchen defekt gewesen – wer weiß, wie lange die Graien darin gefangen gewesen waren? Andererseits: Wenn es nicht richtig funktionierte, konnte ich es kaum bei Myra verwenden. Ich fragte mich, ob es eine Möglichkeit gab, das Kästchen zu testen.

»Nun?« Geduld schien Pritkins schwache Seite zu sein.

»Kennen Sie den Zauber, der die Graien ins Kästchen zurückkehren lässt?«

»Ja.« Das war's. Mehr bekam ich nicht von ihm.

»Wie wär's mit einem kleinen Handel? Sie geben mir den Zauber, und ich sage Ihnen vielleicht, wo die Waffen sind.«

»Sie sagen es mir ohnehin«, erwiderte Pritkin. »Ohne mich kommen Sie nicht einmal in die Nähe Ihres Vampirs, erhalten also gar keine Chance, die Waffen zu benutzen. Und vielleicht reicht nicht einmal meine Hilfe aus. Wir brauchen jeden Vorteil.«

Mac kehrte zurück, bevor ich mir eine gute Antwort einfallen lassen konnte. »Nick hätte gern den Grund für meine Fragen gewusst, aber ich glaube, ich konnte ihn vertrösten.« Er zog einen Notizblock zu Rate. »Er meint, zwei der Runen wurden im Jahr 1872 bei einer Donovan-Auktion ersteigert. Ein anonymer Bieter überbot den Kreis und bezahlt eine Riesensumme dafür. Seitdem hat niemand mehr etwas von ihnen gehört.« Er sah mich an. »Ich würde gern wissen, wo Sie die Dinger gefunden haben.«

»Sie hat sie nicht gefunden, sondern gestohlen«, sagte Pritkin. »Und zwar dem Senat.«

Mac pfiff. »Die Geschichte würde ich gern hören.«

»Vielleicht später«, sagte ich und hoffte, dass er mir auch den Rest erzählte.

»Na schön, aber ich komme darauf zurück.« Mac sah wieder auf seine Notizen. »Zwar basiert das alles auf Gerüchten, aber Nick kennt sich mit diesen Dingen aus – bessere Informationen kriegen wir vermutlich nicht. Hagalaz nach oben bewirkt einen starken Hagelschauer, der alle in der Nähe betrifft, bis auf den, der die Rune einsetzt, und Personen unter seinem Schutz. Damit sind vermutlich Leute unter seinen Schilden gemeint, obwohl Nick da nicht ganz sicher war. Umgekehrt verwendet beruhigt die Rune selbst den stärksten Sturm.«

Das hielt ich für eine gute Nachricht – so etwas konnte sich als nützlich erweisen. Wortlos las Mac einige Zeilen, räusperte sich dann und sah mich an. »Äh, Jera ist … nun, es heißt, dass …«

»Es ist eine Fruchtbarkeitsrune«, sagte ich und hoffte, ihm damit weiterzuhelfen. »Sie symbolisiert eine Zeit des Überflusses und eine gute Ernte.«

»Ja, stimmt. Angeblich soll sie … äh, bei gewissen Problemen helfen, die …«

Pritkin nahm ihm den Notizblock aus der Hand und las den Abschnitt, der Mac solche Probleme bereitete. »Jera soll der Manneskraft helfen und eine Art magisches Viagra sein«, fasste er zusammen und warf Mac einen vernichtenden Blick zu. »Das ist alles? Keine weiteren Eigenschaften?«

Mac wirkte verlegen. »Das wusste Nick nicht. Er hatte nur die Beschreibungen des Versteigerers, und die sind immer so formuliert, dass sie die Auktionsbesucher zu hohen Geboten veranlassen. Vielleicht hat die Rune noch andere Eigenschaften, aber wenn das der Fall ist, wurden sie nicht genannt. Sie empfing ihren Zauber, als der Thron innerhalb der Familie vererbt wurde. Die Sicherstellung der Thronfolge hat man vermutlich für ebenso wichtig und vielleicht sogar noch wichtiger gehalten wie irgendeine Waffe. Und es wäre recht nützlich, die

Macht zu haben, dem Gegner seine Fruchtbarkeit zu nehmen und sein Land beim Tod des Königs ins Chaos zu stürzen – dadurch ergäbe sich eine gute Gelegenheit für einen Angriff.«

Pritkin runzelte die Stirn. »Mag sein, aber uns nützt das kaum etwas. Was ist mit der letzten Rune, Dagaz?«

»Ein Durchbruch«, murmelte ich. »Ein Neuanfang.« Das konnte ich gut gebrauchen.

Mac nickte. »Das ist die traditionelle Bedeutung, ja. Aber worauf es bei Kampfrunen hinausläuft …« Er zuckte mit den Schultern. »Das wusste Nick nicht zu sagen.«

»Was vermutet er?«, fragte Pritkin und kam mir damit zuvor.

»Gar nichts.« Mac hob die Hände, als er unsere Gesichter sah. »Macht den Boten nicht für die schlechte Nachricht verantwortlich! Diese Rune wurde nicht zusammen mit den anderen erworben – niemand hat je davon gehört, dass sie zum Verkauf stand. Deshalb ist kaum etwas über sie bekannt.«

Ich war enttäuscht. Eine Rune, mit der ich nichts anfangen konnte, war schlimm genug für mich. Aber zwei? »Was ist mit anderen Quellen?«

Mac schüttelte den Kopf. »Nick meinte, er wollte es nachprüfen, aber er ist wie eine wandelnde Datenbank, Schätzchen. Ich bezweifle, dass er ausgerechnet bei seinem Lieblingshobby etwas übersehen hat. Mehrere alte Schriften erwähnen die Rune, doch es fehlen Angaben über ihre Eigenschaften.«

»Es gibt eine Möglichkeit, mehr herauszufinden«, sagte Pritkin.

Ich hob eine Braue. »Machen wir Gebrauch davon.«

»Haben Sie während der Geschichte über den tobenden Oger geschlafen oder was?«

»Ich setze die Rune ein, wenn Sie Angst haben«, erwiderte Pritkin spöttisch. »Wo ist sie?«

Ich seufzte und dachte darüber nach. Ich musste wirklich

wissen, was es mit dem Ding auf sich hatte, und wenn Pritkin seinen Hals riskieren wollte, um es herauszufinden … Warum sollte ich ihn daran hindern? Außerdem hatte er recht. Ohne seine Hilfe kam ich vielleicht nie bis zu Tony, und selbst wenn mir das gelang: Was mochte passieren, wenn sich die Rune dann als eine andere Art von Jera herausstellte? Ich musste Bescheid wissen, bevor ich sie gegen den Dicken einsetzte und ihn damit nur aufgeilte. Ich schauderte bei der Vorstellung, und Mac sah mich fragend an. »Sie haben gesagt, dass sich die Runen nach jeder Verwendung aufladen müssen«, erinnerte ich ihn. »Wenn wir sie jetzt testen, können wir sie einen Monat lang nicht mehr benutzen.«

Pritkin antwortete, bevor sein Kumpel Gelegenheit dazu bekam. »Vielleicht. Doch wenn sie über Jahrhunderte hinweg nicht eingesetzt wurde, hat sich möglicherweise genug Ladung für mehrere Einsätze angesammelt.«

»Wir wissen nicht, ob sie in letzter Zeit benutzt worden ist oder nicht.«

»Oder durch die angesammelte Ladung könnte die Wirkung besonders stark sein«, gab Mac zu bedenken.

Pritkin schien sich über diesen Hinweis zu ärgern, aber ich hielt ihn für überlegenswert. »Eins steht fest«, sagte Pritkin unwirsch. »Wir können die Verwendung dieser Rune nicht planen, solange wir nicht wissen, was sie macht. Unter diesen Umständen ist sie nutzlos für uns, und durch einen Test würde sie nicht nutzloser.« Ich hätte ihm gern widersprochen, aber seine Worte klangen vernünftig. »Wo ist sie?«, fragte er.

Ich seufzte erneut. »Versprechen Sie mir, dass Sie mir den Zauber erklären, der die Graien ins Kästchen zurückbringt?«

Pritkin zögerte nicht. »Ja.«

Ich zuckte mit den Schultern. »In der Reisetasche dort drüben.«

Sechs

Die beiden Magier veranstalteten ein kurzes Wettrennen zur Reisetasche. Mac schlug seinen Kumpel, aber nur deshalb, weil er ihr näher war und Pritkins offene Hose runterrutschte. Ich beobachtet enttäuscht, wie er den Reißverschluss hochzog, und gab mir dann eine geistige Ohrfeige. Wenn's so weiterging mit mir, brauchte ich eine Therapie.

Mac begann damit, ein Objekt nach dem anderen auf den Kühlschrank zu legen, und zwar so vorsichtig, als handelte es sich um Nitroglyzerin. Die beiden Nullbomben glänzten silbern im Licht der Deckenleuchten. Hinter ihnen lag das unscheinbar aussehende Kästchen, in dem die Graien viele Jahrhunderte gefangen gewesen waren. Schließlich holte Mac den Samtbeutel hervor, entnahm ihm die Runensteine und legte sie vor die anderen Gegenstände.

Erst nach mehreren Anläufen fand er die Sprache wieder. »Eine recht eindrucksvolle Sammlung«, sagte er atemlos. Der tätowierte Wolf auf seinem Rücken unterbrach sein Geheul und spähte über die Schulter, um zu sehen, was vor sich ging.

»Ist das alles?«, fragte Pritkin. »Haben Sie alle Waffen mitgenommen, die der Senat hatte?«

»Natürlich nicht! Ich weiß, dass ein Krieg stattfindet – ich war dabei, als er begann, erinnern Sie sich?«

»Was hat er sonst noch?«, hakte Pritkin nach, während Mac dastand und fassungslos auf die Gegenstände starrte.

»Das geht Sie nichts an.« Sollte er glauben, dass ich wagemutig genug gewesen war, einen gefährlichen Raubzug durch die Waffenkammer des Senats zu unternehmen – es klang besser als die Wahrheit. In Wirklichkeit war ich mit Mircea von einem Ausflug in die Vergangenheit zurückgekehrt und hatte feststellen müssen, dass die Konsulin auf uns wartete. Sie hatte mich ergreifen wollen, und ich war instinktiv zurückgesprungen und dank meiner unberechenbaren neuen Macht drei Tage in der Vergangenheit gelandet. Ich hatte mich durch die Zeit bewegt, aber nicht durch den Raum, befand mich also noch immer im Allerheiligsten der Vampirsektion von MAGIE. Da ihr Arsenal aus magischen Gegenständen direkt vor mir lag, beschloss ich, mich daraus zu bedienen und einige Objekte zu nehmen, bevor ich verschwand.

Ich hatte es eilig gehabt, denn die Schutzzauber hatten bestimmt auf meine Präsenz hingewiesen. Ich nahm mir nur Zeit genug, einige Dinge aus einem Regal zu stibitzen, und auf den Rest achtete ich kaum. Aber da es in dem Raum noch andere Regale gegeben hatte, ging ich davon aus, dass der Senat durch mich nicht wehrlos geworden war.

»Wir brauchen Hilfe im Feenland«, betonte Pritkin noch einmal und versuchte ganz offensichtlich, sich unter Kontrolle zu halten. »Wenn es Ihnen gelang, diese Dinge zu stehlen, könnten Sie auch andere beschaffen.«

»Ich werde ihnen nicht die übrigen Waffen nehmen! Sie sind im Krieg!« Ich mochte auf Mircea sauer sein, aber ich beabsichtigte nicht, ihn der Gnade von Rasputin und seiner Verbündeten auszuliefern. Ganz zu schweigen davon, dass mein alter Freund Raffael bei ihm war. Dort draußen wimmelte es von fiesen Vampiren, doch ich scherte sie nicht alle über einen Kamm, was auch immer Pritkin dachte. »Außerdem könnte ich nur mit meiner Macht in die Waffenkammer zurück, und ich vermeide es, von ihr Gebrauch zu machen.«

»Warum?«, fragte Pritkin, und seine Verwunderung schien echt zu sein. »Es ist die beste Waffe, die Sie haben.«

»Und auch die erschreckendste. Sie kann sehr gefährlich sein. Wenn ich es vermassele, könnten viele Menschen sterben.«

»Ist das der Grund, warum Sie uns nicht mit einem Zeitsprung aus dem Dante's bringen wollten?«, fragte Pritkin. Als ich nickte, zeigte sein Gesicht eine Mischung aus Verwirrung und Ärger. »Das ergibt doch keinen Sinn. Vorher, als Sie mich loswerden wollten, haben Sie uns ins neunzehnte Jahrhundert gebracht!«

»Das habe ich nicht!«

»Ich war dabei, falls Sie es vergessen haben sollten«, erwiderte er zornig. »Ihr Geliebter hätte mich fast umgebracht.«

Wenn man eine außerkörperliche Erfahrung unberücksichtigt ließ, waren Mircea und ich kein Liebespaar. Und wegen des *Geis* konnte ich auch nicht riskieren, dass wir jemals eins wurden. Doch das wollte ich Pritkin nicht erklären. Es war nicht seine Angelegenheit, und ich hatte es satt, mich ständig so zu fühlen, als stünde ich vor Gericht, mit ihm als Ankläger, Richter und vielleicht auch Henker.

»Es ist mir gleich, ob Sie es glauben oder nicht«, sagte ich so ruhig wie möglich. »Ich hatte nichts damit zu tun, dass wir uns plötzlich in diesem Theater wiederfanden. Die Macht setzte sich selbst ein, aus welchem Grund auch immer. Ich habe uns nur so schnell wie möglich zurückgebracht.«

»Die Pythia kontrolliert die Macht, nicht umgekehrt«, entgegnete Pritkin und bezeichnete mich damit praktisch als Lügnerin.

»Glauben Sie, was Sie wollen«, sagte ich und fühlte mich plötzlich müde. Die Streitereien mit ihm hatten keinen Sinn, weil sie zu nichts führten. »Wenn stimmt, was Sie früher gesagt haben, wenn wir tatsächlich jeden Vorteil gebrauchen können … In dem Fall habe ich einen Job für Mac.«

Der Tätowierer sah auf und schien wie aus einem Traum zu erwachen. »Was?«

»Mein Schutzzauber«, sagte ich, zog das ärmellose Shirt nach unten und zeigte ihm den oberen Teil des Pentagramms auf meinem Rücken. »Pritkin und der Kreis haben ihn deaktiviert. Können Sie den Zauber in Ordnung bringen?«

»Ich habe nicht von ›deaktiviert‹ gesprochen. So etwas wäre unmöglich«, sagte Pritkin, als Mac sich die Sache aus der Nähe ansah. »Aus der Ferne kann der Kreis den Schutzzauber nur blockieren, und das hat er mit ziemlicher Sicherheit aus Furcht davor getan, dass er als Waffe gegen ihn eingesetzt werden könnte. Der Kreis hat die Verbindung des Zaubers mit Ihnen nicht unterbrochen – wann immer er aktiv geworden ist, hat er auf Ihren Aufenthaltsort hingewiesen, und immerhin fand eine Suche nach Ihnen statt.« Pritkin trat vor und blieb viel zu dicht vor mir stehen. »Ihre Erklärungen über die Aktivität Ihrer Macht ergeben keinen Sinn«, sagte er schroff. »Zumindest dann nicht, wenn Sie die wahre Pythia sind.«

Wahrscheinlich versuchte er, mich einzuschüchtern, aber das klappte nicht. Er stand nur wenige Zentimeter von mir entfernt, mit seiner nackten Brust direkt vor meinen Augen. Sie war beharrt, und unter dem Haar zeigten sich feste, klar ausgeprägte Muskeln. Die Klimaanlage funktionierte nicht richtig, und in der Wärme hatten sich Schweißperlen gebildet, die ein faszinierendes Muster in den Haaren auf der Brust formten. Die einzigen Männer, die ich jemals berührt hatte, waren fast haarlos gewesen, und ich verspürte den irren Wunsch, mit den Händen durch die feuchten Locken zu streichen und festzustellen, wie sie sich anfühlten.

Ich wusste nicht, warum der Magier, den ich ganz und gar

nicht mochte, mich auf diese Weise empfinden ließ. Ich kam mir vor wie jemand, der wochenlang eine strenge Diät eingehalten hatte und plötzlich einen großen Eisbecher mit Karamellesauce vor sich sah. Meine Hände wurden feucht, und ich atmete schneller – wenn es so weiterging, würde ich gleich keuchen. Ich zwang mich, den Blick von der nackten Brust abzuwenden, damit ich nicht völlig die Kontrolle über mich verlor, aber das half kaum, denn dadurch sah ich nach unten, zur eng sitzenden Jeans. Ich schluckte und versuchte, mich in den Griff zu bekommen, bevor ich der Versuchung nachgab, ihm die Jeans vom Leib zu reißen.

Ich hatte mich fast dazu überredet, zurückzuweichen, auch wenn Pritkin dadurch glaubte, mich tatsächlich eingeschüchtert zu haben. Das war immer noch besser als die Wahrheit. Doch dann machte ich den Fehler, ihm in die Augen zu sehen. Dabei fand ich heraus, warum sie mir immer ein wenig seltsam erschienen waren: Die sandfarbenen Wimpern und Brauen kamen der Farbe der Haut so nahe, dass er von weitem gesehen weder das eine noch das andere zu haben schien. Jetzt, aus der Nähe, sah ich, dass die Wimpern lang und dicht waren, und die Augen darunter zeigten reines Grün.

Meine Hände verweigerten den Gehorsam und tasteten über die Brustmuskeln. Pritkins Pupillen wurden so groß, dass seine Augen fast schwarz wirkten. Schockierte Überraschung breitete sich in seinem Gesicht aus – er schien noch verblüffter zu sein, als wenn ich ihn geschlagen hätte. Aber er wich nicht zurück. Ein seltsames Prickeln ging dort von meinen Händen aus, wo sie Pritkins Brust berührten, und seine Haut fühlte sich wärmer an, als es eigentlich der Fall sein sollte. Oder lag es an mir? Wie auch immer, in meinem Kopf war kein Platz mehr für klare Gedanken, nur noch für den Wunsch, ihm den Hosenschlitz zu öffnen.

Bevor ich diesen Plan in die Tat umsetzen konnte, hielt mich Pritkin an den Handgelenken fest. Ich weiß nicht, ob er mich fortstoßen oder zu sich ziehen wollte, und sein Mienenspiel deutete darauf hin, dass er es ebenfalls nicht wusste. Keiner von uns bekam Gelegenheit, es herauszufinden.

Ich fühlte mich plötzlich so, als hätte mich jemand mit Benzin überschüttet und dann angezündet. Es war nicht etwa Schmerz, der mich durchflutete, sondern Agonie – heiße Messer schienen alle Zellen in meinem Körper zu durchbohren. Ich schrie auf und sprang zurück, prallte gegen Mac und ging mit ihm zu Boden. Pritkin begleitete uns nach unten, denn er hielt noch immer meine Handgelenke fest. Mac rief ihm etwas zu, aber ich verstand seine Worte nicht. Ich krümmte den Rücken und zappelte wie ein Fisch auf dem Trockenen; der Schmerz war schier unerträglich.

Die grässliche Pein vermittelte mir eine Vorstellung davon, wie es sein musste, bei lebendigem Leib zu verbrennen. Feuer fraß sich durch mein Rückgrat, und jeder einzelne Nerv ging in Flammen auf. Ich vergaß, wo ich war, vergaß meine Probleme, die im Vergleich zu dieser Qual banal und absurd erschienen. Vermutlich hätte ich in einigen Sekunden auch meinen Namen vergessen, doch dann hörte der Schmerz so plötzlich auf, wie er gekommen war.

Ich lag auf dem Linoleumboden in Macs Arbeitszimmer und versuchte, wieder zu lernen, wie man atmet. Als ich nach oben sah, stellte ich fest, dass Mac Pritkin festhielt. Offenbar hatte er ihn von mir gezogen, und dafür hätte ich ihn küssen können, wenn ich nicht so sehr gezittert hätte, dass ich mich nicht einmal aufsetzen konnte. Nachdem das unmittelbare Problem gelöst war, ließ Mac Pritkins Hände los und wandte sich mir zu.

»Alles in Ordnung? Hören Sie mich, Cassie?« Ich nickte; zu

mehr war ich im Augenblick nicht fähig. »Gut.« Mac wirkte zutiefst erschrocken; das coole Alles-klar-Kumpel-Gehabe existierte nicht mehr. »Bleibt wo ihr seid, ich bin gleich zurück. Rührt euch auf keinen Fall an!«

Er verschwand durch eine Tür, und ich hörte fließendes Wasser. Der Schmerz hatte sich aufgelöst, aber die Erinnerung daran war in meinen Körper eingebrannt, so wie ein Nachbild von blendender Helligkeit auf der Netzhaut verblieb. Meine Nervenenden brannten noch immer ein wenig. Zwar zuckte ich nicht mehr, aber ein leichtes Zittern hatte mich erfasst. Ich wagte es nicht, mich zu bewegen, aus Angst vor einer Rückkehr der Pein.

Ich hörte ein Schnaufen, und nach einer Weile wurde mir klar, dass es nicht nur von mir stammte. Ich sah zur Seite, ohne den Kopf zu bewegen. Pritkin lag auf dem Rücken und starrte zur Decke, mit Augen, die fast nur das Weiße zeigten. Sein Gesicht war rot angelaufen, die Muskeln gespannt, und er atmete ebenso flach wie ich. Vielleicht hatte die Agonie nicht nur mir gegolten.

Mac kehrte mit einem feuchten Waschlappen zurück und legte ihn mir auf die Stirn. Ich wollte ihm sagen, dass ich etwas mehr brauchte als das, zum Beispiel einen Schuss Kodein oder eine Flasche Whisky, aber die kleine Geste half ein wenig. Ich beobachtete eine Motte, die die Halogenlampe an der Decke umkreiste, und versuchte, wieder motorische Kontrolle zu erlangen. Die Vorstellung, mich aufzusetzen, erschien mir verrückt, und deshalb blieb ich liegen und dachte nach, während sich Mac um Pritkin kümmerte. Das war ein verrückter Tag, selbst im Vergleich zu einigen anderen denkwürdigen Erfahrungen in der Vergangenheit. Vielleicht brauchte ich deshalb so lange, um etwas herauszufinden.

Den ganzen Tag über hatte ich seltsam auf Männer reagiert.

Normalerweise fielen mir attraktive Typen ebenso auf wie jeder anderen Frau, aber ich hatte im Lauf der Jahre gelernt, auf eine distanzierte Art und Weise zu bewundern und dann zur Tagesordnung überzugehen. Auf der Flucht zu sein bedeutete: Jeder Bursche, mit dem ich mich einließ, geriet als Dreingabe in Lebensgefahr. Ich wollte nicht, dass jemand wegen mir getötet wurde, und deshalb hielt ich mich von interessanten Männern fern. Und Übung macht den Meister, hieß es.

Bei Casanova und Chavez war es mir schwer gefallen, mich zu konzentrieren. Na schön, sie waren beide echte Knaller und außerdem auch noch von Inkuben besessen. Ich nahm an, dass meine Reaktion in ihrer Nähe der jeder anderen heterosexuellen Frau entsprach – solche Burschen waren einfach zum Anbeißen. Aber bei Pritkin sah die Sache ganz anders aus.

Ich fand ihn unerträglich, und zwar seit unserer ersten Begegnung, und bis zu diesem Tag hatte ich ihn auch nicht für attraktiv gehalten. Na schön, ich war bereit zuzugeben, dass er einen guten Körper hatte und dass auch sein Gesicht nicht übel war, wenn es einmal nicht den üblichen finsteren Ausdruck trug. Das Haar brachte ihm ganz klar einen Minuspunkt an – es sah aus wie mit einer Motorsäge gestylt –, aber niemand war perfekt. Wie auch immer, Pritkin war eindeutig nicht mein Typ. Ich hatte mich nie zu Blonden hingezogen gefühlt, erst recht nicht von der mörderischen Sorte, bei denen mein Name auf der Abschussliste stand. Und doch hatte ich ganz plötzlich richtig Lust auf ihn.

Voller Elend setzte ich mich auf und fing den Waschlappen, bevor er mir in den Schoß fiel. Hatte Mircea an dem *Geis* herumgepfuscht, weil er mich dazu bringen wollte, das Ritual zu vervollständigen? Ich wusste, dass er dazu imstande war; immerhin hatte er den Zauber zuvor so modifiziert, dass er Tomas an seiner Stelle akzeptierte. Vielleicht konnte er den

Geis so verändern, dass noch andere Partner infrage kamen – viel mehr, nach dem heutigen Tag zu urteilen. Ich hob die Hände vor die Augen, als ein Schmerz von anderer Art mich durchzuckte. Die Vorstellung, dass sich Mircea nicht darum scherte, wer das Ritual zum Abschluss brachte, solange ich dadurch nur zur Pythia wurde, war wie eine kalte Faust in meiner Brust.

Nach einigen weiteren Momenten zog ich mich am Tätowierungstisch hoch, und erstaunlicherweise protestierte mein Körper nicht. »Könnte Mircea den *Geis* verändert haben?«, fragte ich und war stolz darauf, dass es mir gelang, meine Stimme ruhig klingen zu lassen.

Inzwischen war auch Pritkin auf die Beine gekommen und hatte außerdem sein Shirt übergestreift. Er sah mich an und wandte den Blick dann schnell ab. »Wohl kaum.«

»Würde mir bitte jemand erklären, was zum Geier gerade passiert ist?«, fragte Mac.

»Warum bin ich dann plötzlich auf jeden Typen scharf, der mir über den Weg läuft?«

Pritkin starrte an die Wand hinterm Kühlschrank, und ich beschloss, mir daran ein Beispiel zu nehmen, nachdem ich mir den vorderen Teil seiner Jeans angesehen hatte. »Der Schmerz wurde vom *Geis* verursacht, der einen unautorisierten Partner von Ihnen fernhalten wollte«, sagte er. »Seine Aufgabe besteht nicht darin, Sie zu jemandem zu führen.«

Erleichterung durchströmte mich, so stark, dass mir die Knie weich wurden. Mit beiden Händen hielt ich mich am Tisch fest und bemühte mich, nicht wie ein Idiot zu grinsen. Nach einigen Sekunden gewann ich den Kampf. Vielleicht hatte Mircea mich nicht manipuliert – zumindest diesmal nicht –, aber ich hatte trotzdem ein Problem. »Was ist geschehen?«

»Ich … weiß nicht genau.« Pritkin atmete tief durch und schloss die Augen. Nach einigen Sekunden verschwanden die roten Flecken von seinen Wangen. »Ist während des Rituals etwas schiefgegangen?«

»Bei welchem Ritual?« Mac versuchte zu verstehen, hatte jedoch Schwierigkeiten damit. Mir war es den ganzen Tag so gegangen.

»Beim Transferritual«, sagte ich. »Es bestimmt die neue Pythia. Keine Ahnung, wie man es nennt. Agnes leitete es ein, aber sie meinte, ich müsste, äh …« Ich sprach den Satz nicht zu Ende, aus Rücksicht auf Macs in dieser Hinsicht recht altmodischen Gefühle.

»Aber Mircea hat sich darum gekümmert«, sagte Pritkin.

»Nicht unbedingt.« Ich verstand seine Verwirrung. Abgesehen von dem Theater im neunzehnten Jahrhundert hatte er Mircea zum letzten Mal gesehen, als er und ich nackt und verschwitzt gewesen waren. Nun, genau genommen war ich in eine Decke gehüllt gewesen, aber es dürfte klar sein, was ich meine. »Wir wurden unterbrochen. Rasputin griff an, erinnern Sie sich?«

»In aller Deutlichkeit.« Pritkin runzelte die Stirn wie bei dem Versuch, sich mit einem sehr schwierigen Konzept anzufreunden. »Wollen Sie behaupten, noch immer Jungfrau zu sein?«, fragte er offen heraus. In seiner Stimme erklang die gleiche Ungläubigkeit, die man vielleicht bei jemandem gehört hätte, der von der Landung eines Raumschiffs vor dem Weißen Haus berichtete. Sie wies auf etwas hin, das zwar möglich, aber äußerst unwahrscheinlich war.

Ich wandte den Blick von der Wand ab und starrte ihn an. »Nicht dass es Sie etwas anginge, aber die Antwort lautet Ja.«

Er schüttelte fassungslos den Kopf. »Das hätte ich nicht für möglich gehalten.«

Echter Ärger stieg in mir hoch, doch plötzlich ertappte ich mich dabei, dass mir die Art und Weise gefiel, wie sich sein feuchtes Haar im Nacken kräuselte. Verdammt, verdammt, verdammt! »Haben Sie eine Theorie oder nicht?«

»Die wahrscheinlichste Erklärung lautet: Das Pythia-Ritual hat versucht, sich zu vervollständigen.«

Einige Sekunden sah ich ihn groß an. Pritkin merkte nichts davon, weil er damit beschäftigt war, die Backsteine in der Wand zu zählen. »Damit ich alles richtig verstehe …«, sagte ich schließlich, und es klang ein wenig erstickt. »Da Mircea nicht hier ist, versucht das unvollständige Ritual, mich zu anderen Männern zu führen, damit es endlich zum Abschluss gebracht werden kann. Aber dem *Geis* gefällt das nicht und es weist darauf hin, indem es mir und jedem Mann, der mir zu nahe kommt, Schmerzen bereitet. Stimmt das? Und was noch wichtiger ist: Könnte es sich wiederholen?«

»Welcher *Geis*?«, fragte Mac. »Stehen Sie unter einem *Geis*?«

»Ihr Vampir-Herr hat Sie unter einen *Dúthracht* gestellt«, sagte Pritkin. »Der *Geis* ist im Konflikt mit dem Pythia-Ritual, das vervollständigt werden muss.«

»Lieber Himmel.« Mac sank baff auf einen Stuhl.

»Beantworten Sie meine Frage!« Ich hätte Pritkin geschüttelt, wenn es mir möglich gewesen wäre, ihn zu berühren.

»Ich weiß nicht genug über das Ritual, um sicher zu sein, ob es an dieser Stelle einen Ausweg gibt«, sagte er, was mir kaum half. »Die Zeremonie findet am Hof der Pythia statt, und es gibt praktisch keine Aufzeichnungen über die Dinge, die mit ihrem Amt in Zusammenhang stehen.«

»Was ist mit Augenzeugen?« Ich hoffte, dass ich nicht so verzweifelt klang, wie ich mich fühlte. »Das Ritual fand auch für Agnes statt, nicht wahr?«

»Vor mehr als achtzig Jahren. Und selbst wenn es noch

lebende Augenzeugen gäbe, sie würden kaum etwas nützen. Der größte Teil des Rituals findet hinter verschlossenen Türen statt. Die einzigen Personen, die die komplette Prozedur kennen, sind die Pythia und ihre offizielle Erbin.«

»Myra.« Großartig, damit stand ich wieder am Anfang. »Was ist mit dem *Geis*?«

»Sie tun bereits, was Sie können, indem Sie sich von Mircea fernhalten. Dadurch ist die Sache nicht ganz so brenzlig. Eine andere Abhilfe gibt es nicht, abgesehen von der Entfernung.«

»Und wie werde ich das Ding los?«

»Gar nicht.«

»Kommen Sie mir nicht damit! Es muss eine Möglichkeit geben.«

»Wenn es eine gibt, ist sie mir nicht bekannt«, sagte Pritkin und klang erschöpft. »Andernfalls würde ich Ihnen davon erzählen. Solange das Ritual unvollständig bleibt, wird es Sie zu Männern führen, doch der *Geis* lehnt alle ab und lässt nur Mircea zu. Und mit der Zeit dürfte es schlimmer werden. Der *Dúthracht* ist ein gemeines Biest, wenn man ihn herausfordert.«

»Aber … aber was ist mit Chavez?«, brachte ich hervor. »Er hat mich angefasst, und es ist nichts passiert. Ich bin nicht vor Schmerz zuckend durch die Eishalle gerutscht!«

»Sie waren in der Eishalle? Warum?« Pritkin war wieder aufgebracht. Und wenn schon.

»Um das da zu holen.« Ich deutete auf die Reisetasche. »Ich wollte sie nicht ins Dante's mitnehmen.«

»Sie haben sie unbeaufsichtigt in einem öffentlichen Bereich zurückgelassen, wo sie sich jeder schnappen konnte?«

»Sie befand sich in einem Schließfach«, erwiderte ich mürrisch. »Und können wir wieder zur Sache kommen? Ich fühlte, wie sich etwas in mir veränderte, als Casanova mich berührte. Es war nichts im Vergleich zu dem, was gerade passiert ist, aber es fühlte sich an wie … Ich weiß nicht. Als könnte es sehr schnell sehr schlimm werden. Allerdings zog er die Hand zurück, bevor es losgehen konnte. Chavez hingegen hatte überhaupt keine Wirkung auf mich, und das war später. Wenn Sie also recht haben und die Reaktion stärker wird – hätte es dann nicht schlimmer sein müssen?«

Pritkin schien sich unbehaglich zu fühlen. »Keine Ahnung.«

»Mir fällt dafür nur ein Grund ein«, sagte Mac. »Der *Geis* stellt das Ausmaß der Gefahr fest, indem er irgendwie das Interesse des potenziellen Partners misst und entsprechend reagiert. Casanova fühlte sich vermutlich zu Ihnen hingezogen und Chavez nicht. Deshalb hat der *Geis* Casanova als falschen Partner und mögliches Problem identifiziert, woraufhin es zu der Warnung kam. Chavez war ebenfalls der Falsche, hatte aber kein Interesse an Ihnen, und somit nahm ihn der Zauber nicht als Gefahr wahr.«

Mac machte den Eindruck, recht zufrieden mit sich zu sein, doch Pritkin und ich starrten uns mit wachsender Panik an. Wie in beiderseitigem Einvernehmen stellte niemand von uns die auf der Hand liegende Verbindung her. *Damit* wollte ich nichts zu tun haben, auf keinen Fall.

»Wenn gegenseitiges Interesse besteht«, fuhr Mac ahnungslos fort, »ist die Reaktion natürlich stärker, denn dann betrifft die Warnung beide Seite …« Er unterbrach sich verlegen, als er plötzlich verstand.

»Na schön.« Ich hob die Hand zum Kopf, in dem Schmerz zu pochen begann, im Rhythmus meines Herzschlags. Wenn es so weiterging, war ich der jüngste Mensch, der jemals einem von Stress verursachten Schlaganfall erlag. »Wie löse ich dieses Problem?«, wandte ich mich an Mac, denn Pritkin war zu sehr damit beschäftigt, nicht entsetzt zu wirken.

Mac kratzte sich am stoppeligen Kinn. »Für gewöhnlich

gibt es bei Zaubern dieser Art einen eingebauten Ausweg, insbesondere beim *Dûthracht*. Er neigt dazu, Chaos zu schaffen, und ich kann mir kaum vorstellen, dass der Verantwortliche keine Hintertür eingebaut hat. Aber wahrscheinlich wissen nur zwei Personen von ihr.«

»Mircea und derjenige, der den Zauber installiert hat.«

Mac nickte. »Und der Magier war vermutlich ein Abtrünniger unter dem Schutz des Vampirs. Er wird nicht riskieren, diesen Schutz zu verlieren, indem er Ihnen hilft – selbst wenn wir herausfinden könnten, welchen von einigen hundert abtrünnigen Magiern allein in diesem Land Mircea benutzt hat. Natürlich gibt es außerhalb des Schwarzen Kreises nicht viele mit solchem Geschick, was uns aber keine große Hilfe sein dürfte. Angenommen, wir könnten die Auswahl auf einige Dutzend begrenzen, wir müssten ihn oder sie noch immer finden, und wenn sich das so einfach bewerkstelligen ließe, wäre die betreffende Person längst lokalisiert worden.«

»Gibt es irgendeine Möglichkeit, den *Geis* aufzuhalten und dafür zu sorgen, dass er nicht so … extrem reagiert?«, fragte ich Mac.

Die Antwort kam von Pritkin. »Wenn wir ins Feenland wechseln, ist es vielleicht kein Problem mehr. Dort funktioniert der *Geis* ebenso wenig wie der Rest unserer Magie.« Er schien noch immer die leere Wand zu bewundern. »Ich äh, glaube, Sie sollten besser woanders warten. Mac kann sich Ihren Schutzzauber ansehen, wenn er mit mir fertig ist.«

Ich erhob keine Einwände, schnappte mir noch eine Coke, verstaute die magischen Waffen wieder in der Reisetasche und nahm sie mit, als ich das Zimmer verließ. Dass Pritkin nicht dagegen protestierte, wies deutlich darauf hin, wie bestürzt er war.

Ich nahm auf einem wackligen Stuhl am Tresen Platz und

ließ mir alles durch den Kopf gehen. Es gab kaum etwas, das ich tun konnte, abgesehen davon, attraktiven Männern aus dem Weg zu gehen, bis wir im Feenland waren. Ich hoffte, dass Pritkin recht hatte und sich der *Geis* dort weniger stark auswirkte – vielleicht bekam ich dadurch Zeit genug, Myra zu finden. Ein besonders großartiger Plan war es nicht, aber mir fiel nichts Besseres ein. Ich trank die Coke und sah mich nach etwas um, das mich vom Bild eines halbnackten Pritkin ablenken konnte, der sich ein Schwert in die glatte goldene Haut tätowieren ließ.

Länger als eine Stunde saß ich am Tresen und blätterte in zwei großen schwarzen Heftern mit Tattoo-Motiven. Das Spektrum reichte von Voodoo-Symbolen bis hin zu indonesischen Stammesmustern, doch in den meisten Fällen handelte es sich um traditionelle magische Zeichen und Indianer-Totems. Den Beschreibungen unter den Fotos entnahm ich, dass praktisch alle angebotenen Tätowierungen einen übernatürlichen Effekt hatten. Pritkins Schwert entdeckte ich nicht in dem Angebot, aber vielleicht handelte es sich um einen Sonderauftrag.

Der Inhalt der beiden Hefter war in Kategorien und Stufen unterteilt. Zuerst wählte man die Tattoo-Hauptgruppe aus. Es gab welche zum Schutz, mit Spezialisierungen auf Schnitt- und Schürfwunden, Blutverlust, Verbrennungen, Kopftraumata, Vergiftungen, Erfrierungen und so weiter. Angesichts der Länge der Liste fragte ich mich, wieso jemand Kriegsmagier sein wollte. Und weshalb Pritkin bis zum heutigen Tag keine Tattoos gehabt hatte. Manche Tätowierungen beschleunigten die Heilung, und ich wusste, dass bei Pritkin Verletzungen fast so schnell heilten wie bei einem Vampir. Aber entsprechende Tattoos zeigten sich nirgends an seinem Leib, es sei denn, er trug sie dort, wo ich sie nicht hatte sehen können. Ich zwang meine Gedanken fort von diesem Bild und blätterte rasch einige Seiten weiter.

Ich fand auch viele offensive Zauber, mit einer Unterteilung zwischen Fähigkeiten wie besseres Sehvermögen und Gehör und einer langen Liste von scheußlichen Dingen, die man mit Feinden anstellen konnte. Diese Aufstellung sah ich mir nur kurz an, denn ich wollte gar nicht genau wissen, was die Kriegsmagier des Kreises mit mir vorhatten. Ich stellte auch fest, dass nicht jeder jedes Tattoo bekommen konnte. Welche Art und wie viele für einen infrage kamen, hing vom Ausmaß der magischen Fertigkeiten ab. Die Bilder bezogen ihre Kraft teilweise aus der natürlichen Welt und funktionierten bis zu einem gewissen Grad als Talismane, aber sie griffen auch auf angeborene Magie des Trägers zurück. Es klang nach einem Hybridfahrzeug, das neben dem gewöhnlichen Verbrennungsmotor auch noch über einen elektrischen Antrieb verfügte. Ganz hinten enthielten die Hefter komplexe Diagramme, die Magiern offenbar eine Entscheidungshilfe bei der Auswahl geben sollten. Ich verstand sie nicht ganz, denn ich hatte mich nie entsprechenden Tests unterzogen. Magische Kinder wurden schon früh in Fähigkeitsstufen eingeteilt, damit sie eine entsprechende Ausbildung beginnen konnten, aber Tony hatte natürlich andere Pläne mit mir gehabt.

Ich entdeckte, dass es selbst für mächtige Magier Tätowierungsgrenzen gab. Jemand mit einem Schneeleoparden-Tattoo, das bei heimlichen Bewegungen half, und einer Spinne für das Weben von Täuschungen musste eine gewisse Anzahl von Punkten von seiner Machtbasis abziehen, weil diese beiden Erweiterungen Kraft kosteten. Wenn der betreffende Magier nicht sehr stark war, kamen keine weiteren Verbesserungen für ihn infrage. Es war alles sehr kompliziert, selbst mit den Diagrammen, und nach einer Weile verlor ich das Interesse.

Nichts davon half mir dabei, die Blockierung meines Schutzzaubers aufzuheben.

Schließlich kam Pritkin durch die Tür – er war blass und ein wenig mitgenommen –, und ich kehrte ins Hinterzimmer zurück. Ich hatte keine Bedenken dabei, meinen Rücken von Mac untersuchen zu lassen. Er und Pritkin brauchten mich lebend, bis sie Myra fanden, und deshalb lag es durchaus in Macs Interesse, den Schutzzauber in Ordnung zu bringen. Ich hatte ein wenig Sorge, dass sich der *Geis* meldete, doch offenbar war ich nicht Macs Typ. Das verdammte Ding rührte sich nicht einmal, als ich mein Shirt auszog. Ich trug keinen Büstenhalter und hielt das Shirt vorn, aber Macs Hände waren so unpersönlich wie die eines Arztes.

»Darf ich Sie etwas fragen?« Er strich mir mit etwas über den Rücken, das einem Pfeifenreiniger ähnelte. Es tat nicht weh, führte aber zu einer Art Juckreiz in meiner Aura.

Ich unterdrückte den Drang, mich hin und her zu winden. »Klar.«

»Warum machen Sie das? Ich halte Sie eigentlich nicht für … Ich meine, Sie erscheinen mir nicht sehr rachsüchtig.«

Ich sah über die Schulter. »Wem oder was gegenüber sollte ich rachsüchtig sein?«

Mac zuckte mit den Schultern, »John meinte, dass Sie vorhaben, diesen Vampir zu töten, Antonio. Vermutlich hat er es verdient, aber …«

»Aber ich sehe nicht wie eine irre Mörderin aus?«

Er lachte. »So was in der Art. Wenn Sie nichts gegen die Frage haben … Was hat er Ihnen angetan?«

Ich dachte darüber nach, während Mac sein Werkzeug wechselte. Die leichte Antwort lautete: »So ziemlich alles.« Aber ich wollte mich nicht auf ein langes Gespräch über ein Thema einlassen, das mich selbst an einem guten Tag deprimierte. Andererseits: Es mochte unklug sein, es ganz zu vermeiden. Ich wollte Pritkin nicht unbedingt darauf hinweisen, dass mich Myra derzeit weitaus mehr interessierte als Tony. Nach kurzem Überlegen beschloss ich, Mac teilweise die Wahrheit zu sagen. Immerhin mangelte es mir nicht an gerechtfertigten Vorwürfen gegen den Dicken.

»Es geht mir nicht vor allem um Rache. Man könnte sagen, dass ich gewisses persönliches Eigentum zurückhaben möchte.« Ich zuckte zusammen, als plötzlich ein Funke über meine Haut tanzte. Macs neues Instrument ließ meine Aura knistern, als wäre sie voller statischer Elektrizität. Ich saß ganz still, um einen weiteren Stromschlag zu vermeiden.

»Er hat Ihnen etwas gestohlen?«

Ich hätte fast laut geseufzt. Mac gab sich nicht mit der kurzen Version zufrieden. »Vor zwanzig Jahren meinte Tony, dass er eine fähige Seherin an seinem Hof brauchte, eine, der er vertrauen konnte. Aber gute Seher sind selten, und die ehrlichen unter ihnen halten kaum etwas davon, für die Vampirmafia zu arbeiten. Er machte sich auf die Suche nach einem hellseherischen Talent, das als Kind bei ihm aufwachsen konnte; auf diese Weise wollte er sich Loyalität sichern. Wie es ein glücklicher Zufall wollte, hatte einer seiner menschlichen Angestellten eine Tochter, die sich perfekt für diese Rolle eignete. Zwar stand mein Vater schon seit Jahren auf Tonys Lohnliste, doch er weigerte sich, mich zum Hof zu bringen.«

»Ihr Vater war ein Abtrünniger?«, fragte Mac. Er klang überrascht.

»Ich weiß nicht, was er war. Man sagte mir, dass er mit Geistern sprechen konnte, und deshalb nehme ich an, dass er über hellseherische Fähigkeiten verfügte. Ob er ein Magier war oder nicht …« Ich hob und senkte die Schultern. Irgendwann wollte ich ihn fragen, nach dieser Sache und auch nach anderen. »Ich weiß nur, dass er einer von Tonys Lieblingsmenschen war. Bis er Nein sagte.«

»Er muss doch gewusst haben, wie der Vampir darauf reagieren würde.«

»Wahrscheinlich plante er, mit meiner Mutter und mir zu fliehen, da es nicht als besonders gesund gilt, Tony etwas abzuschlagen. Aber er bekam keine Gelegenheit dazu. Und Tony fand, dass er für den vermeintlichen Verrat nicht einfach nur den Tod verdiente. Deshalb beauftragte er einen Magier mit der Herstellung einer magischen Falle, und darin fing er den Geist meines Vaters ein, nachdem er den Wagen meiner Eltern zur Explosion gebracht hatte. Seitdem benutzt er diese Falle als Briefbeschwerer.«

Macs Hände verharrten auf meinem Rücken. Ich sah erneut über die Schulter und begegnete seinem Blick.

»Das ist doch nicht Ihr Ernst … oder?«, fragte er.

Ich drehte mich wieder um. »Doch. Wie ich gehört habe, ist die Falle etwa halb so groß wie ein Golfball; sie könnte also überall sein. Tony hat drei Häuser und mehr als ein Dutzend Geschäfte, und das sind nur diejenigen, von denen ich weiß. Ich habe nicht vor, sie alle zu durchsuchen, und deshalb muss ich ihn dazu bringen, mir zu sagen, wo die Falle ist.« Ich ging davon aus, dass er sie bei sich hatte. Es entsprach durchaus Tonys Stil, seine Trophäen bei der Flucht mitzunehmen.

Mac stand da, die Hände auf meinen Schultern. Aus irgendeinem Grund wirkte er fassungslos. »Sind Sie jemals in Versuchung geraten?«, fragte er schließlich.

»In Versuchung?«

»Sie sind die Pythia. Sie könnten in die Vergangenheit zurückkehren und ändern, was geschehen ist.« Mac trat zur Seite, damit er meine Augen sehen konnte. »Sie wären in der Lage, Ihre Eltern zu retten, Cassie.«

Ich seufzte. Ja, diese Möglichkeit stand mir offen. »Sie kennen Tony nicht. Außerdem dachte ich, dass die Aufgabe der Pythia darin besteht, die Zeitlinie zu schützen, und nicht, sie selbst zu manipulieren. Ich könnte etwas Wichtiges verändern und alles noch schlimmer machen.« Bei meinem Glück wäre genau so etwas geschehen.

Mac sah mich scharf an. »Aber Sie sind dazu imstande.«

»Ja, ich könnte meine Eltern daran hindern, in den Wagen zu steigen, in dem Tony damals eine Bombe versteckt hat. Aber dann wäre mein Leben ganz anders verlaufen. Und wie ich Tony kenne, hätte er sie auf irgendeine andere Weise umgebracht.« Ich lächelte grimmig. »Er ist sehr beharrlich.«

Mac sah mich prüfend an, und sein suchender Blick weckte Unbehagen in mir. »Viele Leute würden diese Macht für eine gute Gelegenheit halten, sich Vorteile zu verschaffen«, sagte er schließlich. »Sie könnte Ihnen praktisch alles geben, was Sie wollen. Reichtum, Einfluss ...«

»Ich wünsche mir nur ein einfaches, unkompliziertes Leben«, erwiderte ich fast verzweifelt. »Ohne dass jemand versucht, mich zu töten, zu manipulieren oder zu verraten.« Ein Leben, in dem ich niemanden tötete, wenn mir ein Fehler unterlief. »Ich fürchte, diese ganze Pythia-Sache wird mir kaum dabei helfen!« Ich hatte die Inquisition satt und wollte mich wieder anziehen. »Sind Sie fertig?«

»Oh, ja.« Mac legte seine Werkzeuge in einen kleinen Kasten und wandte höflich den Blick ab, damit ich das Shirt überstreifen konnte. »Möchten Sie zuerst die guten Nachrichten hören oder die schlechten?«

»Die guten.« Warum es nicht einmal mit einer Abwechslung versuchen?

»Ich glaube, ich kann Ihren Schutzzauber in Ordnung bringen.«

Ich blinzelte überrascht. Eigentlich hatte ich von ihm den Hinweis erwartet, dass er mir nicht helfen konnte und ich ohne Schutz ins Feenland musste. »Im Ernst? Wunderbar!«

»Wissen Sie etwas über die Funktionsweise Ihres Zaubers?«

Ich schüttelte den Kopf. »Nicht viel. Meine Mutter hat ihn irgendwie auf mich übertragen, aber ich erinnere mich nicht daran. Ich war erst vier, als sie starb. Jahrelang habe ich geglaubt, es sei ein gewöhnlicher Schutzzauber, den mir Tony als zusätzliche Sicherheitsmaßnahme gab.«

Mac wirkte fast beleidigt. »Gewöhnlicher Schutzzauber! Nein, ich garantiere Ihnen, dass Sie etwas in dieser Art nicht noch einmal sehen werden. Er ist Hunderte von Jahren alt und kostbar, einer der wahren Schätze des Silbernen Kreises.«

»Es ist eine Tätowierung, Mac, kein Kunstwerk.«

»Es ist beides.« Er streckte den rechten Arm und deutete auf einen kleinen, braunen und orangefarbenen Vogel in der Armbeuge. »Passen Sie gut auf.« Mac murmelte etwas, griff dann nach der lockeren Haut und zog. Eine Sekunde später saß ein kleiner, metallisch glänzender Vogel auf seiner Handfläche und hatte die Flügel ebenso ausgestreckt wie der am Arm, beziehungsweise wie jenes Exemplar, das sich eben noch am Arm befunden hatte. Nach einem Moment begriff ich, dass es der gleiche Vogel war, denn die entsprechende Stelle der Haut zeigte nur noch einen hellen Fleck. Ich nahm das kleine Objekt aus Metall und stellte fest: Federn und Details waren verschwunden. Der Gegenstand schien aus purem Gold zu bestehen – so sah er aus, und so fühlte er sich an. Ich vermutete zunächst einen Taschenspielertrick oder dergleichen, aber nachdem ich das Objekt untersucht hatte, setzte Mac es in die Armbeuge, und ich beobachtete, wie wieder eine Tätowierung daraus wurde.

»Was ist das?«

»Ein Rotschwanzbussard. Es verbessert die Fähigkeit der Beobachtung. Dem Augenlicht hilft er nicht, aber er ist bestens geeignet, wenn man mehr von der Umgebung wahrnehmen und das Wissen behalten will.«

Etwas beunruhigte mich. »Die Hefter am Tresen weisen darauf hin, dass selbst der stärkste Magier nur eine bestimmte Anzahl von Tätowierungen tragen kann, weil jede von ihnen etwas von der Magie nimmt, um sich zu erhalten. Und bei der Benutzung beanspruchen sie noch mehr Kraft.« Ich sah Mac an, der über und über mit Tattoos bedeckt war. »Wie können Sie so viele tragen?«

Er lächelte. »Ich bin kein Supermagier, Cassie, wenn Sie darauf hinauswollen. Es gibt zwei Arten von Tätowierungen. Jene, die ich direkt in die Aura einer Person steche, nehmen etwas von ihrer Magie auf, und deshalb kann jemand nur eine begrenzte Zahl solcher Tattoos tragen. Aber Tätowierungen wie mein Bussard oder Ihr Pentagramm beziehen ihre Kraft aus externen Quellen, und deshalb unterliegen sie keinen Beschränkungen. Man muss sie sich nur leisten können. Die Verzauberung selbst einer kleinen derartigen Tätowierung kann Wochen dauern, und mir schwindelt bei der Vorstellung, wie viel Zeit für Ihren Schutzzauber erforderlich war.«

»Sie sind also lebende Werbung für das, was möglich ist?« Ich hätte potenzielle Kunden lieber in den Heftern blättern lassen, anstatt mich in eine Werbetafel zu verwandeln.

»Was mich betrifft … Mir blieb keine Wahl. Für andere Leute sind das Verbesserungen und Erweiterungen – sie kompensieren damit einen Teil ihrer Magie, der nicht besonders stark ist, oder fügen einem anderen, den sie oft benutzen, Kraft hinzu. Aber für mich sind es Notwendigkeiten, wenn ich mich nicht ganz aus der magischen Welt zurückziehen will.« Mac sah meine Verwirrung und lächelte schief. »Vor einigen Jahren habe ich es mit einem Zauber zu tun bekommen, der sich durch meine Schilde fraß und meine Aura angriff. Die körperlichen Wunden, die ich bei diesem Kampf erlitt, heilten schließlich, aber die in meiner metaphysischen Haut blieben. Deshalb habe ich von Ihrem *Geis* erst erfahren, als Sie davon erzählten. Meine eigene Aura ist so sehr in Mitleidenschaft gezogen, dass ich mich konzentrieren muss, um die anderer Personen zu deuten.«

Ich sah ihn groß an, entsetzt von dem, was er gerade so beiläufig preisgegeben hatte. Mich erschreckte nicht nur Macs persönliches Schicksal, sondern auch der Umstand, dass es Zauber gab, die so etwas anstellen konnten. Je mehr ich über die Magier erfuhr, desto beängstigender erschienen sie mir.

»Aber mit den Tätowierungen sind Sie in Ordnung?« Ich hielt den Blick auf Macs Gesicht gerichtet, um zu vermeiden, meine eigene Aura zu betrachten und mich zu vergewissern, dass sie unbeschädigt und intakt war. In der derzeitigen Situation wäre das taktlos gewesen.

Mac schien trotzdem zu verstehen, in welche Richtung meine Gedanken gingen. Er winkte mit der einen Hand, und plötzlich flackerten orangefarbene Flammen zwischen uns, wie ein fröhliches Feuer in einer kalten Nacht. »Die Tätowierungen helfen mir, Cassie, aber sie können mir nie wieder perfekten Schutz geben. Die meisten Leute wären nicht imstande, meine Schilde zu durchdringen, doch Kriegsmagier fallen nicht in diese Kategorie. Früher oder später hätte einer der Dunklen eine Lücke in der selbst geschaffenen Rüstung entdeckt, eine Stelle, an der sich die Schutzzauber nicht richtig überlappen. Man entfernte mich aus dem aktiven Dienst, als klar wurde, was mit mir geschehen war und dass ich nie wieder ins Feld ziehen konnte.« Er bemerkte meinen Gesichtsausdruck und lächelte. »Ganz so schlimm ist es nicht. Heutzutage droht mir weitaus weniger Gefahr!«

Er sprach in einem saloppen Ton, doch etwas in seinen Augen wies mich darauf hin, dass er mir nicht die ganze Wahrheit sagte. Ich wusste nicht, was normalerweise mit alten Kriegsmagiern geschah, aber Mac schien keineswegs damit zufrieden zu sein, einfach dahinzuwelken. Er sehnte sich nach der Aufregung des Kampfes, vielleicht sogar nach Gefahr.

Ich beschloss, das Thema zu wechseln. »Mein Schutzzauber hat seine Energie also vom Kreis bezogen, bis der den Hahn zudrehte.«

Mac nickte. »Ja. Er bekam seine Kraft von dort, und dadurch entstand auch eine Verbindung. Ich vermute, dass John recht hat und der Rat befürchtete, jemand könnte eine Möglichkeit finden, seine eigene Magie gegen ihn zu verwenden. Deshalb unterbrach er die Verbindung.«

»Oder er glaubte, dass ich so leichter zu töten bin.«

Mac verzog das Gesicht. »Vielleicht. Es bedeutet, dass der Schutzzauber intakt ist, abgesehen davon, dass Ihre Mutter sich beim Transfer etwas ungeschickt anstellte – dadurch kam er schief auf den Rücken. Das kann ich in Ordnung bringen, doch sein Erscheinungsbild ist nicht das Problem. Er braucht eine neue Energiequelle.«

»Welche neue Quelle?« Ich ahnte, woraus die schlechte Nachricht bestand.

»Die einzige, die abgesehen vom Kreis groß genug ist, um so etwas mit Kraft zu versorgen.« Mac lächelte sanft und schien mein Dilemma zu verstehen. »Die Macht Ihres Amtes – jene Kraft, durch die Sie zur Pythia geworden sind.«

»Nein. Ausgeschlossen.« Ich deutete zum Vorhang. »Geben Sie mir einen Zauber aus Ihrem Angebot.« Die Hefter beschrieben einige recht eindrucksvolle; bestimmt konnten wir etwas finden, das funktionierte.

Mac schüttelte den Kopf. »Ich weiß nicht, wie stark Ihre angeborene Magie ist. Die Macht der Pythia durchdringt Ihre Aura, und ich habe keine Möglichkeit, beides voneinander zu trennen. Ich kann nicht feststellen, ob Sie in der Lage wären, einen der größeren Schutzzauber zu tragen. Wenn nicht, würde er dem Reservoir Kraft entziehen, die Sie als Pythia geerbt haben, und das würde Sie schwächen.«

»Dann geben Sie mir einen kleinen Zauber, einen leichten!«

Mac sah mich ernst an. »Sie wollen ins Feenland und damit einen Ort aufsuchen, den die meisten Magier wie die Pest meiden würden. Der kleinere Kram nützt Ihnen dort überhaupt nichts. Und keiner der anderen Zauber könnte Sie so gut schützen wie Ihr eigener. Eine solche Qualität ist heutzutage rar geworden.«

»Vielleicht bin ich stärker, als Sie glauben.« Ich war eine Seherin; bestimmt konnte ich mit einem mickrigen Zauber fertig werden.

Mac zuckte nur mit den Schultern, was die tätowierte Eidechse veranlasste, wieder nach Deckung zu suchen, diesmal unter dem Schuppenleib der Schlange. Der gefiel das gar nicht, und sie schlug mit der Schwanzspitze nach dem kleineren Tattoo. Die Eidechse sprang zur Seite und lief dann über Macs Wange den Kopf hoch. Oben verharrte sie und spähte hinter einer dichten Braue hervor und sah mit unfreundlich blickenden schwarzen Augen zur Schlange.

Ich richtete meine Aufmerksamkeit wieder auf Macs Worte. »Magie ist wie ein Muskel, Cassie, auch wenn er metaphysischer Natur sein mag. Je mehr man damit arbeitet und trainiert, desto stärker wird er. Über welche Magie Sie auch verfügen, sie ist reines Talent, und damit allein kommen Sie nicht weit.«

»Tony hat mir keine Ausbildung gestattet.«

»Damit hat er Ihnen mehr geschadet, als Sie ahnen. Ein mächtiger, nicht ausgebildeter Anwender von Magie ist ein Ziel, nicht mehr. Macht kann abgeleitet werden, wenn man nicht weiß, wie man sich abschirmt. Der Dunkle Kreis hat keine Bedenken, Magie zu stehlen, wo er kann. Wenn Sie derzeit gegen einen dunklen Magier antreten würden … Genauso gut könnte ein Kind versuchen, beim Armdrücken einen Wrestler zu besiegen. Es sei denn, Sie nutzen die Macht Ihres Amtes. Sie brauchen eine Ausbildung, zumindest für die Verteidigung«, betonte Mac ernst. »Und je eher, desto besser.«

»Ja, ich füge das meiner Liste hinzu«, sagte ich bitter. Jeder schien bestrebt zu sein, einige zusätzliche Punkte auf meine Zu-erledigen-Liste zu setzen, obgleich ich Hilfe dabei brauchte, den einen oder anderen von ihr zu streichen. »Im Augenblick habe ich andere Probleme.« Ich drehte mich um und fühlte Pritkin in der Tür stehen, noch bevor ich ihn sah. »Zum Beispiel die Frage, wie wir das Feenland erreichen.«

»Oh, wir erreichen es«, erwiderte er grimmig, und ich stellte fest, dass er wieder sein Arsenal umgeschnallt hatte. Den langen Ledermantel, den er als Tarnung dafür benutzte, hing über seinem Arm. »Das Problem besteht darin, es wieder zu verlassen.«

»Machen wir uns jetzt dorthin auf den Weg?«

»Nein«, sagte er, und ich versuchte, nicht erleichtert zu sein. »Heute Abend.«

»Heute Abend?« Ich folgte Pritkin ins andere Zimmer. »Aber dann sind die Vampire unterwegs.« Ich wusste nicht, ob sich Mircea derzeit in seinem sicheren Raum befand – Vampire der ersten Stufe waren nicht an die Nacht gebunden und konnten tagsüber aktiv sein. Die meisten schliefen trotzdem am Tag, denn die Nacht ging viel freundlicher mit ihrer Kraft um. Wenn Mircea nicht ruhte, war er träge, aber abends würde er putzmunter sein.

»Wir beabsichtigen nicht, in den Vampirbereich vorzustoßen«, erinnerte mich Pritkin. »Und das Portal wird von Magiern bewacht.«

»Ich weiß nicht, wie uns das helfen soll«, wandte ich ein. Die Aussicht, es mit einer Gruppe von Kriegsmagiern zu tun zu bekommen, gefiel mir ebenso wenig wie eine Konfrontation mit den Vampiren. Es war sogar noch weniger ratsam – der Senat wollte mich wenigstens nicht tot sehen. Wahrscheinlich nicht.

»Einige Freunde von mir sind heute Nacht im Dienst«, erklärte Mac. »Ich kann Sie an ihnen vorbeibringen.«

»Ich muss mich um gewisse Ausrüstungsgegenstände kümmern«, sagte Pritkin und zog den Mantel an. Ich beneidete ihn nicht, denn draußen waren es mehr als dreißig Grad, aber vermutlich blieb ihm keine Wahl. Es hätte der Polizei wohl kaum gefallen, wenn er wie ein Komparse aus *Platoon* herumlief, und unbewaffnet aufzubrechen … Das wäre noch ungesünder gewesen als ein Hitzschlag. »Ich schlage vor, Sie bleiben hier, außer Sicht«, sagte er und mied meinen Blick. »Schlafen Sie, wenn Sie können. Vielleicht bekommen Sie so bald keine Gelegenheit mehr dazu. Und lassen Sie Ihren Schutzzauber von Mac in Ordnung bringen«, fügte er hinzu, als er zur Tür ging. »Sie werden ihn brauchen.«

Er eilte hinaus, als wären alle Hunde der Hölle hinter ihm her. Mac sah mich an und zuckte mit den Schultern. »Es ist Ihre Entscheidung, aber ich rate Ihnen, es sich gut zu überlegen, Schätzchen. Das Feenland ist ein schrecklicher Ort, selbst dann, wenn es sich nicht am Rand eines Krieges befindet. Ich kenne niemanden, der derzeit auch nur in die Nähe des Feenlands kommen möchte.«

»Ich denke darüber nach«, versprach ich ihm. Vielleicht hätte ich ihm noch die eine oder andere Frage gestellt, aber Billy lenkte mich ab, als er durch die Wand geschwebt kam. Er schnitt eine Grimasse, und deshalb befürchtete ich, dass er schlechte Nachrichten brachte. »Ich bin müde«, wandte ich mich an Mac. Es war keine Lüge – wenn man ein Zimmer mit den Graien teilte, fand man kaum Ruhe –, aber es ging mir hauptsächlich darum, allein zu sein.

»Hinten steht eine Pritsche«, sagte Mac. »Ich muss nicht dorthin zurück – als John auftauchte, habe ich alle heutigen Termine gestrichen. Legen Sie sich hin und schlafen Sie, Cassie.«

Er meinte es gut, und deshalb verzichtete ich darauf, die Augen zu verdrehen. Schlafen, ja. Es gab nur etwa hundert Gründe, die mich daran hindern würden.

Billy folgte mir ins Hinterzimmer, und ich streckte mich auf der Pritsche aus, nachdem ich Notizbücher voller Entwürfe, einige Grimoires und mehrere alte Kartoffelchipstüten beiseite geschoben hatte. »Was liegt an?«

Billy nahm seinen fast transparenten Hut ab und fächelte sich damit Luft zu. »Ich brauche eine Erfrischung«, stöhnte er.

»Ebenfalls hallo und guten Tag.«

»He, ich habe anstrengende Stunden hinter mir!«

»Ich vielleicht nicht? Was steht's im Dante's? Ist alles in Ordnung?«

»Der Kreis hat das Kasino geschlossen, um nach einer gewissen abtrünnigen Sibylle und den Fremden zu suchen, die ihr geholfen haben zu entkommen.«

»Die Magier durchsuchen das Kasino? Aber es gehört Vampiren!« Ich hatte Casanova wegen der seit langem bestehenden Vereinbarung zwischen Magiern und Vampiren den restlichen Inhalt der Reisetasche geschickt. Sie verbot es beiden Gruppen, das Territorium der jeweils anderen ohne Genehmigung zu betreten. »Sind sie übergeschnappt?«

»Keine Ahnung. Einige von ihnen verhalten sich tatsächlich so, als hätten sie den Verstand verloren. Wie dem auch sei, Casanova war kurz vorm Ausrasten, als ich ihn verließ – er hat zwei Repräsentanten mit einer Beschwerde zu MAGIE geschickt. Aber es sind seltsame Zeiten, Cassie. Das Kasino gehört Tony, und er ist mit Rasputin verbündet, jenem Burschen, der Kreis und Senat vor einer Woche den Krieg erklärte. Ich weiß nicht, welche Regeln in Kriegszeiten herrschen, und ich schätze, Casanova weiß es ebenso wenig. Derzeit geht er auf Nummer sicher. Damit es nicht so aussieht, als hätte er dir geholfen, behauptet er, du wärst plötzlich bei ihm erschienen und hättest den ganzen Laden auseinandergenommen, weil du sauer auf Tony bist. Die Magier nahmen das als Vorwand und meinten, sie würden das Kasino durchsuchen, um sich zu vergewissern, dass du dich nicht irgendwo versteckst.«

»Großartig. Ich bin also eine Irre, die herumläuft und sich mit Leuten anlegt.«

»Nein, du bist jetzt eine Irre, die herumläuft und Leute umbringt.«

»Was?«

»Du hast richtig gehört. Mehrere Magier bezeichneten dich als Mörderin. Einzelheiten habe ich nicht mitbekommen, aber ich vermute, dass es um die beiden Magier geht, die in dem Durcheinander ihr Leben ließen.«

Mir wurde übel. »Die Graien haben doch nicht etwa …«

»Nein. Sie machen Kleinholz aus dem Laden, aber die beiden toten Magier gehen offenbar auf das Konto von Mirandas

Gruppe. Einige der besonders kräftigen Gargoyles blieben zurück, um den anderen Gelegenheit zur Flucht zu geben, und die Magier fielen über sie her. Daraufhin drehten sie alle durch, und voilà. Zwei tote Magier.«

»Aber die Gargoyles haben in Notwehr gehandelt!«

»Vielleicht kämen sie mit einer solchen Behauptung durch, aber sie sollten überhaupt nicht hier sein. Casanova hat den Rest von Mirandas Leuten weggebracht und sie irgendwo versteckt, und jetzt legt er Tony zur Last, hinter seinem Rücken Schwarzarbeiter eingestellt zu haben. Der Bursche versucht, sich nach allen Seiten abzusichern, aber dadurch hängst du in der Luft.«

Ich sank benommen auf die Pritsche zurück. Das alles konnte einfach nicht wahr sein. Vielleicht war es ein Albtraum, in den ich geraten war und aus dem ich gleich erwachen würde. »Wenn der Kreis weiß, dass die Gargoyles seine Leute getötet haben ... Warum gibt er dann mir die Schuld?«

»Keine Ahnung.« Billy runzelte verwirrt die Stirn. »Ich habe die Leichen gesehen – Zähne und Krallen haben deutliche Spuren an ihnen hinterlassen. Ich schätze, es war eine gute Gelegenheit für den Kreis, dich als gemeingefährliche Wahnsinnige darzustellen.«

»Verdammter Mist.«

»Ja, das fasst es zusammen. Nun, wie gesagt, ich bin echt geschlaucht. Ich will dich nicht nerven ...«

»Seit wann?«

»Sehr komisch, Cass. Ich habe den halben Tag damit verbracht, dir wichtige Informationen zu beschaffen ...«

Ich war zu müde für den üblichen Kram. »Na schön, nimm dir, was du brauchst. Aber anschließend kehrst du ins Dante's zurück und bringst Casanova eine Nachricht von mir.«

»Vielleicht kann er mich gar nicht hören«, wandte Billy ein.

»Manche Dämonen sind nicht dazu imstande, wenn sie im Körper eines Menschen stecken.«

»Dann lässt du dir etwas einfallen.« Ich erinnerte mich an Casanovas frühere Reaktion auf Billys Präsenz und war ziemlich sicher, dass er ihn hören konnte. Und selbst wenn nicht, ich wollte nicht zulassen, dass sich Billy vor dieser Sache drückte. Casanova musste die Fallen, die ich ihm geschickt hatte, an einem sicheren Ort unterbringen. Andernfalls würden die überall herumschnüffelnden Magier sie finden, und ich bezweifelte, dass er sich dann mit einer Lüge herauswinden konnte. Es sei denn, er schob mir den Schwarzen Peter zu, wodurch der Kreis einen weiteren Nagel für meinen Sarg bekam. Und vielleicht auch noch irgendwelche Wunderwaffen, die eventuell in den Kästchen steckten. Ich seufzte. Vielleicht wäre es besser gewesen, sie zu behalten.

Billy machte sich auf den Weg, nachdem er sich einen ziemlich großen Happen Kraft von mir genommen hatte, und ich drehte mich für ein dringend benötigtes Nickerchen auf die Seite. Stattdessen bekam ich die Desorientierung, die einem Zeitsprung vorausging. Ich versuchte, eine Warnung zu rufen und Mac darauf hinzuweisen, dass ich verreiste, aber Dunkelheit sprang heran und packte mich.

Sieben

Meine Knie machten Bekanntschaft mit einem weiteren harten Boden, der diesmal aus Marmor bestand, und mein Kopf stieß mit einem hörbaren Knacken gegen etwas. Ein grünlicher Schleier wogte vor meinen Augen, und ich blinzelte mehrmals, um besser zu sehen. Das Grün stammte von einer Porphyrvase, größer als ich und mit Griffen in Gestalt grinsender Gorgonenhäupter. Einige Sekunden blieb ich dahinter liegen und sah zu den hässlichen Gesichtern hoch, während Kopf und Knie um den Titel für die am meisten in Mitleidenschaft gezogene anatomische Region rangen. Doch der Marmor unter meinen nackten Beinen war kalt, und ich hielt es nicht für besonders klug, im Freien herumzuliegen. Ich brachte mich in eine sitzende Position, wobei ich mich am Sockel der Vase abstützte, und sah mich um.

Ich befand mich in einer Nische und blickte in einen großen, runden Raum. Goldene Linien durchzogen den dunkelgrünen Marmorboden und bildeten unter einem riesigen Kronleuchter von einem Kernpunkt ausstrahlende Linienmuster. Drei weitere nicht minder eindrucksvolle Kronleuchter erhellten eine breite, bogenförmige Treppe; ihre Kristalle schickten ein Funkeln und Glitzern nach unten.

Leute kamen im Licht der Kerzen an mir vorbei, umhüllt von Satin. Männer in Fracks begleiteten Frauen, die kostbaren Schmuck zur Schau stellten. Brokat und glitzernde Seide wetteiferten um Aufmerksamkeit. Fächer und Kleider tanzten in einem Kaleidoskop aus Farben und Bewegung, das meine Kopfschmerzen nicht unbedingt linderte.

Die Aufmachung der meisten Gäste ähnelte jener, die ich im Theater des Jahres 1888 gesehen hatte, aber ich bemerkte auch einige exotischer gekleidete Personen, unter ihnen ein afrikanisches Stammesoberhaupt, mit genug Gold behangen, um einen kleinen Staat zu kaufen, und einen Burschen in einer Toga. Es sah nach einem Kostümfest aus, aber ich wusste es besser. Ich zog die Beine an und zwängte mich so weit wie möglich in die dunkle Nische. Als Versteck taugte sie nicht viel, wenn man die Natur der meisten anwesenden Personen bedachte. Voller Ehrfurcht schaute ich mich um – nie zuvor hatte ich so viele Vampire an einem Ort gesehen.

Dann fiel mir etwas noch Seltsameres auf. Eine durchscheinende Gestalt – so transparent, dass sie fast unsichtbar war – glitt an einer Wand entlang. Sie verschmolz so gut mit dem Schatten abseits der Kronleuchterlichts, dass ich für einen Moment an meiner Wahrnehmung zweifelte. Dann kam sie an einem Gemälde vorbei, das im Lauf von Jahrzehnten oder Jahrhunderten so dunkel geworden war, dass man die dargestellten Objekte nicht mehr erkennen konnte, und daraufhin sah ich die Gestalt deutlicher: eine amorphe Säule aus pastellfarbenem Schillern. Zuerst hielt ich die Erscheinung für einen Geist, doch die einzigen erkennbaren Merkmale seiner kopfartigen Ausbuchtung waren zwei große, silberne Augen. Was auch immer es mit diesem Phantom auf sich hatte: Es war nie ein Mensch gewesen.

Die Gestalt faszinierte mich so sehr, dass ich fast vergaß, in welcher Situation ich mich befand. Was die Pythia-Sache betraf, gab es viele Dinge, die ich nicht verstand, aber mit Geistern kannte ich mich aus. Ich hatte alte kennengelernt, die schon seit Jahrhunderten existierten, und neue, denen in einigen Fällen noch nicht klar gewesen war, dass sie das Zeitliche gesegnet hatten. Es gab freundliche, erschreckende ... und auch Dinge, die gar keine Geister waren. Diese Erscheinung passte in keine der mir vertrauten Kategorien. Verblüfft begriff ich, dass ich nicht wusste, worum es sich handelte.

Sie folgte den Leuten in Richtung eines Ballsaals auf der anderen Seite der Treppe. Von seinem Innern konnte ich nicht viel erkennen, denn er war für Vampiraugen erleuchtet, nicht für meine. Die Eindrücke beschränkten sich auf lachende Stimmen, von Kerzenschein vergoldete Gesichter und prächtige Gewänder. Ein durchdringender süßlicher Geruch wehte mir entgegen, eine Mischung aus Parfüm und Blut, die in mir nicht unbedingt den Wunsch weckte, mich dem Saal zu nähern.

Ein junger Mann um die achtzehn blieb wenige Meter von mir entfernt stehen. In der förmlich gekleideten Menge wirkte er sonderbar fehl am Platz, denn er trug nur eine pflaumenfarbene Hose aus seidenartigem Stoff. Brust und Füße waren nackt, und das lange Haar fiel lose auf die Schultern. Es reichte in sanften Wellen darüber hinweg und den Rücken hinunter, wirkte wie dunkle Seide auf der hellen Haut.

Ich wollte weg und den Raum verlassen, in dem mein Herzschlag für alle deutlich zu hören sein musste, aber der junge Bursche stand im Weg und auf keinen Fall wollte ich die Frage beantworten müssen, was ich hier zu suchen hatte – immerhin wusste ich nicht einmal, wo »hier« war. Dann näherte sich einer der Gäste, ein blonder Vampir, dessen Kleidung wie eine militärische Uniform aussah: rot mit goldenen Litzen, dazu schwarze Stiefel. Er blieb direkt vor dem jungen Mann stehen und maß ihn mit einem ganz offensichtlich anerkennenden Blick.

Der junge Mann schauderte, und ich beobachtete, wie sich

seine Rückenmuskeln spannten. Scheu senkte er den Kopf, wodurch Licht und Schatten wechselnde Muster auf hohen Jochbeinen und am gespaltenen Kinn bildeten. Er errötete, und dadurch ähnelte er einem der Cherubim von den abblätternden Wandbildern, die ihre rosaroten Gesichter in Dunkelheit verbargen.

Der Vampir streifte einen der weißen Handschuhe ab, die zu seiner Uniform gehörten. Besitzergreifend strich er dem jungen Mann über die Seite, seine Finger tasteten über die Rippen und verharrten schließlich auf der Seide am Hüftbein. Die Brust des jungen Burschen hob und senkte sich schneller, doch abgesehen vom lauteren Atmen gab er kein Geräusch von sich. Während ich versuchte, mit dem Boden zu verschmelzen, starrte ich auf seine Füße, die sich direkt in meinem Blickfeld befanden. Sie wirkten auffallend weiß auf dem grünen Marmor und sehr verletzlich neben den schweren Stiefeln des Vampirs.

Der junge Mann versteifte sich, als sich ihm der blonde Kopf entgegenneigte und er die spitzen Eckzähne sah. Eine Hand wanderte über den zitternden Rücken und hielt ihn fest. Er gab einen kurzen, halblauten Schrei von sich, als sich ihm die Zähne in den Hals bohrten, und er erbebte am ganzen Leib. Aber schon einige Sekunden darauf schlang er den Arm um den Hals des Vampirs und stöhnte fast genießerisch.

Kaum eine halbe Minute später wich der Vampir von ihm zurück, sein Mund so rot wie die Uniform. Der junge Bursche lächelte, und der Vamp zerzauste ihm zärtlich das Haar. Er warf seinen kurzen Umhang um die Schultern des Jünglings, und gemeinsam gingen sie zum Ballsaal.

In meiner Magengrube hatte sich etwas zusammengekrampft, und mir wurde klar, warum ich keine Kellner mit Tabletts gesehen und kein Klirren von Gläsern gehört hatte. Wenn das Herz zu schlagen aufhörte, sank der Blutdruck im

Körper auf null, die Adern kollabierten, und das Blut begann zu gerinnen. In der Form war es nicht nur weniger schmackhaft, sondern auch schwer aus dem Körper herauszuholen. Selbst junge Vampire lernten schnell, sich nur von Lebenden zu ernähren. Bei dieser Party wanderten die Erfrischungen auf eigenen Beinen umher. Und mit meinen Shorts und dem ärmellosen Shirt sah ich mehr wie ein wandelndes Getränk als nach einem Gast aus.

Als hätte er meine Gedanken gehört, sah plötzlich ein Vampir in meine Richtung. Er hatte einen grau werdenden Spitzbart, der zum silbernen Brokat seiner Kleidung passte, die offenbar mit Wolfsfell abgesetzt war. Hinzu kam ein großer um die Schultern geschlungener Pelz. Die Art, wie er dastand – den einen Fuß auf der letzten Treppenstufe, die Nase gehoben, als nähme er Witterung auf –, hatte ebenfalls etwas von einem Wolf. Der Blick seiner dunklen Augen fand mich, und so etwas wie grimmiges Interesse erschien in seinem bis dahin leeren Gesicht.

Von Panik erfasst kam ich auf die Beine und wankte in die Menge. Die einzige Tür weit und breit führte in den Ballsaal, und deshalb lief ich so dorthin, als hinge mein Leben davon ab, was durchaus der Fall sein mochte. Irgendwie gelang es mir, die Tür vor dem Vampir zu erreichen, vermutlich weil er zu höflich war, die anderen Gäste mit dem Ellenbogen zur Seite zu stoßen. Als ich den großen, dunklen Saal betrat, warf ich einen Blick über die Schulter und stellte fest, dass er nicht weit hinter mir war. Vorfreude glühte in seinen Augen, und ich spürte, wie sich ein flaues Gefühl in meiner Magengrube ausbreitete. Manche Vampire hatten es am liebsten, wenn sich ihre Nahrung fürchtete und zur Wehr setzte, und ich musste gleich beim ersten Versuch auf so ein Exemplar stoßen!

Ich sah mich rasch im Ballsaal um, konnte jedoch keinen

Ausgang erkennen. Die Treppe hätte mich warnen sollen – wahrscheinlich befanden wir uns in einem Kellergeschoss. Ich versuchte, mich zu konzentrieren, doch das war nicht leicht, während mir Energie wie ein Insektenschwarm über die Haut kroch. Sie galt nicht etwa mir, sondern war gewissermaßen Überlauf von den Wesen um mich herum. Eine weitere Erkenntnis reifte in mir heran und kam einem Schock gleich. Ich befand mich nicht nur in einem Raum voller Vampire – es waren Vampire des Meisterniveaus, Hunderte von ihnen.

Synode, dachte ich benommen; es gab keine andere Erklärung. Jeder Senat veranstaltete einmal in zwei Jahren eine Versammlung, bei der Vampire des Meisterniveaus über Politik diskutierten. Ich hatte nie eine besucht, aber Tony hatte sich tagelang auf sie vorbereitet und sich dabei immer wieder neue Kleidung dafür zurechtgelegt – er war so aufgeregt gewesen wie ein Teenager, der zu einer Party wollte. Sein Gefolge hatte er so ausgewählt und ausgestattet, damit es einen möglichst großen Eindruck machte, aus gutem Grund. Die Synode bot ihm und den anderen Meistervampiren geringerer Stufen die einzige Möglichkeit, mit der Hautevolee in Kontakt zu kommen: den eigenen Senatsmitgliedern und Würdenträgern von Senaten in anderen Teilen der Welt. Stiefel wurden geleckt, Bündnisse geschmiedet und Entscheidungen für die nächsten beiden Jahre getroffen.

Tony hatte an den Versammlungen immer bis an die Zähne bewaffnet und von Leibwächtern umringt teilgenommen, denn es konnte durchaus geschehen, dass die Unterhaltung außer Kontrolle geriet. Ich lief instinktiv in Richtung Orchester – seine goldenen Instrumente waren die hellsten Dinge im ganzen Saal – und hoffte, dass ich nicht ein weiteres Synodenopfer wurde. Das mit dem Orchester war natürlich eine miese Idee. Es gab dort keine Dienstbotentüren, Flure oder Ausgänge, nur einen großen Alkoven, umgeben von burgunderroten Vorhängen. Ich sah zu meinem Verfolger zurück, der fast bis auf Armeslänge heran war, und plötzlich stockte mir der Atem.

Entsetzt stellte ich fest: Was ich für ein Wolfsfell gehalten hatte, stammte nicht von einem Wolf, zumindest nicht nur. Die über die Brust reichenden Pfoten sahen ganz normal aus, erschienen mir allerdings ein wenig groß. Doch der in halber Höhe auf dem Rücken baumelnde Kopf hatte rosarote Haut und hellbraunes Haar. Ich hatte keinen guten Blick darauf und bekam ihn nur kurz unter dem Arm zu sehen, den der Vampir nach mir ausstreckte, doch das genügte. Meine Augen sagten mir, was der Verstand nicht glauben wollte. Der Vampir hatte einen Werwolf während seiner Verwandlung gehäutet – an den Schultern ging das graue Fell in menschliche Haut über.

Ich versuchte, einen Zeitsprung einzuleiten, doch mir schwindelte und ich brachte einfach nicht die nötige Konzentration zustande. Mit einem Biss in die Innenseite der Wange kämpfte ich gegen die drohende Ohnmacht an und machte Anstalten, in den Orchestergraben zu klettern, in der Hoffnung, dort irgendwo einen verborgenen Ausgang zu finden. Doch ein Klarinettenspieler schob mich zurück und gab mir einen solchen Stoß, dass ich der Länge nach zu Boden fiel. Ich rutschte über den glatten Marmor und stieß gegen gewienerte schwarze Stiefel, die selbst im matten Licht glänzten. Eine Hand packte mein Haar und zog mich daran auf die Beine.

Ich starrte in schwarze Augen, in denen ein dunkles Feuer tanzte, und vergaß den Schmerz in der Kopfhaut. »Du riechst nach Magie«, sagte der Vampir mit einem starken Akzent, den ich nicht bestimmen konnte. »Ich habe die Engländer nicht für tapfer genug gehalten, uns einen so seltenen Leckerbissen anzubieten.«

Mein Blick fiel auf den Kopf, der an seiner Seite baumelte. Er war jetzt weniger als dreißig Zentimeter entfernt, und ein Kloß des Entsetzens entstand in meinem Hals. Ganz deutlich sah ich die eingefallenen Züge, das stumpfe Haar, die leeren Augenhöhlen – das schlaffe, leblose Ding erschreckte mich mehr als der Vampir, der es trug. Wenn es mich berührte, bestand die Möglichkeit, dass ich einen Teil des Lebens jener Kreatur *sah* – vermutlich den letzten, wie ich mein Talent kannte.

Ich wollte nicht herausfinden, wie es sich anfühlte, bei lebendigem Leib gehäutet zu werden, und deshalb rückte ich so weit wie möglich von Fell und Kopf weg. Der Vampir löste die Hand aus meinem Haar und ergriff mich stattdessen am Ellenbogen. Sein Daumen strich ganz sanft über die Haut in der Armbeuge, aber es fühlte sich an, als ströme flüssiges Metall von seiner Hand in meine Adern. Das Wort »Schmerz« genügte nicht, um den Schock zu beschreiben, der mich durchlief und mir Tränen in die Augen trieb, meine Sinne für alles andere im Saal blendete. Die Finger wanderten wie zärtlich zu meinem Handgelenk, zogen aber eine dünne Linie Blut hinter sich her, wie von einem Messer.

»Meistens schrecken sie davor zurück, das Blut von Anwendern der Magie zu trinken, weil sie die Rache der Magier fürchten«, sagte der Vampir verächtlich. »Ich muss daran denken, unserem Gastgeber zu danken.« Panik schoss wie Adrenalin durch mich, doch ich konnte nicht fliehen. Ich wich zurück, obgleich ich wusste, dass ich mir die Mühe hätte sparen können, und er lächelte. »Finden wir heraus, ob du ebenso schmeckst wie du riechst.«

Eine warme Hand legte sich mir auf die Schulter, und das Lächeln des Vampirs verschwand. »Dieser Mensch ist bereits genommen, Dmitri.«

Ich musste mich nicht umdrehen, um zu wissen, von wem die Worte stammten. Die Stimme war unverkennbar, und einen ebenso klaren Hinweis bot das wohlige Schaudern, das mich erfasste und den Schmerz auf ein dumpfes Pochen reduzierte. Ärger huschte durch Dmitris Gesicht. »Dann hätten Sie die Frau bei sich behalten sollen, Basarab. Sie kennen die Regeln.«

Ein weinroter Mantel fiel um mich, so dunkel, dass er fast schwarz wirkte. »Vielleicht haben Sie mich nicht gehört«, erwiderte Mircea freundlich. »So nah bei dem grässlichen Orchester wäre das kein Wunder.«

»Ich rieche Sie nicht an ihr«, sagte Dmitri voller Argwohn.

»Unser Gastgeber bat mich kurz nach meiner Ankunft zu sich. Ich dachte, dass er vielleicht keinen Wert auf ein zusätzliches Paar Ohren legt.« Die Jovialität in Mirceas Stimme löste sich auf.

Dmitri schien die Warnung nicht zu hören. Er starrte auf meine pulsierende Halsschlagader, und seine Lippen verzogen sich zu einem spöttischen Lächeln, wodurch die langen Eckzähne sichtbar wurden. »Sie wird nicht lange genug leben, um von dem zu erzählen, was sie gehört hat.« Er griff fester zu, und seine Finger übten einen solchen Druck aus, dass es wehtat. Der Riss in meinem Arm wurde breiter; Blut rann mir über die Haut.

»Die Entscheidung darüber liegt bei mir.« Mirceas Stimme war weich, aber auch eiskalt. Er schlang mir den Arm um die Taille und zog mich näher an sich heran. Die andere Hand schloss sich um Dmitris Handgelenk. Das Gesicht des Vampirs wurde noch bleicher, und er schluckte, als seine Hand in Mirceas Griff zuckte. Energie knisterte zwischen ihnen und schuf einen glühenden Dunst in der Luft um uns herum, der sich mir in die Haut gefressen hätte, wenn ich ihm zu lange ausgesetzt gewesen wäre.

Ich stand im Bogen von Mirceas Arm und brauchte meine ganze Kraft, um zu verhindern, dass meine Knie nachgaben. Bei Mircea kam es zu einem plötzlichen Energieschub, und Funken tasteten warm über meinen Leib. Dmitri schien das nicht sehr angenehm zu finden. Er erbebte, hielt mich aber weiterhin fest, und ich spürte, wie meine Hand taub wurde. Die beiden Vampire starrten sich an, und dann trat Dmitri abrupt einen Schritt zurück und hielt sich keuchend den Arm. Zorn loderte in seinen Augen.

Mircea nahm meinen verletzten Arm, zog ihn gerade und sah auf die blutverschmierte Haut. Langsam senkte er den Kopf und hielt den Blick auf den anderen Vampir gerichtet, als seine Zunge zum Vorschein kam und wie herausfordernd über meinen Arm glitt. Ich beobachtete, wie er mir das Blut vom Arm leckte, und war dabei von den Bewegungen der Zunge wie hypnotisiert. Schließlich hob Mircea den Kopf, und ich starrte ungläubig auf meinen Arm. Wo sich eben noch ein langer, blutender Riss befunden hatte, zeigte sich nur helle, makellose Haut.

Mircea sah noch immer Dmitri an. »Ich stehe Ihnen zur Verfügung, wenn Sie meinen Anspruch noch immer anfechten möchten.«

Dmitris Mund bewegte sich, aber er wandte den Blick ab. »Ich möchte unseren Gastgeber nicht beleidigen, indem ich seine Gastfreundschaft verletze«, sagte er steif. Er wich zurück, und sein ganzer Körper brachte Wut zum Ausdruck. »Aber ich werde mich an Ihren Verstoß gegen die Regeln erinnern, Mircea!«

Als er wegging, löste sich der rote Dunst um uns herum wie Nebel im Sonnenschein auf. Das Adrenalin, das mich bisher auf den Beinen gehalten hatte, verschwand plötzlich, und mir wurde kalt. Ich zitterte, und ohne Mirceas Arm um meine

Taille wäre ich vermutlich zu Boden gesunken. Einige in der Nähe stehende Gäste, die das Geschehen erwartungsvoll beobachtet hatten, drehten sich enttäuscht um.

Mircea zog mich langsam in die Schatten an der Wand zurück. In der Nähe tranken zwei Vampire, eine statueske Brünette und ein blonder Mann, das Blut einer jungen Frau. Die Vampirin saß auf einem Stuhl an der Wand, hatte die junge Frau auf dem Schoß und den Mund an ihrer Halsader. Der Kopf des willenlosen Opfers war nach hinten geneigt, und ihr lockiges Haar reichte über die Schultern und bildete einen auffallenden Kontrast zum roten Kleid der Brünetten. Der blonde Vampir kniete vor ihnen beiden, sein langer saphirblauer Umhang wie ein Wasserfall ausgebreitet.

Er löste das pflaumenfarbene Gewand der jungen Frau an den Schulterspangen und ließ es langsam durch die Hände streichen. Die schimmernden Falten glitten an ihrem Körper herab und sammelten sich an den Hüften. Sie stöhnte leise, ob aus Schmerz oder in Ermutigung – ich wusste es nicht. Der Vampir streichelte ihre Seiten. Seine Finger tasteten sanft über den Bauch, folgten dann dem Verlauf der dicken blauen Adern im Busen. Ihre Hand kam nach oben und verharrte auf seiner Schulter, wie im zaghaften Versuch einer Umarmung.

Liebevoll umfasste er eine blasse Brust, und sein Daumen spielte ein wenig mit der Warze. Die junge Frau erzitterte und beugte sich vor, als der Kopf der Hand folgte. Einen Moment später zuckte sie heftig zusammen, als spitze Zähne ihre weiße Haut durchstießen.

Der Mund der Vampirin zog die junge Frau nach hinten, und dadurch wölbte sich ihr Körper zu einem perfekten Bogen. Einen Augenblick später zog der Vampir sie mit Händen, Lippen und Zähnen zu sich. Jede Bewegung ging fließend in die nächste über, und daraus entstand ein hypnotischer Rhythmus.

Es dauerte nicht lange, bis die junge Frau am ganzen Leib bebte, während gleich zwei Vampire von ihrem Lebenssaft tranken. Sie schnaufte und keuchte, zwischen widerstreitenden Gefühlen hin- und hergerissen, bis sie schließlich unbewusst mehr erflehte.

Ich schluckte. Die vom Senat befürwortete Methode der Nahrungsaufnahme bestand darin, Blutmoleküle durch die Haut oder die Luft aufzunehmen, aber davon schienen die europäischen Vampire nicht viel zu halten. Vielleicht lag es an der Epoche, oder bei ihnen galten andere Regeln. Tonys Vampire hatten so oft in aller Öffentlichkeit Nahrung aufgenommen, dass ich nichts Außergewöhnliches mehr darin sah. Aber sie hatten sich auf die Befriedigung eines elementaren Bedürfnisses beschränkt, ohne die damit zusammenhängende Sinnlichkeit. Wenn ich die Wahl gehabt hätte … Die direkte, brutale Methode wäre mir lieber gewesen. Ich hätte lieber vom drohenden Tod gewusst und den Vampir als Feind erkannt, anstatt ihn wie einen Liebhaber willkommen zu heißen.

Der Blonde hatte eine Hand unter die Ansammlung des pflaumenfarbenen Stoffs geschoben, und wenige Sekunden später kam ein lustvolles Ächzen von der jungen Frau. Aber er sah nicht sie an, sondern die Brünette – ihr gemeinsamer Blick war heiß genug, um Feuer zu entfachen. Das Trinken von Blut war für Vampire eine sehr intime Angelegenheit, und es geschah nicht oft, dass sie dabei einen Körper teilten. Die junge Frau schien keine Schmerzen zu haben – vielleicht war sie längst über dieses Stadium hinaus. Ihre Hüften kamen nach oben, begleitet von einem Stöhnen so laut, dass sie dafür amüsierte Blicke von einigen Zuschauern in der Nähe bekam.

Das Geschehen berührte etwas in mir, und ein Teil meiner Benommenheit verflüchtigte sich. Ich fragte mich, ob die junge Frau wusste, nur eine Art Kanal für die Leidenschaft anderer

Personen zu sein. Ich fragte mich, ob sie lächelnd sterben würde oder es als geschmacklos galt, die vom Gastgeber angebotenen Erfrischungen leerzutrinken. Vor allem aber fragte ich mich, ob Mircea mich auf diese Weise sah: als einen Übertragungskanal, in diesem Fall für meine Macht.

Warme Lippen fanden meinen Hals. »Die einzigen Menschen, die heute Abend hier sind, dienen zur Unterhaltung und als Nahrung«, murmelte Mircea. Seine Stimme war ein heiseres Flüstern im Dunkeln. »Was bist du?«

Sein Atem strich mir über Nacken und Schultern und reichte aus, mein Herz schneller schlagen zu lassen. Er atmete meinen Duft tief ein, und ich zitterte, gefangen zwischen Furcht und Begehren. Der *Geis* scherte sich nicht darum, dass dies nicht der Mircea war, den ich kannte, sondern ein Meistervampir, für den es keinen Grund gab, mich zu schützen. Der *Geis* verstand nicht, dass er nur neugierig war wegen der Ereignisse im Theater. Mirceas eventueller Appetit war ihm gleich.

»Ich bin hier, um dich zu warnen. Du bist in Gefahr.« Es klang selbst für meine eigenen Ohren schwach. Aber es gab so viel, das ich ihm nicht sagen konnte, dass eigentlich nur noch das übrig blieb.

»Ja, ich weiß. Dmitri beobachtet uns, und er verzichtet nicht so leicht auf ein Opfer. Wir müssen überzeugend für ihn sein, nicht wahr?«

Ich sah ein Aufblitzen in seinen Augen, und einen Moment darauf glitt eine Hand hinter meinen Kopf, und ein heißer Mund senkte sich auf meinen. Ich hatte Leidenschaft erwartet, aber nicht die plötzliche Erleichterung, die mich erfüllte und eine seltsame Freude schuf. Ich hatte das Gefühl, den Atem zu lange angehalten zu haben und endlich tief Luft holen zu können. Für einen Moment verharrte ich in völliger Reglosigkeit und ließ mich küssen. Dann verließ meine Hand Mirceas Schulter und strich an der Seite entlang zur schmalen Hüfte. Es sollte keine Liebkosung sein, aber irgendwie wurde es dazu. Finger tasteten über meine Taille, eine warme Zunge schob sich zwischen meine Lippen, und daraufhin erwachte der *Geis* erst so richtig.

Es war wie der Unterschied zwischen einem einzelnen Streichholz und einem großen Feuer. Ich keuchte plötzlich und zog Mircea zu mir herab. Glut sammelte sich in dem Kuss und zwischen unseren Körpern, knisterte über unsere Haut und schickte Funken durch mich. Es war besser, als ich es für möglich gehalten hätte: stark, hart, heiß und wild. Meine Hände schienen nur noch dafür zu existieren, durch Mirceas dichtes, dunkles Haar zu streichen, und die Aufgabe meines Munds bestand allein darin, seine Zunge zu schmecken.

Kräftige Arme hoben mich hoch und drückten mich an die Wand, und dann verschlangen wir uns mit flammender, verzweifelter Begierde. Sein Arm schlang sich mir fester um die Taille, und seine Beine bewegten sich, um Platz für meine zu schaffen. Er zog meinen Schenkel zwischen seine warmen, muskulösen Kolonnen. Ich sehnte mich danach, ihn in mir zu haben, und wie zuvor der jungen Frau waren mir die Umgebung und die Geräusche, die ich von mir gab, völlig gleich. Ich *wollte* Mircea mit einem heißen Verlangen, das mich innerlich zu verbrennen drohte.

Der Kuss fand ein Ende, als ich atmen musste, und ich presste die Wange an Mirceas Brust, schnappte dabei nach Luft. Der immer an ihm haftende Pinienduft umgab mich – ich konnte fast den Wald sehen, grün und tief unter einem Abendhimmel. Erneut holte ich in seiner Wärme tief Luft und fühlte mich schwach. Mirceas Kraft hielt mich oben – er drückte mich noch immer an die Wand, stand Haut an Haut.

Nach einigen Momenten wich Mircea wie verwundert zurück, und ich fand meine Beine wieder. »Du scheinst zahlreiche Talente zu haben, kleine Hexe.«

Die Antwort, die ich ihm vielleicht gegeben hätte, blieb mir im Hals stecken, als ich sah, was er trug. Seine Kleidung im Theater war ein wenig ausgefallen gewesen, aber dies war wirklich zu viel des Guten. Meine Hände sanken in eine weinrote Jacke, die voluminös genug war, um als Mantel zu dienen. Sie bestand aus dicker, schwerer Wolle mit einem seidenen Strich, eingefasst von einem Streifen goldener Stickerei. Die Jacke reichte ihm bis knapp unter die Knie und berührte dort den Rand der dunkelbraunen Stiefel. Darunter sah ich eine Art Talar aus dünnem, goldbraunem Stoff, der so weich war, dass es Kaschmir sein musste. Zwar saß er recht locker, aber darunter zeichneten sich trotzdem die deutlich ausgeprägten Brustmuskeln ab, der Waschbrettbauch und die schmalen Hüften, weiter unten das große Geschlechtsteil.

Ich vermutete, dass es sich um die traditionelle rumänische Kleidung eines Adligen handelte, und sie stand ihm. Aber ich bezweifelte, dass er sie aus modischen Gründen gewählt hatte. Mircea zog schlichte Kleidung vor, die wegen ihrer guten Schneiderarbeit auffiel. Diese Aufmachung kam einer Botschaft gleich und wies noch deutlicher auf seine Abstammung hin als die Weste, die er im Theater getragen hatte. Die Drachen auf jener Weste waren fast unsichtbar gewesen – obwohl ich annahm, dass Vampiraugen in der Lage gewesen wären, sie ganz deutlich zu erkennen – und hatten auf subtile Weise an sein Familiensymbol erinnert. Sie hatte seinen Rang gewissermaßen geflüstert, doch diese Kluft *rief* ihn. Ich fragte mich, für wen die Nachricht bestimmt war und warum er so großen Wert darauf legte, wie ein Barbarenkönig herumzulaufen.

Das an einem edelsteinbesetzten Gürtel hängende Schwert verstärkte diesen Eindruck. In Gold und Cabochon eingefasste Rubine glitzerten im matten Licht und wirkten recht alt, wie etwas aus einem Kreuzfahrerschatz, was wirklich der Ursprung der Edelsteine sein mochte. Ich hatte Mircea nie zuvor mit einer Waffe gesehen – als Meistervampir brauchte man so etwas eigentlich nicht – und war entsprechend überrascht. »Du bist bewaffnet.«

»Der hiesigen Gesellschaft angemessen.« Er trat hinter mich, trennte mich vom Rest des Raums, und ein Arm glitt um meine Taille, zog mich näher. Als er meine Schulter küsste, fiel mir seidenes Haar, länger als meins, über den Hals, doch der war nicht sein Ziel. Er brachte meinen Arm nach oben und um seinen Hals, und ich fühlte seine spitzen Zähne daran.

Sein Mund befand sich direkt über der Ader in meinem Oberarm, aber er nahm kein Blut auf – ich hätte den Verlust an Kraft gespürt, selbst wenn die Haut intakt geblieben wäre. Aber es sah vermutlich überzeugend aus. Darüber hinaus brachte es Mircea genau in die richtige Position, um mir ins Ohr zu flüstern: »Mich beunruhigt ein wenig, dass du zwar behauptest, ein gewöhnlicher Mensch zu sein, es aber nicht bist. Entweder bist du sehr dumm oder … mehr, als du zu sein scheinst. Welche dringende Angelegenheit bringt dich heute Abend hierher?«

Dem *Geis* gefiel die Seide von Mirceas Atem an meiner Wange. Erregung prickelte in mir, so intensiv, dass ich kaum atmen, geschweige denn sprechen konnte. Und was hätte ich sagen sollen? Es musste ein Problem geben, denn sonst wäre ich nicht hier gewesen, aber ich hatte keine Ahnung, woraus es bestand. Und in dieser Gesellschaft war es geradezu absurd anzunehmen, dass ich irgendetwas tun konnte. Ich begann ernsthaft daran zu zweifeln, dass meine Macht wusste, was sie tat.

»Du hast das Theaterstück für mich ruiniert«, flüsterte Mircea. »Ich konnte nicht aufhören, an dich zu denken. Immer wieder sah ich deinen wunderschönen Körper vor mir liegen … in der Loge … in der Kutsche … in meinem Bett.«

Er drehte mich zu sich herum, und wieder traf sein Mund auf meinen, trug uns beide fort. Dieser Kuss war leidenschaftlicher und drohte, mich mit blinder Lust zu überwältigen. Ich konnte mich ebenso wenig von Mircea lösen wie gegen den ganzen Raum kämpfen und gewinnen.

Schließlich wich Mircea ein wenig zurück. Seine Augen funkelten, und die Wangen glühten. »Warum ist der Wunsch, dich zu berühren, so intensiv?« Die Stimme war jetzt rau. »Was hast du mit mir angestellt?«

Das hätte ich ihn fragen sollen. »Ich bin hier, um zu helfen«, erwiderte ich mit vibrierender Stimme. »Du bist in Gefahr.«

Seine Finger folgten zärtlich der Wölbung meines Gesichts, so langsam und zärtlich, als berührte er etwas viel Intimeres. Ich befeuchtete mir die Lippen, womit ich Mirceas Blick zu meinem Mund brachte. »Das sehe ich.«

»Ich meine es ernst, Mircea!«

»Nicht nur, dass wir uns bereits duzen, du kennst auch meinen Namen.« Während er sprach, bescherte mir der *Geis* den beharrlichen Schmerz eines unerfüllten Verlangens. Ich fühlte seine kräftigen Schultern unter meinen Händen und eine männliche Härte an der Hüfte. Meine ganze Willenskraft musste ich aufbieten, um mich nicht an ihn zu schmiegen und ihn anzuflehen, mich zu nehmen. »Wie lautet deiner?«

Ich hätte ihm fast meinen Namen genannt – so weit hinüber war ich. Ein kleiner Rest von Vernunft regte sich im letzten Moment, und ich biss mir auf die Zunge, um die Worte zurückzuhalten. Der Schmerz brachte mich in die Realität zurück, und ich hörte Walzerklänge und das Summen zahlreicher Stimmen.

Ich blickte mich um, aber jenseits des Orchesters sah ich nur eine Düsternis, in der hier und dort Kerzen brannten. Die hohe Decke verschwand im Schatten, und die einzigen hellen Stellen stammten von Kerzenschein, der auf das abblätternde Gold verblasster Wandgemälde fiel. Die beiden Vampire in der Nähe hatten ihre Mahlzeit beendet, und überraschenderweise lebte die junge Frau noch. Der Blonde reichte ihr eine kleine Flasche, und sie trank bereitwillig daraus. Wahrscheinlich wäre sie auch bereit gewesen, sich kopfüber von einem Dach zu stürzen, wenn er sie dazu aufgefordert hätte.

Irgendwo in dieser ganzen Sache gab es ein Problem, von dem meine Macht wollte, dass ich es in Ordnung brachte. Ich musste mich konzentrieren, um hoffen zu können, es zu entdecken. »Vielleicht geht es um die Frau, die dich im Theater begleitet hat«, wandte ich mich an Mircea. »Ist sie hier?« Es wäre besser gewesen, sie zusammen zu haben. Allerdings wusste ich nicht, was ich tun sollte, wenn ein Meistervampir sie angriff.

Eine der dunklen Brauen schoss nach oben – es wirkte sehr vertraut. »Warum sollte ich dir das sagen? Ich weiß, was du bist. Ich versuche, in dieser Hinsicht aufgeschlossen zu sein, zumindest dann, wenn die Zauberin jung, hübsch und aufmerksam genug ist, so wenig Kleidung zu tragen.« Ein Finger strich mir übers Rückgrat und verharrte kurz an den einzelnen Wirbeln. »Du hast bei jeder Begegnung weniger an – der Trend gefällt mir.« Seine Worte waren leicht, doch der Blick ruhte schwer auf mir. »Aber so ermüdend Augusta manchmal auch sein mag, ihr Tod wäre es noch mehr.«

»Dann hilf mir, ihn zu verhindern!«

»Bist du hier, um dem Tod ein Opfer zu entreißen? Im Theater hast du den Mann gerettet, der uns Gift brachte …«

»Jemand anders hat es gebracht! Er wollte die Flasche mit dem Gift wegnehmen!«

»… und du nennst mir nicht einmal deinen Namen. Und doch verlangst du Vertrauen.«

»Wenn du mich für eine Gegnerin hältst, wieso hast du mich dann gerettet? Warum hast du mich nicht Dmitri überlassen?«

Mirceas Lippen formten ein hintergründiges Lächeln. »Bei diesen Gelegenheiten ist eine Demonstration der Stärke oft nützlich, und der Mann interessiert mich nicht. Dmitris Geschmack ist wohlbekannt, und ich finde ihn … unangenehm. Ihm eine Trophäe vorzuenthalten, war alles andere als ein Ungemach.« Seine Hände glitten mir über den Nacken, und mein Rückgrat schien sich zu verflüssigen. »Und nun, kleine Hexe … Sag mir, was du hier machst und erklär mir die sonderbaren Ereignisse vor zwei Tagen im Theater.«

Ich starrte ihn an, und mein Kopf war wie leer. Die Wahrheit konnte ich ihm unmöglich sagen, wenn die Zeitlinie nicht noch mehr Schaden nehmen sollte, als sie bereits erlitten hatte. Aber Mircea hätte die Lüge gerochen, noch bevor alle Worte ausgesprochen gewesen wären. Es gab nur eine Möglichkeit, die vielleicht funktionierte. »Bring mich zu Augusta, und ich denke darüber nach.« Als er zögerte, zwang ich mich zu lachen. »Fürchtet sich der große Mircea vor einem unbewaffneten Mädchen?«

Er lächelte leicht amüsiert. Nach einem Moment wurde ein Grinsen aus dem Lächeln, und dadurch wirkte er um Jahre jünger. Er ergriff meine Hand und küsste ihre Innenfläche. »Du hast natürlich recht. Was ist das Leben ohne die Würze der Gefahr?« Er nahm meinen Arm. »Komm. Mal sehen, ob Augusta aus dir schlau wird.«

Trotz der vielen Personen im Ballsaal war Augusta nicht schwer zu finden. Sie und eine andere Vampirin, eine hübsche Brünette, standen auf der anderen Seite des großen Raums. Ein Kreis hatte sich um sie gebildet, und die Leute riefen

Anfeuerungen. Mir blieb es ein Rätsel, worum es dabei ging, denn abgesehen von den beiden Vampirinnen war der Kreis leer.

Wir blieben bei dem Vampir in der Toga stehen. »Ihre Augusta macht sich sehr beliebt«, bemerkte er.

Mircea verzog das Gesicht. »Sie ist nicht meine Augusta«, murmelte er, und der Vampir lachte. Zuvor war er mir schlicht erschienen, mit schwer zu bändigendem braunen Haar, das den Eindruck erweckte, als ginge er zu Pritkins Friseur, und spröder Haut. Doch das Lachen veränderte sein Gesicht, gab den whiskyfarbenen Augen Leben und der Mimik einen gewissen Reiz. Wenn dieser Vampir lachte, wurde er attraktiv.

»Sie sagt etwas anderes.«

»Gerade Sie, Konsul, sollten wissen, dass manche Frauen zu Übertreibungen neigen … und zu Jähzorn.«

»Die leidenschaftlicheren unter ihnen«, bestätigte der Mann. »Aber sie sind oft die Mühe wert. Da wir gerade bei leidenschaftlichen Fuchteln sind … Wie geht es Ihrer Konsulin?«

»Gut. Es hat mich schon gewundert, dass Sie nicht gefragt haben.«

»Ihre Neuigkeiten haben alles andere aus meinem Kopf verdrängt.«

»Soll ich ihr das mitteilen?«

Der Mann in der Toga lachte erneut. »Nur wenn Sie einen Krieg auslösen wollen, mein Freund.« Bisher hatte er mich keines Blicks gewürdigt, was vermutlich an meinem Status als Partysnack lag. Doch jetzt glitt sein Blick in meine Richtung. »Und wer ist das? Haben Sie damit begonnen, appetitliche Blondinen zu sammeln, Mircea?«

Der Konsul sah mich an und lächelte, doch sein Lächeln sparte die Augen aus. Mirceas Griff wurde ein wenig fester. »Ist es uns nicht gestattet, Gäste mitzubringen, Konsul?«

»Gäste, ja. Solange sie zu uns gehören oder Menschen sind.« Er hob mein Kinn mit einem Finger. Etwas veränderte sich in seinen Augen – ein Killer schien hinter der jovialen Maske hervorzuspähen. »Sehr hübsch. Und sehr mächtig. Sie sind natürlich für ihr Handeln verantwortlich.«

Mircea deutete eine Verbeugung an, und der Konsul wandte sich ab, ging durch den Raum und plauderte mit den anderen Gästen. Von einem Augenblick zum anderen war er wieder zum Charmeur geworden. Ich unterdrückte ein Schaudern. »Anwender von Magie scheint man hier nicht zu mögen«, sagte ich schwach.

»Sie können die Dinge schwieriger machen. Unter bestimmten Umständen müssen zusätzliche Sicherheitsmaßnahmen ergriffen werden.«

»Dann wundert es mich, dass ich hierbleiben darf.«

»Er hatte gute Laune. Augusta und ich haben vor kurzem ein Problem für ihn gelöst.«

»Ich habe nicht vor, irgendwelche Schwierigkeiten zu verursachen«, versicherte ich Mircea. Er sah mich nur mit einem schiefen Lächeln an. »Im Ernst!«

»Warum sollte ich daran zweifeln? Nur deshalb, weil ich bei unserer ersten Begegnung fast vergiftet worden wäre und bei der zweiten einem Duell nahe kam?« Sein Lächeln wuchs in die Breite. »Zum Glück machen mir Schwierigkeiten nichts aus. Wenn es die Mühe lohnt, wie der Konsul eben meinte.«

Ich wusste nicht, was ich sagen sollte, und so beobachteten wir eine Zeitlang die beiden Frauen. Ich wusste noch immer nicht, was sie machten, vielleicht deshalb, weil sie mit dem Rücken zu uns standen. Die Brünette trug helles Blau, und die eisige Farbe war mit zu viel Spitzenbesatz ausgeschmückt. Augustas Aufmachung bestand aus einem prächtigen schulterfreien Gewand aus champagnerfarbenem Satin mit einer

Schleppe aus goldenem und cremefarbenem Brokat. Die Tellerröcke nahmen mir kurz die Sicht, und dann kam etwas zwischen ihnen durch und hielt genau auf mich zu.

»O nein! Er ist ausgerissen!« Augustas lachende Stimme hallte durch den Saal. Ein nacktes Geschöpf mit weit aufgerissenen Augen krabbelte auf allen vieren zum Rand des Kreises und hinterließ eine Spur aus Tropfen – sie waren schwarz und ölig auf dem dunkelgrünen Marmor. Bevor es mich erreichen konnte, riss etwas seinen Kopf zurück und warf es zuckend auf die Seite.

Augusta hielt eine Peitsche in der Hand, als sie sich dem Wesen näherte, und das eine Ende war um den Hals des Nackten geschlungen. »Auf die Beine«, sagte sie ungeduldig und zog an der Peitsche.

Die Kreatur sah auf, und durch das verfilzte schwarze Haar bekam ich kurz ihr Gesicht zu sehen. Der Mund bebte vor Schmerz; dann presste das Geschöpf voller Zorn die Lippen zusammen, und sein Gesicht verwandelte sich in eine Grimasse. Die dunklen Knopfaugen kamen mir bekannt vor – ich hatte diesen kleinen Mann in mehr als nur einigen wenigen Albträumen gesehen.

»Jack«, flüsterte ich, und er starrte mich verwirrt an.

»Was ist los?«, rief die Brünette. »Ich dachte, du spielst gern mit Frauen!«

»Ich glaube, hilflose Frauen sind ihm lieber«, sagte Augusta und strich mit ihren langen Fingernägeln über seine Brust, so fest, dass rote Striemen zwischen dem spärlichen Haar zurückblieben. »Man nennt dich den Ripper, wie?«, fuhr Augusta fort. »Wenn ich mit dir fertig bin, hat sich's ausgerippt.«

Der Mann rollte sich in dem vergeblichen Versuch zusammen, den dolchartigen Fingernägeln zu entgehen, und ich schnappte nach Luft, als ich seinen Rücken sah. Er war völlig zerrissen und zerfleischt – die Haut hing in Fetzen. Mircea bemerkte es ebenfalls. »Er stirbt, wenn du ihm nicht bald eine Ruhepause gönnst, Augusta, und dann kannst du keinen Spaß mehr mit ihm haben«, sagte er ruhig.

Sie lachte. »Oh, ich glaube kaum«, erwiderte sie mit einem koketten Blick.

Mircea runzelte die Stirn und ging neben dem Mann in die Hocke. Nach einem Moment schaute er auf. »Du hast den Irren zu einem von uns gemacht?«, fragte er ungläubig.

Augusta zuckte mit den Schultern. »Ich erledige ihn, wenn ich fertig bin. Oder du kannst ihn erledigen, für den Ärger, den er dir beschert hat. Aber du musst dich noch ein wenig gedulden.« Wie beiläufig strich ihre Hand über die Seite von Jacks Gesicht. Es war eine fast zärtliche Geste, aber plötzlich kam ein qualvoller Schrei von ihm. Voller Abscheu stellte ich fest, dass Augusta einen Fingernagel in sein rechtes Auge gebohrt hatte. »Ich mag ihn. Er schreit so schön.«

Mircea schüttelte Jacks Hand ab, die sich wie flehentlich um seinen Hosenaufschlag geschlossen hatte, und Augusta zog ihren Gefangenen in die Mitte des Kreises zurück. Damit ihn alle sahen, nahm ich an. Mircea musterte mich, während ich versuchte, meine Gefühle zu verbergen. »Woher weißt du, wer er ist? Augusta hat ihn erst heute Abend gezeigt.«

»Ich habe ein Gerücht gehört«, brachte ich nach einem mühevollen Schlucken hervor. »Wie hast du ihn gefunden?«

»Er fand uns. Wir suchten nach jemand anders.« Jack heulte, als ihm die Brünette den Schuhabsatz in die Leiste rammte. Ich zuckte unwillkürlich zusammen. »Sie wird ihn schnell satt haben, wenn er bricht«, sagte Mircea. Ich verzichtete auf einen Kommentar. Sie würden bald herausfinden, dass jemand mit einem bereits zersplitterten Geist nur schwer zerbrechen kann. Tatsächlich würden sie Jack in der Zukunft zum Folterknecht und Vollstrecker des Nordamerikanischen Vampirsenats machen.

Zwei geisterhafte Gestalten lenkten meine Aufmerksamkeit von Jack ab. Unbemerkt von den Zuschauern waren sie in den Kreis geschwebt. Eine war das faszinierende Geschöpf, das ich kurz nach meinem Wechsel in diese Zeit gesehen hatte, noch immer eine säulenhafte Erscheinung ohne besondere Merkmale. Das andere Phantom erwies sich als Myra.

Ich erstarrte. Am Rand des Kreises stand mein Hauptproblem in ihrer ganzen geisterhaften Pracht. Es fiel mir nicht schwer, sie zu erkennen, denn bei unserer einzigen anderen Begegnung war sie ebenfalls ein Geist gewesen. Ich glaubte, meinen Augen nicht trauen zu können, denn sie wirkte gesünder als vor meinen Messerstichen. Ihr blondes Haar, ungewaschen und strähnig bei unserem ersten Treffen, war jetzt gekämmt und glänzte. Das Gesicht wirkte recht blass, aber sie sah aus, als hätte sie einige dringend benötigte Pfund dazugewonnen. Wie zum Teufel hatte sie sich so schnell erholen können?

»Was machst du hier?«, fragte ich.

Mircea fühlte sich angesprochen. »Du wolltest Augusta sehen. Dort ist sie, gesund und munter.«

»Um etwas zu berichtigen.« Myras Stimme war hoch und süß, wie die eines Kinds. Sie passte nicht gut zu ihrem Gesichtsausdruck. Wenn Blicke töten könnten, wäre ich bereits aus dem Weg geschafft gewesen. »Dazu sind wir doch ausgebildet, nicht wahr?« Sie blieb bei der Brünetten und kam nicht näher. Lag es daran, dass auch Augusta zugegen war? Oder benutzte sie den Körper der Brünetten als Schild, um vor meinen Messern geschützt zu sein? Ich löste die Hand von Mirceas Jacke, nur für den Fall, aber er griff nach meinem Handgelenk.

»Du hast da ein hübsches Schmuckstück«, sagte er. »Aber ich würde dir nicht raten, irgendetwas Tödliches nach Augusta zu werfen. Du siehst ja, was sie mit jenen macht, die dumm genug sind, sie anzugreifen.«

Ich achtete nicht auf ihn. »Was willst du berichtigen?«

»Oh, das habe ich ganz vergessen«, fügte Myra zuckersüß hinzu. »Du bist ja gar nicht ausgebildet, oder? Wie bedauerlich.«

Die Singsang-Stimme ging mir echt auf die Nerven. »Das ist kein Spiel, Myra.«

»Nein«, pflichtete sie mir bei. »Es ist ein Wettstreit, und es geht dabei um einen sehr hohen Einsatz. Um den höchsten, könnte man sagen.«

»Wie meinst du das?«

Mircea folgte meinem Blick, aber natürlich sah er nichts. »Mit wem sprichst du?«

»Ich meine, dass du dich nicht zur Pythia eignest.« Myra musterte mich mit Augen, deren Blau so hell war, dass sie fast weiß wirkten. Vermutlich waren sie nicht so hell, wenn Myra in ihrem Körper steckte, aber derzeit wirkten sie unheimlich. »Agnes war alt und gefährlich labil, als sie dich zu ihrer Nachfolgerin machte. Wenn ihre Entscheidung der üblichen Prüfung unterzogen worden wäre, hätte man sie ausgelacht. Aber dem entging sie, nicht wahr? Sie fiel allen in den Rücken und verkorkste ein System, das seit Jahrtausenden funktionierte. Ich bin hier, um das in Ordnung zu bringen.«

»Indem du mich tötest?«

»Das wäre viel zu primitiv«, sagte Myra freundlich. »Wie wär's mit einer kleinen Lektion, deiner ersten und gleichzeitig letzten? Jedes Wesen, das in der linearen Zeit unterwegs ist, wird durch seine Vergangenheit definiert. Wenn man ihm diese Vergangenheit nimmt oder sie verändert, wird das Wesen neu definiert.« In ihrem Lächeln steckte Säure. »Oder es verschwindet ganz.«

»Ich weiß.« Was ich nicht verstand: Warum war Myra hier in dieser Zeit? Wenn Augusta Jack gerade in einen Vampir verwandelt hatte, schienen die hiesigen Ereignisse um das Jahr 1888 herum stattzufinden. Wenn es Myra darum ging, meine Vergangenheit zu verändern, war sie ein wenig früh dran. »Auf was willst du hinaus?«

»Was ist hier los?«, fragte Mircea, und sein Blick huschte zwischen den beiden Vampirinnen und mir hin und her. Er merkte ganz offensichtlich, dass ihm irgendetwas entging.

»Auf was ich hinauswill?«, wiederholte Myra. »Meine Güte, bist du schwer von Bergriff. Manche Eingeweihte im ersten Jahr checken die Dinge schneller als du!«

Sie sah Mircea an, und jähe Anspannung erfasste mich. Myras Gesichtsausdruck gefiel mir ganz und gar nicht. »Wieso greifst du ihn an, wenn du meinen Tod willst?«

»Es fällt dir noch immer schwer, Ursache und Wirkung zu verstehen, wie?« Echtes Erstaunen lag in Myras Stimme. »Na schön, ich erklär's dir. Mircea hat dich während des größten Teils deines Lebens beschützt. Warum wohl hat Antonio nie die Geduld verloren und dich getötet? Warum hat er die Arme ausgebreitet und dich willkommen geheißen, nachdem du weggelaufen warst? Wenn Mircea nicht mehr existiert, verschwindet auch sein Schutz. Und das bedeutet: Du stirbst lange bevor du ein Problem für mich wirst.«

Das geisterhafte Wesen hinter Myra zuckte kurz, als gefiele ihm diese Information ebenso wenig wie mir. Es bewegte die großen schwarzen Augen, und sein Blick wanderte zwischen Myra und mir hin und her, wobei sich seine Farbe veränderte – aus dem Schwarz wurde Silber und dann ein dunkles Violett. Ein seltsames Flackern erfasste den Rand der durchscheinenden Gestalt, und ganz plötzlich veränderte sie sich. Dem blassen, fast merkmallosen Gesicht wuchs ein Mund mit langen Reißzähnen, und die Augen wurden rot wie Blut. Ich starrte verblüfft, aber Myra schien die Erscheinung überhaupt nicht zu bemerken. Vielleicht dachte sie, dass ich ihr Grimassen schnitt.

»Und ist Agnes ein Problem für dich geworden?« Ich vermutete, dass Myra die Frau im Theater gewesen war, die Mirceas Wein vergiftet hatte. Wie sie sich so schnell erholt hatte, wusste ich nicht, aber wenn sie hier war, konnte sie auch dort gewesen sein. Außerdem gab es nicht viele Mitbewerber. Ob sie das gleiche Gift benutzt hatte wie bei Agnes, entzog sich meiner Kenntnis, aber die Ähnlichkeit bei der Methode war interessant. »Hast du sie deshalb getötet?«

Myra lachte, als hätte ich etwas Urkomisches gesagt. »Das ist gegen die Regeln, oder wusstest du das nicht?«, erwiderte sie, trat in den Körper der Brünetten und verschwand.

Mirceas Hände schlossen sich um meine Oberarme. »Bist du verrückt?«

»Die Brünette«, ächzte ich. Ich bekam keine Gelegenheit, mehr zu sagen, denn die von Myra besessene Vampirin stürzte sich auf Mircea. Er packte sie am Hals, bevor ich auch nur blinzeln konnte, und hielt sie auf Distanz. Sie wand sich hin und her und versuchte, sich aus dem Griff zu befreien, aber ihre Arme reichten nicht so weit. Es hätte ohnehin keine Rolle gespielt. Für Myra schien ein Vampir einfach ein Vampir zu sein. Sie begriff nicht, dass die Brünette im Vergleich zu Mircea ein Kind war, mit dem er leicht fertigwerden konnte. Aber sie lernte schnell. Nach weniger als einer halben Minute flog sie aus der Frau und verschwand in der Menge.

Die Brünette brach zusammen, schluchzte, griff nach Mirceas Füßen und flehte mit fast unverständlichen Worten um

Verzeihung. »Sie war besessen«, sagte ich. »Sie wusste nicht, was sie tat.«

Mircea zog die hysterische Vampirin auf die Beine und sah mich über ihren Kopf hinweg an. Ärger verfärbte sein Gesicht. »Vampire können nicht besessen sein!«

Ich dachte an Casanova, entschied aber, mich auf keine Diskussion einzulassen. »Das gilt für die meisten Dinge«, sagte ich, und mein Blick glitt über die Menge. Die Gewalt hatte weitere Zuschauer angelockt.

Ich war schon einmal in einem Vampir gewesen, noch dazu in einem Meister der ersten Stufe. Bei mir hatte Zufall dahinter gesteckt, denn dieser Aspekt meiner Macht war mir bis dahin unbekannt gewesen. Ganz deutlich erinnerte ich mich daran, wie sehr mich jener Vorgang erschreckt hatte, und der betreffende Vampir war ebenfalls nicht sehr begeistert gewesen. Myra schien ganz bewusst dazu in der Lage zu sein, und ihr stand ein ganzer Ballsaal voller Vampire zur Auswahl.

»Was ist hier los?« Mircea schob die immer noch schluchzende Vampirin Augusta entgegen – die vermutlich ihre Herrin war – und ließ den Blick über die in der Nähe stehenden Vampire streifen. Was ihm allerdings herzlich wenig nützte.

Die nächsten Ereignisse beantworteten Mirceas Frage. Eine Frau, die direkt aus Versailles zu kommen schien – sie trug ein weites cremefarbenes Gewand, und ihr Haar war zu einem mehr als einen halben Meter hohen Turm zusammengesteckt – wankte aus der Menge. Sie hielt nicht direkt auf Mircea zu, wie ich erwartet hatte, sondern taumelte wie trunken durch den Kreis und stieß gegen Jack, der sich auf der einen Seite zusammenkauerte und versuchte, in den Schatten zu verschwinden. Sie gingen beide zu Boden und bildeten einen Haufen aus nackten, schmutzigen Beinen und besticktem Satin, bis Augusta den Gepeinigten mit ihrer Peitsche zurückzog.

Die Vampirin blieb liegen. Ihre Arme und Beine zuckten, der Kopf rollte von einer Seite zur anderen, und die Augen zeigten das Weiße. Es sah aus, als versuchte sie, gegen die Besessenheit anzukämpfen und Myra aus ihrem Körper zu verbannen. Ein Erfolg ihrer Bemühungen wäre mir durchaus eine Hilfe gewesen. Meine Messer konnten sich nicht nur in einen lebenden Körper bohren, sondern auch in den eines Geistes, aber ich konnte sie nicht einsetzen, solange Myra im Leib einer anderen Person steckte. Ihre Marionetten verdienten vielleicht keinen vorzeitigen Tod – von den Auswirkungen auf die Zeitlinie ganz zu schweigen.

Mehrere besorgt wirkende Vampire näherten sich der Frau, und ich griff nach Mirceas Arm. »Sie sollen sich von ihr fernhalten! Ich kann dieser Sache ein Ende bereiten, wenn mir niemand in die Quere kommt!«

»Nein! Du wirst den Wirtskörper nicht töten, nur weil ...«

»Den Wirtskörper rühre ich überhaupt nicht an«, sagte ich, als die Frau schrie und mit den Armen fuchtelte. »Wenn der Geist merkt, dass er sie nicht kontrollieren kann, wird er sie verlassen. Und wenn das geschieht ...«

Ich hielt inne, aber es war bereits zu spät. Normalerweise hätte Myra die geflüsterten Worte aus einer Entfernung von mehreren Metern nicht gehört, aber im Körper eines Vampirs hörte sie so gut wie ein Vampir. Die Frau hob den Kopf und schenkte mir ein Lächeln, das eine Mischung aus Grinsen und Grimasse war. Dann brach sie zusammen. Eine der Frauen, die ihr hatten helfen wollen, verschwand in der Menge, zweifellos mit einem Passagier an Bord. Verdammt!

Ich hielt unter den Zuschauern nach dem neuen Wirt Ausschau, doch als ich die Frau schließlich entdeckte, fiel sie in den Armen eines jungen Vampirs in Ohnmacht. Myra spielte Verstecken mit mir. »Achte auf die Frauen«, sagte ich zu Mircea und hoffte, dass Myra mich hörte. Bisher hatte sie nur Frauen übernommen, wahrscheinlich deshalb, weil sie sich im Körper eines Mannes ebenso ungern niederließ wie ich. Und in der Nähe von Mircea standen ausnahmslos Frauen. Wenn Myra meine Worte vernahm und in einen Mann wechselte, bekam Mircea wenigstens eine kurze Vorwarnung, bevor er angegriffen wurde.

Ich beobachtete erneut die Menge der Vampire, die das Geschehen untereinander kommentierten und keine Anstalten machten zurückzuweichen. Ganz im Gegenteil. Aus anderen Bereichen des Ballsaals kamen immer mehr Neugierige herbei, als klar wurde, dass die Unterhaltung vor allem hier stattfand. Und je mehr sich hier zusammendrängten, desto schwerer ließ sich feststellen, aus welcher Richtung Myras nächster Angriff kommen würde.

Furcht kroch mir übers Rückgrat. Ich sah nur den Ring aus Gesichtern, die darauf warteten, dass Blut floss und jemand starb. Ein Vampir in einem grünen Burnus fiel zu Boden und war einen Moment später wieder auf den Beinen. Mit einem Knurren sah er sich um, und seine spitzen Zähne zeichneten sich weiß vor der dunklen Haut ab. Dann bemerkte ich eine Bewegung bei der Mitte des Kreises und sah, wie Hass in Augustas Gesicht erschien und sie die Augen zusammenkniff. Der junge Mann war ein Ablenkungsmanöver gewesen.

Ich berührte Mircea am Arm und zeigte in die entsprechende Richtung. »Nicht er! Sie steckt in Augusta!«

Ein Murmeln ging durch die Menge – alle wussten, dass etwas nicht mit rechten Dingen zuging, aber niemand wollte sich einmischen. Dies war Europa, und sowohl Mircea als auch Augusta gehören dem Nordamerikanischen Senat an. Wenn sie sich gegenseitig töten wollten, war das ihre Sache. Niemand würde einen Finger rühren, um das zu verhindern.

»Du brauchst sie nicht zu töten«, stieß ich hervor. »Setz sie nur außer Gefecht … irgendwie.« Damit Myra gezwungen war, sie zu verlassen – dann konnte ich sie mir vorknöpfen. Augusta nahm einen eisernen Kerzenhalter so groß wie ein Garderobenständer und hob ihn, als bestünde er aus Papier. Woraufhin mir plötzlich ein Fehler in meinem Plan klar wurde. Als Senatsmitglied musste sie ein Vampir der ersten Stufe sein.

Wie Mircea.

Augusta kam auf uns zu, den Halter mit den brennenden Kerzen hoch erhoben, und Mircea schwang mich zur Seite. Die Angreiferin sauste an uns vorbei, wirbelte herum und stieß mit dem Leuchter zu, als wäre er ein besonders langes Schwert. Funken flogen, und unter den Zuschauern brach plötzlich die Hölle los. Vampire hatten große Angst vor Feuer, und so wie Augusta mit dem langen Ding umging, konnte praktisch jeder getroffen werden. Alle drängten zur Tür.

Augusta holte erneut aus, Mircea duckte sich, und eine dunkle Gestalt kam aus der Menge, stieß mit der ausgestreckten Hand zu. Mircea hatte den Mann nicht gesehen, und ein Pflock bohrte sich ihm in die Seite. Ich schrie, und Dmitri sah kurz mit einen Grienen auf. Dann erstarrte sein Gesichtsausdruck, und ich beobachtete, wie eine Klinge aus seiner Brust kam, an einer Stelle, die zeigte, dass sie durchs Herz geschnitten hatte. Der Griff befand sich in Mirceas Hand. Dmitri starrte ungläubig auf die Klinge hinab und brach zuckend zusammen.

Mircea sank auf ein Knie, die Hand an seiner Seite, und ich wusste, dass es schlimm war. Mirceas Klinge bestand aus Metall, was bedeutete, dass sich Dmitri von der Verletzung erholen würde. Doch der Pflock, den Mircea aus seiner Seite zog, war aus Holz. Als ich ihn sah, wurde meine Welt grau. Ich sagte mir: Selbst wenn der Pflock das Herz getroffen hätte – für einen Meister der ersten Stufe wäre es nicht unbedingt tödlich gewesen. Doch dieser Gedanke tröstete mich kaum, solange Augusta versuchte, Mircea den Rest zu geben.

Überrascht unterbrach sie ihren Angriff, als Mircea zu Boden ging. Doch eine Sekunde später war sie schon wieder in Bewegung, lief zu Dmitri und riss ihm das blutige Messer aus der Brust. Sie sah mich an und lachte. »Du machst das nicht einmal zu einer Herausforderung, oder?«

Sie wandte sich wieder Mircea zu, und ich zögerte nicht. Augustas Tod würde die Zeitlinie erheblich verändern, aber das galt auch für Mirceas Ende. Ich war so erschrocken wie nie zuvor in meinem Leben, als ich das Blut aus Mirceas Seite strömen sah und nichts tun konnte, um ihm zu helfen. Auf keinen Fall wollte ich tatenlos zusehen, wie man ihn auch noch enthauptete.

Meine Dolche sprangen aus dem Armband und flogen zu Augusta. Mit vampirischer Flinkheit brachte sie den Leuchter rechtzeitig nach oben und schirmte sich damit ab, doch dabei löste sich eine Kerze und landete auf ihrer Schulter, bevor sie zu Boden fiel. Ein Funken erreichte ihre Taille und wurde dort zu einer Flamme, kleiner als die eines Streichholzes. Ein Mensch hätte sie einfach zwischen den Fingern ausgedrückt, doch Augusta begann zu schreien und schlug um sich wie eine Ertrinkende, bevor sie zum letzten Mal unterging.

Die Angst vor dem Feuer war offenbar so stark, dass sie Myra die Kontrolle über den Körper nahm, denn Augusta vergaß den Angriff. Mircea versuchte, sie festzuhalten, damit er die Flamme mit einem Taschentuch ersticken konnte, aber davon wollte sie nichts wissen. Sie rutschte in Jacks Blut aus und landete auf ihrer eleganten Kehrseite. Ich musste zur Seite springen, damit sie nicht gegen mich stieß.

»Augusta! Halt still!«, donnerte Mircea, aber sie hörte nicht auf ihn. Sie rollte umher, was sie allerdings nicht von der Flamme befreite, im Gegenteil. Dadurch bekam das Feuer nur mehr Sauerstoff, breitete sich aus und tastete nach dem lockigen Haar. Augustas Schreie wurden schriller, und sie riss sich die Perücke vom Kopf, warf sie fort. Das erklärte, warum ihr Haupt nicht wie von Benzin übergossen in Flammen aufgegangen war: Die Hälfte ihrer goldenen Frisur war überhaupt nicht echt und bestand vermutlich aus menschlichem Haar.

Myra kam aus ihr heraus und verließ das Schiff, das sie nicht mehr kontrollieren konnte. Ich winkte mit den Armen und rief meinen Dolchen, die es auf die entsetzte Augusta abgesehen hatten, neue Anweisungen zu. »Nein, nicht sie! Schnappt euch Myra!« Entweder hörten sie mich nicht, oder sie hatten so viel Spaß, dass sie nicht gehorchen wollten.

Das seltsame Geistwesen war zielstrebiger. Es flog durch Myra, so substanzlos wie ein Windhauch, aber sie taumelte zurück, hob die Hände an die Brust und schrie. Nach einer Sekunde der Verblüffung begriff ich, dass sie das spirituelle Äquivalent eines Raubüberfalls erlitten hatte. Der Geist kam aus ihrem Rücken, so voller gestohlener Kraft, dass er silbern funkelte, hell wie ein Suchscheinwerfer.

Ich blinzelte, und als ich erneut hinsah, war das Wesen nicht mehr da. Die fast ganz transparent gewordene Myra sank auf die Knie und hatte all die Energie verloren, die ihr gestattet hatte, stundenlang in dieser Zeit zu bleiben. Sie richtete einen wütenden Blick auf mich. »Und wenn schon. Du kannst ihn nicht dauernd beschützen.«

Sie verschwand, als Augusta auf die Beine kam, gegen Mircea stieß, schrie und auf ihn einschlug, als machte sie ihn für die Gefahr verantwortlich. Ich warf ihm ein Cape zu, das jemand fallengelassen hatte, und er schlang es Augusta um die

Schultern, erstickte damit das Feuer. Im gleichen Augenblick fühlte ich, wie sich meine Macht regte.

»Sag mir, kleine Hexe …«, schnaufte er und hielt die zappelnde Vampirin fest, was ihm sichtlich schwerfiel. »Was passiert, *wenn* du vorhast, Ärger zu machen?«

Benommenheit und Schwindel erfassten mich, und ich spürte, wie ich fiel. Einen Moment später landete ich auf Macs Pritsche, auf der Billy Joe eine Partie Solitär gespielt hatte. Seine Karten flogen in alle Richtungen. »Ich passe«, sagte ich schwach und verlor das Bewusstsein.

Acht

Eine halbe Stunde lang umarmte ich das Porzellan im Bad. Als sich die Macht zurückzog, war ich völlig erledigt und hatte so starke Kopfschmerzen, dass mir schlecht wurde. Mein übliches Glück wollte, dass Mac mich kurz nach meiner Rückkehr fand, grün im Gesicht und zitternd. Er machte sich sofort auf den Weg, um etwas zu essen zu holen, vermutlich in der Annahme, dass niedriger Blutzucker mein Problem war. Wenn's nur so einfach gewesen wäre.

Billy rückte rüber, damit ich mich auf der Pritsche ausstrecken konnte, ohne in Teilen seines Körpers zu liegen. »Hast du Casanova gesehen?«, brachte ich krächzend hervor. Ich hatte mir ein Bier aus Macs Kühlschrank besorgt, weil meine Kehle so trocken war, aber fast hätte ich es damit geschafft, die Übelkeit zurückzuholen. Alkohol schien keine gute Idee zu sein – ich stellte die Dose rasch beiseite.

»Ja, aber Chavez hat sich verdünnisiert. Vielleicht hält er sich versteckt, bis die Magier das Dante's wieder verlassen, keine Ahnung. Casanova meinte, er würde den Kram wegschließen, sobald er Gelegenheit dazu findet.«

Ich nickte. Mehr konnte ich mir nicht erhoffen. Wenn Chavez klug genug gewesen war, der Invasion seines Arbeitsplatzes zu entgehen, sollten die Objekte in seinem Besitz eigentlich sicher sein.

»Willst du's?«, fragte Billy und mischte die Karten. Normalerweise hob er Gegenstände nur dann, wenn ihm keine Wahl blieb oder er angeben wollte, aber mir ging's zu dreckig, um beeindruckt zu sein.

»Was meinst du?« Ich legte mich lang hin und versuchte, meinen Magen davon zu überzeugen, dass es nichts mehr zu kotzen gab. Was war nur los mit mir? Ich hatte andere Zeitsprünge hinter mich gebracht, mich danach aber nie so mies gefühlt.

»Willst du deinen Schutzzauber in Ordnung bringen lassen?«

Ich richtete einen benommenen Blick auf Billy. Das Pentagramm auf meinem Rücken hatte ich ganz vergessen. Bei Dmitri wäre es recht nützlich gewesen, und es hatte bereits bewiesen, dass es zusammen mit mir durch die Zeit reisen konnte. »Ich glaube nicht. Wenn's klappt, würde ich der Macht einen Gefallen schulden.«

»Mir scheint, sie schuldet dir gleich zwei. Du erledigst Dinge für sie. Es ist nicht so, dass du Lust auf die Ausflüge in die Vergangenheit hattest.«

»Ich weiß nicht, ob sie die Sache so sieht.«

Billy blies Rauch von einer substanzlosen Zigarette und formte einen Ring, der fast die Decke erreichte, bevor er sich auflöste. Ich hatte ihn einmal gefragt, wieso er geisterhafte Zigaretten rauchen, aber keinen geisterhaften Alkohol trinken konnte, was mir so manchen peinlichen Zwischenfall und jede Menge Jammern erspart hätte. Seine Antwort lautete: Was im Augenblick des Todes den Körper berührte oder sich in unmittelbarer Nähe befand, begleitete den Geist. Es gehörte zur eigenen Energie – in gewisser Weise rauchte Billy sich selbst –, doch es schien recht zufriedenstellend zu sein. Zu schade für ihn, dass er bei seinen Schwimmversuchen im Leinensack keine Flasche Whisky dabei gehabt hatte.

»Warum sprechen wir so über die Macht, als wäre sie eine

Person?«, fragte ich nachdenklich. »Wenn man dich hört, könnte man sie für jemanden mit einer Strichliste halten, der jeden Gefallen notiert, damit irgendwann die Rechnung präsentiert werden kann.«

Billy zuckte mit den Schultern. »Möglicherweise handelt es sich um eine Naturgewalt, wie die Gravitation, mit dem Unterschied, dass es bei ihr nicht darum geht, die Dinge am Boden zu halten. Sie reagiert vielmehr auf Probleme in der Zeitlinie, indem sie jemanden schickt, der die Sache in Ordnung bringt.«

Ich schüttelte den Kopf. Billys Theorie war überraschend logisch, aber ein Teil von mir wusste: Womit ich es zu tun hatte, war keine gedankenlose Kraft, sondern etwas mit Bewusstsein. Es wusste, dass ich nicht gern zur Reparaturmannschaft gehörte, aber das war ihm gleich. »Nein, ich glaube nicht.«

»Na schön, lass mich ganz sicher sein, dass ich das verstehe.« Billy teilte Karten aus: zwei schwarze Asse, ein Paar schwarze Achten und der Pikkönig. Beim Poker wurde dieses Blatt »Dead Man's Hand« genannt, Blatt des Toten, weil Wild Bill Hickok solche Karten in der Hand hielt, als er von hinten erschossen wurde. Hickok starb 1876, fast zwei Jahrzehnte nach dem Geber dieser Karten, aber Billy kannte sich mit Poker aus – und konnte einem damit gehörig auf die Nerven gehen. »Du willst deinen Schutzzauber nicht in Ordnung bringen lassen, obwohl mehr Leute hinter dir her sind, als ich zählen kann, *und* obwohl du ins Feenland willst, wo unbefugtes Betreten sofort mit dem Tod bestraft wird? Und nur, um einem Etwas, das möglicherweise nur eine Kraft ist, keinen Gefallen zu schulden, den es vielleicht nie einfordern kann?«

Ich war zu müde für einen finsteren Blick. »Ich weiß nicht.«

»Oh, prächtig, wenigstens hast du alles gut durchdacht.«

»Warum reitest du so darauf herum?«

»Weil wir eine Vereinbarung getroffen haben, Täubchen, falls du das vergessen haben solltest. Ich halte meinen Teil ein, und ich erwarte von dir, dass du deinen einhältst – und das kannst du nicht, wenn du tot bist. Klar, du magst es nicht, herumkommandiert zu werden. Wem gefällt das schon? Aber hier kommt eine Blitzmeldung: Tot zu sein ist viel schlimmer. Lass den verdammten Schutzzauber von Mac in Ordnung bringen. Wenn du ihn nicht brauchst … Gut. Dann schuldest du niemandem etwas. Aber wenn du ihn brauchst, kannst du froh sein, ihn zu haben. Und wenn sich anschließend der Rauch verzieht, bist du noch da und kannst es beobachten.«

»Mhm«, brummte ich und gab die Hoffnung auf, in Billy Joes Beisein ein wenig zu schlafen. »Und wenn das Ding losgeht, obwohl ich gar nicht in Lebensgefahr bin? Ich habe keine Kontrolle darüber, was die Macht als Bedrohung wahrnimmt. Wenn der Schutzzauber seine Energie von ihr empfängt, hat sie das Sagen, und sie hat schon einmal versucht, mich zu überlisten …« Ich unterbrach mich, denn Billy war nicht zugegen gewesen, als ich Pritkin angegriffen hatte, und ich wollte mich deshalb nicht von ihm verspotten lassen. Zum Glück merkte er nichts, oder er beschloss, nicht darauf einzugehen.

»Also gut, du gehst ein Risiko ein und setzt ein paar Chips darauf, dass dich dieses Ding nicht reinlegt. Aber das ist immer noch besser, als dein Leben darauf zu setzen, dass du den Schutzzauber nicht brauchst. Es könnte verdammt unangenehm für dich werden, herauszufinden, dass du dich geirrt hast. Lass dir einen Rat von jemandem geben, der darüber Bescheid weiß, Cassie: Wette nie, wenn du es dir nicht leisten kannst zu verlieren.«

Mac kehrte zurück, beladen mit den vier Fastfood-Kategorien – Salz, Fett, Zucker und Koffein –, in Form von Fritten, Burgern und extra großen Kaffeebechern mit viel Zucker. Ich zwang mich zu essen, denn es bot die schnellste Möglichkeit, Kraft zurückzubekommen, obwohl mir noch immer mulmig war. Halb durch die Mahlzeit sagte ich zu Mac, dass ich beschlossen hatte, den Schutzzauber zu reaktivieren. Billy gab mir das Daumen-nach-oben-Zeichen, und ich schnitt eine Grimasse. Schlimmer als ein Billy, der falsch lag, war ein Billy, der recht hatte. Das würde ich noch lange zu hören bekommen.

Mac nahm sich den Zauber vor, und ich hatte mich gerade wieder angezogen, als Pritkin zurückkam. Das Pentagramm blieb schief auf meinem Rücken; die ästhetischen Aspekte konnten warten. Mac sagte, die Übertragung der Energie hätte gut funktioniert, aber ich war skeptisch, denn ich fühlte nichts, nicht einmal ein leichtes Prickeln. Natürlich gab es normalerweise nur dann etwas zu spüren, wenn eine Gefahr existierte, doch ich hätte gern einen Hinweis darauf gehabt, dass das Ding wieder funktionierte. Offenbar musste ich darauf verzichten. Wahrscheinlich blieb mir nichts anderes übrig, als zu warten, bis jemand versuchte, mich umzubringen – dann würde ich herausfinden, ob Mac wirklich gute Arbeit geleistet hatte. Wenn man berücksichtigte, wie mein Leben in letzter Zeit gelaufen war, brauchte ich mich sicher nicht lange zu gedulden.

»Wir müssen los«, sagte Pritkin ohne Einleitung. Er warf mir etwas zu, und es fiel mir auf den Kopf. Ich zog es herunter und betrachtete mehrere magische Gegenstände an einer dicken roten Schnur. Ein kleiner Beutel enthielt entweder Eisenkraut oder eine seit langem nicht mehr gewaschene Socke – es lief auf den gleichen Geruch hinaus. Die Identifizierung der anderen Gegenstände fiel mir nicht so leicht.

»Ein Kreuz aus Eberesche«, sagte Billy. »Mit Bernstein und Koralle besetzt – von allen drei Substanzen heißt es, dass sie Feen-Angriffe abwehren können. Das Pentagramm besteht vermutlich aus Eisen«, fügte er hinzu und kniff die Augen zusammen, obwohl er dadurch keineswegs besser sehen konnte. »Er scheint es mit dieser verrückten Expedition ernst zu meinen. Ich glaube allmählich, dass er ebenso plemplem ist wie du.«

Pritkin holte ein zweites, ähnlich beschaffenes Halsband aus dem großen Sack auf seinem Rücken. Unter anderen Umständen hätte er damit vielleicht wie der Weihnachtsmann ausgesehen, aber jener fröhliche alte Elf hatte wahrscheinlich nie so grimmig ausgesehen wie er. Er warf das Band Mac zu, und seine Miene verfinsterte sich. »Der Kreis ist uns dicht auf den Fersen.«

»Was nicht anders zu erwarten war«, erwiderte Mac leichthin. Er stand auf und klopfte sich Krümel von der Kleidung. Wir hatten vor Pritkins Ankunft über Schutzzauber gesprochen, hauptsächlich deshalb, weil er mich von dem ablenken wollte, was er mit dem Pentagramm auf meinem Rücken anstellte. Jetzt lächelte er mich an und streckte das rechte Bein. »Hier ist einer, von dem ich Ihnen noch nicht erzählt habe«, sagte er und deutete auf ein kleines Quadrat leerer Haut unter dem Knie.

»Ich verstehe nicht ganz ...«

Macs Lächeln wurde breiter, und er nahm einen zusammengefalteten Zettel aus der Tasche. Er breitete ihn auf der Pritsche aus, und ich erkannte eine Karte von Las Vegas und Umgebung. Sie war alt und vergilbt, bis auf rote Flecken, die bestimmte Bereiche markierten. Irgendwie erinnerte sie mich an eine U-Bahn-Karte, aber in Vegas gab es natürlich keine U-Bahn.

»Hier«, sagte Pritkin und zeigte auf eine Stelle nicht weit vom MAGIE-Canyon, wo das Portal lag.

Mac nickte. »Alles klar.« Er sah mich an und hob eine Braue. »Haben Sie jemals *Der Zauberer von Oz* gesehen?«

»Äh, ja. Wieso?«

»Sie sollten sich besser irgendwo festhalten«, entgegnete Mac, und plötzlich schien es zu einem starken Erdbeben zu kommen, das den ganzen Laden schüttelte. Ich klammerte mich an der Pritsche fest, die am Boden verschraubt war, während Pritkin den Fuß hinter ein Tischbein hakte und sich mit beiden Händen festhielt. Nur Mac blieb völlig gelassen, während sein Tätowierungsstudio wackelte und tanzte – mit dem Zeigefinger strich er über die Karte, von der Stadt in die Wüste. Einige Sekunden später erbebte das Gebäude ein letztes Mal und kam dann zur Ruhe. Einige hochgeworfene Papierfetzen schwebten herab, und ansonsten schien überhaupt nichts geschehen zu sein.

»Was war *das* denn?«, fragte ich.

»Sehen Sie selbst.« Mac deutete zum vorderen Zimmer, und meine Beine waren wie Gummi, als ich aufstand und zur Tür ging. Durchs Fenster des Vorzimmers sah ich nicht etwa die asphaltierte Straße und das Fast-Food-Restaurant, sondern eine leere Wüste, in der nicht einmal ein Kaktus die Monotonie unterbrach.

»Ich glaube, sie braucht eine zusätzliche Absicherung«, sagte Mac, als er aus dem Hinterzimmer kam.

»Sie hat die verdammten Messer.«

»Sie sind unzuverlässig. Die Dinger stammen von einem dunklen Magier, und ihre Loyalität ist fraglich. Sie dienen ihr jetzt, weil es ihnen so passt, aber später?« Mac schüttelte den Kopf. »Es gefällt mir nicht. Außerdem wissen wir nicht, ob sie dort funktionieren.«

»Du hast ihren Schutzzauber reaktiviert. Das sollte genügen«, erwiderte Pritkin, zog seinen Sack durch die Tür und begann damit, ihn auf dem Tresen zu entleeren. »Sie ist bereits stark genug.«

Mac gab keine Antwort, griff wortlos nach seiner linken Schulter und nahm etwas, das dort unter den tätowierten Blättern verborgen gewesen war. Er hob den Zeigefinger zu den Lippen und sah zu Pritkin, der eine Auswahl an Waffen auf den Tresen legte. Ich hoffte, dass er uns einen Karren besorgte, wenn wir den ganzen Kram mitnehmen sollten.

Mac nahm meinen Arm, und als ich den Blick darauf richtete, sah ich das glänzende goldene Bild einer Katze, das er an meinen Ellenbogen hielt. Als es die Haut berührte, verwandelte es sich in einen schwarzen Panther mit schlitzförmigen orangefarbenen Augen. Ich erkannte sie wieder: Sie hatten mich früher an diesem Tag böse angestarrt, und jetzt wirkten sie kaum freundlicher. Es schien die Katze nicht zu erfreuen, dass sie sich nicht mehr unter Macs Blättertarnung befand. Sie sah sich kurz um, lief dann meinen Arm hoch und verschwand unter dem Shirt.

Ich fühlte sie fast wie eine echte Katze, mit warmem Pelz und kleinen Krallen, die in meine Haut stachen. Es war sehr seltsam, und ich mochte es ganz und gar nicht. »Was zum …«

»Komm, Cassie, essen Sie den Rest«, sagte Mac und schob mich durch den Vorhang.

»Was *zum Teufel* geht hier vor?«, zischte ich, als wir im Hinterzimmer waren. Mac brachte mich zum Schweigen, hob die Hand und machte eine sonderbare Geste.

»Ein Stille-Schild«, sagte er. »John hört ohne Erweiterungen besser als die meisten Leute ohne.«

»Mac, wenn Sie mir nicht sofort erklären, was …«

»Ich habe Ihnen gerade den anderen Zauber gegeben, den Sie wollten. Sheba wird gut auf Sie aufpassen. Sie ist absolut spitze.«

Fräulein Absolut-Spitze kroch auf meinem Bauch umher

und hielt gelegentlich inne, um mich zu belecken. Es war zum Ausklinken. »Mac! Nehmen Sie das Ding weg!«

Er lachte leise. »Geht nicht. Solche Zauber können nur einmal pro Tag transferiert werden. Tut mir leid.«

Er sah nicht aus, als ob es ihm leid täte, und ich wusste nicht, ob er die Wahrheit sagte. Irgendetwas ließ mich daran zweifeln. »Mac!«

»Vielleicht müssen Sie auf ihre Hilfe zurückgreifen«, sagte er ernster. »Ich habe Ihren Schutzzauber reaktiviert, aber es ist so, wie John gesagt hat: Im Feenland funktioniert Ihre Macht vielleicht nicht, und *wenn* sie funktioniert, dann vielleicht nur sporadisch. Wenn keine Energie für den Schutzzauber fließt, kann er Ihnen nicht helfen. Sheba begleitet Sie und wird dafür sorgen, dass Sie selbst dann einen gewissen Schutz haben, wenn der Hauptzauber versagt. Stellen Sie sich das Kätzchen als eine etwas temperamentvolle Absicherung vor. Es gibt nicht viele Zauber, auf die man sich im Feenland verlassen kann, aber dieser gehört dazu. Ich habe ihn dem Elfen abgekauft, der ihn geschaffen hat. Und ich wäre alles andere als ein Gentleman, wenn ich Sie völlig hilflos losziehen ließe, oder?«

»Aber ich gehe nicht allein.« Sheba war mir inzwischen auf den Rücken geklettert und stellte etwas mit den Krallen an, das alles andere als angenehm war. Ich griff nach hinten, damit sie aufhörte, und bekam dafür ihre Pfote zu spüren. Zum Glück rollte sie sich kurze Zeit später unten am Rücken zu einem warmen Pelzbündel zusammen und schlief ein. Wenn ich mich konzentrierte, konnte ich sogar ihr zufriedenes Schnurren hören.

»Sie nehmen an, dass wir einfach so an den Wächtern vorbeikommen. Aber das dürfte alles andere als leicht sein.«

»Sie kennen sie doch, oder? Das haben Sie gesagt.«

»Ja, ich kenne sie, aber sie kennen mich ebenfalls. Ich bin Johns Partner gewesen, bevor ich mich in den Ruhestand zurückgezogen habe. Nach der Vorstellung, die ihr beide heute Morgen geliefert habt, wird er gesucht, und deshalb dürfte es seltsam aussehen, wenn ich dort drüben aus heiterem Himmel zu einer kleineren Plauderei erscheine. Die Idee ist: Ich sorge für Ablenkung, und ihr beide lauft zum Portal, während die Wächter mit mir beschäftigt sind. Aber es gibt keine Garantie, dass es klappt. Selbst wenn alles nach Plan läuft, seid ihr auf euch allein gestellt, sobald mich die Wächter festgenommen haben.«

Ich wand mich, nicht nur wegen der ruhigen Lässigkeit, mit der Mac davon sprach, den Silbernen Kreis herauszufordern, sondern auch, weil mich Shebas zuckender Schwanz kitzelte. »Was passiert dann mit Ihnen?«

Er hob die Schultern. »Nichts Großartiges. Mit einem Klaps auf die Schulter und Schwamm drüber dürfte es nicht getan sein, aber ich kenne den einen oder anderen Trick. Mit ein wenig Glück sollte ich die Burschen davon überzeugen können, dass mich John mit einem Zwangzauber dazu gebracht hat, ihm zu helfen.«

»Und ohne Glück?«

Mac verzog das Gesicht und klopfte mir auf die Schulter. »Deshalb brechen wir heute Abend auf. Meine alten Kumpel freuen sich vielleicht nicht darüber, mich wiederzusehen, aber sie werden mich nicht einfach so töten. Ich habe für sie das eine oder andere Mal die Kastanien aus dem Feuer geholt – sie stehen in meiner Schuld.«

»Aber der Kreis …«

»Überlassen Sie ihn mir«, sagte Mac, als Pritkin ein argwöhnisches Gesicht durch den Vorhang steckte.

Ich sah, wie seine Lippen ein »Was ist los?« formten, bevor

Mac den Stille-Schild mit einer unauffälligen Bewegung aus dem Handgelenk verschwinden ließ.

»Wir sind dabei, unsere Arterien zu verstopfen«, sagte Mac fröhlich. »Ich würde dich gern einladen, uns dabei Gesellschaft zu leisten, aber du hast heute ja schon einmal gegen deine Regeln verstoßen.« Er zwinkerte mir zu. »Überlassen Sie es John nie, sich um das Essen zu kümmern, Cassie. Er würde sie mit Weizenschrot und Pflaumensaft vergiften.«

»Das ist besser als der Fraß, den du Essen nennst«, erwiderte Pritkin, und sein Gesicht verschwand wieder.

Ich aß noch etwas mehr von meinem Burger, aber aus irgendeinem Grund schmeckte er mir nicht mehr. Ich hatte es satt, dass andere Leute wegen mir zu Schaden kamen, und dem Kreis in die Hände zu fallen gehörte eindeutig in diese Kategorie. Vielleicht schuldeten die Wächter Mac tatsächlich einen Gefallen, aber genügte das? Und wenn sie ihn folterten, um herauszufinden, was er über mich wusste? Das hielt ich durchaus für möglich, alte Kumpel oder nicht. Mir wurde wieder übel, was ich nicht nur dem Essen verdankte, sondern auch Anspannung und Sorge. Mac schien dieses Problem nicht zu haben und aß auch den Rest meines Burgers.

Ich kehrte nach vorn zurück, wo Pritkin die letzten Vorbereitungen traf. Die vielen Waffen waren vom Tresen verschwunden, aber er schien nicht noch mehr beladen zu sein als sonst. Den Grund dafür sah ich, als er einige ungewöhnliche Gegenstände an einer kleinen Kette befestigte und sie um sein Handgelenk schlang. »Eisen«, sagte er. »Es nimmt die Energie der Elfen auf und hat auf ihre Verteidigung die gleiche Wirkung wie Silber auf Werwölfe.«

»Ich habe Sie nicht für den Typ gehalten, der gern Schmuck trägt«, erwiderte ich. Mir war sofort klar geworden, was er machte. Einen deutlichen Hinweis boten die Dinge am Armband: kleine Maschinenpistolen, Gewehre und etwas, das verdächtige Ähnlichkeit mit einem Granatwerfer hatte. Dieser letzte Gegenstand war besonders aufschlussreich, denn ich hatte zuvor beobachtet, wie er dem Sack das gleiche Objekt in Originalgröße entnommen hatte.

»Ich habe sie geschrumpft«, sagte er ungeduldig. »Das ist die einzige Möglichkeit, so viel Gewicht über eine größere Distanz zu tragen.«

»Haben Sie nicht darauf hingewiesen, dass Ihr Kram im Feenland nicht funktioniert?«

»Ich habe gesagt, dass auf unsere Magie vielleicht kein Verlass ist. Das hier …« Pritkin klopfte auf den Colt an seinem Gürtel. »… ist keine Magie. Und es stecken Eisenkugeln drin. Übrigens …« Er reichte mir einen langen Mantel, der fast genauso aussah wie seiner. »Ziehen Sie den an.«

Ich nahm den Mantel von seiner ausgestreckten Hand und wäre fast zu Boden gefallen. Er schien mit Blei gefüttert zu sein. Einige Sekunden später stellte ich fest, dass das in gewisser Weise der Fall war. Das zusätzliche Gewicht stammte von zahlreichen Munitionsschachteln in den Innentaschen; offenbar enthielten sie jedes nur erdenkliche Kaliber.

»Sie belieben wohl zu scherzen«, sagte ich und ließ den Mantel fallen. Er landete mit einem hörbaren Pochen auf dem Boden. »Darin kann ich unmöglich laufen! Vielleicht könnte ich nicht einmal darin gehen.«

»Sie brauchen nicht zu laufen.« Pritkin hob den Mantel auf und drückte ihn mir in die Hände. »Im Feenland hat Weglaufen keinen Sinn – damit könnten wir den Spitzohren nicht entkommen, und deshalb versuchen wir es gar nicht erst. Wenn wir auf Elfen stoßen und sie sich als feindselig erweisen …«

»Was bestimmt der Fall sein wird …«, warf Mac ein und

kam durch den Vorhang. Er brachte einen kleinen Rucksack mit, in dem er den Inhalt meiner Reisetasche und, mit einem Zwinkern in meine Richtung, zwei Flaschen Bier verstaute.

»... also weichen wir nicht von der Stelle und kämpfen«, beendete Pritkin den Satz. »Weglaufen ist Zeitverschwendung und spielt ihnen nur in die Hände, wenn wir dabei getrennt werden. Ganz gleich, wie wild ein Kampf wird, geraten Sie nicht in Panik.«

»Natürlich nicht. Ich bleibe einfach stehen, während mich der Gegner niedermäht.« Ich mühte mich ins heiße Leder und kam mir schrullig vor.

Pritkin überprüfte seine Schrotflinte, und zum ersten Mal seit unserem Zwischenfall sah er mir in die Augen. »Wenn Sie bei mir bleiben, sterben Sie nicht«, sagte er. Er klang so sicher, dass ich ihm für eine halbe Sekunde tatsächlich glaubte.

Ich schluckte und unterbrach den Blickkontakt. »Warum schrumpfen Sie nicht auch meine Sachen?«

»Weil ich nicht ganz sicher bin, ob der Gegenzauber im Feenland wirkt. Deshalb nehme ich sowohl geschrumpfte Waffen als auch welche in Originalgröße mit. Ihre Munition ist für die Originale bestimmt.«

Ich versuchte, meine Gefühle zu sortieren, die von Ärger bis Entsetzen reichten, und deshalb erinnerte ich mich an das Beben erst, als wir nach draußen traten. So seltsam es auch gewesen sein mochte, nach den Ereignissen in jüngster Zeit nahm es auf meiner Liste sonderbarer Dinge nur einen der unteren Plätze ein. »Wie sind wir hierher gekommen?«, fragte ich Mac.

»Ich habe eine Abkürzung genommen«, sagte er und setzte einen Hut mit breiter Krempe auf den kahlen Kopf. Dann drehte er sich um und zeigte auf das leere Quadrat an seinem Knie. Dort befand sich jetzt ein Bild, das mir ein Tätowierungsstudio mitten in der Wüste zeigte. Während ich es noch betrachtete, klappte das Bild zusammen und verschwand. Mac brummte und deutete auf eine andere Stelle des Beins, wo eine Miniaturversion der Vorderseite seines Ladens erschienen war, mit einer kleinen Leuchtreklame, die TINTENFREUDE versprach. Sie passte genau in die kahle Stelle, die ich zuvor gesehen hatte.

Die kleine Neonreklame blinkte wie die echte. Nach einer Sekunde begriff ich, dass sie die echte war. »Wir haben den ganzen Nachmittag im Innern eines Zaubers verbracht?«, fragte ich ungläubig.

»Könnte man sagen«, erwiderte Mac. »Mein Laden begleitet mich immer.«

»Wie gehen Sie vor? Wählen Sie eine leere Stelle aus, und dann *zack*! Neues Geschäft eröffnet?«

Mac lächelte. »So was in der Art.«

»Wie sieht's mit Bebauungsplänen und dergleichen aus? Oder mit Fußgängern, die plötzlich vor einem Gebäude stehen, wo eben alles leer war? Was ist mit der Polizei?«

»Was soll schon mit ihr sein? Normalos können meinen Laden ebenso wenig sehen wie die Tätowierungen, Cassie.« Er griff freundschaftlich nach meinem Arm. »Wissen Sie, die sogenannte Magie, die Sie Ihr ganzes Leben gesehen haben, ist nur die Spitze des Eisbergs. Die armen Kerle, auf deren Hilfe die Vampire für ihre Schutzzauber zurückgreifen, sind unterste Schublade. Wenn sie echtes Talent hätten, wären sie nicht verstoßen worden, was auch immer sie sich zuschulden kommen ließen. Man hätte sie zurechtgewiesen und anschließend wieder an die Arbeit geschickt. Und wenn sie etwas wirklich Abscheuliches auf dem Kerbholz hätten, wären sie fortgelaufen, um sich den Dunklen anzuschließen. Aber selbst die nehmen keine Pfuscher. Für Vampire arbeitende Magier sind Leute, die gerade genug Magie haben, um eine Gefahr zu sein – für sich selbst und alle anderen. Sie wären nicht einmal dann zu einem komplexen Zauber fähig, wenn ihr Leben davon abhinge. Wenn Sie bei uns bleiben, erleben Sie echte Magie, Cassie.«

Pritkin hielt inne und zog etwas aus der Tasche. »Gute Idee«, sagte er, und ich wusste plötzlich, was er vorhatte. Es war keine Vision, einfach nur Intuition. Der Idiot wollte von der Rune Gebrauch machen, deren Wirkung wir nicht kannten.

Ich sprang und versuchte, Mac mit mir zu Boden zu reißen, aber meine Füße verhedderten sich am Saum des schweren Mantels, und ich musste ihn loslassen, um den Sturz mit den Armen abzufangen. Harter Boden hinterließ tiefe Kratzer in meinen Händen, und der Schmerz und das Bemühen, mich vom Leder zu befreien, lenkten mich für einige Sekunden ab. Es blitzte, und ich hörte einen dumpfen Knall, wie vom Korken einer besonders großen Champagnerflasche. Als ich wieder aufsah, waren Pritkin und Mac nicht mehr da.

Ich konnte in alle Richtungen ziemlich weit sehen, aber nichts – kein Kleidungsfetzen, nicht ein einziger Fußabdruck – wies darauf hin, dass sie hier gewesen waren. Ich tastete mit meinen besonderen Sinnen umher, entdeckte jedoch keine ungewöhnlichen Vibrationen. Das war fast so seltsam wie das Verschwinden von Pritkin und Mac: Ein bedeutendes magisches Objekt hatte gerade seine Wirkung entfaltet, und doch blieben im Umkreis von Meilen metaphysische Kräuselungen aus. Ich nahm nur das leise Summen von MAGIES Schutzzaubern im Nordwesten wahr.

Ich verstand es nicht. Wenn die Rune Pritkin und Mac umgebracht hatte – selbst wenn die Leichen verdampft wären –, hätte ich ihre Geister sehen müssen. Aber ich hielt vergeblich danach Ausschau. Eine Zeitlang ging ich dort umher, wo die beiden Magier verschwunden waren, und als ich nichts fand, besann ich mich auf meine eigene Situation. Sie war nicht besonders gut.

Viele Meilen trennten mich von Las Vegas, und ich hatte weder Proviant noch Wasser oder ein Transportmittel. Schlimmer noch, die einzige nahe Quelle der genannten Dinge war MAGIE, das Zuhause mindestens der Hälfte der Leute, die es derzeit auf mich abgesehen hatten. Selbst wenn ich in der Lage gewesen wäre, auf Billys Hilfe zurückzugreifen, der Versuch, dort einzubrechen, war mit einem enormen Risiko verbunden. Und Billy glänzte ebenfalls durch Abwesenheit. Besorgt dachte ich an die Möglichkeit, dass die Rune vielleicht auch Geister zerstören konnte, was der Grund sein mochte, warum ich nichts von Pritkin und Mac sah. Die Vorstellung ließ mich zittern, und rasch schob ich den Gedanken daran beiseite. Billy war ein echter Nerver, aber wir hatten gemeinsam ziemlich viel durchgestanden. Es bereitete mir Unbehagen, daran zu denken, wirklich allein zu sein, ohne einen einzigen Verbündeten – nicht einmal einen toten.

Die einzige gute Sache bestand darin, dass ich genug Munition dabei hatte, um einen kleinen Krieg zu führen. Leider hätte ich mit den Patronen nach meinen Gegnern werfen müssen, da ich keine Waffe besaß. Pritkin hatte mir keine angeboten, und die eigene Smith & Wesson steckte in meiner Handtasche, die Mac in seinem Rucksack verstaut hatte. In einem Rucksack, den er in der Hand gehalten hatte, als es geschehen war – was auch immer *es* sein mochte.

Ich beobachtete einen überaus eindrucksvollen Sonnenuntergang in der Wüste, und Panik stieg in mir hoch, als ich etwas Kleines und Dunkles am Himmel sah. Zuerst war es nur ein Fleck, erhellt von den Strahlen der untergehenden Sonne, aber das Etwas wurde schnell größer. Mir blieb gerade noch Zeit genug für den Gedanken, dass Mac recht hatte, dass es mich wirklich an Oz erinnerte. Dann wurde das Ding so groß, dass es verdeckte, was von der Sonne übrig war. Ich warf mich zu Boden und versuchte, mich im Innern des dicken Mantels zu verkriechen, während meine Phantasie ein Bild für mich malte. Es zeigte mich unter Dorothys Farmhaus, unter dem nur meine toten Beine hervorragten. Was für ein Pech, dass ich meine Dante's-Schuhe verloren hatte; sie wären perfekt gewesen.

Meine innere Stimme begann zu stottern, als etwas Großes dicht neben mir mit ziemlicher Wucht auf den Boden prallte. Kleine Steine und Schmutz regneten auf mich herab, und mein Gehirn verlor die Übersicht. Ein Teil von mir beharrte hysterisch darauf, dass es nicht fair wäre, erdrückt zu werden – ich war nur eine etwas zickige Seherin, keine böse Hexe –, als plötzlich wieder Ruhe einkehrte.

Ich spähte aus dem Innern des Mantels, aber es waren weder Zwerge noch Straßen aus gelben Ziegeln in Sicht. Dafür stand ein Haus in der Nähe. Meine verstaubten Augen brauchten einige Sekunden, um zu erkennen, dass das, was so völlig unpassend im Wüstensand stand, nicht etwa ein Farmhaus aus Kansas war, sondern ein Tätowierungsstudio mit fröhlich blinkender Leuchtreklame.

Ich lag noch immer zitternd auf dem Boden, als sich die Tür öffnete und Pritkin und Mac herausgelaufen kamen. Sie sahen recht abschreckend aus, und dann fiel Macs Blick auf mich. Er juchzte auf, zog mich hoch und tanzten mit mir im Kreis, trotz des mit Blei gefüllten Mantels. »Cassie! Ist alles in Ordnung mit Ihnen? Sie haben uns so …«

»Wohin zum Teufel seid ihr *verschwunden*?« Ich schluchzte und war sowohl erleichtert als auch fuchsteufelswild. Meine Faust traf Mac an der Brust, und ich bezweifelte, dass der Schlag sehr wuchtig gewesen war, aber sein Adler kreischte und pickte wütend nach meiner Hand. Ich schrie auf, wich zurück, stolperte und landete erneut auf dem Boden. Gerade hatte mich ein Vogel angegriffen, der nur tätowiert war und keine reale Existenz hatte. Trotz des Crashkurses am Nachmittag in Hinsicht auf hochentwickelte Schutzzauber schien mir das kaum möglich zu sein, doch der Schnabel hatte deutliche Spuren an meiner Hand hinterlassen.

Dann erwachte Sheba, und daraufhin kam es richtig dicke.

Ich spürte, wie sich das unerbetene Pelzbündel an meinem Kreuz streckte, und als Mac sich über mich beugte, glitt Sheba über meinen Oberkörper und den Arm hinab. Überrascht blickte ich auf die rote Linie, die plötzlich an Macs Unterarm erschien. Trotz der geringen Größe ihrer Pfote war die Fleischwunde fast acht Zentimeter lang und so tief, dass sie genäht werden musste. Was noch schlimmer war: Ich wusste nicht, wie man Sheba zurückrief.

Pritkin riss mich von seinem Freund fort und ließ schnell wieder los, bevor Sheba ihre Krallen in ihn bohren konnte. Zornig presste er die Lippen zusammen. »Hört auf mit dem Quatsch, und das gilt für euch beide! Bevor eure Schutzzauber richtig loslegen und ihr euch gegenseitig zerfetzt!«

Ich sah auf meine Hand hinab, die jetzt einen schmerzhaften, fünf Zentimeter langen Riss aufwies, schnappte nach Luft und brachte hervor: »Bevor sie richtig loslegen?« Wie viel schlimmer konnte es denn werden? Wer wusste, was ich sonst noch gesagt hätte, aber ich bemerkte Billy über Pritkins Schulter und vergaß vorübergehend alles andere. Ich richtete einen zitternden Finger auf ihn. »Wo warst du? Es ist fast dunkel, und MAGIE befindet sich dort drüben!«

»Beruhig dich, Cass, es ist alles in Ordnung. Du solltest dein neues Tierchen zur Räson bringen, bevor es ernsten Schaden anrichtet.«

»Mein Schutzzauber hat sich überhaupt nicht gerührt.« Ich starrte Mac an, der damit beschäftigt war, seine Wunde zu heilen. Der Glückliche – ich würde meine für eine Weile behalten. Zwar war es Mac, der blutete, doch den finsteren Blick bekam ich von Pritkin. Das fand ich so was von ungerecht, dass mir der Atem wegblieb. Immerhin war ein großer Teil dieser Sache seine Schuld.

»Das bedeutet nicht viel«, sagte Mac. »Er ist höher entwickelt als diese anderen und spürt auch Absicht, aber ich wollte Ihnen nicht schaden.« Er hatte den Blutfluss gestoppt, doch ein roter Striemen blieb auf der Haut und schuf eine Lücke zwischen den tätowierten Blättern. »Es tut mir leid, Cassie – ich hätte Sie nicht anfassen sollen. Aber als Sie verschwanden ... Wir wussten nicht, was wir davon halten sollten.«

Sie hatten also ihrerseits mich für tot gehalten. Macs Hinweis darauf, dass er besorgt gewesen war, beruhigte mich ein wenig, und hinzu kam die Erkenntnis, einem übermächtigen Feind nicht mehr ganz allein gegenüberzustehen. »Ich bin die ganze Zeit hier gewesen«, sagte ich mit zittriger Stimme. »*Ihr* seid verschwunden. Wohin?«

»Sie haben bemerkt, dass wir nicht mehr da waren?«, fragte Pritkin und runzelte die Stirn. Er sah Mac an. »Dann liegen wir falsch.«

»Nicht unbedingt.« Mac musterte mich aufmerksam. »Vielleicht wirken sich Zeitverschiebungen bei ihr nicht so aus wie bei allen anderen. Das könnte der Grund dafür sein, warum sie nicht an der Reise teilnahm, obwohl sie so nahe bei dir stand wie ich.«

»Sie sind durch die Zeit gereist?« Waren jetzt alle dazu imstande?

Mac deutete auf die Rune in Pritkins Hand. »Wir halten das verdammte Ding für einen Machs-noch-einmal.«

»Für einen was?«

»Es bringt den, der davon Gebrauch macht, etwa zwanzig Minuten in der Zeit zurück. Wenn's brenzlig wird, setzt man die Rune ein und bekommt dadurch Gelegenheit, einen Fehler zu korrigieren.«

Ich bedachte Pritkin mit einem alles andere als freundlichen Blick. »Das hätte sehr nützlich für uns sein können.«

»Das wird es auch«, kommentierte er und steckte die Rune ein.

Ich hätte ihn daran erinnern können, dass die Rune mir gehörte, aber er hätte vermutlich erwidert, dass sie Diebesgut war. Ich sah zu Billy und deutete ein Nicken in Richtung des Magiers an. Er schwebte hinüber, während ich versuchte, Pritkin abzulenken, indem ich sagte: »Jetzt können wir einen Monat nichts mehr damit anfangen.«

»Wir konnten nicht riskieren, sie zu verwenden, ohne vorher über ihre Funktion Bescheid zu wissen«, beharrte Pritkin und zog die Brauen zusammen, wodurch sein Gesicht den für ihn typischen finsteren Ausdruck gewann. »Wenn sie so lange nicht aktiv gewesen ist, wie wir glauben, könnte bald ein weiterer Einsatz möglich sein.«

»Aber dafür gibt es keine Garantie«, erwiderte ich verärgert. »Selbst wenn man wiederaufladbare Batterien eingesteckt lässt, nehmen sie nicht mehr Strom auf als vorgesehen. Vielleicht verhält es sich bei der Rune ähnlich.«

»Erlauben Sie mir zu glauben, dass ich von magischen Artefakten mehr verstehe als Sie«, sagte Pritkin von oben herab, während Billy unbemerkt die substanzlos aussehende Hand in seine Tasche schob. Einige Sekunden später schwebte meine Rune wie durch Levitation heraus. Sie kam zu mir, und ich ließ sie heimlich unter meinem Mantel verschwinden.

»Ich bin ziemlich sicher, dass die Rune funktionieren wird«, fügte der Magier hinzu. »Wenn Sie jetzt mit Ihrer Hysterie fertig sind, können wir gehen.«

Ich gab keine Antwort, nahm den Rucksack von Mac entgegen und holte meine Waffe daraus hervor. Sie war geladen, aber ich überprüfte sie trotzdem. Pritkin presste erneut die Lippen zusammen, als er mich beobachtete; das schien bei ihm zu einer neuen Angewohnheit zu werden. Ganz offensichtlich gefiel es ihm nicht, dass ich eine Waffe trug – vielleicht fürchtete er, dass ich ihn hinterrücks erschießen würde –, aber er verzichtete auf einen Kommentar.

Er stapfte durch die Wüste, und ich folgte ihm. Mac und Billy Joe bildeten den Abschluss, nachdem sich der Magier sein mobiles Geschäft ans Bein geheftet hatte. Eine halbe Stunde sagte niemand ein Wort, bis vor und unter uns die Umrisse von MAGIE erschienen.

Der Gebäudekomplex war so beschaffen, dass er nach einer Ranch aussah, nur für den Fall, dass mit ein wenig Talent ausgestattete Normale vorbeikamen und durch die Tarnzauber am Rand des Anwesens sahen. Allerdings befand er sich mitten in einem Canyon, umgeben von hohen Felswänden und weit von Touristenzentren entfernt; deshalb war es sehr unwahrscheinlich, dass sich jemand hierher verirrte. Ganz zu schweigen von den vielen metaphysischen BETRETEN-VERBOTEN-Schildern, die etwa eine Meile weit draußen begannen und bewirkten, dass sich Normalos sehr unwohl fühlten.

Das Sternenlicht verwandelte die Landschaft in etwas, das Ähnlichkeit mit der Mondoberfläche hatte: überall geheimnisvolle dunkle Krater und endloser silberner Sand. Bei MAGIE blieb alles dunkel und still. Es brannte kein Licht, und nichts regte sich zwischen den Gebäuden. Was auch immer in dieser Nacht geschah, der Schauplatz dafür schien unterirdisch zu sein.

Ich ließ mich an einer relativ steinfreien Stelle in den Sand sinken, während Mac und Pritkin darüber sprachen, wie wir vorgehen sollten. Der Marsch war verdammt unangenehm gewesen. In der sich verdichtenden Dunkelheit war ich immer wieder gestolpert, bei jedem vierten Schritt gegen einen Stein gestoßen und zweimal der Länge nach zu Boden gefallen. Der lange Mantel verhedderte sich immer wieder an den Beinen, und ich hatte darin das Gefühl, jemanden auf dem Rücken zu tragen. In letzter Zeit war ich für Besuche im Fitnesscenter zu beschäftigt gewesen, und das machte sich bemerkbar. Um mein Leben zu laufen verschaffte mir offenbar nicht genug Bewegung.

»Ist er da drin?«, fragte Billy und schwebte einen halben Meter über dem Sand.

Ich zog den Mantel um mich zusammen und war plötzlich dankbar für seine Dicke – nachts konnte es in der Wüste ziemlich kalt werden. »Keine Ahnung.«

»Soll ich nachsehen?«

»Nein.« Wenn Mircea da war, wollte ich nicht, dass er etwas erfuhr. Mit ein wenig Glück würden wir das Feenland erreichen, bevor er dahinter kam, dass ich verrückt genug gewesen war, hierher zu kommen.

»Ist Ihr Geist hier?«, fragte Pritkin. Seine Vorsicht überraschte mich – vielleicht bereitete die Vorstellung, in MAGIE einzudringen, selbst ihm Unbehagen. Er forderte Mac auf, Billy seine Wächterfreunde zu beschreiben, und der Geist machte sich auf den Weg, um zu überprüfen, ob es im Dienstplan zu irgendwelchen Veränderungen gekommen war. Er flog über den Sand und verschwand kurze Zeit später in der Nacht. Wir warteten.

Beim Lesen von Märchen als Kind hatte ich mir oft gewünscht, selbst Abenteuer zu erleben. Ich wollte keine gefühlsduselige Prinzessin sein, die in irgendeinem Turm schmachtete und auf Rettung wartete. Nein, ich hatte ein Ritter sein wollen, der gegen eine Übermacht in den Kampf zog, oder der mutige Junge, den ein großer Zauberer als Lehrling bei sich aufnahm. Als ich älter wurde, musste ich die Erfahrung machen, dass Abenteuer nur selten so waren wie in Büchern beschrieben. Die meiste Zeit machte man sich vor Angst fast in die Hose, und ansonsten langweilte man sich und hatte Blasen an den Füßen. Ich begann allmählich zu glauben, dass ich nicht der abenteuerliche Typ war.

Nach einer halben Stunde kehrte Billy mit Neuigkeiten zurück. Die Wächter entsprachen Macs Beschreibungen, und zum Glück für uns herrschte ziemlicher Aufruhr im Vampirbereich. »Es ist wie beim Zirkus, Cass – alle sind da. Der Rest ist praktisch leer!«

»Nun?«, fragte Pritkin ungeduldig. »Was sagt er?«

»Es ist alles in Ordnung – die richtigen Leute halten Wache.« Ich stellte fest, dass Billy aus irgendeinem Grund sehr zufrieden aussah. Vielleicht war er erleichtert darüber, dass sich für uns weniger Probleme ergaben als befürchtet, aber ich bezweifelte es. Ich kannte sein Gesicht fast so gut wie mein eigenes, und er schien regelrecht verzückt zu sein. »Na schön, heraus damit.«

Billy grinste und ließ seinen Hut am Zeigefinger kreisen. Derzeit schien der Finger weniger Substanz zu haben als der Hut, und deshalb sah es so aus, als tanzte seine Kopfbedeckung von ganz allein. »Es ist einfach perfekt«, krähte er, und sein Grinsen reichte vom einen Ohr zum anderen. »Ein besseres Omen könnte man sich gar nicht wünschen!«

»Wovon redest du?«

»Stimmt was nicht?«, fragte Pritkin. Billy und ich achteten nicht auf ihn.

»Dein Geburtstag beginnt erst in einigen Stunden, Cassie, aber du bekommst ein frühes Geschenk.«

»Billy! Komm endlich zur Sache.«

Er lachte fast gackernd. »Es geht um den Mistkerl Tomas. Man hat ihn gestern Morgen geschnappt. Ich glaube, man überlegt noch, wie man ihn auf eine möglichst schmerzvolle Weise hinrichten kann. Deshalb sind alle im Vampirbereich – sie wollen die große Show sehen.« Billy warf jubilierend den Hut hoch. »Ich würd's mir selbst gern ansehen, wenn wir genug Zeit hätten.«

Ich fiel nur deshalb nicht, weil ich bereits saß. Tomas sollte hingerichtet werde, und vielleicht folterte man ihn bereits? Ich starrte Billy an, während mein Gehirn versuchte, das Gehörte zu verarbeiten, und was auch immer sich in meinem Gesicht zeigte – es gefiel ihm nicht. Sein Grinsen verschwand nach und nach, und er schüttelte den Kopf.

»Nein. Kommt nicht infrage! Er hat es verdient, Cass, das weißt du. Er hat dich verraten. Meine Güte, er hätte fast deinen Tod verursacht! Dieses eine Mal nimmt uns das Schicksal ein Problem ab, gratis. Lass uns lächeln, danke sagen und uns heraushalten!«

Mein Gesicht fühlte sich wie betäubt an, und ich fragte mich, ob es an der Kälte der Nacht lag oder am Entsetzen, das ich empfand. Vermutlich war Letzteres der Fall. »Ich kann nicht.«

»Doch, du kannst.« Billy war plötzlich so erregt, dass er wie eine Kerzenflamme flackerte. »Es ist ganz leicht. Wir betreten MAGIES hübsch leere Korridore, gehen zum Portal und wechseln auf die andere Seite. Das ist alles. Keine große Sache.«

»Von wegen.« Ich stand auf und schwankte, was Pritkin zum Anlass nahm, mich am Arm festzuhalten. Wie üblich ging er dabei nicht sonderlich sanft zu Werke, aber diesmal war ich ihm dankbar dafür. Selbst mit seinem eisernen Griff fiel es mir schwer, das Gleichgewicht zu wahren. »Es ist eine verdammt große Sache.«

»Wovon reden Sie da? Was ist los?«

Ich hörte nicht etwa Pritkin, sondern Tomas, sein schmerzerfülltes Stöhnen. Ich stellte mir vor, wie er gefesselt dalag und auf Jack, den Henker, wartete.

Wenn ich die Augen schloss, sah ich eine andere Szene: Tomas in der Küche unseres Apartments in Atlanta, wie er mit gerunzelter Stirn am Herd stand. Er hatte ihm nicht die Brownies gebacken, die er zum Frühstück wollte, was daran liegen mochte, dass er das Ding nicht eingeschaltet hatte. Ich erinnerte mich daran, dass er eine meiner Schürzen getragen hatte, die mit der Aufschrift LÄSST SICH NICHT GUT MIT ANDEREN KOCHEN, über der Pyjamahose mit dem Smiley, die ich ihm gekauft hatte, damit er nicht ohne alles schlief. Wir hatten getrennte Schlafzimmer, aber der Gedanke, dass Tomas nur mit der Haut bekleidet in seinem lag, brachte mich nachts um den Schlaf. Ich hatte ihm erklärt, wie der Herd funktionierte, und anschließend verspeisten wir alle Brownies auf dem Blech, was meinen Blutzucker für den Rest des Tages in astronomische Höhen trieb.

Bei jener Gelegenheit hatte ich zum ersten Mal gehofft, dass er zu einer ständigen Einrichtung in meinem Leben wurde. Für sechs der glücklichsten Monate, an die ich mich entsinnen konnte, war er bereits mein bester Freund gewesen. Aller Widrigkeiten zum Trotz hatte ich damit begonnen, mir eine einigermaßen normale Existenz aufzubauen. Ich mochte mein helles Apartment, den herrlich überschaubaren Job im Reisebüro und meinen überaus attraktiven Mitbewohner. Tomas war wie ein wahr gewordener Traum gewesen: gutaussehend, zuvorkommend, stark und doch so verwundbar, dass er in mir den Wunsch weckte, mich um ihn zu kümmern.

Ich hätte an die alte Redensart über Sachen denken sollen, die zu schön waren, um wahr zu sein, aber ich hatte mich ganz darauf konzentriert, das vom Schicksal erhaltene Geschenk zu genießen. Schließlich stellte sich dieses Geschenk mehr als ein Fluch heraus, und das normale Leben als Illusion. All die rosaroten Träume waren um meinen Kopf herum in sich zusammengestürzt und hatten Wunden geschaffen, die noch nicht geheilt waren – es hatte sich noch nicht einmal Schorf auf ihnen gebildet. Plötzlich wurde mir klar, dass der Brownie-Zwischenfall erst einige Wochen zurücklag. Das schien unmöglich zu sein; es waren gefühlte zehn Jahre.

Pritkin schüttelte mich, aber ich merkte es kaum. Als ich die Augen öffnete, sah ich Jacks bleiches Gesicht und seinen irren Blick. Der Lieblingsfolterer der Konsulin liebte seine Arbeit, und er machte sie sehr, sehr gut. Vermutlich hatte er viel von Augusta gelernt. Bei einer denkwürdigen Gelegenheit hatte ich ihn in Aktion gesehen, und deshalb war mir klar: Ich konnte Tomas auf keinen Fall seinen Händen überlassen. Ganz gleich, was er getan hatte, ganz gleich, wie wütend ich auf ihn war – so etwas verdiente niemand.

Alle deutete darauf ihn, dass ich doch der tapfere Ritter auf dem weißen Ross sein würde, doch nicht einmal in meinen wildesten Träumen hätte ich gedacht, gegen eine solche Übermacht antreten zu müssen. Es gab so etwas wie eine heldenhafte Herausforderung, und dann gab es Selbstmord, und ich zweifelte nicht daran, in welche Kategorie das hier fiel. Wenn Tomas' Hinrichtung eine öffentliche Show sein sollte, war bestimmt der größte Teil von MAGIE zugegen: Vampire, Magier, Wer-Geschöpfe, vielleicht sogar einige Elfen. Und wir mussten nicht nur an ihnen vorbei und Tomas der Konsulin unter der Nase wegschnappen; anschließend mussten wir uns auch noch den Weg zum Portal freikämpfen. Es war schlimmer als ein Albtraum; es war verrückt.

»Wir haben ein Problem«, sagte ich zu Pritkin und unterdrückte den absurden Drang, diesen Worten ein Kichern folgen zu lassen.

Er kniff die Augen zu schmalen Schlitzen zusammen. »Welches Problem?« Er presste die Frage zwischen zusammengebissenen Zähnen hervor, was zeigte: Er schien zu wissen, dass ihm die Antwort nicht gefallen würde. Gut; dadurch sparten wir Zeit.

»Billy sagt, die Korridore sind praktisch leer, weil sich alle im Vampirbereich befinden. Jemand soll hingerichtet werden, und das hat viele Zuschauer angelockt.«

»Wer soll hingerichtet werden?« Pritkins eisgrüne Augen starrten in meine, und ich lächelte schief, erinnerte mich dabei an die letzte Begegnung zwischen ihm und Tomas. Zu sagen, dass sie gute Kumpel waren, lag meilenweit neben der Wahrheit. Normalerweise versuchte man nicht, einen Freund zu enthaupten.

»Äh, nun …« Ich seufzte. »Es geht dabei um Tomas.«

Ich zuckte leicht zusammen – ich konnte nicht anders –, aber Pritkin reagierte kaum, abgesehen von einem Hauch Erleichterung in seinem Gesicht. »Gut. Dann ist es einfacher als erwartet.« Er bemerkte meinen Gesichtsausdruck und runzelte die Stirn. »Warum sollte diese Sache ein Problem sein?«

Ich schluckte. Mir wäre etwas mehr Zeit lieber gewesen, um mich langsam an die Sache heranzutasten, etwa ein oder zwei Jahre, aber das konnten wir uns nicht leisten. Jede verstreichende Sekunde bedeutete Gefahr für Tomas. Jack spielte gern mit seinen Opfern, bevor er sie erledigte, und mit einer kurzen Show wäre niemand zufrieden gewesen. Aber es war schon seit einer Stunde dunkel, Zeit genug für Jack, großen Schaden anzurichten.

Ich sah Pritkin an und rang mir ein Lächeln ab. Es schien kaum zu helfen, und ich gab es auf. »Weil wir, äh, Tomas retten müssen.«

Neun

Pritkin musterte mich und schien sich zu fragen, ob ich wirklich verrückt war und oder nur vorübergehend unzurechnungsfähig. »Erinnern Sie sich daran, was dieser Ort enthält?«, fragte er mit einem fassungslosen Unterton und deutete auf die dunklen Umrisse der MAGIE-Gebäude. »Selbst wenn wir auf die Hilfe aller Kriegsmagier zurückgreifen könnten, es wäre nicht genug.«

Billy nickte voller Nachdruck hinter Pritkins Kopf. »Hör auf ihn, Cass. Er hat recht.«

Ich versuchte nicht einmal, Billy dazu zu überreden, etwas für Tomas zu tun. Er hatte ihn nie gemocht, nicht einmal vor dem Verrat, den er aufgrund unserer Vereinbarung für einen persönlichen Affront hielt. Ich sah zu Mac, konnte dort aber nicht viel Ermutigung erkennen. Er schien einigermaßen sympathisch zu sein, war aber auch Pritkins Freund, ganz zu schweigen davon, dass sich Magier und Vampire nicht ausstehen konnten. Sie tolerierten sich gegenseitig, waren aber nicht bereit, den Hals füreinander zu riskieren.

»Er hat versucht, Sie umzubringen!« Pritkin wollte offenbar versuchen, mich zu überzeugen.

»Genau genommen hat er versucht, Sie umzubringen. Er glaubte, mir zu helfen. Manchmal ist er nicht besonders helle.«

Pritkin bewegte sich, doch plötzlich stand Mac da, mit der Hand auf der Brust seines Freunds. »Es hilft kaum, wenn du sie dir über die Schulter wirfst, John«, sagte er ruhig. »Ich weiß nicht, was ihr dieser Vampir bedeutet, aber ich schätze, wenn wir ihn sterben lassen, können wir uns die Hilfe der Pythia abschminken.«

»Sie ist noch keine Pythia«, erwiderte Pritkin. Er hatte die Zähne so sehr zusammengebissen, dass ich nicht wusste, wie er die Worte hervorbrachte. »Sie ist ein dummes Kind, das …«

Ich begann damit, den Hang hinabzugehen, und fragte mich dabei, ob ich wirklich verrückt geworden war. Nach wenigen Sekunden erschien Pritkin vor mir und versperrte mir den Weg. »Warum machen Sie das?«, fragte er und schien wirklich verwirrt zu sein. »Sagen Sie mir, dass Sie ihn nicht lieben, dass Sie nicht unser Leben in Gefahr bringen, weil sie den Verführungstricks eines Vampirs erlegen sind!«

Ich zögerte. Ich wusste nicht, wie ich das Durcheinander aus Emotionen nennen sollte, das Tomas in mir schuf, aber »Liebe« war sicher nicht die richtige Bezeichnung dafür. »Er war mein Freund«, sagte ich und versuchte, es so zu erklären, damit Pritkin verstand – was gewisse Schwierigkeiten mit sich brachte, weil ich nicht genau wusste, ob *ich* es verstand. »Er hat mich verraten, aber auf seine verschrobene Art glaubte er, mir zu helfen. Er brachte mein Leben in Gefahr, doch er rettete es auch. Ich schätze, wir sind gewissermaßen quitt.«

»Dann schulden Sie ihm nichts.«

»Es geht nicht darum, ob ich ihm etwas schulde.« Darum ging es tatsächlich nicht. Ich wollte Tomas retten, aber mir wurde plötzlich klar, dass ich auch noch etwas anderes wollte. »Es geht darum, ein Zeichen zu setzen. Jemand, von dem man weiß, dass er einem wichtig ist, soll gefoltert und getötet werden. Aber niemand – weder die Magier noch der Senat oder irgendjemand in der übernatürlichen Welt – hat auch nur daran gedacht, mich um Erlaubnis zu fragen!«

»Um Ihre Erlaubnis?«, wiederholte Pritkin verblüfft. »Und weshalb sollte die nötig sein?«

Ich sah ihn an und schüttelte den Kopf. Zum Teufel auch. Wenn ich mit all den Nachteilen des Amtes fertig werden musste, sollte ich mir auch einige der Vorteile leisten können. »Weil ich die Pythia bin«, sagte ich und sprang durch die Zeit.

Ich hatte angenommen, dass die Sache im Saal des Senats stattfand, und wie sich herausstellte, lag ich mit dieser Annahme richtig. Die große widerhallende Leere war nicht mehr leer. Die riesige Mahagoniplatte, die als Senatstisch fungierte, war noch immer da, diente jetzt aber einem anderen Zweck. Die normalerweise auf der einen Seite stehenden Stühle hatte man zu einem Halbkreis vor dem Tisch angeordnet. Dahinter bildeten Bänke lange Sitzreihen für Wer-Geschöpfe, Magier und Vampire. Nur Elfen fehlten, es sei denn, sie sahen den Magiern so ähnlich, dass ich sie nicht auseinanderhalten konnte. Nach meinen Erfahrungen im Dante's bezweifelte ich das.

Ich war genau an der gewünschten Stelle erschienen, neben Tomas. An irgendwelchen Raffiniertheiten war ich nicht interessiert, und vermutlich hätten die Umstände so etwas ohnehin nicht zugelassen – ich musste Tomas berühren, um ihn beim Sprung mitzunehmen. Jack war bei meinem plötzlichen Erscheinen einige Schritte zurückgewichen, aber zu meiner großen Überraschung machte er keine Anstalten, mich zu ergreifen.

Mein Blick glitt wie von allein über die Sitzreihen und suchte nach einem bestimmten Gesicht. Ich fand ihn sofort: Er saß am Ende der vordersten Reihe, an der Stelle, die mir am nächsten war. Mircea trug einen eleganten, perfekt geschnittenen schwarzen Anzug und darunter ein graues Hemd aus Seide. Manschettenknöpfe aus Platin glänzten matt im Lampenschein und stellten seinen einzigen Schmuck dar. Er wirkte so fesch und selbstsicher wie üblich, doch seine Aura flackerte heftig. Sie leuchtete auf, als er mich sah, doch er blieb sitzen.

Hinter ihm waren viele der Zuschauer aufgesprungen und hatten dadurch einige Sitzbänke umgestoßen. Die Konsulin stand, ihre eine Hand erhoben – vermutlich wollte sie die anderen auf diese Weise zurückhalten. Jeder Gruppenbereich in MAGIE war hochheilig, vergleichbar mit einer Botschaft, die sich zwar auf fremdem Staatsgebiet befand, aber der Regierung gehörte, die sie vertrat. Die Wer-Geschöpfe und Magier mussten sich im Vampirbereich ordentlich benehmen; andernfalls verstießen sie gegen die Vereinbarungen, die sie schützten, und dann begann die Jagdsaison.

Ich fühlte, wie Sheba erwachte und sich auf meinem linken Schulterblatt eine Pfote leckte. Sie war bereit, es rundgehen zu lassen – schade nur, dass ich allein sie hatte und nicht noch tausend andere ihrer Art.

»Du bist zu uns zurückgekehrt, Cassandra.« Die Konsulin schien wie immer die Gelassenheit selbst zu sein. Die einzigen Bewegungen stammten von ihrem Outfit, das aus nackter Haut und vielen sich hin- und herwindenden Schlangen bestand. Diesmal waren es kleine, nicht länger als ein Finger, und sie schienen eine zweite, schimmernde Haut auf ihrem Leib zu bilden. »Wir haben uns Sorgen um dich gemacht.«

Etwas strich über mich hinweg und bescherte mir ein sonderbares Prickeln auf der Haut. Es tat nicht weh, aber ich wusste nicht, was es war, und das beunruhigte mich angesichts der besonderen Situation. Ich beschloss, keine Zeit zu verlieren.

»Bestimmt. Nun, leider kann ich nicht bleiben und ein wenig mit Ihnen plaudern. Vielleicht beim nächsten Mal.« Ich ergriff Tomas an der Schulter und versuchte zu springen, aber nichts geschah. Ich fühlte nicht die geringste Aktivität von meiner Macht, obwohl sie eben noch hell und stark gewesen war.

»Du kannst nicht durch die Zeit springen, Cassandra«, sagte die Konsulin in dem für sie typischen ruhigen Ton. Sie hatte eine gute Stimme, weich und ein wenig rauchig. Ein Mann hätte sie vermutlich für sexy gehalten; bei mir führte sie zu einer anderen Reaktion.

Tomas bewegte sich, und ich sah auf ihn hinab. »Es ist eine Falle«, krächzte er schwach. »Sie haben gesagt, du würdest versuchen, mir zu helfen. Ich habe es nicht geglaubt, weil ich keinen Grund dafür erkennen konnte. Warum bist du zurückgekehrt?« Die mühevollen Worte schienen ihn viel Kraft zu kosten, denn er verlor das Bewusstsein. Ich starrte die Konsulin an, die meinen Blick ruhig erwiderte, ohne den geringsten Hinweis von Reue in ihrem schönen Gesicht.

Tomas lebte, aber seine Wunden waren schlimm – sehr schlimm. Wie ein bizarres Kunstwerk lag er auf dem dunklen Holz, wie etwas, das Picasso gemalt hätte, wenn er bestrebt gewesen wäre, einen Albtraum auf die Malerleinwand zu bringen. Dies mochte eine Falle sein, aber eins stand fest: Wenn ich nicht gekommen wäre, hätte der Senat zugelassen, dass Jack Tomas tötete. Wahrscheinlich war das ohnehin seine Absicht, jetzt, nachdem er seinen Zweck erfüllt hatte.

Ich kniff die Augen zusammen und sah die Konsulin wortlos an. Ich hatte beobachtet, wie sie zwei alte Vampire mit kaum mehr als ihrem Blick getötet hatte, als sie weiter von ihr entfernt gewesen waren als ich in diesem Moment. Aber ich fühlte nicht das Brennen von Wüstensand auf meinem Gesicht, nicht den geringsten Hinweis auf Kraft. Plötzlich wurde mir klar, dass ich in einem Saal voller magischer Geschöpfe überhaupt keine Magie fühlte.

»Sie haben eine Nullbombe eingesetzt, nicht wahr?«

Die Konsulin lächelte. Es wirkte nicht besonders freundlich. »Du hast einige übersehen.«

Wenn man alles berücksichtigte, sah ich kaum einen Grund, mich dafür zu entschuldigen, jene Dinge mitgenommen zu haben. »Schade. Ich werde versuchen, beim nächsten Mal gründlicher zu sein.«

»Wir haben keine Zeit für ein Rededuell«, mischte sich ein alter Magier ein und warf mir einen finsteren Blick zu. »Die Wirkung hält nicht lange an, und Sie wissen, dass wir es uns nicht leisten können, noch eine Nullbombe ...«

Ein anderes Senatsmitglied, eine Brünette in einem Reifrock, unterbrach ihn, indem sie ihn an der Kehle packte und hochhob. Sie sah fragend zur Konsulin, doch das Senatsoberhaupt schüttelte den Kopf. Der Schaden war bereits angerichtet. Ich musste nur genug Zeit gewinnen, bis die Wirkung des Nullbomben-Zaubers nachließ. Dann konnte ich Tomas und mich selbst mit meiner Macht fortbringen. Leider wusste ich nicht, wie viel Zeit das war.

»Es geht mir nur um Tomas«, sagte ich zur Konsulin. »Sie wollten ihn töten, und daraus schließe ich, dass Sie ihn nicht vermissen werden.«

Mein Versuch, einen Dialog zu beginnen, schlug fehl. »Ich wünschte, das wäre nicht notwendig, Cassandra«, erwiderte die Konsulin. Sie sah zu den Vampiren in ihrer Nähe – sie gehörten zu den mächtigsten auf der ganzen Welt. »Packt sie«, sagte sie schlicht.

Ich versuchte nicht wegzulaufen. Das hatte keinen Sinn. Unter anderen Umständen wäre es fast lustig gewesen. Was erwartete die Konsulin von mir, wenn sie ein halbes Dutzend Meister der ersten Stufe beauftragte, mich zu ergreifen? Ich hatte meine Macht verloren, und mein Schutzzauber bockte –

selbst der jüngste Vampir im Saal wäre problemlos in der Lage gewesen, mich in eine Mahlzeit zu verwandeln.

Dann begriff ich, dass die Sorge der Konsulin nicht mir galt.

»Nimm ihn weg!« Mircea kam näher und blieb kurz vor dem Tisch stehen. Sein Gesicht war ausdruckslos, aber er hatte die Fäuste geballt. Kein gutes Zeichen bei jemandem, der normalerweise nie die Beherrschung verlor. Die anderen Vampire schienen das ähnlich zu sehen wie ich, denn ihre Blicke waren nicht etwa auf mich gerichtet, sondern auf ihn.

»Mircea.« Die Konsulin trat hinter ihn und legte ihm eine glatte, bronzefarbene Hand auf die Schulter. Es sah nach einer beruhigenden Geste aus, aber er schüttelte die Hand ab. Die Vampire schnappten nach Luft, und die Südstaatenschönheit riss erschrocken die Augen auf. Aus der Hand der Konsulin wurde ein Arm um Mirceas Kehle, doch er schien es gar nicht zu bemerken. »Du solltest ihm seinen Wunsch besser erfüllen«, sagte sie zu mir. Ich stellte fest, dass Mircea trotz ihres Griffs näher kam, wenn auch nur Zentimeter um Zentimeter. »Was hoffst du zu gewinnen, indem du erlaubst, dass dies weitergeht?«

»Dass was weitergeht?« Mein verwirrter Blick verließ die Konsulin und richtete sich auf Mircea, dessen bleiches Gesicht maskenhaft starr blieb. Doch in seinen Augen schien es zu lodern.

»Es hat lange genug gedauert«, sagte die Konsulin. »Befrei ihn davon, und wir sprechen freundschaftlich über alles. Andernfalls …«

»Andernfalls was?« Ich versuchte zu verstehen, was los war, doch eine Drohung erkannte ich sofort, wenn ich es mit einer zu tun bekam.

»Ich lasse ihn los«, sagte die Konsulin ruhig. »Dann werden wir sehen, ob du mit den Ergebnissen deiner Rache fertig werden kannst. Wir mussten es lange genug.« Es blitzte in den dunklen Augen, und ich verstand plötzlich, wie sie es geschafft hatte, schon als Teenagerin über ein großes Reich zu herrschen. »Ich brauche ihn, Cassandra! Wir sind im Krieg. Ich kann ihn nicht auf diese Weise sich selbst überlassen, nicht jetzt.«

»Cassie …« Mircea hatte es irgendwie fertiggebracht, den rechten Arm zu heben, obwohl ein Senatsmitglied fast so alt wie die Konsulin daran hing. Emotionale Ranken gingen von der Hand aus, wie Rauch von einem Feuer. Zuerst dachte ich, dass Kraft an einer undichten Stelle entwich, doch dann berührte mich eine der Ranken, und ich verstand. Es fühlte sich wie eine meiner alten Visionen an, die Art, die mir kurze Ausblicke in die Zukunft gewährte. Seit dem Streit mit der Pythia hatte ich keine mehr bekommen und mich gefragt, ob sie für immer fort waren. Etwas von mir hoffte das. Sie waren Teil meines Lebens gewesen, so weit ich mich zurückerinnern konnte, und nie hatten sie mir irgendetwas Gutes gezeigt. Das war keine Ausnahme.

Das Fragment einer Vision kräuselte sich um meinen Arm, obwohl ich versuchte, ihm auszuweichen. Es war so heiß, dass ich Brandblasen auf der Haut erwartete. Stattdessen bekam ich etwas noch Schlimmeres, ein Mosaik aus Bildern, jedes grausamer als das vorherige: ein blutverschmierter Mircea, der in einem rasend schnellen Schwertkampf um sein Leben kämpfte; eine triumphierende Myra, die aus den Schatten gelaufen kam und etwas nach ihm warf; eine Explosion, die ich mehr fühlte als hörte, die durch den Boden vibrierte und die Luft zerriss. Und dann, wo sich die beiden eleganten Kämpfer befunden hatten, eine Masse aus Fleisch und Knochen, die im matten Licht feucht und rot glänzte, so miteinander verschlungen, dass man nicht feststellen konnte, wo der eine Körper aufhörte und der andere begann.

Ich schrie und zuckte zurück, wodurch die Bilder wie Glas splitterten. Ich wankte nach hinten, so sehr darum bemüht, der schrecklichen Szene zu entkommen, dass ich mich nicht um Würde scherte. Verzweifelt sah ich mich um, aber die Blicke der meisten Vampire galten immer noch Mircea. Einige wenige musterten mich verwundert, aber niemand von ihnen machte den Eindruck, etwas Außergewöhnliches gesehen zu haben, geschweige denn den Tod eines der ranghöchsten Mitglieder des Senats. Für mich gab es nicht den geringsten Zweifel daran, was ich beobachtet hatte. Irgendwo und irgendwann war Myra erfolgreich gewesen.

Ich fühlte mich so, als hätte mir jemand einen Eimer voller Eiswürfel in den Bauch geschüttet. Meine Visionen bewahrheiteten sich immer. Ich hatte mehrmals versucht, es zu verhindern, insbesondere als ich jünger gewesen war. Oft hatte ich Tony von bevorstehenden Katastrophen berichtet und ihm geglaubt, als er mir versprach, dass er alles in seiner Macht Stehende tun würde, um sie zu verhindern. Aber natürlich hatte er nur nach Möglichkeiten gesucht, Profit daraus zu schlagen. Und letztendlich war immer alles genau so geschehen, wie ich es vorhergesehen hatte. Das galt auch für eine Vision, die ich als Erwachsene bekommen und nach der ich versucht hatte, einen Freund vor seiner drohenden Ermordung zu warnen. Selbst wenn er meine Nachricht bekommen hatte, am Ergebnis änderte sich dadurch nichts: Er war gestorben.

Doch das alles hatte sich ereignet, bevor ich zur Pythia geworden war, beziehungsweise ihrer Erbin. Seitdem hatte ich mich verändert, oder? Und wenn Myra tatsächlich erfolgreich gewesen war – warum stand Mircea dann hier vor mir?

Schließlich sah ich wieder die Konsulin an. Ich brauchte Antworten, und Mircea war nicht in der Verfassung, sie mir zu geben. »Was geht hier vor? Ist das irgendein Trick?« Noch während ich die Frage stellte, wurde mir klar, dass es sich nicht um einen Trick handelte. Ich hatte genug Visionen erlebt, um das Echte zu erkennen, wenn ich es sah.

Die Augen der Konsulin wurden zu schmalen Schlitzen. »Spielst du mit mir?«, fragte sie so leise, dass ich sie kaum hörte.

Ich sah auf Tomas hinab und holte zischend Luft. Wer auch immer hier spielte, ich war es bestimmt nicht. »Ich will Tomas«, sagte ich und hörte das Zittern in meiner Stimme. »Offenbar wollen Sie ebenfalls etwas. Sagen Sie mir, was es ist. Vielleicht können wir eine Vereinbarung treffen.«

»Du weißt es nicht.« Schließlich sah ich doch ein Gefühl in dem wunderschönen Gesicht: Überraschung.

Tomas stöhnte, und ich verlor die Geduld. »Sagen Sie mir endlich, was los ist!« Nach der Vision lagen meine Nerven blank, und ich hatte keine Lust, gemütlich zu plaudern, während Tomas langsam verblutete.

Die Konsulin atmete tief durch, obwohl sie eigentlich gar keine Luft brauchte, und nickte. »Na schön. Entferne den *Geis*, mit dem du Lord Mircea belegt hast, und ich gebe dir den Verräter.«

Ich sah sie groß an. »Was?« Irgendwann schien ich irgendetwas verpasst zu haben. »Hier gibt es nur einen *Geis*, und zwar den, den ich von ihm bekommen habe! Er ist die Hölle für mich.«

»Die Hölle?« Mircea lachte plötzlich, aber es klang alles andere als lustig. »Was weißt du von der Hölle?« Er riss sich von den lebenden Fesseln los und fiel zu Boden. Zwei Vampire sprangen ihm hinterher unter den Tisch, und ich weiß nicht, wie nahe sie ihm kamen. Nicht nahe genug, wie ich kurz darauf erfuhr. Plötzlich wurde ich gegen eine harte Brust gedrückt. »Lerne meinen *Geis* kennen«, flüsterte Mircea und küsste mich.

Seine Gefühle trafen mich wie ein wuchtiger Schlag in den Magen. Ich spürte die gleiche Energie, die immer dann zwischen uns gesummt hatte, wenn wir uns begegnet waren – sie brannte in Mircea und war stärker geworden. Dies ging weit über das vage Prickeln von Leidenschaft hinaus. Das Verlangen hatte auf der Lauer gelegen wie eine kleine Flamme, die darauf gewartet hatte, zu einem großen Feuer zu werden, wozu sie jetzt Gelegenheit bekam. Für mich fühlte es sich fast so an, wie in geschmolzener Lava zu ertrinken. Für einen Moment spürte ich die Glut in den Adern, eine Wonne scharf wie Schmerz, und dann riss mich heißes Begehren fort. Ich zappelte und fiel in Hitze, stürzte fort von Gedanken und erreichte einen Ort, wo nur noch Gefühl existierte. Feuer. Süßes Feuer.

Der Kuss war hart und brutal, als wollte mich Mircea auffressen. Er hatte nichts Sanftes, nichts Romantisches. Und er war genau das, was ich wollte. Meine Hände schlossen sich krampfhaft um Mirceas Schultern, und die Fingernägel bohrten sich ihm in die Jacke. Sein Mund war unerbittlich auf meinem, und eine harte Hand erschien an meinem Nacken, hielt mich fest. Ein spitzer Zahn stach mir in die Haut, und ich schmeckte mein eigenes Blut. Mircea gab einen erstickten Schrei von sich und wich zurück, die Augen wild, das Gesicht wundervoll ungezähmt.

Seine Zunge kam zum Vorschein und kostete mein Blut auf seinen Lippen. Dann schloss er die Augen und erbebte. Ich riss ihm den Kragen auf, und er neigte den Kopf zurück, weit nach hinten, damit nichts mich behinderte. Meine Hände zerrten an seinem Hemd, Knöpfe sprangen fort, und meine Zunge und Lippen strichen ihm über den Hals. Die Hände folgten den Konturen der Brust, wanderten über die Rippen und genossen es, dass ihre Berührung ihn schneller atmen ließ. Ich küsste mir den Weg über glatte Haut und feste Muskeln, bis hin zu einer Brustwarze, und als ich behutsam zubiss, gab Mircea ein Geräusch von sich, das fast ein Schrei war. Ich wusste, was er fühlte – die Energie sang zwischen uns, im Takt mit dem Klopfen meines Herzens, und ich hatte das Gefühl, jeden Augenblick in Flammen aufgehen zu können.

Mircea presste mich an die Sandsteinwand des Saals, doch es war nicht in erster Linie der Druck seines Körpers, der mich dort festhielt, sondern seine feurigen Augen. Ich schlang ein Bein um seins und schob ihm eine Hand ans Genick, schmiegte mich gleichzeitig an ihn. Mirceas Hände sanken unter meine Hüften und hoben mich an, und ich keuchte, als ich seine Erektion spürte. Er war groß und hart, und es fühlte sich wunderbar an, aber ich wollte mehr. Offenbar ging es ihm genauso, denn er murmelte meinen Namen zwischen wilden, leidenschaftlichen Küssen, strich mir mit der einen Hand durch Haar und Gesicht, fluchte auf Rumänisch und vergaß alle Würde. Ich führte mich nicht besser auf als er und gab unartikulierte Laute von mir, wenn ich genug Luft dafür hatte.

Ich fand mich rittlings auf Mirceas Bein wieder, mit dem Oberschenkel an seiner Leiste. Das Empfinden war selbst durch unsere Kleidung unglaublich, eine Mischung aus purer Wonne und sehnsüchtigem Verlangen. Doch dann wurde er fortgezogen, und plötzlich entstand Distanz zwischen uns, wenn auch nur einige Zentimeter. Verzweiflung erschien in seinem Gesicht, und er wirkte fast krank, vom gleichen Begehren gepeinigt, das mich quälte. Doch als ich mich ihm entgegenneigte, zuckte er unverständlicherweise zurück, als sei meine Berührung schmerzhaft für ihn.

Sofort zeigte der *Geis* uns beiden, was echte Pein war – er loderte auf, wurde zu weißer Hitze. Schier unvorstellbarer Schmerz durchwogte mich, riss mir einen Schrei nach dem anderen aus der Kehle, mit einer Intensität, die meine Stimmbänder zerfetzen wollte. Das Blut unter meiner Haut brannte, bis ich glaubte, an unerfülltem Verlangen zu sterben. Heiße Tränen rollten mir über die Wangen und fielen auf Murceas Hände, als er sie nach meinem Gesicht ausstreckte und mich zu beruhigen versuchte. Doch nichts half gegen den wahnsinnigen Schmerz. Die Knie gaben unter mir nach, als die Schreie verklangen, und Mircea fing mich auf, als ich zusammensackte.

»Mircea! Bitte …« Ich wusste nicht, worum ich bat. Er sollte nur dafür sorgen, dass es aufhörte und ich mich wieder besser fühlte. Ich überwand die geringe Entfernung zwischen uns und küsste ihn verzweifelt. Einige Sekunden lang konnte ich die vertraute Wärme seines Munds und den sauberen Geruch seines Körpers genießen, doch dann wich er erneut zurück.

»Cassie, nein!« Es klang gepresst, als fiele es ihm schwer, die Worte auszusprechen. Er schloss beide Hände um meine Oberarme und drückte mich fort, aber er zitterte, und ich sah an seinem Hals, wie er mühsam schluckte. Mircea kämpfte gegen den *Geis* an, begriff ich schließlich, doch ich konnte ihm nicht dabei helfen. Die Hände glitten nach oben, hielten meinen Kopf, glätteten mein Haar. Der Schmerz und die Wonne zusammen wirkten verheerend. Agonie und Ekstase durchströmten mich abwechselnd, und mein Puls hämmerte so laut in meinen Ohren, dass ich kaum noch etwas anderes hörte.

Als ich glaubte, es nicht mehr ertragen zu können und überschnappen zu müssen, flackerte die Energie plötzlich und schuf etwas ganz anderes: einen funkelnden Glanz, wie Wasser im Schein der Wüstensonne. Einer Gezeitenwelle gleich schwappte das Schimmern über uns, und von einem Augenblick zum anderen verschwand der Schmerz. Ein überwältigendes Gefühl von Erleichterung nahm seinen Platz ein, gefolgt von intensiver Freude. Ich sah die Verblüffung in Mirceas Augen, als er es ebenfalls spürte.

Plötzlich merkte ich, dass mir weitere Tränen über die Wangen liefen. Ihre Quelle war nicht die Erinnerung an den Schmerz, sondern die Erkenntnis, wie gut ich mich in Mirceas Nähe fühlte und wie sicher ich bei ihm war. Alle schönen Träume meines Lebens – von einem Zuhause, von Familie, Liebe und Akzeptanz – schienen in diesem einen zusammengefasst zu sein, und es war so großartig, so absolut herrlich, dass es mich allem anderen gegenüber blendete. Für einen Augenblick vergaß ich Tomas, Myra, Tony und die ganze lange Liste meiner Probleme. Sie schienen überhaupt keine Rolle mehr zu spielen.

Ich zitterte am ganzen Leib, als mir etwas dämmerte. Es ging nicht nur darum, dass ich mich zu Mircea hingezogen fühlte. Gewöhnliche Anziehung war nicht auf diese Weise beschaffen. Sie nahm mir nicht die Fähigkeit zu atmen, sie erfüllte mich nicht mit Schmerz. Sie ließ mich nicht schon bei der Vorstellung, von Mircea getrennt zu sein, hoffnungslos und verzweifelt werden. Ich klammerte mich an ihn, obwohl ich wusste, dass er meine Gefühle nur erwidern konnte, wenn ein Zauber ihn dazu zwang, aber es kümmerte mich nicht. Es war mir gleich, ob er meine Liebe erwiderte oder nicht. Es verlangte mich nach ihm wie nach einer Droge; ich brauchte ihn, um mich lebendig zu fühlen, ganz. Noch etwas mehr davon, und ich würde alles tun, wirklich alles, um nie wieder von ihm getrennt zu sein.

In der Festigkeit von Mirceas Griff spürte ich ein ähnliches Gefühl und verstand. Leidenschaft schien nur einer von vielen Tricks des *Geis* zu sein, und nicht der gefährlichste. Nicht annähernd.

»Wann hast du ihn mit dem Zauber belegt?«, fragte die Konsulin.

Ich sah sie benommen an und hatte ganz vergessen, dass sie überhaupt da war. Meine Gedanken waren langsam und träge, die Luft um mich herum schwer, und ich musste mich bemühen, die Bedeutung der Frage zu erkennen. Ich dachte über meine Möglichkeiten nach, und das Ergebnis war ernüchternd. Eine Antwort in der Art von »Ich weiß nicht« brachte mich vermutlich kaum weiter, aber das galt sicher auch für den Versuch, der Konsulin zu erklären, dass sie sich irrte. Ich hatte keine Ahnung, welche Antwort sie zufriedengestellt hätte und wie viel Zeit ich gewinnen musste. Und dass Mircea etwas an meine Rippen stieß, half mir kaum.

Ich senkte den Blick und stellte fest, dass es sich bei dem Objekt um einen rosaroten Stöckelschuh handelte, den er offenbar in einer Innentasche seiner Jacke getragen hatte. Das Ding sah seltsam zerbrechlich aus. An einigen Stellen löste sich der dünne Satin, und mehrere dunkle Pailletten hingen nur noch an Fäden. Der Schuh sah uralt aus, abgesehen vom Design. Ich bezweifelte, ob es in der guten alten Zeit solche Stelzen gegeben hatte.

Nach einigen Sekunden ging mir ein Licht auf. Am Morgen war ich im Dante's durch die Küche gehumpelt, weil ich einen Schuh verloren hatte. Er war grellrot gewesen, nicht rosa, und er hatte funkelnagelneu ausgesehen, doch ansonsten glich er diesem Exemplar. Zum Glück versperrte Mirceas Körper die Sicht auf mich, denn ich war ziemlich sicher, dass ich meinen Gesichtsausdruck nicht unter Kontrolle hatte. Das Theater. Ich hatte diesen Schuh vor mehr als hundert Jahren im Londoner Theater verloren.

»Cassandra?« Die Verzögerung schien der Konsulin nicht zu gefallen, was seltsam war angesichts ihrer Angewohnheit, bei den unpassendsten Gelegenheiten Schweigeminuten einzulegen. Ich antwortete nicht und erinnerte mich an den Funken, den ich der Vergangenheit wahrgenommen hatte. Der Mircea in jener Zeit hatte nicht unter einem *Geis* gestanden, im Gegensatz zu mir. Der Zauber musste ihn als das für seine Vervollständigung erforderliche Element erkannt haben und hatte daraufhin die Verbindung hergestellt. Die Erkenntnis traf mich mit der Wucht eines Vorschlaghammers. Ich hatte Mircea unabsichtlich mit einem Zauber belegt, der über ein Jahrhundert hinweg gewachsen war.

»Wann?«, wiederholte die Konsulin in einem Tonfall, der darauf hinwies, dass sie nicht gern zweimal fragte.

»Ich bin mir nicht sicher«, sagte ich schließlich. Meine Stimme war heiser, doch es gelang mir nicht, mich zu räuspern. »Vielleicht ...« Ich schluckte. »Vielleicht ist es in den späten 1880er Jahren geschehen.«

Jemand fluchte, aber ich sah nicht, wer es war. Es fiel mir schwer genug, auf die Konsulin konzentriert zu bleiben. Die Hitze von Mirceas Körper und das Entsetzen darüber, was ich ihm angetan hatte, bewirkten Chaos in meinen Emotionen. Leidenschaft und Schuld rangen miteinander, aber auch die Furcht reckte ihren Kopf ziemlich hoch. In meiner Magengrube krampfte sich etwas zusammen.

Die Konsulin wirkte nicht erfreut. »Der *Geis* wurde nach deinem Verschwinden inaktiv, weil er sich nicht vervollständigen konnte«, sagte sie nachdenklich. »Und als ihr euch erneut begegnet seid, warst du nur ein Kind und damit zu jung, den Zauber neu zu aktivieren. Doch dann habt ihr euch als Erwachsene getroffen, woraufhin der *Geis* wieder erwachte und an Kraft gewann.«

Ich brachte es fertig zu nicken. Mircea hatte meine Hand gestreichelt, um weiterhin in Kontakt mit mir zu bleiben – sein

Daumen war über die Knochen meines Handgelenks und die Innenfläche der Hand gestrichen. Jetzt wanderten seine Hände über meinen Arm, als wünschte er sich mehr Kontakt, und überall dort, wo er mich berührte, hinterließ er flüssiges Wohlbehagen. Es drang in meine Haut ein und ließ mich schwindelig werden, als sei es ein Rauschmittel – was es vielleicht auch war. Ich wusste nicht, *wie* der Zauber funktionierte, aber eins stand fest: Er funktionierte verdammt gut.

Ich wollte für immer an diesem Ort verweilen, mit dem *Geis* wie ein sanft fallender Wasserfall um uns herum. Mir war klar, dass es nichts mit der Realität zu tun hatte, dass es sich um einen Zauber handelte, der zu lange Zeit gehabt hatte, sich festzusetzen, aber es schien kaum eine Rolle zu spielen. Würde ich in meinem Leben jemals wieder auf diese Weise empfinden? Ich hatte vierundzwanzig Jahre der Realität hinter mir und war solchen Gefühlen nicht einmal nahe gekommen. War eine so gute Lüge nicht etwas wert? Die Antwort meines Körpers bestand aus einem klaren Ja. Doch eine winzige Stimme flüsterte, dass es eigentlich nicht um diese Frage ging, oder? Es ging nicht darum, ob sie etwas wert war, sondern ob sie alles wert war, denn der Zauber verlangte dieses Alles.

Und das konnte er nicht bekommen.

»Wer den Zauber schafft, kontrolliert ihn«, sagte die Konsulin. »Und du hast dich mehr als hundert Jahre nicht darum gekümmert.«

»Es steckt keine Absicht dahinter!«

Sie wölbte eine perfekt geschwungene Braue und zitierte aus dem offiziellen Vampir-Kodex. »Wir reden vom Ergebnis, nicht von Absicht.« Vampire waren bei solchen Dingen äußerst praktisch. Das Resultat einer Handlung war immer wichtiger als der Umstand, ob Schaden angerichtet werden sollte oder nicht. Und das Resultat meiner Handlung war katastrophal.

»Was ist mit dem ursprünglichen Zauber, den ich Mircea verdanke?«, fragte ich verzweifelt. »Wenn er ihn entfernt … Dann lässt die Wirkung vielleicht nach.« Und dann bekamen wir vielleicht Zeit genug, einen Magier zu finden, der das Duplikat neutralisieren konnte.

»Das wurde bereits versucht, Cassandra«, teilte mir die Konsulin geduldig mit. »Der Zauber erweist sich als erstaunlich … widerstandsfähig.«

»Er kann nicht entfernt werden?« Ich versuchte, mich an diese Vorstellung zu gewöhnen, doch in Mirceas Nähe fiel mir konzentriertes Nachdenken extrem schwer. Ich versuchte, aus seiner Umarmung zu treten, um einen klaren Kopf zu bekommen, aber er stöhnte protestierend und zog mich näher.

»Nein«, bestätigte die Konsulin.

Ich warf ihr einen bösen Blick zu, so dumm das auch sein mochte. Wenn sie Mircea helfen wollte, stellte sie es nicht besonders gut an. Von Casanova wusste ich, dass der Zauber stärker wurde, wenn Mircea und ich uns nahe waren, und näher als derzeit konnten wir uns kaum kommen. Bald würde uns alles andere egal sein, und das bedeutete: Dann gab es nichts mehr, das Myra aufhalten würde. Ich verstand allmählich, wie meine Vision wahr werden konnte.

Für einen Moment zog ich in Erwägung, der Konsulin die Situation zu erklären, aber ich bezweifelte, dass sie mir glauben würde. Ich hatte überhaupt keine Beweise, und Vamps waren nicht unbedingt dafür bekannt, dass sie Dinge einfach so glaubten. Ich bewegte mich ein wenig, um dem scharfen Blick der Konsulin vorübergehend zu entkommen, und sah Mircea in die Augen. Er hatte den Schuh mitgebracht, woraus ich schloss, dass er irgendwann begriffen hatte, was geschehen war. Ich hoffte, dass er klar genug blieb, um zu verstehen, was ich ihm sagen musste.

»Myra«, formte ich mit den Lippen. Die Magier waren außer Hörweite, und ohne Magie konnten sie ihr Hörvermögen nicht verbessern. Aber Vampire hatten verdammt gute Ohren.

Mircea musterte mich, und ich sah fast, wie er das Puzzle zusammensetzte. Ich wusste nicht, wie viel er verstand, aber er war bei der ersten Begegnung von Myra und mir zugegen gewesen. Er wusste, dass sie versucht hatte, mich zu töten, und dass sie entkommen war. Und er hatte mich in London ihren Namen nennen hören – vorausgesetzt, dass er sich nach so langer Zeit an solche Details erinnerte. Vielleicht war das nicht der Fall. Vermutlich glaubte er, dass Myra wieder auf irgendwelche Tricks aus war, aber nicht, dass er ihr neues Ziel darstellte. Und ich konnte es ihm nicht auseinanderklamüsern.

Was nicht heißen soll, dass ihm das Wissen darüber irgendwie geholfen hätte. Mircea mochte sich in der Gegenwart verteidigen können, wenn er gewarnt wurde, aber Myra konnte ihn in der Vergangenheit angreifen. Der Umstand, dass er noch existierte, wies darauf hin, dass sie bisher nicht erfolgreich gewesen war. Doch das würde nicht lange so bleiben, wenn ich keine Gelegenheit mehr bekam, etwas gegen sie zu unternehmen. Dann würde sich die Geschichte neu schreiben, ohne Mircea darin. Und mit Myra als Pythia.

Nach einem gefühlten Jahr nickte Mircea andeutungsweise. »Zwei Minuten«, sagte er lautlos. Ich sah ihn verwirrt an, und dann fiel der Groschen. Er hatte mir gerade gesagt, wann die Wirkung der eingesetzten Nullbombe aufhörte.

Er wollte mich gehen lassen.

Ich richtete einen ungläubigen Blick auf ihn. »Was ist mit dir?«, fragten meine Lippen. Er schüttelte den Kopf. Wollte er damit sagen, dass er mir angesichts der beschränkten Kommunikation keine Antwort geben konnte, oder *wollte* er nicht antworten? Ich merkte plötzlich, dass ich seinen Arm fest genug hielt, um blaue Flecken daran zu hinterlassen, wäre er ein Mensch gewesen. Aber erst als ich losließ, zuckte Pein durch sein Gesicht. Ich fühlte ein Echo davon, einen körperlichen Schmerz, hervorgerufen vom geschmälerten Kontakt, und ich zwang mich, nicht erneut nach seinem Arm zu greifen.

»Du musst gehen«, sagte er lautlos.

Ich schluckte. Der zweite *Geis* war neu für mich, aber er hatte ein Jahrhundert Zeit gehabt, feste Wurzeln in Mircea zu schlagen. Wenn ich mich so mies fühlte, obwohl der Zauber bei mir nur einen Tag alt war, wie musste es ihm dann ergehen? Selbst wenn die Konsulin recht hatte und der *Geis* nach meinem Verschwinden eingeschlafen war, er hatte nach wie vor existiert und war über Jahrzehnte hinweg gereift. Und Mirceas Reaktion deutete darauf hin, dass der Zauber nach seinem Erwachen so richtig losgelegt hatte.

Es erschien mir grausam, ihn ganz bewusst in jene Hölle zurückkehren zu lassen, aber was blieb mir anderes übrig? Ich musste Myra einen Strich durch die Rechnung machen, oder wir waren beide tot, und ich konnte ihn nicht mitnehmen und dem *Geis* dadurch Gelegenheit geben, noch stärker zu werden. Ich sah zu ihm auf und zeigte mein Bedauern ganz deutlich. »Ich weiß.«

Er schloss die Augen, und für einen Moment schlangen sich seine Arme ganz fest um mich. Ich zog ihn zu mir und küsste ihn, und sofort ließ der Schmerz nach. Der *Geis* war zufrieden, solange wir uns nahe blieben, und ich kannte den Grund. Ich spürte fast, wie die Verbindung zwischen uns an Festigkeit gewann, wie die Energie dort fröhlich summte, wo wir uns berührten. Der Zauber war jetzt zufrieden, aber was würde geschehen, wenn ich diesen Ort verließ? Ich hatte Mirceas Sehnsucht bei meinem Eintreffen gespürt und bezweifelte, ob diese kurze Begegnung ihm lange Erleichterung verschaffte. Vielleicht machte sie sogar alles noch schlimmer für ihn, als böte man einem Verhungernden ein kleines Stück Brot an.

Langsam öffnete Mirceas die Arme und wich zurück. Ich hatte damit gerechnet, aber der Schmerz war trotzdem so heftig, dass ich fast auf die Knie gesunken wäre. Irgendwie blieb ich auf den Beinen, doch ein Ächzen entrang sich meiner Kehle. Plötzlich begann ich am ganzen Leib zu beben, und meine Hände wurden eiskalt. Ich zog die Schultern hoch, als jähes Verlangen mich erfasste, und schlang die Arme um mich selbst, damit sie sich nicht Mircea entgegenstreckten.

Casanova hatte so davon gesprochen, als würde der Zauber nur langsam stärker, als wüchse seine Kraft über einen langen Zeitraum hinweg. Doch im Fall von Mircea und mir verhielt er sich anders. Vielleicht lag es daran, dass er nicht unbedingt neu war, soweit es die eine Seite betraf, oder weil er doppelt wirkte. Ich wusste nur: Das Ding war verdammt bösartig.

Mircea stand mir nahe genug, um den Anschein zu erwecken, mich noch immer zu umarmen. Der Schmerz hatte mir wie Riechsalz einen klaren Kopf verschafft, und ich verstand das Warum. Mircea mochte bereit sein, mich gehen zu lassen, aber die Konsulin war es gewiss nicht. Ich hatte mich nicht nur geweigert, ihre Marionette zu werden, sondern ihr auch wertvolle Dinge gestohlen und ihren Chefdiplomaten mit einem gefährlichen Zauber belegt. Die Tatsache, dass zumindest Letzteres unabsichtlich geschehen war, spielte aus ihrem Blickwinkel gesehen keine Rolle. Ich fragte mich, was sie mit mir anstellen wollte, wenn es den Magiern nicht gelang, den *Geis* irgendwie zu neutralisieren. Mirceas Verhalten bot mir einen Hinweis. Kaum ein Zauber überstand den Tod der Person, die ihn geschaffen hatte. Wenn ich nicht zur zahmen

Pythia der Konsulin wurde, gab es für sie keinen Grund, mich am Leben zu lassen.

Ich begegnete Mirceas Blick. »Ich finde einen Weg, uns davon zu befreien«, teilte ich ihm mit, und diesmal beschränkte ich mich nicht darauf, nur die Lippen zu bewegen. »Das verspreche ich.«

Er lächelte andeutungsweise, doch in seinen Augen lag unendliche Trauer. »Es tut mir leid, *Dulceață.*«

Die Konsulin sagte etwas, aber ich hörte sie nicht. Im einen Moment war es im Saal so still gewesen, dass man gehört hätte, wie eine Stecknadel fiel, und im nächsten heulte kalter Wind und schleuderte mir Strähnen meines Haars ins Gesicht. Für einen Augenblick hielt er inne und sammelte unter der hohen Decke Kraft, und dann verwandelte er sich in den schlimmsten Eissturm, den ich je erlebt hatte.

Die kreischenden Böen verschonten mich und einen kleinen Bereich um mich herum, und ich dachte zunächst, dass mein Schutzzauber endlich entschieden hatte, aktiv zu werden. Aber es erstrahlte kein goldenes Licht in Form eines Pentagramms. Irgendetwas anderes schützte mich, und für den Moment scherte ich mich nicht darum, was es war, solange der Schutz nur andauerte. Außerhalb der kleinen Insel aus Ruhe herrschte Chaos.

Mircea trat von mir weg, und ich schnappte schmerzerfüllt nach Luft, als der *Geis* begriff, dass etwas nicht mit rechten Dingen zuging. Vielleicht hätte ich mich ihm erneut in die Arme geworfen, ungeachtet der Konsequenzen, doch im wirbelnden Weiß konnte ich ihn nicht sehen. »Mircea!«, rief ich, und meine Stimme verlor sich im Heulen des Winds.

Ich wusste nicht, was ich sonst tun sollte, sprang vor und warf mich auf Tomas. Der ruhige Bereich begleitete mich zum Glück. Er erfasste Tomas nicht ganz, und seine Wunden waren so schlimm, dass ich mich nicht auf ihn legen konnte, doch Frostbeulen waren derzeit die geringsten meiner Sorgen.

Ich tastete nach den Fesseln, fand sie aber nicht – sie schienen irgendwo im wilden weißen Tosen verborgen zu sein. Rechts von mir prallte plötzlich etwas auf den Tisch, und ich begriff, woher das Donnern um mich herum stammte. Der Wind trug Hagelkörner so groß wie Bowlingkugeln, und da sie zwischen den vier Wänden des Senatssaals festsaßen, ließen sie ihrem Zorn im Innern des großen Raums freien Lauf und prallten von allen Oberflächen ab. Man hätte meinen können, dass wir in einem infernalischen Flipper steckten. Wenn es mir nicht bald gelang, Tomas loszubinden, würde ihm der Hagel die Füße zerschmettern. Hinzu kam: Er war zu schwer für mich; ich konnte ihn nirgends hinziehen.

Ich musste uns beide von diesem Ort wegbringen und Myra finden, und ich hatte keine Ahnung, wie ich mit ihr in meinem gegenwärtigen Zustand fertig werden sollte. Am liebsten hätte ich mich in irgendeiner Ecke zusammengerollt und darauf gewartet, dass Mircea mich fand – er hätte mich gefunden, wenn ich hier blieb. Welche Kraft auch immer ihm erlaubt hatte, von mir zurückzuweichen, der *Geis* war stärker. Bestimmt dauerte es nicht mehr lange, bis er zu mir kam.

Etwas traf Tomas am rechten Bein und erschütterte seinen ganzen Körper. Ich streckte mich, doch den unteren Teil seines Körpers konnte ich nicht abschirmen, ohne dass sein Kopf in Gefahr geriet. Und seine Beine konnte ich nicht nach oben ziehen, weil sie festgebunden waren. Ich versuchte, durch die Zeit zu springen. Zwar spürte ich diesmal etwas, ein leichtes Zerren, aber ich blieb an Ort und Stelle. *Schnell*, dachte ich verzweifelt.

Schließlich gelang es mir, die Schellen an Tomas' Händen zu lösen. Sie hatten sich gerade mit einem Klicken geöffnet, als es im Saal plötzlich ein ganzes Stück enger wurde. Ein *Haus* erschien, dem großen Tisch so nahe, dass es fast auf ihm stand. Unter dem blinkenden TINTENFREUDE-Schild erschien Macs Gesicht, halb im Schneetreiben verborgen, obwohl es nur wenige Meter entfernt war. Eine Sekunde später kam ein von zappelnden Tätowierungen bedeckter Arm aus der Vordertür, packte Tomas am Bein und ließ die rechte Fußschelle mit geübtem Geschick aufschnappen.

Mac zog Tomas durch die Tür, und ich krabbelte über den Tisch. Der Laden war auf den eindrucksvollen Stufen gelandet, die zum Podium mit dem Tisch führten, und deshalb neigte er sich mir entgegen. Noch ein oder zwei Meter, und mein Bewegungsmoment sollte genügen.

Ich ergriff die Hand, die Pritkin mir entgegenstreckte, und im gleichen Augenblick hielt mich jemand am Fuß fest. Mein Schutzzauber rührte sich auch diesmal nicht – verdammt! –, aber dafür wurde Sheba aktiv. Mircea hatte sie keine Beachtung geschenkt, vielleicht wegen der Nullbombe, oder weil sie ihn nicht für eine Bedrohung hielt. Aber bei der Person, deren Hand sich um meinen Fuß geschlossen hatte, sah die Sache anders aus. Ich spürte, wie Sheba an meinem Körper hinunter*floss*, hörte dann das Fauchen einer großen Katze und den überraschten Aufschrei eines hochrangigen Senatsmitglieds. Sheba sprang von meinem Fuß, und einen Moment später ließ die Konsulin mein Bein los.

»Kommen Sie!« Pritkin zog, und den Rest des Wegs flog ich fast über den glatten Tisch. Wir fielen durch die Tür ins Innere des Ladens, und plötzlich konnte ich wieder sehen. Weder Mac noch Tomas befanden sich im vorderen Zimmer, aber ich hatte keine Zeit, mir deshalb Gedanken zu machen. »Alles klar!«, rief Pritkin, und das Tätowierungsstudio erbebte.

In der nächsten Sekunde rasten wir durch massiven Stein

und jagten in einem verrückten Zickzackkurs durch MAGIES Fundamente. Mir schien, dass wir ziemlich schnell waren, aber für Beobachtungen blieb mir kaum Zeit, denn ich war viel zu sehr damit beschäftigt, mich an Pritkin festzuklammern, der sich wiederum am Tresen festhielt. Einmal sah ich einen dunklen Schemen, der durch den neu entstandenen Tunnel kam, und im nächsten Augenblick taumelte Kit Marlowe in den wild schwankenden Raum.

Er wirkte grimmig und entschlossen, und eine Aura der Gefahr umgab ihn, an die ich mich von unserer kurzen Begegnung in meiner Kindheit nicht erinnerte. Andererseits: Damals hatte er Tonys Gastfreundschaft genossen und nicht aus einem halben Dutzend Wunden geblutet. »Oh, scheiß drauf«, hörte ich Pritkin brummen. Er zog mich von seinem Rücken, drückte meine Hände an den Rand des Tresens und rief so laut »Festhalten!«, dass es mir fast die Trommelfelle zerrissen hätte. Dann ließ er los und flog durch den Raum, Marlowe entgegen.

Sie trafen aufeinander, aber ohne Magie lief es auf einen altmodischen Faustkampf hinaus, und sie schienen etwa gleich stark zu sein. Marlowe rief mir etwas zu, aber das Tätowierungsstudio war noch immer damit beschäftigt, einen Tunnel zu graben, und dabei ging es so laut zu, dass ich ihn nicht verstand. Außerdem bemühte ich mich nach wie vor, mit dem Schmerz fertig zu werden, den mir der enttäuschte *Geis* bereitete.

Je weiter ich mich von Mircea entfernte, desto schlimmer wurde es, bis ich kaum mehr wusste, was um mich herum geschah. Tränen nahmen mir die Sicht, in meiner Magengrube folgte ein Krampf dem anderen, und das Atmen fiel mir immer schwerer. Ich erinnerte mich an Casanovas Hinweis, dass unter einem *Geis* stehende Leute Selbstmord begangen hatten, um den Trennungsschmerz nicht länger ertragen zu müssen, und jetzt verstand ich den Grund dafür.

Marlowe nahm Pritkin in den Schwitzkasten, und beide wankten gegen den Tresen, wodurch ich fast den Halt verloren hätte. Dann rammte Pritkin dem Vampir ein Messer in die Brust, und die beiden Männer taumelten auseinander. Doch der benommen wirkende und nach Luft schnappende Magier nutzte seinen Vorteil nicht aus, und Marlowe verzichtete ebenfalls auf einen neuen Angriff. Er zog sich einfach nur das Messer aus der Brust, als der Laden auf einmal zum Stillstand kam.

Meine Knie stießen an die Seite des Tresens, und ich konnte es gerade so vermeiden, darüber hinwegzusegeln. Doch ins Zentrum meiner Aufmerksamkeit rückte etwas ganz anderes. Der *Geis* rührte sich plötzlich nicht mehr – er war wie abgeschaltet. Ich stellte fest, dass ich wieder atmen konnte, füllte mir die Lungen mit Luft. Sauerstoff und Erleichterung ließen mich schwindeln. Fast sofort drängte sich ein anderes Empfinden in den Vordergrund: Ich hatte Hunger.

Das Fehlen des Zaubers lieferte mir einen deutlichen Hinweis auf seine enorme Kraft. Ich hätte gleichzeitig lachen und weinen können. Die Befreiung vom Schmerz setzte auch der süchtig machenden, alles andere verdrängenden Wonne ein Ende. Und sofort begann das Verlangen.

Ich wankte um den Tresen herum, fühlte mich seltsam hohl und leer. Dann sah ich aus dem vorderen Fenster und riss die Augen auf. Was sich meinem Blick darbot, genügte völlig, um mich selbst vom *Geis* abzulenken. Vor dem Tätowierungsstudio erstreckte sich weder ein Sandsteinkorridor noch eine Wüstenlandschaft. Stattdessen sah ich eine Wiese mit hohem Gras, das sich in sanftem Wind hin und her neigte. Nach dem Stand der Sonne schätzte ich, dass es Mittag war, doch angesichts des diffusen Lichts konnte man kaum sicher sein. In der

Ferne ragten die klaren, gezackten Konturen blauer Berge auf, ihre Gipfel schneebedeckt, aber die durch die offene Tür hereinwehende Luft war warm und roch nach wilden Blumen. Es war wundervoll.

Mac sah aus dem Nebenzimmer und juchzte. »Na bitte! Und es hieß, es sei unmöglich! Aber wir haben's geschafft!« Ich bemerkte, dass sich seine Tätowierungen nicht mehr bewegten und ganz normal wirkten, und ich begann zu verstehen. Der verrückte Mac hat seinen Laden direkt durchs Portal ins Feenland gesteuert.

Zehn

Ich überließ es Mac und Pritkin, sich um Marlowe zu kümmern, und lief nach hinten. Tomas war auf dem gepolsterten Tisch festgebunden, den Mac für seine Tattoos benutzte. Sonderlich bequem schien er es nicht zu haben, aber wenigstens war er nicht im Zimmer hin- und hergeworfen worden. Zuvor hatte ich kaum mehr als einen flüchtigen Blick auf seine Wunden werfen können, doch jetzt presste ich die Lippen zusammen, um Jack nicht hingebungsvoll zu verfluchen. Nach einigen Sekunden überlegte ich es mir anders und verfluchte ihn doch.

Tomas stöhnte und versuchte, sich aufzusetzen, aber das ließen die Gurte nicht zu. Zum Glück, denn sonst wäre vielleicht etwas aus ihm herausgefallen. Jack hatte ihn von den Brustwarzen bis zum Nabel aufgeschnitten, wie bei einer Autopsie, oder wie ein Tier, das er ausweiden wollte. Ich starrte auf das, was einmal ein perfekter Körper gewesen war, und mir wurde kalt. Plötzlich wünschte ich mir, Augusta hätte Jack noch etwas mehr gequält und dann endgültig ins Jenseits geschickt.

Ich schluckte und wandte den Blick ab, zum einen deshalb, um mich nicht übergeben zu müssen, und zum anderen, weil ich nach etwas suchen wollte, das ich als Verband verwenden konnte. Vampire verfügten über erstaunliche Selbstheilungskräfte. So schlimm seine Wunden auch waren, vermutlich würde sich Tomas im Lauf der Zeit davon erholen. Aber es hätte ihm sehr geholfen, wenn irgendetwas die Ränder der Wunden zusammenhielt, und dafür benötigte ich Stoff – jede

Menge. Auf dem Weg zu Laken und Decke der Pritsche stolperte ich über etwas und fiel auf die Knie, direkt neben einen dunkelhaarigen Mann, der ein rotes Hemd trug. Überrascht sah ich ihn an – wie war ein blinder Passagier an Bord gekommen, ohne dass ich etwas davon gemerkt hatte? Dann drehte er den Kopf, und ich begriff, dass er die ganze Zeit über dagewesen war, nur nicht auf diese Weise.

»Meine Güte«, sagte Billy und hob beide Hände zum Kopf. »Seit dem Wetttrinken mit den beiden russischen Blödmännern habe ich mich nicht mehr so schlecht gefühlt.« Er stöhnte und sank zurück.

Vorsichtig streckte ich die Hand aus und berührte ihn – er war ebenso fest wie ich. Ich hob sein Handgelenk, suchte nach dem Puls und fühlte ihn ganz deutlich unter dem Finger. Ich ließ die Hand sinken, wich ein wenig zurück und bemerkte eine zweite erstaunliche Sache. Hinter mir fühlte ich etwas Festes, schaute mich um und sah eine orangefarbene und braune Hand auf dem Boden. Sie gehörte zu einem Arm in der gleichen Farbe, der wiederum zu einem nackten Oberkörper führte. Schließlich gelang meinem Gehirn die Identifizierung: Es handelte sich um Pritkins Golem. Allerdings bestand er jetzt aus Fleisch und Blut; nur die Farbe erinnerte an Ton.

Nach einem Puls brauchte ich gar nicht zu fühlen, denn es war deutlich zu sehen, dass er atmete – die Brust hob und senkte sich ganz normal. Oder was bei einem Menschen normal gewesen wäre. Bei ihm konnte man in diesem Zusammenhang nicht von Normalität sprechen, denn eigentlich sollte er ein Haufen Ton sein, dem Magie Leben verlieh. Ein Blick, von dem ich schwöre, dass kein spezielles Interesse dahinter steckte, teilte mir mit, dass in anatomischer Hinsicht mit ihm alles in Ordnung war, im Gegensatz zu vorher. Und wer auch immer für die Veränderung verantwortlich zeichnete, hatte ihn recht großzügig ausgestattet. Plötzlich öffnete er die Augen – echte diesmal – und sah mich verwirrt an. Seine Augen waren braun, wie ich überflüssigerweise feststellte, und Brauen oder Lider hatte er nicht. Sein Körper schien nicht ein einziges Haar zu besitzen.

Ich sah zu Billy zurück. Er war blass und brauchte die Rasur, die er anderthalb Jahrhunderte aufgeschoben hatte, aber ansonsten schien mit ihm alles in Ordnung zu sein. Er hatte ganz eindeutig seinen Körper zurück, was absurd war, da er vor einer Ewigkeit als Fischfutter gedient hatte.

»Was zum Teufel …?« Ich fühlte, wie sich der Boden bewegte, und sah mich erschrocken um. Noch eine von Macs irren Reisen hätte mir gerade gefehlt. Kurze Zeit später gewann ich den Eindruck, dass der Laden nicht erneut unterwegs war. Trotzdem zitterte der Raum, und einige Sekunden lang fragte ich mich, ob es im Feenland Erdbeben gab. Aus dem Augenwinkel sah ich, wie Billy sich aufsetzte, die Augen groß und voller Panik. Er betastete seine Brust, schrie, klopfte sich auf Kopf, Bauch und Beine, als wäre sein Körper etwas Schreckliches, das herangekrochen war und ihn überrumpelt hatte.

Er sprang auf, tanzte durchs Zimmer, zerrte an seiner Kleidung und kreischte. Seine Possen und die Bewegungen des Raums brachten den Golem durcheinander, dessen Verwirrung Furcht wich. Seine Augen wurden größer, und er öffnete den Mund zu einem schrillen Heulen, das für meine Ohren noch viel unangenehmer war als Billys Schreie. Ich stolperte durchs Zimmer, ging beiden aus dem Weg, erreichte die Pritsche und schnappte mir das Laken. Nachdem ich es in Streifen gerissen hatte, verband ich Tomas' Wunden, während Billy und der Golem umherliefen, immer wieder gegeneinander stießen und sich damit noch mehr in Rage brachten.

Ich band Tomas los, bevor einer von ihnen mit ihm kollidieren konnte, zog ihn unter den Tisch, hockte mich dort neben ihn und hielt mir die Ohren zu – sie fühlten sich an, als könnten sie jeden Moment zu bluten anfangen. Sollte sich zur Abwechselung jemand anders um die Krise kümmern; ich hatte genug davon.

Kurz darauf wurde klar, dass ich mich nicht so einfach aus der Affäre ziehen konnte, denn plötzlich wurde das Dach fortgerissen. Für eine Sekunde war nur ein Ausschnitt des Himmels zu sehen, und zwei gelbe Schmetterlinge, die durch die Öffnung flatterten und dadurch den Eindruck erweckten, als wären sie für den Schaden verantwortlich. Dann schaute ein Kopf von der Größe eines Autos herein. Er war grün und von glänzenden Schuppen bedeckt, hatte ein Maul groß genug, um einen ausgewachsenen Menschen ohne zweites Zubeißen zu fressen. Es kam kein Rauch aus den Nüstern, aber einen solchen Hinweis brauchte ich nicht, um das Geschöpf zu identifizieren. Die orangefarbenen Augen hatten schmale rote Pupillen, die bei meinem Anblick größer wurden, wie die einer Katze, die eine neue Art von Maus erspähte.

Der Kopf kam durch das Loch im Dach – er saß am Ende eines unglaublich langen Halses –, und als sich das Maul öffnete, wurden spitze gelbe Zähne sichtbar. Ich erstarrte mit dem warmen, stinkenden Atem des Wesens im Gesicht, so nahe, dass meine Augen zu tränen begannen. Dann rastete der Golem endgültig aus und rannte nackt und kreischend vor den Augen des Drachen durchs Zimmer, womit er den Blick der orangefarbenen Augen auf sich zog. Der Golem stürmte durch den Vorhang in der Tür, und der Kopf des Drachen folgte ihm. Der lange Hals strömte wie ein Fluss aus Schuppen an mir vorbei, und Klauen rissen das Dach weiter auf, um genug Platz für den Körper zu schaffen.

Ich krabbelte unter dem Tisch hervor und packte Billy, der sich das Hemd vom Leib gerissen hatte. Er schlug sich immer wieder auf die Brust, und seine Fingernägel hinterließen rote Striemen auf ihr. »Billy!« Ich fasste ihn am Handgelenk und wollte ihn unter den Tisch ziehen, aber er war zu schnell. Er lief nach hinten, zu der kleinen Tür neben der Pritsche, die ich nie geöffnet gesehen hatte, woran sich jetzt nichts ändern sollte. Vielleicht diente sie allein dekorativen Zwecken, aber das schien Billy nicht zu verstehen. Er hämmerte auf sie ein und zerrte am Türknauf, bis er sich schließlich von der Tür löste.

Ich beobachtete ihn verwirrt. So hatte ich ihn nie zuvor gesehen, und ich wusste nicht, wie ich ihn zur Ruhe bringen sollte. Hinzu kam: Als Mensch war Billy eins achtzig groß. Ohne eine Waffe konnte ich ihn kaum überwältigen, und die einzigen, die mir zur Verfügung standen – die Knarre und mein Armband – hätten ihn in seiner neuen Gestalt getötet.

Aus dem vorderen Teil des Gebäudes kamen jede Menge Geheul, Flüche und das Krachen mehrerer Explosionen. Dann zischte es wie von starkem Wind, und es folgte ein Geräusch wie von hundert startenden Hubschraubern. Ich hob den Kopf und sah, wie der Drache mit schwarzen, ledrigen Schwingen aufstieg und kreischte. Die Hälfte seiner Schnauze fehlte, verschwunden in einem rauchenden Loch, und die großen Flügel wiesen Löcher auf, was sie jedoch nicht daran hinderte, mit jedem Schlag einen kleinen Orkan zu verursachen. Wenige Sekunden später flog das riesige Wesen hoch über den friedlichen grünen Wiesen in Richtung der fernen, bewaldeten Hügel.

Billy sank an der Tür zu Boden, die Hände am zerkratzten Holz und seine Finger blutig. Er schluchzte herzergreifend, aber wenigstens spielte er nicht mehr verrückt. Ich versuchte gerade, ihn zur Vernunft zu bringen, als Pritkin hereingelaufen kam, gefolgt von Mac und Marlowe. Der Vamp trug keine Fesseln irgendeiner Art, stellte ich mit wachsendem Ärger fest. Und er hielt sofort auf Tomas zu.

»Pritkin! Halten Sie ihn auf!« Ich eilte durchs Zimmer, während der Magier einfach nur dastand und ungläubig den zu Fleisch und Blut gewordenen Billy anstarrte. Von der anderen Seite sprang ich unter den Tisch und bekam Marlowes Handgelenk zu fassen, bevor er Tomas ins Licht ziehen konnte. »Weg von ihm!«

Er sah mich überrascht an, und nicht ohne Grund. Ein Mensch, der einen Meistervampir an irgendetwas zu hindern versuchte, indem er einfach nur seine Hand festhielt – das war absurd. Ich warf mich zurück, hob die Hand mit dem Armband und hoffte, dass es genügte, um die Dolche loszuschicken. Aber nichts geschah. Ich schüttelte den Arm und starrte aufs unbewegte Silber. Was war damit los?

»Unsere Magie funktioniert hier nicht«, sagte Marlowe ruhig. »Ich will Tomas nichts antun, Cassie. Ob Sie's glauben oder nicht, ich möchte nur helfen.«

Klar, deshalb hatte er einfach dagesessen und zugesehen, wie Tomas aufgeschnitten wurde. Marlowes Ruf reichte bis ins elisabethanische Zeitalter zurück – damals war er Spion in Diensten der Königin gewesen – und hatte seitdem an Infamie gewonnen. Selbst wenn nur ein kleiner Teil der Geschichten, die man sich über ihn erzählte, der Wahrheit entsprach, wollte ich ihn nicht einmal in der Nähe von Tomas. »Weg von ihm«, wiederholte ich und fragte mich, was ich machen sollte, wenn er meiner Aufforderung nicht nachkam. Aber anstatt zu widersprechen oder auf stur zu schalten, kroch er unter dem Tisch hervor. Ich überprüfte Tomas' Wunden, die offenbar nicht schlimmer geworden waren. Seine Lider hatten sich ein wenig gehoben, und er bewegte den Kopf.

»Ich höre ihn nicht«, sagte er seltsamerweise, und ein Ausdruck von Glückseligkeit breitete sich in seinem Gesicht aus. Dann schloss er die Augen, und sein Kopf fiel mit einem hörbaren Pochen auf den Fliesenboden.

Mir blieb fast das Herz stehen, und rasch suchte ich nach einem Puls, den ich natürlich nicht finden konnte. Der Umstand, dass ich es überhaupt versuchte, sagt einiges über meine geistige Verfassung. Tomas schien in Ohnmacht gefallen oder in Trance zu sein, aber es gab keine absolute Gewissheit für mich. Tony war einmal in eine heimliche illegale Fehde mit einem anderen Meister verwickelt gewesen. Einer unserer Vamps verlor bei dem Kleinkrieg einen Arm und wurde halb ausgeweidet. Als man ihn zu uns zurückbrachte, nahm ich an, dass er tot war, aber Eugenie sprach von einer Heiltrance. Mehrere Wochen lang blieb er völlig reglos, bis er sich eines Abends aufsetzte und fragte, ob wir gewonnen hatten. Ich hoffte, dass sich Tomas in seiner solchen Trance befand, aber was auch immer der Fall sein mochte, ich konnte kaum mehr etwas für ihn tun. Vampire heilten sich selbst, oder eben nicht – es gab kaum Arzneien, die bei ihnen etwas ausrichteten. Das Problem bestand darin, ihm für die Selbstheilung lange genug Sicherheit zu gewähren.

Ich sah zu Pritkin. »Warum ist Marlowe nicht gefesselt oder so?«

»Weil wir ihn vielleicht brauchen«, lautete die grimmige Antwort.

»Wissen Sie, wer er ist?«, fragte ich.

»Besser als Sie.« Pritkin wandte den Blick von Billy ab – der auf dem Boden saß, den Oberkörper vor und zurück neigte und dabei an die Wand starrte – und richtete ihn auf mich. Er war nicht zornig. Das hätte mich nicht überrascht, und ich wäre leicht damit fertig geworden. Es war etwas anderes. In Pritkins

Augen brannte ein sonderbares Feuer, und sein Blick war wie ein Laserstrahl, der mich durchbohrte. Sein Gesicht erinnerte mich an ein in die Enge getriebenes Raubtier: tödlich, ernst und vollkommen konzentriert.

»Lassen Sie mich Ihnen die Situation erklären«, sagte er, und er sprach schneller und schärfer als vorher, als käme es auf jede Sekunde an. »Wir haben das Feenland erreicht, aber nicht auf die unauffällige Art und Weise, die ich eigentlich geplant hatte. Der größte Teil unserer Magie funktioniert hier nicht, und wir haben eine begrenzte Anzahl von nichtmagischen Waffen. Ein Mitglied unserer Gruppe ist schwer verletzt, und zwei andere ticken nicht ganz richtig. Was alles noch schlimmer macht: Der Drache war der Wächter des Portals, und nachdem er nichts gegen uns ausrichten konnte, ist er losgeflogen, um Verstärkung zu holen. Wenn die Elfen noch nicht wissen, dass wir hier sind, werden sie es bald erfahren. Und wir können aus offensichtlichen Gründen nicht durch das Portal zurück.«

»Wird uns der Senat verfolgen?«, fragte ich und wusste nicht recht, ob ich eine Antwort wollte.

Pritkin lachte kurz, und es klang nicht sonderlich amüsiert. »Nein. Ohne eine Genehmigung wird er sich hüten. Wer das Feenland aufsucht, ohne vorher die Erlaubnis der Elfen einzuholen, fordert ein Todesurteil heraus. So wie wir.«

»Er meint, wir sitzen alle in einem Boot«, fügte Marlowe hinzu. »Ich habe ebenfalls keine Genehmigung, und die Elfen sind berühmt dafür, keine Ausreden durchgehen zu lassen. Wenn sie mich erwischen, droht mir der Tod.« Er schenkte mir ein Lächeln. »Deshalb möchte ich nicht erwischt werden und bin bereit, dabei zu helfen, dass man auch Sie nicht erwischt.«

Mac schnaubte. »Zusammen sind wir alle sicherer. Allein würde niemand von uns auch nur einen Tag im Feenland überleben.«

Marlowe zuckte mit den Schultern. »Stimmt. Darf ich als erste kameradschaftliche Geste vorschlagen, dass wir diesen Ort so schnell wie möglich verlassen? Wir haben keine Zeit zu verlieren.«

Pritkin hatte Billy an den Handgelenken auf die Beine gezogen und gab ihm eine Ohrfeige. »Er hat recht. Wenn die Elfen uns finden, töten sie uns entweder sofort oder nehmen uns als Geiseln, um Kreis oder Senat zu erpressen.« Nach dem zweiten Schlag versuchte Billy, sich zur Wehr zu setzen, aber Pritkin blockierte seinen Arm und drehte ihn auf den Rücken. Dann schob er Billy in meine Richtung. »Bringen Sie Ihren Diener unter Kontrolle«, sagte er knapp. »Ich kümmere mich um meinen. Anschließend machen wir uns auf den Weg.«

Die nächsten Minuten verbrachte ich damit, meinen Schutzzauber von Mac überprüfen zu lassen, während ich versuchte, den entsetzten Billy zu beruhigen. »Warum bist du so durchgedreht?«, fragte ich, als er ruhig genug war, mir zuzuhören. »Du hast einen Körper.« Ich zwickte ihn in den Arm, und er zuckte zusammen, dieses große Baby. »Hast du dir das nicht immer gewünscht?« Er schien sich immer prächtig vergnügt zu haben, wenn er in meinem Körper gewesen war.

Billy wirkte noch immer sehr geschockt, obwohl ein wenig Farbe in seine Wangen zurückgekehrt war. Plötzlich beugte er sich vor und küsste mich auf die Lippen. Ich zuckte zurück und schlug ihn, härter als beabsichtigt, weil ich so überrascht war, aber er lachte nur. In seinen nussbraunen Augen glänzten unvergossene Tränen, als er seine brennende Wange betastete, doch der Gesichtsausdruck war euphorisch. »Es ist wahr. Es ist wirklich wahr«, brachte er voller Ehrfurcht hervor. Dann riss er die Augen auf und wühlte in Macs Rucksack. Er holte eine der beiden Flaschen Bier daraus hervor und hielt sie so, als bestünde sie aus Gold. Mit bloßen Händen versuchte er, die Flasche zu öffnen.

»Du verstehst nicht, Cass«, sagte er mit einem fast fiebrigen Schimmern in den Augen. »Klar, gelegentlich passe ich auf deinen Körper auf, aber dabei ist nichts wirklich echt, wenn du verstehst, was ich meine. Ganz gleich, was ich berühre oder schmecke, alles scheint von einer Art Film überzogen zu sein.« Er brummte verärgert und trachtete danach, die Flasche am Tisch aufzuschlagen, doch der war gepolstert.

Ich schien kein vernünftiges Wort mit ihm reden zu können, solange er nicht etwas getrunken hatte. »Gib sie mir«, sagte ich ungeduldig, und er reichte sie mir, ohne dass sein Blick die dunkelbraune Flasche verließ. Ich öffnete sie an der metallenen Unterseite der Pritsche, und Billy riss sie mir aus der Hand und trank gierig.

»O mein Gott«, brachte er hervor und sank ehrfürchtig auf die Knie. »O Jesus.«

Ich wollte ihn auffordern, das Melodram zu beenden, als Mac Bericht erstattete. »Mit Ihrem Schutzzauber ist alles in Ordnung. Es muss am *Geis* liegen. Solche Dinge neigen dazu, alles kompliziert zu machen, und die stärksten von ihnen verursachen die größten magischen Interferenzen. Und der *Dúthracht* gehört zu den besten Zaubern seiner Art.«

»Aber bei anderen Gelegenheiten hat mein Schutzzauber funktioniert, und ich bekam ihn im Alter von elf Jahren«, wandte ich ein.

»Das ist vielleicht der Grund, warum es geklappt hat: Sie waren so jung, dass der *Geis* nicht aktiv werden konnte. Dieser spezielle Schutzzauber ist so beschaffen, dass er genau auf Ihre Aura passt, wie ein Handschuh auf die richtige Hand. Aber er braucht ein stabiles Feld, um fest zu sitzen. Ein aktiver *Geis* wird als ernste Bedrohung interpretiert, und bei Ihrer natürlichen Abwehr herrscht ständig Aufruhr, weil sie dauernd bestrebt ist, den Eindringling zurückzuweisen. Was den künstlichen Schutz daran hindert, seinen Job zu erledigen.«

Ich verstand. »Deshalb hat Pritkin so sehr darauf bestanden, dass Miranda ihn von dem *Geis* befreit. Er wusste, dass er andernfalls nicht das Tattoo bekommen konnte.«

Ich bedauerte sofort, etwas gesagt zu haben, denn Mac verlangte die ganze Geschichte und fand die Vorstellung von einer kleinen Gargoyle, die Pritkin einen Denkzettel verpasste, überaus lustig. Es gelang mir schließlich, ihn zum Thema zurückzubringen, bekam aber nichts Nützliches von ihm zu hören. »Es ist so wie beim Versuch, einem kleinen, zappelnden Kind einen Handschuh anzuziehen, Cassie – deshalb bekommen solche Kinder meistens Fäustlinge. Alles andere macht einfach zu viel Mühe.« Mac klang so, als wüsste er Bescheid, und ich fragte mich, ob er Familie hatte. Vielleicht gab es Leute, die um ihn trauern würden, wenn Pritkin es schaffte, ihn umzubringen.

»Sie können den Schutzzauber also nicht in Ordnung bringen?«

»Tut mir leid, Cassie. Wenn Sie den *Geis* loswerden, kann ich sofort dafür sorgen, dass wir wieder richtig funktionieren. Wenn nicht …«

»Sitze ich in der Tinte.«

»So sieht's aus.«

Als wollte er die Art und Weise kommentierten, wie mein Tag bisher gelaufen war, übergab sich Billy und kotzte Bier vor meine Turnschuhe. Ich zog gerade noch rechtzeitig die Füße zurück. »Billy! Was ist los mit dir?«

Er stöhnte und setzte sich auf. »Magenkrämpfe«, ächzte er. Ich seufzte und holte ihm ein Glas Wasser.

»Trink das«, sagte ich. »Du hast einen ganz neuen Magen.

Man gibt Babys kein Bier, und deshalb solltest auch du besser darauf verzichten.« Ich nahm ihm die Flasche weg, und er stöhnte lauter.

»Hab Erbarmen, Cass!«

Ich hob die Flasche und schüttelte sie, ließ die bernsteinfarbene Flüssigkeit hin- und herschwappen. »Heb deinen Hintern und hilf Tomas. Dann gebe ich sie dir vielleicht zurück.«

»Es gibt ein Lokal in dem Ort, zu dem wir unterwegs sind«, sagte Marlowe wie beiläufig.

»Woher wissen Sie, wohin wir unterwegs sind?«, fragte ich argwöhnisch.

»Weil uns gar keine Wahl bleibt«, antwortete Marlowe. Billy sah den Vamp so an, als hätte er ihn gerade als Hauptgewinner bei einer Lotterie genannt. »Bier, hübsche Frauen – von einer gewissen Art – und ausgezeichnete Musik, wenn ich mich recht entsinne.«

Billy sprang wie von der Kanone geschossen auf. »Wo ist der arme Kerl? Wir sollten ihn an einen sicheren Platz bringen, damit er ausruhen und heilen kann«, fügte er voller Mitgefühl hinzu.

»Was für ein Ort?«, wandte ich mich an Marlowe.

»Ich meine ein Dorf und ein Schloss, in dem Dunkle Elfen wohnen – einige von ihnen haben früher meinen Spionen den einen oder anderen Gefallen getan. Es lief größtenteils darauf hinaus, Informationen zu sammeln. Sie beobachten die Lichtelfen, und meine Kontaktpersonen bei den Lichtelfen beobachten die Dunklen. Aber gelegentlich haben sie unseren Leuten geholfen, wenn sie in Schwierigkeiten gerieten – natürlich gegen eine Gebühr.«

»Sie spionieren die Elfen aus?«, fragte ich überrascht.

Marlowe lächelte. »Ich spioniere alle aus. Das ist mein Job.«

»Das könnt ihr später klären«, sagte Pritkin und sah durch

den Vorhang herein. Der Golem stand neben ihm und schien sich beruhigt zu haben. Aber er zuckte zusammen, als ihn der Vorhang berührte. »Wenn uns die Dunklen Elfen finden, bevor wir zu einer Übereinkunft kommen …«

»Verstanden«, brummte Marlowe. Billy und er holten Tomas unter dem Tisch hervor und verwendeten die Decke der Pritsche als Tragetuch für ihn. Ich glaubte Marlowe nicht, als er schwor, dass die Sonne des Feenlands Vampiren nicht schadete, aber Mac bestätigte das. Da Tomas nicht in Flammen aufging, als ihn die durchs aufgerissene Dach kommenden Sonnenstrahlen trafen, musste ich davon ausgehen, dass sie recht hatten.

Billy nahm das eine Ende des Tragetuchs und Marlowe das andere. Ihre Hilfsbereitschaft war mir suspekt, und deshalb ging ich neben den beiden Trägern, um mich zu vergewissern, dass niemand von ihnen versuchte, Tomas zu schaden. Ich hätte mir andere Träger für ihn gewünscht, aber die Auswahl war nicht sehr groß. Ich selbst wäre kaum in der Lage gewesen, Tomas eine größere Strecke zu tragen; immerhin musste ich bereits mit fünfzig Pfund Munition fertig werden. Mac bildete den Abschluss und musste die Hände für Waffen frei haben. Und der ganz vorn gehende Pritkin hatte genug damit zu tun, seinen Diener am Ausflippen zu hindern.

Der arme Golem zitterte am ganzen Leib, sah sich mit weit aufgerissenen Augen um und zuckte bei jedem Windhauch oder Vogelzwitschern zusammen. Dass Billy »Trink, trink, Brüderlein, trink« sang, bis Pritkin drohte, ihn wieder in einen Geist zu verwandeln, wenn er nicht aufhörte, machte es nicht besser. Für den Golem schien alles völlig neu zu sein – in gewisser Weise stimmte das auch, denn in seinem Körper sah, hörte und fühlte er alles zum ersten Mal –, und offenbar wusste er nicht zwischen harmlosen und bedrohlichen Dingen zu unterscheiden. Ich wusste nicht, welche Sinne Golems hatten, aber nach dem Schrei zu urteilen, den dieses Exemplar ausstieß, als einige schwebende Löwenzahnsamen seine nackte Brust trafen, konnten es nicht die gleichen fünf sein wie bei uns Menschen.

Schließlich erreichten wir die Baumgrenze, aber selbst ich konnte leicht die Spur aus niedergetretenem Gras erkennen, die wir hinterlassen hatten. Wer auch nur ein bisschen Erfahrung im Spurenlesen besaß, brauchte sich überhaupt nicht anzustrengen, um uns zu folgen. Ich sah zum dunklen Wald vor uns und hoffte, dass jemand einen Plan hatte.

Die nächste Stunde kam einem Albtraum gleich. Wir mühten uns durch einen Wald, der mir ziemlich gruselig erschien. Die jahrhundertealten Bäume, die Tonys Farmhaus umgaben, wirkten im Vergleich zu diesen wie Schösslinge. Als wir den Wald betraten, kamen wir an zwei riesigen Eichen vorbei, und bei jeder von ihnen war der Stamm dick genug, um mit dem Auto hindurchzufahren, wäre er hohl gewesen. Allerdings hätte das zunächst eine Rampe erfordert, denn die Stämme begannen ein ganzes Stück über meinem Kopf und ruhten auf einem massiven Wurzelgeflecht, das größer war als die meisten Häuser. Sie wirkten wie Wächter am Tor eines Schlosses und hatten die moosbedeckten Arme wie zum Gruß erhoben – oder war es eine Warnung?

Die ineinander verschlungenen Wurzeln formten einen Pfad, der wer weiß wohin führte. Etwas strich mir über die Schulter, als wir uns einen Weg durch Brombeergestrüpp und dichtes Unterholz suchten. Für einen Augenblick glaubte ich, eine knorrige Hand mit knollenartigen Knöcheln und unnatürlich langen Fingern zu sehen, die nach mir tasteten. Ich sprang zur Seite, bevor ich begriff, dass es sich um einen niedrigen Zweig handelte, an dem feuchtkalte Moosfladen hingen.

Als noch schlimmer empfand ich den Geruch. Die Wiese war warm, frisch und voller Blumen gewesen, aber hier gab es kein angenehmes Grün. Der Wald war feucht und schimmelig, und darunter spürte ich noch etwas anderes, säuerlich und halb verfault. Ich dachte darüber nach, als wir uns dahinschleppten, und schließlich fiel mir ein passender Vergleich ein. Es fühlte sich an wie die Präsenz einer todkranken Person. Wie gut die Hygiene auch sein mochte, es gab immer einen charakteristischen Geruch. Der Wald roch nach Tod. Nicht nach dem schnellen eines gejagten Tiers, sondern dem der langen, schweren Krankheit eines Menschen, an den sich der Tod über längere Zeit hinweg herangepirscht hatte. Die Wiese war mir viel lieber gewesen.

Ich schob mich etwas näher an Tomas heran, der noch immer bewusstlos war, und versuchte, mir meine Unruhe nicht anmerken zu lassen. Der Wald hatte etwas Unnatürliches. Es lag an dem düsteren Licht, das sofort zu Zwielicht wurde, und an dem Alter, das wie die Schwerkraft herabdrückte und zuzunehmen schien, kaum dass wir die Wiese verlassen hatten. Das Alter der Bäume konnte ich nicht einmal schätzen, und immer dann, wenn ich glaubte, dass sie nicht noch größer werden konnten, brachten sie genau das fertig. Immer wieder erkannte mein müdes Gehirn Gesichter in der Rinde – alte, verschrumpelte Gesichter mit Haar aus Pilzen, Bärten aus Flechten und dunklen Augen.

Marlowe versuchte mehrmals, ein Gespräch zu beginnen, aber ich schenkte ihm keine Beachtung, und schließlich gab er es auf. Meine Gedanken galten anderen Dingen, zum Beispiel der Frage, wie ich Myra finden und was ich mit ihr machen sollte, wenn ich sie schließlich fand. Mir wurde jetzt klar, warum sie sich ausgerechnet im Feenland versteckt hatte. Es war ein ganz neues Spielfeld, von dem ich überhaupt nichts wusste. Wenn meine Macht nicht richtig funktionierte, würde es schwer werden, ihr so nahe zu kommen, dass ich die Falle gegen sie einsetzen konnte. Außerdem wusste ich nicht, über wie viele Verbündete sie verfügte. Nachdem ich gesehen hatte, was mit Macs Zaubern geschehen war, hielt ich von den Waffen des Senats nicht mehr so viel wie vorher. Wie sollten wir uns zur Wehr setzen, wenn sie in dieser verrückten neuen Welt nicht funktionierten?

Hinzu kamen einige banalere Erwägungen, die nicht dazu angetan waren, meine Stimmung zu verbessern: Mein Mantel schien immer schwerer zu werden, ich wünschte mir ein Bad, und ich sehnte mich nach Mircea. Das Verlangen hatte sich nicht verringert, war zwar erträglich, aber alles andere als lustig. Ich fühlte mich wie ein Drei-Päckchen-am-Tag-Raucher am Ende eines zwölfstündigen Flugs, aber es war nur etwa eine Stunde vergangen. Ich nahm den mit Blei gefütterten Folterapparat ab, den Pritkin mir aufgezwungen hatte, und es half ein wenig, aber keine Brise traf meine schweißnasse Kleidung.

Als ich mich vorbeugte, erschöpft keuchte und Schweiß von meinem Gesicht auf den mit Laub bedeckten Waldboden tropfte, sah ich es, den ersten Beweis dafür, dass wir uns tatsächlich in einem Zauberwald befanden. Eine von roten Flechten bedeckte Baumwurzel, die wie ein schuppiger Arm aussah, kroch von der Seite des Pfades zu der Stelle auf dem Boden, die sich direkt unter meiner Nase befand. Ich wich mit einem überraschten Quieken zurück und beobachtete, wie das Ding meine Schweißtropfen von den Blättern saugte.

»W-was ist das?« Ich wich noch weiter zurück, als die Wurzel näher kaum und zwischen den Blättern suchte, wie ein Schwein nach Eicheln.

»Ein Spion.« Marlowes resignierte Stimme ertönte über

meinem Kopf. »Ich wusste, dass wir ihnen nicht entgehen können, aber ich hatte gehofft, dass uns etwas mehr Zeit bleibt.«

»Ein Spion für wen?«

»Die Dunklen Elfen«, antwortete Pritkin und trat an meine Seite. »Dies ist ihr Wald.«

»Mit ziemlicher Sicherheit«, pflichtete ihm Marlowe bei. »Aber ich sollte unsere Verbündeten erreichen können, bevor …«

»Sie gehen nicht«, unterbrach ihn Pritkin. »Geben Sie mir eine Empfehlung – ich mache mich auf den Weg.«

»Auf den Weg wohin?«, fragte ich, aber niemand achtete auf mich.

»Sie kennen sie nicht«, wandte Marlowe ein. »Selbst mit einer Empfehlung von mir könnten Sie in Gefahr geraten.«

Pritkin lächelte grimmig. »Das Risiko nehme ich auf mich.«

Mac räusperte sich. »Vielleicht ist es am besten, wenn ich gehe«, bot er an. »Du hast genug damit zu tun, das Ding dort unter Kontrolle zu halten.« Er deutete auf den Golem, der wie hingerissen mit den Händen über die Borke eines nahen Baums strich. »Es kennt mich nicht, und wenn es erneut durchdreht, werde ich vielleicht nicht damit fertig.«

»Der Golem begleitet mich.«

»Derzeit taugt er kaum etwas bei einem Kampf«, sagte Mac skeptisch.

»Er braucht auch gar nicht zu kämpfen.« Pritkin sah mich an. »Ich schätze, Sie wollen hierbleiben und sich um ihn kümmern, nicht wahr?« Er verzichtete darauf, Tomas' Namen zu nennen, aber wir wussten beide, wen er meinte. Ich sah zu Marlowe, bevor ich antwortete. Er rückte sein Stirnband so zurecht, als bereitete es ihm Schmerzen, und lächelte, als er meinen Blick bemerkte.

»Der Sturm hat meinem Kopf nicht gut getan«, erklärte er

und verzog das Gesicht, als seine Hand eine wunde Stelle berührte. »Erst schlägt mir Rasputin den Schädel auf, und dann das. Man sollte meinen, dass auch mal ein anderes Teil meiner Anatomie an die Reihe kommt, aber nein.«

Ich erwiderte das Lächeln nicht. Vielleicht hatte Marlowe wirklich Schmerzen – oder er wollte mich glauben machen, dass er geschwächt war. Wenn Letzteres zutraf, hätte er sich die Mühe sparen können. Ich hatte genug verletzte Vamps gesehen, um zu wissen: Wenn sie bei Bewusstsein waren und sich bewegten, bedeuteten sie Gefahr. Es gab nicht viel, das ich für Tomas tun konnte, aber ich hatte wenigstens dafür gesorgt, dass Marlowe ihm nicht den Kopf abschnitt. Ich sah zu Pritkin und nickte.

»Dann muss ich mir Ihren Diener leihen.«

Als wir Halt gemacht hatten, war Billy sofort zu einem verschwitzten Haufen zusammengesunken. Jetzt zerrte er an einem seiner schwarzen Stiefel und fluchte. Ich schätze, er hatte nicht nur einen neuen Magen, sondern auch zarte Füße. »Sind Sie sicher? Er ist kein großer Kämpfer.«

»Ich nehme ihn nur für den Fall mit, dass etwas schiefgeht. Dann kann er zurücklaufen und euch warnen.«

»Damit sollte er klarkommen.« Ich stieß Billy an. »Auf die Beine.« Er war natürlich sauer, aber die Aussicht auf Bier setzte sich gegen die Blasen durch, und er erklärte sich bereit, Pritkin zu begleiten.

Marlowe kritzelte eine kurze Mitteilung auf einen Zettel, den Mac irgendwo bei unseren Sachen fand. Aus irgendeinem Grund schien es nicht richtig zu sein, mit Linien versehenes Notizblockpapier und einen Kugelschreiber für eine Nachricht an die Elfen zu verwenden, aber niemand erhob Einwände. »Ich weiß nicht genau, ob meine Kontaktpersonen noch da sind«, sagte Marlowe und reichte Pritkin den Zettel. »Hier vergeht die Zeit nicht wie bei uns. Meine Spione sind manchmal Monate voneinander getrennt aufgebrochen und hier am gleichen Tag eingetroffen, oder bei anderen Gelegenheiten nach Jahrzehnten. Wir haben nie ein Muster erkennen können.«

»Ich komme schon zurecht«, sagte Pritkin, suchte in den Innentaschen meines Munitionsmantels und holte drei große Schachteln hervor. Ich fragte nicht, wozu er so viele Patronen brauchte – ich wollte es gar nicht wissen.

Inzwischen trug er nicht mehr seinen Ledermantel, sondern ein dunkles Cape mit Kapuze, das aus Macs Rucksack stammte. Nach einer kurzen Auseinandersetzung brachte er den Golem dazu, seinen Mantel überzustreifen. Es war keine großartige Verkleidung, wenn man berücksichtigte, dass der Golem noch immer orangefarbene Haut hatte und mehr als zwei Meter aufragte. Hinzu kamen ein kahler Kopf und nackte Füße. Aber ohne den Mantel wäre er noch auffälliger gewesen. »Sollte er nicht hierbleiben?«, fragte ich skeptisch.

Pritkin antwortete nicht, aber Mac lächelte schief. »Wenn der Magier kein Geschenk mitbringt, bekommt er keine Aufmerksamkeit. So ist es bei den Elfen üblich.«

»Ein Geschenk?« Ich brauchte einige Sekunden, um zu verstehen. »Sie meinen … Aber das ist Sklaverei!«

»Er lebt gar nicht richtig, Cassie«, wandte Mac ein.

Ich beobachtete das kindliche Wesen, das Pritkin ansah und blinzelte, als er ihm den langen Mantel zuknöpfte. Die Knöpfe schienen es zu faszinieren, denn es klopfte immer wieder mit einem orangefarbenen, ansonsten aber sehr menschlich wirkenden Finger darauf. »Für mich sieht er lebendig aus«, sagte ich.

»Ich hole ihn später zurück – er soll mir nur Zugang verschaffen!«, brummte Pritkin. »Oder soll ich stattdessen *Ihren* Diener anbieten?«

Billy richtete einen panischen Blick auf mich, und ich seufzte. »Natürlich nicht.«

»Dann hören Sie bitte auf, Ihren Rat in Angelegenheiten zu erteilen, von denen Sie nichts verstehen«, sagte Pritkin und verschwand mit seinen beiden Begleitern im Dickicht.

Während der nächsten Stunden verschworen sich mehrere Dinge dazu, meine Nerven wundzuscheuern. Als besonders ärgerlich erwiesen sich die umherkriechenden Wurzeln, die mir wie kurzsichtige Hündchen folgten. Ich war vollkommen fertig, aber konnte ich mich für fünf Minuten hinsetzen? Teufel, nein. Ich musste mich von der lokalen Flora fernhalten und es ertragen, von der Fauna angestarrt zu werden.

Kurze Zeit nach Pritkins Aufbruch schienen sich alle Vögel des Waldes – Adler, Eulen und sogar einige Geier – in den Bäumen um uns herum zu versammeln, zusammen mit kleinen Säugetieren. Sie verursachten nicht das geringste Geräusch, abgesehen vom Flattern ihrer Flügel, wenn sie Neuankömmlingen Platz machten. Nach einigen Minuten führte ihr kollektives Gewicht dazu, dass sich einige der dünneren Äste, auf denen sie hockten, nach unten neigten, aber keiner von ihnen brach. Die Tiere wirkten unheimlich, wie Zuschauer, die sich für ein unterhaltsames Spektakel eingefunden hatten. Da wir nichts Interessantes anstellten, vermutete ich, dass die Show später begann, was meine Stimmung nicht hob.

Das galt auch für den Umstand, dass ich nichts für Tomas tun konnte, der reglos auf seiner Decke lag. Ich sah mich nicht nur außerstande, ihm bei der Heilung zu helfen – wenn er wirklich damit beschäftigt war, sich zu heilen. Ich wagte mich nicht einmal in seine Nähe, aus Furcht, dadurch die Aufmerksamkeit der kriechenden Wurzeln auf ihn zu lenken. Sie nahmen Schweiß auf – wer wusste, was sie sonst noch für Nahrung hielten?

Doch das Nervigste von allem war Marlowes plötzlich wiedererwachtes Interesse an einem Gespräch. Er wartete, bis Pritkin außer Hörweite geriet, und wandte sich mir dann lächelnd zu. »Lassen Sie uns ein wenig plaudern, Cassie. Es gelingt mir bestimmt, Sie zu beruhigen.«

Ich sprang über eine Wurzel hinweg, die versuchte, sich mir um den Fuß zu wickeln. »Warum bezweifle ich das?«

»Weil Sie bisher keine Gelegenheit hatten, sich unsere Version anzuhören«, sagte Marlowe und schenkte mir ein warmes, verständnisvolles Lächeln, bei dem sich mir sofort die Nackenhaare sträubten. »Wir hätten dieses Gespräch schon früher führen sollen, aber als Sie von Ihrer Mission mit Mircea zurückkehrten, gaben Sie uns keine Chance dazu.«

»Ich halte nicht viel davon, einen Dialog mit Leuten zu eröffnen, die mir mit dem Tod drohen.«

Marlowe wirkte überrascht. »Ich habe keine Ahnung, was Sie meinen. Ich möchte Sie ganz gewiss nicht tot sehen, und das gilt auch für alle anderen Mitglieder des Senats. Das Gegenteil ist der Fall.«

»Haben Sie das auch Agnes gesagt?«

Dünne Falten bildeten sich in Marlowes Stirn. »Ich fürchte, ich verstehe nicht ganz.«

Ich holte das kleine Amulett hervor, das Pritkin mir gegeben und bisher nicht zurückgefordert hatte. Wie ein Pendel ließ ich es vor Marlowes Augen baumeln. »Erkennen Sie das?«

Er nahm das Amulett und betrachtete es. »Natürlich.«

Ich starrte ihn groß an. Es wäre kaum ein Schock für mich gewesen zu erfahren, dass Marlowe hinter Agnes' Ermordung steckte – es passte zu seinem Ruf –, aber ich hatte nicht erwartet, dass er es einfach so zugab. Glaubte er vielleicht, ich wäre ihm dankbar dafür, dass er Agnes erledigt und mich damit zu ihrer Nachfolgerin gemacht hatte?

»Es ist ein Heiliger-Sebastian-Medaillon«, sagte Marlowe. Mac hatte sich genähert, schwieg aber. Vielleicht glaubte auch er, dass wir ein Geständnis hören würden. Wenn das stimmte, so erwartete ihn eine Enttäuschung. »Seit Jahren habe ich keins mehr gesehen. Natürlich wurden sie auch nicht gebraucht.«

»Gebraucht?« Macs Gesichtsausdruck erinnerte mich an Pritkin im Modus maximalen Misstrauens.

»Die Pest, Magier«, sagte Marlowe ungeduldig. »Man glaubte, dass der Heilige Sebastian vor Krankheiten schützen konnte. Solche Amulette waren zu meiner Zeit auf dem Kontinent noch sehr beliebt, obgleich die meisten aus dem vierzehnten Jahrhundert stammten, als die Pest wütete.«

Ich beugte mich vor und sah mir das Medaillon genauer an. »Es ist also eine Art Talisman?«

Marlowe lächelte. »Etwas in der Art. Die Menschen wollten glauben, dass sie etwas taten, um sich und ihre Familien zu schützen.«

»Kommt mir ironisch vor«, sagte ich. Mac nickte, aber Marlowe sah mich verwundert an. »Dieses Objekt wurde vor kurzer Zeit benutzt, um jemanden zu töten.«

Marlowes Brauen gingen nach oben. Es war die erste Reaktion, die mir echt erschien. »Die Pythia wurde ermordet?«

Mac stieß einen von Pritkins schlimmeren Flüchen aus. »Und woher wissen Sie das, wenn Sie nicht selbst der Täter sind?«, fragte er hitzig.

Marlowe zuckte mit den Schultern. »Von wem sonst reden wir?« Er drehte das Medaillon hin und her und runzelte erneut die Stirn. »Jemand hat es aufgebrochen.«

»Das haben wir gemacht.« Mac nahm ihm das Amulett aus der Hand. »Es steckte Arsen drin!« Er sprach die Worte so aus, als sollten sie Marlowe festnageln, doch der Vampir blieb unbeeindruckt.

»Natürlich.« Er bemerkte meinen Gesichtsausdruck und fügte erklärend hinzu: »Zerriebene Kröte, Arsen … Es wurden viele Substanzen in diesen Medaillons untergebracht, bevor man sie verlötete. Sie sollten dabei helfen, Krankheiten zu verhüten, und sie erhöhten den Wert des Amuletts – und natürlich auch seinen Preis.«

»Sie meinen, es *sollte* Gift darin gewesen sein?« Ich sah Mac an. »Sind Sie sicher, dass Agnes ermordet wurde?«

»Cassie …«, begann er warnend. In Marlowes Beisein wollte er ganz offensichtlich nicht darüber sprechen, aber meiner Meinung nach konnte es nicht schaden. Wenn Marlowe hinter dem Tod der Pythia steckte, wusste er bereits davon; wenn nicht, konnte er vielleicht den einen oder anderen Hinweis liefern.

»Ein solches Medaillon wurde bei ihrer Leiche gefunden«, teilte ich Marlowe mit. »Könnte es irgendwie benutzt worden sein, um sie zu töten?«

Er überlegte. »Alles, was in Kontakt mit der Haut gerät, kann gefährlich sein. Königin Elisabeth wäre fast Gift zum Opfer gefallen, das jemand in den Knauf ihres Sattels rieb. Und ich habe einmal einen Katholiken ermordet, indem ich seinen Rosenkranz in eine Arsenlösung tauchte«, fügte er nonchalant hinzu.

Bei dem Burschen kriegte ich das Gruseln, aber wenigstens schien er die richtige Adresse für mich zu sein. »Würde es bei einer solchen Methode lange dauern, jemanden umzubringen?«

»Etwa eine Stunde.«

»Wie wär's mit sechs Monaten?«

Marlowe schüttelte den Kopf. »Selbst wenn jemand Agnes' Halskette in eine schwache Lösung tauchte und sie die Angewohnheit hatte, das Medaillon zu befingern … Es hätte nicht geklappt. Im Lauf der Zeit führt Arsen zu Rötungen und Schwellungen der Haut – das wäre ihr bestimmt aufgefallen. Deshalb erfolgt stufenweises Vergiften meistens über die Nahrung. Arsen ist geschmack- und geruchlos, und in kleinen Dosen verabreicht ähneln die Symptome denen einer Lebensmittelvergiftung.«

»Ihr Essen wurde speziell zubereitet und sorgfältig vorgekostet«, sagte Mac. »Und Lady Phemonoe war extrem … vorsichtig in Hinsicht auf Gift. Man kann in diesem Zusammenhang vielleicht nicht direkt von Paranoia sprechen, aber …«

»Ich habe etwas anderes gehört«, warf Marlowe munter ein. Die Fachsimpelei schien ihm zu gefallen. »Angeblich ist sie im Alter sehr abergläubisch geworden und hat alle Arten von fragwürdigen Hilfsmitteln gekauft, unter anderem ein Messer, das grün wird, wenn man es über schädliches Essen hält; eine Vase aus venezianischem Glas, die angeblich explodiert, wenn man sie mit giftiger Flüssigkeit füllt; ein Kelchglas mit einem darin eingelassenen Bezoarstein …«

»Vielleicht hat sie etwas *gesehen*.« Agnes war ebenfalls eine Seherin gewesen, noch dazu eine sehr begabte. Ich schauderte. Wie schrecklich musste es sein, den eigenen Tod zu sehen und nichts dagegen unternehmen zu können?

»Vielleicht.« Marlowe lächelte mich wieder an, und es gefiel mir gar nicht. »Aber wenn das stimmt, scheint es ihr kaum etwas genützt zu haben. Was beweist, dass ich mit meiner Einschätzung richtig liege. Die Magier können Ihre Sicherheit ebenso wenig gewährleisten wie die Ihrer Vorgängerin. Ich versichere Ihnen, dass wir in dieser Hinsicht viel tüchtiger sind.«

Mac warf dem Vampir einen unfreundlichen Blick zu. »Hören Sie nicht auf ihn, Cassie. Wenn Sie nicht reden wollen, lassen Sie's bleiben. Er kann Sie nicht zwingen, solange ich bei Ihnen bin.«

»Da wäre ich mir nicht so sicher, Magier. Ich kenne Ihren Ruf, aber der größte Teil Ihrer Magie funktioniert derzeit nicht, wohingegen meine Kraft unverändert bleibt. Aber ich würde nicht einmal im Traum daran denken, Cassandra zu irgendetwas zu zwingen. Ich meine nur, sie sollte wissen, wer ihr neuer Verbündeter ist und was er will.«

»Sie halten sich da raus«, sagte Mac mit böse klingender Stimme.

»Ah, aber diese Sache betrifft nicht nur Sie, oder?«, erwiderte Marlowe. »Cassandra hat ein Recht zu wissen, mit wem sie es zu tun hat.« Er wandte sich mir zu und wirkte völlig unschuldig. »Oder wussten Sie bereits, dass Pritkin der Chefassassine des Silbernen Kreises ist?«

Elf

Mac trank gerade aus einer Feldflasche und verschluckte sich. »Das tut überhaupt nichts zur Sache!«, brachte er nach einem Hustenanfall hervor und bestätigte damit die Worte des Vampirs. Marlowe sah ihn nicht einmal an; sein Blick blieb auf mich gerichtet.

»Ist das neu für Sie?«, fragte Marlowe.

»Erzählen Sie mir mehr.«

»Glauben Sie nicht, was er Ihnen sagt, Cassie, es ist alles Quatsch …«, begann Mac, aber ich unterbrach ihn.

»Ich bin zu müde, um darüber zu diskutieren, Mac«, sagte ich, und die Erschöpfung in meiner Stimme war echt. Ich wollte nur eine Stelle mit weichem Moos finden – eine, die nicht zu feucht war und wo es keine beweglichen Teile von Bäumen gab – und etwa zwölf Stunden schlafen. Ich war geistig und körperlich praktisch erledigt, und mit meinem emotionalen Zustand sah es nicht viel besser aus. Aber Marlowe hatte recht: Ich musste mir das anhören.

Marlowe brauchte keine Extraeinladung. »Wir haben uns gefragt, warum der Kreis einen Dämonenjäger zum Verbindungsmann für uns machte. Es gibt zahlreiche Vampirexperten, und die meisten von ihnen sind viel … diplomatischer als John Pritkin. Das Timing war ebenfalls verdächtig: Nur wenige Stunden vor Ihrem Erscheinen zog der Kreis den alten Verbindungsmann zurück und ersetzte ihn durch Pritkin. Er schien zu wissen, dass Sie unterwegs waren, und offenbar sollte Pritkin zugegen sein.«

»Vermutlich in der Hoffnung, dass er mich für einen Dämon hielt und tötete«, sagte ich. Das war nicht neu; Mircea hatte schon vor einer ganzen Weile entsprechende Überlegungen angestellt. Es hätte fast geklappt. Pritkin verstand nicht viel von Vampiren, aber mit Dämonen kannte er sich aus. Und einige meiner Fähigkeiten, insbesondere in Hinsicht auf Besessenheit, hatten ihn sehr misstrauisch gemacht.

»Ich kenne diese Theorie, aber es erschien mir seltsam, dass der Kreis einfach nur davon ausging, dass Sie Pritkin irgendwie zu einem Angriff provozierten. Wenn sich die Dinge nach unserem Plan entwickelt hätten – wenn Sie nicht geflohen wären und Tomas uns nicht verraten hätte –, wäre es ein ruhiger Abend gewesen.« Diese Einschätzung meines ersten Abends beim Senat, der alles andere als angenehm gewesen war, bescherte mir Unruhe, aber ich unterbrach Marlowe nicht. »Ich dachte mir, dass mehr hinter der ganzen Sache steckt«, fuhr er fort. »Und deshalb begann ich mit Nachforschungen.«

»Sie wissen gar nichts«, brummte Mac.

Marlowe hob eine Braue. Sein Gesichtsausdruck hätte zu einem König gepasst, der beobachtete, wie ein Bauer Dreck auf dem Boden seines Schlosses zurückließ. »Ganz im Gegenteil, ich weiß eine ganze Menge. So ist mir zum Beispiel bekannt, dass Pritkin mindestens tausend Morde auf dem Gewissen hat, vielleicht sogar noch mehr. Ich weiß, dass er der Mann ist, an den sich der Kreis wendet, wenn er ganz sicher sein möchte, dass jemand stirbt. Ich weiß, dass er unorthodoxe Methoden anwendet, um seine Opfer zu erledigen ...« Er bedachte mich mit einem schelmischen Blick.

Mac fluchte. »Hören Sie nicht auf ihn, Cassie.« Er trat auf eine Wurzel, die versucht hatte, sich mir um das Fußgelenk zu wickeln. Sie wich zurück, aber ich zweifelte nicht daran, dass sie wiederkehren würde. Ich sehnte mich plötzlich nach einer

Axt. »Uns kennen Sie vielleicht nicht, aber Sie kennen die Vampire. Sie lügen öfter als Sie atmen. John ist ein guter Mann.«

Marlowe lachte verächtlich. »Sagen Sie das seinen Opfern!« Er musterte mich, als wollte er meine Reaktion auf seine Worte abschätzen, aber ich hatte jenes leere Gefühl, das man von zu viel Anstrengung in zu kurzer Zeit bekam. Ich brachte es einfach nicht fertig, mich zu sehr daran zu stören, dass mir Pritkin eventuell nach dem Leben trachtete. Es war nicht unbedingt eine neue Idee; von dieser Annahme ging ich schon seit einer ganzen Weile aus.

Ich begann damit, in Macs Rucksack nach trockenen Socken zu suchen. In meiner Reisetasche lag ein Paar, aber Mac schien nicht daran gedacht zu haben, es mitzunehmen. Man befand sich in der falschen Gesellschaft, wenn man Bier, Waffen und etwa eine Tonne Munition hatte, aber keine saubere Kleidung.

Marlowe schien ein wenig enttäuscht zu sein, dass seine Bombe nicht den erwarteten Aufruhr verursachte, fuhr aber trotzdem fort. »Sie haben sich Pritkins Obhut anvertraut, obwohl Sie eigentlich gar nichts über ihn wissen! Der Kreis hat ihn beauftragt, Sie zu töten.«

»Das ist ein perfektes Beispiel dafür, was Vampire tun, Cassie!«, donnerte Mac. »Sie schustern irgendwelche Halbwahrheiten zusammen, die sie selbst blütenweiß dastehen lassen, während wir den Dreck am Stecken haben!«

»Er braucht Ihre Hilfe, um die andere Abtrünnige zu finden«, wandte sich Marlowe mit ernster Stimme an mich, ohne auf Mac zu achten. »Wenn er sie hat, sind Sie so gut wie tot. Es sei denn, Sie nehmen unsere Hilfe an. Der Senat möchte nur …«

»Er will jeden Ihrer Schritte kontrollieren!«, warf Mac ein. »Cassie, ich schwöre Ihnen, dass John entsetzt war, als er herausfand, was die Leute vom Kreis beabsichtigen! Sie sind machtgierig geworden! Selbst wenn sie sich durchsetzen und Sie und Myra sterben – es gibt keine Garantie, dass die von ihnen ausgewählte Person zur Pythia wird. Es gibt Hunderte, vielleicht Tausende von unbekannten, nicht ausgebildeten Seherinnen auf der Welt, und die Macht könnte eine von ihnen auswählen. Und was würde geschehen, wenn der Schwarze Kreis die Betreffende zuerst findet?«

Ich lächelte dünn. »Von zwei Übeln besser das bekannte, wie?« Mac wirkte erschrocken, als er begriff, was ihm herausgerutscht war, aber gerade wegen des Umstands, dass er keine mitreißende Rede zu meinen Gunsten gehalten hatte, neigte ich dazu, ihm zu glauben.

Ich sah Marlowe an. »Mac hat da nicht ganz unrecht. Pritkin wurde heute selbst zu einem Abtrünnigen erklärt, weil er mich schützte, und es hätte ihn fast das Leben gekostet. Das scheint recht weit zu gehen für jemanden, der mir eine Falle stellen will.«

»Er ist für solche Taktiken bekannt«, erwiderte Marlowe und winkte ab. Er richtete einen sehr intensiven Blick auf mich, und in seinen Augen glänzte pure Aufrichtigkeit. »Wir möchten Sie nicht manipulieren, Cassie. Uns geht es vielmehr darum, Ihnen eine Alternative zur Dominanz der Magier zu bieten. Über Generation hinweg unterlag die Pythia dem Willen der Magier, aber das muss nicht auch Ihr Schicksal sein. Wir können …«

Ich hob die Hand, weil ich nicht mehr hören wollte – und um zu verhindern, dass Mac, der rot angelaufen war, völlig durchdrehte. »Sparen Sie sich die Mühe, Marlowe. Ich kenne die Wahrheit. Und ich habe nicht vor, mich von irgendjemandem dominieren zu lassen.«

»Sie kennen nur das, was man Ihnen erzählt hat«, sagte

Marlowe mit Nachdruck in der Stimme. »Und Sie brauchen Verbündete, Cassie. Kein großes Oberhaupt hat jemals ganz allein regiert. Elisabeth ist als die großartige Königin in die Geschichte eingegangen, die sie war, aber eins ihrer wichtigsten Talente bestand in der Auswahl der richtigen Berater. Sie war deshalb großartig, weil sie sich mit großartigen Personen umgab. Sie dürfen nicht isoliert bleiben; dann können Sie nicht richtig arbeiten. Langfristig gesehen …«

»An langfristigen Dingen bin ich derzeit kaum interessiert, Marlowe.« Ich versuchte nur, den Tag zu überleben.

»Mit der Zeit werden Sie verstehen, dass Sie Verbündete benötigen, und der Senat ist für Sie da. Im Gegensatz zu den Magiern wollen wir mit Ihnen zusammenarbeiten. Es geht uns nicht darum, Ihre Entscheidungen zu kontrollieren.«

»Klar. Deshalb hat Mircea mir den *Dúthracht* verpasst, nicht wahr?« Es gab viele Dinge, die mir nicht klar waren, aber mit diesem verbanden sich nicht die geringsten Zweifel. Der *Geis* diente nicht dazu, mich zu beraten; er sollte mich kontrollieren. Marlowes Gesichtsausdruck wies darauf hin, dass er das wusste.

»Wir finden einen Weg, Sie davon zu befreien. In der Zwischenzeit bietet Ihnen der Senat seinen Schutz an.«

Ich verdrehte die Augen, und Mac schnaubte.

»Ja«, sagte Mac verächtlich. »Ersetzen Sie ›Schutz‹ durch ›Gefängnis‹, und …«

Marlowe ignorierte ihn. »Sie sollten daran denken, dass der Senat Sie trotz der Fehleinschätzung von Lord Mircea geschützt hat. Was hingegen die Magier betrifft, lassen die Fakten nur einen Schluss zu: Sie wollen ihre Kandidatin auf dem Thron der Pythia und sind bereit, jedes Mittel zu nutzen, um dieses Ziel zu erreichen – dazu gehört auch ihre Ermordung.«

»Eine weitere Lüge!« Mac stand auf.

Er schien wütend genug zu sein, Marlowe an die Kehle zu fahren, aber er bekam keine Gelegenheit dazu. Ich hörte ein Rascheln, und die Wurzeln, die mich seit Stunden nervten, schlangen sich schneller um Mac, als ich blinzeln konnte. Er versuchte, etwas zu sagen, aber ich verstand ihn nicht. Nach wenigen Sekunden zeigten sich nur noch seine zornig funkelnden Augen über seilartigen Wurzeln, einige von ihnen so dick wie mein Arm. Es schien sinnlos zu sein, gegen sie anzukämpfen, aber er versuchte es trotzdem.

Marlowe erging es ähnlich, aber er saß ruhig da und leistete keinen Widerstand. Zwar war Marlowe der kräftigere der beiden Männer, doch bei ihm schienen die Wurzeln lockerer zu sitzen als bei Mac – sie reichten ihm nur bis zur Brust. Vielleicht hielten einen die Wurzeln weniger fest, wenn man nicht gegen sie ankämpfte. Ich folgte Marlowes Beispiel und hoffte, dass sie mich verschonten. Dann merkte ich, dass die Wurzeln nicht das einzige Problem waren.

»Wir sind keine Spione«, sagte Marlowe laut und wie in die leere Luft.

»Ihr seid ohne Erlaubnis in unserem Land«, lautete die Antwort. »Deshalb seid ihr das, für was wir euch halten.«

»Wer bist du?«, fragte eine gebieterische Stimme. Ein puppenartiges Geschöpf flog hinter Marlowe hervor und schwebte vor meinem Gesicht. Es war etwa sechzig Zentimeter lang, hatte einen dichten Schopf aus feuerrotem Haar und lange, hellgrüne Flügel. Es dauerte einige Sekunden, bis ich sie als die Fee erkannte, die ich eine Woche zuvor im Dante's gesehen hatte. Bei jener Gelegenheit war sie nur zwanzig Zentimeter groß gewesen, aber das konnte mich nicht darüber hinwegtäuschen, mit wem ich es zu tun hatte. Ich hatte vor ihr kein anderes Geschöpf aus dem Feenland gesehen, und erste Eindrücke dieser Art setzten sich fest.

»Geben Sie nicht Ihren Namen preis!«, sagte Marlowe schnell. Die Fee sah ihn an und runzelte die Stirn, woraufhin sich ihm eine dicke Wurzel mit einer Knolle dran zwischen die Lippen schob. Zu Glück für ihn mussten Vampire nicht atmen, denn der ersten Wurzel folgten weitere. Sie wickelten sich ihm ums Gesicht, bis nur noch seine braunen Locken zu sehen waren. Besser konnte man niemanden knebeln – allem Anschein nach musste ich von jetzt an auf Hilfe verzichten.

»Ich bin die Pythia«, sagte ich und fand, dass ein Titel besser war als mein Name. Soweit ich wusste, konnte man ihn nicht bei irgendwelchen Beschwörungen benutzen. »Wir sind uns schon einmal begegnet, im Dante's ...«

»Das bringt mir eine große Belohnung ein«, sagte die Fee und ignorierte meinen Versuch, auf unsere kurze Bekanntschaft zurückzukommen. »Packt sie.« Zahlreiche zottelige Wesen kamen zwischen den Bäumen hervor, ausgerüstet mit Keulen und in Leder gehüllten Schilden. Ich wusste nicht, warum sie sich überhaupt die Mühe machten, Waffen zu tragen – ihr Gestank reichte aus, um jeden Gegner außer Gefecht zu setzen.

Zwei sehr alt wirkende Geschöpfe hielten auf mich zu. Es sah aus, als hätten zwei schaurige Bäume ihre Wurzeln aus dem Boden gezogen und beschlossen, einen Spaziergang zu machen. Der nächste hatte mehr oder weniger menschliche Gestalt, wenn Menschen normalerweise eins zwanzig groß und mindestens ebenso breit gewesen wären. Doch sein Haar hatte die Farbe der Flechten auf den Wurzeln – ein helles, flammendes Rot, trotz der Schmutzkruste –, und die Augen zeigten das gleiche Dunggelb wie die Zähne. Die Haut war so knorrig wie alte Rinde, und ihre Farbe entsprach genau der des Waldbodens. Er trug nur ein kleines Lendentuch aus Eichenblättern, das fast ganz unter den Falten des dicken Bauchs verschwand.

Sein Partner mochte etwa dreißig Zentimeter größer sein, war dafür aber nicht so breit. Schmutziges graues Haar reichte ihm bis zu den Knien und hatte die Konsistenz von Dschungelmoos. Sehnige Muskeln zeichneten sich an absurd langen Armen mit grüngrauer Haut ab. Der Körper ähnelte einem rissigen Baumstamm mehr als einem anderen lebenden Wesen. Überall gab es knollenartige Auswüchse, wie von abgetrennten Ästen. Bei ihm bestand die »Kleidung« aus langen grauen Moosstreifen und einigen Farnen, die direkt aus dem Körper zu wachsen schienen.

Ich hielt mir die Nase zu und wünschte mir, ebenfalls nicht atmen zu müssen. »Was *sind* das für Leute?«

»Dunkle Elfen«, brachte Marlowe hervor. »Riesen und Eichenmänner.« Die Wurzeln hatten sich ebenso schnell zurückgezogen, wie sie gekommen waren – Kopf und Hals blieben jetzt unbedeckt. Den Grund dafür verstand ich, als ein drei Meter großer Riese heranstapfte und ihm eine Keule von der Größe eines kleinen Baums an den Kopf schlug. »Es ist immer der Kopf«, ächzte Marlowe, verdrehte die Augen und brach zusammen.

Ich wich zurück und hob die Hände, um zu zeigen, dass ich harmlos war. Leider entsprach das auch der Wahrheit. Der Rucksack mit der Knarre lag zu weit entfernt, und andere Waffen hatte ich nicht. Die kleinere Gestalt lachte und sagte etwas in einer gutturalen Sprache, die ich nicht verstand. Nach ihrem Gesichtsausdruck zu urteilen, war das vielleicht auch besser so. Ich wich noch etwas weiter zurück, als die beiden Baummänner näher kamen, versuchte dabei, sie im Auge zu behalten und gleichzeitig auf den mit Wurzeln übersäten Boden zu achten. Es klappte nicht, und ich landete der Länge nach im

Laub. Kaum lag ich auf dem Boden, wickelten sich Wurzeln um meine Handgelenke und hielten mich fest. Einen Moment später erreichte mich der größere Baummann, und sein Atem schlug mir entgegen, mit dem Duft eines reifen Komposthaufens.

»Cassie!« Ich hörte Macs Stimme und sah rechtzeitig genug auf, um zu beobachten, wie er aus der gelockerten Umklammerung der Wurzeln rutschte und in meine Richtung lief. Alles schien langsamer zu werden, wie bei einer schlimmen Sache, die man beobachtete und gegen die man nichts unternehmen konnte. Die Wurzeln folgten Mac, und bevor ich genug Luft für einen warnenden Ruf holen konnte, durchbohrte ihn eine wie ein lebender Speer. Am Boden gefesselt musste ich zusehen, wie er schmerzerfüllt zusammenzuckte, der Oberschenkel von Holz so spitz und scharf wie ein Messer durchbohrt. Er schwankte, sank schwer auf die Knie und brachte schließlich einen Schrei hervor.

Ich fühlte raue Finger an meinen Beinen – sie fanden den Bund meiner Shorts und beschädigten den Reißverschluss in ihrer Hast, mir die kurze Hose von den Hüften zu zerren. Ich merkte kaum etwas davon und beobachtete entsetzt, wie sich Mac auf dem Boden wand und versuchte, sich die lanzenartige Wurzel aus dem Bein zu ziehen. Schließlich schaffte er es, den Holzspeer mit ruhigen Händen aus seinem Bein zu lösen. Blut spritzte aus der Wunde, aber darauf achtete er nicht.

Kaum hatte er sich von der Lanze befreit, schlang sich ihm eine Wurzel um den Hals und drückte zu.

»Nein!«, entfuhr es mir. »Lasst ihn in Ruhe – ihr tötet ihn!«

Entweder verstanden mich die Wurzeln nicht, oder es war ihnen gleich. Das Geschöpf über mir zerrte noch immer an den Shorts, und mit einem Ruck riss es sie mir halb nach unten. Ich trat nach ihm, aber ebenso gut hätte ich Holz anstatt lebendes

Fleisch treffen können – das Wesen merkte nicht einmal etwas. Verzweifelt sah ich mich nach Hilfe um, aber Tomas' reglose Gestalt wurde gerade auf recht unsanfte Weise in einen Sack geschoben. Marlowe hatte inzwischen das Bewusstsein wiedererlangt, doch drei Riesen hielten ihn fest, während ein vierter versuchte, ihm einen Sack über den Kopf zu stülpen.

Mac schaffte es, die Wurzel zu lockern, und mit einer Hand versuchte er, sie ganz von seinem Hals zu lösen. Die andere war auf die Wunde in seinem Oberschenkel gepresst – die große Blutlache auf dem Boden wies darauf hin, dass vielleicht eine wichtige Ader gerissen war. Wenigstens hatten sich die anderen Wurzeln zurückgezogen. Sie schienen nicht an ihm interessiert zu sein, solange er keinen Widerstand leistete. Ich hoffte, dass er liegen blieb und sich tot stellte, bevor er wirklich tot war.

Mit einem jähen Adrenalinschub wurde mir klar, dass ich auf mich allein gestellt war und meine normalen Verteidigungsmechanismen hier nicht funktionierten. Das Armband war nicht mehr als Zierde, und der Schutzzauber auf dem Rücken nützte mir nichts. Sheba war nach dem Angriff auf die Konsulin verschwunden, und der *Geis* rührte sich nicht. Entweder blockierte das Feenland seine Kraft, oder diese Geschöpfe waren so fremdartig, dass er sie nicht als Gefahr erkannte. Mein neues Amulett hätte mir vielleicht geholfen, aber es befand sich unter dem Shirt, und ich konnte es nicht erreichen, solange meine Arme nach oben gestreckt waren.

Der dünne Baummann über mir riss die Shorts ganz herunter und warf sie beiseite, während sich der Dicke an mein Shirt machte. Es war elastisch und ließ sich nicht leicht zerreißen. Der dicke Bursche legte eine Pause ein und beleckte mein Gesicht, als wollte er mich kosten. Ein Speichelfaden ging von seinem Mund aus und traf mich an der Wange. Langsam kroch mir das eklige Zeug über den Hals, kalt und glitschig; es fühlte sich völlig anders an als normaler Speichel. Ich wollte schreien, bekam aber keine Luft, weil mir schmutzige, stinkende Haare in den Mund gerieten.

Die wüste, dreckige Masse auf dem Kopf des Wesens nahm mir die Sicht auf das Geschehen, aber ich fühlte das Zerren am Slip, der schließlich nachgab und riss. Ich versuchte einen Zeitsprung – die Konsequenzen waren mir in jenem Moment gleich –, doch nichts geschah, obwohl ich eine träge Bewegung bei der Macht spürte. Offenbar genügte es nicht. Meine besondere Fähigkeit war wie eine Rettungsleine, die zwar in der Nähe lag, aber nicht nahe genug.

Ich drehte den Kopf so weit wie möglich zum Weg, um Luft zu bekommen, und plötzlich sah ich sie. Eine Waffe lag nicht weit entfernt, wenn auch nicht unbedingt in Reichweite. Die Rune musste aus der Tasche meiner Shorts gefallen sein, als der Baum sie ins Gebüsch geworfen hatte, und angesichts ihrer geringen Größe war sie bisher niemandem aufgefallen. Verlockend nahe lag sie bei meinem Kopf, ein helles Knochenstück, halb unter dem feuchten Laub. Zwar trennten mich nur wenige Zentimeter davon, aber ich hatte keine Möglichkeit, sie zu ergreifen.

Während ich noch überlegte, wie ich jene wenigen Zentimeter überbrücken konnte, schlangen sich zwei dünne, aber starke Wurzeln um meine Fußgelenke und krochen von dort nach oben. Als sie die Knie erreichten, übten sie an den Innenseiten der Beine Druck aus. Die lebenden Fesseln setzten den Weg nach oben fort, pressten sich an die Oberschenkel und zwangen meine Beine mit solcher Brutalität auseinander, dass ich glaubte, sie wollten mich entzweireißen. Schließlich hielten sie inne, als meine Hüften nicht weiter nachgaben. Ich wollte mich zur Wehr setzen, aber was auch immer ich versuchte, es änderte nichts an meiner Situation, und die zunehmende Panik machte es mir fast unmöglich, einen klaren Gedanken zu fassen. Ein Stock, aus dem einige kleine grüne Blätter sprossen, fiel mir aufs Gesicht, während die beiden Baummänner darum stritten, wer mich zuerst vergewaltigen durfte.

Es war ein kurzer Kampf. Der dünne Bursche packte seinen Kollegen und warf ihn gegen einen Baum, dessen Zweige ihn in einer hölzernen Umarmung festhielten. Dann drehte er sich um und fiel über mich her. Zwei grobe, knorrige Hände packten mich schmerzhaft fest an den Schultern, und ich starrte in flache graue Augen, die nichts Menschliches hatten. Er schob sich an mir herab, und seine raue Haut kratzte über meine, bis auf die vom Shirt geschützten Stellen.

Ich schenkte dem Schmerz, den seine Bewegungen verursachten, keine Beachtung und nahm den Stock – mein einziges Werkzeug – in den Mund. Mein Blick galt der Schnur, die durch den oberen Teil des Knochenstücks führte. Sie war braun und ragte kaum aus dem Laub. Bei dieser Sache bekam ich nur eine Chance, und deshalb musste ich mich ganz darauf konzentrieren. Es gelang mir, den Stock durch die kleine Schlaufe zu schieben, und dann begann ich damit, die Rune näher zu ziehen. Wenn ich sie mit der Haut berührte, oder vielleicht nur mit meiner Aura … Es mochte genügen. Dann hörte ich ein Platschen, und etwas Schlüpfriges und Klammes stieß mir an den Bauch. Ich erstarrte.

Es fühlte sich wie etwas Altes an, das lange im Boden gelegen hatte und halb verrottet war, schwammartig, feucht und aufgebläht. Aber es bewegte sich langsam und wackelte die Magengrube hinab. Ich konnte nichts sehen, abgesehen von der Schulter meines Angreifers und eines kleinen Stücks vom Weg, doch meine Phantasie malte mir das Bild einer großen weißen Larve oder einer faustgroßen Schnecke. Als mir die kalte Feuchtigkeit zwischen die Beine glitt … Ich schwöre, dass mein Herz aussetzte.

Vor Entsetzen war ich wie gelähmt und lag einfach nur da, als das unmenschliche Ding an mir anschwoll wie eine faulige Frucht, die zu explodieren drohte. Seine nasse Kälte verpasste mir eine Gänsehaut am ganzen Körper, als es meine Wärme aufnahm und mich so betäubte, als striche ein Eiszapfen über empfindliche Stellen. Ekel ließ mich schaudern, und ich begriff plötzlich, dass das abscheuliche Etwas seine Form änderte, um eine zu finden, die mit meinem Körper kompatibel war. Doch jene, die es schließlich fand, hatte keine Ähnlichkeit mit menschlicher Virilität. Die schleimige Masse erstarrte immer mehr, gewann die Festigkeit von Holz, und ich wusste: Wenn das harte Ding in mich eindrang, konnte ich nicht damit rechnen, am Leben zu bleiben. Es würde mir meine ganze Wärme stehlen und sie durch seine klamme Kälte ersetzen. Der grüne Mann, erinnerte sich ein Teil von mir: Die alten Kelten hatten jemanden aus ihrer Mitte dem Land geopfert, damit es durch sein Fleisch fruchtbar wurde. In diesem Fall schien dem Wald eine grüne Frau lieber zu sein.

Als die Parodie eines Penis zu drücken begann – ein Verhalten, das mir so *menschlich* erschien –, fiel die Starre von mir ab. Ich schrie und schüttelte heftig den Kopf. Ungeplant landete dadurch ein kleiner, fast völlig vergessener Gegenstand auf meiner Wange. Meine Augen erkannten die Runenscheibe, und daraufhin begann das Herz wieder zu schlagen. Ich wusste nicht, wie man den Zauber der Rune einsetzte; ich konnte nicht einmal sicher sein, ob er überhaupt funktionierte. Doch ich rief den Namen im Innern meines Kopfes, weil mein Mund aus irgendeinem Grund unbewegt blieb.

Ob es nun die richtige Prozedur war oder nicht – es tat

sich etwas. In gewisser Weise. Ich fand mich nicht zwanzig Minuten in der Vergangenheit wieder, sondern etwa zwei. Die Eichenmänner hielten auf mich zu, und Mac lief los, um sie daran zu hindern, mich zu erreichen. Er war so sehr darauf konzentriert, mich zu retten, dass er nicht die Wurzeln bemerkte, die sich hinter ihm in Speere verwandelten. Diesmal zögerte ich nicht, rief eine Warnung und sprang über den Weg zum Rucksack.

Ich konnte wieder atmen und schluchzte, und meine Hände zitterten so sehr, dass ich nicht wusste, ob ich den Rucksack mit ihnen öffnen konnte. Der kleinere Baummann erreichte mich, als ich erst eine Schnalle gelöst hatte. Er packte mich vorn am Shirt und zog, und diesmal schien er die richtige Stelle gewählt zu haben, denn es zerriss. Mein Amulett, das mit Billys Halskette zwischen meinen Brüsten um Platz rang, kam zum Vorschein, und der Angreifer kreischte und wich zurück. Er hielt sich die Hand, die das Amulett berührt hatte, und ein schwarzes Mal erschien auf der Haut, in Form des Kreuzes aus Ebereschenholz. Ich griff in den halb offenen Rucksack und fand die Knarre.

Ich war nicht beste Schützin der Welt. Ich war sogar grottenschlecht. Aber selbst ich verfehlte meine Ziele kaum, wenn sie nur einen Meter von mir entfernt waren. Ich machte mir gar nicht die Mühe, richtig zu zielen, hob die Waffe einfach und ballerte drauflos. Die rindenartige Haut der Eichenmänner splitterte, als bestünde sie tatsächlich aus Holz. Der größere Bursche heulte und rannte über den Weg, während sich sein dicker Kumpel auf den Boden hockte und die Hände auf den moosbedeckten Kopf hielt. Die eisernen Kugeln bereiteten ihm ganz offensichtlich Schmerzen, aber obwohl eine sirupartige Substanz aus den Wunden quoll, blieben die beiden Eichenmänner am Leben und bewegten sich, als ich das Magazin leergeschossen hatte. Ich starrte sie ungläubig an. Was war nötig, um solche Wesen zu erledigen?

Der Mantel, den Pritkin mir gegeben hatte, lag in der Nähe, neben dem Rucksack, aber mir blieb nicht Zeit genug, nach den passenden Patronen zu suchen. Der kleine Baummann begriff, dass ich nicht mehr schießen konnte, und er streckte die knorrigen Hände nach mir aus. Ich drückte ihm das Amulett an die Stirn, so fest wie möglich. Sofort wurde die rindenartige Haut schwarz und begann zu qualmen, und der davon ausgehende Geruch erinnerte mich an den eines Lagerfeuers.

Das Geschöpf wandte sich von mir ab, presste die Hände an den Kopf und schrie. Ich wusste nicht, ob es erneut versucht hätte, mich zu packen, denn plötzlich erschien wieder die Fee und schlug ihn trotz seiner misslichen Lage mit der flachen Seite ihres Schwerts. Der Hieb musste weitaus kraftvoller gewesen sein, als er aussah, denn der Baummann flog durch den Wald, bis er gegen einen überhängenden Ast prallte. Er fiel auf den Boden, bewusstlos oder vielleicht sogar tot. Ich wartete nicht ab, um Gewissheit zu erlangen; meine Sorge galt vor allem Mac.

Riesige Hände senkten sich zu mir herab, und gleichzeitig hallte ein Schrei durch den Wald. Ich sah zum Weg und beobachtete eine Wurzel so groß wie ein kleiner Baum, die direkt unter Mac aus dem Boden kam. Die Zeit schien anzuhalten – ich konnte mein Herz nicht mehr schlagen fühlen –, und dann ging alles sehr schnell. Mit einem jähen Ruck bohrte sich die Wurzel Mac in den Rücken. »Nein«, hauchte ich, aber niemand hörte mich. Macs Körper wölbte sich nach oben, bis der Rücken ganz aus dem Gras kam, und seine Finger bohrten sich in den weichen Boden. Dann durchdrang die Wurzel seine Brust, und Blut spritzte.

Die Fee nickte den Wächtern zu, die mich daraufhin losließen. Ich raste über den Weg, doch Mac war bereits erschlafft, als ich ihn erreichte. Seine Augen starrten nach oben und sahen nichts mehr. »Mac …« Ich schüttelte ihn vorsichtig, aber er reagierte nicht. »Mac, bitte …«

Sein Kopf rollte haltlos zur Seite, und plötzlich regnete es goldene Gegenstände. Mir gefror das Blut in den Adern, als ich begriff, was geschehen war. Macs Zauber hatten sich verfestigt und waren abgefallen, ließen die Haut zwischen den unbeweglichen Blättern so rosarot wie die eines Neugeborenen zurück. Mit zitternder Hand nahm ich eins der kleinen Objekte und erkannte die Eidechse, mitten im Sprung erstarrt. Neben meinem Knie lag eine Schlange so lang wie mein Arm; sie hatte sich von ihrem üblichen Platz am Hals gelöst. Und neben der durchbohrten Brust bemerkte ich einen Adler so groß wie meine Hand.

Wie betäubt starrte ich auf die Zauber hinab und wusste, was es bedeutete, dass sie ihn verlassen hatten, doch gleichzeitig sträubte ich mich gegen die Erkenntnis. Die versammelten Zuschauer stimmten ein lautes Geheul und Gekreische an, aber ich sah nicht einmal auf. Bis die Wurzeln zurückkehrten.

Wenn ich sie vorher für zahlreich gehalten hatte, so wurde ich jetzt daran erinnert, wie viele nötig waren, um einen Baum mit genug Nährstoffen zu versorgen. Plötzlich wimmelte es überall von ihnen. Sie kamen aus dem Wald herangesaust, explodierten regelrecht aus dem Boden und sprangen aus dem Gebüsch. Einige verharrten und nahmen Macs Blut auf, das sich zu einer großen Lache angesammelt hatte, aber die meisten stürzten sich wie hungrige Haie auf ihn. Teile der zuckenden Masse trafen mich wie mit Peitschen aus Rinde, und um Mac herum schien der Boden regelrecht zu brodeln. Dutzende von Wurzeln wickelten sich um ihn, hüllten ihn wie in ein Leichentuch ganz besonderer Art. Dann traf mich eine große, wie verknotet wirkende Wurzel am Bauch und nahm mir den Atem. Ich sank auf die Knie, und als ich wieder zu Mac sah, war er verschwunden. Den einzigen Hinweis darauf, dass etwas geschehen war, boten die goldenen Zauber, die hier und dort in der zerwühlten Erde steckten.

Die Fee sagte etwas zu dem Riesen hinter ihr. Aus seiner Körpermasse hätte man zwei Dutzend von ihr machen können, aber er gehorchte ihr sofort. Er stapfte über den Weg auf mich zu, und das war das Letzte, was ich sah, bevor die Welt schwarz und mir klar wurde, dass man mich in einen Sack gesteckt hatte. Ich erinnere mich daran, dass mich jemand über die Schulter warf. Dann schaltete mein Gehirn komplett ab, und völlige Finsternis umgab mich.

Ich erwachte in kalten Schweiß gebadet und schnappte mit hämmerndem Herzen nach Luft. Voller Entsetzen starrte ich in Dunkelheit, davon überzeugt, dass mich gleich etwas packen und der Schrecken erneut beginnen würde. Doch Zeit verstrich, und nichts geschah. Ich hörte nichts anderes als mein eigenes, mühevolles Atmen. Meine Brust schmerzte, als wäre ich viele Kilometer weit gelaufen, und ich wollte mich nur zusammenrollen und abwarten, bis die Schmerzen aufhörten. Doch diesen Luxus konnte ich mir nicht leisten. Ich musste herausfinden, wo ich mich befand und was geschehen war.

Ich tastete umher und stellte auf diese Weise fest, dass ich auf einer einfachen Holzpritsche in einer steinernen Zelle lag, und meine einzige Kleidung bestand aus einer kratzigen Wolldecke. Ich schätze, das Shirt war nicht mehr zu retten gewesen. Benommenheit ließ meine Gedanken träge dahinkriechen, aber ich begann zu zittern, als erste Erinnerungen an die jüngsten Ereignisse in mir aufstiegen. Ich untersuchte mich selbst, aber abgesehen davon, dass ich völlig verdreckt war, schien mit mir alles in Ordnung zu sein. Allerdings schienen die von den Wurzeln stammenden Striemen im Takt mit den Krallenspuren des Adlers an meiner Hand zu pulsieren, und dadurch fühlte es sich an, als hallte mein Herzschlag durch den ganzen Körper.

Mehr als alles andere wünschte ich mir ein Bad. Erneut tastete ich umher und fand einen großen Eimer Wasser, den jemand zusammen mit einem Schwamm, einem Riegel selbstgemachter Seife und einem Handtuch bei der Tür zurückgelassen hatte. Der Boden war kahl, abgesehen von etwas Stroh, das die Matratze durch ein Loch verloren hatte, und in der Mitte gab es einen Abfluss. Ich legte die Decke beiseite und schrubbte mich ab, bis die Haut an einigen Stellen wund war und ich nichts anderes mehr roch als den scharfen Geruch der Seife.

Den Rest des Wassers schüttete ich mir über den Kopf, doch trotz all meiner Bemühungen fühlte ich mich nicht sauber. Ich trocknete mich ab und versuchte, nicht an Mac zu denken, aber das war unmöglich. Die Fee und ihre Helfer mussten seine Zauber eingesammelt und mitgebracht haben, denn sie bildeten einen Haufen am Ende der Pritsche. Meine Finger erkannten ihre Formen, aber sie fühlten sich kalt und leblos an. Ich fragte mich, ob sie eine Art Mitteilung sein sollten, ein Hinweis darauf, wie nutzlos selbst unsere beste Magie im Feenland war. Ich hätte gut darauf verzichten können.

Ich war noch immer desorientiert und konnte kaum glauben, was ich im Wald gesehen hatte. Doch die Bilder schienen sich mir in die Augen gebrannt zu haben. Ich hörte Macs letzten Schrei und sah, wie sich seine Finger in den Boden bohrten und eine Waffe suchten, die ihm fehlte, weil er seinen einzigen Feenland-Zauber mir gegeben hatte.

Und ich hatte ihn verloren.

Erneut versuchte ich, meine Macht zu rufen, und ich fühlte sie wie eine große Welle an einem Damm – sie konnte mich nicht erreichen. Wenn es eine Möglichkeit gab, die blockierende Wirkung des Feenlands aufzuheben, entzog sie sich meiner Kenntnis.

Als sich meine Augen an die Dunkelheit gewöhnt hatten, sah ich mattes Licht, das mir die Umrisse der Tür zeigte – es war so schwach, dass es verschwand, wenn ich blinzelte. Bei einer Flucht half es nicht viel, und die leere Zelle bot mir kaum Inspiration. Abgesehen von der Pritsche gab es keine anderen Einrichtungsgegenstände, und bis auf die massive, verriegelte Tür und ein hohes, vergittertes Fenster entdeckte ich keinen Weg hinaus. Ich wickelte mich wieder in die Decke, zog die Pritsche zur Seite und schnitte eine Grimasse, als sie laut über den Boden kratzte. Als ich auf sie stieg, konnte ich gerade so den Fenstersims erreichen, doch meine suchenden Finger fanden dort nur Staub und etwas, das sich nach einer toten Spinne anfühlte. Weder Mond noch Sterne waren zu sehen, und mein Tastsinn teilte mir mit, dass die Gitterstäbe aus Metall bestanden und so dick wie mein Handgelenk waren.

Ich setzte mich wieder auf die Pritsche, schlang die Arme um die Knie und zitterte in der kühlen Nachtluft. Das Waschen und die Suche nach einem Fluchtweg hatten mein Gehirn beschäftigt, aber jetzt kehrte es zum Schrecken im Wald zurück. Je mehr ich versuchte, nicht an Mac zu denken, desto mehr Erinnerungen drängten sich mir auf. Ich roch erneut den grässlichen Atem, sah die Gier in den Augen der Baummänner und fühlte, wie die faulige Masse zwischen meinen Beinen zuckte und drückte.

Ich zitterte immer heftiger, bis mir die Zähne klapperten. Schließlich konzentrierte ich mich auf den Zorn, um damit die Panik zu besiegen, holte tief Luft und überlegte. Ich war allein und wehrlos, und das hasste ich. Die Furcht war eine alte, vertraute Begleiterin, aber dies ging darüber hinaus. Es fehlten geeignete Worte, um zu beschreiben, was ich empfand: eine Kälte, die mir bis in die Knochen reichte, und die Gewissheit, dass ich mich, selbst wenn ich überlebte, nie wieder sicher fühlen würde.

Ich zog die Wolldecke noch etwas fester um mich, aber es nützte kaum etwas. Die Kälte, die mich durchdrang, kam nicht von außen. Ich ging in der dunklen Zelle auf und ab und versuchte, den Frost mit Bewegung aus mir zu verbannen. Wärmer wurde mir dadurch nicht, aber ich bekam einen klaren Kopf. Ich konnte meine Fehler später analysieren. Ich konnte später trauern. Jetzt kam es vor allem darauf an, diesen Ort zu verlassen. Und irgendwie musste ich dafür sorgen, dass ich nie, *nie* wieder wehrlos sein würde.

Ich versuchte gerade, erneut auf meine Macht zuzugreifen, als ich eine vertraute Stimme hörte. »I'll take you home again, Kathleen, across the ocean wild and wide«, sang sie ebenso fröhlich wie falsch. Die Stimme war nicht besonders laut und lallte, aber ich erkannte sie sofort.

»Billy!« Fast hätte ich vor Erleichterung geweint.

Der Gesang hörte abrupt auf. »Cassie, mein Schatz. Ich hab einen Vers für dich. Is' mir im Lokal eingefallen.«

Da war mal ein Geist, Billy er hieß
Auf eine Dummheit er sich einließ.
Ein schönes Mädel er fand,
Bat sie nicht nur um die Hand
Und vergaß dabei, dass ihn mit dem Leben
auch der Pimmel verließ.

»Wo bist du?«, rief ich. »Was ist los?« Die einzige Antwort, die ich bekam, war der Refrain von »The Belle of Belfast City«. Typisch Billy: Er weckte in mir den Wunsch, ihn zu erwürgen, obwohl er nicht einmal im gleichen Zimmer war. »Du bist betrunken!«

»Das bin ich, ja«, bestätigte er. »Aber ich bin auch wach, und das ist mehr, als mein orangefarbener Freund hier von sich behaupten kann. Verträgt nichts, der Bursche.«

»Billy!«

»Na schön, Cass. Immer mit der Ruhe. Der gute alte Billy verklickert dir alles. Die Dunklen Elfen haben uns geschnappt. Mich haben sie aus 'ner gemütlichen Kneipe geholt und dann in dieses nasskalte Loch geworfen, nur mit ihm als Gesellschaft, damit ich hier sitze, bis der König mich zu sich holt.«

Ich seufzte erleichtert. Wenigstens hatte man nicht vor, uns am nächsten Morgen zu köpfen oder ähnliche mittelalterliche Dinge mit uns anzustellen. Dadurch bekamen die anderen Zeit, uns zu finden, vorausgesetzt, sie waren noch frei. »Wo sind die anderen?«, fragte ich und hoffte, dass es ihnen besser erging als mir. Sonst steckten wir in großen Schwierigkeiten.

»Pritkin und Marlowe versuchen, den Hauptmann der Wache – eine fiese Fee – dazu zu bringen, uns freizulassen, aber ich weiß nicht, ob ihnen das gelingt.« Billy zögerte und fuhr in einem anderen Tonfall fort: »He, Cass. Was würde deiner Meinung nach mit mir passieren, wenn ich hier den Löffel abgebe? Im Feenland gibt es keine Geister, oder?«

Ich dachte an Mac, an sein im Tod erschlafftes Gesicht, an die trüben Augen. Wenn ein Geist oder auch nur ein Lebensfunke den toten Körper verlassen hatte, war er mir nicht aufgefallen. Neues Schaudern erfasste mich. Mein Gott, was hatte ich getan?

»Was is', wenn wir hierbleiben?«, fragte Billy. »Was is', wenn ich … wenn ich hier sterbe und es diesmal kein Schlupfloch gibt? Was is' …«

»Billy!« Ich bemühte mich, den hysterischen Klang meiner Stimme abzuschwächen, aber es gelang mir nicht ganz. Ich schluckte und versuchte es erneut. »Du wirst nicht sterben, Billy. Wir kommen hier raus.« Ich wollte damit nicht nur ihn beruhigen, sondern auch mich selbst, aber ich fürchte, es klappte weder bei ihm noch bei mir.

Ich hörte einen rasselnden Schlüsselbund außerhalb meiner Zelle, und die große Tür schwang an alten Angeln auf. Laternenlicht fiel in den Raum und blendete mich fast. Ich hielt mir die Hände vor die Augen, spähte durch die Lücken zwischen den Fingern und erkannte einen Wächter, der jemanden trug. »Tomas!«

Der Wächter war nur etwa anderthalb Meter groß und trug den einsachtzig großen Vampir so, als wöge er überhaupt nichts. Er legte ihn auf die Pritsche, und als er sich dann zu mir umdrehte, bemerkte ich die Eber-Fangzähne in seinem breiten Mund. *Oger,* vermeldete ein Teil meines Gehirns. Das Geschöpf stieß mir einen kurzen, dicken Finger an die Brust und brummte. Die Stimme klang wie Kies, über den ein Panzer rollte, und das Brummen enthielt vermutlich Worte, aber ich verstand sie nicht.

»Er will, dass du ihn heilst«, kam eine Stimme von der Tür. Hinter dem breiten Kerkermeister stand eine schlanke Brünette, die ein prächtiges grünes Gewand mit roten Stickereien trug. Ich brauchte einige Sekunden, um sie zu erkennen.

»Françoise?« Es war bizarr. Wohin es mich auch verschlug – es dauerte nicht lange, bis sie mir über den Weg lief. Das erste Mal waren wir uns im Frankreich des siebzehnten Jahrhunderts begegnet; Tomas und ich hatten sie dort vor der Inquisition gerettet. Dann war sie mit der Fee im Dante's erschienen und sollte an die Elfen verkauft werden. Ich hatte sie befreit, aber das Schicksal schien ihr ebenso dicht auf den Fersen zu sein wie mir, denn hier standen wir uns erneut gegenüber. »Was machst du hier?«, fragte ich verwundert.

»Du und *le Monsieur*, ihr habt mir einmal geholfen«, antwortete sie schnell. »Ich bin gekommen, um … Wie sagt man? Um den Gefallen zu erwidern.«

»Was ist mit den anderen?«, fragte ich schnell. »Ich bin mit einer Gruppe gekommen …«

»*Qui, je sais.* Der Magier, er trifft eine Vereinbarung mit Radella. Sie ist Hauptmann der Nachtwache, *une grande baroudeuse*, eine Kriegerin mit großem Geschick.«

»Was für eine Vereinbarung?«

»Der Magier hat eine Rune der Macht, die Radella lange gesucht hat. Sie wünscht sich vor allem ein Kind, ist aber *inféconde*, unfruchtbar. Der Magier meinte, dass er die Rune für sie einsetzt, wenn sie uns hilft.«

»Jera.« Na so was, das Ding erwies sich tatsächlich als nützlich.

»*C'est ça.*« Françoise sah zum Oger, der uns argwöhnisch anstarrte. Ich gewann den Eindruck, dass er kein Englisch sprach, zumindest nicht gut genug, um einem Gespräch zu folgen. »Sie wissen nicht, warum *le Vampire* nicht erwacht. Ich habe ihnen gesagt, dass du eine große Heilerin bist und ihn retten kannst.«

»Er befindet sich in einer Heiltrance. Er hilft sich selbst. Hoffentlich.«

»Es spielt keine Rolle«, sagte Françoise, lächelte und nickte dem Oger zu. »Ich möchte euch beide nur zusammen haben, in der Nähe des Portals. Ich kehre bald zurück, nach dem Wachwechsel.«

»In der Nähe des Portals? Aber …«

»Ich tue, was ich kann«, sagte Françoise, als der Oger an ihr vorbeistapfte – er war offenbar zu dem Schluss gelangt, dass das Gespräch lange genug gedauert hatte. »Aber du musst mir versprechen, mich mitzunehmen. Bitte, ich bin schon so lange hier …«

»Du bist seit einer Woche hier«, erwiderte ich verwirrt und wollte erklären, dass ich das Portal nicht brauchte. Ich musste Myra finden. Es ging mir nicht darum, dorthin zurückzukehren, wo ich mit der Suche nach ihr begonnen hatte, erst recht nicht mit einem *Geis*, der jederzeit aktiv werden konnte, und mit Senat und Kreis, die es auf mich abgesehen hatten. Schlimmer noch: Wenn wir jetzt zurückkehrten, war Mac ganz umsonst gestorben. Doch der Oger, der seine Laterne auf den Boden gestellt hatte, machte Anstalten, die Tür zu schließen. Françoise sah mich über seine Schulter hinweg an, und Panik lag in ihren Augen. »In Ordnung, ich verspreche es!«, sagte ich. Selbst eine Woche fühlte sich an diesem Ort vermutlich wie eine Ewigkeit an, und ich wollte nicht, dass hier jemandem widerfuhr, was fast mit mir geschehen wäre.

Ich stand in der Mitte der Zelle und hörte, wie sich draußen die schweren Schritte des Ogers entfernten. Alles in mir drängte danach, Tomas zu untersuchen, aber gleichzeitig fürchtete ich mich davor. Was wenn es ihm nicht besser ging? Was wenn er sich gar nicht in einer Heiltrance befand und wir die ganze Zeit über eine Leiche mit uns geschleppt hatten?

Schließlich nahm ich meinen ganzen Mut zusammen und ging zur Pritsche. Tomas lag im Licht der Laterne auf dem Rücken, aber Brust und Bauch waren unter dicken Verbänden verborgen. Jemand hatte bessere Arbeit geleistet als ich bei meinen hastigen Bemühungen. Von dicht unter seinen Brustwarzen bis zu den muskulösen Oberschenkeln sah er praktisch wie eine Mumie aus. Die Verbände waren alles, was er trug, aber das bemerkte ich kaum, denn ich sah das Glitzern seiner dunklen Augen unter den halb geschlossenen Lidern.

»Tomas!« Ich beugte mich über ihn und fühlte seine kalte Haut. Das war kein gutes Zeichen. Ich wusste nicht, woher das Gerücht kam, dass Vampire kalt waren. Wenn sie nicht gerade kurz vor dem Hungertod standen, waren sie ebenso warm wie Menschen – immerhin ernährten sie sich von menschlichem Blut. Ich nahm die Decke ab, wickelte sie um ihn und versuchte, so viel wie möglich von seiner Haut zu bedecken.

Er lächelte und zog schwach an meiner Hand, und ich setzte mich neben ihn. Auf der schmalen Pritsche gab es kaum Platz für uns beide, aber er bestand darauf. »Endlich habe ich dich nackt im Bett, aber ich bin zu müde, um das auszunutzen«, scherzte er. Ich hätte vor Erleichterung weinen können.

Ich strich mit dem Handgelenk über die Seite seines Gesichts, aber er wich zurück. Er wusste, was ich ihm anbot, und er brauchte es dringend. Ich hielt ihm das Handgelenk an die Wange und richtete einen ernsten Blick auf ihn. »Trink. Ohne mein Blut wirst du nicht gesund.«

»Du brauchst deine Kraft.«

»Dann nimm mir nicht viel, aber komm wieder auf die Beine. Ich weiß nicht, wie viel Zeit uns bleibt.« Die Zellentür war schwer, doch in seinem normalen Zustand hätte Tomas sie mühelos aus den Angeln reißen können. Unter den gegebenen Umständen wäre ich damit zufrieden gewesen, wenn er laufen oder wenigstens gehen konnte, sobald Françoise zurückkehrte. Im Gegensatz zum Oger war ich nicht in der Lage, ihn zu tragen.

Tomas zögerte, aber dann gelangte er offenbar zum gleichen Schluss wie ich, denn ich fühlte ein kurzes Zerren an meiner Kraft. Es wurde ein langsames, beständiges Fließen daraus, während sich gleichzeitig neues Leben in Tomas ausbreitete, und ich seufzte voller Wohlbehagen. Es konnte sehr sinnlich sein, wenn Vampire Blut tranken, aber das war diesmal nicht der Fall. Ich spürte warme Behaglichkeit, als säße ich in einer kalten Nacht in eine dicke, flauschige Decke gehüllt. Außerdem fühlte es sich vertraut an und erinnerte mich daran, dass ich noch einen anderen Grund hatte, auf Tomas sauer zu sein.

Er hatte mir klammheimlich Blut abgezapft, während wir zusammengewohnt hatten, durch die Haut, Molekül für Molekül, ohne Spuren zu hinterlassen. Angeblich war es erforderlich gewesen, damit er immer wusste, wo ich mich aufhielt – es hatte zu seinem Job gehört, meine Sicherheit zu garantieren, und durch die Aufnahme meines Blutes entstand eine besondere Verbindung zwischen uns. Aber ich fühlte mich trotzdem davon verletzt. Rein theoretisch hätte ich vor dem Senat Anklage gegen ihn erheben können, obwohl das derzeit reichlich überflüssig gewesen wäre. Der Senat hätte ihn liebend gern ins Jenseits befördert, auch ohne dass jemand weitere Vorwürfe gegen ihn erhob.

Er sah mich an, und der Laternenschein vergoldete seine dunklen Wimpern. Eine warme Mattigkeit breitete sich in mir aus, und es fiel mir immer schwerer, an meinem Ärger festzuhalten. Nach den Ereignissen dieses Tages schien es kaum eine Rolle zu spielen, ein wenig Kraft zu verlieren, und das Gefühl von Frieden und Vertrautheit war willkommen, woher auch immer es kam. Außerdem blieb uns eigentlich gar keine Wahl: Wenn es um das Blut der Feenland-Bewohner ebenso bestellt war wie um ihre anderen Körperflüssigkeiten, konnten Vampire vermutlich nicht viel damit anfangen. Unter solchen Voraussetzungen hätte mir Tomas sicher längst ein wenig Blut abgenommen, ohne dass es bekannt geworden wäre.

»Ist alles in Ordnung mit dir?«, fragte ich, als er aufhörte, ohne genug genommen zu haben. »Ich wusste nicht, ob du in einer Heiltrance warst oder …«

»Ich bin nicht annähernd so stark wie sonst, aber dank dir werde ich mich erholen.« Er klang bereits kräftiger, was mich nicht hätte überraschen sollen. Es gab nur einige hundert Vampire der ersten Stufe, und die Dinge, zu denen sie imstande waren, erschienen oft wie ein Wunder. »Dieser Ort hat etwas Besonderes«, sagte er langsam. »Als wenn jeder hier verstreichende Moment eine Stunde unserer Zeit wäre. Nie zuvor habe ich mich so schnell geheilt.«

Plötzlich hatte ich die Lösung für ein Rätsel, das mich seit zwei Tagen beschäftigte. Wie seltsam, dass es mir nicht schon längst eingefallen war. Wenn sich Myra im Feenland versteckt hatte, in einer Welt mit unberechenbarer Zeit, hatte sie nicht nur eine Woche gehabt, um sich von ihren Verletzungen zu erholen, sondern Monate oder sogar Jahre. Kein Wunder, dass sie so gesund und munter ausgesehen hatte!

Tomas küsste die Seite meines Kopfes, weil er nichts anderes von mir erreichen konnte, und sah mich traurig an. »Du hättest nicht wegen mir zurückkehren sollen – das war ein schreckliches Risiko. Du musst mir versprechen, so etwas nie wieder zu tun.«

»Es ist gar nicht nötig«, erwiderte ich und strich ihm das Haar aus den Augen. Es war immer so schön: lang und schwarz, weich wie das eines Kinds. Mit leicht zitternder Hand löste ich einige Blätter daraus. Ich war so froh, ihn lebend zu sehen, dass mir schwindelig wurde. »Wir finden eine Möglichkeit, dich vor dem Senat zu verstecken.«

Tomas schüttelte den Kopf, noch bevor ich den Satz beendet hatte. »Schöne Cassie«, murmelte er. »Es ist lange her, seit zum letzten Mal jemand sein Leben für mich riskiert hat.

Nur wenige Personen sind jemals dazu bereit gewesen. Ich werde nie vergessen, was du für mich getan hast.«

»Wir verstecken dich irgendwo«, betonte ich noch einmal. »Der Senat wird dich nicht finden.«

Tomas lachte leise und hörte sofort auf, als es schmerzte. »Verstehst du nicht? Er hat mich diesmal nicht gefunden. Ich bin zu ihm zurückgekehrt, zu einer bestimmten Person. Weil ich dachte, dagegen ankämpfen zu können. Aber ich habe mich geirrt.«

Ich musste nicht fragen, wenn er meinte. Louis-César, Leihgabe des Europäischen Senats für die Konsulin, war Tomas' Herr. Er hatte Tomas' früheren Herrn, den verhassten Alejandro vor hundert Jahren in einem Duell besiegt und dann Anspruch auf ihn erhoben. Tomas war ein Meister der ersten Stufe, aber selbst solche Vampire waren unterschiedlich stark, und gegen Louis-César konnte er einfach nichts ausrichten. Er war nie in der Lage gewesen, die neuen Fesseln zu zerreißen.

Tomas schauderte leicht. Ich sah es nicht, spürte aber sein Zittern. »Ich habe ihn in jedem Moment gehört, eine unaufhörliche Stimme, die tief in meinem Kopf erklang und mich halb verrückt machte! Ich konnte mich nie entspannen, nicht für einen Augenblick. Die ganze Zeit über wusste ich: Wenn ich in meiner Konzentration nachgelassen hätte, wäre mein Wille zerbrochen, und dann wäre ich wie ein getretener Hund zurückgekrochen. Ich habe gehofft, dass ihn der Krieg ablenkt, dass ich dadurch die Freiheit erlange. Aber dann bin ich in der Arrestzelle des Senats erwacht, und ein Wächter sagte mir, ich wäre gekommen und hätte mich ergeben. Ohne dass ich mich daran erinnere, Cassie!« Er erbebte heftiger, und ich fühlte es ganz deutlich. »Er zog mich wie eine Marionette zu sich. Und das wird er wieder machen.«

Ich war verwirrt. »Du meinst, er ruft dich jetzt?«

Tomas' Lippen verzogen sich zu einem glückseligen Lächeln. »Nein. Es scheint am Feenland zu liegen – seit unserer Ankunft höre ich ihn nicht mehr. Dass ich ihn nicht abwehren muss, hat mir bei der Heilung geholfen, weil ich meine ganze Kraft dafür nutzen kann. Als sein Ruf auf mir lastete, konnte ich geringere Verletzungen in nicht weniger als einer Woche heilen, doch diese Wunden sind bereits geschlossen.«

»Hier hörst du ihn nicht?«

»Zum ersten Mal seit hundert Jahren bin ich frei von ihm«, sagte Tomas voller Ehrfurcht, als könnte er es kaum glauben. »Ich habe keinen Herrn.« Er sah mich an, und sein Gesicht zeigte eine feurige Freude. »Viereinhalb Jahrhunderte lang bin ich Sklave gewesen! Die Stimme meines Herrn kontrollierte mich völlig, und ich dachte, ich würde nie die Freiheit kosten.« Staunend sah er sich in der feuchtkalten Zelle um. »Aber hier gelten unsere Regeln offenbar nicht.«

Ich spürte, wie meine Augen zu brennen begannen. »Ja, das ist mir bereits aufgefallen.« Wenn unsere Magie hier funktionsfähig wäre, hätte Mac die Baummänner fertiggemacht.

»Was ist?«

Ich schüttelte den Kopf. Ich wollte nicht daran denken und erst recht nicht darüber reden, doch plötzlich strömte alles aus mir heraus. Weniger als eine halbe Stunde brauchte ich, um Tomas zu erzählen, was seit unserer letzten Begegnung geschehen war. Es erschien mir irgendwie falsch, dass so viel Schmerz in so wenigen Worten zusammengefasst werden konnte. Was Tomas aber offenbar nicht verstand.

»McAdam war ein Krieger. Er kannte die Risiken. Das gilt für euch alle.«

Ich sah ihn niedergeschlagen an. »Ja, und deshalb hätte er nicht mit uns kommen sollen. Das hat der Plan nie vorgesehen.«

Tomas zuckte mit den Schultern. »Pläne ändern sich in der Schlacht. Das weiß jeder Krieger.«

»Du hast ihn nicht gekannt. Sonst wärst du nicht so … gleichgültig!«, sagte ich scharf.

In seinen Augen blitzte es. »Ich bin nicht gleichgültig, Cassie. Der Magier half dabei, mich hierher zu bringen, fort vom Senat. Ich verdanke ihm viel und werde ihm meine Dankbarkeit nie zeigen können. Aber wenigstens kann ich sein Opfer ehren, ohne sein Ansehen zu schmälern.«

»Ich schmälere sein Ansehen nicht!«

»Wirklich nicht?« Tomas sah mir in die Augen. »Er war ein alter Krieger. Er hatte Erfahrung und Mut, und er wusste, was er wollte. Er starb für etwas, an das er glaubte – für dich. Du tust ihm keinen Gefallen, wenn du seine Entscheidung jetzt infrage stellst.«

»Seine Entscheidung brachte ihm den Tod! Er hätte daheim bleiben sollen.« Und ich hätte mich allein auf die Suche nach Myra machen sollen. Ich hatte gesagt, es sollte niemand mehr wegen mir sterben, und jetzt gab es ein weiteres Opfer auf meiner Liste. »Es wäre besser gewesen, wenn er nicht an mich geglaubt hätte.«

»Warum?«, fragte Tomas mit aufrichtiger Verwirrung.

Ich lachte bitter und halb hysterisch. »Weil meine Nähe eine Garantie für Ärger ist. Du solltest das wissen.« Tomas hatte selbst genug Probleme, aber ich fragte mich, ob er die gleichen schlechten Entscheidungen getroffen hätte, wenn er mir nicht begegnet wäre.

Er schüttelte den Kopf. »Du übernimmst für zu viel die Verantwortung, Cassie. Nicht alles ist deine Schuld. Nicht alle Schwierigkeiten warten darauf, dass du sie aus dem Weg räumst.«

»Ich weiß!« Aber so sehr ich mich auch dagegen sträubte, ich fühlte mich für Macs Tod verantwortlich. Er war meinetwegen ins Feenland gekommen. Er war meinetwegen verwundbar gewesen, und letztendlich war er meinetwegen gestorben.

»Tatsächlich?« Tomas schlang den Arm um mich. »Dann hast du dich verändert.« Warme Lippen strichen mir übers Haar. »Vielleicht sehe ich die Dinge klarer, weil ich länger Krieger bin.«

»Ich bin kein Krieger.«

»Das dachte ich auch einmal von mir. Aber als die Spanier zu unserem Dorf kamen, kämpfte ich zusammen mit den anderen um das Getreide, das uns durch den Winter bringen würde. Damals verlor ich viele Freunde, Cassie. Der Mann, der wie ein Vater für mich gewesen war, wurde gefangengenommen, und weil er nicht verraten wollte, wo wir unsere Ernte versteckt hatten, verfütterten ihn die Spanier an die Hunde, Stück für Stück. Dann verschleppten sie die Frauen und brannten das Dorf nieder.«

Er sprach so ruhig und sachlich darüber, dass ich ihn groß anstarrte. Tomas lächelte traurig. »Ich ehrte seinen Kampf, indem ich dafür sorgte, dass unsere Gruppe zusammen und frei blieb.«

Er unterbrach sich, und ich wusste warum. Es war eins der wenigen Dinge in seinem Leben, von denen er mir erzählt hatte. Alejandro hatte schließlich zu Ende gebracht, was die Konquistadoren begonnen hatten, indem er Tomas' Dorf bei einer Art Spiel vernichtete. Die ganze Geschichte hatte ich nie gehört, nur einzelne Teile, aber es genügte mir. Ich wollte nicht, dass er es noch einmal durchlebte.

Ich wechselte das Thema. »Louis-César bezeichnete deine Mutter als Adlige. Wie kamst du in das Dorf?«

»Nach der Eroberung gab es keine Adligen und Bürgerlichen mehr. Man war entweder Europäer oder gar nichts. Meine

Mutter war Priesterin des Sonnengottes Inti und hatte geschworen, ihr Leben lang keusch zu bleiben, aber nach dem Fall von Cuzco nahm ein Konquistador sie als Beute. Sie hatte erwartet, ehrenvoll behandelt zu werden, nach den Regeln des Krieges, doch er wusste nichts von unseren Bräuchen und hätte sich auch nicht darum geschert, wenn sie ihm bekannt gewesen wären. Er war ein einfacher Bauernsohn aus Extremadura, der sein Glück machen wollte, und das Wie war ihm gleich. Sie hasste ihn.«

»Wie entkam sie?«

»Niemand hielt es für möglich, dass sie im siebten Monat schwanger eine drei Meter hohe Mauer erklettern konnte, und deshalb wurde sie nicht richtig bewacht. Sie floh, hatte aber kein Geld, und durch ihre Schändung wurde sie zu einer Ausgestoßenen. Was allerdings kaum eine Rolle spielte. Der Tempel war geplündert, das ganze Land von Krankheit und Krieg verwüstet. Sie verließ die Hauptstadt, in der die Spanier untereinander kämpften, doch auf dem Land standen die Dinge nicht besser.« Tomas lächelte bitter. »Die Spanier vergaßen, dass man Gold nicht essen kann. Die meisten Bauern, die nicht gestorben waren, hatten die Flucht ergriffen. Überall herrschte Hunger. Getreide wurde wertvoller als die Schätze, nach denen die Konquistadoren gierten.«

»Aber deine Mutter fand ein Dorf, das sie aufnahm?«

»Sie versteckte sich in der Chullpa ihrer Familie, in einer Krypta, in der Nahrungsmittel und Opfergaben für mumifizierte Vorfahren zurückgelassen wurden, und ein Palastdiener fand sie dort. Er hatte sie lange geliebt, doch die Priesterinnen galten als Ehefrauen von Inti. Sex mit ihnen bedeutete ein schreckliches Verbrechen. Die Strafe dafür bestand darin, nackt an eine Mauer gekettet und dem Hungertod überlassen zu werden.«

»Und deshalb himmelte er sie aus der Ferne an?«

Tomas lächelte. »Aus großer Ferne. Doch als er von ihrer Flucht erfuhr, machte er sich sofort auf die Suche nach ihr. Er überredete sie dazu, ihn zum Dorf seiner Familie zu begleiten. Es war fast fünfzig Meilen von der Hauptstadt entfernt und so klein, dass sie hofften, die Spanier würden es übersehen. Dort lebten sie zusammen, bis ich acht war und meine Mutter an Pocken starb, wie viele andere Bewohner des Dorfes.«

»Das tut mir leid.« Offenbar gab es keine sicheren Themen. Ich drehte den Adler-Zauber hin und her, den ich unbewusst genommen hatte. Ich konnte Tomas nicht anbieten, in die Vergangenheit zu springen und seine Mutter aus der Gefahrenzone zu bringen, bevor sie sich mit den Pocken ansteckte. Nicht einmal meine eigene Mutter konnte ich retten, ohne dass es zu drastischen Veränderungen in der Zeit gekommen wäre. So groß meine Macht angeblich auch war, ich konnte kaum etwas mit ihr ausrichten.

Tomas gab mir einen sanften Kuss. Seine Lippen waren weich und warm, und ich erwiderte den Kuss, noch bevor ich mir dessen bewusst wurde. Ich hätte ihn gern ganz lange geküsst – es erschien mir so normal und natürlich wie das Atmen. Ihn zu berühren ... Es genügte, um die Erinnerungen an den Angriff wegzuschieben und einen Teil von mir zu säubern, den das Eimerwasser nicht erreicht hatte. Tomas' Kuss wurde intensiver, und ich spürte ihn bis in die Zehenspitzen – es fühlte sich an, als breitete sich Sonnenschein in mir aus. Er schmeckte wie Wein, dunkel, süß und glühend, und ich hatte den Eindruck, nie genug bekommen zu können.

Doch nach einem Moment wich ich zurück. Es war nicht leicht – *Geis* und Pythia-Macht kamen überein, dass sich Tomas gut für die Vervollständigung des Rituals eignete. Ihr Bedürfnis setzte sich gegen meine Abneigung durch, in der gegenwärtigen Situation auch nur an Intimität zu denken. Ich wollte mein Selbst mit Gedanken und Gefühlen füllen, die nicht mit Entsetzen und Schmerz zu tun hatten. Ich wollte, dass mich Tomas mit seinen langen, eleganten Händen berührte, wollte seinen Mund heiß und leidenschaftlich auf meinem spüren. Allein sein Blick war wie eine Liebkosung und Einladung. Doch die Konsequenzen von einigen Momenten Leidenschaft wären sehr ernst gewesen.

Tomas ließ mich los, und durch sein Gesicht huschte etwas, das ich nicht deuten konnte. »Es tut mir leid, Cassie. Ich weiß, dass ich nicht der bin, den du dir wünschst.«

Was konnte Tomas darüber wissen, was ich mir wünschte? Die meiste Zeit über wusste ich es selbst nicht. »Es geht nicht darum, was ich mir wünsche«, sagte ich und versuchte, nicht darauf zu achten, wie mir seine Hand langsam über die Seite strich, von der Brust zur Hüfte und zurück. Sie ließ mein Herz schneller klopfen, und das Atmen fiel mir schwerer, als hätte jemand allen Sauerstoff aus der Zelle gesaugt. O ja, der *Geis* mochte Tomas, kein Zweifel.

»Wie meinst du das?« Tomas' Hand verharrte an meiner Hüfte, was kaum gegen meinen erhöhten Blutdruck half. Zwar war ich zurückgewichen, aber uns trennten weniger als dreißig Zentimeter. Ich bemühte mich, nicht nach unten zu sehen – vergeblich. Die Decke war teilweise von Tomas' Körper gerutscht. Lange Beine bewegten sich in den Schatten, und zwischen ihnen zeigte sich, wie gut er sich erholt hatte.

»Ich kann nicht«, sagte ich und versuchte, mich an den genauen Grund dafür zu erinnern. Meine Finger wanderten über Tomas' Stirn, erreichten die Lider, die unter ihrer Berührung zuckten, dann die stolze Nase und warmen Lippen. Es war ein perfektes Profil: polierte Bronze im Schein der Lampe, wie der Kopf auf einer alten Münze. Aber es war nicht sein

Erscheinungsbild, das ihn für mich so attraktiv machte. Ich hatte seine Liebenswürdigkeit gemocht, seine Kraft und das, was ich zu jener Zeit für Ehrlichkeit gehalten hatte. Jetzt sehnte ich mich nur nach einem warmen Körper und weicher Haut an meiner, und nach einem vertrauten, mitfühlenden Gesicht.

»Du hast mir das Leben gerettet, Cassie, obwohl ich deins einmal in Gefahr gebracht habe. Lass mich etwas für dich tun.« Das war Tomas' Stimme in Bestform, rauchig, wie goldener Whisky, den jemand mit Magie in ein Geräusch verwandelt hatte. Sie war immer eins seiner attraktivsten Merkmale gewesen, zum Teil deshalb, weil sie im Gegensatz zu seiner Aufmachung und den unverhüllten Verführungsversuchen unbewusst war. Sie entsprach mehr dem wahren Tomas und übte einen solchen Reiz auf mich aus, dass ich mich fragte, warum er solche Mühe an all das andere verschwendete. Aber ich kannte natürlich den Grund. Louis-César hatte es angeordnet, nachdem Mircea zu dem Schluss gelangt war, dass er sich für die Vervollständigung des Rituals eignete. Vielleicht hatten sie befürchtet, dass ich nach so vielen Jahren bei Tony einen von Mirceas Leuten erkennen würde – schließlich waren sie bei ihm ein und aus gegangen. Aber es war Tomas gegenüber nicht fair gewesen, und zum ersten Mal fragte ich mich, wie unangenehm es ihm gewesen war, dass sie ihn benutzt hatten.

»Ich weiß nicht, was du für mich tun könntest«, sagte ich. »Es sei denn, du kannst den König dazu bringen, uns freizulassen, oder dafür sorgen, dass meine Macht hier funktioniert.«

Tomas lächelte. »Was hältst du davon, wenn ich dich von dem *Geis* befreie?«

Zwölf

Mein Gehirn trat auf die Bremse. »Bitte wiederhol das.«

»Ich habe gehört, dass du einen *Geis* bekommen hast, um deine Tugend zu schützen, so wie der andere Zauber dein Leben schützt. Aber für den Fall, dass etwas schiefgeht, wurde eine Hintertür eingebaut. Wenn du mit Mircea oder jemandem seiner Wahl Sex hast, wird der *Geis* neutralisiert.«

Meine Gedanken rasten. Das war alles? Darin bestand das große Geheimnis? Es erschien mir lächerlich einfach, ganz zu schweigen davon, dass dadurch die ganze Sache untergraben wurde. »Aber warum sollte er so etwas erlauben? Er will mich kontrollieren!«

Tomas lächelte bitter. »Zweifellos. Aber mit einem plumpen Zauber?« Er schüttelte den Kopf. »Das würde seinen Stolz verletzen, Cassie. Außerdem wäre es sehr gefährlich zu versuchen, eine so mächtige Person wie die Pythia mit einem solchen Trick zu kontrollieren. Warum nehmen die Magier ganz junge Eingeweihte und verpassen ihnen noch in der Kindheit eine Gehirnwäsche? Es wäre ihnen bestimmt lieber, sie mit einem Zauber fest an die Zügel zu nehmen, wenn das möglich wäre. Aber die Macht der Pythia setzt sich vielleicht darüber hinweg, und dann könnte aus dem Kontrolleur ein Kontrollierter werden. Ein derartiges Risiko ginge Mircea bestimmt nicht ein!«

»Aber warum hat er einen *Geis* auf mich gelegt, wenn er nie beabsichtigte, Gebrauch davon zu machen?«

»Um deine Chance zu bewahren, zur Pythia zu werden. Eine

kurze Affäre hätte alles ruinieren können, für dich und für ihn. Der *Geis* erschien ihm als einfachster Weg, so etwas zu verhindern. Und um dir bei Antonio zusätzlichen Schutz zu geben. Hast du das nicht gewusst?«

»Bis gestern wusste ich nicht einmal, dass der *Geis* existiert!« Ich setzte mich ruckartig auf und dachte über die möglichen Auswirkungen nach. Offenbar konnte ich den *Geis* loswerden, indem ich mit Tomas schlief. Es war so einfach, dass es an Absurdität grenzte – wenn Tomas die Wahrheit sagte. Aber er brauchte nicht zu Lügen zu greifen, um eine Frau ins Bett zu bekommen, und seine Erklärung ergab einen Sinn. Ich hatte es die ganze Zeit über für seltsam gehalten, dass Mircea glaubte, magische Hilfe nötig zu haben, um eine so junge und ahnungslose Person wie mich zu manipulieren, noch dazu eine, die bereits in ihn verknallt war. Es gab weitaus subtilere Methoden, Kontrolle auszuüben, und er beherrschte sie perfekt.

Aber selbst wenn Tomas recht hatte, es stand keineswegs fest, dass sich Mirceas Hintertür auch bei einem doppelten Zauber öffnen ließ. Und selbst wenn das der Fall war, gab es einen Haken. Einen großen. Wenn ich den *Geis* brach, vervollständigte ich das Ritual und hatte damit endgültig den Posten der Pythia. Dann musste ich jede Hoffnung aufgeben, die Macht jemand anders zu überlassen oder mit dem Kreis zu einer Übereinkunft zu kommen. Erben konnten abgesetzt werden, wie Myra herausgefunden hatte, aber die Pythia blieb ihr Leben lang im Amt. Wenn ich das Ritual zu Ende brachte, blieb den Magiern nichts anderes übrig, als mich zu töten, wenn sie ihre Kandidatin auf dem Thron wollten. Das galt auch für Pritkin, falls er Myra bevorzugte.

Leider sahen die Dinge nicht viel besser aus, wenn ich den *Geis* behielt. Es stand so gut wie fest, dass mich der Senat früher oder später fand. Er hatte zu viele Ressourcen, unter anderem Marlowes Geheimdienstnetz – in dieser Hinsicht machte ich mir nichts vor. Und selbst wenn es stimmte, dass Mircea den Zauber nicht nutzen konnte, um mich zu kontrollieren – in diesem Zusammenhang blieb ich skeptisch –, so war er auch nicht dazu imstande, ihn zu neutralisieren. Der *Dûthracht* war seinem Ruf gerecht geworden und übergeschnappt, und niemand konnte sagen, was geschehen würde, wenn der Zauber seinen letztendlichen Zweck erfüllte und es zu einer festen Beziehung kam. Er sollte von einem der beiden kontrolliert werden, aber was passierte, wenn – wie in meinem Fall – niemand am Steuer saß? Ich wusste nicht, was ein sich selbst überlassener *Geis* anstellen konnte, und ich wollte es nicht herausfinden.

Eins war klar: Wenn Mircea und ich uns noch einmal begegneten, würden die letzten Schranken zwischen uns fallen. So ungern ich es auch zugab, seine Selbstbeherrschung, nicht meine, hatte verhindert, dass *es* passiert war, vor den Augen Tausender Zuschauer. Und wenn der *Geis* sein Ziel erreichte, wurde auch das Ritual vervollständigt. Womit meine Überlegungen zum Ausgangspunkt zurückkehrten.

»Verdammt!« Beide Möglichkeiten waren inakzeptabel, doch eine dritte gab es nicht. Ich sah keinen Weg, den *Geis* loszuwerden und dabei das Ritual zu vermeiden. Wenn es einen gab, fand ich ihn gewiss nicht, während ich in einer Zelle im Feenland festsaß.

Wie ich mich auch drehte und wendete, überall stieß ich gegen eine Wand. Ich verabscheute es, keine Alternative zu haben, und ich konnte es nicht ertragen, dass jemand oder etwas anderes über mein Leben befand. Auf diese Weise war es gewesen, so weit ich mich zurückerinnern konnte. Tony, der Senat und die Bewohner des verdammten Feenlands, sie alle machten mich zu einem Opfer und nahmen mir das Recht, selbst zu entscheiden. Ich hatte nie die Kraft gehabt, mich zu wehren, mein eigenes Leben zu leben oder nur dafür zu sorgen, dass ich selbst und die Menschen, an denen mir etwas lag, sicher waren. Nicht einmal mit einer abtrünnigen Pythia-Aspirantin wurde ich fertig! Und so würde es bleiben, wenn sich die Dinge nicht änderten.

»Was ist?« Tomas' Hand streichelte mein Kreuz und versuchte, mir Trost zu spenden. Weder das Ritual noch der *Geis* scherten sich darum, ob er verletzt war oder ich etwas gegen Sex in einer feuchtkalten Kerkerzelle hatte, mit einem wahrscheinlichen Zuhörer namens Billy. Der Drang, mich zu Tomas umzudrehen und das Angebot anzunehmen, das seit der ersten Begegnung mit ihm im Raum stand, war so groß, dass ich die Fäuste ballen musste, um sie stillzuhalten.

Ich zwang meine Gedanken zum Problem zurück. Die ganze Zeit über hatte ich mir eingeredet, dass ich die Macht jemand anders überlassen konnte, aber wer sollte das sein? Für den Job der Pythia schien es keine anderen Kandidatinnen zu geben, von denen man annehmen durfte, dass sie nicht unter die Kontrolle des Kreises oder von Pritkin fielen, und ich traute beiden nicht. Ein Krieg fand statt, und mir graute selbst bei der Vorstellung, dass die Macht auf jemanden wie Myra überging.

Tomas schlang die Arme um mich und zog mich in den Kokon seiner Wärme. Meine Hand bewegte sich von ganz allein und berührte die goldene Haut an der Seite seines Knies, dort, wo der lange, muskulöse Oberschenkel begann. Es wäre so leicht gewesen, dem Verlangen nachzugeben, das ich seit so langer Zeit spürte. Und spielte es wirklich eine Rolle? Der Kreis trachtete mir nach dem Leben. Konnte ich ihm glauben, wenn er mir einen Deal anbot? War es aus seinem Blickwinkel gesehen nicht besser, Konkurrenz für die eigenen Eingeweihten zu beseitigen, anstatt jemanden wie mich am Leben zu lassen? Wenn man schon Jagd auf mich machte, war es mir lieber, in einer möglichst starken Position zu sein. Und das galt erst recht für die Konfrontation mit Myra.

»Bist du sicher, dass du alles gründlich durchdacht hast?«, fragte ich Tomas ernst. »Es könnte schwerwiegende Folgen haben, wenn du mir bei der Vervollständigung des Rituals hilfst. Die Magier ...«

Mit der Zungenspitze kostete Tomas die Innenseite meines Handgelenks. »Ich bin mir ganz sicher.«

»Aber was, wenn ...«

Er lächelte schief. »Cassie, du weißt genau, was mich verfolgt. Glaubst du allen Ernstes, dass ich mir wegen des Silbernen Kreises Sorgen mache?«

Ein guter Hinweis. Und obwohl ich es nicht zugeben wollte, hatte ich noch immer Gefühle für ihn, beziehungsweise für die Person, die ich in ihm gesehen hatte. Doch jemand, der alt genug war, sich an den Fall des Inka-Reiches zu erinnern, konnte wohl kaum Ähnlichkeit mit dem süßen Straßenjungen haben, für den ich ihn gehalten hatte. Den echten Tomas kannte ich nicht. Ich wusste nicht, wer er war, wenn der Senat nicht an seinen Fäden zog. Aber der Senat war nicht hier. Diesmal hatte er keinen Einfluss auf uns, wenn auch nur deshalb nicht, weil wir im Feenland in einer Zelle saßen. Und trotzdem: Tomas begehrte mich noch immer.

»Die Wahl liegt bei dir, Cassie. Du weißt, wie ich fühle.«

Ich richtete einen forschenden Blick auf ihn. »Weiß ich das? Louis-César hat dir befohlen, zu mir zu kommen. All die Monate hast du nur deine Arbeit gemacht.«

Tomas' Hände bewegten sich nicht mehr. »Und mache ich das noch immer, Cassie? Ist das alles nur ein geschickt eingefädelter Schwindel, der dich dazu bringen soll, eine Position zu akzeptieren, die du eigentlich ablehnst?«

»Nein.« Vamps reagierten nicht so empfindlich auf Schmerzen wie Menschen, aber niemand von ihnen würde sich einfach so aufschneiden lassen.

Erneut zog er mich zu sich, und seine Augen glühten. »Glaubst du, dass ich die Gunst der Konsulin zurückgewinnen will, indem ich meine ursprüngliche Mission zu Ende führe? Ist es das?«

Ich antwortete nicht sofort. Tomas hatte mich schon einmal verraten, und obwohl ich davon überzeugt war, dass er das Falsche aus den richtigen Gründen getan hatte … Vielleicht irrte ich mich. Ich wusste, dass er ein guter Schauspieler war – das galt für die meisten alten Vampire. Wenn sie nicht mit entsprechenden Talenten geboren waren, lernten sie das Geschick durch jahrhundertelange Übung. Aber es ergab keinen Sinn für ihn, mich zu täuschen. Selbst wenn der Senat bereit gewesen wäre, reinen Tisch zu machen und ihn wieder aufzunehmen … Das war es nicht, was Tomas wollte. Sein Hauptziel bestand aus Freiheit von der Herrschaft seines Herrn, damit er Alejandro töten konnte. Ganz gleich, wie sehr er mich zurück wollte, der Senat würde sich nicht auf einen Kampf gegen eine andere souveräne Vampir-Körperschaft einlassen – immerhin führte er bereits einen Krieg. Er konnte Tomas nicht geben, was er wollte, und für weniger würde der mich bestimmt nicht verraten.

»Nein«, sagte ich schließlich. »Das glaube ich nicht.«

»Aber du vertraust mir nicht.«

Es war keine Frage, und deshalb verzichtete ich auf eine Antwort. Was sollte ich sagen? Er hatte recht.

Tomas lachte humorlos. »Ich kann es dir nicht verdenken. Du hast mir einmal vertraut, und ich habe dich belogen. Ganz gleich, was ich jetzt auch sage, es sind nur Worte.«

»Ich höre sie trotzdem gern«, erwiderte ich zögernd. Tomas

hatte mir eine Erklärung für den Verrat gegeben, aber nichts über uns gesagt. Ich wollte von ihm hören, dass nicht alles während unserer gemeinsamen Zeit eine Lüge gewesen war.

Er küsste mich sanft, dicht unter der Vertiefung in meiner Kehle. »Mein ganzes Leben lang habe ich nur Leute kennengelernt, die etwas von mir wollten. Als ich jung war, ging es um Schutz und die Möglichkeit zur Rache. Nach der Verwandlung durch Alejandro ging es um Kampfgeschick und ein Wissen um das Land, das er nicht besaß. Für Louis-César war ich eine lebende Trophäe, ein Beleg seiner Macht.« Wie ehrfürchtig strich er mir übers Haar. »Nur du hast dich für mich als Person interessiert, ohne etwas zu wollen. *Te amo,* Cassie. *Te querré para siempre.*«

Ich sprach kein Spanisch, verstand aber, was er meinte. Einst hätte ich viel gegeben, um solche Worte zu hören, in jeder Sprache, aber jetzt bildeten meine Gefühle ein solches Durcheinander, dass ich nicht einmal versuchen konnte, sie zu entwirren. Ich wusste nicht, was ich fühlte oder sagen sollte. »Tomas, ich ...«

»Nein. Ich möchte mich so daran erinnern, wie es ist. Bald muss ich zurückkehren, und ich will keine Lügen mitnehmen, wie schön sie auch klingen. Der Senat steckt voller Lügen. Das hier ...« Seine Wange berührte mich an der Brust. »Das hier ist wahr.«

»Du musst nicht zurück, Tomas! Wie ich schon sagte, wir finden ein Versteck für dich.«

Er lachte, und diesmal klang es echter. »Kleine Cassie, kümmerst dich immer um alle. Eigentlich sollte ich dich retten, erinnerst du dich? So ist das doch im Märchen, oder?« Plötzlich verfinsterte sich seine Miene. »Aber warum solltest du das so sehen? Bisher bin ich nicht von großem Nutzen gewesen!«

»Du hast mich vor Tonys Schlägern gerettet, oder zählt das

nicht?« Tony hatte eine Gruppe in den Nachtclub geschickt, in dem ich arbeitete, um mich dort herauszuholen. Die Bemühungen der Burschen waren deshalb erfolglos geblieben, weil der Senat Tomas zu meinem Wächter gemacht hatte. Ich erinnerte mich sehr gut daran, dass er mir das Leben gerettet hatte, aber Tomas winkte ab.

»Du wärst auch allein zurechtgekommen. Das bist du immer.« Sein Gesichtsausdruck wurde grimmig. »Cassie, wenn du daran zweifelst, wie ich fühle, lass es mich dir zeigen! Lass mich das für dich tun!«

Meine Hand fuhr durch die seidene Masse seines Haars. Die Position der Pythia mochte ein Käfig sein, aber es war wenigstens einer, bei dem ich ein Wörtchen mitzureden hatte. Den Job würde ich für immer am Hals haben, doch ich gewann auch Kontrolle über den Rest meines Lebens – eine Kontrolle, die mir der *Geis* vorenthalten wollte.

»Es wird dir wehtun«, warnte ich, als Tomas schneller atmete. Ein Meister der ersten Stufe konnte fast alles heilen, aber Tomas hatte sich bestimmt noch nicht ganz erholt.

Er lachte dicht an meinem Ohr. »Es hat viel mehr wehgetan, dich jeden Tag zu sehen und monatelang von deinem Duft umgeben gewesen zu sein, ohne dich berühren zu dürfen. Ein halbes Jahr habe ich mit dir zusammengelebt und während dieser Zeit nie deinen Körper gesehen. Ich werde das nie vergessen«, sagte Tomas staunend, und seine Hand strich mir wieder über die Seite.

»Ich möchte nicht riskieren, dir Schmerzen zuzufügen«, beharrte ich und versuchte, stärker zu klingen, als ich mich fühlte.

Tomas lachte erneut und legte mich auf die Pritsche. Er beugte sich über mich, und sein Haar formte ein intimes Zelt um unsere Gesichter. »Ich glaube, wir können es tun«, flüsterte er. »Wenn du mir versprichst, sanft zu sein.«

Ich konnte nicht anders – ich lachte laut. Im nächsten Moment küsste er mich mit einer Intensität, die mir den Atem nahm. Ich schob die Arme unter Tomas' dichte Mähne und schlang sie ihm um den Hals. Sein Griff war stark, aber auch vorsichtig, und obgleich ich sein Gewicht an meinem Bein spürte, heiß, hart und bereit, hielt er sich zurück und wartete darauf, dass ich den Anfang machte. Plötzlich gab es keinen Zweifel mehr. Es war nicht nur der *Geis*, der an mir zerrte. Es war nicht nur, dass ich nach einem Weg aus diesem Schlamassel suchte. Ich wollte ihn.

»Los«, drängte ich. »Schnell. Wir haben nicht viel Zeit.«

»Ich hatte dabei nicht an schnell gedacht«, sagte Tomas und runzelte die Stirn. »Erst recht nicht beim ersten Mal.«

»Wir haben keine Zeit für etwas anderes«, erwiderte ich ungeduldig. Der *Geis*, die Macht und ich selbst, dieses Mal waren wir uns einig, und jetzt machte Tomas Schwierigkeiten.

Ich schloss die Hand um ihn, und er belohnte mich mit einem starken Schaudern und dem wundervollen Gefühl, das mir der angeschwollene, heiße Schaft vermittelte.

Fast verzweifelt wünschte ich ihn in mir. Ich wusste, dass er mich an die Grenze der Belastbarkeit dehnen und die Reibung mich fast um den Verstand bringen würde, und genau das erschien mir perfekt. Ich wollte spürte, wie er sich in mich hereinarbeitete, wollte den Druck und seine Hitze fühlen.

»Es wird *dir* wehtun«, sagte er mit brüchiger Stimme.

Meine Zunge tastete über seinen Hals. »Und wenn schon.«

Tomas zitterte, blieb aber stur und gab nicht nach. Ich beschloss, mit dem Reden aufzuhören und ihn auf eine andere Art und Weise zu überzeugen. Ich küsste ihn, mein Mund hungrig auf seinem, glitt dann tiefer, bis meine Zähne die Stelle berührten, wo sich Hals und Schulter trafen. Genau dort biss ein Vampir normalerweise zu, aber ich saugte, hinterließ dadurch einen Fleck. Meine Hände ließ ich nach Belieben wandern, und sie begannen damit, die Konturen der Muskeln und Sehnen unter der warmen, seidenweichen Haut zu erkunden. Dann biss ich ohne Vorwarnung zu.

Tomas hatte leise geknurrt und stöhnte, als er plötzlich meine Zähne spürte. Die Härte, die ich an der Hüfte spürte, machte einen Sprung, woraus ich schloss, dass sein Stöhnen kein Protest war. In seinen zusammengekniffenen Augen glitzerte es, als ich seinen Hals losließ. »Du kämpfst nicht fair«, klagte er, seine Stimme dunkel und schwer. Er holte tief Luft, ließ den Atem langsam entweichen und schob einen Finger in mich. Ich keuchte überrascht und krümmte mich, drängte mich an ihn. »Ganz und gar nicht fair«, sagte er heiser.

Ich vergrub meine Hände in seinem Haar, als eine geschickte Zunge den Finger ersetzte. Er sog mein Fleisch in den Mund, so fest, dass auch die Hüften in Bewegung gerieten und mit einem Rhythmus begannen, dem ich mich nicht widersetzen konnte. Tomas drückte meine Beine auseinander, um besseren Zugang zu bekommen, bis eins recht unelegant über den Rand der Pritsche baumelte. Ich scherte mich nicht darum. Zu sehen, wie er mich regelrecht verschlang, es gleichzeitig zu *fühlen* … Ich vergaß zu atmen.

Meine Welt schrumpfte, bis sie nur noch jenen herrlichen Mund und die großen, starken Hände enthielt. Warme Handflächen strichen mir immer wieder über den Bauch, als könnten sie nicht innehalten, wanderten dann zu den Hüften und kneteten die Muskeln, die sie dort fanden. Heiliger Himmel, eine Frau konnte sich in solche Hände verlieben.

Sein Mund fühlte sich wie flüssiges Feuer an, als er mich erforschte und Stellen entdeckte, die mir Stoßwellen der Ekstase durch den Körper schickten. Ich schnappte nach Luft, verblüfft von der Sanftheit, mit der mich Tomas erkundete, von seinen behutsamen, zarten Berührungen. Ich sank auf die Matratze zurück und gab mich Zunge und Händen ganz hin. Wogen der Wonne rollten mir über den Rücken, als er mein Inneres liebkoste, und plötzlich waren Winkel und Druck perfekt. Sein Mund schien überall zu sein, kostete, saugte, berührte, füllte aus. Tomas wurde immer besser, reagierte auf Hinweise meines Körpers. Er merkte, was in mir den Wunsch weckte, laut zu schreien, und daraufhin wiederholte er es, bis hinter meinen Augen das Licht des Entzückens explodierte. Jede Bewegung seiner Zunge brannte an meinen Nerven, bis ich glaubte, innerlich zu lodern.

»Tomas! Bitte!« Ich hatte die beiden Worte noch nicht ganz ausgesprochen, als er die Position veränderte und über mir schwebte. Er verharrte, um Kontrolle bemüht, und ich knurrte ihn an. Schließlich kam er nach oben und sank langsam in mich herein. Und, Gott, es war gut – nein, besser als gut, darauf wiesen die Funken hinter meinen Lidern deutlich hin. Allein mit Händen und Zunge hatte er mich für einen Tanz der Gefühle offengelegt, doch es war noch besser zu spüren, wie er in meinen Körper glitt und mich ausfüllte, wie er meinem Fleisch eine neue Form gab, bis ich perfekt für ihn passte.

Er saß ziemlich eng in mir, aber er war auch glatt und verursachte nur leichten Schmerz, als er sich an Stellen bewegte, die beim Eindringen wund geworden waren. Ich sah, wie er sich auf die Lippe biss, wie er all seine Kraft zurückhielt. Sein Atem ging stoßweise, als er mit aller Macht versuchte, sich unter Kontrolle zu halten. Zentimeter um Zentimeter schob er sich weiter, während ich mir nichts anderes wünschte, als ihn ganz in mir zu haben. Und schließlich war er da, voll in mir, schenkte dem Zentrum meines Körpers seine Wärme. Seine Augen waren geschlossen, und die langen Wimpern ruhten auf seinen heißen Wangen, als er für einen langen Moment in völliger Reglosigkeit verharrte. Ich war atemlos.

Beim Hereinkommen hatte er mir kaum wehgetan, aber als ich darauf wartete, dass er sich bewegte, dass er seine Position veränderte und irgendetwas tat, bevor ich den Verstand verlor – *das* tat weh. Als er sich mit der gleichen quälenden Langsamkeit aus mir zurückzuziehen begann, verlor ich die Geduld. Ich schlang die Beine um ihn, stieß ihm dann die Hüften entgegen und nahm ihn wieder ganz in mir auf.

Tomas wirkte sowohl überrascht als auch sehr erleichtert, und sein Atem war ein Zischen der Lust. Er verstand und wurde schneller. Meine Hüften rotierten wie von ganz allein, als Tomas mit langsamen kreisförmigen Bewegungen begann, mich dabei gleichzeitig liebkoste und streichelte.

Bald stellte ich fest, dass ich keine Kontrolle mehr über die Geräusche hatte, die ich verursachte. Ich schluchzte, während mich die Flammen des Gefühls verbrannten. Mir schwindelte, und ich atmete immer schneller; meine Hüften bebten, und mir wurde schwarz vor Augen. Etwas sammelte sich in mir an, und noch bevor ich begriff, was geschah, schüttelte mich der Orgasmus – ich zuckte hilflos unter Tomas' beständigem Rhythmus. Ein hübscher goldener Glanz erfüllte plötzlich die Zelle, von einer so reinen Farbe, dass ich den Eindruck gewann, als wäre Glück kondensiert. Für einen Moment dachte ich, dass das Glühen zu den Empfindungen gehörte, die mich durchliefen, aber es wurde heller als der Laternenschein, wie von einem neben uns geborenen Stern. Fäden aus weißer und goldener Energie zischten und wanden sich hin und her, gewannen dabei an Leuchtkraft und blendeten mich.

Von einem Augenblick zum anderen fiel die Welt weg. Ich stürzte in einen Mahlstrom aus Lichtern, Geräuschen und Farben, die so schnell durcheinander wirbelten, dass ich keine Einzelheiten erkennen konnte. Tomas war verschwunden – ich sah ihn nicht und fühlte ihn auch nicht mehr. Ein Strudel kam mit hoher Geschwindigkeit auf mich zu, und ich konnte nur passiv beobachten, wie er näher kam.

Und dann, so schnell wie es begonnen hatte, war es vorbei. Als sich die Nachbilder so weit auflösten, dass ich wieder sehen konnte, fand ich mich allein auf einem Hügel wieder und schaute zu einem Tempel auf. Dahinter glitzerte ein Meer unter einer heißen gelben Sonne. Ich fühlte Lippen am Hals und hörte das Lachen eines Mannes am Ohr.

»Mein Avatar gefällt mir«, erklang eine Stimme. Ich wusste, dass sie von dem Mann hinter mir stammte, aber sie schien aus allen Richtungen gleichzeitig zu kommen, als sprächen auch Tempel, Himmel und Meer. »Der Sohn einer meiner Priesterinnen. Nicht schlecht.«

Ich blinzelte benommen und ungläubig, aber an der Szene vor meinen Augen änderte sich nichts. »Wie bitte?«, krächzte ich schließlich.

»Der für die Zeremonie ausgewählte Mann wird für eine gewisse Zeit mein Avatar. Seine Vereinigung mit der Erbin vollzieht unsere Ehe und bestätigt sie in ihrem Amt.«

Ich verschluckte mich fast. »Von einer Ehe kann keine Rede sein!«

Wieder erklang das Lachen, volltönend und ansteckend. »Fürchte dich nicht, Herophile. Es ist eine geistige Vereinigung – in meiner physischen Gestalt könntest du mir nicht widerstehen.«

»Ich fürchte mich nicht«, erwiderte ich, und das stimmte. Im Vergleich zu den anderen Visionen, die ich bekam, war dies ein Spaziergang im Park. Bisher. »Und ich heiße Cassandra.«

»Nicht mehr.«

Ich wollte mich umdrehen, aber starke Arme hielten mich

fest. Sie hatten die Farbe von Blütenstaub im Frühling, ein helles Gelb, das wie Gold funkelte. Das Licht tanzte so über die Haut des Mannes wie über Wasser, mit einem hellen Glitzern, das mich blendete. Bei einem Menschen hätte es sehr seltsam aussehen müssen, aber aus irgendeinem Grund war das nicht der Fall. Plötzlich ergab die Umgebung mehr Sinn.

»Du lässt kein Klischee aus, wie?«

»Dein Bewusstsein entscheidet, wie es mich wahrnehmen will«, sagte der Mann. »Wenn es hier Klischees gibt, sind es deine eigenen.«

»Wer bist du?«, fragte ich.

»Jemand, der seit Äonen auf jemanden wie dich gewartet hat. Endlich kommen die Dinge ins Rollen.«

»Welche Dinge?«

»Du wirst sehen. Ich setze großes Vertrauen in dich.«

»Dann bist du verrückt«, sagte ich geradeheraus. »Ich weiß nicht, wie man diese Macht nutzt, die du mir gegeben hast, und Myra wird jetzt jeden Augenblick versuchen, mich umzubringen.«

»Ich hoffe sehr, dass das nicht geschieht. Was den anderen Punkt betrifft ... Die Macht wählt ihr Ziel selbst. Wenn ich sie in menschliche Hände lege, verliere ich die Kontrolle darüber.«

»Aber Myra ...«

»Ja, zunächst musst du mit deiner Rivalin fertig werden. Wir sprechen uns wieder, wenn das erledigt ist.«

»Aber darum geht es doch gerade! Ich weiß nicht, wie ...« Ich erhielt keine Gelegenheit, den Satz zu beenden. Hitze waberte mir entgegen, und Wind kam auf, und um mich herum wogte eine uralte Macht, die durch den Boden grollte und heiße Ströme durch meinen Körper schickte. Dann befand ich mich wieder in der Zelle, blinzelte im plötzlich matten Licht und wusste nicht genau, was geschehen war.

Tomas war noch immer in mir, und die Empfindungen, mit denen er mich erfüllte, nahmen mir erneut die Luft zum Atmen und ließen mich alle Fragen vergessen. Er zog mich an seine Brust, und ich keuchte, als sich sein Schaft in mir bewegte. Sein schweißfeuchtes Haar war um mich herum, und ich spürte die Zähne am Hals. Mein ganzer Körper verkrampfte sich, als er zubiss, und ich hörte, wie Tomas voller Wonne ächzte, als sich meine inneren Muskeln enger um ihn schlossen. Große Hände ergriffen meine Hüften, und er schob sich noch weiter in mich, so tief wie möglich. Die Zähne lösten sich von meinem Hals, ohne dass ich Blut verlor, und die Zunge tastete über die von ihnen hinterlassenen Abdrücke. Dann pumpten seine Hüften schneller, und für lange Sekunden verlor ich die Fähigkeit zu denken.

Er kam in mir zu einer Eruption aus Hitze, die den Rest Eis in meinem Zentrum schmolz. Das Feuer seines Höhepunkts fraß das Eis und verbrannte die letzten Überbleibsel der Kälte, gab mir eine warme Mattigkeit, die sich in meinem ganzen Körper ausbreitete. Die eigene Wonne war jetzt weniger überwältigend, aber dafür tiefer und beharrlicher. Ich fühlte mich wie knochenlos, und Tomas lag wie eine herrlich warme Decke auf mir.

Irgendwann wich Tomas zurück und sah mir in die halb geschlossenen Augen. Er musterte mich, aber wonach auch immer er in meinem Gesicht suchte, er fand es nicht. Er küsste mich trotzdem, und ich gab mich der sinnlichen Hitze seines Munds hin und fühlte mich wie beraubt, als er den Kontakt zu bald beendete. »Es tut mir leid«, sagte er leise, und sein Daumen strich mir über die Unterlippe.

Die Kuppe meines Zeigefingers folgte dem Verlauf einer dunklen Augenbraue. »Was meinst du?«

Er nahm mein Gesicht zwischen seine Hände und küsste

mich sanft auf die Stirn. »Mach dir keine Sorgen, Cassie. Ich bringe es in Ordnung.«

»Was willst du in Ordnung bringen?« Die angenehme Mattigkeit löste sich immer mehr auf.

Tomas zögerte und seufzte dann. »Ich spüre noch immer den *Geis* um dich herum, wie eine Wolke.« Er presste kurz die Lippen zusammen. »Offenbar will Mircea seinen Anspruch auf dich nicht aufgeben.«

Ich schüttelte den Kopf. »Bei dem Zauber kam es zu einer Komplikation. Auch Mircea konnte ihn nicht entfernen.« Ich wusste, dass dies eine Möglichkeit gewesen war, aber ich fühlte mich trotzdem sehr enttäuscht.

Tomas wollte noch etwas sagen, doch die Tür schwang auf, und dort stand Françoise, mit den Händen an den Hüften. Sie wirkte recht ungeduldig und warf mir ein Kleidungsbündel zu. »Es wird auch Zeit! Es soll ein Ritual sein, kein Marathon.«

Ich kam auf die Beine und fröstelte in der Luft, die sich an meiner glühenden Haut kalt anfühlte. »Was?«

»Na los! Zieh dich an! Der König gewährt dir eine Audienz, und er wartet nicht gern. Wenn du ihn verärgerst, kommt niemand von uns von hier weg.«

»Françoise?« Ich bekam ein mieses Gefühl bei dieser Sache. Der Akzent existierte plötzlich nicht mehr, und ihr Gesichtsausdruck hatte nichts mehr von der früheren Nervosität der Französin.

Sie lächelte grimmig. »Françoise ist derzeit nicht zu Hause. Kann ich ihr was ausrichten?« Bevor mir eine Antwort darauf einfiel, schnitt sie eine Grimmasse und streckte die Hand nach der Wand aus, ihre Finger krumm und weiß, als wollte sie sie in den Stein bohren. »Verdammt! Nicht jetzt, Mädchen! Willst du für immer hierbleiben?«

Tomas' Blick ging fragend zwischen uns hin und her, aber ich konnte nur mit dem Kopf schütteln. Ich hatte keine Ahnung, was mit ihr war. »Äh, Françoise …«, sagte ich schließlich, als sie so zitterte wie mit den Fingern in einer Steckdose. »Können wir dir irgendwie … helfen?«

Sie verharrte plötzlich, stand stocksteif und starrte mich an. »Ja!«, antwortete sie, und erneut erklang Ungeduld in ihrer Stimme. »Indem du dich anziehst! Wie oft muss ich dich noch dazu auffordern?«

Ohne Tomas' Körperwärme war es kalt, und deshalb beschloss ich, Françoises Aufforderung nachzukommen. Das Gewand war zu groß und zu steif mit all den Stickereien, aber wenigstens bestand es aus warmer dunkelroter Wolle. Ich hielt es für besser, mich jeweils einem Problem zu widmen, und Françoises geistiger Zustand belegte auf meiner Prioritätenliste keinen der oberen Plätze.

»Hast du hier Freunde, Françoise? Leute, die dir helfen würden?«

Sie kniff die Augen zusammen. »Wieso?«

»Es geht um Tomas. Wenn er das Feenland verlässt, wird er getötet. Er kann nicht zurück, aber er kann auch nicht hierbleiben und darauf warten, hingerichtet zu werden. Kennst du jemanden, der bereit ist, ihn zu verstecken?«

»Cassie …« Tomas berührte mich am Ellenbogen. »Was machst du da?«

»Ich muss dich in Sicherheit wissen. Der König könnte anordnen, dass man uns zu MAGIE deportiert. Und wenn du zurückkehrst, musst du mit dem Tod rechnen!« Die Konsulin hatte mir sein Leben angeboten, aber nur als Gegenleistung für Informationen, über die ich nicht verfügte. Ich hatte nicht beabsichtigt, Mircea mit dem *Geis* zu belegen, und wusste nicht, wie man ihn neutralisierte.

»Und wenn du ohne mich vor den König trittst, macht er dich vielleicht für meine Flucht verantwortlich«, sagte Tomas. »Ich werde dich nicht noch mehr in Gefahr bringen.« Ich hätte ihm gern widersprochen, aber sein Gesichtsausdruck machte deutlich, dass es Zeitverschwendung gewesen wäre. Außerdem schien Françoise kurz vor einem Schlaganfall zu stehen.

»Du bist wegen eines *Vampirs* besorgt, und das ausgerechnet *jetzt?*« Sie schüttelte den Kopf. »Er war ein Mittel zum Zweck, Cassie, das ist alles. Er hat seinen Zweck erfüllt. Überlass ihn sich selbst. Vampire kommen recht gut allein zurecht.«

Das war's. Hier ging es um mehr als nur einen drohenden Schlaganfall. »Möchtest du mir jetzt sagen, wer du bist? Ich habe Françoise nie meinen Namen genannt. Ganz zu schweigen davon, dass sie mit französischem Akzent sprach.«

»Dafür haben wir keine Zeit!«

Ich setzte mich auf die Pritsche und richtete einen trotzigen Blick auf sie. »Ich gehe nirgendwohin, solange ich nicht weiß, wer du bist und was hier gespielt wird.« Ich hatte die Nase voll davon, immer nur herumgestoßen zu werden. Das ging mir inzwischen ganz erheblich gegen den Strich.

Françoise warf die Hände hoch, und es war eine Geste, die mir seltsam vertraut erschien. Irgendwo hatte ich jemanden bei der gleichen Bewegung beobachtet. Ich versuchte vergeblich, mich daran zu erinnern. »Ich habe dir einmal gesagt, dass du entweder die Beste von uns wirst oder die Allerschlimmste. Rate mal, was ich inzwischen für wahrscheinlicher halte.«

Plötzlich fiel es mir ein, und für einige Sekunden war ich fassungslos. »*Agnes?* Was … was zum Teufel machst du hier?«

»Ich existiere«, sagte sie bitter. »Tolles Leben nach dem Tod.«

»Aber … aber … ich wusste gar nicht, dass du von fremden Körpern Besitz ergreifen kannst! Die Magier sagten …«

»Klar, als ob wir ihnen alles verraten würden!« Françoises Hände kehrten an die Hüften zurück, und das war eine weitere gespenstisch vertraute Geste. »Je weniger der Kreis von unseren Fähigkeiten weiß, desto besser! Hast du wirklich geglaubt, du wärst dazu imstande und ich nicht?«

»Aber du hast nicht die Hilfe von Billy Joe«, wandte ich ein. Das beschäftigte mich schon seit einer ganzen Weile, sowohl in Hinsicht auf Agnes als auch bei Myra. »Wie kannst du durch die Zeit reisen, ohne dass ein Geist in deinem Körper den Babysitter spielt, während du weg bist?«

Agnes sah mich nur an und schüttelte dann den Kopf. »Nun, das ist eine originelle Methode, zugegeben«, sagte sie. »Aber unnötig. Wir kehren fast im gleichen Moment in unseren Körper zurück, in dem wir ihn verlassen, Cassie. Soweit es unsere leibliche Existenz betrifft, sind wir praktisch gar nicht weg gewesen.«

»Aber ... dein Körper ...« Ich starrte sie an und fragte mich, wie ich es ausdrücken sollte. Es schien nicht viele Möglichkeiten zu geben. »Agnes, es tut mir leid, aber ... Er *ist* tot.«

Sie sah mich so an, als hätte ich den Verstand verloren. »Natürlich ist er das! Was, glaubst du, mache ich hier?«

»Ich habe keine Ahnung«, antwortete ich ehrlich.

»Es war bestimmt nicht meine erste Wahl!«, sagte Françoise/Agnes verärgert. »Das soll mein Bonusleben sein, in dem ich mich nach all den Mühen vergnügen kann. Als ich dich zurückließ, hatte ich vor, in meinen Körper zurückzukehren. Ich wollte Kraft sammeln, um mich in einer netten jungen Deutschen niederzulassen. Sie sollte eigentlich einem Felssturz zum Opfer fallen – ein Wanderunfall –, und ich war bereit, sie zu übernehmen ...«

»Sie zu übernehmen?« Ich weiß nicht, wie mein Gesicht aussah, aber Agnes lachte.

»Ihr stand der *Tod* bevor, Cassie! Ein Leben gemeinsam mit mir wäre ihr bestimmt lieber gewesen!«

Mir schwindelte. »Da komme ich nicht ganz mit.«

Tomas' Stimme erklang plötzlich und überraschte mich. »Eins für den Dienst, eins zum Leben«, murmelte er.

Agnes warf ihm einen alles andere als freundlichen Blick zu. »Ich weiß nicht, wo Sie das gehört haben, aber Sie sollten es besser vergessen.«

»Es stimmt also«, sagte er erstaunt. »Es gibt Gerüchte, aber niemand glaubt, dass ...«

»Und so soll es auch bleiben«, unterbrach ihn Agnes.

Jetzt wanderte mein Blick zwischen ihnen hin und her. »Würde mir bitte jemand erklären, was los ist?«

»Es heißt, dass die Pythia am Ende ihrer Dienstzeit mit einem anderen Leben belohnt wird«, sagte Tomas und achtete nicht darauf, dass Agnes die Stirn runzelte. »Als eine Art Kompensation für das Leben, das sie ihrer Berufung widmete.«

Ich schloss den Mund, der sich immer wieder verblüfft öffnen wollte. Für einen Moment starrte ich Agnes an. »Stimmt das?«, brachte ich hervor.

»Willst du hier raus oder nicht?«, erwiderte sie.

»Antworte mir!«

Sie seufzte und warf erneut die Hände hoch. Ich wusste nicht, ob es eine allgemeine Angewohnheit war oder ob das nur in meiner Nähe geschah. »Na schön, lange Rede, kurzer Sinn – ja, es stimmt. Wir finden eine Person, die jung sterben soll, und zehren von ihrer Energie. Als Gegenleistung helfen wir ihr, der vom Schicksal vorgesehenen Katastrophe zu entgehen.«

»Das ist schrecklich!«

»Nein, es ist praktisch. Ein geteiltes Leben ist besser als gar keins.«

»Aber wenn Sie einmal dazu imstande sind ...«, sagte Tomas

langsam. »Warum können Sie es nicht fortsetzen, ein Leben nach dem anderen, ein Jahrhundert nach dem anderen?«

»Deshalb verabscheue ich Vampire«, teilte Agnes der Zelle im Allgemeinen mit. »Sie sind so verdammt misstrauisch!«

»Aber es wäre möglich?«

»Natürlich nicht!«, sagte Agnes scharf. »Denken Sie nach! Wenn unsere Zeit des Dienstes abläuft, geht die Macht auf jemand anders über. Ohne sie haben wir keine Möglichkeit festzustellen, wer bald stirbt, und deshalb können wir auch keinen Körper auswählen. Es klappt nur einmal.«

Tomas lachte kurz. »Wollen Sie uns wirklich weismachen, dass noch nie versucht worden ist, dem Tod ein Schnippchen zu schlagen? Dass es nie jemanden gab, der viele Leben leben wollte, durch die Übernahme beliebiger Personen, ob sie nun vom Schicksal zum Tod verurteilt waren oder nicht?«

Agnes zuckte mit den Schultern. »Darin besteht eine der vielen Pflichten der regierenden Pythia: Sie muss dafür sorgen, dass so etwas nicht geschieht.«

Ich schüttelte den Kopf. Das geschah zu schnell – alles. Mein Gehirn konnte einfach nicht damit Schritt halten. »Aber warum Françoise?«

»Ich habe es dir doch gesagt – mir blieb keine Wahl! Als ich zu meinem Körper zurückkehren wollte, stellte ich fest, dass es mich zu viel Kraft gekostet hatte, dir zu helfen. Ich hatte nicht geplant, die Zeit anzuhalten – das ist keine leichte Sache, erst recht nicht nach einem Sprung über mehr als dreihundert Jahre! Mir blieb nicht genug Kraft, ein letztes Mal über die Jahrhunderte zu springen.«

»Ich hätte dich mitnehmen können!« Agnes hatte mir dabei geholfen, Myra abzuwehren. Ohne ihre Hilfe wäre ich vermutlich schon tot gewesen. Ich hätte es bestimmt nicht abgelehnt, sie als Passagier an Bord zu nehmen.

»Du erinnerst dich bestimmt daran, dass du in einem Raum voller hungriger Geister warst, Cassie. Sie waren darauf erpicht, jeden Geist in Sichtweite zu verschlingen! Ich konnte es nicht riskieren. Als sich die Zeit wieder in Bewegung setzte, musste ich jenen Ort schnell verlassen. Deshalb ließ ich mich in der einzigen Person nieder, von der ich wusste, dass sie in jener Zeit dem Tod nahe und deshalb vielleicht bereit war, eine Übereinkunft mit mir zu treffen.«

»Und sie ließ sich darauf ein?« Françoise war nicht irgendeine Normalo, sondern eine Hexe, und zwar eine recht mächtige – ich hatte sie bei einem ziemlich eindrucksvollen Trick beobachtet. Und es gab Anzeichen dafür, dass sie sich zur Wehr setzte.

Sie schien meine Gedanken gelesen zu haben, denn Agnes schnitt wieder eine Grimasse und drückte sich die Hände auf den Bauch. »In gewisser Weise.«

»Wie sind Sie hier gelandet?«, erkundigte sich Tomas, bevor ich eine konkretere Frage stellen konnte.

»Im Besitz eines Körpers, der die Geister abwehren konnte, wollte ich zu Cassie zurückkehren, bevor sie jenes Jahrhundert verließ. Aber dann erschienen die verdammten Magier.«

»Sie wurden von ihnen entführt und ans Feenland verkauft«, vermutete Tomas. »Und seitdem sind Sie hier! Aber das alles liegt Jahrhunderte zurück!«

»Einige Jahre«, korrigierte Agnes.

»Hier vergeht die Zeit anders«, erinnerte ich Tomas. Marlowe hatte darauf hingewiesen, aber mir wurde erst jetzt klar, wie groß der Unterschied sein konnte. »Soll das heißen, du bist dauernd hier gewesen, seit wir Frankreich verlassen haben?«

Agnes nickte und hob die Hand, als ich noch etwas anderes fragen wollte. »Wenn du uns seitdem gesehen hast, erzähl mir nichts davon. Françoise kann uns hören, und sie sollte nicht mit Wissen darüber beeinflusst werden, was sie in ihrer Zukunft tun wird.«

In ihrer Zukunft, dachte ich benommen, aber in meiner Vergangenheit. Vor einer Woche hatte sie im Dante's einen dunklen Magier getötet und mir zur Flucht verholfen. Besser gesagt: Sie würde einen töten … Ich bekam Kopfschmerzen.

»Willst du nun weg von hier oder nicht?«, fragte Agnes.

»Ja, aber wir setzen das Gespräch später fort«, erwiderte ich. Vielleicht hatte ich bis dahin Ordnung in diese Sache gebracht und konnte wieder klar denken.

»Wenn es ein Später gibt«, sagte Agnes unheilvoll. »Vergiss die Zauber nicht – es hat mir genug Mühe bereitet, sie den Elfen abzuluchsen.« Sie nahm die Laterne und verschwand mit wehendem Gewand durch den Flur. Tomas und ich wechselten einen Blick und beeilten uns dann, ihr zu folgen. Er zog noch immer die Kleidung zurecht, die Agnes mitgebracht hatte, und ich stopfte mir die herumliegenden Zauber in alle Taschen, die ich finden konnte.

Am Ende des Flurs erreichten wir eine lange, nach oben führende Treppe, von Fackelschein erhellt. Daran schloss sich eine dicke Eichentür an, die jedoch sofort aufschwang, als Françoise sie berührte. Pritkin, Billy und Marlowe standen vor einer großen runden Öffnung in einer Felswand, hinter der viele Farben in einem Kaleidoskop aus Licht wogten.

»Sind das alle?«, fragte die Fee und warf nur einen kurzen Blick auf uns. »Der Zyklus ist fast vollständig.«

Billy wirkte nervös. »Cass, glaubst du, ich behalte diesen Körper nach unserer Rückkehr?«

»Wir kehren zurück?«

»Sobald der Zyklus zu Blau wechselt.« Er wies auf das Loch im Fels. »Aber wir haben nur etwa dreißig Sekunden, um das Portal zu passieren und das richtige Ziel zu erreichen. Es wird uns im Dante's absetzen, aber als nächstes Ziel ist der Senat dran – wir müssen hindurch, bevor es rot wird.«

Es fiel mir schwer, ihm zu folgen. »Warum kehren wir zurück?«

»Weil du etwas für mich holen wirst.« Ein tiefer Bariton hallte von den Wänden wider. Ich begriff allmählich: Was ich für eine mit Stoffen behangene Säule gehalten hatte, war in Wirklichkeit das größte Bein, das ich je gesehen hatte. Mein Blick glitt nach oben, und noch weiter nach oben, und noch etwas mehr. Ein Gesicht so groß wie ein Suchscheinwerfer strahlte aus den schattigen Höhen des Saals auf mich herab. Die Decke musste mindestens zehn Meter hoch sein, aber die riesige Gestalt duckte sich, um nicht mit dem Kopf anzustoßen. Ich blinzelte verblüfft und starrte.

Das große Gesicht kam etwas tiefer und sah mich genauer an. Krauses braunes Haar bedeckte einen Teil davon, aber ich erkannte eine Knollennase und blaue Augen in der Größe von Softbällen. »Das ist also die neue Pythia.«

»Wir mussten dem König gegenübertreten«, wandte sich Billy leise an mich. »Unsere Runen können wir erst wieder in einem Monat verwenden. Pritkin versuchte, Hagalaz einzusetzen, aber es klappte nicht – es wurde nur ein wenig kälter, und wir bekamen ein bisschen Schneematsch. Nullbomben sind großartig, aber nur gegen Magie, und hier sind wir weit in der Unterzahl. Die Elfen – oder was man so Elfen nennt – brauchen keinen Hokuspokus, um uns eins auf die Rübe zu geben. Wir benötigen mehr Waffen und einige Helfer; sonst können wir hier nichts anderes tun als sterben. Marlowe ist bereit, uns Waffen aus dem Arsenal des Senats zu beschaffen, wenn wir zurück sind.«

»Wie großzügig von ihm. Wo ist der Haken?«

Diesmal hatte Marlowe keine schlagfertige Antwort. Stattdessen stand er einfach nur da, starrte mich an und staunte Bauklötze. Dann sank er langsam auf ein Knie. »Der Senat ist immer gern bereit, der Pythia zu helfen«, brachte er nach mehreren Versuchen hervor.

»Sie ist nicht die Pythia«, sagte Pritkin, reagierte schließlich auf meine Präsenz und sah mich an. Plötzlich erstarrte er, und sein Mund bewegte sich, ohne dass ein Ton über die Lippen kam. Eine Hand blieb halb erhoben, als hätte er vergessen, sie zu senken.

»Wie sollen wir Sie nennen, Mylady?«, fragte Marlowe ehrerbietig.

»Nein!« Pritkin erwachte aus seiner Trance, starrte erst mich an und dann den knienden Vampir. »Das ist ein Trick. Es muss einer sein!«

Ich wandte mich verwirrt an Tomas. »Was ist hier los?«

Er lächelte schief. »Deine Aura hat sich verändert.«

Ich versuchte, es selbst zu sehen, konnte mich aber nicht richtig konzentrieren. Das einzige Ergebnis meiner Bemühungen bestand darin, dass ich schielte. »Wie sieht sie aus?«

Marlowe antwortete für ihn. »Wie nach Macht«, flüsterte er.

»Du musst einen Herrschaftsnamen verkünden, Cassie«, sagte Tomas. »Erst damit beginnt deine Regentschaft. Lady Phemonoe trug den Namen der ersten ihrer Art. Du kannst den gleichen Titel wählen, oder einen anderen.«

Pritkin setzte sich in Bewegung und schritt durch den Raum. Er schien außer sich zu sein. »Herophile«, sagte ich schnell und nannte den Namen aus meiner Vision. Nervös sah ich Tomas an. »Ist das in Ordnung?« Pritkins Hand, die sich mir entgegengestreckt hatte, hielt inne und sank an seine Seite.

»Wo ist der Golem?«, fragte ich Billy und behielt den Magier im Auge. Er wirkte wie ein Atheist, der gerade Besuch von Gott erhalten hatte: verblüfft, ungläubig und etwas elend.

»Das möchtest du nicht wissen«, erwiderte Billy. Sein Blick galt dem Portal, und er schluckte immer wieder.

»Wie meinst du das?«

Der König antwortete für ihn. Kaum zu glauben, aber wahr: Für einen Moment hatte ich etwas so Großes vergessen. »Wir haben ihn als Geschenk erhalten.«

»Er wurde vor zwei Stunden freigelassen«, sagte Billy. »Sie geben ihm noch eine Stunde, und dann beginnt die Jagd auf ihn. Angeblich dient es der Abrichtung ihrer Jagdhunde.«

»Was?« Ich war entsetzt. »Aber er könnte getötet werden!«

»Genau genommen lebt er gar nicht«, erwiderte Billy. »Also kann er auch nicht sterben.«

»Vorher war er vielleicht nicht lebendig, aber jetzt schon!« Ich sah mich nach Unterstützung um, fand jedoch keine. Marlowe war besorgt neben Pritkin getreten. Billy beobachtete das bunte Wogen im Portal und biss sich auf die Lippe, und ich bezweifelte, ob seine Gedanken dem Golem galten. »Wir können ihn nicht zurücklassen!«

»Du kannst ihn natürlich retten, wenn du möchtest«, sagte der König. Selbst wenn er leise sprach, klang es wie das Brüllen einer normalen Person.

Ich hatte ein sehr ungutes Gefühl. »Und wie?«

Der König lächelte und zeigte Zähne groß wie Golfbälle. »Mit einer Abmachung.«

»Vorsicht, Cass«, murmelte Billy. »Er will was von dir, aber uns wollte er nicht sagen, worum es ihm geht.«

»Sei still, Relikt!«, donnerte der König. »Behalt deine Zunge hinter den Zähnen, oder jemand könnte sie dir abschneiden!« Schnell wie der Blitz wechselte seine Stimmung, und er lächelte engelhaft. »Es ist nur ein Buch, Lady. Eine unbedeutende Angelegenheit.«

»Ihr Ziel kommt gleich an die Reihe«, warf die Fee ein.

Pritkin streifte die Starre ab. »Wo ist Mac?«

Ich sah ihn groß an, und plötzlich wurde mir klar, dass ihm niemand davon erzählt hatte.

Die Fee antwortete, während ich noch nach geeigneten Worten suchte. »Der Wald verlangte ein Opfer, um uns durchzulassen. Er hatte es auf die junge Frau abgesehen, doch der Magier bot sich an ihrer Stelle an.«

Mein Blick ging zu ihr. Offenbar war sie Zeugin geworden, wie Mac ganz bewusst die Aufmerksamkeit der Baummänner auf sich gezogen hatte. Er hatte verstanden: Der Wald würde den Angriff erst einstellen und mich frei geben, wenn er ein Opfer bekam.

Und so hatte er sich selbst gegeben.

Tomas drückte meine Schulter in stummer Anteilnahme, und ich spürte es kaum. Auf dem Boden hatte es kein Blut mehr gegeben, als wir gegangen waren. Die Erde hatte alles aufgenommen, ihn absorbiert. Die Zauber in meinen Taschen schienen plötzlich schwer wie Backsteine zu sein.

Die Worte der Fee hatten Pritkin verwirrt, aber was auch immer er in meinem Gesicht sah, es war ihm Erklärung genug. Er verstand plötzlich. »Sie haben das geplant«, sagte er seltsam tonlos. »Sie haben uns dazu gebracht, das … das Ding zu retten, damit Sie das Ritual vervollständigen konnten. Der *Geis* machte jeden anderen Kandidaten unmöglich.«

»Ich habe überhaupt nichts geplant.« Ich hätte ihm gern gesagt, wie sehr ich alles bedauerte, wie schrecklich leid mir Macs Ende tat, aber mein Gehirn war wie gelähmt.

»Was das Buch betrifft …«, grollte der König.

Ich sah verwirrt zu ihm hoch. »Welches Buch?«

Er verzog ein wenig das Gesicht, und ich begriff, dass er unschuldig auszusehen versuchte. Das Ergebnis deutete darauf hin, dass er diesen Gesichtsausdruck nicht oft trug. »Der *Codex Merlini.*«

»Was?« Mir bedeutete der Name nichts, aber Pritkin zuckte heftig zusammen.

Marlowe war fasziniert. »Aber das findet man in jedem magischen Buchladen.«

Der König machte ein Geräusch, als rieben Felsbrocken aneinander. Mir wurde klar, dass er lachte. »Dieses nicht. Der verlorene Band.« Mit hungrigen Augen sah er auf mich herab. »Bring mir den zweiten Band des *Codex*, und du kannst den Golem haben. Ich gebe dir mein Wort.«

»Nein!« Pritkin sprang plötzlich auf mich zu, sein Gesicht voller Zorn, doch eine Sekunde später rutschte er nach einem wuchtigen Hieb von Tomas über den Boden. Er stieß gegen die Wand, kam aber mit einem akrobatischen Salto wieder auf die Beine und lief erneut auf uns zu. Seine Augen waren eiskalt und versprachen Schmerz für jemanden.

»Unterbrich mich noch einmal, Magier, und ich lasse mir deine Leber zum Essen servieren«, warnte der König, und seine Stimme ließ keinen Zweifel daran, dass er es ernst meinte. Pritkin blieb stehen.

Ich sah von Pritkins wütendem Gesicht zu Marlowes interessiertem. »Was entgeht mir hier?«

»Der *Codex* ist gewissermaßen das … Elementarbuch, auf dem die ganze moderne Magie basiert«, teilte mir Marlowe mit. »Merlin hat es verfasst und hat dabei nicht nur auf die Erfahrungen seiner eigenen Arbeit zurückgegriffen, sondern auch auf magische Texte, die zu seiner Zeit zur Verfügung standen, inzwischen aber verloren sind. Er fürchtete, dass Wissen der Vergessenheit anheimfallen könnte, wenn er es nicht für zukünftige Generationen katalogisierte. Doch es heißt, dass wir nur die Hälfte seiner Arbeit haben, dass es früher einen zweiten Band gab.« Er sah zum König. »Selbst wenn es ihn noch gäbe, was könnten Sie damit anfangen? Die menschliche Magie funktioniert hier nicht.«

»Manche schon«, erwiderte der König ausweichend und versuchte, den Anschein zu erwecken, als interessierte ihn dieses Thema kaum. Mir machte er nichts vor. In seinen großen Augen funkelte Aufregung, und die Wangen über dem krausen Bart glühten. »Merlin unterteilte seine Zauber aus Sicherheitsgründen in zwei Gruppen. Die eigentlichen Zauberformeln kamen in den ersten Band, die Gegenzauber in den zweiten. Im Lauf der Zeit sind die meisten Gegenzauber durch Ausprobieren entdeckt worden, bis auf einen Rest, zu dem auch dein *Geis* gehört. Ich möchte …«

Das brachte ihm meine volle Aufmerksamkeit ein. »Einen Augenblick. Soll das heißen, der *Codex* enthält einen Zauber, der den *Geis* von mir nehmen kann?«

»Angeblich enthält der zweite Band alle Gegenmittel für Merlins Zauber. Er erfand den *Dúthracht*, also müsste das Buch auch den dafür bestimmten Gegenzauber enthalten.« Der König richtete einen schlauen Blick auf mich. »Macht das die Sache für dich interessanter, Seherin?«

Ich setzte meine Pokermiene auf und hoffte, dass sie besser war als seine. »In gewisser Weise. Aber ich weiß nicht, wie ich dir helfen könnte. Wenn das Buch verloren ging …«

»Bist du die Pythia oder nicht?«, donnerte er so laut, dass das Dachgebälk erzitterte. »Geh in die Vergangenheit und finde das Buch, bevor es verschwand!«

Ich sah den Eifer und die Ungeduld in seinem großen Gesicht und traf eine schnelle Entscheidung. »Ich könnte es versuchen. Aber der von Ihnen angebotene Preis ist zu niedrig. Was geben Sie mir außerdem?«

Pritkin stieß einen Fluch aus und wollte sich auf mich stürzen. Sein Gesicht war puterrot, und er sah aus, als könnten ihm die Adern platzen. Tomas trat einen Schritt vor, aber es war Marlowe, der ihn aufhielt. Er wurde zu einem huschenden Schemen, und plötzlich hatte er Pritkin am Hals gepackt. Hilflos begegnete ich dem Blick der wütenden grünen Augen. Ich würde später mit Pritkin reden und versuchen, ihm alles zu erklären. Dies war kein geeigneter Zeitpunkt.

Der König schien zu erwägen, Pritkin der Abendkarte hinzuzufügen, und ich kam ihm zuvor. »Wir verhandeln, Euer Majestät, und uns bleibt nicht mehr viel Zeit.« Ich deutete zum Portal, das ein helles, reines Blau zeigte, hier und dort mit kleinen Wirbeln, die Variationen von Blau zeigten: Türkis, Indigo, Azur und Ultramarin.

»Was verlangst du?«, fragte der König schnell.

Nachdem ich Tony jahrelang bei schwierigen Verhandlungen zugesehen hatte, erschien es mir fast zu leicht. »Ich suche einen Vampir«, sagte ich. »Er heißt Antonio, aber vielleicht benutzt er einen anderen Namen. Er soll sich irgendwo im Feenland verstecken. Außer dem Golem möchte ich Antonios Aufenthaltsort erfahren und genug Hilfe von Ihnen bekommen, um ihn zu holen.« Ebenso seine Begleiter, fügte ich lautlos hinzu. »Darüber hinaus möchte ich, dass Tomas hier am Hof Schutz genießt, solange er ihn braucht.«

»Das Leben des Golems und der Schutz sind leicht«, erwiderte der König. »Aber der andere Punkt …« Er dachte nach. »Ich kenne den Vampir, den du meinst«, gestand er schließlich. »Doch es wird schwierig sein, ihn zu erreichen – und gefährlich.«

»Die Suche nach dem Buch ist ebenfalls gefährlich«, sagte ich.

Der König zögerte, aber am Rand des Portals ging die Farbe in Violett über. Die Zeit wurde knapp, und nur ich konnte das

Buch holen, das er sich so sehr wünschte. »Einverstanden. Bring mir das Buch, und du bekommst deinen Vampir.«

Ich nickte, trat vor … und stieß gegen den zurückweichenden Billy. »Ich m-muss darüber nachdenken«, stotterte er. »Ich nehme den nächsten Bus.«

»Was ist los mit dir?«, fragte ich.

Sein Gesicht war weiß, und die Hände malten wirre Muster in die Luft. »Vielleicht verliere ich meinen Körper, wenn wir zurückkehren. Ich habe ihn gerade erst bekommen, Cass!«

»Vor einer Weile hast du dir Sorgen darüber gemacht, was geschehen könnte, wenn du bleibst!«

»Und jetzt mache ich mir Sorgen darüber, was geschehen könnte, wenn ich gehe.« Billy schien sich wirklich zu fürchten. »Wer weiß, was mich auf der anderen Seite erwartet.«

»Billy! Wir haben keine Zeit für so etwas! Du hast das Portal schon einmal passiert, auf dem Weg hierher.«

»Ja, und sieh nur, was mir das eingebracht hat! Denk mal nach, Cass!«

Ich hatte keine Ahnung, wovon er redete, und ich bekam auch keine Gelegenheit, es herauszufinden. »Ins Portal, Relikt«, sagte die Fee. »Deine Art brauchen wir hier nicht.«

»Halt du dich da raus, Püppchen«, warnte Billy und schlug mit seinem Hut nach ihr.

Plötzlich raste ein Schemen an uns vorbei in Richtung Portal, und ich erkannte Françoise, bevor es aufblitzte und sie verschwunden war. Der König brüllte wütend. »Holt sie zurück!«, befahl er.

Die Fee zog ihr kleines Schwert. Ich hatte gesehen, was sie damit anstellen konnte, im Gegensatz zu Billy, der nicht einmal auszuweichen versuchte. Die flache Seite der Klinge traf ihn am Bauch, riss ihn von den Beinen und schleuderte ihn nach hinten. Ich sah noch, wie er überrascht die Augen aufriss, und dann war er ebenfalls verschwunden. Die Fee flog direkt nach ihm ins Portal, und die beiden Blitze folgten so schnell aufeinander, dass sie fast zu einem verschmolzen.

Ich drehte mich um und stellte fest, dass Pritkin auf die Knie gesunken war, mit Marlowe auf dem Rücken. Ich wollte vortreten und eingreifen, als der Magier den Vamp plötzlich an die Stirn schlug und ihm gleichzeitig den anderen Ellenbogen in die Rippen rammte. Marlowe ließ los und taumelte nach hinten, direkt ins bunte Wogen des Portals. Pritkin blieb für eine Sekunde unten, mit einer Hand an der schmerzenden Kehle, und versuchte, wieder zu Atem zu kommen. Sein keuchendes Schnaufen wies darauf hin, dass Marlowe auf dem besten Weg gewesen war, ihn zu erwürgen.

»Du musst los, Cassie«, drängte Tomas. Er zögerte, im Gesicht eine seltsame Mischung aus Zärtlichkeit und Schmerz. »Versuch bitte, dich nicht töten zu lassen.«

»Ja, und das gilt auch für dich.« Ich hätte mir gern Zeit genommen, richtig Auf Wiedersehen zu sagen, aber das ging nicht. Ich gab ihm einen schnellen Kuss, lief los und sprang ins Portal. Pritkin folgte mir im letzten Augenblick. Es blitzte einmal, dann noch einmal, und anschließend gab es nur noch Finsternis.

Dreizehn

Ich kam zu mir, als ein Pochen in meinem Kopf widerhallte. Drei Dinge bemerkte ich gleichzeitig: Ich befand mich im Dante's, das Pochen kam von großen Lautsprechern in der Form von Tiki-Köpfen, und Elvis sah echt mitgenommen aus, selbst für einen Toten. Ich blinzelte, und Kit Marlowe drückte mir einen Drink in die Hand. »Versuchen Sie, normal auszusehen«, murmelte er, als Elvis mit dem Refrain von »Jailhouse Rock« begann.

Ich sah mich benommen um, aber es fiel mir schwer, mich auf etwas anderes zu konzentrieren als den dicken Mann mit den weißen Pailletten, der auf eine Weise die Hüften schwang, die vermutlich aufreizend wirken sollte. Eine großkalibrige Kugel hatte ihn vor kurzer Zeit skalpiert, und das Nottoupet saß nicht besonders gut. Was die Damen aber nicht zu stören schien, denn sie warfen ihm trotzdem Dinge zu, von Zimmerschlüsseln bis zu Unterwäsche. Liebe machte offenbar wirklich blind.

Ich wollte fragen, was los war, aber Gehirn und Mund schienen nicht miteinander verbunden zu sein. Ich saß auf meinem Stuhl und schwankte ein wenig, womit ich kaum auffiel. Die meisten Zuschauer neigten den Oberkörper hin und her, ahmten damit unbewusst Elvis nach – bei ihnen herrschten keine unklaren Vorstellungen in Bezug auf oben und unten. Was war mit mir geschehen? Ich hatte mir diese Frage kaum gestellt, als ich auch schon Antwort bekam: das Portal. Der erste Übergang im MAGIE-Komplex war unmerklich erfolgt, doch diesmal hatten wir ordentlich was zu spüren bekommen. Typisch Tony, bei dieser Sache zu sparen. Von wegen Geiz ist geil und so. Nach meinen Kopfschmerzen zu urteilen, hatte er die Sonderangebot-Version eines Portals erstanden, vermutlich deshalb, weil er nicht beabsichtigt hatte, es selbst zu benutzen. Ich hoffte, dass es ihm eine ordentliche Migräne beschert hatte.

Marlowe zog sich einen blauen Spitzentanga vom Ohr – eins der für den King of Rock 'n' Roll bestimmten Geschenke, die es nicht bis zur Bühne geschafft hatten – und warf ihn über die Schulter. »Wir sind in Schwierigkeiten«, sagte er unnötigerweise.

Ich hob eine Braue. Das war eine echte Neuigkeit. Marlowe nahm seinen Sektquirl und stieß damit den faustgroßen Schrumpfkopf in der Mitte des Tisches an. Der Umstand, dass das Ding auf einem hübschen Nest aus dunkelgrünen Palmwedeln und orangefarbenen Paradiesvögeln saß, half überhaupt nicht. Ein verschrumpeltes, rosinenartiges Auge öffnete sich widerstrebend und blickte in unsere Richtung. »Kann's nicht warten? Das ist mein Lieblingssong.«

»Ich brauche Nachschub«, sagte Marlowe. »Noch mal das Gleiche.«

Der Kopf schloss die Augen, aber sein Mund blieb in Bewegung.

»Was …« Ich zögerte und schluckte – meine Zunge fühlte sich doppelt so groß an wie sonst. Dann versuchte ich es noch einmal. »Was macht er da?«

»Er kommuniziert mit der Theke«, antwortete Marlowe und sah sich unauffällig um.

»Ich falle jetzt in Ohnmacht«, informierte ich ihn.

Marlowe warf mir einen mahnenden Blick zu. »Das werden

Sie nicht. Der Kreis hat uns umzingelt. Zwei seiner Agenten haben uns hereinblitzen sehen, und jetzt sind alle übrig gebliebenen Leute hier im Kasino. Sie haben zu großen Respekt vor der internen Verteidigung und Ihren Fähigkeiten, und deshalb werden sie ohne Verstärkung nichts unternehmen. Uns bleiben noch einige Momente, aber mehr auch nicht. Sie müssen sich bereithalten.«

»Bereit wozu? Sie haben doch gesagt, dass wir umzingelt sind.«

»Casanova wird für ein Ablenkungsmanöver sorgen, und bis dahin können wir nur abwarten. Und uns einen Drink genehmigen«, fügte Marlowe hinzu, während ich tapfer versuchte, die Augen offen zu halten. »In diesen Fällen hilft Alkohol meistens.«

Ich nickte, aber seine Worte beeindruckten mein überlastetes Gehirn nicht so sehr wie der kleine Kopf in der Mitte des Tisches. Er hatte aufgehört, mit der Theke zu sprechen, und summte jetzt zur Musik, eine ziemliche Leistung für ein Stück Plastik. Normale Touristen glaubten vermutlich, dass diese Objekte versteckte Mikrofone enthielten, die ihre Bestellungen weitergaben, aber ich wusste es besser, denn ich sah so etwas nicht zum ersten Mal.

Wir befanden uns in Dante's Zombie-Bar, wegen der grässlichen Dekorationen und erstklassigen, wenn auch verstorbenen Entertainer »Headliners« genannt. Aus früherer Erfahrung wusste ich, dass die Köpfe in der Mitte der Tische gefaked waren, wenn auch nicht auf die Weise, wie es die Touristen vermuteten. Es handelte sich um verzauberte Kopien des einen echten Schrumpfkopfs im Kasino, dessen getrocknete Reste hinter der Theke zwischen zwei Holzmasken hingen. Angeblich stammte er von einem Spieler, der so dumm gewesen war, seine Wettschulden nicht zu bezahlen. Ich hatte gehört, wie er einen Typen gewarnt hatte: Wenn man in diesem Kasino Geld setzte, das man gar nicht besaß, wurde man nicht einen Kopf kleiner, sondern bekam einen kleineren Kopf.

Die Frau, die den Tanga geworfen hatte – eine vollbusige Blondine, die nur einige Kilo von einem anderen Adjektiv trennten – hob ihren Besitz auf und warf Marlowe einen bösen Blick zu. Sie trat zur Bühne und winkte das winzige Spitzenstück wie ein Taschentuch, aber Elvis' Augen waren so glasig, dass er es gar nicht sah. Sein Gesicht hatte die Farbe von schimmeligem Mörtel, und sein pechschwarzes Toupet war nach rechts gerutscht, wodurch eine Linie grünweißes Fleisch über dem linken Ohr zum Vorschein kam. Glücklicherweise war er zu »Love Me Tender« übergegangen, und dieser Song erforderte weniger Hüftschwünge. Vielleicht würde das Toupet doch den Abend durchhalten.

Der Kopf hörte auf zu summen, als das Lied vorbei war, verdrehte die Augen und sah mich an. »Kennen Sie den von dem Komiker, der bei einer Werwolfparty auftrat?«, fragte er im Plauderton. Marlowe und ich schenkten ihm keine Beachtung. »Sie heulten vor Lachen!«

Ein Zombie-Wächter, der ein Hawaiihemd trug, das gar nicht zu seiner grauen Haut passte, und Bermudashorts, aus denen dürre, schrumpelige Beine ragten, kam an den Tischen vorbei auf uns zu. Ich beobachtete ihn aufmerksam und stellte fest: Ohne es zu merken, hatte ich den Martini ausgetrunken, den Marlowe mir gegeben hatte. Der Alkohol schien meinem Kopf tatsächlich geholfen zu haben, nicht aber meiner Stimmung, mit der es immer mehr bergab ging. Aus gutem Grund. Tomas hatte recht; der *Geis* existierte nach wie vor.

Der beständige unangenehme Druck war wieder da. Ich fühlte ihn, ein schimmernder Strang, der von mir durch die Wüste bis zu MAGIE reichte. Ich versuchte, meine Schilde zu verstärken, aber der Strang führte durch sie hindurch. Wenigstens blieb mir diesmal der intensive Schmerz erspart. Vielleicht hatte sich doch etwas verbessert, weil ich zur Pythia geworden war. Oder brauchte der *Geis* nur Zeit, um sich meinem neuen Machtniveau anzupassen? Ich war in jedem Fall dankbar für die Atempause.

»Wo sind die anderen?«, fragte ich. Billy konnte eine große Hilfe sein, indem er uns Bescheid gab, wenn die Verstärkung des Kreises eintraf.

»Die Fee und das Mädchen habe ich nicht gesehen. Aber der Magier kam mit ihnen durchs Portal.« Marlowe behielt die sechs Gestalten im Auge, die auf beiden Seiten des Eingangs ausschwärmten. Sie alle trugen lange Ledermäntel, unter denen es trotz der Klimatisierung ziemlich heiß sein musste und die wie Kopien von Pritkins Mantel aussahen. Einige weitere Typen dieser Art hatten beim kleinen Seitenausgang Position bezogen. »Ich habe ihn bewusstlos im Hinterzimmer eingeschlossen.«

»Das wird ihn nicht lange aufhalten.«

»Cassie, wenn wir länger hierbleiben, dürfte Pritkin die geringste unserer Sorgen sein.« Der Kellner stellte eine Martini-Kanne auf den Tisch und fügte ihr einen Teller mit Oliven hinzu. Marlowe schnappte sich die Kanne und ließ mir nur eine Kokosnuss, die so zurechtgeschnitten war, dass sie dem Schrumpfkopf ähnelte. Die Piña Colada darin hatte vielleicht einmal eine Flasche Rum von weitem gesehen, aber nichts von ihr abbekommen. Ich seufzte und trank trotzdem.

»Na schön, wie wär's mit einem Rätsel«, plapperte der Kopf. »Wie erreicht man am besten das Herz eines Vampirs?« Er wartete etwa zwei Sekunden. »Durch seinen Brustkorb!«

Die üppige Blondine war immer lauter geworden bei ihren Versuchen, die Aufmerksamkeit des King of Rock 'n' Roll zu erlangen. Schließlich hatte sie es satt und kletterte auf die Bühne. Trotz ihrer Stöckelabsätze schaffte sie es, bis auf einen Meter an ihn heranzukommen, bevor unauffällig gekleidete Sicherheitsleute sie ergriffen. Der neben der Bühne stehende Casanova kam dem drohenden Debakel zuvor, indem er einen attraktiven Latino in den Einsatz schickte. Der zweifellos von einem Inkubus besessene Bursche führte die Frau mit einem Lächeln zur Theke, das sie vermutlich von allen Gedanken an tote Rockstars befreite.

»Wenn das Casanovas Vorstellung von einem Ablenkungsmanöver war, wird er seinem Ruf ganz und gar nicht gerecht.«

»Er hat etwas anderes im Sinn.« Marlowe klang sicher.

»Woher wissen Sie das?«

»Ich glaube, die Kavallerie ist gerade eingetroffen.«

Ich folgte seinem Blick und stellte fest, dass drei uralte Griechinnen hereingekommen waren, die Arme voller Geschenke. Sie hatten nicht den Haupteingang benutzt, wo sich die Magier bei ihrem Anblick sichtlich versteift hatten, sondern den Nebeneingang. Die Wächter an jener Tür waren verschwunden. Einer der Barkeeper – ein hinreißender Bursche, der nur einen Tropenhelm und knappe khakifarbene Shorts trug – sah das Trio und schüttete eine halbe Flasche Chivas auf die Theke, bevor er merkte, was er anrichtete.

»Schwieriges Publikum, wie?«, fragte der Schrumpfkopf. »Na gut. Aber kennt ihr den von dem Typen, der mit seinen Zahlungen an den Exorzisten nicht nachkam. Er wurde wieder in Besitz genommen. Ha! Jetzt behauptet nur noch, das sei nicht komisch!«

»Es ist nicht komisch«, sagte Marlowe und entfaltete seine Serviette.

»He, warten Sie! Ich kenne Tausende! Wie wär's mit …« Der Schrumpfkopf unterbrach sich, als er unter der dicken Baumwolle der Serviette verschwand, und ich gab dem Ding einen Stoß, der es durch den ganzen Raum schickte.

Deino kam mit einem zahnlosen Grinsen zu uns. »Burtstag!«, sagte sie und strahlte mich an. Ich hob überrascht die Brauen. Es war das erste einigermaßen verständliche Wort auf Englisch, das ich von ihr hörte, und ganz offensichtlich war sie stolz auf sich. Meine Bewunderung wäre vielleicht noch ein wenig größer gewesen, wenn sie nicht einen Eimer mit blutigen Eingeweiden vor mir auf den Tisch gestellt hätte.

Ich sah Marlowe ängstlich an. »Bitte sagen Sie mir, dass das keine …«

»Es sind keine menschlichen Eingeweide«, unterbrach er mich und rümpfte die Nase. »Ich glaube, das Zeug stammt von einer Kuh.«

Pemphredo legte eine Zeitung voller Kasinochips neben das Geschenk ihrer Schwester. Die roten und blauen, die ich normalerweise benutzte, fehlten darunter. Die meisten waren schwarz, und hier und dort entdeckte ich auch einige violette Fünfhundert-Dollar-Chips. Mit nur einem Blick zählte ich mehr als viertausend Dollar. Verzweifelt schloss ich die Augen – es hätte mir gerade noch gefehlt, dass auch die menschliche Polizei nach mir suchte. Enyo wollte sich von ihren Schwestern nicht übertreffen lassen und stellte einen großen dreilagigen Kuchen neben die beiden anderen Geschenke. Etwas Schleimiges und Grünes, das vermutlich die Glasur sein sollte, bedeckte ihn. Ich beschloss, nicht zu fragen, warum der Kuchen nach Pesto roch.

Deino schüttete den Rest Piña Colada aus meiner Kokosnuss in ein Glas und gab eine großzügige Portion Blut und Eingeweide hinein. Sie hielt mir den sehr speziellen Drink unter die Nase und strahlte mich an. »Burtstag!«

Ich schaffte es, nicht zu würgen. »Warum machen sie das?«,

fragte ich Marlowe, der meinen Abscheu zu teilen schien. Vamps tranken kein Tierblut. Es nützte ihnen nichts, und die meisten von ihnen fanden es ekelhaft.

»Soll ich raten? Sie bringen Ihnen Opfergaben. In der Antike waren Blutopfer gang und gäbe. Sie sollten dankbar sein, dass die drei Mädels keine Jungfrau auf Ihrem Tisch aufschneiden. Vielleicht konnten sie in Vegas keine finden.«

»Ha, ha. Was soll ich damit machen? Ich ...« Weiter kam ich nicht. Wenn ich nicht so angewidert gewesen wäre, hätte ich vielleicht bemerkt, dass sich Zombie-Elvis bei einer lustlosen Version von »All Shook Up« unterbrochen hatte und jetzt versuchte, von der Bühne zu klettern.

Marlowe war auf den Beinen. »Wir müssen den Eimer loswerden!«

Ich sah mich um. Dicht an dicht standen Tische, an denen ahnungslose Touristen saßen. »Wie?«

Elvis stieß einige Sicherheitsleute beiseite, die ihn aufhalten wollten, und stapfte in Richtung unseres Tisches. Seine Augen waren nicht mehr trüb, sondern voller Gier, und ihr Blick galt dem blutigen Eimer. Ein Wächter, der kräftiger gebaut war als die anderen, packte ihn an der Schulter und versuchte, ihn umzudrehen. Er schaffte es nur, das bereits schief sitzende Toupet ganz fortzustoßen, wodurch ein offener Kopf und das Gehirn darin zum Vorschein kamen. Ich schätze, die Voodoo-Typen in Casanovas Personal waren nach dem letzten Angriff überarbeitet gewesen und hatten bei der Reparaturarbeit geschludert. Was sich jetzt als eher geschäftsschädigend erwies.

Der Anblick eines graugesichtigen, gierig starrenden Zombies, dessen Gehirn man sehen konnte, war für die Leute an den nahen Tischen zu viel. Mehrere von ihnen schrien, sprangen auf, stießen dabei ihre Stühle um und gerieten sich gegenseitig in den Weg. Andere Gäste, die zu weit hinten saßen, um

Einzelheiten zu erkennen, begannen zu klatschen, weil sie alles für Teil einer unterhaltsamen Show hielten. Ich fragte mich, ob sie noch immer so denken würden, wenn Elvis den Appetithappen intus hatte und sich nach dem Hauptgang umsah.

»Cassie!« Ich hörte Billys schwache Stimme wie das Echo eines Echos. In dem plötzlichen Durcheinander sah ich mich vergeblich nach ihm um.

Marlowe zog mich zurück, doch mein Gleichgewichtssinn hatte sich noch nicht ganz erholt, und so geriet ich ins Schwanken. Ich hielt mich am Tisch fest, und Elvis bekam den Henkel des Eimers zu fassen. Deino kreischte und griff nach ihrer Opfergabe, womit ein grimmiges Tauziehen begann. Blut schwappte auf den Tisch, der nur eine runde Glasscheibe auf einem grinsenden Tiki-Kopf war. Blut spritzte auf Françoises wundervolles Gewand, und ich nahm eine Serviette, um es abzuwischen, wurde dabei aber von einem zornigen Vampir unterbrochen.

»Lassen Sie das!« Marlowe schüttelte mich ein wenig. »Wir müssen hier raus!«

Ich deutete auf die vielen Magier, die durch die Türen kamen. Nicht nur bei uns war die Kavallerie eingetroffen. »Wie?«, rief ich.

»Können Sie springen?«

Ich begriff plötzlich, dass es keinen Grund mehr gab, meine Macht nicht zu benutzen. Ob es mir gefiel oder nicht, ich war die Pythia. Ich nickte, doch bevor ich mir die Straße vor dem Kasino vorstellen konnte, hörte ich wieder Billys Stimme, und er klang verzweifelt. »Billy! Komm hierher!«

»Was ist?«, fragte Marlowe.

»Seien Sie still!« Es war schwer genug, etwas zu hören, auch ohne dass er mir ins Ohr brüllte. Billy sagte noch etwas, aber ich verstand ihn nicht. »Billy! Ich kann dich nicht hören!«

»Spring nicht! Ich sitze fest.«

»Er sagt, dass er festsitzt«, teilte ich Marlowe mit, als sich die Blondine von den Sicherheitsleuten losriss und zu ihrem Idol lief. Ein Wächter stellte sich ihr in den Weg, und bei dem Bemühen, ihm auszuweichen, stieß sie gegen mich. Ich verlor das Gleichgewicht und fiel, und im gleichen Augenblick warf einer der Magier eine Feuerkugel. Das Ding fauchte dicht über mich hinweg, setzte Marlowes Wams in Brand und machte sich dann daran, die Tiki-Theke zu verbrennen. Er riss sich das Kleidungsstück vom Leib und suchte nach einem sicheren Ort, an dem er es zurücklassen konnte. Magische Feuer brannten wie Phosphor, und deshalb waren seine Möglichkeiten begrenzt. Er löste das Problem, indem er es dorthin zurückwarf, woher es gekommen war – Flammen leckten über die Schilde des Magiers.

Marlowe schien nicht verletzt zu sein, aber er hatte die Zähne gefletscht, und Zorn blitzte in seinen Augen. »Es geht hier gleich sehr heiß zu, Cassie. Genau der richtige Zeitpunkt, um von hier zu verschwinden. Der Geist kann später zu uns aufschließen.«

Billy musste ihn gehört haben, denn er plapperte wie ein Irrer. Den größten Teil kriegte ich nicht mit, aber ich verstand, worum es ging. »Billy sagt, dass ich nicht springen soll.«

Marlowe schien es kaum fassen zu können, doch mein Gesichtsausdruck warnte ihn offenbar vor Widerspruch. »Bleiben Sie hier. Ich organisiere etwas«, sagte er rasch und huschte fort.

Ich kauerte mich unter den Tisch und suchte nach Schutz vor dem Durcheinander. Durch die transparente Tischfläche beobachtete ich, wie die Blondine schließlich ihr Idol erreichte, das Gesicht voller Ergebenheit. Ich nahm an, dass sie entweder betrunken oder blind war, denn das Objekt ihrer Verehrung sah verdammt gruselig aus. Doch sie schien nichts von den glühenden Augen, dem pulsierenden Hirn und dem geifernden Mund zu bemerken und drängte ihm entgegen, als Deino ordentlich zog und den Eimer fortriss. Durch die ruckartige Bewegung ergoss sich der Inhalt des Eimers über die Frau. Das Blut machte sie von Kopf bis Fuß nass, und in ihrem Ausschnitt steckte ein Stück Leber fest.

Sie schrie, was die schlechteste denkbare Reaktion war, denn es brachte ihr die Aufmerksamkeit des Zombies ein. Er achtete nicht auf Deino, die Worte in einer unbekannten Sprache heulte und ihm immer wieder den leeren Eimer auf den Kopf schmetterte. Stattdessen nahm er sich die blutverschmierte Blondine vor.

Casanova versuchte, das Lokal zu evakuieren und den Kampf von den letzten noch verbliebenen Normalos fortzubringen. »Holt den verdammten Burschen hierher!«, hörte ich ihn rufen, und drei Sicherheitsleute warfen sich auf Elvis. Nur einen Meter von mir entfernt ging er zu Boden, mit der Blondine unter ihm. Wo auch immer die Voodoo-Typen waren, die normalerweise das Spektakel kontrollierten – sie schienen nicht verhindern zu können, dass besagte Dame zu einem Mitternachtssnack für den King wurde.

»Helft ihr!«, rief ich den Graien zu. Enyo brauchte keine zweite Aufforderung. Sie schaltete blitzschnell vom Greisinnenmodus auf ihr Alter Ego um und trug plötzlich ihre eigene Decke Blut. Angeblich enthielt sie etwas von jedem Feind, den sie jemals getötet hatte, und vielleicht war es die Vielfalt, wenn nicht die Menge, die das Interesse des Zombies weckte. Er kam wieder auf die Beine, trotz der drei an ihm hängenden Sicherheitsleute. Die Blondine ließ er nicht etwa los, sondern klemmte sie sich unter den Arm und wankte dann seinem neuen Opfer entgegen.

Pemphredo bemerkte meinen verzweifelten Blick, schnappte

sich die Frau und überließ sie Deino, bevor sie dem Zombie auf den Rücken sprang. Er zischte wütend, als sie in den offenen Schädel griff und blutige Gehirnteile herauszuholen begann. Enyo blieb gerade außer Reichweite und führte den schwankenden King auf einem Zickzackkurs an den Tischen vorbei, während ihre Schwester die improvisierte Lobotomie fortsetzte.

Marlowe erschien neben mir, mit zerzaustem Haar und angesengter Hose, aber unverletzt. Ich griff mit beiden Händen nach seinem Hemd. »Sagen Sie mir, dass Sie einen Plan haben!«

»Unter der Bühne gibt es eine Falltür. Wir müssen nur dafür sorgen, dass uns keiner der Magier sieht, wenn wir dort verschwinden.«

Das sollte eigentlich kein großes Problem sein, dachte ich mir. Den Zombies mangelte es zwar an Kampftechnik, aber dafür waren sie sehr widerstandsfähig. Ich beobachtete, wie ein Magier mit seinem Arm den Unterleib eines Kellners ganz durchstieß – die Faust kam auf der anderen Seite zum Vorschein –, ohne dass der Zombie auch nur langsamer wurde. Was Elvis betraf: Entweder ermüdete er, oder er verlor so viel Wahrnehmungsfähigkeit, dass er vergaß, was er machte, denn drei oder vier Tische entfernt blieb er einfach stehen. Enyo und Pemphredo überließen den King neu eingetroffenen Sicherheitsleuten und knöpften sich stattdessen die Magier vor.

Casanova stürmte mit einer Gruppe in unsere Richtung. »Worauf wartet ihr noch?«, kreischte er mit einer alles andere als sexy klingenden Stimme. »Verschwindet von hier!«

»Ich überprüfe den Ausgang und vergewissere mich, dass es dort keine unangenehmen Überraschungen gibt«, sagte Marlowe und verschwand in der Menge. Ich wollte ihm folgen, doch ein sehr unwillkommener Anblick veranlasste mich, abrupt stehenzubleiben. Pritkin stand neben den qualmenden Resten der Theke und schien eine Stinkwut zu haben, als er sich umsah. Offenbar fielen ihm Marlowes zinnoberrote Pantalons auf, denn sein Blick ging zu ihm, und dann auch zu mir.

Oh, oh.

Casanova bemerkte ihn ebenfalls, und seine heulende Stimme erklang erneut, mit noch etwas mehr Nachdruck. Panikerfüllt sah er mich an. »Mircea hat mir aufgetragen, dir zu helfen, aber alles hat seine Grenzen! Den bewusstlosen Magier in einem Büro einzuschließen, war eine Sache, aber ich kann ihm nichts antun. Nicht einmal wenn der Pflock droht.«

Ich sah ihn groß an. »Wovon redest du da?« Ich bekam keine Antwort, denn mehrere Magier durchbrachen die Linie der Untoten und kamen auf uns zu. Casanovas Sicherheitstruppe bestand zur Hälfte aus Vampiren, und er wies sie mit einem Wink an, die Magier aufzuhalten. Als er ihnen folgen wollte, hielt ich ihn am Arm fest. »Wann hast du mit Mircea geredet?«

»Er rief vor einigen Stunden an, nach deiner kleinen Vorstellung bei MAGIE. Er fragte, ob ich mit dir gesprochen hätte, und worüber. Ich hab es ihm gesagt.« Er sah meinen Gesichtsausdruck und fügte verärgert hinzu: »Hast du wirklich von mir erwartet zu lügen? Ich mag zwei Herren dienen, Cassie, aber ich versuche, es gut zu machen.«

Mit dieser geheimnisvollen Bemerkung eilte er fort und überließ es mir, mit Pritkin fertig zu werden. Ich schätzte die Entfernung zur Bühne ab und wusste, dass ich es nicht schaffen würde. Die nicht brennenden Tische waren umgestürzt, und einige hatten begonnen, sich unter dem Trommelfeuer aus Zaubern zu verflüssigen; kleine Bäche aus geschmolzenem Glas führten in alle Richtungen. Mir blieb keine Wahl, trotz Billys Warnung – ich musste springen. Ich konzentrierte mich auf meine Macht, die sich jedoch als recht träge erwies. Lag es am

Portal, das irgendetwas in meinem Gehirn durcheinander brachte, oder am Anblick von Pritkins Gesicht, als er sich einen Weg durch das Chaos bahnte? Wie auch immer die Antwort lauten mochte, ich war geliefert, wenn ich mich nicht besser konzentrieren konnte.

Jemand klopfte mir auf die Schulter, und als ich herumwirbelte, sah ich eine zufrieden wirkende Deino. Ihre Schwestern kämpften mit großer Freude gegen die Kriegsmagier, doch Deino war wie eine Klette an meiner Seite geblieben. Sie hielt noch immer die schluchzende, halb übergeschnappte Blondine fest und schob sie mir entgegen. »Burtstag!«, sagte sie fröhlich und offenbar davon überzeugt, Ersatz für ihr ruiniertes Geschenk gefunden zu haben. Ich schüttelte heftig den Kopf. Ein Menschenopfer stand nicht auf meiner Wunschliste.

»Wisst ihr, warum Mumien keine Geschenke mögen?«, kam eine gedämpfte Stimme unter Marlowes Serviette hervor. »Weil sie sich vor dem Auswickeln fürchten.«

Die Blondine war zu einem Häufchen Elend zusammengebrochen, bewahrte sich aber genug Geistesgegenwart, um fortzukrabbeln. Deino beobachtete verärgert, wie ihr Geschenk die Flucht ergriff, und dieser Moment der Ablenkung genügte Pritkin – er gab ihr einen Stoß, der sie in eine Lautsprechergruppe schleuderte. Für eine Sekunde hatte er freies Schussfeld auf mich, war aber zu beschäftigt damit, einen Feuerball in die aufragenden Tiki-Köpfe zu schicken. Sie explodierten in einem Hagel aus brennenden Holzsplittern und fliegenden mechanischen Teilen, die auf die Bühne fielen und hässliche Brandspuren auf der glänzenden Oberfläche hinterließen. Im Bereich der Lautsprecher entstand ein Feuer, das schnell aufs nahe Klavier übergriff.

Bevor ich schreien konnte, erschien Deinos grauer Kopf über der brennenden Masse. Nicht ein einziges Haar schien verbrannt zu sein, aber offenbar war sie stinksauer. Eine Sekunde später sah ich, worin das besondere Talent der durchgeknalltesten der drei Geschwister bestand. Deino wechselte nicht die Gestalt und sorgte auch nicht dafür, dass Pritkin auf sich selbst schoss, wie ich halb erwartet hatte. Sie sah ihn aus ihren leeren Augen an, und er blieb so abrupt stehen, als wäre er gegen eine unsichtbare Wand gelaufen. Er ließ die Waffe fallen, die er gezogen hatte – vermutlich mit der Absicht, sie gegen mich einzusetzen –, und starrte einfach nur durch den Raum. Verletzungen irgendeiner Art konnte ich nicht erkennen. Er schien einfach nicht mehr zu wissen, wer er war und wo er sich befand. Hinter ihm stürzte das brennende Klavier mit lautem Geklimper in sich zusammen, aber er zuckte nicht einmal mit der Wimper.

Deino trat die glühenden Trümmer beiseite und kam zu mir. Aus dem nahen Kampfgetümmel warf ein Magier einen Feuerball nach ihr, und sie schickte ihn mit einer nicht besonders freundlichen Geste zurück. Dann klopfte sie Pritkin auf die Schulter und schickte ihn zu Boden, als er sich zu ihr umdrehte. Aus der Nähe sah ich, dass die leeren Hautfalten in den Augenhöhlen gar nicht leer waren. Sie enthielten einen dunklen, wogenden Dunst, der nicht die geringste Ähnlichkeit mit Augen aufwies, Deino aber die Möglichkeit zu geben schien, ihre Umgebung zu sehen.

»Das ist bei einem Kampf sicher sehr nützlich«, sagte ich beeindruckt. Es musste schwer sein, einen Zauber zu werfen, wenn man sich nicht an ihn erinnerte und außerdem vergessen hatte, warum man kämpfte. Deino hob stolz den Kopf.

»Lässt die Wirkung irgendwann nach?«

Sie zuckte unverbindlich mit den Schultern, gab mir einen Kuss auf die Wange und murmelte mir »Burtstag« ins Ohr, bevor sie zu ihren Schwestern ging. Die Magier hatten die

Zombies zerfetzt – ihre zuckenden Körperteile zierten den Boden vor der Tür – und trotzten den Vamps. Aber ich hatte so eine Ahnung, dass sich das bald ändern würde.

Ich wollte Marlowes Beispiel folgen, doch plötzlich kehrte das Leben in Pritkin zurück. Ich sah von seinen eisgrünen Augen zu der Waffe, die er aufgehoben hatte. »Mein Blut hat einen Vorteil«, knurrte er. »Geistige Tricks funktionieren nicht lange.«

Ich verlor keine Zeit mit dem Versuch, ein Gespräch mit ihm zu beginnen. Entschlossen trat ich zu, und mein Fuß traf ihn am Knie. Unter normalen Umständen hätte ich ihn damit vermutlich nur verärgert, mehr nicht, aber zur Überraschung kamen Blut und Eingeweide, die den Boden sehr schlüpfrig machten. Pritkin fiel, rutschte und stieß wie eine Bowlingkugel gegen die umgestürzten Tische. Überall lösten sich schwere Tischplatten aus Glas. Manche rollten zur Seite; andere begruben Pritkin unter sich.

Weitere orangefarbene Feuerkugeln flogen, und die letzte von ihnen traf den oberen Teil der Bühne, setzte dort das ausladende Dach aus Seidenblättern in Brand. Das gab dem Bambusgerüst der Bühne den Rest – der ganze Kram fiel wie ein Haufen großer Mikado-Stäbe in sich zusammen. Ich wurde nur deshalb nicht erschlagen oder zerquetscht, weil ich unter einem anderen Tisch in Deckung ging. Die größeren Stücke trafen ihn zum Glück nicht, denn sonst wäre das Glas vielleicht zerbrochen, und die kleineren prallten ab.

Als ich zurücksah, war Pritkin verschwunden. Für einen Moment glaubte ich, Françoises grünes Gewand beim Haupteingang zu sehen, aber es verlor sich sofort in den dichten Rauchschwaden, die durch den verheerten Nachtclub zogen. Dafür bemerkte ich ein anderes vertrautes Gesicht. »Billy!«

Die durchscheinende Gestalt eines Cowboys war bei der

Haupttür erschienen. Er sah mich im gleichen Moment, und sein Gesicht zeigte tiefe Erleichterung, als er sofort auf mich zukam. Ich wollte ihn fragen, wo er gewesen war, aber er schlüpfte einfach in meine Haut, ohne auch nur Hallo zu sagen, und eine Sekunde später hörte ich hysterisches Geschnatter von ihm. Dann erhaschte ich einen Blick auf den Hauptkampf und vergaß Billy.

Casanova warf den Magier, den er gewürgt hatte, gegen zwei andere, bemerkte mich und rief etwas. In dem Lärm verstand ich ihn nicht, aber das brauchte ich auch gar nicht – das Problem war offensichtlich. Die Graien hatten das Gebäude verlassen.

Ich ließ die jüngsten Ereignisse noch einmal Revue passieren und begriff: Bis vor einigen Minuten war Deino die Einzige gewesen, die mir nicht das Leben gerettet hatte. Enyo hatte die Magier in Casanovas Laden aufgehalten. Pemphredo hatte mir anschließend in der Küche geholfen, und eben war die Reihe an Deino gewesen. Sie hatten ihre Schuld beglichen, und jetzt war ich auf mich allein gestellt. Casanova rief erneut etwas und versuchte, gleich drei Magier zurückzuhalten. Ich hörte ihn noch immer nicht, las aber die Worte von seinen Lippen ab. »Verschwinde!«

Ich nickte. Die Verantwortung für die Graien lag bei mir, doch sie mussten warten, bis sie an die Reihe kamen. Ich wusste noch immer nicht genau, ob ein Sprung in Ordnung war oder nicht, und aus Billy bekam ich nichts Vernünftiges heraus. Als ich unter dem Tisch hervorkriechen wollte, schloss sich eine Hand hart wie Eisen um meinen Fuß. Pritkin krabbelte mit einer Hand zwischen den Tischen hervor und hielt mich mit der anderen fest. Verdammt!

»Cassie!« Beim Klang der vertrauten Stimme sah ich zur Seite – Marlowes Krauskopf lugte unter den Resten der Bühne hervor, und ich fragte mich, was er dort noch machte. Es brannte überall, und Vamps hatten ungefähr den gleichen Flammpunkt wie Feuerzeugbenzin. Er bedeutete mir, aus dem Weg zu gehen, und ich machte mich so flach wie möglich, ohne nach dem Warum zu fragen. Als ich nach hinten blickte, wurde Pritkin von einer unsichtbaren Hand gepackt und über die umgestürzten Tische nicht weit vom Hauptkampf entfernt geworfen. Mit einem Wink forderte Marlowe mich auf, zu ihm zu kommen, aber das war unmöglich. Noch immer ging im Bühnenbereich ein Regen aus brennender grüner Seide nieder und schuf eine Art Minenfeld aus magischem Feuer, das für mich ebenso gefährlich war wie normales Feuer für einen Vampir. Ich konnte es nicht riskieren.

Rasch sah ich mich um, doch es gab keine anderen Möglichkeiten. Der Kampf hinter mir versperrte den Weg zum Haupteingang, das Hinterzimmer war eine Sackgasse, und der Nebeneingang stand in Flammen – eine Feuerkugel hatte den dortigen Bambusvorhang getroffen, und er brannte lichterloh, zusammen mit einem großen Teil der Wand. Mir blieb keine andere Wahl, als mich erneut auf meine Macht zu besinnen.

Diesmal war sie bereit und strömte so unter meinen Fingerspitzen, als hätte jemand ein Schleusentor geöffnet. Mir schwindelte fast vor Erleichterung, und ich suchte nach einem geeigneten Ort. Plötzlich flog Pritkin über die Tische zurück, mit ausgestreckten Händen, und ich bekam es mit der Angst zu tun und sprang ohne Ziel. Ich dachte nur daran, Myra zu finden. Wo auch immer sie sich befand, jener Ort konnte kaum schlimmer sein als die Hölle, in die sich das Dante's – nomen est omen – verwandelt hatte.

Diesmal gab es keine die Knochen durchrüttelnde Landung. Das Feuer um mich herum wurde nach und nach dunkler und wich einer dunklen Straße, die ebenso langsam Konturen gewann. Nach einer Weile hatten sich meine Augen so weit angepasst, dass ich ein großes Gebäude sah, das mit einem Schild von sich behauptete, das Lyceum Theatre zu sein. Ich wusste nicht, wie spät es war. Die Straße erstreckte sich leer vor mir; von Mitternacht bis Morgen kam praktisch jeder Zeitpunkt infrage.

»Ich habe dich schon erwartet«, sagte Myra hinter mir. Ich wirbelte herum und hob beim Klang der selbstgefälligen, kindlichen Stimme ganz automatisch die Hand. Zwei Dolche flogen los, direkt auf sie zu, aber Myra blieb unbesorgt mitten auf der Straße stehen. Einen Sekundenbruchteil später wurde mir der Grund dafür klar, als meine eigenen Waffen auf mich zurasten. Sie verletzten mich nicht, aber ihre Wucht genügte, mich von den Beinen zu reißen und übers schmutzige Pflaster rutschen zu lassen. Myra hob die Hand. Ein glänzendes Amulett, das meinem ähnelte, baumelte an ihrem Handgelenk. Bei ihr bestand es nicht aus kleinen Messern, sondern einander überlappenden Schilden. »Ein Geschenk von neuen Freunden. Um faire Bedingungen zu schaffen.«

Ich stand auf. »Wann ist es dir jemals um Fairness gegangen?«

Myra lächelte. »Gute Frage.« Dann veränderte sich ihr Gesichtsausdruck, als sie mich musterte. »Es ist dir also gelungen, das Ritual zu vervollständigen. Herzlichen Glückwunsch. Leider ist deine Regentschaft dazu bestimmt, die kürzeste in der ganzen Geschichte zu sein.«

Ich richtete ebenfalls einen aufmerksamen Blick auf Myra. Zum ersten Mal schien sie feste Substanz zu haben. Es ergab durchaus einen Sinn, wenn man berücksichtigte, dass sie das letzte Mal als Geist angegriffen worden war. Allerdings wirkten ihre Augen dadurch nicht weniger unheimlich, fand ich.

»Beantworte mir eine Frage«, sagte ich. »Warum immer London? Warum 1889? Das wird allmählich langweilig.«

»Die Synode findet in diesem Jahr in London statt«, antwortete Myra bereitwillig. »Das ist die zweijährliche Versammlung des Europäischen Senats.«

»Ich weiß!«

»Oh, natürlich. Das vergesse ich immer wieder – du bist am Hof eines Vampirs aufgewachsen, nicht wahr? Nun, dann weißt du vielleicht auch dies. Normalerweise versammelt sich der Senat in Paris, aber in diesem Jahr hat man London gewählt, um eine alte Rechnung zu begleichen. Die Senatoren glauben, dass die Verbrechen, über die die Zeitungen berichteten, nicht von Jack the Ripper begangen wurden, sondern von Dracula. Er entkam aus ihrer Version eines Irrenhauses, und kurz darauf begann die Mordserie; es schien also tatsächlich einiges für diese Annahme zu sprechen.«

»Was hat das mit mir oder Mircea zu tun?«

Myra wirkte sehr zufrieden mit sich selbst. »Alles. Mircea und die Vampirin, die der Nordamerikanische Senat zusammen mit ihm losschickte …«

»Augusta.«

»Ja. Sie nahmen Jack gefangen und bewiesen mit ihm, dass ein Mensch hinter den Verbrechen steckte.«

»Und Jack wurde bestraft.« Einen Teil davon hatte ich mit eigenen Augen gesehen.

»Ja, aber offenbar begann Jack mit seiner Mordtour, um Dracula zu beeindrucken und einen Platz in seinem Stall zu gewinnen. Deshalb legt der Senat das Geschehene Dracula zur Last.«

»Und er will ihn tot sehen.«

»Endlich beginnst du zu verstehen!« Myra klatschte anerkennend. »Mircea brachte den Europäischen Senat dazu, ihm einige Tage Zeit zu geben, um seinen Bruder zu finden und festzusetzen, bevor drastische Maßnahmen gegen ihn ergriffen wurden. Aber nicht alle waren mit dieser Entscheidung einverstanden. Im Lauf der Jahre scheint sich Dracula einige Feinde gemacht zu haben.«

Ich hatte das sehr unangenehme Gefühl, diese Geschichte zu kennen. Und sie endete nicht gut für Dracula. Einige Senatoren mit gutem Gedächtnis hatten ihn in einer nebligen Nacht in London gelyncht. In dieser Nacht.

»Sie planen, ihn zu töten.«

Myra lachte. »Oh, sie töten ihn – das ist Teil der Zeitlinie, deren Schutz dir so viel bedeutet, Cassie. Doch diesmal hat Mircea mit ein wenig Hilfe von mir seinen Bruder vor den anderen gefunden. Und etwas sagt mir, dass sie nicht zögern werden, auch deinen Vampir zu töten, wenn er versuchen sollte, sie an ihrer Rache zu hindern.«

Und das würde er. Um einen Bruder zu retten, hatte Mircea jahrelang Vorbereitungen getroffen, die mich zur Pythia machen sollten. Er sah bestimmt nicht zu, wie ein anderer ermordet wurde.

»Die Sache ist ganz einfach, Cassie«, sagte Myra munter. »Du willst das Amt? Kein Problem. Du brauchst nur besser zu sein als ich.«

Sie verschwand, und im gleichen Augenblick wurde ich von hinten angegriffen. Wieder fiel ich auf die Straße, diesmal mit dem Gesicht voran. Doch das war nicht der Grund für meinen Schrei. Der *Geis* war tatsächlich noch immer da und hatte seine Meinung zu John Pritkin nicht geändert. Nach dem plötzlichen Schmerz zu urteilen, der von meinem Körper zu seinem sprang, hatte der Zauber Zorn mit Leidenschaft verwechselt. Der Magier war viel zu sehr Macho, um wie ein Mädchen zu schreien, aber er ließ mich ziemlich schnell los.

Als ich mich umdrehte, lag er recht benommen auf dem Bürgersteig. Er versuchte nicht sofort, mich erneut anzugreifen, aber das beruhigte mich kaum. Wahrscheinlich schöpfte er nur Kraft. Bei meinem Sprung musste er mir so nahe gewesen sein, dass ich ihn huckepack mitgenommen hatte. Na toll.

»Ich lasse es nicht zu«, keuchte Pritkin. »Auf keinen Fall!«

Plötzlich war ich dankbar für den *Geis*, denn der Magier sah wirklich gemeingefährlich aus. Aber dass er mich nicht berühren konnte, bedeutete noch lange nicht, dass er keine Gefahr für mich darstellte – er konnte mich einfach erschießen. Ich beschloss, mich aus dem Staub zu machen, bevor er auf eine derartige Idee kam.

Ich schlug ein Fenster des Theaters ein, kroch hindurch und gewann dabei einen ganz neuen Respekt vor Einbrechern. Ich schnitt mir in die Hand auf, zerriss das Kleid und kugelte mir fast die Schulter aus, schaffte es aber ins Innere des Gebäudes, bevor Pritkin mir folgen konnte. Leider war ich dabei nicht leise genug.

»Wen haben wir denn hier?« Augustas Stimme erklang an meinem Ohr, und eine Sekunde später wurde ich auf die Beine gezogen und an die Wand gedrückt. Eine schmale Hand mit blauen Adern hielt mich dort mühelos fest. Mit der anderen Hand rückte Augusta ihren schwarzen Rock zurecht, der unten eine Verzierung aus schwarzer Seide aufwies. Sie passte gut zu den Verschlüssen des Gewands und der schwarzen Brosche vorn.

»Hübsche Kleidung«, krächzte ich.

»Danke, deine ebenfalls.« Sie inspizierte mich von Kopf bis Fuß. »Sie stammt aus dem Feenland, aber …« Sie drückte ein wenig zu, und mir wurde schwarz vor Augen. »… das gilt nicht für dich.«

Ich vergeudete nicht viel Zeit damit, über meine Möglichkeiten nachzudenken. Augusta konnte mir mühelos das Genick brechen. Sie war viel stärker als ich, und der Versuch, gegen sie zu kämpfen, wäre vollkommen sinnlos gewesen. Aber vielleicht hatte ich die Möglichkeit, sie zu benutzen. Mit Augusta auf meiner Seite stellte Pritkin ein weitaus geringeres Problem dar.

Ich mochte es nicht, von anderen Personen Besitz zu ergreifen. Es fühlte sich immer sehr seltsam an, und abgesehen davon kam ich mir dabei irgendwie schmutzig vor. Vielleicht deshalb, weil es auf eine Art geistige Vergewaltigung hinauslief. Ich hatte beschlossen, solche Dinge in Zukunft so weit wie möglich zu vermeiden, aber nicht um den Preis meines Lebens. Die Frage hier lautete: Konnte ich es schaffen?

Ich hatte einmal einen dunklen Magier übernommen, war aber schon nach kurzer Zeit aus seinem Körper vertrieben worden. Obwohl Billy mir geholfen hatte. Nie zuvor hatte ich Billy bei einem Sprung mitgenommen, aber diesmal war ich so dumm gewesen zu glauben, dass er ein nützlicher Verbündeter sein könnte. Derzeit klang er allerdings nicht besonders nützlich. Er plapperte noch immer hysterisch vor sich hin, und es gelang mir nicht einmal, seine Aufmerksamkeit zu bekommen, von Hilfe ganz zu schweigen.

Aber wenn Myra zu so etwas in der Lage war, sollte es mir ebenfalls gelingen, verdammt.

Zum Glück erwies sich Augustas Vorstellung von Abschirmungen als recht amateurhaft. Wenn sie in der Lage war, sich mit mehr als nur einem Element abzuschirmen, entdeckte ich keine Spur davon. Ihre Schilde wirkten beeindruckend: hohe Stahlplatten, wie der Rumpf eines Schlachtschiffs vernietet. Doch bei genauerer Überprüfung entdeckte ich stark verrostete Stellen, fast durchsichtig. So war das, wenn man die eigene Abschirmung nicht mit täglichen Meditationen wartete. Wenn

Augustas Schutz so stark gewesen wäre, wie er aussah, hätte sie die Übernahme durch mich verhindern können. Aber so brannte mein Feuer überraschend leicht ein Loch in ihr Metall.

Alles war plötzlich heller, klarer und näher als vorher, und ich sah in meine eigenen erschrocken blickenden Augen. Ich hielt mir die Hand auf den Mund, bevor Billy Joe Radau machen konnte, doch das schien falsch zu sein, denn er rastete regelrecht aus. Schließlich schluckte ich die bittere Pille und schlug mir selbst ins Gesicht. Ich versuchte, vorsichtig zu sein, aber vermutlich steckte trotzdem mehr Wucht als beabsichtigt hinter dem Schlag, denn Billy verdrehte die Augen, und für eine Sekunde befürchtete ich, er würde das Bewusstsein verlieren. »Ich bin's«, zischte ich.

Er nickte langsam, und nach einem Moment bewegte er die geliehenen Lippen. »Ich brauche ein Bier«, verkündete er mit zittriger Stimme. »Ich brauche eine ganze verdammte Brauerei.«

»Bist du in Ordnung?« So sah er nicht aus. Mein Gesicht war kalkweiß, und ich beobachtete, wie meine Lippen bebten. »Wenn du dich übergeben musst, gib mir rechtzeitig Bescheid.«

Billy lachte, und es klang beunruhigend schrill. »Übergeben? Ich schätze, dazu hätte ich allen Grund, wie? Geist, Mensch, Geist, Mensch … Oh, ich mag diese Art von Achterbahn.«

Ich musterte ihn besorgt. »Ich verstehe nicht ganz …«

»Was gibt es da zu verstehen? Ich bin gerade *gestorben*, das ist alles!«

»Billy«, sagte ich laut, »du bist vor langer Zeit gestorben.«

»Ich bin vor langer Zeit gestorben«, wiederholte Billy spöttisch. »Und ich bin *heute* gestorben, Cassie, falls dir das entgangen sein sollte! Eine Zugabe, die ich dem Feenland verdanke! Lieber Himmel!«

Er schnitt eine Grimasse und sank zitternd auf die Knie. Ich umarmte ihn und begriff, was mit ihm los war. Beim Weg durch das Portal hatte er seinen neuen Körper verloren. Mir war klar gewesen, dass das geschehen konnte, aber ich hatte nicht über die möglichen Konsequenzen nachgedacht. Die ganze Zeit über ließ er sich in anderen Leuten nieder, auch in mir, und es schien ihn nie zu belasten, wenn er sie wieder verlassen musste. Aber beim eigenen Körper sah die Sache vermutlich anders aus. Er hatte nicht von jemandem Besitz ergriffen, sondern war lebendig gewesen. Und der neuerliche Transfer durchs Portal hatte für ihn praktisch einen zweiten Tod bedeutet. Ich schlang die Arme noch etwas fester um ihn und vergaß meine neue Kraft. Als er schmerzerfüllt stöhnte, ließ ich ihn rasch los.

»Diesmal hätte ich es fast nicht geschafft, Cass«, sagte er schwach. »Es ist nicht automatisch, weißt du.«

»Was ist nicht automatisch?«

»Dass man zu einem Geist wird. Niemand führt Statistiken oder dergleichen, aber ich schätze, es ist verdammt selten! Und fast … fast hätte ich mich selbst verloren. Ich … war nicht mehr da und konnte nichts sehen, spürte nur ein Zerren, das mich wegbringen wollte. Und die einzige Sache, an der ich mich festhalten konnte, war der Klang deiner Stimme. Und dann wolltest du weg …« Er unterbrach sich mit einem Ächzen.

»Billy … es tut mir leid.« Es erschien mir unangemessen, aber was sagte man jemandem, der gerade zum zweiten Mal gestorben war? Dabei half mir nicht einmal Eugenies Erziehung.

Er packte mich, und ich hatte gar nicht gewusst, dass meine Arme so stark sein konnten. »Verlass. Mich. Nie. Wieder.«

Ich nickte, doch innerlich hatte ich eine Krise, die kaum geringer war als die Billys. Ich konnte Augusta nicht verlassen, ohne eine sehr verärgerte Vampirin zu bekommen, die es auf mich abgesehen haben würde. Aber es kam auch nicht infrage, die ganze Nacht für den traumatisierten Billy den Babysitter zu spielen, während Myra frei herumlief. Etwas musste geschehen.

Ich stand auf und zog Billy auf die Beine, als plötzlich jemand von hinten mein Haar packte und mir ein Messer an die Kehle hielt. Das nervte mich gewaltig. Augustas Ohren hörten Ratten in den Mauern des Theaters, das leise Tropfen von einer undichten Stelle im Dach und den Streit, den ein Kutscher einige Straßen entfernt mit einem betrunkenen Fahrgast hatte. Warum also war ich von jemandem überrascht worden, der sich an mich herangeschlichen hatte?

»Wenn Sie irgendetwas versuchen, sind Sie tot«, sagte Pritkin. Ich rollte mit den Augen. Natürlich.

»Was bringt man euch in der Magierschule bei?«, fragte ich. »Um einen Meistervampir zu töten, muss man ihm einen Pflock – aus Holz, nicht aus Metall – ins Herz rammen, den Kopf ganz abtrennen, den Körper verbrennen und die Asche in fließendes Wasser streuen. Wenn man ihm die Kehle durchschneidet, ist er nur verärgert.«

Pritkin ging nicht darauf ein. »In dieser Nacht müssen Sie sich ein anderes Opfer suchen. Ich nehme das Mädchen mit.«

»Welches Mädchen?«

Billy saß mit dem Rücken an der Eintrittskartenkabine, die Beine angezogen und das rote Kleid so groß, dass er sich fast darin verlor. Er sah zu mir auf, und seine Lippen formten kurz ein schiefes Lächeln. »Er meint mich, Cass.«

Dann verstand ich. »Ich weiß nicht, ob der *Geis* aktiv ist, wenn ich in diesem Körper stecke«, sagte ich zu Pritkin. »Aber Sie sollten besser loslassen, bevor wir es auf eine recht unangenehme Weise feststellen.«

Er gab mich so schnell frei, dass ich stolperte. »Ich lasse es nicht zu«, brummte er und richtete eine Flinte auf mich.

»Auch das kann mich nicht töten«, teilte ich ihm mit, nahm das Gewehr und zerbrach es. »Aber es könnte ein hässliches Loch in mir hinterlassen.« Pritkin starrte mit gerunzelter Stirn auf die Reste seiner Waffe, und ich konnte fast sehen, wie er die Situation neu einschätzte. Ich beschloss, ihm dabei zu helfen. »Hören Sie, ich bin jetzt die Pythia, ob es uns beiden gefällt oder nicht. Und zu Ihrer Information: Was auch immer meine Fehler sein mögen, wenigstens habe ich alle Tassen im Schrank, und das kann man von Ihrer ach so geschätzten Myra nicht gerade behaupten.«

Pritkin schien verwirrt zu sein, und das musste ich ihm lassen: Es sah echt aus. »Wovon reden Sie da?«

Ich konnte kaum glauben, dass er es auf diese Weise versuchte. »Sie wollen Myra als Pythia. Sparen Sie sich die unschuldige Ich-habe-keine-Ahnung-Nummer; ich kenne Ihre Pläne schon seit einer ganzen Weile.«

»Mir wäre es lieber, weder Sie noch Myra in dem Amt zu wissen. Dass sich Lady Phemonoe mit Ihnen beiden eingelassen hat … Sie muss senil gewesen sein.«

»Marlowe hatte also recht! Sie arbeiten *tatsächlich* für den Kreis!« Der ganze Kram im Dante's, nichts als Lug und Trug. Ich schüttelte den Kopf, halb ungläubig und halb bewundernd. »Sie müssen wirklich irre sein, wenn Sie zu verbluten riskieren, nur damit ich Ihnen glaube.«

Pritkin strich sich mit der Hand durchs Haar und schien dabei gegen den Wunsch anzukämpfen, mir beide Hände um den Hals zu legen. »Ich arbeite nicht für den Kreis«, sagte er so langsam, als spräche er mit einem vierjährigen Kind. »Und ich habe nur einen Plan.«

Ich sah ihn argwöhnisch an. »Und der wäre?«

»Mein Plan sieht vor, dass das Amt der Pythia von einer Person bekleidet werden sollte, die über Intelligenz, Befähigung und Erfahrung verfügt!«, erwiderte Pritkin grimmig. »Myra ist ganz offensichtlich verrückt, und nach dem, was ich im Feenland gesehen habe, muss ich auch an Ihrer Eignung zweifeln.«

»Und was genau haben Sie im Feenland gesehen?«

Pritkin runzelte die Stirn. »Sie haben eine Vereinbarung mit dem König getroffen und wollen den *Codex* für ihn holen.«

»Und? Sie haben selbst darauf hingewiesen: Die Gegenzauber sind längst entdeckt.«

»Nicht alle.«

»Gibt es vielleicht irgendeinen geheimnisvollen Zauber, von dem Sie nicht wollen, dass er gefunden wird?« Ich bekam nur steinernes Schweigen und seufzte. »Lassen Sie mich raten. Sie wollen es mir nicht sagen.«

»Sie brauchen nicht darüber Bescheid zu wissen. Auf keinen Fall werden Sie das Buch dem König geben. Wir finden einen anderen Weg zu Ihrem Vampir.«

»Ja, weil es beim letzten Mal so gut geklappt hat.« Der kurze Abstecher durchs Portal hatte mir eins klar gemacht: Ich würde die schöne Hölle namens Feenland nicht lange genug überleben, um Tony ohne die Hilfe der Feenlandbewohner zu finden. Und es gab nur eine Möglichkeit, diese Hilfe zu bekommen. Ich versuchte, Pritkin mit Worten zur Vernunft zu bringen. Die einzige Alternative war die Anwendung von Gewalt, und davor schreckte ich angesichts von Augustas Kraft zurück. »Halten Sie es nicht für ein bisschen extrem, mich zu töten, nur um zu verhindern, dass ich ein Buch finde?«

Pritkin verzog das Gesicht. »Wenn ich Sie töten wollte, wären Sie längst tot«, erwiderte er schlicht. »Ich möchte Sie nur vor einem schrecklichen Fehler bewahren. Das Buch ist gefährlich. Es darf nicht gefunden werden!«

»Ich *werde* es finden – mir bleibt keine Wahl.« Normalerweise zeigten Pritkins Augen ein blasses Eisgrün, aber der Zorn gab ihnen die Farbe von Smaragd. »Wenn Sie mir helfen, lasse ich Sie zuerst hineinsehen«, fügte ich schnell hinzu. »Sie können herausnehmen, was Sie für gefährlich halten, und geben mir den Gegenzauber für den *Geis*. Den Rest bekommt der König.«

Pritkin starrte mich so an, als hätte ich Marsianisch gesprochen. »Ist Ihnen nicht klar, was Sie getan haben? Sie haben dem König Ihr Wort gegeben; Sie sind ihm gegenüber verpflichtet.«

»Ich habe gesagt, dass ich das Buch für ihn hole. Bezüglich des Inhalts habe ich ihm nichts versprochen.«

»Und Sie glauben, mit einem so fadenscheinigen Argument durchzukommen?«

»Ja.« Ich fragte mich, in welcher Welt Pritkin gelebt hatte; die übernatürliche schien es nicht gewesen zu sein. »Alle nicht genau in einem Vertrag genannten Dinge unterliegen der Interpretation. Wenn der König nicht will, dass bestimmte Zauberformeln aus dem Buch entfernt werden, hätte er darauf hinweisen sollen.«

Pritkin musterte mich fast eine halbe Minute lang. »Eine der Aufgaben der Kriegsmagier besteht darin, die Pythia zu schützen, um jeden Preis«, sagte er schließlich. »Mac hat an Sie geglaubt; andernfalls wäre er nicht für Sie gestorben. Aber Sie sind bei einem Vampir aufgewachsen, bei einem Geschöpf ohne irgendwelche moralischen Regeln, und Sie haben keine Ausbildung erhalten. Warum sollte ich für Sie kämpfen? Welche Art von Pythia wären Sie?«

Das war die große Frage, die ich mir ebenfalls gestellt hatte. Ich hatte die Macht in der Hoffnung genommen, damit den *Geis* zu besiegen oder zumindest einen Vorteil Myra gegenüber zu erlangen. Die Wahrheit lautete: Ich wusste nicht, was für eine Art von Pythia ich sein würde. Doch in einem Punkt bestand kein Zweifel. »Eine bessere als Myra.«

»Muss ich also das geringere von zwei Übeln wählen? Ihre Argumente sind nicht sonderlich überzeugend.«

»Vielleicht gebe ich mir nicht genug Mühe«, sagte ich wahrheitsgemäß. Ich brauchte Pritkin. Von Magie im großen Maßstab wusste ich kaum etwas, und ich hatte keine Ahnung, wo ich mit der Suche nach dem Buch beginnen sollte. Aber ich glaubte nicht, einen weiteren Mac auf meinem Gewissen ertragen zu können. »Wenn Sie klug sind, halten Sie sich bedeckt, bis das hier vorbei ist. Lassen Sie mich meine eigenen Kämpfe ausfechten. Vielleicht haben Sie Glück und Myra und ich bringen uns gegenseitig um.«

»Warum sollte ich Sie nicht beide töten und hoffen, dass die nächste Pythia besser ist?«

Billy riss die Augen auf, und mir wurde klar: Ich war in Augustas Körper relativ sicher, aber Billy in meinem nicht. Ich trat vor ihn. »Es gibt keine nächste«, sagte ich. »Wenn es eine andere Kandidatin gäbe, die einen guten Job machen könnte, hätte ich die verdammte Macht ihr überlassen! Die Eingeweihten unterliegen alle der Kontrolle Ihres Kreises, dem ich nicht mehr traue als dem Schwarzen. Ich habe nicht vor, welterschütternde Macht einer Person zu überlassen, die manipuliert, kontrolliert und korrumpiert werden kann!«

Pritkin kniff die Augen zusammen. »Wollen Sie mir weismachen, dass Sie sich einfach so von der Macht trennen würden, wenn es eine andere Empfängerin gäbe? Sie haben uns ins Feenland gezerrt, um dort das Ritual zu vervollständigen. Sie *wollen* die Macht, das ist doch ganz klar.«

»Ich habe Sie nirgendwohin gezerrt! Sie sind *freiwillig* mitgekommen!«

»Auf der Suche nach der Abtrünnigen!«

Ich holte tief Luft. Augusta brauchte sie nicht, ich schon. »Ich wollte ins Feenland, um Myra zu erwischen, bevor sie wieder etwas gegen mich unternehmen konnte. Dass wir Tomas mitgenommen haben, war reiner Zufall, und von der Vervollständigung des Rituals habe ich mir nur versprochen, am Leben zu bleiben.«

»Mac haben Sie gesagt, es ginge Ihnen um Ihren Vater.«

»Das stimmt auch. Tony hat ihn, was von ihm übrig ist, und ich will ihn zurück. Aber das Hauptziel war immer Myra. Ich hatte Grund zu der Annahme, dass sie bei Tony war.« Es hatte wie eine Möglichkeit ausgesehen, zwei Fliegen mit einer Klappe zu schlagen, aber ich hätte es besser wissen sollen. Wann war mein Leben jemals so einfach? »Aber jetzt ist sie hier und versucht, Mircea zu töten. Wenn ihr das gelingt, kann er mich nicht mehr schützen, während ich aufwachse, und ohne seinen Schutz wäre ich vermutlich nicht lange genug am Leben geblieben, um Ihnen und anderen Leuten auf die Nerven zu gehen. Das ist Ihre große Chance, wenn Sie mich loswerden wollen.«

»Warum sagen Sie mir das? Ich könnte Myra dabei helfen, Sie und Ihren Vampir zu erledigen.«

»Ich weiß.« Und offen gestanden hätte es mich kaum überrascht. Ich setzte ziemlich viel auf Macs Vertrauen zu seinem Kumpel – ein Vertrauen, das vielleicht gar nicht gerechtfertigt gewesen war. Andererseits … Blieb mir etwas anderes übrig? Ich hatte Myra und die Hälfte des Europäischen Senats gegen mich, und mein einziger Verbündeter war ein gestresster Geist in einem viel zu verwundbaren Körper. Spielte ein Feind mehr überhaupt eine Rolle?

Pritkin warf mir einen weiteren seiner patentierten Blicke zu. »Was können Sie allein gegen Myra und den Senat ausrichten?«

Er hatte also meine kleine Plauderei mit Myra gehört. Ich zuckte mit den Schultern. »Vielleicht nichts. Und in dem Fall wäre Ihr Problem gelöst.« Ich sah auf Billy hinab. »Kommst du eine Zeitlang allein zurecht?«

Er hob und senkte die Schultern. »Klar. Teufel auch, wenn ich noch ein paarmal sterbe, gewöhne ich mich vielleicht daran.«

»Ich begleite Sie«, verkündete Pritkin.

»Weshalb? Haben Sie doch noch beschlossen, das geringere der beiden Übel zu wählen?«

»Für den Moment.«

Es war keine innige Unterstützungserklärung, aber es genügte mir vorerst. »Sie sind eingestellt.«

Vierzehn

Die Straße war noch immer dunkel, selbst für Augustas Augen, aber ich entdeckte andere Möglichkeiten des Sehens. Überall entlang der Straße befanden sich Personen, in der Nacht verborgen: in Mietshäusern und Kneipen, oder tief in den Schatten unterwegs. Viele von ihnen waren amorphe, dunkel gekleidete Gestalten in der Finsternis, aber sie alle hatten einen Herzschlag, und von diesen Tausenden lebenden, schlagenden Organen ging ein verlockender Sirenengesang aus. Jenseits des menschlichen Stroms gab es dunklere Flecken, nur einige Straßen entfernt, und meine Haut prickelte, als ich ihre Macht spürte. Vampire.

Ich wich zurück, damit ich Augustas Gesicht nicht mehr im dunklen Glas sah. »Es gibt viele Vampire in diesem Teil der Stadt«, sagte ich zu Pritkin. »Vielleicht zwei Dutzend.« Ich brachte den Satz hervor, ohne dass meine Stimme brach, spürte aber, wie die Hände zu schwitzen begannen. Selbst in Augustas Körper war ich nicht vor dieser Reaktion geschützt, und vermutlich ging es Pritkin nicht besser, trotz seines Spielzeugs.

»Wie lange dauert es, bis sie hier aufkreuzen?« Für meine blank liegenden Nerven klang er viel zu sachlich.

»Was spielt es für eine Rolle?« Ich musste mich sehr beherrschen, um ihn nicht anzuschreien. »Wir müssen Mircea finden und uns verstecken – schnell. Das ist der einzige vernünftige Plan.«

Pritkin trat durch den Bühneneingang und die Treppe hinunter. Ich folgte ihm, den ganzen Weg bis vor das Gebäude, wo er stehenblieb und die raureifbedeckte Straße hinauf und hinunter sah. »Überlassen Sie das mir.«

»Falls Sie es vergessen haben sollten, der Senat ist nicht unser einziges Problem«, sagte ich leise und in der Hoffnung, dass mich kein Vampir in der Nähe hörte. »Ich kann Myra nicht einfach frei herumlaufen lassen …«

»Dann lassen Sie sie nicht frei herumlaufen. Kümmern Sie sich um die Abtrünnige. Ich kümmere mich um das hier.«

»Sie wollen sich um das hier kümmern?« Ich schloss die Hand um einen Laternenpfahl, und erst als ich sie wieder davon löste, merkte ich, dass die Finger Dellen im Gusseisen hinterlassen hatten. Vorsichtig lehnte ich den beschädigten Pfahl an eine Hauswand, damit er nicht umfiel. Es war ganz offensichtlich keine gute Idee, mich im Körper eines Vampirs zu ärgern. »Eine Leiche gibt keinen guten Verbündeten ab!«, sagte ich in aller Deutlichkeit. »Einige jener Vampire sind Senatsmitglieder. Sie wären vermutlich nur ein wenig lästig für sie, mehr nicht. Wir müssen uns verstecken.«

»Sie könnten uns allein mit dem Geruchssinn finden. Verstecken kommt nicht infrage.«

»Aber Selbstmord schon?«

Ich wollte noch mehr sagen, wurde aber erneut von hinten gepackt. Für eine halbe Sekunde dachte ich, dass es ein Vampir war, aber dann hörte ich einen Herzschlag und roch einen ungewaschenen Mann und Bier. Ich wich zurück, aber der Mann folgte mir. Woraufhin ich ihm einen Stoß gab, der sanft sein sollte, ihn aber über die Straße fliegen und ins Fenster des Pubs auf der anderen Seite krachen ließ. Deutlich sah ich die erschrockene Überraschung in seinem Gesicht, die Glassplitter, die seine Haut durchbohrten, sogar die Blutstropfen in der Luft.

Sein Freund, den ich gar nicht bemerkt hatte, stieß einen zornigen Schrei aus, lief auf mich zu und holte mit der Faust aus. Ich duckte mich und brachte den Burschen unter Kontrolle, indem ich ihm den Arm um die Kehle schlang und ihm die Luft abdrückte. Es war geradezu absurd leicht. Die Knochen im Hals dieses muskulösen Arbeiters fühlten sich so dünn und zerbrechlich an wie die eines kleinen Vogels. Die Schwierigkeit dabei, ihn festzuhalten, bestand darin, ihm nichts zu brechen.

Ich hatte eigentlich nie daran gedacht, wie zart und empfindsam Menschen waren. Solche Vorstellungen hatte ich insbesondere nie mit Männern verbunden, die mich normalerweise ein ganzes Stück überragten. Plötzlich merkte ich, wie behutsam Vampire vorgehen mussten, wenn sie nicht lauter Leichen hinter sich zurücklassen wollten. Der Mann war sicher der Ansicht, dass er mit aller Gewalt versuchte, sich zu befreien, aber was mich betraf: Ich schien einen Schmetterling an den Flügeln zu halten und zu versuchen, ihn nicht zu zerreißen. Nur ein wenig Druck, um ihm die Luft zu nehmen, ganz sanft, damit die Luftröhre nicht zerquetscht wurde und dieses kräftig gebaute Geschöpf nicht wie Papier in meinen Händen zerknüllte.

Schließlich erschlaffte er, und ich legte ihn hin und fühlte nach dem Puls. Ich fand einen und atmete erleichtert auf. »Sie scheinen recht gut allein zurechtzukommen«, kommentierte Pritkin.

»Gegen Menschen! Aber es sind keine Menschen, die Jagd auf uns machen!«

»Nein, aber das Prinzip ist gleich.« Pritkin nahm den schweren Laternenpfahl, den ich an die Wand gelehnt hatte, und schob ihn mit einem ordentlichen Ruck ins Loch zurück. Die Gasleitung im Boden platzte, und das entweichende Gas fing sofort Feuer – eine Stichflamme schoss gen Himmel. Augustas instinktive Angst veranlasste mich zurückzuspringen. Ein Vamp, der mir bis dahin gar nicht aufgefallen war, geriet in Brand, lief los und stieß gegen einen anderen. Pritkin lächelte grimmig. »Man verhalte sich nie so, wie sie es von einem erwarten.«

Er folgte den fliehenden Vampiren die Straße hinunter, schrie und versuchte ganz allgemein, möglichst laut zu sein. Sofort spürte ich, wie sich die dunklen Machtpräsenzen in meiner Wahrnehmung in seine Richtung wandten. Die Vamps wussten nicht, was vor sich ging, aber sie hatten auf einen Kampf gewartet, und Pritkin schien bereit zu sein, ihnen einen zu geben. Und er hatte mich verrückt genannt.

Ich lief ins Theater zurück und stellte fest, dass sich Billy hinter die Eintrittskartenkabine geduckt hatte. Ich nickte anerkennend. Derzeit gab es keinen sicheren Ort, aber das war immer noch besser als meine Gesellschaft oder die des Irren draußen.

Ich konzentrierte mich auf die Suche nach Myra. Es gab drei Personen im Gebäude, und nur eine war ein Mensch. Deutlich hörte ich den starken, gleichmäßigen Herzschlag; ich spürte ihn in der Kehle, wie etwas Dickflüssiges und Süßes. Die Vamps hielten sich nicht mit Banalitäten wie einem Puls auf, aber ich roch sie. Und selbst aus dieser Entfernung nahm Augustas empfindliche Nase frischen Pinienduft wahr.

Ich folgte Augustas Verlangen durch die Bereiche hinter der Bühne und versuchte, Myras genauen Aufenthaltsort festzustellen, doch dieser Teil des Theaters war wie ein Irrgarten aus kleinen Zimmern und Fluren, die an einer Wand endeten. Hinzu kamen die überall stehenden und hängenden Requisiten. Ich kämpfte mich durch einen Wald aus gemalten Bäumen und fand mich plötzlich in den Kulissen wieder. Das Theater war so dunkel, dass menschliche Augen kaum etwas gesehen hätten. Ich bemerkte weitere Requisiten – eine Truhe, zwei Fahnen und einige stumpfe Lanzen –, die auf ihren nächsten Auftritt warteten. Anzeichen von Aktivität gab es hier nicht, und der Herzschlag des Menschen war noch immer ein ganzes Stück entfernt.

Schließlich entdeckte ich mein Ziel in einem Raum hinter der Bühne, hinter einer staubigen Treppe und mehreren alten Rüstungen. Ich behielt die mitgenommen wirkenden alten Ritter im Auge, als ich an ihnen vorbeischlüpfte, doch keiner von ihnen rührte sich. Das erste Zimmer, das ich erreichte, war wie ein Speiseraum eingerichtet, mit einem großen glänzenden Holztisch, der praktisch nach Bienenwachs stank. Er bestand aus Eiche, ebenso wie die Holzvertäfelung an den Wänden und die Balken an der Decke. Mein Blick strich über einige Porträts und einen großen Kamin. Das Zimmer fühlte sich irgendwie gruselig an und hätte sich gut als Hintergrund für zwei Vampire geeignet, aber sie fehlten.

Die noch glühende Asche im Kamin und eine Karaffe mit zwei Gläsern auf dem Tisch teilten mir mit, dass die beiden Vampire vor kurzer Zeit noch da gewesen waren. Angelockt von einem seltsamen Geruch sah ich ins Nebenzimmer und fand den Menschen. Doch es war nicht Myra.

Ein großer, beleibter Bursche mit dunklem Haar und seltsamerweise rotem Bart stand an einem Tresen, und sein offenes Hemd gewährte Blick auf einen haarigen Bauch. Er hielt eine Kerze in der Hand, und ich identifizierte den Geruch. Er schien zu versuchen, die Haut am Bauch zu schmelzen – sie war bereits so rot geworden wie ein Hummer. Einige Stellen, die mehr Aufmerksamkeit bekommen hatten als andere, warfen Blasen. Der Mann weinte lautlos – Tränen rollten ihm über die Wangen und verschwanden in seinem Bart –, aber er hörte nicht auf.

Ich lief zu ihm und stieß die Kerze beiseite. Sie rollte über den Boden und ging aus, und er sah ihr wortlos nach. Dann griff er ins Regal hinter sich, nahm eine andere Kerze und wollte sie anzünden, aber ich stieß sie ebenfalls fort. Ich sah ihm in die Augen, doch es war niemand zu Hause. Jemand hatte ihm eine Suggestion gegeben, und eine ziemlich starke noch dazu. Ich versetzte ihm eine Ohrfeige, was jedoch nicht zu helfen schien. Er starrte ins Leere, und deshalb war es nicht leicht, seinen Blick einzufangen. Vampiren fiel es schwer, Leute zu beeinflussen, die betrunken, high oder verrückt waren, weil in solchen Fällen das Bewusstsein nicht richtig funktionierte. Offenbar galt das auch für Personen, die der Wirkung einer Suggestion unterlagen.

Schließlich bekam ich seine Aufmerksamkeit, als ich die Kerzen und Streichhölzer in einen Mülleimer warf und ihn daran hinderte, sie zurückzuholen. Daraufhin wurde er wach genug, mich zu erkennen, und damit einher ging Schmerz. Ihn erwartete weitaus mehr Pein, wenn sich der Nebel um seinen Geist lichtete, aber derzeit war ihm nur unwohl.

»Wo ist Myra?«, fragte ich. Er starrte mich so an, als fiele es ihm schwer, sich an englische Worte zu erinnern. »Haben Sie eine junge Frau gesehen, kleiner als ich, mit sonderbaren Augen …«

»Der Herr und Lord Mircea duellieren sich«, sagte er traurig. Ich wiederholte die Frage, aber er sah mich stumm an. In seinem Kopf gab es nur einen Gedanken, und der galt nicht Myra.

»Wo findet das Duell statt?« Wenn ich bei Mircea war, brauchte ich Myra nicht mehr zu suchen – dann würde sie mich finden.

»Auf der Bühne.«

»Dort bin ich eben gewesen. Die Bühne ist leer.«

»Sie wollten Waffen aus Lord Draculas Gemächern holen.« Der Mann verzog wie schmerzerfüllt das Gesicht, aber ich schätzte, der Grund dafür waren nicht seine Verletzungen, sondern vielmehr der Gedanke, dass seinem Herrn Gefahr drohte. Ich hatte Mirceas berüchtigten jüngeren Bruder nie kennengelernt und legte auch keinen großen Wert darauf. Aber der Kampf machte mir Sorgen. Der halbe Senat war hinter ihnen her, und sie nahmen sich Zeit für ein Duell?

»Warum kämpfen sie?«

»Wenn mein Herr gewinnt, ist er frei – das hat ihm sein Bruder geschworen. Aber wenn Lord Mircea gewinnt, muss er in die Gefangenschaft zurückkehren, vielleicht für immer!« Der dicke Mann schluchzte herzergreifend. Ich seufzte. Ich hätte es wissen sollen. Natürlich wollte Dracula nicht ins Gefängnis oder dorthin zurück, wo der Senat irre Vampire unterbrachte. Doch während er und Mircea darum kämpften, würden Myra und ihre neuen Freunde den Disput beenden, indem sie sie beide töteten.

Ich drehte das Gesicht des Mannes zu mir. »Warum haben Sie sich verbrannt?«

»Lord Dracula hat es befohlen, weil ich seinen Aufenthaltsort vor Lord Mircea nicht geheimgehalten habe. Er kam vor einer Stunde hierher, und ich wollte ihm nichts verraten, aber dann strömte alles, was ich wusste, aus mir heraus.«

»Mircea kann sehr überzeugend sein.«

»Es war sehr großzügig von meinem Herrn, mir wegen meiner Unfähigkeit nicht das Leben zu nehmen.«

Seine Augen enthielten das Licht des wahren Gläubigen. Ich versuchte nicht einmal, ihn davon zu überzeugen, dass sein Gott in Wirklichkeit ein Ungeheuer war. »Wie heißen Sie?«

»Abraham Stoker, Lady. Ich leite das Theater.«

Ich sah ihn erstaunt an. Okay, das erklärte eine Menge. »Es dürfte recht spät sein. Gehen Sie nach Hause und lassen Sie die Verbrennungen behandeln. Wenn jemand fragt: Sie haben hier in der Küche nach einer Soße gesehen und sie auf sich geschüttet.«

Er nickte, wirkte aber so niedergeschlagen, dass ich Augustas Suggestion verstärkte. Ich verwendete viel Kraft dafür und musste dem Drang widerstehen, ihn für einen schnellen Biss zu mir zu ziehen. Nun, es hatte auch Nachteile, im Körper eines Vampirs zu stecken.

Stoker setzte sich in Bewegung, aber auf halbem Weg zur Tür zuckte er heftig und blieb stehen. Sein Kopf drehte sich zu mir herum, obwohl der Körper der Tür zugewandt blieb. Noch ein oder zwei Zentimeter, und sein Genick würde brechen. »Sag mir, wenn du kannst … Was für ein Geist bist du, dass du so einfach von einem Meistervampir Besitz ergriffen hast?«

»Sie sollen nach Hause gehen!« Ich musterte ihn argwöhnisch. Seine Stimme hatte komisch geklungen, tiefer und kontrollierter.

»Ich habe ihm aufgetragen zu bleiben. Mir scheint, wir wissen, wer hier der Stärkere ist, oder?«

Ich bekam ein flaues Gefühl in der Magengrube. »Wer sind Sie?«

»Mit hartem Stoß und Schlag hat mich die Welt so aufgereizt, dass mich's nicht kümmert, was der Welt zum Trotz ich tu'.«

Ich blinzelte. »Wie bitte?«

Er lachte, mit volltönender, sexy klingender Stimme, die unmöglich dem Burschen gehören konnte, der sich eben noch mit der Kerze verbrannt hatte. »Hast du mich so schnell vergessen? Obwohl wir uns erst gestern Nacht begegnet sind?«

»Gestern Nacht?« Allmählich dämmerte mir etwas. »Du bist der Geist aus dem Ballsaal!«

»Inkubus, wenn ich bitten darf, Verehrteste.« Das überraschte mich. So sahen Inkuben also aus, wenn sie nicht in einem Wirtskörper steckten. »Darf ich unsere Bekanntschaft zum Anlass nehmen, dich zu fragen, was du hier machst?«

»Du zuerst.«

Er seufzte. »Mir wäre es lieber, diesen Körper nicht länger als unbedingt nötig zu benutzen – er hat erhebliche Schmerzen. Typisch für den Herrn, meine Pläne zu ruinieren, ohne von ihnen zu wissen.«

»Welche Pläne?« Allein von seinem Anblick tat mir der Hals weh. Ich trat ein wenig zur Seite, damit Stokers Kopf nicht mehr so weit gedreht sein musste.

»Genau darüber müssen wir reden.«

»Ich habe keine Zeit für irgendwelche Plaudereien!« Ich versuchte, an ihm vorbeizugehen, aber er versperrte mir den Weg zur Tür. »Zur Seite.« Natürlich konnte ich ihn beiseite stoßen – Augusta war stärker als ein Mensch, auch wenn sie in letzter Zeit keine Nahrung aufgenommen hatte –, aber ich wollte Stoker nicht verletzen. Die Brandwunden reichten ihm für diese Nacht.

»Nein. Wenn ich mich recht entsinne, habe ich bei unserer letzten Begegnung etwas für dich getan. Ich erwarte von dir, dass du den Gefallen erwiderst.«

»Wie?« Es gefiel mir nicht, in welche Richtung das Gespräch führte.

»Ich brauche einen Körper für den Abend, und dieser nützt mir nichts mehr – er könnte jeden Moment zusammenbrechen. Ich brauche einen starken Körper, und deiner wäre mir sehr recht.«

Ich wich einen Schritt zurück. »Du kannst keine Vampire übernehmen.«

»Nein, aber du bist imstande, mich selbst ohne einen Körper zu sehen, wie du bei unserer ersten Begegnung gezeigt hast. Nun gut. Ich beschreibe dir den Weg, und du folgst meinen Anweisungen. Dann kann dieser Bursche zu seinem weichen Bett und seiner zänkischen Frau zurückkehren.«

»Ich habe keine Zeit, dir zu helfen. Es warten eigene Aufgaben auf mich.«

Er lächelte sanft. »Ja. Du möchtest Lord Mircea helfen, seinen gemeinen Bruder hinter Schloss und Riegel zu bringen, damit Europa vor seinen teuflischen Umtrieben geschützt ist, nicht wahr?« Er lachte, als er meinen Gesichtsausdruck sah, wieder mit der Stimme, die mir eine Gänsehaut bereitete. »Ich habe dich beim Ball mit Mircea gesehen. Und ich sehe jetzt sein Zeichen auf dir.«

Er unterbrach sich, und wir hörten es beide: das Klirren von Stahl auf Stahl, nicht weit entfernt. Das hatte mir gerade noch gefehlt: Dracula, der Mircea tötete, bevor Myra Gelegenheit dazu fand! Ich wollte den Mann zur Seite schieben, doch er ergriff mich am Arm.

»Habe ich recht? Bist du deshalb hier – um ihm das Leben zu retten?«

Ich stieß den Arm fort, und es war mir gleich, dass Stokers Hand mit einem lauten, vielleicht sogar knochenbrechenden Pochen an die Wand knallte. »Ja! Und jetzt *aus dem Weg*!«

Ich lief an ihm vorbei, raste zur Bühne und erreichte sie gerade noch rechtzeitig. Zwei Gestalten führten dort einen Schwertkampf, wie ich ihn noch nie zuvor gesehen hatte. Macht knisterte um sie herum, heller als die von den Schwertklingen springenden Funken. Ich konzentrierte mich auf Mircea, doch wenn er verletzt war, ließ sich nichts davon erkennen.

Er trug ein weißes, am Hals geöffnetes Hemd, und es wies keine Blutflecken auf. Sein Haar hatte sich aus der Spange gelöst und wogte hin und her, während sein hagerer Leib mit tödlicher Eleganz durch komplexe Bewegungsmuster floss. Ich blinzelte, wandte den Blick ab und versuchte, mich zu konzentrieren. Als ich mich dem Geschehen wieder zuwandte, sah ich zum ersten Mal Mirceas legendären Bruder.

Normalerweise kriegte ich ein Prickeln im Rücken, wenn ich einen Vampir sah, aber diesmal spürte ich nichts dergleichen. Vielleicht lag es daran, dass ich in Augustas Körper steckte. Oder ich war zu sehr damit beschäftigt, mich zu konzentrieren. Wie dem auch sei, Dracula vermittelte mir einen starken Eindruck von Falschheit. Die Gefahr im Raum schien zu einem roten Dunst kondensiert zu sein, wie von zerstäubtem Blut. Das passte gut zum schneeweißen Gesicht und den glühenden grünen Augen, die Farbe von brennenden Smaragden. Augustas Instinkten gefiel es gar nicht – sie flehten mich praktisch an, die Flucht zu ergreifen.

Die beiden Vampire auf der Bühne glitten durch die Bewegungen des Kampfes, als wäre es eine stille, tödliche Poesie. Selbst mit Augustas Sinnen fiel es mir schwer, von den Klingen mehr zu sehr als nur huschende Schemen. Wenn sie aufeinander trafen, hallte das metallene Klirren wie Maschinengewehrfeuer durchs Theater, und nach jedem Blinzeln befanden sich die Schwerter einen ganzen Meter oder mehr von der Stelle entfernt, an der ich sie zum letzten Mal gesehen hatte.

Ich hielt mich am Vorhang fest, und mir stockte der Atem, als sich Mircea zu Boden warf und dadurch nur knapp einem Schwerthieb seines Bruders entging. Er schlug mit der eigenen Klinge nach den Fußknöcheln seines Gegners, doch Dracula setzte mühelos darüber hinweg. Als er landete, war Mircea schon wieder auf den Beinen, und der Kampf ging weiter.

»›Aus! Kleines Licht! – Leben ist nur ein wandelnd Schattenbild; ein armer Komödiant, der spreizt und knirscht sein Stündchen auf der Bühn', und dann nicht mehr.‹« Ich war so sehr auf den Kampf konzentriert gewesen, dass ich Stoker erst bemerkte, als er erneut aus Macbeth zitierte.

»Was willst du?«, fragte ich den Inkubus in ihm.

»Das habe ich dir bereits gesagt, Teuerste: deine Hilfe.«

»Ich bin beschäftigt«, erwiderte ich. Dracula hechtete über den Kopf seines Bruders hinweg und schlug mit dem Schwert nach unten. Wenn Mircea sich nicht so schnell bewegt hätte, dass Augusta ihn gar nicht mehr sah, wäre es um ihn geschehen gewesen.

»Willst du hier stehen und zusehen, wie sie sich gegenseitig umbringen?« Draculas Klinge hatte Mirceas linken Arm gestreift, und rote Flecken waren an Schulter und Brust entstanden. Ich befürchtete, dass es nicht dabei bleiben würde, Mircea galt als ein Duellant besser als der Durchschnitt, aber sein jüngerer Brüder schien etwas schneller zu sein. Der Unterschied war nicht größer als der Bruchteil eines Sekundenbruchteils, und vielleicht steckte die von Dmitri in der Nacht zuvor verursachte Wunde dahinter. Aber früher oder später würde dieser winzige Unterschied den Ausschlag geben. Und wenn Mircea floh … Ich bezweifelte, dass Vlad ihn ins Gefängnis stecken wollte.

»Wer hätte gedacht, dass der alte Mann so viel Blut in sich hat?«, murmelte der Inkubus, und seine Stimme war ein seidenes Flüstern in meinem Ohr.

Die Schatten der beiden Kämpfer verschwanden zwischen den Kulissen und zuckten darüber hinweg, als Mircea und Dracula ihren tödlichen Kampf fortsetzten. Etwas erschien mir vertraut, und plötzlich erinnerte ich mich: Ich hatte das schon einmal gesehen. Es war die gleiche Szene wie in meiner

Vision. Ich schluckte und wandte mich an den Inkubus. »Was ist dein Plan?«

Er zeigte auf eine sehr vertraut wirkende Schachtel hinter dem Vorhang. Erleichterung durchströmte mich, als ich sie holte. Ich hatte mich schon gefragt, was ich mit Myra machen sollte, denn mein eigenes Kästchen befand sich in meinem Rucksack irgendwo im Feenland. Auch wenn sie um den höchsten Einsatz spielte, ich war nicht scharf drauf, mein Gewissen mit einem weiteren Tod zu belasten. Nicht einmal mit ihrem.

»Worum geht es dir dabei?«, fragte ich, als ich mit der Falle zurückkehrte.

»Meine Interessen sind die gleichen wie deine. Ich glaube, wir haben viel gemeinsam. Wir lieben beide gefährliche Geschöpfe.«

»Du liebst Dracula?« Offenbar hatte Stoker eins richtig hinbekommen. Allerdings hatte er in seinem Roman Sukkuben auftreten lassen, vermutlich ein Zugeständnis an die Moral des neunzehnten Jahrhunderts.

»Ich habe viele Jahre auf die Freiheit meines Herrn gewartet«, sagte der Geist. »Aber keiner von uns beiden hat etwas davon, wenn er kurz nach ihrer Erringung getötet wird. Der Senat weiß, dass er in der Nähe ist – ich habe den größten Teil der Nacht damit verbracht, falsche Spuren zu legen, die die Verfolger allerdings nicht lange in die Irre führen werden. Sie sind unterwegs. Mein Herr glaubt nicht, dass Gefangenschaft besser ist als der Tod, aber ich sehe das anders.«

Plötzlich ergaben die Dinge mehr Sinn. »Deshalb hast du mir beim Ball geholfen. Mircea sollte am Leben bleiben, damit er Dracula einfangen kann.«

Der Geist blinzelte mit Stokers Augen. »Nächstes Jahr oder im nächsten Jahrzehnt finde ich eine Möglichkeit, ihn erneut zu befreien. Solange er lebt, gibt es Hoffnung.«

»Du willst also, dass man ihn gefangennimmt, damit er überlebt? Er wird es dir nicht danken.«

»Vielleicht nicht. Vielleicht doch. Welche Rolle sollte das für dich spielen?«

Er hatte recht. Und wenn Dracula an einem sicheren Ort untergebracht war, gab es für Mircea keinen Grund, in der Nähe seiner Todesfalle zu bleiben. Ich hob die Schachtel. »Na schön. Erklär mir, wie dieses Ding funktioniert.«

Zwei Minuten später kroch ich hinter den Kulissen herum, mit dem Kästchen in der Tasche und die Gedanken voller Zweifel. Wenn mich der Inkubus verarschte, steckte ich in großen Schwierigkeiten. Wenn nicht, steckte ich trotzdem in Schwierigkeiten, schickte mich aber an, wenigstens ein Problem zu lösen. Natürlich hätte ich es besser wissen sollen: Ich bekam nie Gelegenheit, eine Sauerei aufzuräumen, bevor eine andere erschien.

Diese Sache bildete keine Ausnahme. Myra erschien so nahe beim Kampf, dass sie vielleicht von einer Klinge durchbohrt worden wäre, wenn die beiden Kontrahenten nicht genau in diesem Augenblick beschlossen hätten, voneinander zurückzuweichen. Dracula machte etwas, das Mircea stolpern ließ – es ging so schnell, dass ich keine Einzelheiten sah –, und wirbelte zur neuen Bedrohung herum. Aber bevor er sich Myra vornehmen konnte, fiel eine dunkle Gestalt vom Gebälk weiter oben herab und wäre wie ein Amboss auf ihm gelandet, wenn er nicht so ungeheuer schnelle Reflexe gehabt hätte.

»Pritkin!«

Er bemerkte mich. »Sie kommen!«

»O Mist.«

Ich sah mich um, ohne Vampirhorden zu entdecken. Aber Pritkin hatte sein ganzes Arsenal hervorgeholt und die Schilde gehoben, wofür es bestimmt einen guten Grund gab. Ich bekam jetzt Gelegenheit, Macs Arbeit in Aktion zu sehen. Das über dem Kopf des Magiers tanzende Schwert hatte das gleiche Muster, das Mac so sorgfältig in Pritkins Haut tätowiert hatte. Aber es war größer, mindestens halb so lang wie ich, und so fest und glänzend wie eine echte Waffe. Außerdem schlug es offenbar mit großer Wucht zu. Ein Hieb nach Dracula warf ihn fast drei Meter weit zurück, und wenn er die Klinge nicht abgewehrt hätte, wäre er von ihr in zwei Stücke geschnitten worden.

Plötzlich kämpften Dracula und Mircea Seite an Seite – angesichts der neuen Gefahr schoben sie ihre Fehde beiseite. Zum Glück waren die beiden Brüder so sehr auf den Magier und seine Schar fliegender Waffen konzentriert, dass sie mich nicht bemerkten. Aber leider vergaßen sie auch Myra, die vom Kampf zurückgewichen war und etwas in den Händen zu halten schien. Ich erreichte sie, als sie die Kugel in ihrer linken Hand warf, und einen Augenblick später spürte ich die Wirkung wie eine über mich hinwegschwappende Flutwelle. Lieber Himmel … Myra hatte sich eine Nullbombe besorgt.

Im Durcheinander von Augustas weitem Gewand gingen wir zu Boden, Myra mit einem Schrei und ich mit einem Fluch. Das Objekt in ihrer anderen Hand war ebenfalls eine Kugel, mattschwarz und etwa so groß wie ein Softball. Ich erkannte es nicht, aber wenn es magischer Natur war, konnte es jetzt nicht funktionieren, und deshalb achtete ich nicht weiter darauf. Myras Fingernägel kratzten mir über die Wange und hätten fast dafür gesorgt, das Augusta den Rest der Ewigkeit mit einer hässlichen Augenklappe erleben musste. In der letzten Sekunde drehte ich den Kopf und verhinderte das Schlimmste, aber die Kratzer taten verdammt weh.

»Mädchen«, sagte ich und blinzelte das Blut aus dem Auge, »mit mir solltest du dich besser nicht anlegen.«

Myra starrte mich erst verblüfft und dann zornig an. »Du!« Es schien ihr nicht zu gefallen, dass ich mich in einem stärkeren Körper niedergelassen hatte, denn sie schloss beide Hände wie Klauen um meinen Hals und drückte zu. Ich schaffte es, sie mit einem Minimum an Schaden für uns beide davon zu lösen, bekam dafür aber ein wütendes Fauchen und einen Tritt ans Schienbein.

Ich schlug sie so hart, dass ihr Kopf nach hinten flog und sich ihre Augen kurz trübten, wodurch ich einige Zeit gewann und mir ein Bild vom aktuellen Stand des Duells machen konnte. Das magische Schwert war verschwunden, und einige von Pritkins Messern lagen auf dem Boden – die Nullbombe hatte ihnen ihr Leben genommen. Mit den übrigen Dolchen waren die beiden Vampire fertig geworden, indem sie ihnen erlaubt hatten, sich so tief in ihre Körper zu bohren, dass sie nicht mehr heraus konnten. Beide waren blutüberströmt, würden aber überleben. Bei Pritkin war ich mir da nicht annähernd so sicher. Er hatte seinen Revolver hervorgeholt, doch die stählernen Kugeln konnten gegen Vampire vom Meisterniveau kaum etwas ausrichten. Falls sie überhaupt trafen.

Billy trat plötzlich auf die Bühne, mit seinem stolzierenden Gang, aber in meinem Körper. Er sah auf, und Myra folgte seinem Blick und lachte. Ich spähte ebenfalls nach oben – bei den Dachsparren wimmelte es von Vampiren. Sie kamen vom Dach, durch Fenster und Türen – meine Güte, es mussten Hunderte sein. Ich riss entsetzt die Augen auf, und Augustas Stimme inmitten meiner Gedanken bestätigte mir, was ich bereits wusste: Wir waren erledigt.

Ein Vamp erschien direkt vor mir. Drei Stockwerke tief fiel er von den Dachsparren, ohne bei der Landung das Gleichgewicht zu verlieren. Bevor ich ihn mir ansehen konnte, griff Billy in die Tasche und warf uns etwas zu. Ich sah ein goldenes

Schimmern, als ein kleiner Gegenstand durch die Luft flog, und dann veränderte er sich.

Macs Adler kam in einem anmutigen Bogen herangeflogen, die grauen Federn unscharf vor dem dunklen Hintergrund des Theaters, aber die Augen so hell wie immer, und plötzlich war der Vamp nicht mehr dar. Ein Schrei, ein Pochen, und er landete erneut vor mir; allerdings fehlte diesmal ein ziemlich großes Stück aus seiner Kehle. Er war ein Meistervampir und würde überleben, aber auf den Kampf musste er vorerst verzichten.

Die Vampire griffen als Schwarm den Bühnenbereich an, und Billy warf die übrigen Zauber hoch in die Luft. Eine Welle aus fauchenden, knurrenden und heulenden Geschöpfen fiel über die Vamps her. Ein Minitornado setzte ein halbes Dutzend von ihnen außer Gefecht, wütete an einem Dachbalken und schleuderte Vampire in alle Richtungen, bevor er verschwand. Eine Schlange so groß wie eine Anakonda schlang sich einem Vampir um den Kopf und verdeckte die Augen, was dazu führte, dass der Vamp blind über die Bühne wankte und in den Orchestergraben fiel. Ein großer Werwolf sprang auf einen anderen, fletschte die Zähne und riss ihm große Brocken aus dem Oberkörper, während eine Spinne so groß wie ein Auto einen weiteren Vampir in Seide gewickelt hatte und ihn zufrieden von der hohen Decke herabhängen ließ.

Myra holte meine Aufmerksamkeit ins Erdgeschoss zurück, indem sie mich mit einem Pflock malträtierte. Glücklicherweise hatte Augusta ziemlich viel Fischbein im Mieder. Ich endete mit einer angeschlagenen Rippe und Myra mit einem abgestumpften Pflock, den ich ihr aus der Hand nahm. »Ich bin Pythia geworden! Daran kannst du nichts mehr ändern!«

Myra lachte nur. »Ich habe bereits eine Pythia umgebracht«, erwiderte sie gehässig. »Was bedeutet eine mehr?«

»Du hast Agnes ermordet?« Fast hätte ich Myra losgelassen. Es überraschte mich nicht etwa, dass sie zu so etwas fähig war, aber die Konsequenzen … »Warum hast du es dann auf mich abgesehen? Selbst wenn ich sterbe – du kannst nicht zur Pythia werden!«

Die zweite Kugel war zwischen den Falten meines Gewands liegen geblieben, aber Myra gab ihr einen Tritt, der sie über die Bühne in Richtung des Kampfes schickte. Ich packte Myras Haar, was sicher wehtat, doch sie lächelte, und ihr Blick folgte der mattschwarzen Kugel, als wäre sie der geheime Schlüssel für alle ihre Träume. Ich dachte daran, dass ihre Träume auch Chaos und Tod enthielten und dass sie die Kugel vermutlich von ihrem Kumpel Rasputin erhalten hatte, woraufhin ich zu dem Schluss gelangte, dass es vermutlich nicht gut war, wenn das verdammte Ding seinen Bestimmungsort erreichte.

Es war genau wie in meiner Vision: ein blutverschmierter Mircea, der um sein Leben kämpfte, und jemand, der ihm aus den Schatten eine Waffe zuwarf. Ich wusste, was als Nächstes kam, aber solange Myra um jeden Zentimeter mit mir kämpfte, konnte ich die Kugel nicht rechtzeitig erreichen, um es zu verhindern. Ich stieß sie von mir und rannte dem kleinen Objekt nach.

Nach nur zwei Schritten packte sie mich erneut, und es war wie der Versuch, einem zornigen Oktopus zu entkommen – wohin ich mich auch wand, sie war bereits da. Normalerweise hätte Augusta sie sich einfach unter den Arm klemmen oder sie bewusstlos schlagen können. Aber durch die erste Möglichkeit wäre ich langsamer geworden, und die zweite kam nicht infrage, weil ich Augustas Kraft nicht gut genug kannte und kein Risiko eingehen wollte.

Halb gehend und halb kriechend näherte ich mich der Kugel, doch es dauerte einfach zu lange. Aus dem Augenwinkel sah ich ein blaues Aufblitzen und zögerte nicht. »Sie will das Theater zerstören!«, rief ich und deutete auf Myra.

Myra sah mich an, als hätte ich den Verstand verloren, aber die Theatergeister, denen ich zuvor schon begegnet war, hörten mich und erschienen. Aus dem Gesicht der Frau war bereits eine Fratze geworden, als sie mitansehen musste, was auf ihrer geliebten Bühne geschah, und jetzt gab es plötzlich einen Schuldigen. Sie nahm den abgetrennten Kopf, der jetzt nicht mehr lächelte, unter ihrem Arm hervor und warf ihn, und als er in Myra verschwand, schrie die Getroffene und zuckte heftig. Ich schob sie zur Seite, als die Frau dem geworfenen Kopf folgte. Ein Wirbelwind begann, ein weißblauer Tornado, der keine Details preisgab.

Dies war mehr als nur ein Denkzettel – die Geister schienen über das Stadium der Warnungen hinaus zu sein und gingen richtig zur Sache. Eine lebende Person hätte eigentlich stärker sein sollen als sie, aber es stand zwei gegen einen, und außerdem befanden sich die beiden Geister an einem Ort, wo Generationen von Vorfahren gelebt und gearbeitet hatten. Das Theater war wie eine riesige zusätzliche Batterie für sie, was Myra klar geworden sein musste. Sie schrie aus Furcht und Zorn, als Kopf und Frau erneut auf sie zuhielten, und verschwand.

Ich sprang in Richtung Kugel, aber ein Vampir geriet mir in den Weg. Ich warf Myras Pflock nach ihm, eigentlich nur um ihn abzulenken, aber wie sich herausstellte, zielte Augusta viel besser als ich – der Pflock bohrte sich dem Vampir genau an der richtigen Stelle in die Brust.

Ein sehr blasser und zittriger Stoker taumelte aus den Kulissen und stapfte so schnell zur Kugel, wie es seine weichen Knie erlaubten. Er war nicht schnell genug. Die schwarze Kugel hatte den Kampf erreicht und rollte zwischen die Füße der beiden Duellanten, die nun in einem Kreis aus Senatsmitgliedern gegeneinander antraten. Sie wurde hin- und hergestoßen, als Mircea und Dracula versuchten, sich in eine gute Position zu bringen, erst einen Schritt in diese Richtung machten und dann in die andere. Das Entsetzen in Stokers Gesicht veranlasste mich zu einem Sprint.

Ich erreichte die Duellanten gerade rechtzeitig, um einen Sandsack ins Gesicht zu bekommen, der an einem Seil von den Dachsparren heruntergefallen war. Es war einer von vier, die hin- und herschwangen, und die meisten Vampire wichen ihnen leicht aus. Er wog etwa fünfzig Pfund, und auf dem Weg zu mir hatte er ziemlich viel Bewegungsmoment gewonnen. Als ich ihn sah, konnte ich nicht mehr ausweichen. Das Ding riss mich von den Beinen, und ich rutschte einige Meter weit auf dem Rücken.

»Dislokator!« Stoker war auf der Bühne zusammengebrochen und lag unglücklicherweise auf dem Bauch. Er schrie, aber nicht vor Schmerz, sondern immer wieder dieses eine seltsame Wort.

Ich stand wieder auf, als die Duellanten zögerten und auf die kleine Kugel zu ihren Füßen hinabsahen. Alle verharrten für eine halbe Sekunde. Dann huschten die Senatoren fort und verließen das Theater so schnell, wie sie gekommen waren. Mircea packte Billy und sprang zur Decke hoch, und Dracula lief auf uns zu und schnappte sich unterwegs Stoker. Pritkin schlang mir den Arm um die Taille und sprang von der Bühne. Wir landeten im Orchestergraben, und da er im letzten Moment auf mich rollte, war er wie eine lebende Abschirmung.

Er bekam den größten Teil ab, und für mich blieb noch immer so viel übrig, dass mir die Zähne klapperten. Im nächsten Moment strich, von der Bühne kommend, etwas Mächtiges über uns hinweg. Die Bombe musste etwas gefunden haben, mit dem sie sich verbinden konnte, vielleicht einige der gefallenen Vampire. Wenn das stimmte, würden sie sicher keine Gelegenheit mehr bekommen, wieder aufzustehen. Es hatte sich ganz und gar nicht wie eine Nullbombe angefühlt, war dunkler und schmieriger gewesen, und eins stand fest: Um eine Verteidigungswaffe handelte es sich gewiss nicht.

Ich hob den Kopf und fand mich dicht an dicht mit Dracula wieder. Er zeigte eine seltsame Freude darüber, mich zu sehen, und dann bemerkte ich das in meiner Brust steckende Messer, zwischen der dritten und vierten Rippe. Es tat weh, aber nicht so sehr, wie ich erwartet hätte. Es gab keinen stechenden, sengenden Schmerz und nur wenig Blut. Was vielleicht daran lag, dass Augusta in letzter Zeit keine Nahrung zu sich genommen oder der Mistkerl das Herz um einen Zentimeter verfehlt hatte.

Vlad wollte ihr den Kopf abschneiden, und der Grund dafür blieb mir ein Rätsel. Weil sie Mircea geholfen hatte? Weil er bekloppt war? Wer wusste das schon? Aber er ließ sich Zeit damit, die Waffe zu ziehen, die an seiner Seite in einer Scheide steckte. Das Messer, das er mir in die Brust gestoßen hatte, stammte von Pritkin – Dracula musste es aus dem eigenen Körper herausgezogen haben –, doch es schien eine alte Familienwaffe zu sein, mit einem schweren, intarsierten Griff und einer eindrucksvoll glänzenden Klinge. Pech für ihn, dass er keine Gelegenheit bekommen würde, davon Gebrauch zu machen.

»Du kriegst Gesellschaft, Billy!« Mein Ruf hallte von den Theaterwänden wider. »Komm her.«

»Sie haben mir viel Ärger bereitet«, teilte mir Dracula mit, als mein Körper über die Bühne zu uns eilte. »Das hier wird mir gefallen.«

»Das bezweifle ich«, sagte ich und sprang.

Einen sehr verwirrenden Sekundenbruchteil später wäre

ich fast von der Bühne gelaufen. Billy schrie in meinem Kopf, und ich blieb stehen und balancierte am Rand, was mir einen guten Blick auf Dracula gab, der gerade die Bekanntschaft von Senatsmitglied Augusta machte. Er hätte sie ohne das Trara enthaupten sollen, als er noch dazu in der Lage gewesen war. Unter den gegebenen Umständen zeigte sie ihm gern, wie sie zu ihrem Platz im Senat gekommen war. Was ihr an Kampfgeschick mangelte, machte sie mit Erbarmungslosigkeit und praktischer Veranlagung wett. Sie zog sich Pritkins Messer aus der Brust, achtete nicht auf die dabei erklingenden fleischigen Geräusche und stieß es Dracula ins Herz, während er sich noch hämisch über seinen vermeintlichen Triumph freute.

Im Gegensatz zu ihm verfehlte sie das Ziel nicht.

Ich sah den Schock in seinem Gesicht, als die Klinge durchs Herz schnitt, hörte auch das Knirschen von Holz, als sie sich unter Dracula in den Boden bohrte. Augusta trieb das Messer so weit hinein, dass er wie ein Käfer an einer Nadel aufgespießt war. Dann riss sie eine Armlehne vom nächsten Stuhl und benutzte Draculas Erbstück, um es zuzuspitzen. Die metallene Waffe war ihm zwar sichtlich unangenehm, würde ihn aber nicht töten, im Gegensatz zu dem Holzpflock. Augusta sah auf, als erwartete sie von mir, dass ich eingriff, aber ich erwiderte ihren Blick passiv. Ich hatte einen von Mirceas Brüdern gerettet und schuldete ihm keinen weiteren.

Augustas Arm kam so schnell nach unten, dass man kaum etwas sah, und der improvisierte Pflock traf auf den Boden, mit einem lauten Pochen, das fast wie ein Donnerschlag durchs Theater hallte. Dracula war einfach nicht mehr da. Ich verstand nicht, was geschehen war, und Augusta ging es ebenso, bis ich Stoker mit einem schwarzen Kästchen sah. Er schenkte mir ein dünnes Lächeln, rollte dann zur Seite und verlor das Bewusstsein. Der Inkubus kam aus seiner Brust und sah so selbstgefällig aus, wie ein größtenteils amorpher Geist aussehen konnte.

Augusta nahm das Kästchen, zögerte aber, als sie bemerkte, wie sich das Gesicht des Geistes veränderte. Ihr Blick glitt vom Inkubus zu mir, und dann bewies sie einmal mehr ihre praktische Veranlagung, indem sie das Kästchen fallenließ und weglief.

Ich sah mich um – es waren keine Vampire mehr in Sicht. Bis auf den Stuhl ohne Armlehne und einige Blutflecken auf der Bühne machte das Theater den sonderbaren Eindruck, als wäre überhaupt nichts geschehen. Doch etwas fehlte. »Wo sind die Zauber?«, fragte ich Billy.

Er kam so langsam aus mir heraus, als widerstrebte es ihm, den Schutz meines Körpers zu verlassen. Aufmerksam sah er sich um, doch von den Theatergeistern fehlte jede Spur. Vielleicht erholten sie sich von dem, was sie mit Myra angestellt hatten. »Zerstört – der Dislokator hat sie erledigt.«

»Sie sind verschwunden? Alle?«

»Sie hätten ohnehin nicht lange existiert, Cass. Es waren keine offensiven Zauber. Sie dienten zum Schutz des Körpers, in dessen Haut sie tätowiert wurden, nicht als Waffen. Sie haben sich selbst zerstört.«

Ich dachte an den Adler und seinen letzten Flug, und ein Kloß entstand in meinem Hals.

»Cassie!« Billys Stimme war wie eine Ohrfeige. »Werd nicht rührselig – nicht ausgerechnet jetzt! Wir haben keine Zauber mehr, und die Vampire kehren bestimmt gleich zurück. Wir müssen von hier verschwinden.«

Ich suchte nach Myra, aber ohne Augustas Sinne war es hoffnungslos. Nicht eine Sekunde glaubte ich, dass die Geister sie getötet hatten. Erstens waren mehr als ein oder anderthalb Geister nötig, um einem gesunden Menschen die ganze

Lebensenergie zu entziehen, und zweitens: So viel Glück hatte ich einfach nicht. Ich dachte kurz daran, in der Zeit zurückzukehren und zur Stelle zu sein, bevor sie ihren großen Abgang machte, doch die Präsenz jener anderen Bombe ließ mich zögern. In meiner Vision hatte ich gesehen, was ein Dislokator anrichten konnte; ich wollte es nicht bei mir selbst erleben.

Ich kletterte ohne Augustas untote Eleganz von der Bühne und nahm das schwarze Kästchen. Es wog nicht mehr als vorher. Ich schüttelte es skeptisch, doch der Geist lächelte nur. Mit blutunterlaufenen Augen und Reißzähnen sah er recht seltsam aus. »Er ist da drin, das versichere ich dir.«

»Und jetzt?«, fragte ich, als das Gesicht wieder eine gütige Detaillosigkeit gewann.

»Ich warte«, sagte der Geist mit weitaus mehr Gelassenheit als ich an seiner Stelle. Andererseits, wenn man unsterblich war, störte man sich vermutlich nicht an einigen Jahrzehnten Wartezeit.

Pritkins Lider zuckten. »Myra ist weg«, sagte ich ihm, bevor er fragen konnte. Er nickte, blieb aber still.

Ich sah wieder meinen nebelhaften Verbündeten an. »Hast du Mircea gesehen?« Ich nahm an, dass er überlebt hatte, da die Ereigniskette meiner Vision unterbrochen worden war. Aber ich wollte sicher sein.

»Ich glaube, es ist alles in Ordnung mit ihm.« Der Geist begann zu verblassen, und ich hob die Hand, um ihn zurückzuhalten.

»Danke für deine Hilfe. Ich weiß, dass du es nicht für mich getan hast, aber trotzdem.« Mir fiel plötzlich etwas ein. »Ich kenne nicht einmal deinen Namen. Ich bin Cassie Palmer.«

Der Geist gewann einen rosaroten Ton. »Nur wenige Leute denken daran, mich nach meinem Namen zu fragen«, erwiderte er angenehm berührt. »Im Lauf der Jahrhunderte habe ich viele Namen benutzt. Er hängt von Geschlecht und Kultur des Körpers ab, in dem ich wohne. Ich war Aisling in Irland, Sapna in Indien und Amets in Frankreich. Nenn mich, wie du willst, Cassie.«

Das Rot wurde etwas intensiver, wie das einer Rose. Was durchaus angemessen war, wie ich fand, denn der Geist zitierte erneut Shakespeare. »›Wann kommen wir drei uns wieder entgegen, im Blitz und Donner, oder im Regen? Wenn der Wirrwarr stille schweigt, wer der Sieger ist, sich zeigt.‹« Wieder verblasste er, und diesmal versuchte ich nicht, ihn aufzuhalten.

Pritkin griff nach dem Rand des Orchestergrabens und zog sich auf die Bühne. Er sah zu mir zurück und streckte die Hand aus, aber ich achtete nicht darauf. Etwas ließ mir keine Ruhe. Ich hatte das Gefühl, gerade ein Stück eines Puzzles bekommen zu haben, ohne zu wissen, was es war und an welche Stelle es gehörte.

»Sind Sie verletzt?«, fragte Pritkin.

»Nein.« Schließlich nahm ich seine Hand und kletterte auf die Bühne zurück. Fast im gleichen Augenblick ertönten hinter mir im Orchestergraben hysterische Schreie. Stoker war zu sich gekommen, und ohne die dämpfende Wirkung des Inkubus traf ihn die volle Wucht seiner Wunden. Verbrennungen waren schmerzhaft, und so schwere wie bei ihm mussten kaum auszuhalten sein. Pritkin sprang in den Graben zurück, aber die mitleiderregenden Schreie des Mannes hörten nicht auf.

Ich wollte ihm folgen, als plötzlich ein schwarzes Kästchen vor meinem Gesicht baumelte und mein ganzes Blickfeld ausfüllte. Eine tiefe, volltönende Stimme erklang dicht an meinem Ohr. »Guten Abend, Ärger.«

Fünfzehn

Ich antwortete nicht und war wie betäubt vor Erleichterung, jene Stimme zu hören, die mir sagte: Mircea lebte und war wohlauf. Ich hielt meinen Gesichtsausdruck unter Kontrolle und wartete darauf, dass der *Geis* aktiv wurde, aber nichts geschah. Warmes Wohlbefinden breitete sich in mir aus, und ich freute mich darüber, einfach nur in seiner Nähe zu sein, doch extreme Gefühle blieben aus. Ich hatte es ganz vergessen: In dieser Ära war das schreckliche Ding brandneu. Es hatte noch keine Zeit gefunden, sich Zähne wachsen zu lassen.

Aber er würde welche bekommen. Große.

Ich nahm das Kästchen. Es sah ganz nach meinem aus. »Ist da was drin?«

Mirceas dunkle Augen sahen mich an, und ein schelmisches Blitzen lag in ihnen. »Ich biete dir einen Tausch an.«

Stoker kletterte verrückt vor Schmerz aus dem Orchestergraben und lief durch den Mittelgang. Pritkin folgte ihm, aus welchem Grund auch immer. Vielleicht wollte er Mircea Gelegenheit geben, dem Mann die Erinnerung zu nehmen, obgleich mir das unnötig erschien. Als er Jahre später eine konfuse Version der Ereignisse niedergeschrieben hatte, war der Bericht als Roman verkauft worden.

»Beeilen Sie sich!«, rief ich, und Pritkin winkte mit dem Arm, bevor er durch die Tür zum Foyer verschwand.

Mircea lächelte, und es war eins seiner besseren Lächeln, obwohl er voller Blut war, der größte Teil davon sein eigenes.

»Bist du nicht daran interessiert, deinen Disput mit der wilden Dame fortzusetzen, die vorher hier war?«

»Was?« Ich starrte auf das Kästchen, und es vergingen einige Sekunden, ohne dass ich verstand. Dann ging mir ein Licht auf. Nein. Unmöglich. Ich hatte so sehr versucht, Myra zu finden, und jetzt bekam ich sie auf dem Präsentierteller? Besser gesagt: Man ließ sie vor meiner Nase baumeln? Es war bizarr.

»Die Falle war für meinen Bruder bestimmt«, sagte Mircea. »Aber als ich sah, dass er sich bereits in Gefangenschaft befand, beschloss ich, sie für einen anderen Zweck zu verwenden. Die junge … Frau … machte den Fehler, zum Balkon zu laufen, um die Auswirkungen ihres Apparats zu beobachten. Dort fand ich sie.«

Er legte das Kästchen mit Myra drin neben mir auf den Boden und griff gleichzeitig nach der Falle mit Dracula. »Die Senatoren werden zurückkehren«, sagte ich und konnte den Blick nicht von dem kleinen schwarzen Behälter abwenden, der meine Rivalin enthielt. Aus irgendeinem Grund klingelten mir die Ohren. »Sie verzichten bestimmt nicht darauf, ihn zu töten.«

»Wen?«, fragte Mircea unschuldig. »Meinen Bruder kannst du nicht meinen, denn er fand bei der Explosion einen tragischen Tod.«

»Sie werden ihn riechen.«

»Nicht hier drin.« Mircea klang so, als wüsste er Bescheid. Und die Senatoren würden ihn wohl kaum nach dem Kästchen durchsuchen. Sie mochten bereit sein, wegen Dracula einen Krieg zu führen, aber wegen eines Verdachts? Das bezweifelte ich.

»Warum weinst du?«, fragte er plötzlich, und seine Hand berührte mich an der Wange. Der Daumen wischte eine Träne fort, von der ich nicht einmal wusste, dass ich sie vergossen hatte. So gering der Kontakt auch war, er weckte den *Geis*. Ich schnappte nach Luft, und Mirceas Augen wurden größer.

Ich wich zurück. »Bitte … nicht.« Hier in der Vergangenheit bereitete mir das Zurückweichen keinen körperlichen Schmerz. Aber ich zahlte einen emotionalen Preis, einen hohen.

Mircea wartete, doch ich bot ihm keine Erklärung an. Ich war überrascht, als er es dabei bewenden ließ. »Wenn ich mich nicht sehr irre, hast du gewonnen«, lautete sein Kommentar. »Der Sieg ist normalerweise ein Grund zur Freude, nicht für Tränen.«

»Der Sieg hat einen zu hohen Preis verlangt.« Einen viel zu hohen.

»Das ist oft der Fall.«

Etwas bewegte sich auf meinem Arm und ließ mich zusammenzucken. Ich sah eine kleine grüne Eidechse auf meinem Unterarm, die voller Furcht zitterte. Aus großen schwarzen Augen starrte sie mich an, krabbelte dann fort und versteckte sich hinter dem Ellenbogen. Mircea lachte.

»Woher kommt sie?« Sie stammte von Mac; ich hatte sie wiedererkannt.

»Sie muss sich irgendwo verkrochen haben, Cass«, murmelte Billy. »Vielleicht hat sie sich an mir festgehalten, als ich die anderen geworfen habe. Offenbar ist doch etwas übrig geblieben.« Der Schwanz der Eidechse kitzelte, als sie über die Innenseite des Arms lief, aber ich ließ sie in Ruhe. Schon vor einer ganzen Weile hatte ich gelernt: Etwas, wie klein auch immer, war besser als gar nichts.

Pritkin stieß die Theatertür auf und zog den einsfünfundachtzig großen Stoker herein. Ich griff rasch nach Myras Falle. Mircea nahm die andere, die seinen Bruder enthielt, und ich erhob keine Einwände. Vielleicht hatte es sich von Anfang an so abgespielt. Möglicherweise trug Mircea seinen Bruder heimlich nach Hause und ließ alle in dem Glauben, er sei ums Leben gekommen. Einen Kampf gegen ihn hätte ich ohnehin nicht gewonnen, und Pritkin war zu nahe, um so etwas zu riskieren. Er hatte gesagt, dass er Myra nicht als Pythia wollte – und nach der Schau, die sie im Theater abgezogen hatte, wollte er das vermutlich wirklich nicht, auch wenn er vorher gelogen hatte. Aber ich traute ihm noch immer nicht. In Hinsicht auf den Magier namens Pritkin gab es zu viele unbeantwortete Fragen.

Ich schob Myra in eine Tasche von Françoises weitem Gewand. Mircea sah es, sagte aber nichts. Er trat zum Rand der Bühne, nahm Stokers schlaffen Leib von Pritkin entgegen und hob ihn aus dem Orchestergraben, als hätte er gar kein Gewicht. »Noch eine Sache«, sagte er, nachdem er Stoker auf die Bühne gelegt hatte. Er holte etwas unter dem Mantel hervor und streifte es mir über den Fuß.

»Mein Schuh.« Er glänzte mit all der Pracht, die man für ein Sonderangebot von 14,99 $ bekam.

»Du hast ihn bei unserer ersten Begegnung zurückgelassen, als du es so eilig hattest. Etwas sagte mir, dass ich vielleicht Gelegenheit bekommen würde, ihn dir zurückzugeben.« Er sah mich an, und sein Lächeln wurde fast zu einem Grinsen. »Du trägst da ein wunderschönes Gewand, aber ehrlich gesagt, die andere Kleidung, beziehungsweise der Mangel daran, war mir lieber.«

Ich lächelte schief und nahm ihm den Schuh ab. So wie mein Leben verlief, brauchte ich keine Stöckelschuhe, sondern Kampfstiefel. Außerdem hatte es dieses Aschenputtel mit Kreis, Senat und Dunkelelfen zu tun. Für sie gab es so bald kein »Und sie lebten glücklich miteinander bis ans Ende ihrer Tage«. Ich gab den Schuh zurück und vermied dabei einen direkten Kontakt mit Mircea. »Behalt ihn.«

Er richtete einen verwunderten Blick auf mich. »Was soll ich damit anfangen?«

Ich zuckte mit den Schultern. »Man weiß nie.«

Mircea musterte mich und wollte dann meine Hand ergreifen. Ich zog sie schnell zurück, woraufhin Falten auf seiner Stirn entstanden. »Darf ich davon ausgehen, dass wir uns bald wiedersehen?«

Ich zögerte. Er würde mir begegnen und den Fehler machen, der hierher führte. Ob ich ihn in meiner Zukunft wiedersah, war eine andere Frage. Wenn es mir nicht gelang, den *Geis* zu neutralisieren, konnte ich eine neuerliche Begegnung kaum riskieren, und bei diesem Gedanken verkrampfte sich etwas in mir. Ich fühlte mich so sehr versucht, Mircea zu sagen, er sollte keinen *Geis* auf mich legen, dass ich mir in die Wange beißen musste, um mich daran zu hindern. Aber so sehr ich das verdammte Ding auch hasste, es hatte eine wichtige Rolle dabei gespielt, mich dorthin zu bringen, wo ich war. Als Teenagerin hatte es mich vor unerwünschten Avancen geschützt und später Mircea dabei geholfen, die erwachsene Cassie vor Tony zu finden. Außerdem hatte ihn der *Geis* dazu gebracht, mir Zugang zum Versammlungsraum des Senats zu gewähren. Wenn sich das änderte, was wurde dann aus meinem Leben?

Ich beschloss, Mirceas Frage wörtlich zu nehmen. »Ich glaube, davon können wir ausgehen.«

Er nickte, hob Stoker hoch und verbeugte sich. Irgendwie brachte er es fertig, dabei elegant zu wirken, obwohl er sich einen hundertzwanzig Kilo schweren Mann über die Schulter geworfen hatte. »Ich freue mich darauf, kleine Hexe.«

»Ich bin keine Hexe.«

Er lächelte sanft. »Ich weiß.« Ohne ein weiteres Wort verließ er die Bühne. Ich biss die Zähne zusammen und ließ ihn gehen.

»Sie legen sich interessante Verbündete zu«, kommentierte Pritkin und schwang sich auf die Bühne. »Wie haben Sie diese Kreatur dazu gebracht, Ihnen zu helfen? Normalerweise sind sie sehr eigennützig.« Ich dachte, dass er Mircea meinte, und wollte ihn darauf hinweisen, wie außerordentlich töricht es war, so von einem Vampir zu sprechen, insbesondere von einem des Meisterniveaus. Pritkin sah meinen Gesichtsausdruck und fügte hinzu: »Der Inkubus, den man ›Traum‹ nennt.«

Meine Gedanken hielten an. »Was?«

»Sie wussten nicht, was es war?«, fragte Pritkin ungläubig. »Haben Sie die Angewohnheit, sich von sonderbaren Geistern helfen zu lassen?«

Billy lachte. »Nein«, sagte ich und achtete nicht auf ihn. »Der Name … Wie haben Sie ihn genannt?«

»Ein durchaus angemessener Name für einen Inkubus«, sagte Pritkin. »Traum.« Ich starrte ihn groß an, und er runzelte die Stirn. »Das bedeuten die Namen, die er Ihnen nannte. Es sind Variationen des gleichen Wortes. Warum fragen Sie?«

Ich saß wie erstarrt da, als ich plötzlich verstand und eine angenehm klingende Stimme mit spanischem Akzent hörte, die mir den Namen Chavez nannte und erklärte, was er bedeutete. Ich rollte auf den Rücken und starrte zur hohen Decke. Drei aus dem Gefängnis des Senats stammende Kästchen hatte ich bei der Eishalle in Chavez' manikürte Hände gelegt. Wenn ich die Sache richtig sah, durfte ich kaum hoffen, dass eins von ihnen *nicht* Dracula enthalten hatte.

Ich überlegte kurz, ob mich der Inkubus die ganze Zeit über auf den Arm genommen hatte oder ob allein Zufall dahinter steckte, dass er zu meinem Fahrer geworden war. Eigentlich spielte es gar keine Rolle. Ich war so oder so geliefert. Die Kästchen hatten es auf keinen Fall zu Casanova geschafft. Was bedeutete, dass sich Dracula früher oder später wieder herumtreiben würde. Und das war meine Schuld.

»Endlich!«, sagte jemand hinter mir. Zunächst nahm ich es gar nicht zur Kenntnis. Ich fügte Dracula meiner Zu-erledigen-Liste hinzu und versuchte, nicht daran zu denken, wie lang die Liste allmählich wurde. Doch etwas in der Stimme klang vertraut. »Ich dachte schon, der Vampir würde nie gehen! Jetzt bringen wir es zu Ende.«

Ich drehte mich langsam um und sah die schemenhafte Silhouette einer jungen Brünetten, die dicht neben der Bühne schwebte. An die großen blauen Augen und das lange weiße Kleid erinnerte ich mich von unserer letzten Begegnung mit diesem speziellen Geist. Sie hatte mir gesagt, dass sie gern so erschien wie während ihrer Reisen als Geist und nicht in ihrer tatsächlichen Gestalt. Deshalb sah sie wie eine Fünfzehnjährige aus.

»Agnes.« Aus irgendeinem Grund war ich nicht einmal überrascht. Oder vielleicht war ich nervlich einfach so runter, dass ich gar nicht mehr reagieren konnte. »Wie bist du hierher gekommen?«

»Per Anhalter.« Billy klang betrübt. »Sie wollte nicht, dass ich es dir sage, aber sie steckte bereits in der Halskette, als ich mir einen Weg zu deinem Körper zurückkämpfte. Sie muss in der Headliners-Bar auf der Lauer gelegen haben und ist von Françoise auf dich gesprungen.«

»Warum?«

Billy zuckte mit den Schultern. »Wir haben nicht viel miteinander geredet. Aber ich schätze, Rache spielt da mit.«

»Das ist der wichtigste Punkt«, pflichtete Agnes ihm bei. Sie sah mich an. »Lass sie frei.« Es war ein Befehl, ausgesprochen von einer Person, die daran gewöhnt war, dass man ihr sofort gehorchte.

Ich versuchte gar nicht erst, mich dumm zu stellen. »Du hast es ebenfalls auf Myra abgesehen.«

Agnes verschränkte die fast transparenten Arme und maß mich mit einem finsteren Blick. »Stell dir vor, ich neige dazu, verärgert zu sein, wenn man mich ermordet.«

Ich schüttelte den Kopf. »Ich habe gehört, wie sie es zugegeben hat. Aber das Wie ist mir noch immer ein Rätsel.«

»Kurz vor ihrem Verschwinden gab sie mir ein Sonnenwendgeschenk. Angeblich zu meinem Schutz.« Agnes verzog die Lippen zu einem spöttischen Lächeln.

»Das Sebastian-Medaillon, ich weiß. Es enthielt Arsen – die Magier fanden und öffneten es. Aber mir ist noch immer nicht klar, wie es gefährlich sein konnte. Das Gift befand sich im Innern, fest verschlossen!«

»Myra bohrte oben ein kleines Loch hinein, bevor sie es mir gab. Sie kannte meine Angewohnheiten und wusste, dass ich immer ein Amulett oder einen Talisman in meine Getränke tauche, bevor ich sie trinke. Diese Angewohnheit habe ich von meiner Vorgängerin übernommen, die schwor, mein Leben würde mit Gift enden, wenn ich nicht aufpasste! Andererseits …« Agnes schwebte näher. »1929 riet sie mir auch, Aktien zu kaufen. Herophile war verrückt.«

»Herophile?«

»Ja. Sie trug den Namen der zweiten Pythia von Delphi. Nach allem, was man hört, war sie ebenfalls nicht ganz dicht.«

Ich trug also den Namen einer Verrückten. Warum überraschte mich das nicht? »Ich verstehe noch immer nicht, warum Myra dich töten wollte. Wenn die Macht nicht auf den Mörder einer Pythia übergehen kann …«

»Eigentlich hat sie mich gar nicht ermordet.«

»Sie gab dir ein Medaillon mit Gift und wusste, was du damit machen würdest!« Für mich klang das ganz nach Mord.

»Aber sie hat mich nicht gezwungen, es zu benutzen«, erwiderte Agnes. Sie hob die Hand, als ich Einspruch erheben wollte. »Ja, ich weiß. Ein modernes Gericht würde sie verurteilen, doch die Macht stammt aus einer Zeit vor Indizienbeweisen und begründetem Zweifel. Myra erstach mich nicht mit einem Schwert und schlug mir keine Keule auf den Kopf. Sie vergiftete nicht einmal meinen Wein – das habe ich selbst getan. Aus der Perspektive der Macht gesehen trifft sie keine Schuld.«

»Und?« Die letzten Worte von Agnes hatten recht unheilvoll geklungen, und ich fragte mich, was genau sie mit ihnen meinte.

»Ich habe gesagt, dass die Macht Myra für unschuldig hält«, betonte Agnes. »Bei mir sieht die Sache anders aus. Das kleine Miststück hat mich umgebracht. Warum, glaubst du, bin ich hier?«

»Und was hast du vor?« Sie war ein körperloser Geist, was ihren Möglichkeiten gewisse Grenzen setzte.

»Lass sie frei, und du findest es heraus.«

Mir fiel plötzlich ein, dass es für Agnes einen Ausweg gab. Wenn sie Besitz von Myra ergriff, konnte sie ihre Macht nutzen und versuchen, Ereignisse zu verändern. Ich hoffte sehr, dass sie keine entsprechenden Pläne hatte, denn ich wusste beim besten Willen nicht, wie ich sie aufhalten sollte. Es war mir schwer genug gefallen, mit ihrer Erbin fertig zu werden. Ich bezweifelte sehr, dass ich gegen Agnes etwas ausrichten konnte.

»Du hast doch nicht etwa vor, die Zeitlinie zu manipulieren«, sagte ich langsam. »Dein ganzes Leben lang hast du sie geschützt!«

»Belehr mich nicht wegen der Zeitlinie!«, erwiderte Agnes scharf.

»Mit wem reden Sie?«, fragte Pritkin.

Ich seufzte. Für einen Moment hatte ich vergessen, dass Agnes ein Geist war, den er ebenso wenig sehen konnte wie Billy. »Sie würden mir die Antwort nicht glauben.«

»Stellen Sie mich auf die Probe.« Pritkin wollte das Blut aus einer Schnittwunde über der rechten Braue wegwischen, damit es ihm nicht ins Auge geriet, aber er verschmierte es nur. Er sah plötzlich aus, als hätte er Kriegsbemalung aufgetragen. Ich beschloss, auf ihn einzugehen.

»Na schön. Agnes ist als Geist hier und will ihre Ermordung rächen. Verstehen Sie jetzt irgendetwas besser?«

»Ja.« Er sank sofort auf ein Knie. »Lady Phemonoe, es ist mir wie immer eine Ehre.«

Ich sah ihn finster an. Deutlicher konnte er mir kaum zeigen, wie er meinen Rang einschätzte.

Agnes warf ihm nur einen kurzen Blick zu. Sie schenkte mir ein Lächeln, aber es war kein besonders freundliches. »Myra hat mir das Leben genommen. Sie schuldet mir eins, so wie ich das sehe.«

Plötzlich ergab etwas Sinn. »Hast du eine Vereinbarung mit Françoise getroffen? Sollte sie dich bis zu diesem Punkt bringen, damit du Myras Körper übernehmen kannst?« Ich kniff die Augen zusammen. »Oder hast du sie gezwungen?«

»Ohne meine Hilfe wäre sie den Lichtelfen nie entkommen«, sagte Agnes und wich der Frage aus. »Wahrscheinlich hätte sie gar nicht überlebt! Meine Erfahrung hielt uns beide am Leben. Ich glaube, dafür schuldet sie mir ein paar Jahre!«

»Die Entscheidung darüber stand nicht dir zu!«

»Und da wir gerade bei Schulden sind … Wer hat dir wohl all die Zauber zu deiner Rettung geschickt? Dein Geist wusste nicht, wie sie funktionierten. Ich habe dich gerettet. Erneut.« Sie sah mich streng an. »Lass sie frei!«

Ich drückte das Kästchen an mich und spürte, wie mein Herz schneller schlug. »Und wenn du sie nicht kontrollieren kannst? Du solltest auf eine normale Person übergehen, nicht auf jemanden wie sie. Selbst Françoise machte es dir manchmal schwer. Wozu wäre eine Seherin mit Myras Potenzial imstande?«

»Das ist mein Problem.«

»Nicht wenn sie dir entkommt.« Ich holte das Kästchen hervor und schüttelte es. »Hast du eine Ahnung, was ich durchgemacht habe, um das hier zu bekommen? Myra hat versucht, Mircea zu töten, damit er mich nicht mehr beschützen kann. Sie hätte fast die ganze Zeitlinie durcheinander gebracht, um das zu bewerkstelligen! Sie hätte mich fast umgebracht! Und du sagt, es sei nicht mein Problem?« Ich schrie – und wenn schon.

»Lass sie frei, Cassie«, sagte Agnes mit einem warnenden Unterton in ihrer Stimme.

»Oder was? Sonst machst du das mit mir, was du mit Françoise gemacht hast?«

»Red keinen Unsinn. Ich könnte dich nicht festhalten.«

»Aber du glaubst, Myra kontrollieren zu können?« Ich schüttelte den Kopf. »Ich bezweifle es. Sie ist gefährlich, Agnes. Ich habe sie eigentlich nur durch Glück in diese Falle bekommen und lasse sie nicht frei.«

Agnes seufzte. »Du verstehst nicht …« Sie unterbrach sich, als Pritkin mir plötzlich das Kästchen aus der Hand riss.

»Pritkin, nein!« Ich griff nach der Falle, aber bevor ich sie erreichen konnte, kam es zu einem vertrauten Blitz, und Myra stand da.

Agnes verlor keine Zeit. Ihre Schülerin war kaum erschienen, da schwebte sie auch schon an mir vorbei und flog geradewegs in Myras Schilde hinein. Sie knisterten und prasselten, als die beiden Frauen kämpften – Agnes suchte nach einem Weg hinein, und Myra versuchte, sie draußen zu lassen.

»Ist Ihnen klar, was Sie getan haben?«, wandte ich mich fassungslos an Pritkin. »Agnes kann sie nicht kontrollieren. Nicht für lange.«

»Das ist auch gar nicht nötig«, erwiderte er und beobachtete den Kampf grimmig.

Bevor ich fragen konnte, wie er das meinte, schrie Myra auf, und Agnes verschwand in ihr, als sie eine Lücke in der Panzerung entdeckte. Die zart gebaute Myra erzitterte kurz und sah dann ruhig auf. Ich bemerkte plötzlich, dass die beiden Frauen abgesehen von Haarfarbe und geringfügigen Unterschieden im Gesicht Zwillinge hätten sein können. Sie waren beide schmächtig und feinknochig, wirkten beide mädchenhaft. Doch die Augen, die mit Myras Bewusstsein hinter ihnen kalt und dunkel gewirkt hatten, steckten jetzt voller Leben.

»Ich habe es geschafft!«, verkündete Agnes, als gäbe es deshalb Grund zum Feiern. Sie lächelte mich an, aber ich erwiderte das Lächeln nicht. All die Mühen, all die Opfer, für nichts. Agnes mochte mächtig sein, doch das war nicht ihr Körper. Früher oder später würde sich ihr Griff lockern, wenn auch nur für einen Sekundenbruchteil. Und das würde genügen.

»Du bist verrückt«, sagte ich.

Pritkin trat vor, aber Agnes hob die Hand. »Sie haben nicht das Recht«, sagte sie schlicht.

Sein Blick ging zu mir. »Sie kann es nicht.«

»Sie muss«, sagte Agnes ruhig. »Sie haben einen Eid abgelegt.«

Pritkin kam näher und kniete an meiner Seite. Etwas Kaltes berührte meine Haut, und als ich hinabsah, stellte ich fest, dass er mir eins seiner Messer in die Hand drückte. »Sorgen Sie dafür, dass es schnell geht«, sagte er ernst. »Ein Schnitt durch die Halsader.«

Ich starrte ihn an. »Was?«

Er schloss meine Hand um den Griff des Messers. »Myra hat sich mit ihren eigenen Lippen verurteilt. Sie haben sie gehört. Ganz gleich, welche Gesetze man zugrunde legt, die der Menschen, Magier oder Vampire, sie hat den Tod verdient.«

Alle Teile des Puzzles rückten an ihren Platz, doch das Bild, das sie ergaben, gefiel mir nicht. »Deshalb wollten Sie mich dabei haben, nicht wahr?«

Pritkin versuchte nicht, es zu leugnen. »Ich habe geschworen, die Pythia und ihre Erbin zu schützen, wenn nötig mit meinem Leben. Der Kreis glaubte, dass ich mich auf seinen Befehl hin über diesen Eid hinwegsetzen und Myra töten würde, ohne einen Beweis für ihre Schuld. Aber wenn ich mein Wort gebe, halte ich es.« Er lächelte schief. »Deshalb gebe ich es nicht oft.«

»Sie haben mich nicht mitgenommen, um Myra an einem Zeitsprung zu hindern«, sagte ich anklagend. »Sie haben von mir erwartet, sie zu töten!«

Sein Gesichtsausdruck veränderte sich nicht. Wir hätten über irgendetwas anderes reden können, über das Wetter oder ein Footballspiel. Es war surreal. »Ich würde es selbst tun, wenn ich könnte«, sagte Pritkin ruhig. »Aber Agnes hat recht. Nur die Pythia kann eine Eingeweihte disziplinieren.«

»Wir reden hier nicht über Disziplin! Myra soll nicht ohne Abendessen ins Bett geschickt werden.« Ich sah Agnes an und hoffte, bei ihr Unterstützung zu finden. »Es geht um Leben und Tod!«

Sie hob und senkte Myras schmale Schultern, und ihr Gesicht blieb ausdruckslos. Myra war jahrelang von ihr ausgebildet worden, und bestimmt hatten sie sich einmal nahe gestanden, aber jetzt zeigte das Gesicht kein Bedauern. »Du hast es selbst gesagt. Ich kann sie nicht festhalten. Nicht auf Dauer.«

»Eins steht fest«, sagte ich. »Wenn das Amt der Pythia das aus einem macht, will ich es nicht.«

Blaue Augen sahen mich an, und plötzlich waren sie traurig. »Aber du hast es bereits.«

Ich spürte, wie mir das Messer dort in die Hand schnitt, wo die Finger zur Klinge geglitten waren, und der Schmerz rückte plötzlich alles an den richtigen Platz. Ich schüttelte heftig den Kopf. »Nein. Wir finden einen anderen Weg.«

Agnes musterte mich sanft. Es war sehr seltsam, diesen Gesichtsausdruck bei Myra zu sehen. »Es gibt keinen. Was hattest du vor? Wolltest du das Kästchen mit ihr die ganze Zeit in einer Tasche herumtragen? Früher oder später hätte sie sich befreit. Ich habe sie zu viel gelehrt, um daran zu zweifeln.« Ihre Züge wurden strenger. »Es gehört zum Job, mit Abtrünnigen fertig zu werden. Das ist die Regel.«

»Es ist nicht meine Regel«, brachte ich heiser hervor.

»Jemand muss es tun«, sagte Agnes unnachgiebig. »Jemand muss die Verantwortung übernehmen. Und ob es dir gefällt oder nicht, dieser Jemand bist du.«

Ich schluckte. Die Tränen, die ich vorher nicht vergossen hatte, rollten mir jetzt über die Wangen, aber es war mir gleich. Ein weiterer Tod, nicht nur erneut von mir verschuldet, sondern durch meine Hand? Das sah der Plan nicht vor. Es war sogar das genaue Gegenteil des Plans. Ich wollte gewinnen, aber nicht auf diese Weise. Ich hatte genug vom Tod, erst recht von dem, den ich selbst verursacht hatte. Plötzlich hatte ich einen bitteren Geschmack im Mund. »Ich kann nicht.«

Agnes beugte sich über mich, und eine sanfte Hand wölbte sich um mein Gesicht. »Du hast noch nicht einmal angefangen zu lernen, was du kannst. Aber du wirst es lernen.« Mit einem traurigen Lächeln trat sie zurück. »Ich hätte dich gern ausgebildet, Cassie.« Und zu Pritkin: »Sie wird Hilfe brauchen.«

Pritkin kniete nieder, das Gesicht bleich. »Ich weiß.«

Agnes nickte und sah mich an. In ihrem Gesicht zuckte es kurz, doch sie hatte sich sofort wieder unter Kontrolle. »Die meisten Lektionen, die du brauchst, kann ich dich nicht lehren«, fuhr sie fort. »Aber eine schon.«

Ich begriff erst, dass ich das Messer nicht mehr hatte, als ich es in ihrer Hand sah. »Agnes, nein!« Ich kam auf die Beine, aber es war zu spät. Sie zögerte nicht eine Sekunde. Als ich sie erreichte, war sie bereits auf die Knie gesunken und Myras Kleid voller Blut. Fast anmutig sank sie zu Boden, ihr zarter Leib hell in all dem Rot.

Ich sah mich bestürzt um, doch von Agnes' Geist fehlte jede Spur. Myras war ebenso wenig zu sehen. Ich wirbelte zu Pritkin herum, der noch immer kniete und beobachtete, wie das Blut eine größer werdende Lache auf den Bühnenbrettern bildete. Für eine Sekunde wirkte er fast wie ein verwirrtes Kind, doch der Ausdruck verschwand so schnell aus seinem Gesicht, dass ich nicht sicher war, ob ich ihn wirklich gesehen hatte.

»Wo ist sie?«, fragte ich, meine Stimme schrill vor Furcht. »Ich sehe sie nicht!« Pritkin wandte sich mir zu, aber sein Blick schien durch mich hindurchzugehen. Ich sah wieder zu Myra, und das Bild vor meinen Augen verschwamm so sehr, dass ich nicht mehr wusste, wo das Blut aufhörte und das Rot des Kleids begann. »Pritkin!«

»Sie ist fort.«

»Was soll das heißen, sie ist fort?«, fuhr ich ihn an. »Fort wohin? In einen anderen Wirtskörper?«

»Nein.« Er stand auf, trat zu Myras Leiche und flüsterte

etwas, woraufhin vor ihm purpurrote Flammen emporwuchsen. Sie warfen ein rötliches Licht auf die alten Bretter, und der Goldrahmen der Bühne schien zu funkeln, aber es war kein gewöhnliches Feuer. Die kleine Gestalt in seiner Mitte zerfiel innerhalb von Sekunden zu Asche und ließ nur verkohlte Dielen zurück. Mit Schmerz in den Augen drehte sich Pritkin zu mir um. Sein Blick vermittelte mir eine deutlichere Botschaft als die Worte. »Einfach fort.«

Ich schüttelte benommen den Kopf. »Nein! Wir hätten einen sicheren Ort für Myra finden können, und Agnes hätte Gelegenheit bekommen, sich in einem anderen Körper niederzulassen. Ich hätte ihr dabei geholfen. Es musste nicht auf diese Weise enden.«

Pritkins Hand schloss sich so fest um meinen Arm, dass es wehtat. »Verstehen Sie noch immer nicht?«

»Was soll ich verstehen? Sie ist umsonst gestorben!« Ich weinte, aber es war Panik, die das Bild vor meinen Augen in bunte Schlieren verwandelte. Agnes konnte, durfte nicht tot sein. Ich hatte vorher geglaubt, auf mich allein gestellt zu sein, dabei aber nicht begriffen, wie schlecht meine Chancen standen. Das war mir inzwischen klar geworden, und deshalb wusste ich, dass ich allein nicht zurechtkommen konnte. »Ich kehre in die Vergangenheit zurück und rette sie …«, begann ich, doch Pritkin schüttelte mich so heftig, dass meine Zähne klapperten.

»Lady Phemonoe starb bei der Erfüllung ihrer Pflicht. Sie war eine der größten Pythien, die wir je hatten. Sie werden *keine* Schande über sie bringen!«

»Schande über sie bringen? Ich rede davon, sie zu retten!«

»Es gibt einige Dinge, die nicht einmal eine Pythia ändern kann«, sagte Pritkin, und die Härte wich aus seinen Zügen. »Myra musste sterben, und jemand musste dafür sorgen, dass sie nicht ihre Macht benutzen konnte, um in einen anderen Körper zu springen, bevor ihr Geist weggezogen wurde. Es gab nur eine Möglichkeit …«

Schließlich dämmerte es mir. »Jemand musste mit ihr gehen«, hauchte ich und starrte ungläubig auf die verkohlten Dielen. Es war alles so schnell gegangen. Eine voll ausgebildete Pythia wäre nicht von Zweifeln oder Sorge geplagt gewesen, hätte nicht mit ihren Entscheidungen gehadert und sich gefragt, ob sie ein Recht auf ihre Macht hatte. Aber ich war nicht ausgebildet worden und wusste nicht, was ich tun sollte. Panik schnürte mir die Kehle zu und ließ mein Gehirn in Eis erstarren. Ich fühlte mich allein und war entsetzt.

»Ich nehme an, Sie werden sich auf die Suche nach dem *Codex* machen, was auch immer ich zu tun gedenke, nicht wahr?« fragte Pritkin.

Mein Gehirn brauchte einige Sekunden, um zu verarbeiten, was von den Ohren kam. Und selbst dann fiel es mir schwer zu verstehen. Warum kam Pritkin *jetzt* darauf zu sprechen? Hundert Probleme zerrten mich in verschiedene Richtungen und lasteten so schwer auf mir, dass ich mich auf keins von ihnen richtig konzentrieren konnte. Ich wusste nur, dass Agnes wirklich tot war und dass jetzt alles bei mir lag.

»Was?«, fragte ich dumm.

»Der *Codex*«, wiederholte Pritkin geduldig. »Sind Sie entschlossen, ihn zu suchen?«

»Mir bleibt keine Wahl«, erwiderte ich verwirrt. »Der *Geis* klebt noch immer an mir, und ich kann meine Aufgaben nicht wahrnehmen, wenn er schlimmer wird.« Derzeit wusste ich nicht einmal, ob ich sie selbst ohne den *Geis* wahrnehmen konnte.

Pritkin nickte knapp. »Dann helfe ich Ihnen.«

Ich fühlte, wie die Tränen auf meinen Wangen trockneten,

aber ich konnte mich nicht dazu aufraffen, sie wegzuwischen. »Ich habe mich immer gefragt, ob Sie einen Todeswunsch haben. Ich glaube, jetzt weiß ich Bescheid.«

»Ich habe Lady Phemonoe versprochen, Ihnen zu helfen.«

Mit einem Ruck wich ich vor ihm zurück. »Agnes ist tot!«, stieß ich mit plötzlichem Zorn hervor. »Und ich will keine weitere Leiche auf dem Gewissen haben. Dort liegen bereits genug.« Ich versuchte, noch weiter zurückzuweichen, weg von den verbrannten Bühnenbrettern, aber mit einem Fuß verhedderte ich mich im Saum des langen Gewands und endete auf Händen und Knien.

»Ich habe Sie nicht um Erlaubnis gefragt«, teilte mir Pritkin kühl mit.

Ich sah durch einen Vorhang aus zerzaustem Haar zu ihm hoch. »Ich werde nie die Pythia sein, die sie war«, sagte ich. »Vielleicht tauge ich überhaupt nichts.«

Zum ersten Mal sah ich ein echtes Lächeln auf Pritkins Lippen. »Das ist vielversprechend.« Er zog mich auf die Beine. »Es sollte verboten sein, dass jemand Macht ausüben kann, der Macht will.«

»Dann werde ich großartig sein«, sagte ich. »Denn niemand kann sie weniger wollen als ich.«

Pritkin gab keine Antwort und verblüffte mich, indem er vor mir auf ein Knie sank. Seine Kleidung war zerrissen und blutig, das Gesicht voller Ruß, aber es gab noch immer etwas Eindrucksvolles an ihm. »An den genauen Wortlaut erinnere ich mich nicht«, sagte er. »Und es sollten Zeugen da sein …«

»Was bin ich?«, fragte Billy empört, als er in meine Halskette zurückkehrte.

Pritkin achtete nicht auf ihn. »Aber ich glaube, es ging so: Ich schwöre, Sie und die von Ihnen ausgewählte Erbin gegen alle gegenwärtigen und zukünftigen Missetäter in Frieden und

Krieg zu schützen, solange ich lebe und Sie den Idealen des Amtes treu bleiben.«

Ich blickte auf ihn hinab, und plötzlich schien mir ein Gewicht von den Schultern genommen zu sein. Wie ärgerlich, lästig und schlichtweg dämlich Pritkin manchmal auch sein konnte, es war gut, ihn im Kampf auf der eigenen Seite zu haben. Und ich hatte das Gefühl, dass mich noch viele Kämpfe erwarteten. »Ich schätze, von jetzt an nennen Sie mich Lady Herophile die Zweite, oder?«

»Die Siebte.« Er kniete noch immer, aber die grünen Augen schenkten mir den vertrauten arroganten Blick. »Und verlassen Sie sich nicht drauf.«

Die Tür des Haupteingangs flog auf, und zornige Vampire stürmten herein. Ich fasste Pritkin an der Schulter und bedachte ihn mit einem müden Lächeln. »Damit kann ich leben«, sagte ich und sprang.